봄빛이
숲속에 있다고
지저귀네

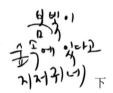

봄빛이
숲 속에 있다고
지저귀네 下

초판 1쇄 찍은 날 | 2017년 7월 6일
초판 1쇄 펴낸 날 | 2017년 7월 17일

지은이 | 류도하 · 이아현
펴낸이 | 예경원

편집 | 유경화 · 주승아

펴낸곳 | 예원북스
등록번호 | 제396-2012-000132호
등록일자 | 2012. 7. 25
YRN | 제1-0193호

주소 | 경기도 고양시 일산동구 호수로 646-24 위너스 21-Ⅱ 206A호 (우) 10401
전화 | 031-819-9431 팩스 | 031-817-9432
http://cafe.naver.com/yewonromance
E-mail | yewonbooks@naver.com

ⓒ 류도하 · 이아현, 2017

ISBN 979-11-6098-345-6 04810
ISBN 979-11-6098-343-2 (세트)

봄빛이 숲속에 있다고 지저귀네

Goldline Romance Story

下 · 류도하 · 이아현 장편 소설

LINE

❧ 목차 ❧

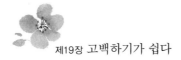

제19장 고백하기가 쉽다

자희가 부추기자 상인까지 나서서 값을 싸게 쳐주겠다고 설득했다.

그러나 도윤은 오히려 퍼뜩 손을 뗐다.

"내가 이것을 어디에 쓰려고."

그렇게 말을 했으면서도 아쉬운 마음에 가판대를 쳐다보는데 이번엔 갓끈이 눈에 띄었다.

작은 청색 옥구슬로 장식된 갓끈은 유람 온 선비들의 허영심을 유혹하고도 남을 만했다.

"그건 노리개보다 조금 더 비쌉니다."

상인은 행색이 초라해 보이는 선비가 물건을 살 마음이 없다는 것을 알고 퉁명스럽게 말했다.

도윤은 갓끈에서 시선을 떼지 못하며 중얼거렸다.

"선비님과 잘 어울리겠다."

"도련님의 취향은 아닙니다. 도련님은 이렇게 화려한 것보단……."

말을 잇던 자희가 아무 말 없이 제 말을 듣고 있는 도윤을 힐끗 보았다.

맑은 눈망울에 괜스레 속이 쓰려졌다. 두 사람이 어떠한 마음을 품든 상관이 없었으나, 자희가 이제껏 참고 있던 말을 내뱉었다.

"정 선비님. 그냥 사실대로 말씀하시는 게 어떻겠습니까?"

"응?"

"좋아하는 사람을 계속 속이시면 안 되는 겁니다. 그건…… 일종의 배신입니다."

그의 말에 도윤은 놀란 듯 눈을 동그랗게 떴다. 그러더니 이내 초승달처럼 어여쁘게 웃으며 말한다.

"그래. 아무래도 그렇지?"

씁쓸한 음성에 자희는 더 말하지 않았다.

그렇게 두 사람은 시간 가는 줄도 모르고 장터를 쏘다니다, 해가 뉘엿뉘엿 넘어가는 시간이 되어서야 초가가 쭉 늘어진 길목으로 들어섰다.

"호박전이 참 맛있어 보이지 않았습니까?"

자희는 주전부리를 잔뜩 들고서 그리 말했다. 전병 두 개와 식혜, 그리고 구운 밤을 먹고도 성에 차지 않는지 포기했던 호박전을 안타까워했다.

도윤은 못 말린다는 듯이 웃으며 말했다.

"보기완 달리 대식가구나."

"이 정도로 대식가라니요. 저는 먹을 때가 젤로 행복합니다."

화기애애한 중에 갑자기 불호령이 떨어졌다.

"대체 생각이 있는 것이냐 없는 것이냐!"

"헉!"

자희는 이림이 울타리 밖에 나와 저희를 노려보는 것을 보고 깜짝 놀라, 가지고 온 주전부리들을 땅에 떨어트렸다.

"왜, 왜, 왜 그러시는 겁니까?"

"아니, 왜 갑자기 화를 내십니까."

자희는 울먹이고 도윤은 따지듯이 물었다.

"해가 지고 있는 게 보이지 않느냐! 둘이 그렇게 돌아다니다가 무슨 변고를 당하려고!"

그러자 도윤이 새침한 얼굴로 말하며 이림의 곁을 스쳐 지나갔다.

"선비님하고 있는 게 더 위험한 거 아니었습니까?"

도윤의 말에 가시가 잔뜩 박혀 있었다. 그제야 이림은 자신이 입맞춤을 고백한 것을 떠올렸다.

"잠깐!"

이림이 황급히 도윤을 불러 세웠다.

"왜요?"

"혹시 그 내가 했던 말. 그걸 진심으로 생각하는 것은 아니겠지?"

"무슨 말 말입니까?"

도윤은 전혀 모른다는 듯이 물었다.

"그러니까 그…… 내가 어제 널 보내려고 했던 말 말이다."

"아, 그 입맞춤 어쩌고 한 거요?"

도윤이 아무렇지 않게 한 말에 자희는 방금 주웠던 주전부리들을 다시 떨어트렸다.

"뭐, 말 나온 김에 그럼 확실히 해두지요. 정말 저한테 하신 겁니까?"

도윤의 흔들림 없는 눈을 보며 이림은 꿀꺽 마른침을 삼켰다. 그러더니 무심한 어조로 읊조린다.

"별것도 아닌 것에 왜 그리 집착하는지. 사내가 옹졸하긴."

"옹졸하다고요? 별게 아니라고요?"

도윤이 도끼눈을 하자 이림이 괜한 자희를 물고 늘어졌다.

"그렇지 않느냐? 친한 사내들끼리는 간혹 그런 장난을 하지 않느냐?

그렇지?"

저한테 불똥이 튀자 자희는 양쪽의 눈치를 살피며 쩔쩔매더니 결국 이림의 사나운 눈빛에 굴복하고 말았다.

"그, 그럼요. 사, 사내들끼리는…… 저한테도 종, 종종……."

이림이 언제 그랬냐는 듯 눈을 부릅뜨자 자희는 얼른 말을 바꾸었다.

"종종은 아니고, 가, 가끔 하셨지요. 자, 장난꾸러기시라. 하하하."

이림은 자희를 한 대 패주고 싶은 눈빛이었다.

그리고 도윤은 그런 두 사람을 싸늘하게 쏘아보았다.

"병이 있으신 분이 어련히 그러셨겠습니다."

"지, 진짭니다!"

자희가 대신 변명을 하듯 외치자 이림이 곁에서 팔짱을 끼더니 고개를 끄덕인다.

이 사람들이 진짜.

도윤의 눈매가 날카롭게 변했다.

"아, 나만 속 좁은 놈이었구나."

톡 쏘아붙인 도윤은 더 이상 유치한 대화는 하고 싶지 않다는 듯이 안으로 쏙 들어가 버렸다.

두 사람만 남은 자리엔 무거운 침묵이 흘렀다.

슬퍼하는 사람이 없다.

누군가가 세상을 등져 슬퍼해야 하는 장사 행렬은 짧았고, 상여를 멘 자들은 전부 노비였다.

아이고, 아이고.

구슬퍼야 하는 곡소리조차 감정이 실려 있지가 않다.

명분만 갖춘 초라한 관의 주인은 불과 며칠 전까지는 중전의 자리에 있었다. 그저 중전이라 불렸을 뿐이다. 모두들 쉬쉬하고는 있었으나 임금에게 사랑받지 못한 중전은 중궁전에 유폐된 것과 다름없는 삶을 살았다.

중전은 몸이 좋지 않다는 이유를 들어 지난 십수 년간 중궁전에서 나올 수도 없었으며, 중궁전에 드나드는 사람도 없었다. 모두들 쉬쉬하던 중전의 패악으로 인해 결국 세자의 몸에 큰 생채기가 났기 때문이다. 세자는 사경을 헤맸고, 중전은 궁에서 가장 깊은 곳으로 처소를 옮겨 유폐되었다.

그 일은 실제 중전이 세자의 몸에 행한 학대보다 훨씬 축소된 것이었으나, 그마저도 소문으로만 돌았다. 대신들은 실수라도 세자의 몸에 상처를 낸 것은 대죄이니 중전을 폐할 것을 주장했었다. 하나 임금은 그녀가 오래 병을 앓아 심신이 쇠약해졌으니, 가엽게 여겨 한 번은 용서하겠노라 했다. 물론 세자의 안위를 위해서였다.

새로 중전을 올린다면 이는 희빈이 될 것이다. 당시에는 월한이 없었으나, 임금은 희빈의 소생이 태어난다면 세자가 폐위될 것을 염려했다. 때문에 세자의 정통성을 위해서라도 중전이 중전인 채 살아 있어주어야 했다. 임금은 나약하고 정이 많은 세자를 가여워했다. 미쳐 버린 어미에게서 학대받은 세자를 궁 밖으로 내쳐져 살게 하고 싶지 않았다. 나라를 위해서라면 그런 세자 또한 버려야 했으나, 아비의 마음으로 그 아이를 끝까지 품고자 했던 것이다. 한데 이번에는 묵과할 수 없는 일이 터져 버렸다.

어째서 월한이 또 중전을 만나러 간 것인가.

중전은 왜 월한의 얼굴에 상처를 낸 것인가.

어쩌다가 그렇게까지 미쳐 버린 것인가!

변복을 한 임금은 중전의 상여를 지켜보다 주먹을 움켜쥐었다.

희빈 김씨와 김태수를 앞세운 조정의 대신들이 또다시 중전의 폐위를 주장했고, 더 이상 그녀를 지켜줄 명분이 없었기에 그녀를 폐서인으로 만들어 강화로 쫓아냈다.

그렇게 떠난 지 겨우 사흘.

중전은 떠나는 길에 객사하고 말았다. 중전으로 죽은 것이 아니니 국상도 없다. 출가한 여인이 죄인이 되어 쫓겨났으니 친정에서도 찾는 이가 없다.

안타까운 여인이다. 어찌하면 가장 높은 자리에 올랐으면서도 만족하지 못하고, 제 자식을 학대할 정도로 미쳐 버릴 수 있단 말인가.

'나 때문이라는 것을 안다.'

처음, 세자빈으로 만난 중전은 아름다웠다. 앳되고 순수했으며, 모든 감정을 순진하게 표현하는 어린 소녀였다. 그때도 자존심 강하고 고집스러운 면모가 있었으나 그래도 눈빛만큼은 맑았었다. 그녀를 사랑하지는 않았으나 국모로서 백성을 어루만져 줄 수 있는 여인이라 생각했었다.

「나만 불행할 줄 아십니까!」

왕손을 잉태한 중전이 분노에 떨며 피를 토하듯 말을 쏟아내던 모습이 아직도 눈앞에 선하다. 그때부터였을 것이다. 중전의 집착이 증오로 바뀐 것이. 그리고 임금은 그녀의 저주처럼 줄곧 불행했다.

'우리 둘 다 많은 것을 잃었구나.'

임금이 일평생 사랑하던 여인. 마음에 묻고 평생을 그리워하는 여인.

중전으로 인해 그녀를 잃었고, 그녀를 잃은 슬픔과 증오에 중전을 외면했다. 그리고 그것이 다시 두 사람의 아들인 세자를 고통받게 만들었다.

임금은 중전이 차가운 땅속으로 들어가는 것을 보며 마음속으로 빌었다.

'네가 그래도 어미라면, 죽어서 조금이라도 정신이 돌아왔다면, 귀신이 되어서라도 네 아들은 지켜다오.'

그것을 청하기 위해 온 길이었다. 눈을 감아 진심으로 바란 그가 몸을 돌렸다.

"그냥 이렇게 돌아가시는 겁니까?"

"법도에 어긋난다."

그걸 내금위장도 모를 리가 없었다. 마지막이라도 저 가여운 여인의 곁에 있어주면 어떠냐는 말이었지만, 끝내 임금은 몸을 돌렸다. 암행으로 나온 길이었으니 서둘러 궁으로 돌아가야 한다. 세자까지 없는 마당에 오랫동안 궁을 비울 순 없었기에, 임금이 가볍게 말 위로 튀어 오른 후 고삐를 당겼다.

"중전마마의 죽음에 석연치 않은 점이 많습니다."

"나도 안다."

정신이 온전치 못한 중전이지만 이토록 갑작스러운 죽음은 석연치 않은 터였다.

궁을 떠난 지 고작 사흘이었다. 오랜 시간 병세로 인해 몸이 약해져 있다 하더라도 너무 짧은 시간이었다. 그 정도로 몸이 좋지 않았다면 궁을 떠나기 전부터 얼굴에 드러났었어야 했으나, 가마에 올랐던 중전은 패악을 부릴지언정 건강했었다. 세자가 살아 돌아온다면 어차피 이 일을 그냥 넘어가려 하지 않을 것이다.

'살아 돌아온다면.'

임금의 눈에 쓸쓸함이 가득했다.

늘 따스함으로 반짝이던 어린 눈동자가 무심으로 변했다.

겨우 아홉 살 아이의 눈이라 보기 힘들었지만 김태수는 변한 손자의 눈이 대견했다. 그가 원한 것은 천진난만한 외손주가 아니었다. 이 나라를 담을 그릇. 냉철하고 무정한, 강인하고 위엄 있는 임금의 모습이 되길 원했다.

중앙 정치에 나오면서부터 늘 왕권강화에 반대하는 입장에 섰지만, 이제 와선 그 입장 또한 바뀌었다. 외손주가 왕좌에 오르는 순간 그는 월한에게 많은 힘을 실어줄 작정이었다. 나약하고 휘둘리는 왕이 아닌 절대 권력을 지닌 왕으로.

상처가 옅어진 월한의 뺨을 바라보던 김태수가 고개를 숙인다.

"얼굴이 많이 상하셨습니다."

김태수의 말에 월한의 입술에 슬픔이 어렸다. 하나 흘러나온 음성은 강직했다.

"얼굴이 아니라 마음이 상했습니다."

"폐서인의 일은 잊으십시오. 마마의 탓이 아니옵니다."

월한 역시 그렇게 생각하고 있었다. 중전마마의 죽음이 제 탓은 아니라고. 하지만 마음을 편히 먹으려 해도 그럴 수가 없었다. 우울한 기운이 가득한 얼굴로 김태수를 바라보던 월한이 입술을 씹었다. 하고 싶은 말이 많은 표정이었으나 아이는 말을 삼켰다. 혀는 목을 자르는 검이라는 것을 중전의 일로 알게 되었다.

하나 김태수는 아니었다.

그는 중전의 죽음으로 인해 무거운 기운이 궐내에 흐르는 상황에 들뜨는 마음을 억누르고 있는 중이었다. 중전이 폐서인으로 죽고 세자마저 생사가 묘연하다. 아니, 살아 있다 해도 더 이상 세자의 자리에서 버티지 못할 것이다. 확신에 찬 김태수는 더 이상 제 야망을 숨기지 않았다.

"다음은 세자입니다."

월한의 날카로운 눈이 김태수에게로 향했다.

"경거망동하지 마세요."

소리를 지른 것도, 분노를 표현한 것도 아니었다. 하나 어린아이가 짓기엔 근엄한 표정과 어투 때문이었을까.

능구렁이 같은 김태수가 본능적으로 몸을 숙였다.

"소신이 과했사옵니다."

어린 외손주에게 꾸지람을 듣게 된 꼴이었으나 김태수는 은밀히 웃었다.

월한의 얼굴에서 왕의 기품을 보았기에 모든 것이 하늘의 뜻인 듯했다.

설악산을 괜히 악산이라 부르는 게 아니었다. 높고 험한 산세는 산에 익숙한 도윤도 힘에 부쳤다.

산허리에는 봄비를 맞은 땅이 꽃을 피우고 나무 가지마다 연둣빛 봉오리가 고개를 내밀었으며 계곡을 헤엄치는 물고기 꼬리에 힘이 넘치는데, 산봉우리는 아직도 새하얗게 눈이 쌓여 있었다. 위로 오를수록 점점 눈이 많이 쌓여 걸음을 힘들게 하는 데다가 온통 바위투성이라 온몸으로 산을 기어오르는 기분이었다.

결국 소동라령—지금의 한계령—이라는 높고 험한 고개를 오르던 자희가 죽는 소리를 냈다.

"헉. 헉. 저, 저 죽습니다."

도윤은 자희가 죽겠다는 데도 앞만 보고 가는 이림의 손을 붙잡았다.

이림이 의아한 표정으로 돌아보자 도윤이 그의 손을 놓으며 말했다.

"왜 화난 사람처럼 그리 가십니까?"

어투는 마치 화를 내야 할 사람은 바로 나라고 말하는 것 같았다. 그래서일까. 이림은 '내가?'라며 그런 적 없다는 듯 반문했다.

"예, 선비님 말입니다."

"그저 마음이 바쁠 뿐이다."

박성권이 한양으로 가짜 세자를 보내는 동안 최대한 이곳에서 멀리 떨어져야 했다. 그리고 금강산으로 향하는 동안 혹시 모를 위험에 대비해 한수창과 역졸들도 보내준다 했다. 세상에 제 편이 없다는 불안감에서 벗어나 든든한 한편, 조용히 은둔하고자 했던 스승을 세상 밖으로 끌어낸 것이 죄송해 마음이 무겁기도 했다.

"마음이 바쁘다고 몸이 마음에 끌려가시면 오히려 일을 그르치는 법입니다."

도윤은 선비가 개발보란 분과 무슨 이야기를 나누었다는 것을 눈치채고 부드럽게 그를 설득했다.

"몸도 좋지 않으신 분이 쉬지도 않고 그리 가시다가 쓰러지기라도 하면 어쩌시려고요?"

"내 몸은 괜찮다."

"예. 예. 그렇다 칩시다. 한데 자희는 죽어갑니다. 잠시만 쉬었다 가시지요."

결국 자희는 도윤 덕분에 엉덩이를 붙이고 쉴 수 있었다.

"어라? 여기에 꽃이 피었습니다."

도윤이 꽃을 보고 반가워하자 이림의 입가에도 흐뭇한 미소가 번졌다.

사내다운 기개가 장엄하게 펼쳐진 설악산에도 그 속은 수줍은 처녀 같은 봄꽃을 품고 있었다. 험준한 바위와 아직은 메마른 수목의 가지가 하늘을 찔러대는 웅대한 산용으로 그 외관을 뽐내는데, 정작 풍운의 꿈을 품은 선비들의 마음을 흔드는 것은 일찍 피어난 작은 풀꽃들이었다.

봄이 온다는 것이 이렇게 반가운 일이다.

임금이 산이라면 백성이 꽃일까. 이 많은 꽃들에게 너른 품을 내어주고, 골고루 볕을 쬐어줄 수 있을까.

'당장 내가 쬘 볕도 없는데 별걱정을 다 하는구나.'

이림은 궁 밖에 나와 처음으로 세자다운 고민을 품었다가 실소를 흘렸다.

도윤이 돌 틈에 핀 꽃들을 구경한다며 조금 멀어지자, 자희가 얼른 이림에게 붙더니 무언가를 건네며 속닥거렸다.

"저하. 이거 받으십시오."

"응?"

오색실이 찰랑거리는 황옥 노리개였다.

"이 노리개가 뭐냐면 말입니다. 정 선비께서 한참을 그윽하게 보시던 거였습니다."

"노리개를?"

"예. 아쉬운 듯이 계속 보고 계시기에 제가 몰래 샀습니다."

사실 자희는 도윤이 종이를 사러 간 틈에 눈치 빠르게 노리개를 사두었던 것이다.

"네가 무슨 돈이 있어 이걸 샀단 말이냐?"

"제가 누구입니까. 토란에서 나올 때 여비로 좀 챙겨두었습니다."

"그런 재주가 있었구나!"

이림은 도둑질을 한 자희를 꾸짖기는커녕, 제가 왜 그 생각을 못했을까 안타까워하면서 노리개를 보았다.

"한데, 이걸 왜 날 주는 게냐?"

"아이고. 답답하십니다. 저 선비님을 좋아하시지 않습니까?"

"정 선비는 엄연히 사내다."

자희는 이림이 제 발 저려 하는 게 빤히 보였으나 모르는 척하고 설득했다.

"아휴. 왜 그러십니까. 누가 모릅니까. 정 선비님을 잡아두고 싶어 하시니, 이런 걸로 점수를 얻으시라는 것이죠."

"정 선비는 사내인데 이런 걸로 무슨 점수를 얻으란 말이냐. 제대로 보긴 한 것이냐?"

"생각해 보십시오. 뭐, 집에 누이가 있거나 정인이 있거나, 하여간 갖고 싶어 하신 것은 분명하니, 슬쩍 건네보시란 말입니다."

"아―!"

이림이 생각해 보니 도윤이 어린 누이를 매우 챙기는 듯했다.

'그 누이 좀 특이했지.'

사내들처럼 글을 쓰고 세상 밖에 나오고 싶어 했던 그 누이에게 설악산 오색약수터를 떠올리게 하는 노리개 선물을 주고 싶어 한 마음을 알 것 같았다.

"뭘 그리 속닥거리고 계십니까?"

갑자기 등장한 도윤의 목소리에 이림이 후다닥 노리개를 감췄다.

"뭔데 그리 숨기십니까?"

자희는 어서 주라고 눈치를 줬지만 이림은 그냥 주면 모를까, 감춘 것을 건네기가 쑥스러웠다.

"아무것도 아니다. 다 쉬었으면 그만 가자."

도윤은 자희가 입을 삐죽거리며 따라가는 걸 보고 의아해했지만, 그러려니 하고 다시 걷기 시작했다.

세자를 떠나보낸 박성권은 강릉 관찰사 강필도를 만나기 위해 의관을 갖추었다. 갓을 쓰고 도포를 입으니 개발보라는 이름과는 영 어울리지 않았다.

허례허식 따위 다 집어치우고 사람답게 살고 싶었으나, 강필도가 관찰사로 강릉에 온 것과 세자가 이곳에 온 것은 무관한 일이 아닐 것 같았다. 임금의 치밀한 안배일 가능성이 컸다. 그동안 모르는 척했으나 세자께서 자객에게 쫓기고 있으니 그냥 보고만 있을 수는 없었다. 저하에게 계획대로 조심히 움직이라 말씀을 드렸으니, 자신 역시 조용하고 은밀히 움직여야 했다. 이번 계획이 그들의 귀에 들어갔다간 모두 수포로 돌아갈 테니.

달그락.

간단히 짐을 꾸리고 문을 열고 밖으로 나온 박성권은 마당에 들어서는 한 무리의 관군들을 보고 흠칫했다. 그리고 곧 낯익은 얼굴이 저를 보고 놀라더니 반갑게 부르며 한달음에 다가왔다.

"이 사람! 성권!"

강필도는 저보다 아우뻘인 박성권을 성균관 시절부터 무척 아꼈더랬다. 술 한잔에 함께 밤새 나누었던 나라 걱정을 책으로 쓰면 백 권이 훌쩍 넘을 것이리라.

"형님!"

박성권은 강필도가 저를 찾아올 줄은 몰랐기에 눈이 휘둥그레졌다.

"설마 자네가 개발보란 말인가?"

"예. 어쩌다 보니 그리 살았습니다. 그런데 저를 찾아오신 것입니까? 저도 지금 형님께 가려던 참이었습니다."

"나에게? 그렇다면 혹 세자 저하를 만난 것인가?"

"예. 저하께 그간의 일은 대충 들었습니다."

두 사람의 대화를 듣던 임영과 한수창이 단숨에 달려왔다.

"저하는 지금 어디 계십니까!"

임영이 숨넘어가는 소리로 묻자 한수창이 그를 달랬다.

"일단 진정하고 말씀을 들어봅시다. 어찌 된 것입니까?"

박성권은 임영과 한수창은 잘 알지 못했기에 갑자기 들이닥친 많은 사람들이 혼란스러웠다.

"대체 여긴 어찌 알고 다들 이리로 오신 겁니까?"

그들의 이야기는 길지 않았다.

강필도 일행이 주전골에서 한수창을 찾았으나 세자의 행방을 추측하기 어려웠다. 그때 임영이 세자께서 아마도 임금께서 내주신 과제를 위해 금강산으로 가는 것을 포기하지 않은 것 같다 했고, 그렇다면 설악에서 개발보를 찾을 거라 했다.

한데 흘림골 근처의 개발보를 찾아오는 길에 한 수상한 무리를 마주쳤다. 검을 든 자들이 관군을 보고 쭈뼛거리는 모양새가 영 수상하다 여겨 추궁을 하니 그들이 도주하는 게 아닌가. 그자들을 잡느라 잠시 시간을 지체했으나 대부분 도주해 버렸고 잡은 자들은 자결을 했다.

그러다가 흘림골에서 산적이 습격해 사람이 죽었다는 소식을 듣게 된 것이다. 그 지역에 산적이 자주 출몰하긴 하지만 지금까지 사람을 해한 적은 없었기에, 자신들이 마주쳤던 자객과 관련이 있을 거라 추측할 수 있었다. 문제라면 세자 저하가 있을지도 모르는 곳에서 습격이 일어난 데에 있었다. 그들은 제발 늦지 않길 바라며 여기까지 온 것이다.

"세자 저하를 습격했던 것은 맞소."

"하면 저하께서는 무사하신가!"

"이곳에서는 무사하셨습니다만, 이미 다른 곳에서 자상을 입은 상태였습니다."

세자가 무사하다는 소리에 세 사람은 동시에 안도의 한숨을 내뱉었다.

"그렇군! 그랬어! 하면 지금 어디 계신가?"

"새벽녘에 떠나셨습니다."

"……뭐?"

한발 늦었다는 사실에 강필도가 낭패라는 듯 되물었다. 하나 하늘이 무너져도 솟아날 구멍은 있다지 않은가.

"제가 어디로 가신지 알고 있습니다."

성권의 말에 세 사람이 동시에 그곳이 어디냐 물었다. 그러자 성권은 하늘에 닿을 것만 같은 봉우리를 가리켰다.

"……저하가 저곳에 있다고?"

"네, 정상에 계십니다."

이곳까지의 여정도 만만치 않았기에 한수창의 얼굴이 새하얗게 질렸다.

하지만 무예를 닦은 강필도와 임영은 지치지도 않는지 서두르는 기색으로 말했다.

"어서 갑시다."

"아, 아니……."

"어서요."

"…….'

강필도와 임영이 박성권을 재촉하자 한수창이 입을 꾹 다물었다. 그러면서 세자가 있다는 설악산 꼭대기를 바라보며 중얼거린다.

"저기가…… 오르다가 악 소리가 난다는 그 산이로구나."

아아, 내 팔자야.

❖

"새가 숲으로 돌아갔다 합니다."

김태수의 얼굴이 일그러졌다.

"둥지에서 떨어지면 금방 죽을 줄 알았더니, 이름값을 하는구만."

"설마 그곳에 박성권이 있을 거라고는……."

"입 닥치지 못할까!"

김태수는 보고하는 병조판서 김종일에게 호통쳤다. 세자에 관한 일은 조심스러워야 했다. 누가 들을 줄 알고 함부로 박성권의 이름을 입에 올리는 것인가.

김종일은 고개만 푹 숙이고 입을 다물었다.

"그래서 그놈이 다시 둥지로 돌아가길 손 놓고 기다리는 중인가?"

한껏 누그러진 김태수의 목소리에 병판은 입을 열었다.

"예상대로 금강산 쪽으로 가려는 듯 보여 길을 막고 기다리는 중입니다."

"함정일지도 모른다. 어미 새가 죽은 것을 알고도 금강산으로 갈 리가 없을 것이다."

"그래서 일단은 대청봉 일대를 포위하도록 해두었습니다."

"그래. 거기서 끝을 봐야 한다. 숲에서 벗어나는 순간 모든 것이 일그러질 것이야."

일을 크게 만드는 것이 마음에 걸렸지만 어쩔 수가 없었다.

조용히 움직이려다가 일을 여기까지 끌고 온 것 같기도 했다.

"예. 이번에는 진짜 다 함께 뼈를 묻을 각오로 임하라 해두었습니다."

"그럼 그리 믿고 나도 손을 써두지."

김태수는 걸음을 옮겨 조정으로 향했다.

아직 임금께서는 등청하지 않으셨지만, 많은 대신들이 모여 갑론을박 중이었다.

"세자 저하가 궐에 없다는 게 사실입니까?"

"그렇다고들 하더군요. 요즘 모습을 보이시지 않은 게 꽤 되지 않았습니까."

"그것은 전하의 명으로 동궁에 근신 중이셨던 게 아니었습니까."

소란스러운 대신들을 바라보던 김태수가 걸음을 옮기자 그를 본 대신들이 고개를 숙이며 인사를 건넸다.

"오셨습니까. 영의정."

특히 우의정 송봉은 김태수에게 의미심장한 눈빛과 은근한 미소를 보내며 말을 꺼냈다.

"영의정께서는 뭔가 알고 계시는 것이 있습니까?"

그러자 기다렸다는 듯이 다들 한마디씩 쏟아냈다.

"세자 저하께서 궁에 없다는 소문이 파다합니다. 왜 아니겠습니까. 폐서인이 죽었는데도 너무 조용하지 않습니까."

"그러니까요. 세자의 성정이라면 아무리 주상 전하의 명이라 해도 동궁전에 숨죽이고 계실 분이 아니지 않습니까."

"죄인이라 해도 어미인데 너무 침묵하십니다. 그러니 이런 소문이 나돌 수밖에요."

"혹 저하께서도 어디 편찮으신 것은 아니신지……."

사헌부 집의 김춘삼까지, 세자와 임금을 탓하는 무리는 모두 다 김태수 쪽 사람들이었고, 세자 편의 관료들은 아무 말도 못 하고 있었다.

그때 김태수가 조용히 입을 열었다.

"사실, 세자 저하께서는 궐 안에 계시지 않다 합니다."

"뭐라고요? 그게 정말입니까?"

"아니, 어찌 그런 일이 있을 수 있단 말입니까?"

"저도 자세한 것은 모릅니다. 희빈 마마께 청해 동궁전에 계신 세자 저하의 안부를 알아봐 주십사 했을 뿐인데, 동궁전에 아무도 없다 하지 않습니까. 이 몸도 심히 당혹스럽습니다."

김태수는 점잖게 아무것도 모르는 척했다. 그러면서 그는 의문을 담은 눈으로 좌의정 류석현을 쳐다보았다.

"좌의정께서는 뭔가 알고 계시지요?"

좌의정 류석현은 그의 물음에 펄쩍 뛰었다.

"제가 그것을 어찌 안단 말입니까!"

표정과 눈빛을 보니 모르는 것이 분명해 보였다.

이러니 임금께서 자신의 편을 만들지 못하시지, 김태수는 속으로 혀를 끌끌 찼다. 의심이 많은 분이라 정작 중요한 일은 누구와도 의논하지 않으시는 게 임금의 약점이었다. 김태수는 류석현이 아무것도 모른다는 걸 알면서도 한숨을 내쉬며 애원하듯 말했다.

"이보시오. 좌의정. 비록 우리가 뜻이 다르다 하나, 나라를 위하는 마음은 모두 같지 않소. 지금은 세자 저하의 안위가 위태로운 상황이오. 우리도 뭔가 알아야 조치를 취하지 않겠소. 알고 있는 게 있다면 제발 부탁이니 이제 그만 말씀해 주시오."

"내가 일부러 숨기고 있단 말입니까? 나는 정말 아무것도 들은 바가 없소이다!"

그러자 우의정 송봉이 버럭 화를 내며 좌의정 류석현을 궁지로 몰아갔다.

"숨기는 것이 능사가 아니오!"

"우의정은 말조심하시오! 내가 뭘 숨긴단 말이오!"

두 사람이 다투기 시작하는데 병조판서 김종일이 조심스레 입을 열었다.

"송구합니다만, 실은 제가 이 일에 대해 조금 알고 있습니다."

"그게 무슨 말인가? 자네가 어찌 그 일을 알아?"

김태수가 매섭게 추궁하자 종일이 참담한 표정으로 말했다.

"얼마 전 세자우익위 임영이 홀로 다니는 것을 보았습니다."

"임영이?"

"예. 관복을 입지 않고 홀로 방황하고 다니는 것을 수상하게 여겨 사람을 시켜 그 뒤를 밟았습니다."

"그런 중한 사실을 어째서 혼자만 알고 있었소!"

김태수는 뻔뻔하게도 더욱 크게 호통을 쳤다.

"확실히 한 뒤에 알리려 했습니다. 한데 저도 전부를 안 것은 아닌지라……. 확실한 것은 임영이 누군가를 찾고 다닌다는 것입니다. 한데 그 인상착의가 세자 저하와 똑같다 합니다."

"그럴 수가!"

여기저기서 탄식이 터져 나오고 웅성거리는 소리가 커져 갔다.

"그게 다가 아닙니다. 알고 보니 몇 달 전 단양에서 올라오던 상선이 가라앉아 큰 난리가 나지 않았겠습니까. 그곳에 세자익위사의 무관들로 추정되는 시신들이 여럿 있었다 합니다."

"하면 그 배에 세자 저하도 함께 탔단 말인가!"

"예. 임영이 그 일대를 찾고 있다니 아무래도……!"

"이럴 수가! 어찌 이런 중차대한 일을 주상 전하께서는 감추고만 계신단 말인가!"

이쯤 되자 김태수 일가가 소리를 지르며 여론을 만들어가기 시작했다.

"허어, 이런 변고가 있나!"

"대체 저하께서는 왜 궐 밖에 나가신 것인가!"

편전 안이 무척 소란스러워졌다.

김태수는 그런 대신들을 진정시켰다.

"자, 자, 우리끼리 이리 떠들 일이 아니오. 우선은 전하께서 오시면 이 일에 대해 다시 소상히 여쭈어보고, 그다음에 방책을 마련토록 합시다."

아직 충격이 가시지 않은 대신들의 웅성거림을 모두 가라앉히는 데는 조금 시간이 걸렸다.

좌의정 류석현은 김태수가 이 모든 일을 알면서도 일부러 지금껏 감추었다고 확신했다. 게다가 어쩌면 세자 저하의 실종이 그와 무관하지 않을 것이다. 얼굴에 거짓 근심을 드리우고 의기양양하게 어깨를 펴고 있는 김태수를 보며, 류석현은 그가 원하는 말을 해줄 수밖에 없었다.

"그렇습니다. 일단 세자 저하의 일은 주상 전하께서 확언을 해주셔야만 할 일이니, 경거망동하는 일이 없도록 합시다. 오늘 이 자리는 세자 저하의 일을 의논하려는 것이 아니라, 공석이 된 중전의 자리 때문이 아니겠습니까."

그러자 다른 대신들도 고개를 끄덕였다.

"예. 그렇습니다. 일단은 하나씩 해결해 가는 것이 좋겠습니다."

김태수는 비열한 웃음을 감춘 채 진지한 얼굴로 중전의 자리에 다른 가문의 여인들을 추대하기 시작했다. 그리고 그가 진정 원하는 것은 다른 이들의 입에서 나왔다.

"제 생각에는 지금 또 중전을 간택하는 것보다 희빈 김씨가 중전의 자리에 오르는 것이 어떨지요?"

"예. 희빈 김씨의 인품은 중전이 되기에 모자람이 없지요. 어린 월한군의 인품만 보아도 희빈의 성품이 얼마나 어진지 알 수 있지 않습니까."

김태수는 그들의 추대를 짐짓 엄한 얼굴로 사양하고 있었으나, 이 자리에 있는 모두가 결국 그리될 것이라는 걸 알고 있었다.

모두 김태수가 원하는 방향으로 흘러가고 있었다. 결국 그가 원하는 것은 희빈 김씨가 중전이 되어 월한이 대군이 되는 것일 테니.

'월한군이 대군이 되어 임금의 정통성까지 가지게 된다…… 라.'

류석현의 얼굴이 어두워졌다.

희빈 김씨는 고운 자태로 앉아 차를 마셨다. 향긋한 차 내음은 평소 그녀가 즐기는 것으로, 수국차의 잎을 말려 만드는 감로차였다.

부처님 앞에 올리는 차라고 알려진 이 차는 최근 수확량이 줄어들어 구하기 힘든 것이었으나, 입맛이 워낙 까다롭고 귀한 것을 즐기는 희빈 김씨는 강릉 지방에 특별히 명을 내려 일정량을 진상하라는 명을 내릴 정도로 이 차에 흠뻑 심취해 있었다.

희빈 김씨는 잔을 내려놓으며 맞은편에 앉은 자신의 아버지 김태수와 의젓한 아들 월한을 바라보았다. 권세가의 여식으로 태어났으나 그 때문에 심한 견제를 받았고, 중전이 되지 못했다. 하지만 결국 권력을 가진 자는 원하는 것을 얻게 돼 있었다. 마침내 여인으로 오를 수 있는 최고의 자리를 갖게 되었으니, 두 사람을 바라보는 희빈 김씨는 감회가 새로웠다.

"이제 월한군이 아닌 월한대군이 되시겠군요."

홍배 또한 기린으로 바뀔 것이다. 세자 이림이 사라지고 나면 결국 대군이 세자가 될 것이고, 장차 이 나라의 임금이 될 것이다. 이제 제 아들이 임금 외에 누구에게도 고개를 숙일 필요가 없게 된다. 희빈 김씨는 그 모습이 눈앞에 선연한지, 꿈꾸는 듯한 표정이었다.

김태수 역시 희빈 김씨의 말에 가슴이 벅차오르는지 눈빛이 아련했다.

하나 월한만큼은 두 사람과 달리 건조한 표정으로 앉아 침묵했다. 월한은 제 손에 든 따뜻한 찻잔을 내려다보며 잔잔한 찻물 너머의 기억 속을 헤매고 있었다.

폐서인으로 죽은 중전과의 마지막 대화. 평생 죽을 때까지 무덤으로 가져가야 할, 모두를 위해 감추어야 할 그날의 대화.

슬픔이 그득한 얼굴로 잔을 내려놓은 월한은 그날의 기억을 지우려는 듯 눈을 질끈 감았다 떴다. 지워야 했다. 그렇지 않으면 더 큰 화를 입을 것이다.

월한이 입을 열었다.

"아직은 월한군입니다. 어머니께서 중전에 오르시고 제가 대군이 된다 해도 군일 때와 달라질 것은 없습니다."

"왜 없습니까? 세자의 행방이 묘연하니, 대군이 세자가 되겠지요."

"마치 그리되길 바라시는 듯하니 소자 몸 둘 바를 모르겠나이다. 형님의 생사를 알 수 없는 와중에 괜한 오해를 사고 싶지 않사옵니다. 어머니와 외조부께서는 이 점을 각별히 유의해 주셨으면 합니다."

두 사람은 어린 월한의 조심성에 놀라 무안해하면서도 기특해 죽겠다는 듯 흡족해했다.

희빈 김씨는 다정한 음성으로 월한을 달랬다.

"예. 그래야지요. 월한의 형님이신 세자 저하의 행방이 묘연한데, 그 슬픈 마음을 왜 모르겠습니까."

"그리 이해해 주셔서 다행이옵니다."

"제가 생각이 짧았습니다. 나는 그저 우리 월한이 이제 이 어미에게 어마마마라 부를 수 있겠구나, 기뻤을 뿐입니다. 속 좁은 아녀자의 마음이 이것밖에 안 돼 부끄럽습니다."

법도에 따라 대군과 군들은 중전에게만 어마마마라 할 수 있었다. 그 법도라는 것 때문에 희빈 김씨는 월한의 어머니였음에도 항상 한 발자국 뒤에 물러나 있어야 했다.

그것만으로도 좋지 않냐는 말에 월한은 희빈 김씨를 보며 한숨처럼 말했다.

"제게까지 숨기실 필요 없습니다."

"예에?"

뜻밖의 말에 희빈 김씨의 얼굴이 굳었다.

"형님이…… 살아서 돌아오시면 어찌 될 것 같습니까. 중전마마께서 폐서인이 된 것은 저 때문입니다. 어머니와 외조부를 살리고 싶어 그리했습니다."

"워, 월한군. 그게 무슨……."

희빈 김씨와 김태수가 깜짝 놀라 월한을 보았다.

월한은 거기에서 말을 멈추지 않고 안에 있는 모든 이야기를 토로하듯 쏟아냈다.

"어머니가 중전마마께 보내신 차가 무엇인지 알고 있습니다. 그래서 부러 전하를 찾아뵙고 상처에 대해 말씀 올린 것이옵니다."

"차, 차라니요. 그건 제가 좋아하는……."

"중전마마께서 그리되신 것에 어머니의 탓도 있다는 거 압니다."

"……."

"형님께서 이를 알게 되시면 저와 어머니, 그리고 외조부의 목숨을 보전하기 힘들 것입니다."

영특한 아들이 모든 것을 알고 있으니, 희빈 김씨는 가면을 벗어던지고 차갑게 말했다.

"그렇게 되는 걸 이 어미와 영의정이 보고 있을 것 같습니까?"

만약 세자 이림이 궁으로 살아 돌아온다면 그 분노를 감당하지 못할 것이다.

하지만 세자의 그 가볍고 포악한 성정을 알기에 희빈 김씨와 김태수는 오히려 걱정하지 않았다.

"월한군께서는 아무것도 염려치 않으셔도 됩니다. 이 할애비가 최선을 다해 두 분을 모실 것이니 그저 세상이 변하는 것을 보고만 계시면 됩니다."

김태수의 말에 희빈 김씨는 간악한 음성으로 거들었다.

"세자가 가만 보고 있지 않으면 어쩌겠습니까? 패악을 부리면 부릴수록 세자의 자리를 스스로 벗어던지게 될 것입니다. 우리는 그저 적당히 당해주면서 기다리기만 하면 되는 것이지요. 무엇보다 영의정께서 이리 힘쓰고 계신데, 돌아올 자리가 있긴 하겠습니까?"

탐욕으로 일렁거리는 희빈 김씨의 눈망울을 바라보던 월한이 무심한 표정으로 고개를 끄덕였다.

"······저도 그렇게 되길 바랍니다, 어머니."

차라리 세자가 궁으로 돌아오지 않길.

부디 그렇게 되기를.

월한은 진심으로 바랐다.

산봉우리에 다가가자 때아닌 눈이 내리기 시작했다. 생기 넘치는 봄의 기운을 얼어붙게 만드는 눈송이지만 봄에 살고 있는 세 사람에게는 그저 민들레 꽃씨처럼 반갑기만 했다.

도윤이 꿈에 그리던 설악산은 평생 잊지 못할 아름다운 풍경으로 그녀의 마음을 사로잡았다. 볕은 봄의 것처럼 따뜻해서 새하얀 눈이 눈부시도록 빛을 발해 신성한 느낌마저 들었다.

"여기는 아직도 겨울인가 봅니다."

도윤이 경탄하자 이림도 고개를 끄덕이며 말했다.

"혼자 세상을 거스르는 듯하구나. 혼자 겨울을 살면서도 부끄러워하지도, 주눅 들지도 않고."

설악의 능선은 어깨를 당당히 펴고 바람을 맞서는 듯, 도포 자락을 펄럭이며 선 사내의 모습을 하고 있었다.

"그런 감상도 할 줄 아셨습니까?"

"너만 시를 잘 쓰는 줄 아느냐?"

"선비님을 무시한 건 아닙니다. 사람은 저마다 가진 재능이란 게 있지 않겠습니까? 한데 너무 많이 가지고 계시면 약이 오르니 시 쓰는 재능은 없는 걸로 해주십시오. 싸움도 잘하고 글도 잘 쓰시면 저는 뭐가 됩니까. 아니, 규석 선비 같은 분도 설 자리가 있어야지요."

"너희들의 박탈감을 이해 못 하는 건 아니지만, 그렇다고 있는 재능을 감추고 살 수는 없지 않겠느냐?"

"아주 대단하신 분 나셨습니다."

몇 번이나 발을 헛디디던 세 사람은 쌓인 눈에 옷이 흠뻑 젖고 고생스러운 와중에도 웃음이 끊이지 않았다. 흩날리는 눈에 시야가 어지럽고, 쌓인 눈에 발이 미끄러지고 코끝이 새빨갛게 얼어붙는 것은 곤혹스러웠지만.

뽀드득. 뽀드득.

정상으로 향할수록 눈이 더 많이 쌓였고 바람도 더 심했다. 행여 갓이 날아갈까 도윤은 양손으로 갓을 꾹 눌렀다. 그리고 어느 순간 갑자기 거짓말처럼 눈이 멎었다. 변덕스러운 날씨에 어리둥절해하는 것도 잠시, 마침내 대청봉의 꼭대기 바위가 나타났다.

"다 왔습니다! 대청봉입니다!"

도윤이 가장 먼저 그 정상의 바위를 밟았고, 뒤따라 올라온 자희가 기뻠에 외쳤다. 살았다는 듯 안도하는 외침이었다.

가장 높은 곳에 서서 세상을 내려다보니 천하를 발아래 둔 듯 도윤의 가슴이 부풀어 오른다.

발밑의 세상이 낙조로 붉게 물들어가고, 저 멀리 백두대간의 산줄기가 굽이치는 첩첩산중의 장엄함이란, 마치 신선이 사는 비경 같았다.

괜스레 눈물이 쏟아진다.

마치 허락된 자에게만 보여주는 세상인 듯해서, 자신이 해냈다는 감격이 들었다. 또 한편으로는 두 번 다시 보지 못할 거란 안타까움에 서러움이 밀려왔다.

이림 역시 이 순간만큼은 다 잊을 수 있었다.

까마득한 아래와 넓은 세상의 위용 앞에서 인간의 존재란 보이지도 않을 만큼 미미하니, 무엇을 떠올릴 수 있겠는가.

이림은 금강산으로 이어진 길을 하염없이 바라보았다.

할 수만 있다면 차라리 세상에 나가고 싶지 않았다. 이대로 신선이 되고 싶다는 우스운 생각까지 들 때였다. 무심코 쳐다본 도원의 눈가에 눈물이 가득 고여 있었다.

정작 도원 본인은 이를 미처 인식하고 있지 못하는 듯 두 눈에 세상을 담기에 급급했다.

감탄해야 하는 이 순간, 저리도 슬픈 표정이라니.

이림이 몸을 돌려 도윤을 내려다보았다. 그러더니 급기야 흘러내리는 눈물을 닦아내 주기 위해 손을 뻗는다.

"무슨……."

"눈물이 날 정도로 감동받았다는 건 알겠다. 하지만 그 이상 가슴에 맺힌 감정이 있는 듯하구나."

"……."

그의 말에 도윤이 아랫입술을 깨물며 울음을 참아보려 했다.

하지만 어찌 된 일일까. 그가 자신의 속에 있는 그 무언가를 알아주었다는 기쁨 때문이었을까. 눈물이 흘렀다.

"왜 서러운 사람마냥 얼굴이 일그러진 게냐?"

그의 물음에 도윤은 하고 싶은 말이 쌓여 있는 머릿속을 천천히 둘러보았다.

나는 여인입니다, 그대를 마음에 품었습니다. 이 아름다운 세상을 이젠 더 이상 보지 못할 겁니다. 깊은 규방에 박혀 일생을 보내며 아이들을 키워내는 것에 힘쓰는, 평범한 여인의 삶을 살아갈 것입니다.

개중 무엇을 말한단 말인가. 그저 속으로 삭여야 하는 것들이라 도윤이 스스로 손을 들어 눈물을 닦으려 할 때였다.

이림이 돌연 도윤의 팔을 끌어당겨 자신의 가슴에 도윤의 얼굴을 파묻게 했다.

"……!"

도윤은 당황할 틈도 없었다. 그저 눈물로 그의 가슴을 적시며 울컥한 마음을 위로받기 바빴다.

이림은 제 가슴이 젖어드는 것을 느끼며 도원에게 무언가 말 못 할 사연이 있음을 알게 됐다.

"왜? 무엇 때문에?"

"다시는…… 다시는…….'

"천천히. 천천히 말해도 된다."

이림이 달래주자 도윤이 끅끅거리면서 고개를 들었다.

"전 이제 다시는, 이런 풍경을…… 못 볼 겁니다."

"네가 오고자 한다면 언제든 올 수 있다."

도윤은 고개를 저었다.

"저는 안 됩니다."

그러면서 도윤은 훌쩍거리는 얼굴을 닦아내며 뒤로 물러섰다.

"내가 도와주마."

나지막한 음성은 진심이 그득해 사실로 믿을 수 있었다. 하나 그래서 문제다.

"네가 하고 싶은 것. 네가 보고 싶은 것. 내가 전부 하게 해주마."

"선비님……."

"난 그럴 수 있다. 하니, 울지 마라."

도윤은 저를 위해 무엇이든 해주겠다는 이림의 말에 저를 향한 깊은 애정을 느낄 수 있었다.

그것이 착각이 아니라는 건 이어지는 이림의 말로 충분했다.

"나는 네가 좋다."

"……."

"너 대신 죽어도 좋겠다 생각할 만큼."

"저, 저는……."

말해야 할 때다.

이림의 눈이 말하고 있었다.

네가 무슨 말을 하든 받아들일 수 있다. 네가 좋아서, 아무것도 상관하지 않을 것이다. 그러니 할 말이 있으면 하라고.

사내인 저를 그리 본다는 것은 제가 여인이라는 것을 눈치채고 있다는 게 아닐까. 아니, 자신을 사내로 좋아한다 하더라도 여인이라 하면 더 잘되었다고 말씀해 주시지 않을까. '정도윤'이 아닌 '정도원'으로 자신을 소개해야 했던 이유를 말씀드리면 자신을 이해해 주시지 않을까.

화가 아닌, 다정한 어조로 자신에게 '괜찮다'라고 말씀해 주시지 않을까.

하면…… 지금이야말로 솔직하게 말할 때 아닌가.

"마, 말씀드릴 게 있습니다."

흔들리는 도원의 눈을 보던 이림이 피식 웃으며 급하지 않다는 듯 품
속에서 무언가를 꺼냈다. 그리고 그것을 불쑥 도원의 앞에 내밀었다.

도윤이 그의 손바닥 위에 있는 물건을 보고 멍한 눈으로 그를 올려다
본다.

"이게 뭡니까?"

이 물건이 무엇이지 몰라 그렇게 물은 것이 아니었다. 다만 확인하고
싶은 것이다.

"보면 모르겠느냐."

"그, 그러니까 왜 사내에게 노리개를……."

이 노리개는 자희와 함께 장터에서 보았던 것이다. 어쩌면 자희가 벌
써 말한 건지도 모른다. 알고 계신 거였냐고, 제가 여인이라는 걸 알고서
도 좋아한다고 곁에 있어달라 하신 것이냐고 묻고 싶었다. 기대감에 얼굴
이 밝아졌다.

"왜일까."

"아, 알고 계셨던 것입니까……."

도윤이 고개를 푹 숙이며 얼굴을 붉히자 이림이 헛기침을 내뱉으며 짐
짓 아무렇지 않은 척 말했다.

"자희 덕분에……."

"아, 아셨다니, 제가 드릴 말씀이 없습니다."

의외로 쉽게 밝혀져 버려 다행인 듯싶으면서도, 알면서 모르는 척, 들
킬까 봐 마음 졸이는 저를 보고 무슨 생각을 하셨을까 원망스럽기도 했
다.

"누이에게 노리개 하나 사주지 못할 정도로 어려운 형편이라는 거 안다."

"예?"

도윤은 고개를 들었다.

"두 번 다시 유람을 나오지 못할 정도로 가난하고, 많은 것을 알고 있어도 과거에 응시할 수조차 없는 가문이라는 것도 눈치채고 있었다."

"저, 저는……."

뭔가 다르다.

"하나, 나는 다 해결해 줄 수 있다. 네 가문이 역도의 가문이라 해도, 나는 너를 곁에 둘 것이다."

도윤은 눈을 깜빡거리며 이림이 잘못 알고 있는 저에 대한 것들을 어디서부터 알려줘야 할지, 아니, 그렇게 알고 있는 게 나은 것인지 고민했다.

"받아라. 네 누이에게 주는 선물이다. 네 누이는 그걸 받을 자격이 있다. 누이의 당돌한 생각에 나 또한 배운 것이 많으니."

결국 고민하던 도윤은 얼떨결에 노리개를 받아 들고 말았다.

"잘…… 전하겠습니다."

소중히 노리개를 감싸 쥔 도윤이 그를 바라보았다. 제가 여인이라는 걸 밝힐 기회가 또 사라졌다. 아니, 지금 말해도 괜찮은 걸까. 치마를 입은 제 모습을 보았고, 울면서 안기기까지 했는데도 여자라고 의심조차 하지 않는 그에게 여인이라고 말해도 괜찮은 걸까.

'설마, 제가 사내라 좋은 겁니까?'

그럴지도 모른다. 사내인 제게 입을 맞추었다는 말까지 하지 않았던가.

납치를 당해 갔던 토란에서도 보았지만 세상에는 온갖 취향을 가진 사람들이 존재했고, 선비는 처음 볼 때부터 중증의 병증이 있었으니 충분히 그럴 수 있다는 생각이 들었다.

'그럼 말할 수 없어. 절대. 그건······ 안 돼. 충격이 크실 거야.'

어쩌면 같은 부류라 여기고 저를 아껴주는 건지도 모른다. 그런 분에게 여인이라는 걸 밝혔다가는 저를 경멸하고 배신했다고 분노할지도 모른다.

'날 위해 목숨까지 걸었다고 하셨는데······.'

지금이 자신이 여인이라는 걸 밝힐 수 있는 기회라는 걸 알면서도 차마 입이 떨어지지가 않았다.

"이제 내가 너에게 할 말이 있다."

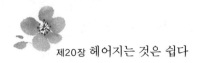

제20장 헤어지는 것은 쉽다

자신의 몸집보다 훨씬 큰 옷을 입은 아이가 마루에서 폴짝 뛰어내렸다. 동무들과 떠들고 놀다 보니 집에 돌아가야 할 시간이 훌쩍 지났다. 마음이 급했지만, 마당 한편에 서 있는 스승을 못 본 척할 수는 없어 빠르게 걸음을 옮긴다.

"스승님, 내일 뵙겠습니다."

자그마한 아이가 그래도 배운 게 있다며 허리를 숙이자 대봉이 호쾌하게 웃음을 터뜨렸다. 얼마나 재미있게 논 것인지 얼굴에 먹물이 튄 것도 모르고 있었다.

"이번에도 숙제를 해오지 않으면 경을 칠 게다."

대봉이 먹물을 닦아주며 말하자 아이가 개구쟁이처럼 말했다.

"에이, 한 번만 더 봐주세요. 밭일을 돕느라 시간이 없단 말입니다."

"욘석아! 다들 밭일에 나무까지 하고도 숙제를 해오는데, 어디서 그런 핑계를 대."

"정말이라니까요. 숙제 한다고 일을 안 하면 어머니가 분명히 공부하러 안 보내주실 겁니다."

"예끼, 이 녀석! 놀 시간은 있고!"

"헤헤!"

개구쟁이 아이는 혀를 쏙 내밀고 도망치듯 스승께 인사를 하고 떠났다. 그 뒤로 몇 명의 아이들이 대봉에게 인사를 한 후 사라졌다.

모두 그가 기르는 후학이었다.

봄이 되면 먹을 것이 똑 떨어져 겨우겨우 살아가는 양민의 자제들이었으나 그는 글에 재능이 있는 아이라면 따로 학비를 받지 않고 글을 가르쳐 주고 있었다. 조선의 백성 대부분이 양민이었으니, 그들부터가 똑똑해져야 이 나라도 발전이 있다고 믿으며.

그러면 다들 그 고마움을 잊지 않고 달걀이며 콩이며 보리쌀 같은 것을 가져다주곤 했다. 그마저도 없는 아이들은 슬쩍 짚신을 놓고 가곤 했는데, 대봉은 그들의 마음이 너무 어여뻐 이 궁핍한 생활도 힘들지 않았다.

물론, 그 때문에 두 딸자식을 고생시키는 것은 마음에 걸렸지만, 굶어 죽는 사람들도 많은데 이 정도로 먹고살게 해준 것도 어디냐며 늘 큰소리치고 있었다.

아이들이 모두 집으로 돌아가자 대봉은 이젠 막내딸을 기다리기 시작했다.

도윤이 있을 때는 주로 도윤이 품삯을 받아오고 살림도 도맡아 했었다. 도화는 도와주는 정도였는데, 요즘은 도화가 언니 없이 그 일을 혼자 해내고 있었다. 조금 서툴긴 하지만, 그래도 철부지인 줄만 알았던 어린 녀석이 척척 일을 해내는 것을 보면 기특했다.

마당을 서성이며 도화를 기다리던 정대봉은 싸리문 안으로 불쑥 들어

오는 행인을 보고 다가갔다. 봇짐을 지고 있는 것을 보니, 이 마을, 저 마을 떠도는 장사치인 듯했다.

"뉘시오?"

"여기가 정대봉 선생 댁이오?"

장사치의 입에서 제 이름이 불리자 정대봉은 의아했다.

"그렇소만?"

"서찰 부탁을 받았소. 낙산사 묘진 스님의 부탁으로 가져온 것이오."

"그래요? 고맙소."

낙산사란 말을 듣는 순간 딸아이가 보낸 서찰이라는 것을 단번에 눈치챘다. 아름다운 설악을 둘러보고 싶다며 늘 노래를 불렀으니까.

정대봉은 장사치에게 숭늉과 누룽지를 대접한 뒤에야 서찰을 펼쳐 보았다.

딸아이가 무사히 강릉까지 갔다는 사실에 기뻐하는 것도 잠시, 글을 읽어가던 대봉이 미간을 좁힌다.

"허, 참."

시름이 깊은 얼굴로 서찰을 바라보던 대봉이 이내 고개를 절레절레 젓는다. 이렇게 될 줄 알면서도 세상 밖으로 딸아이를 보내지 않았던가. 유람을 허락하는 순간부터 어쩌면 그 아이가 집으로 돌아오지 않을 수도 있겠다는 생각을 했었다. 그래서 잠시 유람을 보내는 것이 아닌 딸을 출가시키는 마음으로 여비를 마련했고, 살뜰히 살폈다.

한데 다른 것도 아니고 마음에 품은 사내 때문에 돌아오지 못한단 말인가. 이 대목은 다른 것과는 달리 쉬이 넘어갈 수가 없어 대봉이 눈을 가늘게 떴다.

"여간 만만한 놈이 아니겠구만."

도윤과 혼인을 하고 싶다고 매달렸던 장 도령의 경우만 생각해 봐도,

도윤은 사내에게 쉽게 마음을 주는 아이가 아니었다. 여인으로서는 쌀쌀맞은 데가 있는 아이인데, 마음을 주었다니 대체 어떤 놈인가 궁금해졌다.

'무예든 학식이든 웬만큼 출중하고 사람 됨됨이가 훌륭하지 않으면 쉽게 빠질 녀석이 아닐 텐데.'

무엇이 되었든 총명하고 이성적인 딸아이의 마음을 사로잡은 놈이라면 범상치 않은 인물일 게 분명했다.

"뭐, 알아서 잘하겠지. 이왕이면 돌아올 때는 두 사람이면 좋은 것이고."

혹시 너무 대단한 집 자제를 만나 마음고생만 하지 않았으면 좋겠다 생각하며 서찰을 접어 넣었다. 답신을 보낼 수 있으면 좋으련만, 유람하는 사람이 어디 있을 줄 알고 보내겠는가. 대봉은 도윤을 믿고 있기에 서찰을 접는 순간 근심도 함께 접어두었다.

"그런데 얜 왜 이렇게 안 오는 거야."

오늘따라 도화의 귀가가 늦자 정대봉은 초조했다. 첫째 딸은 너무 영민해 자신의 마음을 짓누르는 아이라 하면, 둘째 딸은 너무 고와 의도치 않게 사내들이 꼬이니 걱정이었다. 어수선한 마음으로 마당 안을 서성이던 정대봉은 마을 어귀가 소란스러워진 듯해 밖으로 나와보았다.

'아니, 저것들은 다 뭔가!'

조용한 산골 마을에 관군들이 줄지어 들어오니 마을 사람들이 죄다 나와 수군거리고 있었다. 심지어 관군들이 향하는 곳이 아무래도 자신의 집인 것만 같아 정대봉은 의아하면서도 불안했다.

'뭐지? 혹, 도화에게 무슨 일이 생긴 것인가!'

아니나 다를까, 관군들이 정대봉 앞에 멈추었다.

"여기가 정대봉 선생의 집이오?"

말을 탄 관원이 대봉의 집을 가리키며 물었다.

"그렇소만. 내가 바로 정대봉이오."

그러자 관원이 말에서 내리며 엄한 목소리로 말했다.

"주상 전하의 명이오. 정대봉은 어명을 받드시오."

관원이 우렁찬 소리와 함께 두루마리를 펼쳐 들었다.

정대봉은 어리둥절해하면서도, 지은 죄가 없기에 순순히 무릎을 꿇고 교지를 향해 절을 올렸다. 얼마 전 자신을 찾아와 숭늉 한 그릇 먹지 못하고 떠난 세자 저하의 얼굴이 아른거렸다.

'설마 그 일 때문은 아니겠지?

세자를 그냥 돌려보낸 것이 죄였던가, 아니면 다른 뜻이 있으신 건가. 정대봉은 혼란스러운 마음은 숨긴 채 의연하게 명을 받들 준비를 했다.

도윤은 그가 하려는 말이 제가 예상했던 그것일까 봐 가슴이 덜컹했다.

"너도 짐작했겠지만 나는 아무에게나 함부로 말할 수 없는 비밀이 있다."

마른침을 꿀꺽 삼킨 도윤이 조심스레 물었다.

"항상 말씀하셨지요. 너를 위해서다, 라고. 제가 알면 힘들어지기 때문에 그러신 겁니까."

"맞다."

"그런 거라면 저는, 저는 다 이해합니다. 다만, 그렇다 해도 제가 그럴 수 없다는 것만 알아주신다면 어, 얼마든지 곁에 있어 드릴 수 있습니다."

"뭐? 내가 무슨 말을 할 줄 알고 이해한다는 것이냐?"

"그, 그러니까, 제가 뭘 이해하냐면, 그러니까……."

이림이 자신을 빤히 쳐다보자 도윤이 결국 눈을 질끈 감으며 소리쳤다.

"나, 남색을 밝히, 아니, 좋아하시는 거 말입니다!"

"……."

이림의 표정은 조금도 변하지 않았다. 제가 무슨 말을 들었는지 모르겠다는 듯이 계속 도윤을 쳐다보았고, 두 사람의 대화를 듣던 자희는 먼 산으로 눈을 돌렸다.

"이, 이해합니다. 저는 그게 뭐, 그렇게 남사스럽다고 생각하지 않습니다. 어, 어쩔 수 없는 거니까요. 사람이 사람을 좋아한다는 게, 마, 마음대로 되는 게 아니고, 또 뭐, 선비님께서는 매우 선비적으로 대해주시니까, 가, 강제로 막 사람을 그러지 않는다는 거 믿고 있습니다."

도윤은 이림이 눈도 깜빡이지 않고 저를 뚫어져라 쳐다보자 눈알을 이리저리 굴려가며 횡설수설했다.

"말…… 다 했느냐?"

"예? 어, 뭐, 예……. 대, 대충요."

"대충?"

"아, 아뇨. 다 했습니다."

이림은 큰 충격을 받은 것 같기도 하고, 너무 화가 난 것 같기도 하고, 부끄러워하는 것 같기도 했다. 그래서 도윤은 그를 달래주기 위해 또 입을 열었다.

"저, 저는 정말 선비님이 좋은 분이라는 걸 압니다."

"……거기까지."

"선비님."

"아니, 됐다. 네 눈에도 내가 그런 놈으로 보였다니. 하. 내가 미친 모양이다."

"선비님."

도윤이 이림의 소매를 붙잡으려 했을 때였다.

"어허, 어딜 만지느냐?"

이림이 손을 들어 내외하듯 말하자 도윤이 걱정스러운 얼굴로 물었다.

"왜 또 이러십니까? 병이 도지신 겁니까?"

"병은 무슨. 다 너를 위해서다."

"왜 그러시는 겁니까? 정말 결벽증이 다시 시작된 건 아니고요?"

이림은 도윤이 저를 걱정해 주는 말에 콧방귀를 뀌며 빈정거렸다.

"흥. 내가 정말 그런 사람이 될까 무서우니, 거기서 얘기해라."

사내를 좋아해서 도원을 가지고자 하는 게 아니다. 만약 그런 것이었다면 진즉에 어여쁜 자희에게 관심을 보였으리라. 그뿐인가. 얼마 전에는 목욕하는 여인의 모습에 홀려 밤잠을 설친 적도 있었다. 그런데도 남녀를 떠나 정도원이라는 사람만 보면 가슴이 훈훈하고 떨어지고 싶지 않다.

어떤 여인보다도, 어떤 사내보다도 정도원과 함께 있을 때가 가장 행복하다. 정도원을 좋아한다는 것을 인정했다 해서, 사내를 좋아한다고 말할 수는 없는 문제다.

가뜩이나 사내인 정도원을 마음에 품어 매일 밤 고심했던 이림이다. 그러다가 내린 결론이었다. 저는 그저 순수하게 사람을 좋아한 것뿐이라고. 한데, 정도원이 자신의 그런 마음을 몰라주고 저를 그저 사내를 좋아하는 사람이라 생각하니 섭섭한 마음에 꽁하고 말았다.

사실 남들 눈에는 그렇게밖에 보이지 않는 문제이기도 했다. 다만 그간 서로가 나누고 쌓아온 정을 생각한다면 도원도 저와 같은 마음일 거라 기대했기에 배신감을 느끼는 것이다.

"에이, 그런 게 아니셨군요. 난 또. 그럼 그냥 제가 오해했다 하시면 되지, 왜 그리 정색하십니까."

도윤이 웃어넘기며 이림의 상한 마음을 달래주려는데, 이림은 단단히 삐뚤어진 듯 다가오는 도윤을 피했다.

"오해는 무슨. 네가 그리 느꼈다면 맞겠지."

그러자 도윤의 눈썹도 꿈틀거렸다.

"이러실 겁니까? 아니면 아니라고 하시지, 뭘 또 이렇게까지 하십니까."

"우리 사이의 딱 적당한 거리인 듯하다. 곁에 있어달라는 말은 진심이니, 이만큼 떨어져서 있어주면 된다."

기가 막혔던 도윤이 한 소리 하려고 할 때였다.

이림이 갑자기 눈을 크게 뜨고 도윤의 팔을 잡아당겼다.

"엇!"

놀란 도윤이 제대로 버텨보지도 못하고 이림의 몸 위로 무너진 직후였다.

휘익! 퍽—!

그녀가 있던 자리에 커다란 화살 하나가 바위틈에 박혀 파르르 떨고 있었다.

"헉!"

도윤은 하마터면 자신의 몸을 꿰뚫을 뻔한 굵은 화살을 보며 온몸의 핏기가 빠져나간 것처럼 해쓱해졌다.

이림은 그런 도윤을 재빨리 제 등 뒤로 숨겼다. 화살이 날아온 곳으로부터 새까맣게 사람들이 몰려오는 것이 보였다.

"생각보다 빨리 왔구나."

어찌 알고 온 것인지 알 길이 없다. 한시라도 서둘러 가면 자객들을 피할 수 있을 거라 생각했는데 제 생각을 읽기라도 한 듯 행선지를 정확히 알고 따라온 것이 놀랍기만 했다.

"뛰자."

도망치는 것밖에 방법이 없다.

획— 휘익—!

날카로운 바람 소리에 이림이 도윤과 자희의 머리를 눌러 몸을 숙이게 만들었다. 화살이 비처럼 쏟아지기 시작하자 이림은 도윤의 손을 끌고 무작정 반대 길로 내려갔다.

"헉, 헉! 아윽!"

손을 잡고 뛰던 도윤이 넘어졌다.

"괜찮으냐!"

도윤은 쓰라린 무릎을 붙잡고서 이림을 올려다보았다.

"일어나, 어서!"

그럴 때가 아니라고 다급히 재촉하는 이림을 보며 도윤이 말했다.

"혼자 가시면 살 수 있을 것 같습니다."

"뭐?"

"어서 가십시오. 예서 다 같이 죽을 수는 없습니다."

그러자 자희가 도윤의 곁에 서서 말했다.

"저도 여기 남겠습니다. 제가 저쪽 숲으로 뛰어 유인하겠습니다."

"헛소리! 다 같이 가야 한다!"

도윤이 고개를 절레절레 저었다.

"다 같이 가자는 건 다 같이 죽자는 말씀이시지요? 그럴 순 없습니다. 전 선비님 덕분에 죽다 살았습니다. 그것으로 됐습니다. 이미 죽었을 목숨이라 여기겠습니다."

"죽다 살아난 건 나도 마찬가지다!"

이림의 외침에 도윤이 평온한 미소를 지었다.

왜 그럴까. 그의 얼굴을 보고 있는 이 순간, 모든 것이 되었다는 생각이 들었다. 여인의 몸으로 예까지 온 것만으로 꽤 괜찮은 생이었다며.

"선비님 말씀이 다 맞습니다. 저는 과거도 볼 수 없고 집도 가난해서 출사할 수가 없습니다. 저 같은 건 살아봐야 세상을 위해 아무것도 할 수가 없습니다. 그러니까 어서 가십시오."

"그런 소리 말아! 네가 아니었으면 나야말로 아무것도 아니었다!"

"선비님. 제발! 제발 어서 가십시오!"

화살이 다시 등 뒤로 날아오기 시작하자 도윤은 다급해졌다.

"저들이 왜 나를 죽이려 하는지 아느냐? 알고서 날더러 살라 하는 것이냐? 말해주지. 저들은 내가 무능하기에 죽이려는 것이다. 내가 필요 없는 존재라서! 나보다 더 나은 자를 세자로 세우기 위해서다!"

흥분한 이림이 속말을 아무렇게나 뱉어냈다. 그런 후 빠르게 날아오는 화살을 보았다. 이대론 있다간 다 죽을 것이 분명했다.

"무슨 말씀을 그렇게…… 잠, 잠시만요. 지금 뭐라 하신……."

도윤은 제가 세자라는 말을 들은 것 같았지만 확신이 서지 않아 다시 물으려 했다.

세자라니, 누가 누굴 세자로 세운단 말인가. 아니, 세자와 선비님이 무슨 상관이 있단 말인가.

그때였다. 도윤이 채 묻기도 전에 산을 뒤흔드는 함성이 들렸다.

"와— 아!"

"……!"

그 함성 소리에 뒤쫓던 자객들도 움찔 걸음을 멈추었다.

세 사람도 무슨 소리인가 사방을 둘러보았다. 그런데 저쪽 봉우리 위에서 자객들보다 더 많은 수의 관군이 소리를 지르며 내려오는 것이 보였다.

"와—! 세자 저하께서 저기 계신다!"

"세자 저하를 호위하라!"

"역적의 무리들이다! 한 놈도 놓치지 마라!"

기세등등하게 등장한 관군들은 세자가 아직 살아 있음에 안도하며, 일말의 사정도 두지 않고 물밀듯이 내려와 자객들을 휩쓸었다.

멍하게 이를 바라보던 도윤은 죽고 죽이는 처참한 싸움보다 다른 데 신경이 가 있었다.

'누구라고? 세자? 누구한테 세자라고 한 거지?'

성난 파도처럼 몰아치는 관군들은 분명 흉적들과 싸우고 있었다. 한데 그들의 입에서 연신 나오는 충심 가득한 외침은 세자를 구하겠다고 하고 있었다.

어느새 선비는 제 앞에서 등을 보인 채 저를 보호하듯 싸우고 있었고, 그런 선비의 주변을 관군들이 보호하듯 에워싸고 있었다. 그렇다면 자신들 중 한 명이 세자라는 것이다.

도윤은 머리가 복잡했다. 저는 분명 아닐 테고, 자희 역시 아니다.

'고자…… 라고 했었지.'

고자라던 자희가 선비의 옆에서 비천한 몸종처럼 몸을 낮추며 선비를 보살피던 것이 생각났다. 그러고 보니 천한 몸종이라 하기에는 몸가짐과 말에서 절도가 느껴졌었다.

그래. 이제야 다 맞춰진다. 선비에게 유독 극성스러웠던 자희는 내관이었고, 한수창을 벗이라 말하며 마패 위조를 아무렇지 않게 하던 인물은 세자였던 것이다.

"저하, 무사하시옵니까!"

"임영!"

임영이라 불린 무사의 얼굴도 낯이 익다.

"다행이옵니다. 저하!"

도윤은 기가 막혀 탄식 같은 짧은 한숨을 뱉었다. 과연, 처음 보았을 때 느꼈던 그의 흉내 낼 수 없는 귀태와 거만함, 그리고 아무에게나 하대를 일삼는 말투에서도 괴리감을 느꼈었다. 의문스러웠던 모든 것이 한 번에 머리를 환하게 밝혀주었다. 그러나 밝아지는 머리와 반대로 도윤의 얼굴은 잿빛이 되어갔다.

'내가, 내가 감히 세자 저하께 여인임을 속이고 동행했단 말이지. 내가⋯⋯.'

무슨 일을 저질렀는가, 온몸이 부들부들 떨렸다.

'내가 주제도 모르고 감히 저하를 마음에 품었단 말이지.'

참담함에 가슴이 무너졌다.

벗이 되자던 그분의 말씀을 곡해했다. 그저 사내 못지않은 제 재주를 쓰고자 하셨을 것이다. 차마 세자라고 밝히지 못해 벗이 되자, 곁에 있어 달라 하신 것을 부끄럽게도 저를 좋아한다 멋대로 오해했다. 그 높고 고 귀하신 분께서 저를 사랑하실 리가 없는데, 그분이 저를 얼마나 우습게 보셨을까. 얼마나 답답해하셨을까.

도윤은 비참한 기분을 느꼈다.

'너무하십니다. 저를 위해 속이셨다면 끝까지 속이시지, 끝까지 좋아한다 하지 마시지⋯⋯.'

저 역시 세자를 속였으나 지금 이 순간은 그냥 너무 속상했다.

'이건 아니지요. 여인이어도 아니 되는 일이지 않습니까. 제게 이렇게 여지도 남겨주지 않으실 거면 좋아한다, 곁에 있어달라 하지 마시지⋯⋯. 결국 제가 사내라서 좋았다는 것이지요?'

끝까지 가보려 했는데, 가보기도 전에 끝이 난 제 어설픈 사랑이 가여워서 도윤은 그저 세자를 원망하는 것 외엔 아무것도 할 수 없었다.

도윤이 그렇게 무너지는 사랑에 가슴 아파하는 동안 세자 이림은 오직 제 뒤에 있는 도윤을 지켜야겠다는 일념밖에 없었다.

흉적들은 어차피 이리된 것 반드시 목표한 바를 이루겠다는 듯 오직 세자만을 공격했다. 관군들이 막고 있었지만 세자를 죽이고 말겠다는 강한 일념을 모두 막아낼 수는 없었다.

이림의 심장을 노리고 찔러 오던 검끝을 피하면, 허리를 베는 검날의 서슬에 머리카락이 쭈뼛거렸다. 관군들의 도움으로 아슬아슬하게 그것을 피하면 이번에는 머리를 노리고 날아오던 화살이 귀 옆을 스쳐 갔다. 한수창이 숨어 있던 사수를 쓰러트리지 않았다면 그 화살은 분명 이림의 머리를 꿰뚫었을 것이다.

짧은 시간 동안 그렇게 목숨이 아찔한 순간이 몇 번이나 지나갔다.

하지만 이림은 침착했다.

적들은 모두 하나하나 실력이 뛰어났지만 숫자는 관군이 더 많았다. 흉적 하나를 쓰러트리는 동안 관군은 셋이 쓰러졌다. 그러나 흉적들의 숫자가 줄어들수록 세자 쪽이 유리했다. 한수창과 그의 역졸들, 그리고 잔뜩 독은 품은 세자우익위 임영과 세자 이림은 흉적들이 쉽게 쓰러트릴 수 있는 자들이 아니었다.

결국 대부분의 자객들이 쓰러지고, 남은 자들은 모두 칼로 위협당한 채 포위되었다.

"그만 칼을 내려놓아라."

강필도의 엄한 말이 끝나기도 전이었다.

"허!"

남은 자들이 일시에 자결을 시도했다.

"지독한 놈들!"

박성권이 소리치자 이림이 고개를 저었다.

"어차피 이놈들에게 자백을 받아내긴 어려울 거라 생각했습니다."

그때 눈물이 그렁그렁한 임영이 다가와 털썩 무릎을 꿇었다.

"저하!"

이림은 죽은 줄 알았던 임영을 만난 것이 감격스러워, 무릎을 세우고 앉아 바닥을 짚은 그의 손을 잡아주었다.

그러자 번쩍 고개를 든 임영의 안색이 죽을죄를 지은 것처럼 나빠졌고, 한수창과 박성권은 경악한 눈으로 그런 세자를 바라보았다.

사람들의 묘한 시선을 느낀 이림은 그들의 눈이 임영의 손을 잡은 제 손을 기이하게 여기고 있음을 알아차렸다.

이림은 머쓱하게 몸을 일으키며 말했다.

"아. 바깥 생활이 오래되다 보니, 그리되었다."

"저하!"

임영은 세자의 병이 나은 것보다 병이 낫기까지 고생스러웠을 게 더 마음에 걸려 기어이 눈물을 쏟고 말았다.

하지만 한수창은 달랐다.

"다행이옵니다. 자객들만 아니었다면 금강산까지 갔다 오시는 게 더 좋을 뻔했사옵니다."

이림은 그 말을 즐겁게 받아쳤다.

"자네 이름은 잘 썼네. 덕분에 아주 좋은 대접을 받았지."

"제 명성이 워낙 널리 퍼지다 보니, 이럴 때는 쓸 만한 듯합니다."

"미안하군. 내가 그 명성에 누를 좀 끼쳤네."

그렇게 두 사람이 날 선 우정의 대화를 나눌 때였다.

박성권과 강필도가 심각한 얼굴로 눈짓하며 한수창을 불렀다.

"이보게. 이럴 때가 아닐세."

그러자 한수창의 표정도 딱딱하게 굳었다.

"저하."

강필도가 임영의 옆에 털썩 무릎을 꿇고 엎드렸다. 그러자 다들 강필도를 따라 세자의 앞에 부복했다.

"왜들 이러시오."

마치 죄를 청하듯 꿇어 엎드리니, 이림은 당황스러워 스승인 박성권부터 일으키려 했다.

"저하! 망극하옵니다. 저하!"

한데, 박성권은 바닥에 붙은 듯 일어나려 하지 않고 오히려 침통하게 외쳤다.

"나는 무사하니, 이럴 것 없소."

"저하……. 마음을 굳건히 하시옵소서."

임영이 눈물을 떨구며 말하자 이림은 무언가 다른 일이 생겼음을 짐작했다.

"……궐에 무슨 일이 있는 것인가?"

강필도가 박성권을 바라보았다. 그래도 세자가 그를 많이 따랐으니 그의 입으로 말하는 것이 좋을 듯했다.

"저하. 중전마마께서…… 폐서인으로……."

박성권이 차마 뒷말을 잇지 못하는 사이, 이림이 참지 못하고 소리를 질렀다.

"폐서인이라니요!"

모두가 이림의 앞에 엎드려 있을 때 몰래 나무 뒤로 몸을 숨겼던 도윤은, 중전이 폐서인이 되었다는 말에 이림 못지않게 놀랐다.

"저하. 망극하옵게도 그것이 다가 아니옵니다."

"다가 아니라니? 그보다 더 큰일이 있단 말입니까!"

"폐서인으로 궐 밖에 나가신 중전께서 그만, 그만…… 길에서 눈을 감으셨다 하옵니다."

이림은 소리도 지르지 못하고 휘청거렸다.

"저하!"

사람들이 그런 이림을 부축하느라 한바탕 난리가 났다.

나무 뒤에 있던 도윤은 제 입을 틀어막고 경악했다.

'마, 말도 안 돼! 갑자기 어떻게!'

대체 자신들이 산에 있는 동안 무슨 일이 일어났던 것인가! 세자는 왜 습격을 받고 중전은 왜 폐서인으로 죽어야만 했던 것인가!

"가, 가야겠다. 돌아가야겠다."

이림은 정신이 혼미해진 듯 보였고, 그런 이림을 바라보는 도윤은 찢어질 듯 마음이 아팠다.

'저런 표정은 한 번도 뵌 적이 없었는데…….'

문득 열에 펄펄 끓으며 어머니를 찾던, 어린아이 같던 이림의 모습이 떠올랐다.

제 손을 잡고 순한 아이처럼 잠들던…….

그런 그에게 어머니의 죽음은 어떤 것일까. 저 역시 병으로 어머니를 잃었기에 그 아픔을 잘 안다. 하지만 이림에게 있어 꿈에서조차 애타게 갈구하던 어머니의 존재가 어떠할지는 상상이 되지 않았다.

"예. 저하. 신들이 모실 것이옵니다!"

"한양까지 무사히 가실 수 있도록 준비해 두었나이다!"

"뭣들 하느냐! 어서 세자 저하를 뫼시지 않고!"

강필도의 말에 세자의 앞으로 다소 초라해 보이는 가마가 나타났다.

이림은 비척거리며 가마에 올라탔다. 모두들 이미 죽어버린 자객들에게서 단서를 찾는 것은 포기하고 한양으로 가기로 했다.

"서둘러야 한다."

강필도는 포도대장을 강릉으로 보내 자객들의 시신을 수습하게 한 뒤, 따로 준비한 다른 화려한 가마에 부하를 태웠다. 혹 또 있을지 모를 습격에 대비해서였다.

그렇게 둘로 나뉜 행렬이 움직이기 시작했다.

넋이 나간 사람처럼 가마에 앉아 있던 이림은 가마가 움직이기 시작하자 번쩍 정신이 들었다.

"정도원!"

그의 외침에 일순 가마가 멈추었다.

세자가 가마의 창을 열자 자희가 쪼르르 다가왔다.

"정도원은? 도원은 어디 있느냐?"

그의 화급한 음성에 나머지 일행도 젊은 선비 하나가 사라진 것을 알아냈다.

자희는 행렬의 주변을 살펴보았지만 도원이 보이지 않자 세자 앞에 고개를 조아렸다.

"소, 송구하옵니다. 어찌 된 일인지 보이지 않사옵니다."

"뭐? 어째서! 어째서 없단 말이냐! 그 아이가 사라질 동안 뭘 하고 있었느냐!"

"그, 그것이……."

이림은 쩔쩔매는 자희에게 더 화내지 못했다. 사실 제 자신에게 화를 낸 것이었다. 어머니의 죽음으로 정신이 없던 와중이었다. 그 때문에 도원이 받았을 충격과 두려움을 헤아리지 못했다. 제가 세자라는 것을 알고 얼마나 놀랐겠는가.

"멀리 가지 못했을 것이다! 찾아라!"

"예……."

다들 그런 이림을 보고 당황하는 듯했다. 세자가 어머니에 대한 애정이 얼마나 각별한지 이 중 모르는 이가 없었다. 그런 세자가 어머니의 의문스러운 죽음 앞에서, 사라진 젊은 선비로 인해 애를 태우고 있으니 영 이해가 되지 않았다.

특히 관찰사 강필도는 한숨까지 쉬며 고개를 절레절레 저었다.

'보통 사이가 아닌 듯했는데……. 그 선비 때문에 몸까지 던지셨지. 아무래도 그 선비가 없는 편이 저하에게는 좋을 듯싶사옵니다.'

한 나라의 세자가 한 사람을 위해 목숨을 바치다니, 너무 위험한 일이다. 그 정도의 애정을 받는 이가 사내라는 것도, 그리고 그만큼이나 총애받는 자가 저하의 곁에 있는 것도. 제가 지켜본 바로는 세자는 정도원이라는 선비가 하자는 대로 다 해줄 것만 같았다. 간신의 혀처럼 위험한 자가 될지도 모르는 일 아닌가.

잠시 후, 병사들이 주변을 수색하고 돌아왔다.

"저하. 어디로 갔는지 알기가 힘들다 합니다. 워낙에 사람의 발자국이 어지러운 데다가 숨기로 작정한 듯해……."

"그렇다고 그냥 오면 어쩌자는 게냐. 다시 찾아라. 어서!"

이림이 제가 찾을 것처럼 가마에서 나오려 하자, 그 앞을 한수창이 막아섰다.

"저하! 중전마마는요! 세자의 자리는요!"

한수창은 더 이상 세자의 기행을 참아줄 수 없었다. 관찰사에게 들어 그간 그가 얼마나 이상하게 굴었는지 알고 있었지만, 이같이 화급한 때에도 정도원 타령이나 하고 있다니 안 될 말이다.

"우선 사람부터 찾아야 할 게 아닌가!"

"궐 밖에 나다니시더니 소임을 잊으신 겁니까! 아직도 유람 나온 선비와 노닥거리고 싶으신 겁니까!"

"뭐라? 네 이놈! 함부로 말하지 마라! 정도원은……!"

이림은 노닥거리기 위해 그를 찾는 게 아니라고 반박하려 했지만, 한수창은 그럴 시간을 주지 않았다. 그는 불경스럽게 세자에게 소리를 쳐 놓고, 또 세자의 말을 막았다.

"한시가 급합니다! 지금 궐 안의 사정이 어찌 돌아가는지 아십니까? 희빈이 중전이 된다 합니다. 월한이 대군이 된다 합니다! 그다음에는 그들이 뭐가 돼 있을 것 같습니까!"

"……!"

"중전마마께서 폐서인이 되어 돌아가셨을 때도 아무것도 못 하셨사옵니다! 이제 세자 자리를 뺏기는 데에도 손 놓고 계실 것입니까!"

한수창의 호된 질책에 다들 숨죽였다. 이 정도면 세자가 그를 죽여도 할 말이 없을 듯했다.

이림은 벗의 충언에 다시 한 번 정신이 들었지만, 도무지 도원을 그냥 보낼 수가 없었다. 질끈 입술을 깨문 이림이 가슴 깊은 곳에서 치밀어 오르는 감정을 억누르며 무겁게 입을 열었다.

"내 벗에게 약조한 바가 있다."

"저하!"

끝까지 말을 들어먹지 않는 세자가 답답한 나머지 한수창이 버럭 소리를 질렀다.

그런 한수창이 아슬아슬해 보였던지, 자희가 눈치 빠르게 그 둘 사이에 끼어들었다.

"저하. 생각해 보시옵소서. 도원 선비를 만난 곳은 단양이옵니다. 단양이 집이라 했으니, 사람을 보내 찾는 것이 어떻겠사옵니까."

"……."

"선비님은 집에 꼭 돌아가야 한다 했습니다. 다른 곳으로 가지 않을 것이옵니다."

이를 들은 박성권이 동조했다.

"그렇군. 그자가 어디 사는지 안다니 다행이다. 저하. 그리하시옵소서. 지금은 그보다 더 급한 일이 있사오니, 그 선비는 일이 해결된 후에 찾는 것이 좋을 듯하옵니다."

박성권까지 그리 나서자 이림은 더 고집을 피울 수 없었다.

'그래. 이런 시기에 너를 궁으로 데려간다면 너까지 위험에 빠트릴 수도 있겠구나.'

이게 다 제 이기적인 욕심이라면 도원을 보내는 것이, 그 아이를 보내 주는 것이 옳았다.

"가자."

이림은 음울한 얼굴로 가마의 창을 닫았다.

가마 행렬이 산을 내려가는 모습이 어쩐지 쓸쓸해 보였다.

높은 소나무 위에서 비가 내리듯, 가마 위로 물방울이 톡톡 떨어졌다. 언제 그 위로 올라갔는지, 굵은 소나무 가지 사이에 몸을 웅크린 도윤이 끅끅 소리를 내며 울음을 삼켰다.

행렬은 금세 보이지 않았다. 산을 오를 때는 그토록 어렵고 힘들었는데, 산을 내려가는 것은 금방이었다. 만남도 오래되었는데, 헤어짐은 또 이렇게 쉬운 것이다.

'한데 왜 저는 쉽지 않을까요.'

도윤은 오랫동안 소나무 가지 위에서 내려오지 못했다.

오늘은 큰 장이 서는 날이라 한양 장터가 새벽부터 매우 번잡했다. 전국에서 몰려든 상인들과 한양 토박이 장사치들은 이른 시각부터 자리싸움을 하느라 시끄러웠다. 본격적으로 장이 열리면 물건을 사러 나온 사람들까지 더해져 인산인해였다. 그래도 장날을 싫어하는 사람은 없었다. 장터는 남녀노소 누구나 손꼽아 기다리는, 백성들이 한껏 자유를 누릴 수 있는 활기 가득한 곳이었다. 그 떠들썩한 분위기는 해가 저물 때쯤이면 천천히 가라앉기 시작한다.

흥분은 가시지만 이때쯤이면 주막이 바쁘다. 장사치들이 하루의 고된 일과를 마치고 셈을 해보며, 거나하게 취해 왁자지껄 떠드는 시간이다. 한데 오늘은 어째 다들 한껏 말소리를 낮추어 웅성거리는 것이 뭔가 분위기가 달랐다.

길을 걸어가던 한 젊고 말끔한 선비가 그런 주막 안의 광경을 못마땅하다는 듯 눈살을 찌푸리며 보다가, 다시 가던 곳으로 걸음을 옮겼다. 그 선비가 도착한 곳은 한양의 젊은 선비들에게 인기가 많은 구아정이라는 곳이었다.

아름다움을 갖춘 기방이라는 이름답게 꽃처럼 아름다운 기생들이 많았다. 하지만 젊은 선비들이 이곳을 찾는 이유가 기생들의 아름다움 때문만은 아니었다. 다른 유명한 기방에는 나이 지긋하신 선배들이 계시니, 그들을 피해 젊은 사람들끼리 화합하며 격한 토론을 하기 좋아 이곳으로 몰려드는 것이다.

"왔는가."

선비가 방으로 들어서자 먼저 온 선비들이 그를 반겼다.

현 좌의정의 아들이자 성균관 장의 류정완. 사내다운 장대한 골격과는 달리 고운 피부와 선한 눈매 때문인지, 늘 여인들을 몰고 다니는 선비의 등장에 기생들의 얼굴이 환해졌다.

"이것 보라지. 정완이 오니 이 사람들이 수줍어하네. 나 참!"

"그러게나 말일세. 우리끼리 있을 영 웃음에 진정성이 없더니만."

"어머나. 저희가 언제 그랬다고 그러십니까."

다른 선비들이 우스갯소리로 불평을 늘어놓자 기생들이 몸을 꼬며 아양을 떨었다. 아니라고 하면서도 연신 정완을 향해 교태 어린 눈빛을 보내는 기생들을 보고 선비들은 기가 막혀했다.

그러나 류정완은 제 얘기가 아니라는 듯이 무표정하게 자리에 앉으며 물었다.

"자네들도 그 얘기 들었는가?"

그 물음을 들은 한 선비가 피식 웃더니 정완의 잔에 술을 따르며 말했다.

"희빈 김씨가 중전이 된다는 얘기 말인가?"

"듣긴 들었지만 그게 진짜일까요?"

"요즘은 말이지. 소문이라는 게 그냥 돌지 않더란 말일세."

선비들이 한마디씩 할 때마다 정완의 미간에 주름이 깊어졌다.

"그렇지요. 누가 퍼트린 소문인지, 폐서인이 된 중전이 사치가 심하고 평소에도 패악질이 심했다는 이야기가 파다하더이다. 그에 비해 월한의 어미인 김씨는 아드님을 훌륭하게 키워낸 어진 여인인 데다가 검소하고 현명하신 분이라고."

"그리 중전감이신데 그 아비인 김태수는 왜 그러고 다니실까? 백성들이 하나는 알고 둘은 모르는구만."

"헛소문에 놀아나는 게지. 폐서인이 반쯤 미쳐서 궁인들이 죽어나가는 일도 허다했다는 소문까지 돌더군. 그 어미에 그 아들이라며 세자 저하를 욕하는 자들도 있어."

"감히! 큰일일세. 이 나라가 어찌 되려고!"

"세자 저하가 궁에 안 계신다는 소문도 있지 않습니까. 영의정이 조정에서 그리 말했는데도 주상 전하께서 아무런 말씀도 없으셨다는 것으로 보아, 그냥 소문이 아닌 듯싶습니다."

"허허! 이것 참!"

"민심만큼 무서운 것이 없지요. 이러다가 진짜 김씨가 중전까지 차지하겠습니다."

선비들은 모두 성균관의 유생들로, 장차 관직에 오를 자들이었다. 그들 모두 김씨가 득세한 조정의 꼴을 답답해했으며, 무능한 자들이 자리하나씩 꿰차고 있는 현 세태에 대해 매일 비판을 쏟아냈다. 김가가 아니면 좋은 관직을 얻기 힘들고, 김가에 기생하지 않으면 출세하기가 힘든 것이 지금의 실정이다. 한데 거기에 김씨가 중전까지 된다니, 앞길이 캄캄한 것이다.

"이럴 때 한수창이라도 세자 저하 곁에 있다면 이리 불안하지는 않을 것인데요."

"그러게. 어째서 주상 전하께서는 한수창을 그리 밖으로 돌리시는 건지. 저하의 옆에 그만한 사람이 있어준다면 든든했을 것을."

시국을 개탄하던 유생들의 화제가 자연스럽게 한수창으로 옮겨갔다. 모두들 한수창을 동시대에 태어난 수재라 칭송하며 무한한 신뢰를 보내고 있었다.

그러자 지금까지 잠자코 이야기를 듣고만 있던 류정완이 콧방귀를 뀌었다.

"웃기는 소리지."

"그게 무슨 소리요, 장의?"

몇 명은 의아하다는 듯 몇 명은 또 시작이라는 듯, 류정완을 쳐다보았다.

"한수창 따위를 믿지 마시게."

류정완은 한수창 이야기만 나오면 발끈했다.

그도 그럴 게, 그는 한수창과 오래전부터 알고 지냈다. 글을 깨우칠 시기부터 함께 했으며, 한수창이 세자와 함께 공부한 시간보다 저와 한수창이 함께했던 시간이 더 길었다. 좋게 알고 지내면 좋았으련만, 류정완과 한수창은 앙숙 관계였다. 정완의 생각에 수창은 그저 머리만 좀 좋았지 놀기 좋아하는 파락호였다. 가문이 훌륭하고 머리가 뛰어나지만 않았어도 진작 집을 말아 먹었을 인품이라고 생각했다.

반면에 한수창은 정완을 꽉 막히고 답답한 벽창호라고 욕하고 다녔다. 하나를 가르쳐 주면 하나만 파고, 동무들의 허물을 덮어주긴커녕 나서서 고자질을 하는 얍삽한 놈이라고.

이런 모습을 본 누군가가 물과 기름처럼 앙숙이라고 하면, 서로 기름이 되어 물 위에 있겠다고 싸울 정도였다.

그런 관계를 잘 모르는 유생들이 물었다.

"한수창 어사를 믿지 않으면 누굴 믿는단 말입니까. 요즘 같은 세상에 한수창 어사만큼 어질고 정의로운 분은 없습니다."

"맞습니다. 혹 그분에 대한 소문이 틀렸단 말입니까?"

"요즘 들어 없는 말이 소문으로 퍼지지 않는다지만, 한수창만은 예외일세. 보나마나 기방에서 시간을 축내며 노는 재미에 푹 빠져 있겠지. 옛날부터 술과 여자를 밝히는 데는 따를 자가 없었으니."

"호방한 기질이 있다는 얘기는 들었습니다만……."

"호방? 홍! 그냥 파락호일세. 그런 자가 곁에 있으면 괜히 세자 저하만 나쁜 물이 들 걸세."

정완이 워낙에 강한 어조로 그렇다 하니, 한수창을 실제로 본 적이 없는 다른 선비들은 고개를 갸웃하면서도 반박할 수 없었다.

폐서인이 된 중전이 객사한 후에도 한양에는 십수 번의 장이 섰다.

장이 열린 한양의 초입 앞에 초라하지만 구색을 갖춘 가마 행렬이 들어섰다.

그 가마의 앞에서 나귀를 타고 있던 한수창이 감개무량한 표정으로 감회에 젖었다.

'이 얼마 만에 돌아오는 한양인가!'

금의환향하지 못하고 숨어들어 오듯 이런 꼴로 돌아온 것이 가슴 아팠지만 어쩌겠는가.

때가 때이니만큼 살아서 돌아온 것만으로도 천지신명께 감사해야 할 일. 당장 집으로 들어가 부모님께 절부터 올리고, 그다음으로는 씻고 푹 쉬고 싶은 마음이 간절했다. 그간 얼마나 마음을 졸이며 고생스러웠던지, 반질반질하던 한수창의 얼굴이 모래밭처럼 까슬했다. 오죽했으면 그 좋아하던 기생도 술도 생각나지 않겠는가.

"드디어 한양입니다."

나지막한 한수창의 말에 가마의 창이 열렸다.

한수창 못지않게 많이 초췌해진 이림이 창밖을 침울한 눈으로 바라보았다. 한겨울에 궁을 나섰으나 이제 한양 땅에 시린 눈은 사라지고, 푸르른 땅에 꽃이 만발했다. 이를 둘러보던 이림이 쓸쓸하게 중얼거렸다.

"나갈 때도 들어올 때도…… 내 의지는 어디에도 없군."

이림의 마음은 아직도 눈 덮인 설악산에 머물러 있었다.

그곳에 두고 온 정도원, 아니, 단양으로 떠났을 정도원이 이림의 의지였기 때문이다.

"저하."

세자의 심중을 알아차린 한수창이 나직이 그를 불렀다.

그러자 어느새 쓸쓸한 표정을 지운 이림이 의연하면서도 위엄 있는 얼굴로 명했다.

"아직은 아니다."

한수창이 자신의 실수를 눈치채고 고개를 숙였다.

"궁에 들어가기 전까지 나를 그리 부르지 말라."

"예."

"서두르자. 나라의 중요한 행사다. 내가 빠져서야 되겠느냐?"

"무슨 생각이 있으신 겁니까?"

오는 길에 듣기로는 오늘이 희빈 김씨가 중전으로 책봉되는 날이라 했다.

아무리 중전의 자리를 오래 비울 수 없다 하나, 중전이 폐서인이 된 지 몇 달 되지도 않았는데 너무 빠르고 무정한 처사였다. 어쨌거나 폐서인을 어미로 둔 세자가 있는데, 그의 마음을 아무도 헤아려 주지 않았다는 것이 안쓰럽고 슬픈 일이었다.

그래서 한수창은 세자가 무작정 책봉식에 난입하려는 것은 아닌지 걱정스러웠다. 증좌는 없지만 그는 김태수 일당이 보낸 자객에게 쫓겨 죽다 살았고, 중전 역시 월한 때문에 폐서인이 되었다. 폐서인이 가마에서 피를 토하고 객사했다는 말도 안 되는 죽음 역시 김태수와 관련이 있을 게 뻔하다. 그 분노로 인해 무작정 책봉식을 망쳐 놓는 게 목적이라면 말리고 싶었던 것이다.

"아무 생각이 없다."

"그러시면 안 됩니다."

"천덕꾸러기."

"예?"

"나 같은 걸 두고 하는 말이다. 나는 천덕꾸러기였지."

"하아— 저하."

"그리 부르지 말래도."

"그래서 어차피 천덕꾸러기니까 다들 그러려니 할 거다, 생각하시는 겁니까? 지금 궁 안은 전부 김태수 일당의 손바닥 안에 있습니다. 일단 오늘은 조용히 책봉식에 참석하십시오. 저하께서는 중전마마를 잃은 슬픔에 빠져 여태 동궁전에서 칩거했을 뿐이라고 알리십시오. 복수는 그다음입니다."

한수창의 처세술은 적절해 보였다. 한발 물러나면서도 세자의 존재감을 확실히 알릴 수 있는 좋은 계책이었다.

그러나 이림은 피식 비웃으며 말했다.

"이왕 괄시받고 조롱받을 것이라면 한번 설쳐나 보련다. 하면 긴장은 하겠지."

한수창은 드디어 미치신 거냐는 소리가 목구멍까지 치밀어 오르는 것을 겨우 삼켰다.

"그러니까 말입니다. 적들을 방심하게 만들어야 할 판에 어째서 긴장을 하게 하십니까."

앞서 출발한 세자의 가짜 행렬이 무사히 한양으로 들어갔다니, 만나서 뒷일을 의논한 뒤에 움직이는 것이 옳았다. 김태수 일당도 세자의 시해를 실패했으니 이쪽의 반격에 대해 나름의 준비를 하고 있을 것이다.

"아니. 적들은 계속 나를 우습게 여기게 할 것이다. 내가 긴장하게 만들고 싶은 사람은 적이 아니라 내 아버지, 임금이시니까."

이림의 음성은 아무리 한수창이라 해도 더는 반박하지 못할 만큼 결연하고 단호했다.

"우리 어디 칼춤이나 한번 춰보자꾸나."

말릴 수 없다는 것을 직감한 한수창의 얼굴이 울상이 되었다.

'대체 부자지간에 뭐가 그리 쌓인 게 많단 말입니까!'

장쾌한 대금 소리와 절도 있는 타악기의 울림이 웅장하고도 경사스러운 음색을 만들어냈다. 정전 안팎을 가득 메운 음악 소리에도 정전의 어좌에 앉아 뜰을 바라보는 임금의 용안은 변함없이 엄숙했다. 너른 정전에 깔린 하얀 박석 위로 봄볕이 고루 내리쬐어 빛이 났고, 어도에 깔린 붉은 융단이 어좌의 발밑까지 이어졌다. 예복을 입은 조정 신료들이 그 양쪽으로 도열하고, 그들의 뒤로 수백 명의 궁인들이 허리를 숙이고 있었다.

성대한 예식이다.

세자의 어미인 폐서인이 돌연사하고, 세자의 행방이 묘연한 이러한 때와 어울리지 않는 성대함이다.

임금의 눈은 융단의 저 끝에 향해 있었다.

한 치의 흐트러짐 없는 엄중한 음악이 흐르는 가운데, 희빈 김씨가 융단을 밟으며 등장했다. 봉황이 새겨진 붉은 치적의를 입고 하늘로 날아오를 듯한 화려한 대수머리를 올린 그녀의 모습에 위엄과 기품이 흘러넘치는데도, 임금의 눈빛에는 별 감흥이 없어 보였다.

어좌를 향해 걸음을 옮기는 희빈 김씨의 붉은 입술에 도도한 미소가 옅게 피어올랐다.

중전 책봉식.

오늘이 바로 그녀의 오랜 야망과 숙원이 이루어지는 날이었다.

모든 것이 완벽했다. 자신을 위한 날이며 자신이 만들어낸 날이다. 이 날을 위해서 폐서인이 중전이 되던 날보다 더욱 웅장하고 화려한 연회를 준비했다.

백성들을 위하는 검소한 국모가 될 것이라는 민심의 기대와는 시작부터 달랐다. 하지만 그녀는 자신과 월한의 근엄함과 위세를 널리 떨치기 위해 이 정도 사치와 호사는 당연히 누려야 할 것이라 여겼다.

'폐서인 따위보다 못할 수 없지.'

자신은 그녀보다 더 완벽한 중전이 될 테니까. 자신의 아들이 임금이 될 것이니, 그 어미인 자신 또한 누가 뭐라 해도 가장 중전다운 중전이 되어야 하니까. 가뜩이나 아직 세자를 죽이지 못해 우환거리가 남았는데, 여기서 모두에게 자신의 존재감을 확인시켜 줄 필요성이 있지 않겠나.

어좌로 다가가는 김씨의 걸음은 신중하면서도 품위가 있었다. 여기까지 와서 조바심을 낼 필요가 없다. 당연히 올라야 할 자신의 자리로 가는 것뿐이니까.

이제 얼마 남지 않았다. 월대 위에서 책례를 받고 어좌에 앉으면 명실공히 저는 희빈이 아니라 중전, 이 나라 조선의 왕비가 되는 것이다. 내외 명부의 배례를 받으면 한껏 자애롭게 왕비의 여유를 보여주리라.

임금과 마주한 희빈은 표정 없는 임금의 용안을 크게 신경 쓰지 않았다.

그녀는 그저 임금이 내리실 책비교서에만 관심이 있었고, 임금도 이를 잘 아는지 시간을 끌지 않고 식순에 따라 서로 예를 나누었다.

마침내 임금이 책비교서를 내리며 김씨가 조선의 새로운 중전이 되었음을 알렸다.

책비교서를 받아 드는 희빈의 손끝이 감격으로 떨렸다. 그리고 그녀의 손끝에 책비교서가 스치는 순간이었다.

둥— 둥— 둥—!

희빈의 손끝이 멈칫했다.

악공들의 음악 소리가 흐트러졌다. 연주는 계속되고 있었지만 그들의 음은 갑자기 끼어든 북소리에 놀라 산만해지고 있었다.

둥— 둥— 둥—! 둥! 둥! 둥……!

크게 울리는 북소리가 더욱 빨라지며, 마치 중대한 일을 알리려는 듯 사람들의 가슴을 조급하게 두드렸다.

　나라의 큰 행사에 신문고가 울려 퍼지고 있다.

·　전대미문의 일에 대신들도 궁인들도 어찌할 바를 몰라 당황한 얼굴로
임금을 올려다보았다.

　임금의 용안에 오늘 처음으로 표정이 서렸다.

　둥— 둥— 둥—! 둥! 둥! 둥……!

　새 중전의 즉위식을 모르는 이가 없을 것이다. 이런 날 보란 듯이 신문
고를 울려 즉위식을 망치려는 자라면 이 즉위식을 반대하는 인물일 것이
다.

　목숨이 아깝지 않은 놈이거나 미친놈이거나.

　그런 놈이 하나 있긴 했다.

　'네놈인 것이냐…….'

　임금의 미간에 깊은 주름이 팼다.

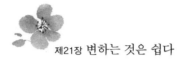

제21장 변하는 것은 쉽다

둥─ 둥─ 둥─!

원통하고 억울한 일이 있으면 신문고를 울려라. 양반이든 평민이든 노비이든 누구나 임금께 직접 억울함을 호소할 수 있게 하라.

신문고는 임금이 백성의 소리를 직접 들을 수 있게 하는 북이었다. 하지만 그 북이 실제로 울리는 일은 좀처럼 없었다. 너도 나도 억울한 일을 겪을 때마다 북을 울리고 그 모든 일을 임금께서 직접 봐주시는 것은 힘든 일이다. 때문에 이 북을 울리기 위해선 먼저 관에 신원을 고하고, 관에서 이를 외면하거나 해결해 줄 수 없을 때만 울리게 돼 있었다. 게다가 만약 그 억울함이 거짓일 때는 큰 벌을 받으니, 감히 이를 울리는 백성이 없었다.

그렇게 좀처럼 울 기회가 없던 북이 크게 울음을 토하고 있었다.

그것도 권력의 중심이라는 김태수의 여식, 희빈 김씨의 중전 책봉식이 있는 날에.

서로 눈치만 보던 대신들은 임금께서 아무 말씀이 없으시니 어쩔 수 없이 조심스럽게 입을 열었다.

"지금 이 소리……."

"신문고가 울린 거 아닙니까?"

"어허. 어째서 이런 날……!"

다들 쩔쩔매는 이유는 비단 영의정 김태수의 눈치를 보느라 그런 것만은 아니었다. 만약 신문고가 자신의 관할에서 해결하지 못한 이유로 울린 것이라면 큰일이기 때문이었다.

"전하!"

임금께서 갑자기 옥대를 내려와 빠른 걸음으로 걸어가기 시작했다.

대신들과 내관들이 모두 임금의 뒤를 바삐 따라갔고, 옥대 위에는 아직 책례를 받지 못한 희빈 김씨가 덩그러니 남아, 주먹을 파르르 떨며 분한 듯 서 있었다.

'누가 감히 내 책봉식을 망쳐 놓았느냐! 감히 누가!'

신문고가 있는 대궐 밖 문루로 향한 임금은 아직도 북을 두드리고 있는 갓을 쓴 젊은 선비를 보았다.

북을 치는 선비에게서 분노와 절박함, 그리고 비장함이 느껴졌다. 행색은 초라했으나 단정해 보였고 임금은 단번에 선비가 누구인지 알아보았다.

세자가 살아 돌아온 것이다.

"전하!"

임금을 보고 부복한 것은 세자가 아니었다. 임금은 제 앞에 엎드린 한 수창에게는 시선을 주지 않고 북을 치는 세자만을 노려보았다.

"멈추어라!"

임금의 일갈이 쩌렁쩌렁하게 울려 퍼지자 북을 치던 세자의 손이 멈칫했다.

이림은 계절이 바뀌고 처음 뵙는 아버지를 붉게 핏발 선 눈으로 응시하다가, 조용히 북채를 내려놓으며 절을 올렸다.

임금은 맨땅에 엎드려 절을 하는 세자를 보고 저지 않게 놀랐다.

세자의 병증에 대해 잘 아는 김태수도 이를 보고 흠칫했다.

그러거나 말거나 세자는 다시 단정하게 몸을 일으키더니 번쩍 고개를 치켜들고 소리쳤다.

"전하. 소자의 억울함을 풀어주시옵소서!"

임금은 입을 다문 채 숨을 들이켰다. 그러자 그의 가슴에 용배가 부풀어 올랐다.

마치 용린이 일어선 듯 분노가 느껴지자 다른 이들은 더욱 허리를 조아렸으나, 세자만이 고개를 빳빳이 들고 외쳤다.

"소자 어명을 받고 세상을 둘러보았으나 명을 제대로 수행하지 못하였사옵니다!"

"그게…… 어째서 억울하단 말이냐?"

임금의 으르렁거리는 음성에도 세자는 주눅 들지 않았다.

"소자를 방해하는 무리가 있었사옵니다. 그로 인해 몇 번이나 죽을 뻔하였으며, 익위사의 젊은 인재들을 여럿 잃었사옵니다."

"헉!"

"그런 일이……!"

여기저기서 놀라는 소리가 들렸다. 세자가 임금의 명으로 밖으로 나간 것도 위험천만한 일이지만 그런 세자가 죽을 뻔한 것은 더욱 간담이 서늘해지는 말이었다. 도대체 누가 그런 짓을 했단 말인가! 이는 분명 역모였다.

분위기가 분노와 경악으로 들끓자 김태수가 얼른 고개를 조아리며 통탄했다.

　"전하! 세자 저하께서 습격을 당하셨다니요! 감히 누가 세자 저하의 목숨을 노린단 말이옵니까! 이는 명백히 역모나 다름없사옵니다!"

　그러자 이림이 이를 비웃으며 말했다.

　"영의정께서는 어찌 그리 앞서가십니까."

　"예?"

　"나는 분명 나를 방해하는 무리라 했지, 내 목숨을 노린 자들이 습격했다고는 하지 않았소만."

　"예에? 그, 그것은……."

　이림이 당황하는 영의정의 모습을 즐겁게 바라보는데, 임금이 불편한 소리를 냈다.

　"세자!"

　"예. 전하. 저도 알고 있사옵니다. 영의정께서는 그저 제가 목숨을 잃을 뻔했다니, 충심으로 미루어 짐작하셨을 뿐이겠지요."

　영의정을 의심하는 게 아니라고 그렇게 모두 앞에 말해두었지만, 대신들은 그 말을 믿지 않았다. 세자의 말에는 매우 날카로운 가시가 박혀 있어서 모를 수가 없었다.

　"그리 생각한다면서 무엇이 억울하다는 것이냐?"

　"소자는 백성들을 대신해 이 신문고를 울렸사옵니다. 오늘은 새 중전마마의 책봉식이라 경사스럽기 그지없는 날이나 소자, 잘못된 것을 보고 가만있을 수가 없었나이다."

　노골적이고 위험하며 무모한 간언이었다.

　김태수의 눈빛이 사나워지는 것을 보고 다른 대신들도 쩔쩔매며 눈치를 살피는 데 급급했다. 그래서 세자의 말을 막는 이도, 동조하는 이도 아무도 없었다.

오직 임금만이 세자의 말에 반문했다.

"잘못되었다니? 희빈 김씨가 중전이 되는 것이 잘못되었다는 말이냐?"

"예. 잘못되었나이다. 소자, 영의정 김태수의 충심을 모르는 바가 아니오나, 그가 가진 권세가 하늘을 찌르는 듯해, 그의 권세를 등에 업은 썩은 관리들이 임금의 어진 치세를 따르지 않고, 백성들의 고혈을 빨아 제 잇속을 채우기 급급한 것이 현실입니다."

"세자!"

"이런 판국에 김태수의 여식인 희빈 김씨가 국모가 된다면 백성들의 어려움을 살피기란 더 힘이 들 것이 자명한 일 아니겠나이까!"

"그 입 다물라!"

임금은 부들부들 떨며 소리쳤다. 이리도 철이 없을까! 어찌 이리 모자란 짓을 한단 말인가! 누가 그를 몰라 희빈에게 중전의 교지를 내렸을까!

그러자 한수창이 임금의 분노를 알아차리고 재빨리 세자를 변호했다.

"전하! 세자 저하께서는 지난 몇 달간 소신이 감히 헤아릴 수 없는 수많은 위험을 겪으셨나이다. 저하께서 이리 흥분하신 데는 신들이 세자를 제대로 보필하지 못한 탓이 크옵니다. 부디 성심으로 저하의 억울한 마음을 달래주시옵소서."

불행히도 한수창의 노력은 소용없게 되었다. 이림이 아랑곳하지 않았기 때문이다.

"억울하옵니다. 제가 위험에 놓였던 것은 세자여서가 아니었사옵니다. 백성이었기 때문에 목숨을 위협받았고, 백성이었기에 억울함을 풀 길이 없었나이다. 한데 그런 저를 구해준 것 역시 백성들이었사옵니다."

임금의 눈썹이 꿈틀거렸다.

"제게 알아오라 하신 것. 소자는 답을 얻었사옵니다. 백성에게 가장 필요한 것은 그들의 진짜 목소리를 들어줄 귀였나이다. 소자, 아니, 소인, 세자가 아니라 백성으로서 북을 쳤사옵니다. 전하의 귀에 백성의 목소리를 들려 드리고 싶었나이다."

"오냐. 어디 한번 떠들어보아라."

임금의 허락이 떨어지자 이림의 혀는 더욱 거침없이 움직였다.

"가난하고 힘없는 여인들은 무도한 관리들에게 유린당하고, 그런 악행을 일삼고도 세도가들의 권세에 기생한 관리들은 대를 이어 호의호식하고 있사옵니다. 탐관오리들이 백성들의 목숨을 벌레보다 하찮게 여기니, 살길을 잃은 백성들은 터전을 버리고 산으로 숨어들었사옵니다."

대신들이 숙덕거리며 난처해했다. 이들 중 죄를 짓지 않은 자가 몇 없기에 세자의 말에 뜨끔했던 것이다. 한편으로는 아무 증좌도 대책도 없이 이러는 게 아닌가, 세자의 무모함을 비웃거나 한심해하는 자도 있었다.

"그 불쌍한 백성들을 임금의 명으로 가장해 역모로 몰아 죽이고 자신들의 죄를 감추려 하니, 백성들의 원망은 모두 임금에게 향해 있사옵니다."

임금은 근엄한 표정으로 어디 원없이 말해보라는 듯이 침묵했다.

"그뿐이 아니옵니다. 유학을 받드는 양반과 문란함을 단속해야 할 관리가 결탁하여, 어린 사내들을 납치해 입에 담기조차 더러운 남창촌까지 운영했습니다. 이는 관찰사 강필도가 장계를 올린 일이니 모두들 알고 계실 것입니다!"

세자가 대신들을 향해 눈을 부라리자 대신들은 어깨를 움츠렸다. 그렇지 않아도 이 일은 얼마 전 나라를 크게 들썩이게 한 참담한 사건이었다. 예외적으로 의금부와 형조, 한성부까지 나서 관련자들을 추국하였고, 임금이 보기에 그 결과가 만족치 못해 의금부의 당상관과 승지를 직접 불러 닦달하기까지 했다. 이 일과 연관된 많은 자들이 참형을 받거나 귀양을

갔다. 그 사건이 백성들에게 알려지자 양반과 고위 관리들은 자신들의 치부가 드러난 듯 수치스러웠기 때문에 다들 웬만해선 그 일을 입에 올리려 하지 않았다.

임금께서도 빠르게 처리해 덮었던 일 아닌가. 그런데 이것을 세자가 또 꺼내 자신들 모두를 죄인으로 만드시니 불편한 기색을 드리내며 헛기침을 하는 신료들도 있었다.

"모두 아시는 눈치입니다. 한데 어째서 그 모든 사건들의 가장 큰 책임을 져야 할 영의정 김태수의 여식이 중전이 될 수 있단 말입니까! 그것을 어째서 모두 용인했단 말입니까!"

그의 말은 하나도 틀린 것이 없었기에, 이번만큼은 '끙' 하는 소리를 낼지언정 세자를 어리석게 보는 이들이 없었다.

"억울하옵니다, 전하. 비록 영의정이 아무것도 몰랐다 한들, 권력의 독식이 가져오는 파국을 더 이상 방관해선 아니 되옵니다. 백성들의 목소리를 들어주시옵소서."

"……."

잠시간 정적이 감돌자 김태수가 돌연 임금의 발아래 넙죽 엎드렸다.

"전하!"

가슴 저 깊은 곳에서 우러나오는 외침이었다.

"영의정."

임금이 그를 나직이 부르자 김태수는 눈물까지 흘리며 죄를 고하기 시작했다.

"세자 저하의 충언이 이 노신을 부끄럽게 만드셨사옵니다. 저의 죄를 알고도 물러나지 못했사옵니다. 신의 죄를 견마지로로 갚고 나라를 위해 오로지 속죄하는 마음으로 여생을 살겠다 다짐하였사오나 그것이야말로 신의 오만이었음을 이제야 깨달았나이다."

이림은 김태수의 가증스러움에 치가 떨렸으나 입술을 꾹 다물고 묵묵히 듣고 있었다.

"하오나 신의 여식인 희빈 마마는 백성들이 칭송해 마지않는 국모감이옵니다. 신이 물러나더라도 나라를 위해 희빈 마마의 중전 책봉만큼은 거행하여 주시옵소서. 이러한 때일수록 바른 국모께서 건재하시어 백성들을 어루만져 주셔야 하옵니다. 전하 부디, 신의 이 마지막 청에는 한 치의 사심도 없음을 믿어주시옵소서!"

그러자 잘 참아왔던 이림이 거저 없이 쏘아붙였다.

"그래요. 제 어미였던 폐서인은 중전감으로 한없이 부족했지요. 해서 세자의 품행이 이것밖에 안 된다며 말들이 많더이다. 형보다 낫다는 월한을 키운 분이시니 희빈은 참으로 대단한 분이십니다."

세자는 지금까지보다 더 직설적으로 김태수와 중전 월한의 야욕을 까발렸고, 모두의 가슴이 쿵 하고 덜컥거렸다.

한수창은 '이제 다 끝났다'라는 절망적인 표정으로 세자를 쳐다보았다.

그리고 임금의 분노가 터지기 전 김태수가 먼저 펄쩍 뛰었다.

"저하! 어찌 그런……!"

"왜요? 다들 그리 말하던데 잘못되었습니까? 희빈이 중전이 되면 이모자란 세자는 응당 잘난 아우에게 자리를 양보해야겠지요. 그것이 어미의 죄를 갚는 길이겠지요?"

"저하! 어째서 신의 충심을 곡해하시는 것이옵니까!"

개소리라는 말이 입 밖으로 튀어나오려 할 때였다.

임금의 팔이 하늘 위로 크게 올라갔다. 그리고 그것이 세자의 뺨으로 내리꽂히는 순간!

철썩!

"으윽!"

"전하!"

"전하, 고정하시옵소서!"

임금의 손이 아드님을 후려친 데 대한 황망함에, 대신들 모두 땅에 엎드려 임금을 만류했다.

그리고 세자는 뺨을 부여잡고 땅에 쓰러진 한수창을 일으켰다.

세자 대신 뺨을 맞은 한수창은 왼쪽 뺨이 시뻘겋게 부어올랐으나, 제 몸을 돌볼 새도 없이 세자를 변호하기 바빴다.

"전하! 모든 것이 소신의 잘못이옵니다. 슬픔으로 잠시 총기가 흐려지신 저하를 막지 못하였나이다. 용서하여 주시옵소서!"

덕분에 한숨을 돌린 임금은 노기 어린 시선으로 그 두 사람을 번갈아 보다가 세자에게 명했다.

"따라오너라!"

아름다운 골짜기 곳곳엔 얕은 물이 굽이굽이 흐르고, 완만한 산등성이엔 겨울 내내 몸을 움츠리고 있던 풀잎들이 깨어나 옥색빛을 뽐내고 있었다. 울창한 가지에 산새들이 둥지를 틀고, 나무 아래는 아직 완연히 피지 않은 보라색 제비꽃과 바람꽃이 수줍게 머리를 조아렸다.

동굴에서 옷을 갈아입고 다시 여인으로 돌아온 도윤이 고개를 들어 저 앞을 바라보았다.

희방산 계곡에서 힘찬 물줄기가 쏟아지고 있다. 계곡을 지나면 어릴 적 동무들과 나물을 캐던 나지막한 언덕이 나올 것이고 그 뒤로 제가 사는 산골이 한눈에 내려다보일 것이다. 걸음을 옮길수록 익숙한 풍광이 펼쳐졌지만 반갑기보다 등 뒤의 지나온 길이 아쉬운 것은 왜일까.

터덜터덜.

무거운 걸음에 지쳐 가던 도윤이 애써 반갑고 그리운 것들을 떠올렸다.

'우리 도화가 끓여주는 숭늉 한 그릇 마시고 싶네.'

대책 없이 도망쳐 온 길이라 수중에 돈이 얼마 없었다. 최대한 아끼고 아끼느라 굶주림에 뱃가죽이 등에 붙은 것만 같았다. 구수한 숭늉을 떠올리니 메마른 입에 침이 고이고 다리에 힘이 들어갔다.

'어서 가자. 배가 고픈데 어디서 사랑 타령이냐.'

그렇게 도윤은 뛰다시피 집으로 돌아왔다.

"도화야! 아버지!"

싸리문 밖에서부터 두 사람을 큰 소리로 외치는데도 방문이 열리지 않았다.

"저 왔습니다! 아버지!"

그런데 가만 보니 이상했다. 마당에 빨래 하나 널린 게 없고 장독대 하나 보이지 않았다.

그뿐인가. 어딘가 모르게 집이 싸늘해 보였다. 마치 빈집처럼.

불안감에 방문을 벌컥 열었더니 아니나 다를까, 방 안도 깨끗하게 비어 있었다. 아버지의 방은 본래 온갖 책들과 아이들에게 줄 주전부리가 곳곳에 숨겨져 있어 손쓸 수 없을 만큼 난잡했었는데, 먼지 말고는 아무 것도 없었다.

"아버지! 도화야!"

도윤은 빈집 구석구석을 돌며 두 사람을 애타게 찾았으나 어디에도 사람의 흔적조차 없었다.

"이게 무슨……."

두 사람에게 무슨 변고가 생긴 건 아닐까. 아니면 약조를 어긴 제가 괘씸해서 저를 버리신 걸까. 망연자실한 도윤이 멍한 눈으로 툇마루에 엉덩이를 붙이고 주저앉았다. 그런데 제 손 밑에 종이 같은 것이 잡혔다.

"응?"

가만 보니 웬 접은 종이 위에 돌멩이가 올려져 있었다. 종이를 펼쳐 보니 익숙한 필체의 글귀가 보였다.

『정신 빠진 것. 실컷 놀았으면 한양으로 올라오거라.』

아버지의 필체에 반가운 것도 잠시, 도윤이 미간을 찌푸렸다.

"한양 어디요!"

종이의 앞뒤를 펄럭거려 보았지만 다른 글씨가 없으니 기가 찰 노릇이다.

"한양이 뉘 집 안방입니까!"

누가 누구더러 정신 빠졌다 하는지 모를 일이었다.

"그리고 거긴 왜요! 왜 하필 제가 없는 지금!"

도윤은 툇마루에 벌러덩 누워 힘없이 중얼거렸다.

"한양……."

한양에는 그가 있었다. 그곳에 간다 해도 그를 만나기란 요원한 일일 테지만, 기껏 도망쳐 왔는데 결국 그가 있는 곳으로 가야 한다는 사실이 우스웠다.

"아…… 배고프다."

눈물이 핑 돌았다.

그 넓은 한양에서 어찌 아버지와 도화를 찾아야 할지 난감했지만 이러고 있을 시간에 움직이는 게 나았다. 도윤은 일단 사정을 알 만한 사람들을 찾기로 했다.

"어라? 이게 누구입니까? 도윤 아씨 아닙니까?"

아버지에게 글을 배우던 말복이의 어미가 반가운 얼굴로 뛰쳐나왔다.

도윤은 어색한 웃음을 지었다. 마을 사람들 모두 도윤이 고모님 댁에 병간호를 하러 떠난 줄 알고 있기에 지금부터 말조심을 해야 했다.

"어찌 된 일입니까? 다들 한양으로 가셨는데 왜 이리로 오신 겁니까?"

한양에 고모님이 계시다 했으니 그리 의아해하는 게 당연했다.

"고모님이 생각보다 일찍 쾌차하셔서 일찍 돌아왔네만, 길이 어긋난 모양일세."

"아이구. 어쩌면 좋나요. 이 무슨 고생이십니까."

"괜찮네. 것보다 어찌 된 일인지 몰라 당황스러워서. 갑자기 다들 한양 엔 왜 간 것인지 들은 바 없는가?"

"글쎄, 난리도 아니었습니다."

"왜?"

"아니, 웬 관군들이 마을로 들어오기에, 다들 무슨 죄인이라도 된 것마냥 가슴이 철렁하지 않았겠습니까. 그런데 그 사람들이 아씨 집으로 가더니 어명으로 우리 정대봉 나리를 모셔 간다는 게 아닙니까……."

그러면서 한동안 그 일로 마을이 떠들썩했다는 이야기를 했다. 나리가 워낙 어진 분이시라 나라님도 알아보신다며 입이 마르도록 칭찬을 하는데, 듣고 있는 도윤의 얼굴은 새하얗게 질려갔다.

어명이라니!

더러운 조정에 치가 떨린다며 다시는 관직을 맡지 않겠다던 아버지셨다. 김태수 일당이 흙탕물처럼 흐려놓은 물에 아버지가 발을 담그게 되셨다니, 우선은 불안한 마음이 앞섰다. 그리고 다음으로는 슬픔과 분노로 무너져 내릴 것만 같던 세자 저하의 뒷모습이 떠올랐다.

'아버지께서는 세자 저하의 편에 서시겠지?'

그분에게 힘이 되어주실 수 있으실까.

메말랐던 마음에 촉촉한 단비를 내려주신 그분.

그분이 제게 지어준 그 미소를 잃어버리지 않도록 해주실 수 있을까.

'나도 참. 아버지가 뭐 그리 대단하신 분이라고. 임금께서 잡무에 쓰시려고 부르셨겠지.'

도윤은 잠시 두근거렸던 마음을 단속하고 말복 어미에게 작별 인사를 건넸다.

말복 어미는 언제 또 보겠냐며, 어려운 살림에도 도윤의 손에 삶은 감자 몇 알을 챙겨주었다.

덕분에 당장의 배고픔은 해결했으나 앞으로가 막막했던 도윤은, 용기를 내 장우완의 집으로 향했다. 여정을 마치는 대로 그와 혼인하기로 약조를 하였으니, 아버지께서 그에게 무슨 언질이라도 해주지 않았을까 해서였다.

바삐 걸음을 옮긴 도윤은 제법 큰 기와집 담 앞을 서성이다가, 누군가를 보고 깜짝 놀라 담 옆으로 몸을 숨겼다.

'우완 도령……'

훤칠한 도령의 곁에는 도윤도 잘 알고 있던 계집이 있었다. 괜한 시기 질투로 사사건건 도윤에게 시비를 걸던 계집이었다. 이제 보니 장우완이 제 뜻대로 되지 않아 제게 패악을 부렸던 모양이다. 늘 위로 찢어져 있던 계집의 눈이 우완을 바라볼 때는 이리도 맑고 순한 것을 보면.

비녀를 꽂고 환하게 웃고 있는 계집과 우완을 보니 두 사람이 참으로 잘 어울리는 듯했다. 그 모습을 보고 있는데도 도윤은 화가 나지 않았다. 장우완 정도면 비록 서얼이지만 혼인을 해도 좋다 여겼었는데, 저를 배신한 사내에게 아무 감흥이 없을 수 있구나 싶어 미안할 지경이었다.

'행복해 보입니다.'

한편으로는 저를 그리도 쫓아다니며 혼인하자 약조까지 하더니 이리도 쉽게 사람 마음이 변하는구나, 씁쓸하기도 했다.

사람은 바위보다 갈대를 닮았다.

한자리에서 꿈쩍도 않고 닳고 닳아 먼지가 되어 없어질 때까지 천년만년 한결같으면 좋으련만, 짧은 생을 살아가는 사람은 그러지 못했다. 하나 또 그리 흔들려야 살아갈 수 있는 것이다. 변하기도 해야 아프지 않는 것이다. 일평생 한결같이 한 사람만 바라본다면 그 아픈 마음을 안고 어찌 살 수 있겠는가.

'저하도 변하시겠지요? 지금은 아프시겠지만 곧 스쳐 간 인연 따위 잊으시겠지요?'

참으로 얄궂다.

우완 도령이 변한 것은 하나도 아프지 않은데, 이림이 변할 거라 생각하니 너무 아프다.

도윤은 따끔거리는 가슴으로 돌아서며 치마에 매달린 호박색 노리개를 어루만졌다.

'저도 곧 변하겠지요?'

분명 그렇게 될 것이다. 곧 괜찮아질 것이다.

편전 안팎에 무거운 침묵이 흘렀다. 경계하는 이들은 평소보다 더욱 긴장한 모습으로 사방을 주시했다. 근방에 누구도 가까이 오지 못하게 하라는 임금의 추상같은 명이 있었다.

임금은 아들인 세자를 편전 안에 세워두고 용좌에 앉아 그를 내려다보았다.

세자는 편전에 든 적이 별로 없었다. 임금께서 정사를 보는 편전에 세자가 드나드는 것은 조정의 일을 가르침 받을 때나 필요한 일이었다. 아직은 그럴 때가 아니었기에 괜한 일로 사람들의 입에 오르내릴 필요가 없었기 때문이다.

그러니 세자는 오늘 임금이 저를 이리로 부른 것은 뜻이 있으시기 때문이라 짐작할 수 있었다.

"네 울분을 모르지 않는다."

"……."

임금이 운을 떼자 한편에 자리하고 있던 주서가 붓을 움직였다. 그는 두 사람의 감정까지 기록할 수는 없었으나, 세자의 침묵을 글로 남겼다.

"오늘 네 무모한 짓 역시 이해는 한다. 하니 내가 네게 손찌검한 것을 이해하거라."

좀 전과 달리 부정이 느껴지는 말에 이림이 조금 놀란 눈으로 고개를 들었다.

"먼 길을 돌아온 너를 안아주지 못한 것도 이해하거라."

이림은 한참 입술을 달싹거리다가 겨우 대답했다.

"제가 맞은 것은 아니라 잊었습니다."

호방한 대답에 임금이 피식 웃었다.

몇 달 만에 돌아온 세자의 얼굴은 많이 야위었으나, 궐 안에서 지낼 때보다 더욱 생기가 돌고 편안해 보였다.

죽을 고비를 넘긴 자라 믿기 어렵게 표정에 여유가 넘쳐서 대견하기까지 했다.

"녀석……."

"전하. 저를 습격한 자들은 김태수 일당이 분명할 것입니다. 제 어머니의 죄를 변호할 생각은 없사옵니다. 하나, 그분은 중궁전에 감금되다시피 하신 분입니다. 그런 어머니가 월한을 위해한 것은 분명 월한의 실수이거나 모함일 것입니다. 저를 죽이려 한 일과 맞춰보면 분명……!"

"안다."

"아시면서 어째서 희빈을 중전으로 올리려 하십니까. 어째서요? 그들을 끌어내릴 확실한 명분이 있지 않습니까. 김태수 패거리들이 밖에서 하는 짓들은 천한 무뢰배들보다 더합니다. 그 증좌가 있는데도 어째서 이대로 물러서려 하시옵니까!"

"고작 그것만으로 힘을 가진 자를 쓰러트릴 수 있다는 것은 순진한 생각이다."

"전하!"

"하나, 오늘 네가 한 짓 덕분에 싸울 수 있게 되었다."

"……!"

"대신들 중 김태수에게 불만을 가진 자들이 여럿 있다. 그런 그들이 아무것도 하지 않은 것은 너에 대한 확신이 없었기 때문이다. 월한이 세자가 된다면 그 역풍을 맞을 테니 말이다. 한데 오늘 네가 김태수에게 선전포고를 했으니 아마 꽤 동요하고들 있을 게다."

이림은 당황해서 눈을 깜빡거렸다. 아무래도 지금 저더러 잘했다고 하시는 걸로 들렸는데, 아까와는 태도가 다르지 않으신가.

"잘했다."

"……."

역시 칭찬이 맞았다.

"잘 돌아와 주었구나."

"……."

태어나서 처음으로 아버지인 임금께 인정을 받았다. 꿈에도 생각지 못한 일이라 이림은 '황공하옵니다'라는 말조차 못하고 있었다.

"내 너를 한 번 믿어보겠다."

"전하……."

"오늘 네가 던진 패로 나는 저들과 거래를 할 것이다."

"예?"

"영의정 김태수를 벌하지 않겠다."

"전하!"

"대신 관찰사 강필도를 본래의 자리인 의금부 판사로 돌려놓을 것이다."

반발하려던 이림의 눈이 커졌다.

"희빈 김씨를 예정대로 중전에 앉히겠다. 그 대가로 한수창을 조정으로 불러들이고, 박성권을 좌찬성에 임명하여 시강원의 이사를 겸하게 할 것이니, 다시 그에게 경연을 배우도록 하라. 금강산에 있는 운도 역시 불러들여 네 옆에 있게 할 것이다."

"그게 가능하단 말씀이시옵니까?"

"김태수와 희빈을 끌어내리는 것보다는 쉬운 일이다."

영의정이 오늘 스스로 죄를 시인하며 물러가길 청했으니, 이 정도 선에서 마무리 짓자 하면 납득할 것이다.

"너는 아직 능구렁이 같은 저 늙은이들을 당해내기엔 역부족이다. 네가 신문고를 울렸으니 나는 철저히 진상을 조사해야 하며, 만약 네가 거짓을 고했다면 나는 네게 벌을 내려야 한다. 저들이 네가 가진 증좌를 인정하지 않으면 그 역풍으로 네가 당하게 된다."

"명백한 죄상을 어찌 부정한단 말이옵니까."

이림이 흔들림 없는 눈으로 부왕을 보았다.

"그리할 수 있다는 것을 너도 알 터."

임금의 목소리는 무엇엔가 꽉 억눌린 듯했다.

오랜 시간 김태수 일당을 없애고 싶었으나 오히려 많은 충신들을 잃거나 떠나보내야 했다. 한때는 차라리 월한이 세자가 된다면 김태수의 탐욕이 사라질까, 월한이 어진 임금이 되어주지 않을까, 나약한 마음을 품었을 때도 있었다.

하나 임금은 오늘 세자에게서 진정 백성과 나라를 위하는 어진 군주의 모습을 보았다. 그것은 제 젊은 날의 모습이기도 해서 참으로 오랜만에 가슴이 뛰었다. 그럼에도 불구하고 임금은 세자의 무모함이 걱정스러웠다. 김태수를 쓰러트리는 것은 한 번에 할 수 있는 일이 아니었다.

"몸을 낮춰라. 최대한 낮춰라. 모든 일이든 때가 있는 법이다. 그때가 올 때까지 무슨 일이 있든 몸을 낮추고, 기를 죽여라."

"폐서인은 저를 낳아준 어머니십니다."

"세자!"

"어마마마의 억울한 죽음을 소명하게는 해주시옵소서! 자식 된 도리로 그 정도는 하게 해주시옵소서!"

울분과 분노, 슬픔이 느껴지는 세자의 말에 임금은 화를 낼 수 없었다. 아들을 학대한 정신 나간 여인에게 모정을 갈구했으나 결국 한 번도 사랑을 받지 못했으니 그럴 만도 하지 않나.

"할 수는 있을 것이다. 한데 그리서 네가 얻는 것이 뭐란 말이냐? 네 어미의 죽음은 자결로 결론이 났다. 그것을 네가 증좌를 찾아 엎는다 해서 사람들이 너를 따를 것 같으냐? 그 여자의 억울한 죽음을 사람들이 애도하며 너를 가여워해 줄 것 같으냐?"

이림은 뒤통수를 한 대 얻어맞은 기분이었다.

그랬다. 비록 저를 학대한 일은 세상에 알려지지 않았으나, 월한에게 상처를 냈고 투기가 심한 것은 널리 알려진 일. 그런 여자를 몰아내고 살해했다고 밝혀지면 사람들은 오히려 희빈을 가엽게 여길 것이다. 오죽했으면 쫓아낸 중전을 죽이기까지 했을까. 그만큼 투기 심한 중전에게 모질게 당했을 테지, 라고. 어쩌면 그것이 거짓 증좌라 믿을지도 모른다.

임금은 한참이나 말없이 어깨를 늘어트린 세자를 보며 타이르듯 물었다.

"알아들었느냐? 하면 앞으로 어찌해야 할지도 알겠느냐?"

이림은 한결 차분해진 눈을 들어 대답했다.

"김태수가 가진 힘과 명분에 대항할 수 있을 때까지 자중하겠습니다."

"네 사람을 만들거라. 어질고 선하고 올곧은 사람만 찾지 마라. 고지식한 자, 약은 자, 순진한 자, 강하기만 한 자, 비열한 자, 떠들기 좋아하는 자, 누구라도 좋다. 그 쓰임에 맞는 곳에 자리 잡게 하고 네가 그들을 품어라."

이림은 유람 중에 만난 많은 사람들이 떠올랐다. 제각각 인품이 다르지만 분명 그들을 이용해 많은 일들을 해냈다. 외지부 때도 그랬고, 배민상을 이용해 해방촌 사람들을 구하기도 했다. 문득 계책이 하나 떠올랐다.

"그러자면 전하. 이렇게는 안 될 것 같사옵니다."

임금의 얼굴에 의아함이 떠올랐으나 이어지는 세자의 설명에 곧 흡족한 미소가 번졌다.

그 후에도 두 사람은 오랫동안 이야기를 주고받았다.

주서의 붓이 쉼 없이 움직이다가 마지막 문장을 쓰고 붓을 내려놓았다.

『……이제 세자빈을 간택할 때가 되었다 하셨다.』

독대를 마치고 밖으로 나온 이림이 한숨을 쉬었다. 힘없이 드넓은 궁을 바라보던 그의 앞에 자희가 쪼르르 와서 걱정스레 여쭈었다.

"저하. 많이 혼이 나셨사옵니까? 어디…… 맞으신 데는 없으시옵니까?"

임금께서 체통을 잊고 그 많은 사람들이 있는 곳에서 아들을 후려치셨다. 한데 한수창 어사가 대신 맞는 바람에 때리지 못하셨으니, 아무도 없는 곳에서 분이 풀릴 때까지 원없이 두들겨 패셨을지 모를 일 아닌가.

"자희야."

"네, 마마."

내관복을 입고 있는 자희가 오랜만이라 이림은 피식 웃으며 실없는 소리를 건넸다.

"평복도 괜찮았는데, 넌 역시 그 옷이 잘 어울리는구나. 변함없이."

"저야 뭐……."

"나도 옷을 갈아입어야겠다."

"예, 예. 어서 동궁으로 뫼시겠나이다. 그렇지 않아도 따뜻한 물을 준비하라 일러두었사옵니다."

"네 생각은 어떠냐? 지금 이 옷과 용포, 어느 것이 내게 어울리는 것 같으냐?"

"예? 저, 저하. 그야 당연히……."

이림은 자희의 대답을 기다리지 않고 계속 자문자답하듯 중얼거렸다.

"처음부터 어울리지 않았다. 용포를 입고 있으면 남의 옷을 입은 듯했지. 나는 변한 게 없구나. 너도 나도, 그리고 이 궁도, 아무것도 바뀐 게 없어."

"저하……."

"조금은 변한 줄 알았는데, 난 여전히 편협하고 비겁하구나."

이림이 비척비척 걸어가며 자조하자 자희는 가슴이 쿡쿡 쑤셔왔다.

'살아 돌아오셨는데, 조금만 다정하게 대해주시지. 가뜩이나 어마마마를 잃으신 분인데, 임금님도 너무하시지.'

눈물을 글썽이며 세자의 뒷모습을 바라보던 자희가 갑자기 눈을 크게 떴다가 눈을 비볐다.

세자의 옆에 도윤 아씨의 모습이 아지랑이처럼 나타났다 사라졌기 때문이다. 헛것을 볼 만큼 자희는 도윤의 존재가 그리웠다.

'두 분이 그리 계실 때 참 든든했는데……'

오늘따라 세자의 등이 쓸쓸하고 나약해 보였다.

좌의정 류석현은 현 임금이 세자였을 때부터 그를 보위한 임금의 최측근 중 한 사람이었다. 하나 김태수에 의해 왕권이 약해진 지금, 좌의정이라는 높은 관직에도 불구하고 임금께 큰 힘이 되어주지 못하는 실정이었다. 임금을 보필하긴커녕, 언제 자신의 목이 잘려 나갈지를 걱정해야 할 판국이었으나 류석현은 늘 의연하게 대처해 왔다.

오늘도 그랬다. 평소보다 일찍 퇴청한 류석현이 턱수염을 쓰다듬으며 마당을 서성이자, 인사를 올리러 온 그의 아들 류정완이 고개를 갸웃거렸다.

류정완이 알기로, 아버지가 턱수염을 매만지는 것은 뭔가 흥미 있는 일이 생겼을 때 하는 습관이었기 때문이다. 아니나 다를까. 류석현이 콧소리를 내며 즐거운 듯 미소 짓고 있었다.

류정완은 결국 궁금증을 참지 못하고 아버지 앞에 다가가 인기척을 냈다.

"왔느냐."

"예. 한데 무슨 좋은 일이라도 있으셨습니까?"

"좋은 일인지 나쁜 일인지는 모르겠으나, 재미는 있었다."

"예?"

"김태수의 얼굴이 아주 볼만했지. 오랜만에 그런 얼굴을 보는군."

"무슨 말씀이신지⋯⋯."

"세자가 신문고를 울린 일을 듣지 못했느냐?"

"예? 세자 저하가 신문고를 울리다니요? 아니! 저하께서 돌아오신 것입니까?"

세자의 행방이 묘연하다 해서 온갖 말들이 돌고 있었는데, 이렇게 갑자기 나타나셨단 말인가. 아니, 어째서 하필 오늘 같은 날에, 그것도 신문고까지!

경악한 아들의 얼굴이 궐에서 본 다른 대신들과 같았기에 류석현은 이해한다는 듯이 고개를 끄덕였다.

"아직 밖에는 잘 알려지지 않은 모양이군. 하긴 세자가 떠들어댄 이야기가 부끄러울 테지. 염치가 있다면 다들 쉬쉬하겠군."

"대체 무슨 일이 있었던 것입니까?"

좌의정은 궁금해 죽겠다는 표정의 아들을 쳐다보았다. 성균관 장의씩이나 하고 있는 아들이 자랑스러웠던 것은 잠시였다. 장의가 된 아들을 지켜보는 동안 속이 부글부글 끓었다. 아들놈은 융통성 없고 물정 모르는 고지식한 서생 놈이었고, 심지어 지기 싫어하는 똥고집이었다. 그런 아들이 오늘 세자의 무모한 일을 들으면 뭐라 할 것인가.

"저하께서 어찌 그리 경거망동하실 수가 있답니까!"

역시나 아들은 기함했다. 좌의정은 제 예상이 틀리지 않은 것이 우스워 웃음을 터트렸다.

"어째서 웃으십니까? 이는 웃어넘길 일이 아니지 않습니까."

정완이 깜짝 놀란 눈으로 어이없어하자, 류석현이 눈가에 고인 눈물을 닦아내며 말했다.

"경거망동도 필요할 때가 있느니라."

"그게 무슨……. 주상 전하께서도 크게 노하셨다 하지 않으셨습니까."

"내가 전하를 뫼신 지 스무 해가 넘었으나, 그리 불같이 노하신 모습은 처음 뵈었지."

"그러니말입니다. 이제 와 임금의 눈 밖에까지 나면 어쩌자고 그리 무모할 수 있단 말입니까."

"처음이라 하지 않았느냐. 전하께서는 그런 식으로 화를 내지 않으신다."

"예?"

"분명 나와 같은 생각이실 게다. 세자 저하께서 참으로 적절한 때에 나타나 주셨다. 아무도 김태수의 죄상을 꼬집지 못하였는데, 저하께서 신문고를 울려 모두의 앞에서 그를 꾸짖어주신 덕에 이제 김태수가 책임을 질 수밖에 없게 된 것이다."

류석현의 말을 곱씹어보던 정완이 무엇인가를 깨달았다. 그러고 보니 나라 곳곳에서 벌어진 악행들이 결국 김태수와 연관이 있었음에도, 그는 오직 몰랐다는 변명만으로 책임을 피해갔었다.

"그뿐이냐? 마침 중전 책봉식 중이었다. 신문고를 울렸으니 임금께서는 이번 일을 공론화할 것이고 그리되면 중전 책봉이 기약 없이 멀어지겠지. 희빈은 애가 탈 것이고 김태수는 똥줄이 타지 않겠느냐?"

류정완은 세자가 적절한 때에 나타나 행패를 부린 것이 잘한 일이라는 아버지의 말에 반박하지도, 수긍하지도 못하고 침묵했다.

그러자 류석현이 타이르듯이 말했다.

"백성에게 가장 필요한 것은 백성의 소리를 듣는 귀. 어디서 들어본 말 같지 않느냐?"

"……!"

아들 정완이 성균관에 들어가던 날, 유려한 필체로 빗대어 포부를 밝힌 것이 바로 이런 맥락의 말이었다.

"세자께서 그러시더구나. 몇 달 사이에 다른 사람이 되신 듯해."

누구나 할 수 있는 말이지만, 세자는 그 말을 실천해 북을 울렸다. 가장 높은 곳에서 가장 낮은 곳을 이해하기란 쉽지 않은 법이거늘, 겨우 약관을 넘긴 세자가 그것을 깨우친 것이 놀랍고 대견한 일이었다.

"정완아."

"예."

"월한이 아무리 왕재라 해도 어린 월한의 곁에 희빈과 김태수가 있는 한 성군이 될 수 없을 것이다."

그 말인즉, 세자의 편에 서라는 뜻이었다. 성균관 장의에게 세자의 편에 서라는 것은 유생들로 하여금 김태수와 싸우도록 해 세자에게 힘을 실어주라는 뜻이었으니, 앞으로 벌어질 치열한 정쟁을 예고했다.

그러나 정완은 누가 시킨다고 무작정 따르는 자가 아니었다.

"유생들이 나서야 할지 어떨지는 세자 저하를 직접 만나뵈어야 알 수 있을 것 같습니다."

대책 없이 신문고를 울리고 한수창 같은 자를 벗으로 둔 세자를 위해, 유생들이 목숨을 걸고 싸울 만한 가치가 있을지를.

"정 그렇다면 한수창을 만나보아라."

정완은 한수창의 이름 석 자만 듣고도 얼굴을 찌푸렸다. 하지만 이번엔 어쩔 수 없다. 그 화상을 만나야 세자 저하를 제대로 뵐 수 있을 듯했다.

한수창은 울고 싶었다. 온갖 개고생 끝에 그토록 소원하던 한양으로 돌아왔으나, 임금에게 뺨을 맞고, 집에서는 욕을 먹는 등 마음을 붙일 곳이 없어 서러웠다.

「이 모자란 놈! 대체 네놈은 세자 저하가 신문고를 칠 때까지 뭘 하고 있었던 게야! 뺨만 맞고 끝난 것을 다행으로 알아!」

할아버님의 서릿발 같은 호통에 변명도 제대로 못해보고 집 밖으로 쫓기듯 나왔다.

'역시 내가 기댈 곳은 그곳밖에 없겠구나.'

비척거리던 한수창의 걸음에 조금 힘이 실렸다.

요즘 젊은 선비들이 가장 많이 찾는다는 기방이 있다니 안 가볼 수가 없다. 지방의 여러 기방을 다녔으나 역시 한양의 기생들에 비하면, 정감은 가나 촌스러운 데가 있었다. 저 역시 오래 한양을 떠나 있었으니 촌스러움이 몸에 배었을지도 모른다는 생각에, 한양의 가장 뜨거운 장소에서 촌티를 벗기로 했다. 그렇게 자신의 상처받은 마음을 위로받을 생각에 가슴이 부풀어 오를 때였다.

'응?'

한수창은 제 옆을 지나친 웬 소녀의 얼굴을 몇 번이나 눈을 씻고 다시 보았다.

'이럴 수가!'

한수창은 입을 다물지 못했다. 저 앞에서 두리번거리며 산뜻하게 걸어가는 소녀는 한수창이 지금껏 보아온 어떤 기생보다 고왔기 때문이다.

'사람인가, 항아인가!'

그는 기방으로 향하던 것도 잊고 홀린 듯 소녀의 뒤를 따라갔다.

소녀는 한 떨기 가녀린 꽃처럼 청초해 보이다가도, 깨물어주고 싶을 만큼 깜찍하고 발랄하게 웃기도 했으며, 때로는 기품 있는 선녀처럼 보이기도 했다.

'대체 그대는 누구십니까.'

한수창뿐만 아니라 많은 사람들이 소녀의 얼굴에서 눈을 떼지 못하고 있었다. 사람들의 노골적인 시선을 모르지 않을 것인데도 소녀는 익숙한 것인지 둔한 것인지 전혀 개의치 않는 듯했다.

아니, 사실은 즐기고 있었다.

'아, 내 미모가 산골짜기에서나 통하는 게 아니었구나.'

도화는 콧노래를 흥얼거리고 싶을 정도로 기분이 좋았다. 많은 사람들이 저를 예쁘다 해주는 것도 우쭐하고, 한양 구경도 재미났다. 그런데 누군가 갑자기 도화의 앞을 가로막았다.

차림새는 선비였으나 인상이 썩 좋지 않았다. 얼굴은 어디서 싸움질을 했는지 뺨이 퉁퉁 부어올랐고, 무서울 정도로 부릅뜬 눈이 저를 잡아먹을 듯 노려보는 게 아닌가.

순간 아버지의 훈계가 떠올랐다.

'이것아! 어딜 그리 쏘다니는 게냐! 한양에서 그리 다니다가는 큰코다친다!'

잔뜩 겁을 먹은 도화가 어깨를 움츠리는데 한수창이 손을 뻗으며 입을 열었다.

"저……."

"히익!"

그러자 도화는 기겁을 하며 뒤돌아 죽어라 뛰기 시작했다.

도화를 지켜보던 사람들의 시선이 한수창에게 꽂혔다. 방금 그 아씨에게 무슨 짓을 한 것이냐고 따지는 듯했다.

"허! 뭐, 뭐야?"

아무것도 하지 않았었다. 그저 통성명을 하고자 했을 뿐이다. 지금껏 태어나서 제 얼굴을 보고 반하지 않은 여인이 없었는데 이런 취급은 처음이었다. 마치 저를 보고 불한당을 본 듯 기함하지 않나.

"어, 어째서!"

굴욕을 참지 못하고 큰 소리를 쳤더니 낮에 뺨을 맞고 찢어진 입술이 다시 터져 피가 흘렀다.

그제야 알았다.

지금 제 얼굴이 매우 흉하다는 것을.

"술! 술이 떨어지지 않았느냐! 얼른 새 술을 가져오지 않고 뭘 하느냐!"

"아이고 도련님. 이제 진짜 그만하고 들어가셔야 한다니까요. 대감마님께서 단단히 화가 나셔서 해뜨기 전까지 안 들어오시면 내치시겠다 으름장을 놓으셨습니다."

덕배가 쩔쩔매며 한수창을 일으키려는데, 한수창은 그런 덕배의 팔을 뿌리쳐 내동댕이쳤다.

"놔라, 이놈아! 어라? 너희들은 뭘 그리 보고만 있느냐? 내 얼굴이 흉하다고 내 말을 안 듣는 것이냐! 어?"

한수창은 조금 전에 당한 굴욕을 화풀이하듯 죄 없는 기생들에게 눈을 부라리며 진상을 부렸다.

그 와중에 문이 열리며 술병을 든 선비가 찾아왔다.

"……!"

선비의 얼굴을 확인한 덕배가 벌떡 일어나 안절부절못하자 한수창도 흐려지는 눈을 모아 그를 들여다보았다.

"어라? 이게 누구십니까. 한수창 어사 아니십니까."

코가 삐뚤어진 못난 주인의 음성에 덕배는 땅이 꺼져라 한숨을 쉬었다.

"후— 소인은 이만 나가보겠습니다요."

이림은 고개를 끄덕이며 덕배와 다른 기생들도 함께 내보냈다.

"아니, 왜 저 아이들을 다 내보내십니까!"

여태 술만 찾던 한수창이 나가는 기생들의 치맛자락을 잡아당기며 이림을 원망했다.

이림은 둘만 남게 되자 가지고 온 술병을 상 위에 올려놓았다.

"진상품인 안동 소주다. 전하께서 너를 위로하라며 내주신 것이다. 한잔 따라보거라."

임금이 하사하신 술이라는데도 한수창은 울컥해서 소리를 질렀다.

"그러게 왜 술 따르는 기생들을 다 내보내십니까. 왜요!"

"계집보다 사내가 더 좋다."

"……."

한수창이 뒤로 슬금슬금 물러나며 제 몸을 보호하는 것을 보고 이림은 무표정한 얼굴로 말했다.

"농이다."

"허! 아닌 것 같은데요? 진심으로 들렸사온데요?"

"이제 술이 깨나 보군."

"술 깨라고 그런 농을 하시옵니까? 저하께서 그런 취향이라고 알려지기라도 하면 진짜 끝이옵니다. 끝!"

"하. 그렇겠지?"

이림은 쓸쓸하게 반문하며 스스로 술을 따라 술잔을 가득 채웠다.

"……저하?"

농이라고 하셨으면서 왜 이러시는가, 불안하기 짝이 없다. 술을 왈칵 들이켜는 세자의 모습은 제가 알던 모습과 달랐다.

"농이라면서요?"

"그래. 농이다."

"한데 저는 왜 농처럼 들리지 않을까요?"

"안심해라. 설사 그렇다 하더라도 너는 아니다."

"예?"

이림은 자신이 보고 싶은 사내를 떠올렸다.

좀 더 작고, 좀 더 맹랑하고, 좀 더 곱고, 좀 더 어리고, 좀 더 사랑스러운……. 미치도록 보고 싶은 얼굴이었다.

"장담하지. 자네는 내 취향이 아니야."

이번에는 진짜 농처럼 건넨 말이지만 한수창은 버럭 화를 냈다.

"오늘 무슨 날입니까! 두 번이나 퇴짜를 맞다니! 에잇!"

그러면서 세자가 가져온 술병을 병째로 입을 대고 들이켰다.

"퇴짜를 맞아?"

"이게 다 저하 때문이옵니다! 얼굴만 이리되지 않았어도!"

"자네는 겉모습만으로 사람을 다 알 수 있나?"

"예? 그건 또 무슨 씻나락 까드시는 말씀이십니까?"

"얼굴이 무슨 상관인가. 누군지 모르겠지만 오늘 자네를 퇴짜 놓은 여인은 현명한 여인인 듯해."

"벌써 취하신 겁니까?"

"그럴 리가? 내 최근 술맛을 알아버려서, 오늘은 진짜 취할 때까지 마셔볼 작정이다."

"저하."

한수창은 실없는 농을 하는 세자의 모습이 불안해 보였다.

"취하지 않고는 견딜 수가 없을 것 같거든."

"저하! 이러시면 아니 되옵니다!"

이림은 한수창의 손을 뿌리치고 잔에 술을 따르려다 멈칫했다.

"아!"

"왜 그러시옵니까?"

"혹, 깨끗한 손수건이 있나?"

한수창이 입을 댄 술병이다. 아무리 취하고 싶어도 이렇게는 아니라고, 이림은 단호하게 술병의 주둥이를 닦으라 명했다.

잘 닦인 너른 길을 걷는 것이 이리 힘이 들 수 있을까. 또다시 남장을 한 도윤은 사람들과 어깨를 부딪치는 것이 싫어 마음만큼 빨리 걷지 못했다.

"무슨 사람이 이리 많아. 예전에도 이랬었나."

어릴 적엔 한양에서 컸음에도 한양에 대한 기억은 희미했다. 도윤에게는 도화와 함께 오순도순 자라난 소백산 자락의 작은 마을이 고향이나 다름없었다. 유람을 다닌 고을도 하나같이 작은 마을이다 보니, 이처럼 큰 마을에 들어서니 혼이 쏙 빠질 지경이었다.

"이런 데서 살면 이웃들도 다 기억하기 힘들겠다."

아니, 지금은 이웃 얼굴을 모를까 걱정할 때가 아니었다.

"내 가족들이 어디 있는지도 모르는데, 뭔 쓸데없는 걱정이람. 후―"

한양에서 관직을 얻었다니, 정대봉이란 관리를 아냐고 수소문하고 다닐 수밖에 없었다.

"주막부터 잡아야겠다."

습관처럼 고쳐 멘 봇짐이 가벼웠다. 그도 그럴 게, 애지중지하던 벼루와 붓을 팔아 한양으로 올라오는 경비를 마련했던 것이다. 가벼워진 봇짐을 느낄 때마다 속이 쓰렸지만 어쩌겠는가. 어차피 저는 이제 여인으로 살아야 하니 이만 미련을 버리자 마음을 다잡을 때였다.

"하— 도화라니. 이름도 곱기도 하지."

도화라는 이름에 도윤이 말소리가 들린 곳을 향해 돌아보았다. 젊은 선비들이 삼삼오오 모여 황홀한 표정으로 이야기를 나누는데 어쩐지 그냥 흘려들을 이야기가 아닌 듯했다.

"그냥 고운 게 아니라, 하루하루 새로 피는 꽃 같지."

"어디서 그런 선녀가 내려왔는지, 한양이 아니라 조선 땅 어디에도 그런 미색을 찾기 힘들 걸세."

꽤나 어여쁜 여인의 미모를 칭송하는 듯한데, 도윤은 반신반의하며 계속 귀를 기울였다.

"어디긴 어디야? 아직 못 들었나?"

"뭘 못 들어?"

"그 낭자의 아비가 이번에 새로 임명된 홍문관 교리 정대봉이라는구만."

도윤은 '헉' 소리가 날 정도로 놀랐다. 갑자기 이런 곳에서 아버지의 이름을 듣게 될 줄이야!

"그 얘긴 나도 들었다만 믿을 수가 있어야지. 어디 닮은 구석이 없지 않나."

그리고 이어지는 말에 속으로 외쳤다.

'우리 아버지 얼굴이 어디가 어때서!'

어른들이 늘 저를 보고 말씀하셨다. 너는 네 어미보다 아비를 닮았다고.

"아무튼 간에 난 이번에 홍문관에 계시는 형님께 청을 해볼 생각이네. 우연히 정 교리와 마주쳐서 눈도장을 찍을 수 있게 말일세."

"그런 거라면 난 이미 손을 써뒀지."

"이 사람들이! 그런다고 도화 낭자를 가질 수 있을 것 같은가?"

도윤은 골치가 아팠다. 가족들을 빨리 찾을 수 있게 된 것은 좋았지만 이건 아니지 싶었다.

'도화 이 계집애는 한양에서도 얼굴값을 하는구나.'

제22장 부러지기 쉽다

희빈 김씨는 며칠째 분노를 삭이지 못하고 있었다. 자신의 책봉식을 망쳐 버린 세자를 잡아 죽이고 싶은 마음뿐이었다.

"잘 처리하셨어야지요!"

그날 이후 처음으로 저를 찾아온 아버지 김태수에게 그 원망을 쏟아냈다.

"마마. 고정하시옵소서."

"어찌 고정할 수 있겠습니까! 어찌요! 그날 세자가 오는 것만 막았더라면 저는 지금쯤 중궁전에 있었을 것입니다. 월한은 어떻고요!"

"송구하옵니다. 하나, 곧 일이 해결될 것입니다."

"관직에서 물러난다 하셨다면서요? 그게 해결되는 길입니까? 구중궁궐에 아버지께서 굳건히 자리에 계셔야 제가 든든한 것인데, 어째서 세자 따위의 말에 휘둘려 덜컥 그리 말씀하신 겁니까!"

희빈은 좀처럼 이성을 찾지 못하고 흥분했다.

"마마. 주상 전하께서는 세자를 마뜩잖게 여기시옵니다."

"그걸 어찌 아십니까? 제가 보기에는 월한보다 더 귀히 여기시는 듯합니다. 그러니 우리 월한이 훨씬 뛰어난데도 저리 천방지축 어리석은 세자를 그냥 두시는 것이지요."

"전하께오서 세자의 신문고 사건을 그냥 두실 순 없다 하시며 며칠간 더 적극 조사하겠다 하셨으나, 사실 그것은 형식적인 것이었습니다."

그제야 희빈이 김태수에게 몸을 기울이며 조금 흥분을 가라앉혔다.

"무슨 언질이 있으셨던 것입니까?"

"이번 기회에 세자를 부추기는 그 일당들을 모두 제거하겠다 하셨지요."

"자세히 말씀을 해보십시오."

"맹랑하게도 세자가 감히 주상 전하께 조건을 걸었다지 뭡니까. 이 김태수를 영의정에 앉히는 대신 자신의 사람들을 복직시켜 달라고 말입니다."

"뭐라고요? 하! 어디서 감히! 미친년의 자식이라 눈에 뵈는 것이 없나 봅니다! 그래서 설마 전하께서 그 말도 안 되는 것을 들어주신 것은 아니시지요?"

"신의 파직이 걸린 일이옵니다. 들어주셔야지요."

"그럴 수가!"

"하나 그들을 모두 불러들였으니 세자를 중심으로 역모를 일으키기 딱 좋지 않겠습니까?"

희빈의 눈이 번쩍 뜨였다.

"전하께서는 천한 것들을 위한답시고 나라의 근본을 흔들며 세상을 혼란스럽게 만드는 세자와 그 일당의 여러 장계들을 못마땅하게 여기고 있던 참이었습니다. 왜 안 그렇겠습니까? 담배로 큰 수익을 얻었고, 세금 징수에 어려움은커녕 나라의 국고가 불어가고 있는데 일부의 백성들이 불만을 품은 것을 크게 부풀려 임금의 업적에 반기를 들고 있으니 노하실 만하지요."

"그래서 세자를 내치고 싶어 하신단 말이지요?"

"예. 물론 그것만으로는 전하를 온전히 믿을 수 없는 일이라, 희빈 마마의 중전 교지를 내려주시겠다 확답을 받아놓았나이다."

그제야 희빈은 환한 얼굴로 김태수의 손을 덥석 잡았다.

"잘하셨습니다. 참으로 잘하셨습니다. 역시 제가 믿을 분은 아버님밖에 없습니다."

어두웠던 중전의 얼굴이 맑은 날 하늘처럼 화창하게 갰다. 딸의 밝은 웃음에 김태수는 은밀한 웃음을 지으며 목소리를 조금 낮췄다.

"두고 보십시오. 세자는 제 뜻대로 다 이루어졌다 여기고 있을 것이니, 한 치 앞도 보지 못하고 위세를 떨 것입니다. 제 버릇 개 못 준다지 않습니까. 우리는 당분간 그것을 구경이나 하면 되는 것입니다."

와장창!

푸른 섬광을 머금은 듯 서슬 퍼런 눈망울에, 동궁전 나인들이 겁을 잔뜩 집어 먹고 바닥에 엎드렸다. 난폭하고 날카로운 성정이 또다시 뻗치셨나 보다. 아니다. 원래 이러한 사람인데 더 심해지신 듯했다.

아청색 용포를 갖춰 입고 원래의 자리로 돌아간 세자 이림의 얼굴이 흉하게 일그러졌다.

그의 발밑에는 엎드린 나인들만 있는 것이 아니었다. 방금 전 그가 엎어버린 밥상으로 방 안이 엉망이 되었다.

"감히 이딴 걸 먹으라고 올렸느냐?"

숟가락에 작은 물방울 얼룩이 묻은 것을 본 세자는 오늘도 동궁을 발칵 뒤집어놓았다.

"요, 용서해 주시옵소서. 저하!"

나인들은 오늘은 또 누구를 내쫓으려고 이러시나 마음을 졸였다. 세자가 동궁으로 돌아온 이후로 하루도 마음이 편한 날이 없었다. 첫날 몰래 궁을 빠져나간 세자께서 잔뜩 취해오시더니, 별것도 아닌 일로 대노하시어 익위사의 무관을 쫓아낸 것이 시작이었다. 하루가 멀다 하고 나인이며 상궁이며 내관이며 가리지 않고 온갖 꼬투리를 잡아 내치시니, 이러다가 세자의 곁에 남을 이가 없을 듯했다.

'월한대군이 세자가 되신다는 소문이 소문으로 끝날 것 같지가 않구나.'

동궁전 사람들은 단단히 각오를 해두었다. 아무래도 그리도 집착하시던 어머니를 허망하게 잃은 것에 큰 충격을 받으신 듯 보였다. 임금께서 세자를 밖으로 보내시고 그사이 중전이 폐서인이 되어 죽었으니, 모르는 사람들 눈에도 마치 임금께서 작정하신 듯 보였다. 하니, 세자의 심정은 어떠할까.

궐내엔 돌아온 그 많은 사람들 앞에서 세자에게 손찌검까지 하시고 따로 불러 크게 야단을 쳤다는 소문이 파다했다. 세자는 웬만해서는 동궁전에 틀어박혀 임금께 문안도 올리지 않고 있으니, 부자간의 골이 매우 깊어진 듯 보였다.

오늘 세자는 아침부터 한바탕하고 속이 좀 시원해진 것인지, 동궁전 밖을 나섰다.

이제 완연한 봄이었다. 매화가 지고 진달래며 개나리며 알록달록한 오색의 세상이 되었다.

'이런 때에 너를 만났으면 더 좋았을걸.'

이림은 늘 도원을 생각했다. 함께 보면 좋겠다, 함께 보아서 좋았다, 그런 생각들을 할 때면 그나마 이림의 입가에 따스함이 머물렀다.

그런 세자의 표정이 저 멀리 월한군의 행렬을 발견하고는 다시 험악하게 굳어버렸다. 세자는 저를 발견하고 멈춰 선 월한을 향해 성큼성큼 걸어갔다.

"저하를 뵈옵니다."

월한이 조금 긴장한 표정으로 인사를 올리는데 이림은 대뜸 따지기부터 했다.

"네가 큰일을 했더구나."

웃음을 머금고 한 말이지만, 그 말을 칭찬으로 듣는 이는 아무도 없었다. 두 사람을 따르는 내관과 나인들은 일촉즉발의 상황에 잔뜩 신경을 곤두세웠다.

"무슨 말씀이시온지 모르겠나이다."

의외로 월한은 의연하게 맞섰다.

"내 목을 조를 거란 건 알았다만, 병든 어마마마를 이용한 것은 비열하지 않았나 싶구나."

"형님……."

"세자 저하."

이림이 엄하게 자신을 부르는 호칭을 정정해 주었다.

"……."

"우리가 형님 아우로 지낼 사이가 아니지 않나? 세상에 어떤 아우가 형님의 어미를 죽인단 말이냐."

이림은 어린 월한을 잡아먹을 듯 무섭게 윽박질렀다.

월한이 아무리 어른스럽다 해도 어린애라, 그런 살기를 감당하긴 힘들었다.

새파랗게 질린 월한의 얼굴을 보고, 뒤를 따르던 내관과 자희가 서로 시선을 주고받았다. 사달이 나기 전에 어서 각자의 길로 가자는 눈빛이었으나, 안타깝게도 두 사람의 뜻과는 달리 세자는 월한을 그냥 보내줄 생각이 없어 보였다.

"왜 대답이 없느냐? 내 말이 틀렸느냐?"

그러자 월한의 눈빛에 독기가 서렸다. 두려움을 극복하기 위해서인지 월한은 비웃는 듯한 표정을 지으며 이림에게 말했다.

"폐서인이 되신 중전께서는 제 얼굴에 상처를 내셨습니다. 그것은 감출 수 있는 일이 아니지 않습니까, 형님."

월한은 세자를 세자로 불러줄 생각이 없다는 듯 흔들림 없이 그를 마주 보았다.

흔들리는 것은 오히려 이림 쪽이었다.

"이 자리가 탐이 나긴 하는 모양이다."

사납게 빈정거리던 이림이 돌연 익선관을 벗어 월한에게 내밀었다.

"자, 가지거라."

"형님!"

"왜? 세자 자리를 널 주겠다는데도? 앞으로 나를 세자로 부르지 않아도 되니 얼마나 좋으냐?"

"보는 눈이 많사옵니다. 어찌 이러시는 것입니까?"

월한이 오히려 세자를 꾸짖듯이 말했다.

이림은 그런 월한의 어깨를 잡아 자신의 쪽으로 힘껏 끌어당겼다.

"아!"

작은 몸이 휘청거렸다. 얼마나 우악스러운 손길인지 붙잡힌 어깨가 부서질 것처럼 아팠다.

월한이 깜짝 놀란 눈으로 세자를 올려다보자 그가 입술을 비틀며 웃는다.

"써. 사람들의 말대로 네게 잘 어울리는지 내가 봐주마."

"이, 이러지 마시옵소서, 저하!"

다시 어린아이로 돌아간 듯 월한이 겁에 질린 목소리로 세자에게서 벗어나고자 발버둥 쳤다.

이림은 고개를 절레절레 저으며 아이를 달래주듯이 말했다.

"사양할 것 없다. 한 번 써보기만 하는데 안 될 게 뭐냐?"

"세자 저하, 고정하시옵소서! 아니 될 일이옵니다!"

어린 월한의 몸은 세자가 씌워주려는 익선관에서 벗어나려 바동거렸고, 결국 무릎까지 꿇으며 빌었다.

"써. 써보라는 내 명이 우습게 들리느냐?"

"저하! 싫습니다! 놔주십시오!"

"왜? 탐을 낼 때는 언제고 왜!"

세자에게서 광기가 비쳤다. 이러다간 정말 경을 칠 것 같아 자희가 두 사람 사이에 끼어들었다.

"저하! 왜 이러시옵니까? 월한군을 보내주시옵소서! 이러시면 아니 되옵니다!"

이림은 그런 자희를 싸늘하게 쳐다보았다. 자희는 처음 보는 세자의 광기와 싸늘함에 가슴이 철렁했다.

"네가 여기에 나설 주제가 되느냐."

"저하……."

오랫동안 그의 곁을 지킨 자희의 목소리도 세자 이림의 귀엔 들리지 않는 모양이다.

그리 거부를 당하면서도 중전의 처소를 계속 찾았던 세자였다. 몸에 생채기가 생기고 죽음을 넘나들면서도, 중전의 마음을 돌려놓기 위해 몸을 낮추고 어미로 깍듯이 대했던 세자였다. 어디 그뿐이던가. 몰래 중전의 처소를 찾는다는 걸 임금이 알아 혼이 났을 때도, 또 담을 넘어 어미의 품에 안기기 위해 달려갔던 세자였다.

그런 세자가 어미를 잃었다. 그것도 이복동생 월한에 의해.

광기에 휩싸이는 것도 당연했으나, 익선관을 동생에게 씌우려는 지금의 모습은 그냥 미친놈 같았다. 미친 폐서인처럼 그도 미쳤다고 여기기 딱 좋은 짓이었다.

"쓰지 않으면 다음엔 널 죽일 것이다. 내가 아직 세자일 때, 세자의 권력을 쓸 수 있을 때, 더 늦기 전에 너를 죽일 것이다. 그게 되지 않으면 네어미와 네 외조부를 죽일 것이다."

익선관을 월한의 앞에 툭 던진 이림이 자리에서 일어났다. 그러더니 몸을 일으킬 생각이 없는 월한을 보며 말한다.

"내가 직접 베는 방법도 있지."

작은 몸이 움찔 떨렸다. 어떻게 해서든 널 죽이겠다는 세자의 위협은 어린 월한이 두려움을 느끼기에 충분했다. 그래도 월한은 몸을 낮춘 채 앞에서 나뒹구는 익선관은 쳐다보지도 않았다.

"역시, 영특하군."

세자의 입가에 드디어 미소가 머물렀다. 겉으로 보기엔 꽤 따스한 웃음이었으나 마음을 담고 나오는 말은 달랐다.

"벌써 네가 나와 싸울 만큼 강해졌구나."

도화는 요즘 장옷을 입고 바깥을 나돌았다. 그런 거라도 하고 다니지 않으면 너무 눈에 띄어서 지난번처럼 불한당 같은 자를 만나게 될까 봐 나름 조심하는 중이었다. 애초에 아무 할 일 없이 밖에 나다니지 않는 게 더 좋겠지만 도화는 사람이 많은 한양 구경이 너무 즐거웠다. 게다가 이곳 북촌에는 전도유망한 유생들도 많아서, 몰래 그들을 살펴보며 제 짝이 될 만한 사내를 찾아보는 것도 재밌었다.

오늘도 해 질 녘 종종걸음으로 돌아가는 길이었다.

자신을 따라오는 걸음이 느껴졌다.

요즘 들어 누군가 저를 따라온다는 것을 알고 있었다. 몇몇 선비들이 집을 알아내겠다고 쫓아오거나 조심스레 말을 걸기도 했지만 그들과는 달랐다. 이 선비는 일정 거리를 유지한 채 따라왔고, 한 번씩 머뭇거리는 기색이 느껴지기도 했다.

'하아―! 진짜 한심해서. 모르는 척해주는 것도 한두 번이지. 차라리 진짜 모르게 쫓아오든가. 뻔히 알게끔 따라오고 난리야.'

보아하니 나쁜 의도는 아닌 것 같아서 겁이 나지는 않았는데, 말끔하게 생긴 선비가 말도 제대로 못 붙이고 꽁무니만 쫓아다니니 두고 보기가 답답해서 속이 터질 것 같았다. 한 번씩 괜히 뒤를 돌아 다른 걸 보는 척하면서 선비를 힐끗 본 적도 있었는데, 그럼 쫓아오던 선비는 딴청을 피우곤 했다. 선비의 외모는 제법 괜찮았고, 입고 있는 옷도 꽤 고급 비단옷이었다. 사실 쓰고 있는 갓만 보아도, 이 선비는 좋은 집안에서 엄한 교육을 받은 것 같았다.

겉으로 봐서는 합격이다. 사람의 품성을 보려면 대화를 나누어봐야 하는데, 저 선비 하는 꼴을 봐서는 제가 다른 놈에게 시집을 갈 때까지도 이러고 있을 듯했다.

말이라도 붙여야 좋다, 싫다, 답을 줄 것 아닌가.

'뭐, 다 내 죄지. 말 한 번 붙이기도 어려울 만큼 잘난 미모 탓이지.'

제 미모에 주눅이 들었을 뿐, 저 순진한 선비가 무슨 죄가 있겠나, 도화는 그렇게 좋게 생각해 주기로 했다.

그런 생각을 하고 있을 때였다. 집 대문 앞에 또 다른 선비가 서성이는 것이 보였다. 뒷모습이라 얼굴은 보이지 않았지만 키가 좀 작은 편이었고 복색은 검소하다 못해 초라해 보이기까지 했다.

도화가 평소 꿈에 그리는 서방님의 모습은 키가 크고 잘생겼으며 매우 따스하고 다정하신 분이셨다. 즉, 가난은 크게 신경 쓰지 않지만 얼굴을 뜯어먹고 살아도 좋다 싶을 만큼 외모는 중요했다. 물론 인품은 당연한 것이고.

그 까다로운 이상형에 비추자면 집 앞에서 기다리고 있는 선비는 마치 여인처럼 왜소해 보여 썩 마음에 들지 않았다.

'응? 여인처럼?'

자신도 모르게 사내를 여인 같다 생각한 도화가 우뚝 멈춰 섰다.

그러고 보니 봇짐을 멘 것이 먼 길을 다니는 유람객의 모습이라, 저를 쫓아오는 치들은 아닌 듯했다. 도화는 즉시 달려가 서성이던 선비의 앞에 불쑥 나타났다.

그런 도화의 눈동자가 크게 떠졌다.

선비도 갑자기 제 앞에 나타난 도화의 모습에 크게 놀란 듯했다.

그러나 곧 두 사람의 얼굴에 반가움이 묻어났다.

"도화야!"

남장을 하고 있던 도윤이 도화를 힘껏 껴안았다.

도화 역시 너무 반가워 그런 언니를 같이 안아주었다.

"왜 이제 왔어! 얼마나 기다렸는지 알아!"

도화는 촉촉한 눈으로 언니를 원망했고, 그녀의 애틋한 목소리는 도윤의 어깨 뒤로 넘어가 조금 떨어져 있던 한수창에게까지 들렸다.

'아, 안 돼!'

한수창은 남녀가 껴안고 애틋하게 눈물을 흘리는 것을 보고 절망했다.

'정인이 있었단 말인가!'

누가 봐도 오랫동안 보지 못한 사랑하는 남녀의 재회 장면 아닌가.

'이럴 수가, 이럴 수가……!'

난생처음 마음에 품은 여인에게 다른 정인이 있다니, 가슴이 찢어지고 하늘이 무너지는 기분이었다.

도화가 선비의 손을 잡고 문안으로 데리고 들어갔다.

한수창은 담에 기대 쓰러지듯 주저앉았다.

"아아…… 여태 난 뭘 한 것인가."

도화의 손에 끌려 집 안으로 들어선 도윤은 계속 두리번거렸다. 산골 초가에 살 때와 달리 작지만 아담한 기와집을 얻은 것을 보고 눈이 휘둥 그레졌다.

"촌스럽게 뭘 그리 두리번거려?"

도화는 얼마 전 제 모습은 생각 안 하고 언니를 놀렸다.

"아버지가 관직에 오르신 것은 들었다만, 이 집은 다 뭐냐?"

"임금님께서 우리가 살 곳이 없다고 내려주신 집이래."

"세상에……. 우리 아버지가 그런 분이셨어?"

"알게 뭐야. 집만 번지르르하지 사는 건 똑같아. 쌀밥 좀 먹어보자는데 기어코 녹봉을 제생원에 기부하질 않나. 사람 안 바뀌어. 참. 그건 그렇고, 언니 얼마나 보고 싶었는지 알아? 왜 이제 와! 언니 없이 우리끼리 한양 올라가서 내가 얼마나 울었는지 알아? 영원히 못 보는 줄 알고!"

"글쎄다. 그런 것치고는 한양 생활이 꽤 즐거운 모양이더라?"

도윤이 눈을 가늘게 뜨자, 도화가 시치미를 뗐다.

"무슨 소리야?"

"장옷까지 걸치고 아주 대단한 집 아씨가 되셨네. 어? 애쓴다."

"이건 그런 의도로 쓰고 다니는 게 아니라고. 아니, 내 미모가 한양에서도 특출난가 봐. 밖에 나가면 하도 선비님들이 쫓아다니면서 괴롭히니까……."

"장옷이 얼굴도 가려주냐? 그리고 사내들이 쫓아다니는 줄 알면서 왜 나가!"

도윤은 도화가 사람들의 시선을 끌고 다니는 걸 좋아한다는 걸 알기에 야단을 쳤다.

여긴 산골 마을이 아니라 한양이라 그렇게 눈에 띄면 안 된다고. 단양에서는 그런 도화가 귀여웠지만, 이젠 시집갈 때도 되었으니 사람 많은 마을에서 남의 입에 오르내리면 안 된다, 한바탕 잔소리를 했다.

"어휴. 오자마자 시끄럽네! 새로 이사를 왔으니 동네 길도 익힐 겸, 좀 둘러봐야겠다 싶어서 돌아다닌 거지. 자기는 뭐 산천을 유람하고 왔으면서 한양 좀 돌아다닌 거 가지고, 어휴."

도윤은 구시렁거리는 도화의 말을 못 들은 척하고, 갓끈을 풀고 대청마루에 앉았다.

"후— 이제야 살 것 같네."

분명 낯선 기와집인데, 도화의 재잘거림을 들으니 비로소 집에 온 기분이 들었다.

잠시 후 목욕으로 여정의 피로를 씻어낸 도윤이 여인의 옷으로 갈아입고 나왔다. 평생을 입은 치마가 어쩐지 어색하게 느껴져 피식 웃음을 흘렸다.

'네가 진짜 사내라도 된 줄 아느냐?'

스스로를 꾸짖고 있는데, 도화가 부스럭거리며 봇짐을 뒤지더니 무언가를 발견하고 소리를 질렀다.

"언니! 이거 뭐야!"

"응? 뭐?"

돌아보니 오색실로 엮은 황옥 노리개였다.

"아— 그거? 그게 뭐냐면…….""

"이거 나 주려고 산 거지?"

도화가 눈을 빛내며 노리개를 손에 꼭 쥐었다.

선비님, 아니, 세자 저하께서 도화에게 주라고 선물하신 노리개.

"아니. 그건 내 거야."

하나, 그 선물은 산천을 유람하고 싶어 하며, 경전을 익혀 성현의 가르침을 가슴에 새긴 그런 여인에게 주라 하신 것이었다. 그러니 선뜻 그것을 도화에게 주기가 싫었다. 정도원의 누이는 사실 도화가 아니라 정도윤이니까.

"뭐? 언니 이런 거 안 좋아하잖아."

도화의 말대로 노리개 같은 걸 탐내본 적이 없었다. 그럴 돈이 있으면 책을 샀을 것이다. 참 저와 어울리지 않는 물건이다 싶은데, 그래도 귀여운 동생에게 주기는 싫다.

"그건 달라. 그건……. 설악산에 다녀온 기념품 같은 거야. 오색약수터를 떠올릴 수 있는 그런 거니까."

"뭐야! 내 건? 왜 내 건 없어? 난 유람도 못 가봤는데 그냥 이거 나 줘."

도윤은 도화의 칭얼거림을 무시하고 색이 바랜 자신의 치마에 노리개를 달았다.

"흥! 하나도 안 예뻐!"

"넌 더 좋은 거 사줄게."

"진짜? 진짜지?"

동생의 귀여운 질투를 잘 달래준 도윤은 어둑해진 밖으로 나와 대청마루에 앉았다.

"아버지는 원래 이렇게 늦으시니?"

"응. 많이 바쁘신가 봐. 관직이라는 게 그렇게 좋은 건 아닌 것 같아. 맨날 어두울 때 나가서 어두울 때 들어오셔. 저승사자도 아니고. 그래도 뭐, 그동안 너무 편하게 사셨으니까. 고생도 좀 해보셔야지."

둘은 서로를 마주 보고 키득거리기 시작했다. 아버지는 굶어 죽을 지경이 되지 않고서야 굳이 일을 하지 않는 분이셨는데, 어명으로 끌려가 어쩔 수 없이 일을 하게 된 것이 우스우면서도 애잔했다.

그렇게 두 사람은 이제야 서로의 근황을 묻기 시작했다.

"그래서, 언니는 유람이 좋았어?"

도화의 물음에 도윤이 어색하게 웃었다.

"좋기도 했고, 나쁘기도 했다."

"에이, 무슨 답이 그래."

"그게 정답이야."

"그러지 말고 얘기 좀 해봐. 응?"

도윤은 자꾸만 조르는 도화에게 해줄 말이 없었다. 죽을 고비를 몇 번이나 넘겼고, 다리에 감각이 없어질 만큼 걷기도 했다. 얼어 죽을 만큼 추위와 싸우기도 했고, 배고픔에 지치기도 했었다.

하지만 힘든 시간만 있는 건 아니었다.

선비님과 함께 장엄한 태백산 줄기를 내려다보았을 땐 가슴이 벅찼다. 시 한 수를 읊었을 땐 진정한 자유를 느끼기도 하였다. 슬픔으로 그득 찼던 강릉으로 향하는 길과 자신의 처지를 한탄하면서도 감동했던 동해 바다, 겹겹이 병풍처럼 둘러싼 웅장한 백두대간에 눈물이 날 것만 같았던 설악산까지.

가슴에 품고 돌아온 소중한 감동은 고되고 슬펐던 일들을 모두 잊게 해주었다.

그리고 그 좋았던 매 순간에 그가 있었다.

그가 옆에 있거나 가슴속에 있었다.

그분을 빼놓고는 설명할 수 없는 여정은 추억이 되어버렸다. 이제 예전의 자신으로 돌아가 충실히 살아가야 하니 추억과 함께 그분을 가슴에 묻어두어야 했다.

"집 나가면 고생이지 뭐. 돌아오니 너무 좋다."

도화는 돌아와서 좋다고 말하는 언니의 모습이 쓸쓸해 보여서 잠깐 의아해했지만, 단양이 아니라 한양으로 이사를 해서 그런가 보다 생각했다. 언니는 아버지를 닮아 괴팍한 데가 있어서 이 좋은 한양을 별로 좋아하지 않았기 때문이다. 하지만 달을 바라보는 언니의 눈이 어딘가 촉촉해 보이는 게 아무래도 심상치 않았다. 문득 달을 닮은 호박 노리개에 다시 눈이 간다.

"근데 언니, 이 노리개 정말 언니가 샀어?"

"응?"

이런 감은 유난히 좋은 도화다. 아무리 생각해도 기념품으로 붓을 샀으면 모를까, 노리개를 살 것 같지 않은 것이다. 게다가 노리개는 비싸 보이기까지 했다.

"솔직히 말해. 이거 어떤 놈이 준 거지?"

"뭐, 뭐라는 거야? 누, 누가 줘. 이 비싼 걸!"

"봐. 비싸지? 이 비싼 걸 언니가 어떻게 사!"

"야, 내, 내가 어떻게 번 돈인데, 나도 이런 거 살 수 있어!"

"웃기지 마. 언니가 어떻게 돈을 버는데? 기껏해야 삯바느질에 필사지! 유람 가서 그걸 어떻게 해!"

"책 팔았다! 왜!"

"뭐? 책?"

"그래. 벼루도 팔고 붓도 팔고 다 팔았다!"

"뭐라고? 언니가 벼루랑 붓을 팔았다고? 말도 안 돼!"

사실 그 말이 전부 다 거짓말인 건 아니었다.

한양으로 오는 길, 장우완에게도 손을 벌릴 수 없게 된 도윤은 큰 마을에 들어가 책방을 찾았다.

"저기…… 붓이랑 벼루를 좀 팔까 하는데."

선비가 벼루와 붓을 판다는 건 매우 부끄러운 일이라, 쭈뼛거리며 괜히 갓을 매만졌다.

"그래요. 뭐, 물건 좀 봅시다."

책방 주인은 초라한 도윤의 행색에도 무시하지 않고, 퉁명스레나마 반겨주었다.

도윤은 덕분에 용기가 나서 봇짐을 풀었지만, 허둥거리다가 봇짐 안의 것을 와르르 떨어트렸다.

"앗!"

서둘러 물건들을 주워 담는데, 그 안에서 유람 때 쓴 담요 같은 것과 도윤의 치마와 저고리까지 나왔다. 눈치를 보니 책방 주인이 치마를 본 것 같아 식은땀이 삐질 흘렀다.

"어, 이, 이건……."

치마를 감추며 변명을 하려는데, 그가 치마 옆에 떨어져 있던 도윤의 공책을 집어 들었다.

"앗! 그건!"

도윤은 치마를 들켰을 때보다 더 격하게 놀라 그것을 빼앗으려 했으나, 주인은 이미 그것을 읽고 있었다.

『남장유람기.』

종이를 엮은 공책은 이미 표제까지 지은 도윤의 유람기로, 남장한 소녀를 주인공으로 내세운 모험담이었다. 유람 중에 일어난 사건들을 과장되게 표현한 데다가, 자신을 주인공으로 내세워 보고 듣고 느꼈던 여러 감정들을 솔직하다 못해 소설처럼 꾸몄기 때문에, 누군가 그걸 본다는 게 너무 부끄러웠던 것이다.

"유람기? 가만. 유람 중이신 듯한데……."

그러면서 주인이 도윤을 아래위로 훑어보았다. 그 눈빛이 옷 안까지 꿰뚫어 보는 듯해서, 도윤은 가슴을 움츠리며 비켜섰다.

"흐음— 남장이라?"

"저, 저기……."

"아시는가 모르겠소만, 요즘 유람기가 아주 인기가 많소."

"예?"

"몇 줄 읽어보았는데 글이 괜찮은 듯하고, 제목이 마음에 드는군요."

"그게……."

"본인 이야기요?"

"……."

"뭐, 상관없소. 돈이 필요한 모양인데, 그 벼루는 팔아봐야 얼마 안 되고. 그것보다 이걸 파는 게 어떻겠소?"

도윤은 깜짝 놀라 눈이 커졌다.

"그건……!"

"값은 잘 쳐드리리다."

"그게…….."

"왜요? 혼자 일기로 남기려던 책이었소?"

"그 책의 내용이 좀 비현실적이라…….."

도윤이 어색하게 웃으며 말하자 주인은 단호하게 고개를 저었다. 그러더니 가느다랗게 뜬 눈으로 도윤의 뽀얀 얼굴을 살핀다.

"남장을 한 소녀가 유람을 하는 게 불가능한 일은 아니지 않소."

"그건 불가능하지 않지만, 유람 중에 만난 사람들이 문제라서…….."

도윤이 말하기를 꺼려하자 주인은 더욱 궁금해하며 책을 펼쳐 보았다. 도윤이 책을 뺏으려 했지만 역부족이었다.

"허! 세자를 만났단 말이오? 이게 진짜요?"

"다 읽었으면 이리 주시오!"

"이 책을 나한테 파시오. 이걸 팔지 않으면 내가 똑같이 써서 내 이름으로 책을 낼 수도 있어."

"뭐요? 아니, 이 사람이!"

사기꾼이다! 세상 물정을 모르는 이라 하더라도 눈앞에 있는 이자가 칼 든 도둑놈보다 더한 놈이란 건 알 수 있을 만큼 뻔뻔한 말이었다.

도윤이 눈을 부라리거나 말거나, 책방 주인은 매우 집요하게 책을 탐냈다.

"유람기를 찾는 이들이 많지만 이런 소설 같은 이야기는 드물지요. 남장 선비의 말씀이 사실인지 아닌지 굳이 확인할 필요는 없소. 어쨌거

나 화제의 인물인 한수창 어사도 등장하고 흥미진진하니. 이 책을 파시
오."

도윤이 가만히 그를 바라보았다.

책은 허구가 많이 섞여 있긴 하나 어찌 되었든 세자 저하와의 추억이
그득한 것이었다.

남들에게 내보이기엔 부끄러운 글이었으나, 책방 주인이 부르는 책값
이 생각보다 너무 높아 몸을 움찔 떨었다.

"그, 그렇게나 많이요?"

"원한다면 더 줄 수도 있소."

딱 잘라 하는 말에 도윤이 머릿속으로 셈을 칠 때였다.

"유람을 가고 싶어도 가지 못하는 사람들이 많지 않소? 그런 이들에게
도 도움이 많이 될 거요. 언문으로 필사하면 아녀자들도 읽을 수 있
고……."

책방 주인의 말에 도윤이 눈동자를 도록도록 굴렸다. 그러다 이내 결
심을 한 것인지 흔들림 없이 말했다.

"저기, 그럼 이렇게 해주시오. 이 벼루와 붓도 함께 팔고 책값을 조금
만 받겠소. 대신에 많은 사람들이 이 책을 읽을 수 있게, 싸게 팔아주시
오."

그렇게 마련한 돈으로 여기까지 올 수 있게 된 것이다.

물론 도화에게 팔았다고 말한 책이 자신의 유람기라는 것은 말하지 않
았고, 도화도 그것은 꿈에도 생각 못하고 벼루를 팔았다는 이야기에만 크
게 놀라고 있었다.

"뭘 팔았다고?"

아버지 정대봉의 목소리에 두 자매가 벌떡 일어났다.

"아버지!"

정대봉은 무사히 돌아온 도윤을 보고 가슴을 쓸어내렸지만 퉁명스러운 말이 튀어나갔다.

"벼루를 판 걸 보니 이제 네가 조신하게 들어앉아 있을 모양이군. 유람을 해보니 아니다 싶더냐?"

도윤은 관복을 입은 아버지를 훑어보며 역시나 퉁명하게 대답했다.

"홍문관 교리 일은 하실 만하십니까? 관복이 너무 안 어울리십니다."

말은 퉁명스러웠지만 도윤의 눈에 눈물이 그렁그렁했다.

어리광을 부리고 싶었을까.

그간 온갖 고생과 설움에도 꿋꿋하게 버티고 있던 마음이 아버지를 보는 순간 와르르 무너져 내렸다.

젊은 선비들이 많이 찾는다는 한양의 명소 구아정은 오늘도 달이 수십 개라도 뜬 듯 사방에 홍등을 밝힌 채 지나가는 선비들을 유혹했다. 기녀들의 청아하고 간드러지는 웃음소리와 운치 있는 가락, 둥실거리는 홍등이 마치 다른 세상에 와 있는 듯했다.

술은 시름을 잊게 해주고 기생의 살 냄새는 극락으로 인도했다. 이림은 생전 찾지 않던 기방에 재미가 붙었는지, 요즘 들어 몰래 구아정을 찾는 일이 잦았다.

낮에 그렇게 패악을 부리고 밤에는 기방 출입이라니, 희빈 쪽에서 알면 아주 기뻐할 소식이었다. 자희가 말려보았지만 허사였다.

낮에도 밤에도 이림은 늘 만취한 사람처럼 망가져 갔다.

구아정 안에는 이림 말고도 망가져 가는 젊은 선비가 있었다.

"오셨습니까?"

이림이 방으로 들어서자 한수창은 이미 술독에 절여놓은 듯 어깨를 축 늘어트리고 코가 삐뚤어져 있었다.

이림은 익숙한 듯 상석으로 가 앉아 제 술잔에 술을 따르기 시작했다.

두 사람은 기방에 와서 기생도 부르지 않고 술독에 빠진 사람들처럼 술만 마셔대서 기녀들의 자존심을 상하게 만들었다.

그러거나 말거나, 그들은 한방에 있는 사람들 같지 않게 서로에게 신경 쓰지 않고 각자의 술을 마시는 중이었다.

막 마지막 술잔을 내려놓은 이림이 취한 사람 같지 않게 맑고 정갈한 음성으로 말했다.

"찾아야 할 사람이 있다."

만취한 한수창이 새 술을 따르며 건성으로 대답했다.

"네, 찾아야지요. 세상에 여인이 그 낭자밖에 없는 것도 아니고, 어서 잊고 새 인연을 찾아야지요."

"흑곰이라는 자다."

"곰보단 여우 같은…… 네?"

한수창의 눈빛이 달라졌다. 세자가 실없는 소리를 하는 게 아니라는 걸 깨달은 것이다.

"흑곰을 찾으라고요? 한양에서 곰을 찾으라니 농이시지요?"

하지만 세자가 뭔가 이상한 일을 시킬 것 같은 예감이 들어서 엮이고 싶지 않아 대충 웃어넘기려 했다.

"사람이다."

잘되지 않았다.

아, 젠장.

또 귀찮고 위험하고 어려운 일에 휘둘릴 것 같은 예감에 한수창의 얼굴이 일그러졌다.

"뭔 사람 이름이 그렇답니까?"

"손일환의 외손주다."

세자는 기어이 그 위험한 말을 꾸역꾸역 뱉었고, 한수창은 잠시 멈칫하다가 따라놓은 술을 꿀꺽 들이켜며 물었다.

"왜요? 지금이라도 찾아서 목이라도 베시게요? 역적입니다."

"이름을 찾아줄 생각이야. 흑곰 밀고 사람 이름."

한수창은 입을 꾹 다물었다. 아무래도 자꾸 일을 크게 벌이시는데, 신문고 때도 말려봤지만 소용없었기 때문에 반쯤 포기한 것이다.

'어차피 세자 저하가 물러나시면 우린 다 죽을 거고, 세자 저하가 아무것도 안 한다고 해서 괜찮을 것 같지도 않으니, 될 대로 되라지.'

죽고 사는 것은 하늘의 뜻이고, 저는 뭐라도 해보고 죽겠다는 세자의 행보가 썩 나쁘지 않은 듯했다. 집안에서 알면 기함하겠지만.

"……그리고 단양으로 사람을 보내야겠다."

"단양으로요?"

"그래. 곁에 둬야 하는 사람이 있다."

"저하, 그 일로 제가 드릴 말씀이 있는데 말입니다. 그 선비는 찾지 않으셨으면 좋겠습니다. 곁에 두는 젊은 선비로는 저 정도면 되지 않겠습니까?"

강필도와 자희의 말을 들어보니 그 선비를 신뢰하는 정도가 아니라 총애하는 수준이던데, 자칫 소문이 잘못 날까 두려웠다.

지금까지 퍼진 소문과는 달랐다. 그런 더러운 소문일수록 더 빨리 퍼지고 수습도 힘들었다. 아마 김태수의 악행이 전부 밝혀지고 그간의 소문이 세자의 위악이라는 것이 알려지더라도, 사내를 품는다는 소문만은 꼬리처럼 따라붙을 것이다.

"난 널 곁에 둔 적이 없다."

"뭐, 예. 그렇지요. 뭐. 저도 그건 썩 좋은 생각은 아닌 것 같습니다만……."

"정도원, 그 아이가 필요하다."

"진짜 그러고 싶으십니까?"

"내가 요즘 미친 척하는 것인지, 미쳐 가는 것인지 사실 잘 모르겠다. 소리를 고래고래 지르고 죄 없는 아랫것들을 윽박지르고 닦달하고, 어린 월한에게 비열하게 굴고 나면 속이 시원하단 말이지. 사실은 진짜 그러고 싶어서 그러는 것처럼."

"지피지기면 백전백승. 자신을 깨닫는 것도 중요한 일이지요."

한수창은 원래 세자의 성정이 그런 거였을 거라며 놀리듯이 말했다.

"그래서 말인데, 내가 진짜 미쳐서 자네 혀도 뽑아버리기 전에 나를 말릴 수 있는 정도원을 데려와 내 앞에 세워두는 게 좋지 않을까?"

한수창은 그 말을 하는 세자의 눈빛에서 진심을 느꼈다.

깊은 밤, 도윤은 퇴궐한 아버지께 제대로 절을 하고 그간의 일을 아뢰었다.

날이 생각보다 추워 고생했지만 넓은 세상을 많이 보고 느꼈다며 아버지께 다시 한 번 감사를 드렸다. 물론 가짜 한수창과 함께 위험한 일들에 나서고 옥에 갇히거나 남창굴에 들어간 이야기, 그리고 그 가짜가 세자였다는 것들은 함구했다. 아버지께서 임금의 명을 받고 관직에 나가셨다니, 혹 임금의 아드님이신 세자 저하를 만난 적 있는지 여쭙고 싶기도 했지만 꾹 참았다.

정대봉은 도윤이 무사히 돌아온 것이 기특했지만 궁금한 것이 많았다. 서찰에는 웬 사내놈에게 홀린 듯이 써놓고 생각보다 일찍 돌아오지 않았나.

"별 탈 없이 돌아와서 다행이다만, 그 마음에 품었다는 사내와는 어떻게 되었느냐. 마침 장우완 놈도 다른 댁 처자와 혼인을 해서 잘되었다 싶었는데."

도윤은 애써 무심한 표정을 시었다.

"떠나보내고 오는 길입니다. 돌아서면서 마음도 두고 왔습니다."

정대봉은 그 말을 믿지 않았다.

"이상하구나. 네가 선택한 사내라면 특별할 줄 알았더니, 그리 쉽게 마음이 돌아서더냐? 내게 그런 서찰까지 보내고?"

"너무 특별해서 감히 제가 다 품을 수 없는 분이셨습니다."

"특별해?"

"예. 그 넓디넓은 산천을 가슴에 담아도 더 큰 세상을 담고 싶은 욕심이 그득했는데, 그분을 가슴에 품고 보니 제 존재가 너무나 미약하고 초라하기만 했습니다."

그 말을 하면서 도윤은 서글픈 웃음을 짓고 있었다.

정대봉은 눈살을 찌푸렸다.

어릴 때부터 무엇이든 쉽게 포기하지 않고, 마치 대장부처럼 포부가 큰 아이였다. 그것은 권력을 탐하는 야망과는 달랐다. 부조리한 세상에도 굴하지 않고, 제가 옳다고 생각하면 야심 차게 행하는 꼿꼿한 성품이었다. 그런 아이가 길에서 만난 별난 사내놈 하나 때문에 기가 죽어 돌아와 벼루까지 팔았나 싶어 화가 치밀었다.

붓을 꺾게 만든 것은 도윤의 평탄한 앞날을 위해 좋은 일일지도 모르지만, 이런 식으로 좌절하는 것은 마음에 들지 않았다. 딸아이가 '감히'

라고 입에 올릴 만한 사내가 어떠한 사내인지는 모르지만, 도윤이 그렇게 말한다면 필시 대단한 사내는 분명할 것이다.

하나, 제가 아는 정도윤도 감히 아무 사내가 품지 못할 대단한 여인이다. 제 자식이라서가 아니라, 평범한 여인네들은 감히 비교조차 되지 못할 만큼 현명하고 용기 있는 아이 아닌가.

정대봉은 그 정체 모를 놈이 도윤을 평범한 여인으로 만들어 버린 듯해 노하고 있었지만, 저보다 도윤이 더 아파하고 있을 것 같아 더는 묻지 않았다.

"크흠, 그래. 그건 그렇고, 알겠지만 아비가 다시 관직에 올랐다."

"다시는 벼슬을 하지 않으시겠다더니 어명이라 어쩔 수 없었던 것입니까."

십 년 전, 홍문관 교리를 지내던 정대봉은 당시 부응교 김춘삼의 명을 거부하다가 관직에 염증을 느껴 물러났다. 김춘삼은 상소를 가려서 올리라는 부당한 명뿐만 아니라, 임금께서 자문하신 일에 거짓을 올리라는 불충하고 부도덕한 지시를 강요했던 것이다.

사실 물러난 이유가 그뿐만은 아니었다. 뜻이 맞지 않으면 억울한 죄를 덮어씌워 숙청해 버리는 더러운 정치판에 환멸을 느끼던 차였다. 부인이 돈으로도 고칠 수 없는 병에 걸리고 말았다.

나날이 쇠약해지는 그녀를 위해 할 수 있는 것은 곁을 지키는 일밖에 없었고, 번잡함을 잊고 오순도순 살고 싶은 마음에 단양으로 내려갔던 것이다.

단양에서의 생활은 부족함은 많았으나 마음만은 풍요로웠다. 부인은 얼마 살지 못했지만, 한양에서보다 행복해했다.

"안 하려고 했었다만, 너희들 시집보낼 생각에 하겠다고 했다."

"예?"

"세상에는 괜찮은 놈들이 얼마 없지만, 그래도 쓸 만한 놈을 찾으려면 아비가 관직에 있는 편이 좋겠지."

"안 그러셔도 되는데요……."

"크흠. 그 대단한 놈이 얼마나 대단한 놈인지는 모르겠다만 이제 아비도 어엿한 관직이 있고, 이렇게 번듯한 집도 있으니 우리를 무시하지 못할 게다. 내 그놈을 신랑으로 맺어줄 테니, 누군지 말해보거라."

북촌은 고위 관직자나 돈이 많은 자들만 살 수 있는 곳이었다. 호화로운 다른 저택에 비하면 초라할지 몰랐으나 깨끗했고, 방도 여러 개 있어 부족한 것은 없었다.

정대봉이 없던 허세를 부리며 도윤을 위로해 주자 도윤은 마음이 찡했다.

"번듯한 집이라고 하기엔, 이 동네에서 우리 집이 젤 작던데요."

"차차 커질 것이다."

"안 커지겠던데요. 도화가 그러던데 제생원에 녹봉을 다 갖다주고 있다고."

"다, 다는 아니다."

도윤은 이제야 빙긋 웃었다.

"어쨌거나 우리는 부자가 되긴 글렀으니, 차라리 좋은 일을 많이 해서 존경받는 가문이 되는 게 낫겠습니다."

"그래. 차라리 그게 낫겠구나."

딸아이의 웃는 얼굴에 안심한 정대봉은 속으로는 다른 생각을 하고 있었다.

아무래도 한성의 분위기가 심상치 않았다. 어명을 받들고 한양으로 끌려왔을 때만 해도 다시 단양으로 내려갈 궁리를 하고 있었다. 도윤에게 그런 성의 없는 서찰을 남긴 것도 도윤이 오기 전에 내려갈 것이라 생각했기 때문이다. 한데 직접 임금을 알현한 후에 그것이 쉽지 않을 거라는 것을 깨달았다.

「나는 진짜 귀가 필요하다. 네가 나의 귀가 되어주어야 한다. 들은 그대로 전해줄 수 있는 귀 말이다.」

임금의 말씀대로라면 저는 임금의 귀인지라, 스스로 자신의 귀를 잘라 버릴 리는 없지 않은가. 저를 놔줄 마음이 없으신 것이다.

그렇게 얼마간 있는 동안 한성의 민심과 여러 상소들을 접해보니 돌아가는 분위기가 영 불안하다. 그중 가장 불안한 일이 바로 오늘 들은 일이었다.

"그나저나 곧 금혼령이 내려질 거라니 잘됐구나. 다른 처자들이 좋은 놈들을 다 채가지 않게 눈여겨볼 시간이 생겼어."

우스갯소리로 한 말인데 도윤의 표정이 화악 굳었다.

"금혼령이라니요?"

"왜겠느냐? 세자 저하가 혼기가 꽉 차다 못해 넘긴 지가 오래되시니 그렇지."

"하면 빈궁의 간택령이 내려진 것입니까?"

간택령이 내려지면 사대부 집안에서는 결격사유가 없는 한 딸의 이름 등을 써서 처녀단자를 올려야 했다. 보통은 이미 내정된 후보가 있는데다 왕실에 딸을 보내기를 꺼려하지만, 그래도 임금의 명이라 고지식하게 따르거나 궁궐을 구경해 볼 기회 삼아 처녀단자를 올리는 사람들도 있었다.

"그렇지. 그게 그리 놀랄 일이냐? 왜 그리 놀란 표정인 게냐?"

"지, 지금까지는 왜 그리 미루셨답니까? 이제야 갑자기 그러니까 이상

해서요.”

도윤의 얼굴이 뻘겋게 달아올랐다. 제가 좋다고, 목숨을 걸고 저를 구해주던 세자가 다른 여인을 아내로 둔다니 피가 거꾸로 솟는 기분이었다. 자신이 품을 수 없는 사람이라며 떠나보내 놓고, 부끄럽게도 질투와 배신감이 느껴진다.

‘우완 도령은 진짜 배신을 했는데도 아무렇지 않았는데…….’

초조하다. 다른 여인이 아파하는 그의 손을 잡아줄까 봐. 다른 여인 앞에서 저한테 보였던 웃음을 보여줄까 봐. 다른 여인이 그에게 특별한 존재가 될까 봐. 다른 여인이 그의 곁에 설까 봐.

‘사내여도 상관없다고, 나란 사람이 좋다고…… 나를 그리 위해주시더니.’

대체 어쩌자는 건가. 그는 한 나라의 세자인데, 당연히 혼인하여 후사를 이어야 하는 것인데. 어째서 이런 말도 안 되는 억지를 부리며 그를 원망한단 말인가.

“못된 병이 있으셨던 모양인데, 그 때문에 혼인도 미루었던 게 아닌가 싶다.”

“모, 못된 병이요?”

세자의 결벽증은 알려지지 않았을 텐데 아버지가 알고 계시다니, 다른 백성들도 모두 알게 된 것인가 가슴이 철렁했다. 그렇다면 사람들이 그 재수 없는 병을 듣고 욕을 할 게 뻔하지 않나.

“나도 자세히는 모른다만 아무튼 월한군 때문에 입지도 좁아지고 있어 더 그런 게 아닌가 싶다. 더 깊이 알려고 할 건 없다.”

누가 빈궁이 될지, 월한이 세자가 될 건지 등등 살얼음판을 걷는 조정의 일을 굳이 도윤이 알 필요까지는 없을 것 같았다.

물론 도윤은 오는 길에 들은 이야기와, 전에 이림에게도 대충 들은 게 있어서, 지금의 상황이 세자에게 매우 좋지 않다는 것은 눈치챌 수 있었다.

'내가 도울 일은 없을까.'

저도 모르게 멍하니 그런 생각을 떠올리는데, 정대봉이 그녀를 불렀다.

"도윤아."

"네, 아버지."

"웃자고 한 말이 아니다. 금혼령이 끝나면 내가 적당한 혼처를 찾아놓겠다. 마침 붓도 팔았다니, 이제부터는 평범한 여자로 살도록 해라. 그러지 않으면 네가 불행해지기에 하는 소리다."

"네. 압니다, 아버지. 약조하지 않았습니까. 돌아오면 현숙한 여인이 되겠다고요."

도윤이 시선을 아래로 내리깔자 대봉은 시대를 잘못 타고난 딸이 안타까운 마음에 한숨을 내쉬었다.

한편 도윤은 평범하고 현숙한 여인으로 살아갈 자신의 모습을 떠올려 보았지만 아무래도 썩 내키지가 않았다. 남편을 섬기고, 시부모님을 섬기고, 아이를 잘 키워내는 것이 행복한 삶일까. 과연 난 그 삶 속에서 만족할 수 있을까.

무언가 마음에 걸려 도윤은 그것이 뭘까 가만히 생각해 보았다. 그러다 불현듯 답이 떠올랐다.

'잠깐. 어차피 조신한 여인으로 내조하고 시부모님 모시고 살 것인데 왕실이나 사가나 뭐가 달라?'

다른 게 있다면 왕실의 여인이 되는 건 평범하지 않다는 것. 그리고 벼슬하는 사내들처럼 품계가 내려진다는 것.

'내가 이런 생각을 하는 건 절대 세자 저하 때문이 아니야. 그럼. 난 그

냥 내 힘으로 이뤄내고 싶은 것뿐인 거지.'

　애써 그렇게 자위했지만, 그날 밤 도윤은 빈궁이 되어 세자와 함께 꽃
길을 걷는 꿈을 꾸었다.

제23장 다시 보니 좋다

짹짹. 참새들이 지저귀는 소리 외에는 조용한 늦은 아침이었다. 화려했던 구아정도 밝을 때는 그저 적막감이 감도는 으리으리한 기와집일 뿐이었다.

끼이익, 무거운 대문이 열리고 한수창이 손을 들어 햇볕을 가리며 밖으로 나왔다.

'아이고 머리야.'

술이 덜 깬 머리가 깨질 것 같다. 세자와 함께 술을 퍼마시다가 어느 순간 잠이 들었는데, 그게 언제인지는 모르지만 저는 아직 일어날 마음이 없었다.

'더 잤어야 했는데, 젠장!'

기방 하인들이 하도 일어나라 극성을 부려 눈을 떴는데, 웬 서찰을 전해주었다. 눈도 제대로 못 뜨고 글을 읽은 한수창은 서찰을 와락 구겨 버렸다.

『일어났으면 시킨 일을 서둘러라. 영원히 잠들고 싶지 않으면 당장 움직이는 게 좋을 게다.』

눈뜨자마자 좋은 소리 못 듣고 등 떠밀려 나오니 기분이 좋을 리가 없다.

"걸핏하면 겁박이시지. 요즘 들어 더 심해진 걸 보면 광증이 사실일지도 몰라."

잔뜩 찌푸린 얼굴로 투덜거리며 걸어가는데 어디선가 덕배가 달려와 호리병을 건넸다.

"뭐냐?"

"해장술입니다."

한수창은 술을 어찌나 많이 마셨는지 술 냄새만 맡아도 구역질이 날 것 같은데 또 술을 내미는 덕배를 보고 눈을 부라렸다.

"넌 내가 죽었으면 하지?"

"왜 그러십니까. 전에는 이열치열이 아니라 이주치주라면서 술을 찾으시더니."

"그건! 그건 술 마실 핑계였지!"

덕배는 입을 삐죽거리며 그 술병을 제 입으로 가져갔다.

"그나저나 웬일로 이렇게 일찍 나오셨습니까?"

"일찍 나오고 싶어서 나온 게 아니다! 너 혹시 흑곰이라는 사람을 들어보았느냐?"

"흑곰? 뭔 사람 이름이 그렇답니까?"

한수창은 어젯밤 세자가 시킨 일을 덕배에게 말해주며 분통을 터트렸다.

"내가 아직 암행어사긴 하지만, 어사가 암행하고 사람을 찾아다니지는 않는단 말이다!"

"그걸 왜 저한테 뭐라 그러십니까? 세자 마마한테 직접 말씀하시지."

"역시 넌 내가 죽길 바라는 게 맞다."

한수창이 눈썹을 치켜올리는데, 덕배가 어깨를 으쓱하며 말했다.

"뭐, 제 삶이 좀 편해지긴 하겠습니다. 아니, 그래도 저한테는 우리 도련님밖에 없지요. 한수창 어사 옆에는 덕배. 이게 이제 모르는 사람이 없는 진리 아니겠습니까. 헤헤."

한수창의 날카로운 눈빛에 찔끔한 덕배는 수준 높은 대화술로 그를 들었다 났다 하며 말을 바꾸었다. 궤변도 청산유수로 하는 한수창을 오랫동안 모셨더니 그 역시 달변가가 되었다.

"흑곰 찾아야지요. 흑곰. 누구의 명이신데. 자, 어디서부터 찾아볼까요?"

"한양 땅이 얼마나 넓은데 어디서부터 찾긴! 하─! 암행어사가 무슨 대단한 능력자도 아니고!"

"그래도 우리 도련님이 워낙에 수사를 잘하시고 그러시니까 세자께서도 딱 믿고 중대한 일을 맡기신 게 아니겠습니까."

"믿고 맡긴 게 아니라 저하 곁에 사람이 없으니 그런 게다. 젠장. 난 지금 일할 기분이 아니란 말이다……."

한수창이 땅이 꺼져라 한숨을 쉬자 덕배가 그의 마음을 헤아리며 등을 토닥거려 주었다.

"거, 도화 아가씨가 참으로 곱긴 합니다만, 제가 알아보니 그 아씨한테 흑심을 품은 선비님들이 한둘이 아니더이다. 그 끌어안았던 선비가 아니더라도 경쟁이 너무 치열하겠더라고요. 그런데 또 그렇게 힘들게 아씨를 얻는다 하더라도 편부 밑에서 자란 데다 가문도 한미해서 대감마님께서 좋아하실 리가 없습니다. 차라리 잘됐다 싶습니다."

덕배가 한참 일장연설로 한수창을 달래자, 한수창은 먼 곳을 응시하는 듯한 눈으로 잠자코 들어주다가 조용히 입을 열었다.

"흑곰 말이다. 보통 왈패들이 이름을 그리 짓지 않나? 불쏘시개 같은 연장 이름이나 짐승 이름을 많이 갖다 붙이던데."

"벌써 다른 얘기로 넘어가신 겁니까?"

"한양으로 온 지 얼마 되지 않았다니 왈패 놈들을 족쳐 보면 찾을 수 있을 것도 같구나. 근방에 가장 세가 큰 패거리를 알아보거라."

"이름을 바꿨을지도 모르지 않습니까?"

"그럼 곰처럼 생긴 놈을 찾아보든가."

"흑곰이니까 시커먼 놈으로 찾아볼까요."

"그러든가."

한수창은 여전히 먼 곳을 쳐다보며 건성건성 대답했다.

"성의가 없으십니다. 세자 마마의 명이라면서요? 살고 싶으시다면서요?"

"덕배야."

그러던 한수창이 갑자기 걸음을 멈추었다.

"예?"

"내가 상사병에 걸린 것 같다."

"그러니까 지금은 다시 아까 얘기로 돌아가신 겁니까?"

덕배는 한수창의 의식의 흐름을 따라가기 힘들어 한숨을 쉬었다.

"상사병이겠지? 내 눈에 자꾸 헛것이 보이는 것 같다."

"뭐가요? 대체 뭐가 보이시는데 헛것이 보인다는 겁니까?"

그러면서 덕배가 고개를 쭉 빼고 한수창이 바라보는 곳을 쳐다보았다. 저 앞에 웬 소녀 두 명이 관아 앞에서 실랑이를 벌이는 게 보였다.

덕배는 눈을 가늘게 뜨고 소녀들의 얼굴을 자세히 들여다보았다.

"상사병 아니신 것 같은데요? 눈이 아주 멀쩡하십니다."

"그러니까 네 말은 저 앞에 포졸 놈들과 대거리를 하고 있는 목청 크고 사나운 소녀가, 네 눈에도 도화 낭자로 보인다는 뜻이지?"

"예. 그리 보입니다. 아이고. 저 아씨 한 성깔 하십니다. 보기와 다르게 야무지네요. 저 주먹 보십시오. 한 대 치겠습니다. 엇, 도련님?"

한수창은 덕배의 말이 들리지 않는 듯 홀린 듯한 걸음으로 도화에게 다가가고 있었다.

"네 이놈들! 사또께 다시 고하지 못하겠느냐!"

관아 앞의 포졸들은 도화 때문에 다들 지친 얼굴이었다.

도화는 그녀보다 조금 더 어린 초라한 차림의 소녀를 부축한 채 포졸들이 막고 있는 관아 안으로 들어가겠다고 소리를 고래고래 지르고 있었다.

"아이고, 아씨. 왜 저희를 괴롭히십니까. 사또께서 그냥 가라시는데 제발 좀 가십시오. 네?"

"그냥 가란다고 어찌 가! 이놈들아! 내 아버지가 누구신지 아느냐?"

"왜 모릅니까. 그 유명하신 도화 아씨의 아버지라면 홍문관 교리 정대봉 나리지요."

"알면서도 나를 이렇게 대접해? 어?"

"아니, 그거랑 상관이 없다니까요. 막말로 아씨 손가락이 잘린 게 아니지 않습니까? 저런 아이들 손가락 하나 잘려 나가는 거 비일비재한 일입니다."

"뭐가 어째? 야 이놈들아! 그게 비일비재한 건 네놈들이 그런 사람들을 지금처럼 외면하니 자꾸 이런 일이 생기는 게 아니냐! 범인을 잡아 다시는 이런 일이 없도록 해야지! 당장 이 문 열지 못해! 내가 사또께 다시 고

할 것이다! 어서!"

어린 아씨가 따박따박 따지고 성질을 부리는 데 틀린 말이 없으니, 여간 당돌하고 영특한 게 아니었다.

라고, 한수창은 생각했다.

곱고 청순하고 귀여운, 한 떨기 꽃 같던 소녀에게 이런 모습이 숨겨진 것에 질색할 만한데, 한수창의 눈에는 그것도 어여뻐 보이는 것이다.

"이보게. 대체 무슨 일인데 이 소란들인가."

한수창의 진중하게 내리깐, 덕배가 듣기에 암행어사 출두할 때나 내는 한껏 멋드러진 목소리가 그 소란 속에 파고들었다.

모두가 그를 돌아보았다.

포졸들의 눈에는 아침부터 술 냄새를 풍기는 파락호 같은 선비가 무게를 잡고 나타난 듯 보였으나, 도화의 눈에는 반가움이 서렸다.

날마다 저를 쫓아다니던 선비가 저를 도와줄 수 있는 안성맞춤의 호구로 보였던 것이다.

사람이 모이는 곳이라면 소문은 늘 끊이지 않는다. 자신들과 관련이 있든 없든 간에 사람들은 남의 이야기 하기를 좋아했다. 그리고 그 남의 이야기가 추악하고 자극적인 것이면 더 귀를 모았기 때문에 나쁜 소문은 더 과장되고 왜곡돼서 퍼지기 마련이었다.

"나라에 망조가 들었지. 쯧쯧."

"이게 다 중전 하나가 잘못 들어 그런 게 아닌가."

아침부터 사라진 도화를 찾느라 장을 헤매던 도윤의 귀에 사람들의 욕설이 들렸다.

"중전은 무슨! 폐서인이지! 투기가 심해 미쳤다더만. 그런 여자가 아들을 잘 가르쳤을 리가 있나!"

"그러니 말이야. 이러다가 세자가 왕이 되면 큰일이지."

"제 시종들을 사람 취급 안 하는데 우리 같은 것들은 신경도 안 쓰겠지. 에이. 희빈 마마가 어서 중전이 되셔야 할 것인데."

"그러게 말야. 신문고는 왜 쳤다는 거야? 일부러 중전 책봉식을 훼방 놓은 거겠지?"

"모전자전 아니랄까 봐. 심술 맞기는."

세자 이림에 대한 평판은 완전히 바닥으로 떨어져 있었다. 세자가 요즘 궐에서 패악을 부리며 궁인들을 내치고 벌준다는 소문이 파다했기 때문이다. 가장 최근에 쫓겨난 나인은 비 오는 날 걸어가던 세자의 신에 흙탕물이 튀게 했다는 죄로 벌을 받았다. 땅을 제대로 닦아놓지 않았다는 말도 안 되는 억지였다. 그로 인해 그 나인의 식솔들은 앞으로 살길이 막막해졌다.

'아닌데……. 그런 분이 아니신데…….'

애초에 궁에서 일어난 일이 이렇게 빨리 알려진다는 것부터가 누군가 의도적으로 퍼트린 것이지만, 이를 알 리 없는 순진한 백성들은 희빈과 월한이 세자 때문에 두려움에 떨며 지낸다고 믿고 있었다.

이번처럼 김태수를 등에 업은 썩은 관리들이 적발될 때도, 김태수는 먼저 나서서 자신의 부덕함을 죄스러워해 사람들의 동정을 사곤 했다. 희빈의 죄가 밖으로 드러난 적이 없고, 가난한 백성들을 구제한다며 쌀을 푸는 등 좋은 일을 많이 해왔던 것이다.

하나 그 쌀이 어디서 난 것인지 백성들은 모르고 있었다. 그것들은 탐관오리들이 백성들의 고혈을 짜내 김태수에게 바친 것의 일부에 불과했다.

도윤은 아버지에게 익히 들은 데다, 이번 유람을 통해 더 확실히 알게 되었지만, 대부분의 백성들은 이를 알 리가 없다.

답답해서 속이 터질 지경이었다. 제가 아는 세자는 누구보다 마음이 따뜻하고 사람들을 아끼는 성군의 덕을 갖춘 분이신데, 그걸 몰라주고 모함에 휘둘리니 속상하다.

"그런데, 요새 이상한 소문이 도는 거 알아?"

"뭐가 또?"

"동궁에서 쫓겨난 사람들 말이야. 하나둘씩 사라지고 있다는데 진짜일까?"

"그런 소문도 돌아?"

"이 사람이 귀가 어둡나. 아 왜, 거 맨 처음 쫓겨났던 익위사도 소리소문 없이 사라졌다잖아. 가족들이 찾는다는 소리 못 들었어?"

"그거야 세자에 대한 원망에 폐인이 돼서 홀로 잠적한 거라면서."

"그거뿐만 아니니까 그렇지. 두고 봐. 이번에 쫓겨났다는 궁녀도 사라지면 이건 확실해."

"뭐가 확실한데?"

"귀 좀."

도윤은 자기들끼리 쑥덕거리다가 사색이 된 사람들을 보며 한숨을 쉬었다.

안 들어도 알 것 같다. 세자가 사람을 보내 죽였다는 소문 아니겠는가. 이달 들어서만 이런 소문이 다섯 번 넘게 돌고 있었다. 동궁에서 일하던 궁인들이 궁 밖으로 내쳐지고 나면 하나둘 사라지고 있다는 소문.

혹 세자 저하의 병증이 심해진 것일까?

걱정스러운 표정으로 사람들의 이야기를 듣던 그녀는 고개를 흔들어 나쁜 생각을 떨쳐 냈다.

'내가 걱정할 일이 아니야. 나 같은 한낱 계집이 걱정한다고 해결될 일도 아니지.'

여인으로 돌아온 후로는 할 수 있는 일들이 지극히 제한적이었고, 바깥출입 또한 최대한 삼가고 있었다. 자유로이 세상을 누볐던 그날의 일이 모두 꿈같았다.

'우습구나. 정도원도 정도윤도 모두 난데. 나는 변함이 없는데, 정도윤일 때는 아무것도 못 하는구나.'

사랑하는 사람을 도울 수 없다는 것이 가슴을 짓누르는 것 같지만, 떠날 때 그런 것은 다 포기하지 않았던가. 세자도 세상일도 이제 잊어야 한다. 벼루와 붓을 팔 때 평범한 여인으로 살겠다고 결심하지 않았나.

도윤은 주먹을 꼭 쥐고 마음을 다스렸다. 그것보다 지금은 해야 할 일이 있다.

'도화 이 계집애는 어딜 이리 쏘다녀.'

아침부터 사라진 도화를 찾아서 집에 앉혀놓는 일.

한양 바닥에 도화를 모르는 이가 없으니 여간 골치 아픈 게 아니다. 아버지께선 도화에게 흑심을 품은 선비들에게 선물을 받아오시기까지 했다. 곧 금혼령도 내려지는 마당에, 엄한 흑심을 품은 자들이 도화를 강제로 데려갈까 봐 더럭 겁이 났다.

"세상 무서운 줄도 모르고."

혀를 끌끌 차던 도윤이 걱정스레 마을 주변을 찾아 헤맸다. 갈 만한 곳을 다 돌아다녀도 보이지 않자, 어디 또 엄한 자가 도화를 데려간 것은 아닐까 불안해진다. 단양에 있었을 때도 워낙 예쁜 얼굴 때문에 보쌈을 당할 뻔한 적이 있었던 터라, 도윤의 걸음이 갈피를 잡지 못하고 이리저리 움직였다.

찾기만 하면 혼쭐을 내주리라 생각했던 마음이 어느 순간 걱정으로 바뀌었을 때였다. 저 멀리서 한 무리의 사람들이 걸어오고 있었다.

그들이 걸음을 옮길 때마다 길을 걷던 사람들이 깜짝 놀라 몸을 떨거나 세 사람을 빤히 쳐다보았다. 그리고 그건 도윤도 마찬가지였다.

그 무리 중 한 사람이 도화였기 때문이다. 제 동생은 덩치가 우람한 사내를 걱정스럽게 보고 있었다.

뭐지?

도화의 코끝이 빨갛게 변해 있었다. 분명 운 것이 틀림없다는 생각이 들자 도윤이 성급히 걸음을 옮겼다. 그리고 가까이 다가갈수록 보이는 다른 형체에 눈을 크게 떴다. 자세히 보니 사람들이 그들을 피하는 것은 세 사람이 아닌 덩치 큰 사내에게 업혀 있는 소녀 때문이었다.

"이게……."

아래로 축 늘어진 소녀의 손이 피 묻은 붕대로 감겨 있었다. 이를 본 도윤이 깜짝 놀라 한달음에 달려갔다.

"언니!"

도화가 그녀를 알아보고 반갑게 외쳤으나 도윤은 그토록 찾던 도화의 목소리는 들리지도 않았다. 우람한 사내 곁에 말끔하게 생긴 선비의 얼굴이 아무래도 낯이 익었기 때문이다.

선비도 도화의 목소리에 '언니?'라고 중얼거리며 도윤을 바라보았다.

서로의 얼굴을 확인한 두 사람이 함께 고개를 갸웃했다.

분명 서로 어디서 만난 적이 있다.

'어디서?'

어쩐지 불길함이 엄습한 가운데 두 사람의 눈이 동시에 커졌다.

설악산!

한 번밖에 만난 적이 없지만 잊을 수 없는 그날의 설악산.

"정도원?"

"……하, 한수창 어사?"

한양 바닥이 넓은 듯해도 좁다. 한수창은 머리를 한 대 얻어맞은 기분이었다.

'정도원을 찾아라.'

세자가 명을 내린 것이 어제. 그런데 정도원을 길에서 이렇게 딱 마주쳤다. 그것도 여인의 모습으로!

말도 안 된다. 정도원을 닮은 여인이겠지, 라고 생각하기엔 그녀 역시 저를 알아보지 않았나. 게다가 언니라고 부른 도화의 이름.

정도화. 정도원.

정도원이라는 이름이 가명이라 하더라도, 지금 이 눈앞의 여인이 선비 정도원이라는 추론은 나름 타당하다.

두 사람이 세상에 저희 둘밖에 없는 듯 멍하게 서 있자, 도화가 두 사람을 번갈아 보며 당황했다.

"뭐, 뭐예요? 두 분 아시는 사이세요? 아니다. 그게 문제가 아니라, 언니 지금 뭐라고 했어? 어사? 한수창 어사?"

도윤은 손을 들어 도화의 말을 멈추게 하고는 한수창을 뚫어져라 보았다.

그건 한수창도 마찬가지였다.

"설악산에서 만난 그 정도원 선비가 맞습니까?"

"……."

"얼굴만 같고 완전히 다른 사람인데……."

한수창이 도윤에게 뻗은 손가락을 빙빙 돌리며 혼란스러워할 때였다.

덕배에게 업혀 있던 창백한 소녀가 그대로 몸을 축 늘어뜨렸다.

"애! 정신 차려!"

도화가 와락 소리를 지르자 그제야 도윤은 기절한 소녀를 발견했다.

"어찌 된 일이야?"

"자세한 얘기는 나중에. 어서 가서 애 눕힐 자리 좀 마련해 줘."

"그래. 알았다."

도윤은 한수창을 한번 힐끗 보고는 집으로 달려갔다.

그 뒷모습을 멍하니 바라보던 한수창은 자신을 독촉하는 목소리에 깜짝 놀라 몸을 떤다.

"선비님도 뭐 하십니까! 빨리 가지 않고."

도화의 성화에 한수창도 덕배와 함께 도윤을 따라갔다.

잠시 후, 도윤의 방으로 들어선 덕배가 소녀를 조심스레 이불 위에 눕혔다.

붕대가 감긴 소녀의 왼손을 보던 도윤이 붕대를 풀었다.

"으."

고개를 돌린 도윤이 눈을 질끈 감았다. 아이의 오른손 마지막 새끼손가락이 잘려 나가 있었다. 얼굴을 일그러뜨린 도윤이 문 앞에 서 있는 한수창을 보았다.

"……잘린 손가락은 찾지 못하셨습니까?"

"그렇소."

그렇다면 누군가가 아이의 손가락을 잘라 가져갔다는 말이었다.

세상이 뒤숭숭하다 보니 이런 일도 있구나. 자신은 차마 상상도 못 했던 일을 두 눈으로 목격한 도윤이 깊은 숨을 들이마셨다. 그런데 자신의 뺨에 와 닿는 따가운 시선이 느껴졌다.

한수창이 그녀의 얼굴을 샅샅이 훑자, 도윤은 시선을 피하는 대신 입술을 한 번 깨물고는 그를 똑바로 쳐다보며 말했다.

"의원을 불러주실 수 있겠습니까? 어사님."

"방금 덕배가 나가는 걸 보지 못하셨습니까?"

"하면 제 동생과 나눌 말이 있으니 잠시 자리를 비켜주시겠습니까?"

"예. 그러지요. 한데, 둘이서 말을 맞추고 빠져나갈 생각은 안 하시는 게 좋겠습니다. 정도원 선비님."

도윤은 알겠다는 뜻으로 고개를 숙여 보였고, 도화는 그런 두 사람을 매우 불안하게 쳐다보았다.

"어찌 된 거야? 한수창 어사라니? 저분이? 그리고 어떻게 언니 남장했을 때 이름을 아는 거야? 둘이 남장했을 때 만난 거야? 그럼 어떡해? 응?"

도윤은 겁먹은 도화를 진정시키며 차분히 말했다.

"그건 나중에 설명하마. 것보다 이 아이, 어떻게 된 것이냐? 한수창 어사와는 어떻게 만나서 들어온 것이고?"

"지나가다가 구석진 곳에 저 아이가 혼자 신음하면서 쓰러진 걸 발견했어. 손가락이 잘린 채 피를 철철 흘리길래 일단 지혈만 한 채 관아로 데려갔어. 난 가진 돈도 없어서 관아로 가면 의원도 불러주고 범인도 잡아줄 줄 알았거든. 근데 아이의 복색을 보더니 미천한 신분이라며 사또가 사건을 맡으려고도 안 하잖아."

"정말 그랬단 말이냐?"

"그래! 내가 거짓말해서 뭐 하게? 뭐? 신분이 미천하면 백성이 아니야? 도대체 관아가 누구를 위해 존재하는 곳이야!"

도화가 몸을 떨었다. 화가 잔뜩 난 도화를 보던 도윤이 손을 붙잡더니 가만히 바라본다.

덕분에 진정이 된 도화가 차분히 말했다.

"선비님이 도와주지 않았다면 정말 큰일 났을 거야. 나 혼자 어떻게 데리고 올지 난감했는데 도와주셨어. 일단은 치료부터 하는 게 좋겠다 해서 이리로 데려온 거야."

도윤은 고개를 끄덕이며 다시 물었다.

"저 선비님과는 그럼 오늘 처음 만난 사이인 거야?"

도윤의 물음에 도화가 미간을 좁혔다. 언니가 유람을 떠나기 전엔 비밀이 없었다. 그런데 유람을 다녀온 언니는 마치 다른 사람처럼 변해 있었다. 한없이 처연한 표정을 짓다가도 화가 나 보이기도 했다. 무슨 일이 있어 그런 표정을 짓는 것이 분명한데 아무것도 말해주지 않는다.

도화가 도윤을 보며 따지듯 물었다.

"그건 내가 묻고 싶은 말이야. 언니가 저 한량 선비님을 어찌 알아? 그리고 뭐? 어사라니? 정도원도 알더만!"

"……유람 때 우연히…… 딱 한 번 만났는데, 기가 막히는구나. 이렇게 만나다니."

"자, 잠시만. 그럼 언니가 저 한량 선비를 한 번 만났고 진짜 저, 저, 저 양반이 어사라는 거야?"

도화가 문을 가리키며 말했다. 방금 전 믿기 힘든 그 말들을 이제야 진실로 받아들인 모양이었다.

그러자 도윤이 힘없이 고개를 끄덕인다. 도화의 얼굴이 새하얗게 질렸다.

"그럼 어떡해! 들켜도 하필 어사한테 들켜! 언니 풍기 문란 같은 걸로 끌려가는 거 아니야?"

"얘는! 그게 무슨 풍기 문란이야!"

이제껏 목소리를 낮추며 답하던 도윤이 목소리를 높이자, 도화가 입술을 깨물며 답했다.

"아니, 뭐 어쨌거나……. 이거 진짜 큰일인 거야. 아버지가 겨우 관직을 얻으셨는데, 이렇게 되면……."

도화는 안절부절못했다. 일이 이렇게 된 건 자신이 한수창 어사를 집으로 끌어들였기 때문이고, 결국 저로 인해 언니에게 큰 위기가 닥친 것이다. 과년한 처자가 남장을 하고 유람을 다녀오다니. 그것도 시집도 안 간 처녀였다. 이를 밖에서 알게 된다면 아버지는 망신을 당하게 될 것이고 관직에서 물러나야 할지도 모른다. 게다가 언니는 평생 남들 입에 오르내리며 비참하게 살게 될지도…….

무엇보다 저 역시 혼삿길이 막힐 것이 분명했다.

'히익, 안 돼!'

속으로 비명을 집어삼킨 도화가 울 것처럼 도윤을 보았다.

"언니……. 걱정하지 마. 내가 어떻게 해서든……."

그 인간 입을 틀어막겠어.

도윤이 의아한 얼굴로 바라보자 도화가 애써 뒷말을 삼켰다.

의원은 아이의 맥을 잡아보더니, 심신이 미약해진 탓이라며 피는 많이 쏟지 않았으니 잘 먹고 안정을 취하면 곧 깨어날 거라 했다.

다행이라며 안도의 한숨을 내뱉은 도윤과 도화는 밖에서 기다리고 있는 한수창과 덕배를 힐끗 보았다.

두 사람은 의원이 돌아간 후에도 마당을 지키고 있었다.

"내가 처리할게."

도화가 눈을 가늘게 뜨고 하는 말에 도윤이 손을 붙잡더니 고개를 내저었다.

"넌 덕배라는 자와 함께 이 아이의 집을 찾아보거라. 아이를 잃은 자가 있는지 수소문하면 될 것이다. 그리고 어사는 안으로 모셔."

"언니가 직접 이야기하게?"

"우선 사정을 말씀드리는 게 좋지 않겠어? 이해하지 못할 만큼 나쁜 분이 아니셔."

"근데 진짜 한수창 맞아? 만날 술 냄새나 풍기면서 내 뒤를 졸졸 따라 다니던데. 순 한량이야."

"쉿, 밖에서 듣겠다."

도윤의 말에 도화가 서둘러 입을 손으로 틀어막았다. 눈을 굴려 한수창과 덕배를 보니, 다행히 대화를 나누느라 듣지 못한 것 같았다. 도화가 새초롬한 표정을 짓는다.

"아버지는 오늘도 늦으시네. 아버지만 있으면……."

"더 일을 키우는 건 안 좋을 것 같아."

최근 정대봉 선생은 어스름 해가 밝아야 겨우 퇴궐해 집으로 돌아오고 있었다. 그 이유를 언뜻 세자빈 간택에서 찾은 도윤의 표정이 다시 어두워졌다.

"언니, 아무래도 안 되겠어. 내가 이야기하는 게 좋을 것 같아."

도윤이 우울한 표정을 짓자 도화가 팔을 걷어붙이더니 왈패처럼 군다.

도윤은 천방지축인 동생에게 맡겼다간 일이 더 꼬일 것 같아, 웃으면서 도화의 팔을 붙잡았다.

도화가 하는 수 없다는 표정으로 밖으로 나아가 한수창 어사를 불러주었다. 그러면서 한수창 어사의 옆에 늘 따라다니는 덕배를 슬쩍 보더니, 진짜 한수창인지 알아낼 셈인지 이것저것 따져 물으며 밖으로 끌고 나갔다.

그 모습을 뒤로한 채 안으로 들어온 한수창이 도윤과 마주했다.

혀가 뽑히지 않아 다행이라며 한수창은 속으로 중얼거렸지만, 제가 찾은 정도원을 만나시면 세자의 반응이 어떠할지 참으로 궁금해졌다.

"묻고 싶은 게 많으실 줄 압니다."

도윤의 정갈한 음성을 들은 한수창이 굳은 얼굴로 말했다.

"통성명부터 하고 싶습니다."

"홍문관 교리 정대봉의 첫 번째 여식, 정도윤이라 합니다."

"이름을 좀 많이 다르게 짓지 그러셨습니까? 그랬으면 발뺌이라도 할 수 있었을 텐데요."

"천하의 한수창 어사님을 겨우 그렇게 속일 수 있었겠습니까?"

"사실 이야기를 들었을 때부터 이상하다 했습니다. 저하께서 웬 어린 선비에게 푹 빠졌다는 말을 들었을 때부터요. 그리고 그날, 그 난리 속에서 뵈었을 때 여인일지 모른다 생각은 했었습니다."

"저하께서 제게 푹 빠지셨다니요. 그런 말씀은 저하께 누가 될 것입니다."

"말을 돌리지 마십시오."

도윤은 씁쓸하게 웃었다.

"어사님은 아셨을지 모르나, 저하께서는 저와 몇 달이나 같이 지냈는데도 감쪽같이 모르셨지요."

"평생 여인의 손 한 번 잡아보지 못하셨으니 그러실 수도 있지요. 거기에다가…… 자희 같은 내관을 곁에 두고 계시니 오죽하겠습니까."

그의 말에 도윤 역시 동의했다. 자희는 여인으로 보아도 참 어여쁜 아이였다. 사내라는 것이 믿기지 않을 정도로.

도윤이 처연한 얼굴로 고개를 끄덕이자, 한수창이 그녀를 가늠해 보기 위해 물음을 던졌다.

"세자 저하 곁을 떠난 의도가 무엇입니까?"

"그냥은 말씀드릴 수 없습니다. 세자 저하께 저에 대해 함구해 주신다 약조해 주시지요."

마치 장사치처럼 흥정하는 도윤을 보며 한수창은 어이없어했다. 싹싹 빌어도 모자란 판국에 담대하게 구는 것을 보니 보통 여인은 아닌 것이 분명했다. 그러니 세자 저하께서 그리도 홀랑 마음을 뺏기셨겠지.

"저한테 그리 말씀할 처지가 못 되신다는 거 모르진 않으실 텐데요."

칼자루를 쥔 것은 자신이라고 한수창이 여유로운 웃음을 지을 때였다.

"제 동생 도화를 연모하고 계시는지요?"

한수창의 얼굴에서 웃음기가 사라지고 표정이 딱딱하게 굳었다.

"아시다시피 제 동생을 탐내는 고관대작 댁 자제분들이 줄을 섰답니다. 물론 한 어사 정도면 집안으로나 명성으로나 인물로나 어디 하나 모자란 데가 없지요."

"아니, 뭘 또 그렇게……."

도윤의 칭찬에 한수창의 어깨가 으쓱거린다.

"다만 제가 저하께 듣기로는 하루가 멀다 하고 기방을 드나들고, 본래 놀기를 좋아하고 성품이 가벼우니 혼인을 해 진득하게 살긴 힘들 거라고 하더이다. 오늘 이렇게 뵈니, 과연 저하께서 벗을 정확하게 보신 듯합니다."

한수창의 얼굴이 시뻘겋게 변했다. 이건 도화를 절대 내주지 않겠다는, 아니, 도화에게 제 험담을 하겠다는 협박이었다.

"이, 이런 흥정은 옳지 않……."

"제 동생에 대한 마음이 진심이라면 무엇을 망설이시는지요? 진정 연심을 품으면 오직 곁에 있고 싶고, 좋은 점만 보이고 싶고, 잘못은 감추고 싶어지는 법입니다."

도윤의 차분한 음성은 한수창을 설득하는 말이기도 하지만, 한수창의 물음에 대한 답이기도 했다. 남장을 해 여인임을 감추고서라도 세자의 곁에 있고 싶었을 뿐이다. 진심으로 그를 연모했다.

한수창은 잠시 고민한 후에 재차 물었다.

"그런 마음이라면 어째서 저하의 곁을 떠나셨습니까? 저하께서는 아직도 정도원을 찾고 계십니다. 대체 무엇이 문제란 말입니까?"

"너무 멀리 와버렸습니다."

"예?"

"몇 번이고 사실대로 말할 기회가 있었는데, 결국 말하지 못했습니다. 저하를 기만한 몹쓸 계집밖에 더 되겠습니까? 가뜩이나 상처가 많으신 분입니다. 더군다나 어머니를 잃은 이 판국에 제게 농락당했다 여기면 평정심을 잃게 되실 겁니다."

"그게 누구를 위한 결론입니까?"

"예?"

"저는 그 말이 저하를 위한 말이 아니라 도망치기 위한 변명처럼 들립니다."

도윤은 가슴을 따끔하게 찌르는 한수창의 말에 고개를 푹 숙였다.

"저하께서는 분명 분노하실 겁니다. 그렇다고 피하는 것만이 상책은 아닙니다. 우리가 이렇게 우연히 만나게 된 것을 보십시오. 저하께서는 정도원을 간절히 찾고 계시니, 우연이 아니라 필연으로라도 만나게 될 겁니다."

"곧 잊고 포기하실 겁니다."

"저하를 그렇게도 모르십니까? 그분은 한 번 마음이 향하면 그것을 돌리는 법을 모르시는 분입니다. 저하께서 평정심을 잃을까 두렵다 하셨습니까? 지금 저하에 대해 떠도는 소문을 듣지 못하셨습니까? 한양 사람들이라면 모두 알고도 남을 정도로 파다한데."

"들었기에 뵙지 않으려는 겁니다. 저하께서는 저를 이해 못 하실 겁니다."

"예! 이해하기에는 너무 멀리 왔지요. 그렇기에 더욱 이제 도망칠 수 없습니다."

"도망가려는 게 아니라 지금 제가 나서는 것은 저하를 더욱 혼란스럽……!"

한수창은 도윤의 변명을 들으려 하지 않고 그녀의 말을 막았다.

"저하 앞에 가서 사실대로 고하십시오. 그분이 화를 내고 벌을 내릴까 두렵다는 이유로 도망치지 마십시오. 정도원은 죄를 지었고, 벌을 내리시겠다 하시면 달게 받아야 하는 일입니다. 제가 우려하는 것은 정도원이 앞으로 더 큰 죄를 짓게 될까, 그것이 저하를 더 망가트리게 될까, 그것뿐입니다."

도윤은 매정한 한수창의 말에 속상해 입술을 깨물었지만 그의 말이 틀리지 않다는 걸 알기에 더는 대꾸하지 않았다.

그러나 한참 만에 입을 연 그녀의 목소리에는 가시가 돋쳐 있었다.

"세자빈 간택이 있다지요?"

"예."

"그런데도 제가 저하 앞에 나서야 한다 생각하십니까?"

한수창이 처음으로 그녀의 말에 대답하지 못했다. 그제야 도윤의 심정을 조금이나마 이해할 수 있었기 때문이다.

"저하께 벌을 받는 게 두려운 게 아닙니다. 세자빈 간택이 있을 지금, 제가 저하 앞에서 나서는 것이 얼마나 가증스러운 일인지 아십니까? 저하의 마음을 알면서 그리한다는 게 얼마나 뻔뻔한 일인 줄 아십니까?"

"……."

"아니, 이건 그나마 제가 처녀단자를 올렸을 때 일이지요. 저 같은 게 감히 세자 저하의 곁에 어울린다고 생각하십니까? 더 곱고 정숙하고 훌륭한 가문의 여인이 세자빈이 될 것인데, 그럼 저는 어쩌란 말입니까?"

눈물을 매단 도윤의 하소연에 한수창은 부끄러워졌다. 그녀가 비겁하다 일방적으로 몰아붙인 것이 미안해지기 시작했다.

도윤은 그간 꾹꾹 담아놓은 말을 전부 쏟아부었다.

"저 역시 저하를 연모합니다. 그런데도 보내려 한 것은 그분이 세자이기 때문이었습니다. 세자빈이 되지 않고서야 이뤄질 수 없는 사이이기에, 감히 제가 오를 수 없는 곳이기에. 모르시겠습니까? 제가 왜 숨어야 하는지, 정녕 모르시겠습니까?"

저는 세자빈이 될 수 없다. 아니, 된다 하더라도 문제였다. 세자 저하께 지금 필요한 것은 사랑하는 여인이 아닌, 든든한 뒷배이자 정치적 동지가 되어줄 가문이었다. 자신은 한미한 가문에서 태어났고, 감히 세자빈이 될 그릇조차 되지 못했다.

그 원망을 고스란히 들은 한수창이 고를 푹 숙이며 말했다.

"하나, 저하께서는 제게 정도원을 찾으라 엄중한 명을 내리셨습니다."

"죽었다 하십시오."

"……!"

"죽었다고, 발을 헛디뎌 산에서 객사했다고, 그리 전해주십시오."

"어머니를 잃은 저하께 또 죽음을 전하라는 말입니까?"

한수창은 절대 그럴 수 없다는 듯 눈에 힘을 주며 말했다.

"이 나라 조선의 백성들을 어루만지셔야 할 분입니다. 제가 만약 그분과 함께 유람을 다녔다는 소문이라도 난다면 저하께 좋지 못한 영향을 끼칠 게 분명합니다."

한수창은 입을 꾹 다물었다. 어떻게 하는 것이 두 사람을 위해 좋은 일인지, 난감하기만 했다.

"저는…… 그리는 말 못 하겠습니다."

"……."

"대신 아직 찾지 못한 것으로 하겠습니다."

"모르는 척해주시겠다는 뜻입니까?"

만날 인연이라면 만날 것이다. 한수창은 두 사람의 운명 옆에 비켜서 있기로 했다.

"제가 약점이 잡혔으니 어쩌겠습니까?"

도윤은 많이 긴장했었는지 한숨을 돌리며 옅은 웃음을 지으며 물었다.

"약점이라면 제 동생 도화 말입니까?"

"혹, 도화 낭자에게 정혼자라던가, 연모하는 사내가 있습니까?"

한수창은 며칠 전 한 선비가 도화를 껴안는 것을 보고 내내 마음이 안 좋았던 터였다.

도윤은 그런 한수창의 말에 담담하게 대답했다.

"우리 도화는 그런 사내가 있었다면 당장 시집보내 달라 졸랐을 아이입니다."

"그럼 그때 그자……!"

자신이 본 것을 말하려던 한수창이 눈앞의 도윤을 스윽 훑어보았다.

그러고 보니 체구가 딱……!

"왜 그러십니까? 그때 그자라니요?"

"아, 아닙니다. 아무것도."

저의 아둔함에 얼굴이 화끈거릴 지경이다. 제대로 알아보지도 않고 좌절해서 술을 퍼마시다니, 얼마나 우스운 일인가.

"하오면 제가 한 가지 더 청을 해도 되겠습니까?"

"예?"

도윤의 당돌한 말에 한수창이 고개를 들자, 도윤은 고저 없이 읊조렸다.

"비록 이곳이 한수창 어사의 관할은 아니겠지만 어리고 가엾은 백성을 도와주실 수 있겠지요?"

"아, 저 소녀의 사건이라면 알아보려고 했습니다."

"그것도 그렇지만 의원에게 줄 치료비가 필요합니다."

"예?"

"번듯한 집에 살고 있긴 하나, 이게 전부 나라님이 불쌍히 여기시고 하사해 주신 것뿐, 속은 빈털터리입니다."

"그 말씀은?"

"이 아이의 치료비가 필요합니다. 아이가 예서 지내는 동안 나머지는 제가 책임지도록 하겠습니다."

조금 전만 해도 처연하게 눈물짓던 여인이 억척스럽고 당돌하게 돈을 요구하고 있었다.

어쩐지 속은 느낌이 든 한수창이 저도 모르게 이렇게 말했다.

"저하께서는 낭자가 이런 사람인 줄 꿈에도 모르시겠지요?"

도윤은 고개를 저었다.

"오해하지 마십시오. 저하께서는 더욱 잘 알고 계시니."

"예?"

"아, 참고로 이 치료비는 제가 저하께 빌려 드린 돈이라 생각할 것입니다."

"저하께서 돈을 빌려요? 아, 아니, 그렇다 치고, 그걸 왜 제가 갚는단 말입니까!"

"둘도 없는 벗이 아니셨습니까? 제가 돈을 빌려 드린 분은 세자 저하가 아니라 암행어사 한수창이셨습니다."

한참 실랑이가 오고 갔지만 결국 한수창은 뭔가에 홀린 사람처럼 돈주머니를 내주고 말았다.

도윤은 한밤중에 퇴청한 아버지를 뵙고 오는 길이었다.

문을 열고 방으로 들어서자 이불이 들썩였다. 그렇다는 것은 소녀가 깨어났다는 말이었다. 깨어났음에도 머리끝까지 이불을 쓰고 있는 소녀를 향해 도윤은 다정한 목소리로 말을 건넸다.

"내 이름은 정도윤이다. 내 동생이 널 길에서 발견하고 집까지 데려왔다."

"……."

도윤의 말에도 소녀는 아무런 말도 하지 않았다. 분명 당황했을 게 분명했다. 아픔에 졸도를 해 깨어났더니 다른 사람의 집이라니. 험한 일을 당해 잔뜩 겁을 집어먹었을 테니 더 혼란스러울 것이다.

"왜 손을 다쳤는지 말하고 싶지 않다면 말하지 않아도 된다. 몸을 추스를 때까진 예서 지내도록 해라."

"……진짜 그래도 됩니까?"

마침내 고개를 쏙 빼낸 아이가 도윤을 보며 물었다. 그러자 도윤은 자상한 웃음을 지으며 고개를 끄덕였다.

"물론이다. 어려워 말고 푹 쉬어라."

"정말…… 정말 아무것도 묻지 않으실 겁니까?"

아이의 물음에 도윤은 어렴풋이 아이가 자신의 손가락을 자른 사람을 감추고 싶어 한다는 걸 알았다. 하지만 그냥 넘어갈 사건이 아니며, 관청의 태도 역시 걸고 넘어져야 했다.

살아 있는 아이의 손가락을 자르고 방치하다니, 이렇게 흉악한 사건은 반드시 범인을 잡아 엄히 처벌하여야만 다시는 같은 범죄가 일어나지 않을 터다.

도윤은 애써 웃으며 마음을 감추었다. 지금은 아이가 회복하는 것이 우선 아닌가.

"그래. 아, 배가 고프겠구나. 잠시만 기다려라. 숭늉이라도 가져다주마."

그렇게 도윤이 일어나려는데, 치맛자락을 당기는 작은 힘을 느끼고 돌아보았다.

도윤의 치마를 꼭 쥐고 있는 아이가 볼을 발그레 붉히더니 더듬더듬 말한다.

"저, 저기…… 가, 감사합니다."

"그런 이야기라면 됐다. 누구든 그리했을 것이다."

아이는 고개를 푹 숙였다. 누구든 그리하지 않는다는 것을, 어린 나이에도 알고 있었기 때문이다.

그렇게 며칠이 더 지났다. 도윤은 따라오겠다는 도화를 집에 두고 장을 보러 나섰다. 식구 하나 늘었을 뿐인데 먹을 것이 빨리 동이 났다. 그래도 단양 시절보다는 살림이 넉넉한 편이라 힘들진 않았다. 다만 세 식구일 때보다 장을 더 봐야 한다는 것뿐이다.

아이는 입을 꾹 다물고서 아무런 말도 하지 않으려 들었다. 어디서 살았는지 돌아갈 마음도 없어 보였는데, 밥 먹을 때만 되면 일부러 적게 먹는 것이 보여 도윤의 마음을 아프게 했다.

'뼈가 잘 아물려면 곰국이라도 먹는 게 나으려나.'

그렇게 천천히 장을 보고 있는데, 어쩐지 장터가 소란스러워진 느낌이었다. 아니나 다를까, 저쪽 편에 사람이 몰리면서 악다구니 소리까지 들렸다.

'뭐지?'

호기심 많고 오지랖 넓은 도윤이 그냥 지나칠 리가 없었다. 가까이 다가가 보니, 농사꾼으로 보이는 늙은이가 바닥에 엎어져 매를 맞고 있었다.

"아닙니다! 아악! 제가 가져간 것이 아닙니다! 아이고, 나리!"

나이 많은 농사꾼이 매를 피하느라 바닥을 뒹구는데도 아무도 막지 못했다. 그에게 매를 놓고 있는 자는 노비로 보였는데, 비단옷을 입은 젊은 양반이 그 옆에서 거드름을 피우고 있었다.

"이게 무슨……."

잘잘못을 가릴 거라면 관아로 가야지, 이런 곳에서 몰매를 놓는 것은 잘못된 것이다.

도윤이 참지 못하고 나서려는 순간이었다.

"이보시오. 대체 무슨 일인데 백주 대낮에 사람을 개 잡듯이 잡는 거요?"

웬 선비가 도윤보다 먼저 나섰다. 사람들 머리에 가려진 선비의 얼굴은 보이지 않았지만, 도윤은 그 목소리를 듣고 흠칫 놀랐다.

'서, 설마…….'

도윤은 인파 속에서 까치발을 하고 이리저리 자리를 옮겨가며 목소리의 주인을 보려고 했다. 갓과 어깨, 그리고 뒷모습을 보게 된 도윤의 가슴이 순간 덜컹 내려앉았다.

설마, 설마.

도윤이 가슴께 위에 손을 올려놓았다. 그리고 마침내 그의 얼굴을 확인했을 때 도윤은 심장이 멎는 것 같았다.

"……!"

어째서, 어째서 이런 곳에…….

이림의 등장에 매를 놓던 노비들이 멈칫했다.

"크흠. 거, 지나가는 길이시면 그냥 지나가실 일이지, 괜히 남의 일에 상관하시는군."

젊은 양반은 갑자기 등장한 선비의 지적이 맘에 들지 않는지, 부채를 펄럭이며 중얼거렸다. 그 태도를 보니, 집안이 제법 위세를 떨치는 듯했다.

"이 도둑놈이 글쎄, 우리 도련님의 돈을 훔쳐 갔지 뭡니까. 맞을 짓을 해서 때리는 것이니 그냥 지나가시지요."

노비들 역시 양반에게 눈을 부라리며 위협할 정도로 대단한 가문인 모양이었다.

"아, 아닙니다, 저는 여기 양반님의 돈을 훔친 적이 없습니다."

"이놈이 그래도!"

늙은 농사꾼이 바닥을 기며 이림에게 다가가자 노비가 쫓아와 몽둥이를 휘둘렀다.

"아이고!"

턱.

그러나 농사꾼의 비명 소리와 달리 매를 놓는 소리는 들리지 않았다. 이림이 매를 치는 노비의 손목을 붙잡았기 때문이다.

그 모습을 본 도윤의 눈이 휘둥그레졌다.

소문에는 세자의 몹쓸 결벽증에 하루가 멀다 하고 궁인들이 쫓겨난다는데, 아무렇지 않게 노비의 손목을 잡고 있었다. 역시 못된 소문이었다. 누가 그런 소문을 내고 다니는 건지.

도윤은 주먹을 꼭 쥐고 세자 이림을 안타깝게 바라보았다.

"이, 이거 왜 이러십니까."

"죄가 있다면 관아에서 시비를 가릴 일이오. 보는 눈도 많은데, 이 무슨 패악질이오."

이림의 말은 젊은 양반에게 하는 말이었다.

"이만한 일로 관아까지 가야겠소? 훔쳐 간 돈만 내놓는다면 없던 일로 하겠다고 은혜를 베풀려 했더니 날 우습게 본 모양이지? 이렇게 돈을 돌려주지 않고 버티고 있지 뭐요."

"아닙니다! 저는 훔치지 않았습니다요. 그저 저기 양반님이 주머니를 떨어트리시기에 주워다 드렸을 뿐입니다요. 으으윽. 어째서 주머니를 찾아드렸는데 저를 도둑으로 모시는지, 이런 법이 어디 있단 말입니까!"

농사꾼은 억울하고 원통한지 울음을 터트렸다.

"그렇다는데?"

이림의 말에 양반이 비웃음을 흘렸다.

"그 말을 믿다니 참으로 순진한 양반이군. 내 돈 주머니에 열 냥이 비는데, 저자가 주워주는 척하고 가져간 게 아니고 뭐란 말인가?"

듣고 있던 사람들이 술렁였다. 딱 봐도 선량한 사람에게 누명을 씌워 억지를 부리는 것이다.

"처음엔 얼마가 들어 있었소?"

"서른 냥이었소. 한데 다시 받은 주머니엔 스무 냥밖에 없는 게 아니겠소? 분명 저 도둑놈이 훔쳐 간 거요. 자, 한번 보시오."

양반은 자신의 결백을 입증하려는 듯이 주머니를 이림에게 건넸다.

주머니 안을 확인한 이림이 중얼거렸다.

"정말 스무 냥이군."

"저는 주머니를 연 적도 없습니다. 줍자마자 바로 달려가 전해 드렸습니다! 돈을 꺼냈다면 제 몸 어딘가에 있어야 할 게 아닙니까요! 다 뒤져 보십시오. 정말 아무것도 가진 게 없습니다!"

농사꾼의 울부짖음에 구경꾼들이 고개를 끄덕이며 동조했다. 개중 몇 명은 처음부터 상황을 지켜본 이들도 있어서, 자신들도 보았다고 농사꾼의 편을 들어주었다.

그러자 이림은 양반에게 받은 주머니를 대뜸 쓰러진 농사꾼에게 주었다. 모두들 의아해하는데 이림은 농사꾼의 손에 그것을 쥐어주기까지 했다.

"아무래도 저자가 이 돈주머니의 주인이 아닌 듯하다. 스무 냥을 잃어버린 사람이 나타날 때까지 관아에 맡기는 게 좋겠다."

"예…… 에?"

"관아에서도 주인을 찾지 못하면 이것은 주운 사람이 임자가 되겠군."

"……!"

농부의 얼굴에 화색이 도는 반면 젊은 양반의 얼굴이 험악해졌다.

"이보시오!"

"아, 거 돈을 잃어버린 것은 안타까우나, 이건 그쪽 주머니가 아닌 듯하니 그쪽도 관아에 가 신고를 하시는 게 좋겠소. 서른 냥이 적은 돈은 아니니 꼭 찾길 바라오."

"뭐, 뭐가 어……!"

양반이 그게 말이 되냐는 듯 황당한 얼굴로 뭐라 고함을 치려 할 때였다.

"옳소!"

"딱 옳은 소리요!"

사람들이 박수까지 치며 동조를 하니, 아무리 양반의 위세가 대단하다 해도 쭈그러들 수밖에 없었다.

이림은 거기에서 멈추지 않고 양반을 향해 한 발 한 발 다가가 손을 벌렸다.

"뭐, 뭐요?"

"엄한 사람을 잡았으니 치료비는 주셔야지요."

그러자 양반이 버럭 소리를 질렀다.

"내가 무슨 돈이 있단 말이오! 내 돈주머니가 저기 가 있지 않소!"

"무슨. 저건 스무 냥밖에 없는 남의 주머니지요."

양반은 애가 탔으나 이림의 기백과 사람들의 흉흉한 기세에 밀려 식은 땀이 났다. 이렇게 되면 작은 돈도 아니니 돈주머니를 다시 돌려받는 것이 급했다.

"내, 내가 착각했소. 처음부터 스무 냥밖에 없었던 것 같소. 저, 저게 내 것이 맞소."

이림은 양반에게 바싹 다가가 낮게 으르렁거렸다.

"열다섯 냥."

"예?"

"그거라도 받고 조용히 물러나는 게 덜 망신스럽지 않겠나? 그대 아비에게 누를 끼치지 않으려면 말이지."

으르렁거리는 하대에 양반은 소름이 끼쳤다. 아무래도 저를 잘 아는 권세가의 자제인 듯했다.

"그, 그게……."

도윤은 장내가 해결되는 걸 멍하니 바라보며 저도 모르게 미소를 짓고 있었다. 여전히 멋있었다. 그래서 보고 있는 것만으로도 가슴이 뛰었다.

다시 보니 이리도 좋구나.

이렇게 가까이서 보고 있는데도 멀리, 높이 계신 분 같아 마음이 쓰리고 그리움이 커져 갔다.

'그래도 좋다. 그래도 볼 수 있는 것만으로도 너무 좋아.'

여전히 백성을 사랑하시고 정의로운 분. 그런 분을 사랑하게 된 건 어쩔 수 없는 일인 듯했다. 반할 수밖에 없는 분이니까.

그때였다.

다섯 냥을 쓰러진 농사꾼에게 쥐어주고 일어서던 이림의 얼굴이 갑자기 도윤을 향했다.

도윤은 사람들 사이를 뚫고 정확히 저를 바라보는 이림과 눈이 마주치고 말았다.

'모, 못 봤을 거야.'

가슴이 철렁한 도윤이 그렇게 생각하는 것도 잠시.

이림은 그런 도윤의 생각을 비웃기라도 하듯, 그녀를 뚫어져라 쳐다보았다.

도윤은 순간 그의 눈에 사로잡힌 듯 눈도 피하지 못하고 서 있다가, 그가 저를 응시한 채 다가오는 것을 보고 퍼뜩 정신이 들었다.

'아, 안 돼!'

이제 도윤은 뒤를 돌아 뛰기 시작했다.

'도망쳐야 해. 멀리. 어서!'

치마를 입고 뛰는 것이 쉽지 않았다.

그러나 체면도 잊고 정신없이 달려가던 도윤은 결국 다리에 치마가 엉켜 넘어지고 말았다. 아니, 넘어질 뻔했다.

탁!

도윤은 넘어지려는 순간 누군가 팔을 잡아당겨 우스운 꼴을 모면할 수 있었다.

하나, 다행스럽지 않다.

뒤에서 세찬 숨소리가 들렸고 아직도 팔이 잡혀 있다. 뜨거운 사내의 손에 절대 놓치지 않겠다는 듯 힘이 들어간 것이 느껴졌다.

도윤의 심장은 달릴 때보다 더 빠르게 뛰고 있었다.

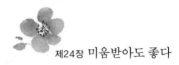

제24장 미움받아도 좋다

도윤은 뒤로 돌아보지 않고 주먹을 쥐며 팔을 비틀었다. 어떻게든 그의 손에서 벗어나려는 움직임이었다.

이림이 그 팔을 더 세게 잡으며 말을 걸었다.

"저기, 잠깐······."

붙잡힌 팔을 바라보던 도윤이 잠시 생각에 잠긴 얼굴을 한다. 그러다 이내 이림에게 들려준 적 없는 꾸밈없는 제 본래의 목소리로 날카롭게 소리쳤다.

"백주 대낮에 이 무슨 희롱이십니까!"

파르르 떠는 여인의 음성에 이림은 순간 정신이 번쩍 들었다. 하나 팔을 놓기는 아쉬운지 손에서 힘을 놓지 않았다.

"아! 그게······!"

"놓아주십시오!"

이번에도 도윤이 등을 돌린 채 소리쳤지만 이림은 각오했다는 듯 움직이지 않았다.

"내 아는 사람과 얼굴이 닮은 듯해 무례를 범했소. 부탁이니 한 번만 얼굴을 확인하게 해주시오."

이림의 말이 가슴을 쿵쾅쿵쾅 두들겼으나 도윤은 기어이 팔을 비틀어 빼며 단호하게 소리쳤다.

"제가 모르는 분인데 저를 아실 리가 있겠습니까."

그러면서 매몰차게 떠나려던 도윤은 채 두 걸음도 나가지 못하고 이림의 말에 붙잡히고 말았다.

"나를 모른다 하면서 왜 나를 보고 도주한 것이오?"

"……."

뭐라 변명을 할까 우뚝 멈춰 선 도윤의 눈동자가 흔들렸다. 그러나 도윤은 제게 다가오는 이림의 걸음을 느끼고 서둘러 말했다.

"아녀자의 얼굴을 빤히 쳐다보시니, 도망갈 수밖에요! 어려움에 처한 백성들을 현명한 방법으로 도와주시기에 지켜보고 있었던 것뿐입니다. 그런 분이 이렇게 무례하게 구시니 당혹스럽습니다. 그러니 이만 놓아주십시오."

또박또박 할 말을 끝냈지만 도윤은 이번에도 떠나지 못했다.

"한데 이 노리개는 낭자 것이오?"

'노리개? 헉!'

무슨 소린가 했던 도윤의 얼굴이 새하얗게 질렸다. 배를 더듬어보니 노리개가 만져지지 않았던 것이다.

언제 떨어진 것인가. 놀라서 뒤를 돌아본 도윤은 느릿하게 허리를 굽혀 땅에 떨어진 노리개를 줍는 이림을 발견했다. 냅다 달려들어 노리개를 주워 들었지만 결국 이림에게 얼굴을 보이고 말았다.

"제, 제 것입니다."

"정…… 도원?"

변명처럼 말해보았으나 이림은 이미 모든 것을 눈치챈 듯이, 잊어야 하는 그 이름을 말했다. 재빨리 고개를 돌렸으나 이림이 그녀의 얼굴을 보았다. 스치듯 지나간 그녀의 얼굴에서 정도원의 인상이 보였다.

게다가 노리개는 어떠한가. 황옥은 위낙 진귀한 것이어서 흔히 구할 수 있는 물건이 아니었다. 더욱 오색실로 꾸며진 노리개라니!

아무리 비슷한 장신구가 많더라도 그가 의심을 하는 것도 당연했다.

"그 노리개, 내가 정도원이란 벗에게 준 것과 똑같이 생겼소. 우연이라기엔 겹치는 게 너무 많은데 이쯤 되면 무슨 말이든 하는 것이 자연스럽지 않겠소?"

무작정 피하려고 하면 더 의심스럽다는 경고였다.

도윤의 얼굴이 절망으로 일그러졌다. 거짓으로 이 상황을 모면해야 한다는 것을 알면서도 불쑥 그에게 모든 것을 토로하고 싶어졌다.

도윤은 숨을 왈칵 들이켜며 몸을 돌려 그를 똑바로 마주 보았다.

이제야 제대로 마주하게 된 얼굴을 보고 이림의 눈이 크게 벌어졌다. 정도원과 눈앞의 여인이 이렇게 똑같이 생길 수 있을까. 더군다나 정도원이 여장을 한 얼굴도 보지 않았던가. 그때와 똑같이 생긴 여인이 눈앞에 있었다.

도윤은 그런 이림에게 확실히 해두려는 듯 힘주어 말했다.

"잘못 보셨습니다."

거짓을 말하면서도 제 얼굴을 보이는 것은 어쩌면 그가 자신을 먼저 알아봐 주었으면 하는 감상적인 태도인지도 모른다. 곧 세자빈을 간택하는 그가 조금 원망스러워서. 눈앞에 이렇게 버젓이 제가 보이는데도, 확신하지 못하고 몇 번이나 돌려세운 그에게 서운해서.

제가 아니라고 해도, 정도원이 틀림없다 화를 내며 알아봐 주길 바라는 이기적이고 억지스러운 욕심.

이림은 한참이나 그런 도윤을 응시하다가 어렵게 입을 열었다.

"혹…… 낭자 이름이 정도화는 아니오?"

"……!"

도윤은 제가 동생의 이름을 말했던 것을 기억해 냈다.

제 동생에게 주라고 선물해 주셨던 노리개.

왜 그랬을까.

괜히 동생 입장만 난처해지는 게 아닐까. 이미 한양 바닥에 동생의 소문이 자자한데!

"내 벗인 정도원은 그대를 꼭 닮……."

"제 이름은 정도화가 아닙니다."

당황한 도윤은 마땅한 변명이 떠오르지 않아 그의 말을 자르고 도망치기 시작했다.

"잠깐!"

이림은 그녀를 쫓아가려다가 날랜 걸음으로 멀어지는 그녀를 보며 멈칫했다.

'잘 뛰는 것까지 꼭 닮았구나.'

치마를 펄럭이며 뛰어가는 모습이 영락없는 여인의 뒷모습인데도, 자꾸만 정도원이 겹쳐지니 제 눈이 어딘가 잘못된 것 같았다.

'하지만 그 노리개는…….'

똑같은 노리개가 더 있다고 생각하는 게 나았다.

단양에 있어야 할 정도원의 누이를 한양에서 마주친다는 게 사실상 말이 안 되는 일 아닌가.

"불가능은 아니겠다만 그런 인연이라면 참으로 하늘이 맺어준 인연이겠군."

그렇게 중얼거리면서도 이림은 떠나는 여인의 뒷모습이 보이지 않을 때까지 오랫동안 그 자리에 서 있었다.

그저 닮은 여인이겠지. 노리개 또한, 우연이겠지.

그래. 그렇겠지.

정도원이 여인일 리 없으니까.

정도원이 저를 보고 저리 매몰차게 돌아설 리 없으니까.

그러나 이림은 생각과 달리 그녀의 뒷모습에서 오랫동안 눈을 떼지 못하고 굳은 얼굴로 서 있었다.

방 안이 어두워지자 바느질을 하던 도윤이 호롱불을 밝혔다. 글을 놓아버린 도윤은 붓 대신 바늘을 잡았다.

바느질을 하고 있노라면 상념이 들곤 했다. 특히 오늘 같은 날에는.

낮에 뵌 세자 저하의 모습은 참으로 훌륭하셨다. 변한 게 없다 뿐일까. 오히려 더 멋져지시니 반가움이 물밀듯 밀려와 가슴을 채웠으나, 다시 빠져나가지 않고 가슴속에서 일렁거리기만 했다. 덕분에 그리움이 더 커져, 붓을 잡고 글로 마음을 다스리고 싶은 마음이 간절해졌다.

그래서 도윤은 너덜너덜해진 마음을 바느질로 대신 기워내고 있었다.

도윤의 마음이 어떠하든, 호롱불에 의지해 연정을 품고 바느질을 하는 여인의 자태는 성숙하고 아름다워 보였다.

한방에서 지내고 있던 어린 소녀가 그런 도윤을 동경의 눈빛으로 바라보았다.

어찌 이리 어여쁘실까. 착하고 어질고 어여쁘신데, 살림도 바느질도 척척 해내신다. 그뿐만 아니라 가끔 어려워 보이는 책들을 꺼내 읽기도 하신다. 책을 덮고 나면 한숨을 쉬는 연유는 모르겠지만 그 한숨마저도 고상해 보이는 아씨였다.

"잠이 오지 않느냐?"

이불 속에서 몸을 꼼지락거리며 몰래 도윤을 훔쳐보던 소녀가 별안간 들린 도윤의 목소리에 어깨를 들썩였다.

"오늘까지만 이 방에서 지내거라."

소녀는 벌떡 일어나 몸을 일으키며 애처로운 눈망울로 물었다.

"절…… 내쫓으시는 겁니까?"

도윤이 바느질감을 내려놓고 소녀를 바라보았다. 어린 소녀는 아직 손에 붕대를 감고 있으면서도, 저보다 일찍 일어나 시키지도 않은 일을 찾아서 하고 있었다. 마당을 쓸고 빨래를 걷고, 하루 종일 할 수 있는 온갖 일을 했지만 도윤은 그것을 말리지 않았었다.

"저 밥 조금만 먹고 일은 더 열심히 하겠습니다. 내쫓지 말아주십시오……."

소녀는 양손을 비비며 빌기 시작했다.

"네 말은 너를 몸종으로 써달라는 것이냐?"

평소의 도윤답지 않게 차가운 물음이었지만, 소녀는 연신 고개를 끄덕였다.

"예. 예. 노비가 되어도 좋습니다. 손가락이 잘린 저를 누가 좋다 하겠습니까만, 진짜 열심히 일해서 은혜를 갚겠습니다."

"어디서 손가락을 다친지도 모르는 아이를 몸종으로 거둘 수는 없는 노릇 아니냐. 네가 위험한 아이일지도 모르는데."

그 말에 아이의 입이 굳게 다물렸다. 지금이라도 사실을 고하고 싶은 표정이었으나, 쉽게 입이 떨어지지 않는 모양이었다.

그러자 도윤은 며칠간 생각했던 것을 겨우 꺼내놓았다.

"정려문 때문이냐."

정려문(旌閭門)은 효자, 효부, 열녀, 충신을 기리기 위해 만들어진 것이었다.

효자 또는 효부에 관한 것일 경우는 효자문 또는 효자각이라고도 했는데, 정려문이 내려지면 부모와 형제는 세금 및 요역에서 많은 혜택을 받았다.

덕분에 부러 정려문을 받기 위해 아이 스스로 독하게 손가락을 자르는 경우도 더러 있었다. 아이의 손가락을 먹으면 불치병이 낫는다는 잔인하고 근거 없는 믿음 때문이었다. 병든 부모를 위해 자신의 손가락을 자른 아이들은 그래도 효심이 깊다 하겠으나, 아픈 부모가 없어도 손가락을 잘라 다른 병자들에게 팔기도 했으니 가난이 낳은 참상이었다.

어쨌든 이러한 경우에 나라에서는 효심 강한 그 아이에게 정려문을 내리거나 상을 주곤 했다.

도윤의 예상이 맞았는지 아이가 몸을 바닥에 납작하게 엎드리며 사정하기 시작했다.

"아버지가 많이 아픕니다. 약값도 없어서 매일 병약해지십니다. 어린 동생들 역시 굶고 있습니다. 저 하나만 희생하면……."

"한데 왜 도망쳤느냐."

"……."

"이를 나라에 고하고 큰 상을 받아야지 왜 도망쳤냐고 물었다."

도윤의 말에 아이가 눈물로 엉망인 얼굴로 입술을 깨물었다. 여기까진 차마 말하지 못하겠다는 표정이었다.

그러자 도윤은 모두 이해했다는 듯 고개를 끄덕였다. 그러더니 자리에서 일어나며 말했다.

"앞장서거라."

"에, 에? 어, 어디로……."

"어디긴, 네 집이지. 방금 전까지만 해도 내 몸종이 되고 싶다고 빌지 않았느냐."

도윤의 말에 아이가 비틀거리며 자리에서 일어났다. 그러더니 울음이
뒤섞인 목소리로 말한다.

"아버지와 동생은 잘못이 없습니다."

"그럼 네 어미가 문제겠구나."

"좋은 분이셨습니다."

"하지만 네게 손가락을 자르도록 종용했지. 덕분에 넌 그 어린 나이에
평생 불구로 살아야 한다."

"……후회하지 않습니다. 다만 너무 아파서, 하나가 아니라 또 잘라야
한다고 해서 그래서……. 흑. 너무 무서웠습니다."

아이는 비로소 무너졌다.

손가락 하나로는 정려문을 받지 못하게 될까 봐, 하나 더 잘라야 한다
는 말에 발작하듯 도망쳤던 날을 떠올리고 있었다.

도윤은 흐느끼는 소녀의 어깨에 손을 올리며 말했다.

"가자. 다시는 아프지 않게 해줄 테니, 가자꾸나."

소녀는 도윤의 단호한 음색에서 오히려 다정함을 느꼈다. 그래서 홀린
듯이 소매로 얼굴을 닦으며 일어났다.

낡은 초가집이 이어진 골목으로 들어선 도윤이 미간을 좁혔다.

퀴퀴한 냄새가 가득한 곳은, 도윤이 처음 한양 땅을 밟았을 때 느꼈던
감흥과 괴리감이 느껴졌다. 활기차고, 밝고, 부유해 보이기만 하던 한양
땅은 도윤이 보던 전부가 아니었던 것이다. 그늘진 곳에서 곪아가는 사람
들이 이렇게 많았단 말인가. 가난했던 단양 사람들도 이렇게 살지는 않았
다.

믿기지 않는다는 듯 도윤이 주변을 살피는데, 소녀가 한 집에 멈춰 서

도윤의 눈치를 살핀다.

"여, 여깁니다."

소녀의 집 역시 금방 무너져 내린다 해도 이상할 게 없는, 집이라 부르기도 민망한 곳이었다.

도윤은 애써 답답한 마음을 갈무리한 채 마당 안으로 들어섰다.

그러자 막 부엌에서 나오던 아낙이 두 사람을 발견하고는 귀신이라도 본 듯 화들짝 놀라며 주저앉았다.

"어, 어머니. 저예요."

소녀가 잔뜩 긴장한 표정으로 어미를 부르자 아낙의 눈빛이 표독스럽게 변했다.

"네 이년! 어디 갔다 이제야 기어들어 와! 이 쓸모없는 년 같으니라고!"

아낙이 벌떡 일어나며 들고 있던 불쏘시개로 소녀를 때리려 했다.

소녀는 도윤의 치마를 꼭 붙들고 눈을 감았고, 도윤은 그 아낙의 손목을 낚아챘다.

"아이가 무사한지부터 물어야 하는 게 아닌가?"

도윤의 차분한 음성에 아낙은 그제야 그녀를 훑어보았으나 그뿐이었다. 도윤이 번지르르하게 차려입지 않아서인지, 웬 양반 나부랭이가 남의 일에 나서는구나, 짜증난다는 표정이었다.

바깥의 소란에 방문이 열리고 척 보아도 병약해 보이는 남자와 어린 아이들이 밖으로 나왔다.

"아버지⋯⋯."

"만덕아⋯⋯."

도윤은 아비가 부른 이름을 듣고서야 비로소 소녀의 이름을 들을 수 있었다.

소녀는 병든 아비가 안타까운지 눈물을 글썽거렸지만, 도윤은 그가 가엽지 않았다. 병약하다 해도 가장이다. 아비의 얼굴에는 어린 딸에 대한 애처로움보다 외면하고자 하는 미안함만 보였다. 자식들을 지키지 못한 아비는 비단 무능해서가 아니라, 간절한 부정이 부족한 것이리라. 제 아픈 몸을 건사하는 것만으로 급급해 자식들을 나 몰라라 하는 그런 자. 그러니 재혼한 아내가 딸을 학대하는 것을 막지 못한 게 아니라, 막으려 하지 않았을 것이다.

도윤은 아낙의 손을 뿌리치고 속주머니에서 두 냥을 꺼내 아낙의 발치에 내던졌다.

짤랑.

마당에 떨어진 엽전에 모두의 시선이 옮겨갔다.

아낙은 탐욕스러운 눈빛으로 덥석 엽전을 주워 들었다.

이를 본 도윤이 턱을 치켜올리며, 담담하지만 노기 가득한 음성으로 말했다.

"만덕이의 몸값이다. 손가락 하나 없는 아이를 이만큼 쳐줬으면 충분할 터."

아낙과 아비가 놀란 눈으로 도윤을 쳐다보았다.

도윤은 아낙은 보지도 않고 아비 된 자를 향해 말했다.

"이 아이는 평생 가축보다 못한 삶을 살게 될 게다. 악랄한 양반가에서 죽도록 허드렛일이나 하며 제 맘대로 죽지도 못할 것이다. 제집에서도 쓸모없는 년이라 했으니, 그리 살 수밖에. 제 손으로 어린 딸자식을 그리 만든 것을 후회하며 살거라."

그리 말하는데도 아비는 만덕이를 데려올 생각은 못 하고 고개를 푹 숙였다.

아낙은 더 가관이었다. 엽전을 빼앗기기라도 할까 봐 저고리를 들춰 품 안에 넣고 있었다.

도윤은 이 구역질나는 집에 더 있고 싶지 않아 몸을 돌렸다.

만덕이는 제가 팔렸다는 것과, 평소와 다른 도윤의 차가운 말투가 겁이 났다.

하지만 아비는 저를 구해줄 마음이 없어 보였다. 그럴 것이다. 두 냥이면 아버지의 병구완 값으로 충분할 것이고, 그럼 아버지도 일을 할 수 있을 테니. 여기 남아 손가락 하나가 더 잘리는 것보다 노비가 되는 것이 어린 동생들을 위해서라도 나으리라.

만덕이가 도윤을 따라 돌아서자, 그녀의 등 뒤에서 어린 동생들만이 훌쩍거리며 불러댔다.

"누나, 누나 가지 마!"

"누나……."

만덕이는 돌아보지 않았다. 어린 동생들을 보면 마음이 약해질까 봐 그런 것도 있었지만 아버지와 새어머니에게 인사 한마디도 남기고 싶지 않아서였다.

도윤은 허겁지겁 쫓아와 제 뒤에 바싹 붙은 만덕을 향해 말했다.

"바보 같구나. 따라오지 않아도 잡지 않았을 것인데."

"압니다."

"하면 왜 따라왔느냐?"

도윤의 물음에 소녀가 해사하게 웃었다.

"전 아씨가 좋습니다."

"내가 한 말을 허투루 들은 게로구나."

만덕이가 배시시 웃자, 도윤도 더는 냉엄한 가면을 쓰고 있을 수 없다.

"우리 집이 대궐 같아 보여도 그 집은 우리 게 아니다. 내 아버지께서 관직에 계신 동안만 잠시 빌려 쓰는 것이지. 넉넉한 집이 아니라 실은 널

거둘 처지가 못 된다.”

“그럼 저를 파실 것입니까?”

“너만 괜찮다면 언제까지고 있어도 좋다.”

한수창에게 말도 안 되는 협박까지 해가며 돈을 받아내었다. 두 냥이 없어서. 자신의 집에 와봤자 배불리 먹을 수 있는 날은 그리 많지 않을 것이다.

그러나 만덕이는 이제야 살았다는 듯, 환하게 웃으며 도윤보다 앞서 나갔다. 귀한 아씨의 밤길을 모시는 여종처럼.

정대봉의 아담한 기와집은 소녀들만 지내고 있어 그런지, 분위기가 나날이 따스하고 밝아지고 있었다.

“쓸 것도 없는데 왜 저렇게 바지런을 떨지? 얼른 몸이나 추스를 것이지.”

도화는 빗자루를 들고 마당을 쓸고 있는 만덕이가 영 못마땅한지 투덜거렸다.

대청마루에서 도화에게 자수를 가르치던 도윤이 그런 도화를 다그쳤다.

“내버려 두고 네 일이나 집중해.”

아이가 그렇게 하길 원하니 두고 있을 뿐이었다. 몸의 상처는 얼추 아물어가지만 그것보다 더 중요한 것은 아이의 마음이었다.

반빗간에 딸린 방을 내어준 후로, 만덕은 자신이 이 집의 여종으로 인정받았다 생각하는 듯했다. 아직 부끄러움을 많이 타지만 도윤의 아버지에게도 싹싹하게 다가가 데운 소세 물을 갖다 드리기도 했고, 손가락 하나가 없는데도 도윤의 삯바느질을 도왔다.

제 몸값인 두 냥을 서둘러 갚고 싶은 듯 보였는데, 도윤은 마음의 짐을 덜고 싶은 마음이 이해가 가서 못 본 척하고 있었다.

"언니, 나 이건 좀 쉬고 만덕이 데리고 장에 좀 갔다 오면 안 될까?"

도화가 몸을 배배 꼬며 애교 섞인 목소리로 청했지만 도윤이 단박에 고개를 저었다.

"안 돼."

"왜 안 돼? 우리 찬거리도 떨어졌고……."

"만덕이 혼자서도 사올 수 있어. 넌 괜한 소리 말고 집에 얌전히 있어."

"아니, 어떻게 계속 집 안에만 있어."

"쓰읍!"

도윤이 협박처럼 소리를 내는데도 도화는 도통 자신의 의지를 굽힐 생각이 없어 보였다.

뚱한 표정을 지은 도화가 어떻게든 집을 나서야겠다는 듯 말을 잇는다.

"나 좀이 쑤셔 죽겠어. 언니는 산에도 갔다 왔으면서 왜 난 장터도 못 가게 해."

"오죽 싸돌아다녀야지. 한양 바닥에 널 모르는 사람이 없어!"

"그거야 내가 잘나서지."

"쓰읍!"

입을 삐죽거리던 도화가 갑자기 몸을 배배 꼬기 시작했다.

"그런데 있잖아. 그 한량 선…… 아니, 어사님과는 이야기 잘 끝났어?"

"바쁘신가 보다. 요즘 통 보이지 않으신 걸 보면."

"아무리 바빠도 그렇지, 달랑 두 냥 보태주고 저 아이 떠맡기고는 한 번을 안 와? 여기 잠깐 들를 짬도 없이 바쁘다는 게 말이 돼?"

"떠맡기다니, 네가 저 아이를 데려와 놓고 무슨 소리냐?"

"그래도! 어사라는 사람이 그 못된 부모들 혼쭐이나 내줄 것이지."

도화가 손톱을 딱딱 물어뜯으며 투덜거리자 도윤이 의미심장한 웃음을 지었다.

사실 도윤은 한수창과 한 가지 거래를 했었다.

「세자 저하의 명을 어기고 그분을 속이는 짓은 대죄입니다.」

「압니다. 하나 이것이 저하를 위하는 길입니다. 좋은 집안의 여식과 연을 맺으시고 나랏일에 매진하시면 곧 저를 잊으실 겁니다.」

「좋습니다. 대신 나도 제안을 하나 하겠습니다.」

「무슨…….」

「당분간만이라도 좋으니 도화 낭자를 좀 단속해 주십시오.」

「예? 그건 무슨 말씀이십니까?」

「크흠. 그게……. 아무래도 다른 놈들이 도화 낭자를 쳐다보는 게 영 신경 쓰여서 말입니다.」

「천하의 한수창 어사께서 그리도 자신이 없으십니까?」

「당분간만입니다. 부탁드리겠습니다.」

그렇게 간곡히 부탁하더니, 코빼기도 안 보인다.

'제법이시네. 우리 도화 애가 닳아 죽겠다.'

누덕누덕 기워 입은 도포와 다 떨어진 갓. 수창의 행색은 양반의 복색만 아니면 빌어먹는 거렁뱅이와 다름없어 보였다. 그 꼴을 하고 노름판을 전전하고 다니니 누가 양반 취급을 해주겠는가.

"에이! 이 사람이! 내 뭐랬나! 이쪽이라고 하지 않았나! 이쪽!"

"정신 사납게 하지 말고 저리 꺼져!"

"아니, 내가 뭘? 어디서 뺨 맞고 어디에다 화풀인가?"

야바위꾼과 노름꾼들이 눈치 없이 끼어드는 한수창을 사납게 노려보았지만, 그는 정말 눈치 없는 사람처럼 여기저기 훈수를 두고 다녔다. 그렇다고 그 훈수가 다 맞는 것도 아니었다. 어쩌다 한 번 맞으면 온갖 거만과 생색질에, 틀리면 그런 적 없다는 듯 딴소리에, 그렇지 않아도 분위기 험악한 노름판이 살얼음판이 되고 있었다.

이러고 있는 게 벌써 며칠째.

보다 못한 덩치들이 나타나 은근히 위협하며 '돈 없으면 나가라'고까지 했으나 한수창은 능글능글 웃어넘겼다.

"돈이라는 건 말일세. 있다가도 없고, 없다가도 있고 그런 거란 말이지. 누가 아나? 내 능력을 알아본 귀인이 내게 떡하니 큰돈을 안겨줄지? 하하하하."

그에 반해 한수창의 종놈 덕배는 벌써 몇 판이나 판을 휩쓸며 주위의 이목을 끌고 있었다.

"뭐야? 당신 사기 치는 거 아냐?"

"사기라니! 사람을 뭐로 보고!"

양쪽에서 소란이 일자 순식간에 싸움이 노름장 전체로 퍼져 나갔다.

노름장을 운영하는 놈들에게는 이쪽이나 저쪽이나 진상인 건 매한가지라, 자기들끼리 쑥덕거리며 은밀한 대화가 오고 갔다.

그리고 잠시 후, 한수창과 덕배는 어디론가 끌려갔다.

하지만 두 사람이 끌려간 곳에서 울려 퍼지는 비명 소리는 두 사람 것이 아니었다.

한참 비명과 뭔가 부서지고 넘어지는 소리가 들린 후, 한수창과 덕배가 손을 탈탈 털고 나왔다.

"이 정도 얘기했으면 알아들었겠지요?"

"알아들어야지. 노름장 운영을 계속하고 싶으면."

두 사람은 조용히 일을 처리하기 위해 한양에서 가장 오래된 왈패 무리를 찾았다. 힘과 재물 앞에 놈들은 쉽게 무릎을 꿇었다.

한수창은 최근 흑곰이란 이름을 쓰는 놈이 있을 거라며, 그들로 하여금 그자를 은밀히 찾도록 했다. 중요한 것은 흑곰이 눈치채지 못하게 최대한 은밀히 움직여야 했고, 자신들이 찾고 있다는 것조차 알 수 없게끔 별 소란을 다 떨었던 것이다.

"그럼 이제 정도원, 아니, 그 도윤 아씨만 해결하면 되겠습니다. 설마 진짜 감추실 건 아니시지요?"

덕배가 남의 속도 모르고 지껄이자 한수창이 한숨을 푹 내쉬며 중얼거렸다.

"사랑인가, 충심인가, 그것이 문제로다."

쿵.

자희는 세자의 거친 손길에 떠밀려 저만치서 벌러덩 엉덩방아를 찧었다. 그러나 곧 발딱 몸을 일으켜 고개가 땅에 닿도록 엎드렸다.

"저하! 잘못하였나이다!"

자희는 바들바들 떨면서 눈물을 흘렸다. 지금껏 세자를 모셨지만 오늘처럼 저를 이리 모질게 대하신 적이 없었다. 그것이 너무 서럽고 겁이 났다. 마치 다른 사람이 되신 듯, 평소 같으면 웃어넘기실 실수에 손찌검까지 하신 것이다. 다른 이들에게라면 모를까. 제게 어떻게 이러실 수 있단 말인가.

세자가 뚜벅뚜벅 제 앞으로 다가오자 자희는 그의 장목화를 붙잡고 사정했다.

"저하! 부디 한 번만 용서해 주시옵소서! 저하!"

하나 이림은 그를 용서해 줄 마음이 없다는 듯 차가운 냉소를 지으며 뱉듯이 말한다.

"네가 감히. 내 몸에 손을 대었느냐."

발을 힘껏 휘둘러 자희의 손을 떼어낸 그가 망설임 없이 뒤로 돌아서더니 내관과 궁녀를 몰고 가버렸다.

자희는 눈물을 뚝뚝 흘리며 피를 토하는 듯한 소리로 외쳤다.

"어찌 저에게 이러실 수 있단 말입니까! 저하!"

세자가 그 소리를 듣고 다시 돌아와 저를 죽이신다 해도 어쩔 수 없었다. 지금은 두려움보다 배신감이 더 컸다. 세자 마마의 곁을 지킨 지도 십 년이다. 처음엔 세자 마마의 말동무로 그다음엔 일거수일투족을 챙기며 생사고락을 함께 넘었다. 한데 겨우 이만한 일로 저를 내치실 수 있단 말인가! 세상에 믿고 의지할 사람은 저밖에 없는 것 아니셨던가.

사람들이 전부 세자가 미쳤다 해도 저는 아니라고 했다. 저하께서는 어머니를 잃은 슬픔에 잠시 방황하시는 것뿐이라고. 한데 미치신 게 맞는 듯하다. 오늘 희빈이 마침내 중전의 교지를 받았고, 그로 인해 완전히 미쳐 버리신 게 분명했다.

어째서 모르실까. 이럴 때일수록 제가 곁에 있어 드려야 한다는 것을, 어째 모르시는가 말이다. 잠행을 하며 그의 병증이 나아진 줄 알았다. 하나 세자 마마의 병세는 궁으로 돌아오면서부터 심해졌고, 이젠 다른 이들은 손을 쓸 수 없는 지경에 이르렀다. 주상전하께서도 크게 꾸짖으셨건만 세자는 도통 변할 생각을 하지 않으신다. 아니, 더욱 지독하게 변하셨다.

세자는 자희의 절규를 듣고도 다시 돌아와 그를 거두지 않았다.

자희는 비틀거리며 일어나 제 숙소로 걸어갔다. 세자의 출궁명이 내려지자 노관들이 다가와 자희에게 서둘러 짐을 챙기라 일렀기 때문이다.

궁으로 들어오기 위해, 어릴 적 개에게 물려 성기가 잘려 나갔다는 변명을 얻으며 거세를 했었다. 이런 몸으로 궁 밖으로 나가보았자 갈 곳이 없다. 부모님도 자신을 궁으로 보내는 순간 연을 끊으셨고, 신세를 질 만한 친척 또한 없었다. 오랫동안 궁 생활을 했지만 가지고 있는 것이라곤 몇 벌의 옷과 조금의 종자돈이 전부였다.

보자기에 대충 짐을 꾸린 자희가 이를 끌어안은 채 훌쩍거리며 걸음을 옮겼다. 처량 맞게 떠나는 길이 수치스럽기도 했는데, 다행히 나가는 길에는 어둠이 내려앉아 제 불쌍한 얼굴을 보는 이들이 별로 없었다. 궁인들이 드나드는 쪽문 앞에서 자희는 이제 이것도 마지막이겠구나, 땅이 꺼져라 한숨을 내쉬었다.

삐그덕.

닫혀 있는 문을 열고 밖으로 나온 자희는 허탈한 얼굴로 또 한숨을 내뱉었다.

이젠 어디로 간단 말인가. 앞으로 어떻게 산단 말인가.

"진짜…… 갈 곳이 없는데."

저 하나 받아줄 사람이 조선 천지에 없었다. 몸 뉘일 곳부터 찾아야 한다는 생각에 눈앞이 캄캄해졌다.

자희가 어린아이처럼 손등으로 눈물을 닦아내는데, 수상한 사람이 보였다.

짙은 남색 옷을 입은 선비가 쪽문 밖에서 저를 똑바로 바라보며 서 있는 것이다.

'뭐지?'

그 모습이 마치 저를 기다리는 듯해서 자희는 겁을 먹고 선비의 옆을 비켜가려 했다.

한데, 자희의 걸음 앞에 선비가 막아서는 게 아닌가.

자희는 갓 아래에 보이는 낯익은 얼굴을 보고 크게 놀란 표정을 지었다.

"세, 세자⋯⋯!"

"쉿."

세자의 짧은 경고에 자희는 얼른 제 입을 틀어막고 주변을 살폈다.

"네가 할 일이 있다."

"예?"

자희가 이해할 수 없다는 표정으로 그를 바라보자 이림은 시간이 없다는 듯 빠르게 말했다.

"곧 금혼령이 내려지고, 영의정 쪽에서 힘을 써서 아마도 내게 최악의 짝을 맺어줄 것이다. 힘이 없는 외척 정도가 아니라, 앞으로 내게 흠이 될 그런 여인 말이다. 아마도 흠 정도가 아닐 게다. 그것을 물고 늘어져 날 끌어내리고 죽이려 하겠지."

그의 말에 자희의 눈망울이 흔들렸다.

"마지막까지 어머니 곁을 지켰던 자들을 찾아라. 그리고 확실히 알아와."

자희가 눈을 도록도록 굴렸다. 그리고 뒤이어진 그의 말에 완벽하게 이해를 한 듯 천천히 고개를 끄덕인다.

"어머니께서 돌아가시던 날, 그리고 월한과 어머니 사이에 무슨 일이 있었는지, 그것을 알아야겠다."

중전마마의 죽음에 비밀은 없는지, 만에 하나 김태수 쪽 사람들의 짓이라면 그 죄를 밝혀 먼저 공격하겠다는 뜻이었다.

자희는 살얼음판 같은 궁에서 살아남기 위해 세자 못지않게 많은 교육을 받아왔던지라, 그의 뜻을 완벽하게 알아들었다.

"예."

"서둘러야 한다."

이림은 경비를 쓰라며 꽤 묵직한 주머니를 건네주었는데 그 안에는 돈뿐만 아니라 여러 사람의 이름이 적힌 명부가 있었다.

"도움이 필요하다면 은밀히 스승님을 찾아뵈어라. 또한 네 존재가 알려지면 곤란하니 적당한 곳에 몸을 잘 숨겨야 한다."

보는 눈이 많다는 말에 자희가 힘껏 고개를 끄덕였다. 궁 생활이 길었고, 동궁전에서 세자 마마의 곁을 지키면서 자연적으로 중궁전 나인들과도 친해질 수도 있었다. 하루가 멀다 하고 담을 뛰어넘어 남몰래 중궁전을 찾았으니 그리되는 것도 당연했다. 하지만…….

"제가 잘할 수 있을까요?"

자희가 걱정스레 묻자 이림의 입가에 느슨한 웃음이 걸렸다.

"믿을 사람은 너뿐이다."

그 말에 그에게 서운했던 마음이 눈 녹듯 사라졌다. 그리고 그 자리를 채운 것은 사명감이다.

"반드시 알아오겠습니다."

허리를 숙인 자희가 길을 나서기 위해 걸음을 옮기자 뒤에서 이를 바라보던 이림 역시 걸음을 옮겼다.

김태수 쪽에서 자신이 몰래 궁을 나서는 걸 지켜보고 있다는 건 어렴풋 알고 있었다. 덕분에 입에도 맞지 않은 술을 마시고, 몸에 끼얹길 여러날, 이젠 그 감시가 조금 소홀해졌다 느끼던 참이었다. 그래도 아직은 신중하게 움직여야 할 때이나 시간이 없다.

믿을 만한 자들은 모두 궁 밖으로 내보내 전국 각지로 흩어지게 했고, 새로운 인물들을 제 편으로 만들어야 할 때였다.

이제 가늠해야 할 것은 부왕의 편에 선 자들. 임금의 사람들이 다음 임금으로 누구를 염두에 두고 있을지, 그들의 속내를 알아내야 했다.

북촌으로 걸음을 옮긴 이림은 뒤에서 어렴풋 느껴지는 인기척에 걸음을 멈췄다.

"다음엔 좀 더 평범하게 따라오거라."

이림이 몸을 돌려 어둠 속에 숨어 있던 임영을 보았다. 그의 허리춤엔 보기만 해도 오금이 떨리는 기다란 장검이 있었다.

보통의 호위무사들은 저토록 크고 훌륭한 검을 차고 다니지 않는다.

임영이 아무 말 없이 고개를 숙였고, 이림은 다시 걷기 시작했다.

기와가 얹어진 담 높은 웅장한 저택을 지나 조금은 단출하지만 고아한 멋이 있는 기와집이 죽 이어졌다.

이림이 막힘없이 걸음을 옮기자 뒤를 따르던 임영이 물었다.

"어디 가시는 겁니까?"

"확인하러 가는 길이다."

이림의 시선이 단출한 기와집에 멈췄다. 꽁꽁 대문을 닫아놓은 다른 집과는 달리 그 집의 문만은 활짝 열려 있었다.

막 열린 문으로 뛰어나오던 아이와 부딪칠 뻔했으나 임영이 이림의 몸을 막았다.

부랑아로 보이는 아이는 먹을 것을 잔뜩 담아 들고 한달음에 뛰어가느라 두 사람을 신경도 쓰지 않았다.

"인심 좋은 자가 사는가 봅니다."

"아바마마께서 아끼시는 자다."

그렇게 말한 이림이 걸음을 옮겨 대문 안으로 들어섰다. 크지 않은 집이 이림의 눈에 전부 들어왔다.

마침 먹을 것을 퍼주고 들어가던 만덕이가, 허우대 멀쩡하신 분들도 뭘 얻어먹으러 왔나 하는 표정으로 두 사람을 맞이했다.

"무슨 일로 오셨습니까?"

"이 댁 어르신을 뵈러 왔는데 안에 계시느냐?"

그러자 안에서 달칵 문이 열리고 정대봉의 모습이 나타났다.

"뉘신지……."

그가 이림을 알아보기 전에, 이림이 먼저 그에게 다가가 허리를 숙였다.

"숭늉 한 그릇 얻어 마시러 왔습니다."

"어찌 이리 도깨비처럼 다니시옵니까?"

세자가 밤중에 돌아다니는 것이 소문이 나서 좋을 게 없다는 질책이었다.

"벌건 대낮에 돌아다니는 것보다는 낫지 않소?"

정대봉은 세자의 말투와 행동거지를 보고 미소를 지었다.

"왜 웃으시오?"

"단양에서 처음 뵈었을 때를 생각 중이었나이다."

"그게 웃을 일이긴 하지. 내 꼴이 꽤 우스웠을 게요."

호롱불을 사이에 둔 두 사람의 대화는 조용하고 짧았지만 서로를 알아가는 데는 충분했다.

"하온데, 숭늉이면 되겠사옵니까?"

"숭늉 말고 이 집에 뭐가 있을 것 같진 않소."

세자의 퉁명스러운 대답에 정대봉이 능청스럽게 말했다.

"저하께서 요즘 애주가가 되셨다는 소문을 들었사온데, 이리 있을 수가 있겠습니까. 술상을 봐오라 하겠나이다."

"됐소. 술은 다른 데서 마실 것이오."

이림의 말에 정대봉은 한양 바닥에 파다한 소문 하나를 떠올리곤 물었다.

"한 어사가 요즘 구아정에서 살림을 차렸다는 소문을 들으셨사옵니까."

"그 치도 살림을 차리는데 나 역시 이러고 있을 수만은 없지 않겠소."

정대봉이 떠보는 말에 이림은 넘어가지 않고 구렁이 담 넘듯 술술 말을 넘겼다.

"곧 세자빈 간택이 있을 것이니, 너무 괘념치 마시옵소서."

"그러고 보니 그대에게도 여식이 있다 하지 않았소?"

"예? 아, 예."

"내 단양에서 그 얼굴을 보지 못한 것이 아쉽소. 한양 바닥에 워낙에 소문이 자자해서 말이오."

"아……. 도화를 말씀하시는 모양입니다."

정대봉이 매우 껄끄럽게 대답했다. 그는 딸자식들을 궁에 보내 고된 삶을 살게 하고 싶지 않았다.

"도화?"

이림은 그 이름을 내뱉고는 멈칫했다. 사람들이 정대봉 댁 딸이 미모가 출중하다 하는 것을 얼핏 들었으나, 건성으로 넘겨 이름은 제대로 듣지 못했는데 도화라는 이름이 낯설지가 않다.

"예. 제 둘째 여식이온데, 감히 처녀단자를 올리기에는 많이 모자란 아이이온지라……."

능청스럽던 정대봉이 당황하고 있는데도 이림은 그의 말이 들리지 않았다.

'도화. 도화. 어디서 들었더라……. 정대봉……. 정도화. 정도화!'

정씨를 붙이니 도원의 누이 정도화다.

"혹시 그대에게 아들이 있소?"

"예? 저는 딸만 둘이옵니다."

이림은 실망했다. 말도 안 되는 일이지만 장터에서 만난 여인이 자꾸 아른거려 미련을 버리지 못하고 있었다.

혹 그 여인이 정도화라면 제게 거짓말을 한 것이니, 정도원의 누이가 맞을 거라 생각했다.

한데 정대봉에게는 아들이 없다니 또 헛된 망상을 한 것이다.

"아, 아쉽게 됐소. 아들이 있다면 내 또래일 듯해 벗으로 삼을까 했더니."

"제 첫째 여식이 아들로 태어났다면 장수감인데, 안타깝습니다."

정대봉이 농을 하자 이림도 피식 웃으며 가볍게 물었다.

"그 여장부인 첫째 딸의 이름은 어찌 되오?"

달그락.

들고 있던 놋그릇을 놓친 도윤이 고개를 내려 제 손을 보았다. 달달 떨리고 있는 손을 보자 방금 전 보았던 그 얼굴이 거짓이 아니라는 것이 확연히 받아들여진다.

그였다. 세자 저하.

우연히 장터에서 그를 만난 이후로 더욱 선연히 가슴에 남아 저릿한 아픔이 되었던 사람.

도윤은 허리춤에 차고 있던 노리개를 움켜잡고 눈을 질끈 감았다.

"애초에 가져선 안 되었다."

이 노리개를 받아오는 게 아니었다. 다시는 만날 일이 없을 줄 알고 노리개를 추억 삼아 가지고 온 게 잘못일까.

새하얗게 질린 얼굴로 몸을 오들오들 떨고 있는 도윤을 도화가 걱정스레 보았다.

"언니, 왜 그래?"

"아, 아니. 아니다. 몸이 조금 안 좋아서."

"몸이 안 좋으면 방에서 쉬고 있지 왜 이러고 있는 거야."

"그러게 말이다."

짧게 말한 도윤이 어설프게 웃었다. 이제 그만 방으로 돌아가는 것이 좋을 것 같았다.

도윤이 솥 안에서 보글보글 끓고 있는 물을 보다 말고 몸을 일으키는데, 도화가 호기심 가득한 얼굴로 말했다.

"그런데 저 선비는 또 누구래? 아버지한테 저런 후학이 있으셨던가? 한 번 보면 좀처럼 잊지 못할 사내인데."

도윤도 그것이 의문이었다. 그가 왜 아버지를 찾아와 숭늉을 얻어 마시러 왔는지. 그리고 둘이서 무슨 이야기를 주고받고 있는 것인가, 혹 저에 대해서 알아낸 것은 아닌가, 불안해서 견딜 수가 없었다. 자고로 이럴 때는 피하는 게 상책이다.

"난 들어가 볼 테니, 나머지는 네게 맡기마."

"그래. 언니. 만덕이도 있고 걱정 마."

부엌을 나선 도윤이 서둘러 방으로 돌아가기 위해 몸을 옮겼다. 고개를 푹 숙인 모양새가 혹여 그와 마주칠까 두려운 마음을 고스란히 보이는 듯했다.

우뚝.

집을 돌아 안채에 있는 방으로 향하려던 도윤은 자신의 앞을 막아선 발에 걸음을 멈췄다.

눈을 한번 질끈 감은 도윤이 깊은 숨을 들이마시더니 이내 천천히 고개를 든다.

짙은 남색 도포를 따라 올라가던 시선이 그의 듬직한 가슴과 울분이

가득 찬 목을 지나, 흠잡을 데 없이 잘난 얼굴에서 멈추었다. 옥같이 귀태
가 흐르는 그의 얼굴이 반가우면서도 두렵다.

꾹 다문 입술이 얼마나 많은 노여움을 쏟아낼 준비를 하는 것인지 뺨
이 씰룩거리고, 총기가 가득했던 검은 눈동자가 원망과 분노로 시린 빛을
발하고 있었다.

노리개를 쥐고 있던 도윤의 손에 힘이 들어가 새하얗게 질려간다.

그의 눈이 말하고 있었다.

'더 이상 나를 기만하지 말라.'

장터에서 그를 뿌리치고 도망쳤을 때 이미 들켰던 것일까.

아무 말 없이 자신을 바라보는 눈동자에 적대감이 어린 것을 보고 도
윤은 다시 고개를 숙였다.

그러자 그녀의 머리꼭지로 얼어붙을 만큼 차가운 음성이 쏟아졌다.

"정대봉 선생의 여식이었군."

입이 열 개라도 할 말이 없다.

"왜? 또 도망쳐 보지 않고?"

"……."

도윤이 말없이 고개를 숙였다. 그러자 이림의 눈빛이 더욱 날카로워진
다.

"아직도 그대는 정도원이 아닌가?"

"……저하."

나지막한 부름에 이림의 어깨에 힘이 들어갔다. 그는 크나큰 배신을
당한 사람처럼 주먹을 부르르 움켜쥐었다.

"왜 말하지 않았나. 그대가 여인이라고!"

입에서 불을 뿜듯 터져 나온 불호령에도 도윤은 침착함을 잃지 않고
서 있었고, 그것이 이림을 더 노하게 했다.

"뻔뻔한!"

여전히 고매한 척하는 도윤에게 다가가 뺨을 움켜쥐고 싶었다. 그렇게라도 억지로 실토하게 만들고 싶은 마음이 울컥했다.

아니다. 여인이다. 정도원이 아니라 정대봉의 첫째 여식 정도윤이다.

자칫 그녀를 해할 것만 같아 이를 악문다.

으드득.

그간 자신이 했던 수많은 고뇌가 눈앞을 스쳐 지나가 원망이 사그라지지 않는다.

처음엔 사내를 좋아하는 줄 알았다. 세자로서 그래서 안 된다는 마음에 얼마나 자괴감을 느끼고 고뇌했었던가. 그러다 기껏 내린 결론이 사내를 좋아하는 것이 아닌, 마음을 다해 정도원이란 사람을 좋아하는 것이라 자위했다.

처음으로 품어본 감정의 실체가 당혹스럽고, 어찌해야 할지 갈피를 잡지 못했었다. 그래도 곁에 두려 했다. 그러면 안 된다는 것을 알면서도. 품어선 안 될 마음으로 인해 훗날 자신의 자리가 위태로워지고, 스스로에게 검을 겨누는 꼴이 될지 모르는데도, 정도원을 잃는 것보다는 나을 듯했기에. 그렇게 그를 의지했고, 연정을 품었다.

한데 그 모든 진심과 어려운 결정이 한순간에 짓밟혔다.

"재밌더냐?"

그런 저를 보며 무슨 생각을 했을까. 웃음거리로 전락해 버린 기분에 피가 거꾸로 솟는 듯했다.

"재밌지…… 않았나이다."

도윤의 대답이 떨어지기 무섭게, 몸을 돌린 이림이 뒤에 있던 임영의 허리춤에서 단숨에 검을 뽑아 들었다. 그러더니 도윤의 목을 벨 것처럼 서늘하게 날이 선 검을 가져다 댔다. 그의 행동에 가장 놀란 것은 뒤에 서 있던 임영이었다.

"저하, 잠행 중에……."

그가 말리려 했지만 이림은 눈 하나 깜짝하지 않은 채 도윤을 노려보았다.

"왜 날 속인 것이냐! 그러고서는 재미가 없었다? 네가 나를 속이며 내 곁에 있었던 목적이 대체 무엇이었느냐!"

도윤은 고저 없는 음성으로 물었다.

"목적…… 이라 하셨습니까?"

"태백에서 강릉으로, 강릉에서 설악으로! 그 긴 거리와 정해지지 않았던 목적지에 기다렸다는 듯이 자객이 나타났다. 우리가 어디로 갈지 아는 것은 함께 움직이고 있는 너와 나, 자희뿐이었는데도."

세자의 억측에 도윤은 눈살을 찌푸렸다.

어찌 그런 생각을 하실 수 있을까, 왜 이렇게까지 비약하시는 것일까.

하나 상처받은 그의 표정을 보니 마음이 왈칵 내려앉아, 따지려던 말을 삼키고 입술을 씹었다.

"단 한 번도 그런 것을 의심한 적이 없었다. 그때의 너는 내 벗이자, 내 아우인 정도원이었으니까. 이제는 아니지. 이제는 네가 했던 모든 짓이 의심스럽다. 그래. 늘 무언가를 써 내려갔지. 그 낙산사에서 스님께 서찰을 맡겼을 때도 지금 생각해 보면 수상하기 짝이 없구나!"

도윤은 허탈한 한숨을 쉬며 눈을 감았다.

여인인 저는 그에게 이런 존재밖에 되지 못하는 것인가. 마음을 다해 그의 곁에 있었던 시간들이 주마등처럼 스치고 지나갔다.

"말하라!"

다시 눈을 뜬 도윤이 담담하지만 힘 있는 음성으로 말했다.

"비록 제가 저하의 몸을 물속으로 끌고 들어갔으나 그 뒤로는 저하께서 저를 필요로 하셨습니다. 잊으셨사옵니까?"

"네가 날 끌고 물에 들어가지 않았더라면!"

"하면 저는 그런 저하와 함께 그런 고생을 하지 않았을 것이고, 저하역시 다시 세자의 자리에 오르지 못하셨을 겁니다."

"……."

"떠나려던 저를 기어이 붙잡으신 것도 저하이십니다."

도윤의 목소리가 조금씩 떨리고 있었다.

"그 지옥 같은 곳에 스스로 뛰어들어 저를 구하신 것도 저하십니다."

마음이 상하신 것을 이해 못할 바가 아니나, 그런 오해는 너무 억울했다. 저 역시 진심이었으니까.

"왜? 왜 저를 구하셨습니까! 구하지 않으셨다면 저하의 기억에 정도원이라는 선비로 남을 수 있었을 것인데, 어째서 저를 구하신 겁니까!"

그의 미간이 미세하게 꿈틀거렸지만 도윤은 막힘없이 제 속에 억눌러있던 아픔을 전부 토해놓았다.

"그 때문에 제가 얼마나 괴로웠는지 아십니까? 저하께서 저를 구해주신 그 마음을 알기에, 감히 보여선 안 될 제 진짜 모습을 언제까지 감추어야 할지 하루하루 초조했습니다. 말씀해 보십시오. 제가 구해달라 청하였습니까? 모두 저하의 의지였습니다."

도윤의 눈에서 눈물이 차오르다가 더 이상 담을 수 없어 툭 하고 흘러내렸다.

"내 의지……. 그래, 그래서 나는 더욱 화가 난다. 목숨을 걸 만큼 믿고있던 너였기에 지금의 이 모습을 보면 가증스럽기만 해. 나는 항상 진심이었다. 한데 너는 아니었어. 네가 보여준 모습은 전부 거짓이었다."

"어째서요? 그때의 저도, 지금의 저도 전부 저입니다. 사내 복색을 하든 치마를 입고 있든, 저는 다를 게 없었단 말입니다. 산을 유람하며 큰 세상을 보고 듣고 느끼고 싶었던, 같은 사람이란 말입니다. 여자라서 안 된다기에 옷만 바꿔 입었을 뿐이란 말입니다."

"적반하장도 유분수지!"

"제가 어찌했어야 합니까? 그런 헛된 꿈은 접고 집에 틀어박혀서 저하와의 인연 자체를 만들지 않았어야 하는 것입니까?"

그렇게 말한 도윤은 그의 검이 제 목에 가까워지는 것을 느끼며 눈을 질끈 감았다.

"너는 모습을 감추느라 괴로웠을지 모르나, 나는 마음을 감추느라 괴로웠다."

"……!"

"누가 더 아플 것 같으냐?"

도윤은 젖은 눈을 들어 그와 눈을 맞추며 입술을 뗐다.

"저……!"

저 역시 그랬다고 말하려 했다.

아니, 억지로 마음을 주지 않으려고 애썼지만 잘되지 않았다고 말하려 했다. 고백을 하면 지금과 같은 일이 벌어질까 늘 두려웠다고.

한데 도윤은 그 말을 잇지 못했다. 제 목에 겨눈 칼끝이 아래쪽으로 그어졌기 때문이다.

아래로 흘러내리듯 내려온 날은 그녀의 허리춤에 있던 노리개를 스치듯 베고 지나갔다.

툭.

"너에게 준 것이 아니었다. 정도원에게 준 것이지."

이런 식으로 두 사람 사이의 연을 잘라낸 것일까. 도윤의 눈이 바닥에 떨어진 노리개로 향했다.

콰작!

이림이 힘껏 내리꽂은 검이 노리개의 황옥을 사정없이 바스러트리며 땅에 박혔다.

그들 사이에 숨 막힌 침묵이 내려앉을 때였다.

달그락.

뒤에서 들려온 인기척에 임영의 고개가 소리가 난 방향으로 돌아갔다.

그곳엔 깜짝 놀란 도화가 세 사람을 번갈아 보고 있었다.

그녀는 금방이라도 쓰러질 것 같은 언니의 모습에 입을 쩍 벌렸다.

'이게 도대체 다 무슨 일이래?'

영문을 모르는 도화가 어쩔 줄 몰라 하고 있는데, 이림이 뚜벅뚜벅 도화를 향해 걸음을 옮기더니, 쟁반에 담긴 숭늉 대접을 들어 망설임 없이 비워냈다.

"정대봉 선생께 잘 대접받고 간다고 전해주시오."

이림은 도윤을 돌아보지도 않고 매몰차게 떠났다.

이림의 모습이 사라질 때까지 바라보고 있던 도윤이 자리에 털썩 주저앉았다.

"언니!"

그의 앞에선 차마 흘릴 수 없었던 눈물이 와락 쏟아졌다.

"언니, 이게 다 무슨 일이야? 저 사람들 언니한테 무슨 해코지라도 했어? 응?"

도화의 닦달에도 도윤은 가슴에 쌓인 원망과 슬픔, 미련을 토해내기에 급급했다.

"언제는 누이에게 주라 했으면서. 사내로 태어나고 싶었던 그 누이에게 주라고 했으면서."

"언니. 무슨 말인데. 응? 알아듣게 얘기해 봐. 어?"

"무슨 일이에요, 아씨?"

만덕이까지 나타나 어쩔 줄 몰라 하는 사이, 그 뒤로 정대봉이 뒷짐을 지고 서 있었다.

"아버지!"

도화가 아버지를 발견하고 놀라는 소리를 듣고도 도윤은 울기만 했다.

정대봉이 도윤의 우는 모습을 마지막으로 본 것은 아내가 죽었을 때였다. 그러니 도윤의 울음이 놀랍고 걱정스러웠다.

"무슨 일인 게냐?"

걱정스러운 물음에도 도윤은 아무런 말도 하지 못했다.

눈물이 소낙비처럼 쏟아졌다.

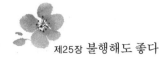

제25장 불행해도 좋다

전국 팔도에서 아름다운 기생들을 다 모았다는 이화원은 아직 하늘이 붉은데도 벌써부터 홍등을 사방에 밝히고 있었다.

이화원이 유명한 것은 비단 기생들이 뛰어나서가 아니었다. 이화원은 술과 음식이 향기롭고 기방의 뜰과 전각이 매우 운치 있고 격조가 있었다. 때문에 그만큼 재력가나 권세가가 아니면 함부로 출입할 수가 없어서 문전성시를 이룬다 해도 요란한 분위기는 아니었다.

한수창도 기방치고는 고즈넉한 이곳의 분위기를 좋아했다. 암행어사 감투를 쓰고 난 후론 거의 발걸음을 할 수 없었기에, 오늘은 참으로 오랜만에 이화원을 방문했다.

"이게 누구십니까? 세상에!"

한수창은 저를 향해 반갑게 달려오는 고운 기생을 보고 흡족한 미소를 지었다.

'나를 잊지 않았구나.'

기생 청하가 자신의 팔에 착 달라붙어 코맹맹이 소리를 내며 짐짓 눈물까지 글썽인다.

"너무하십니다. 한양에 오시면 저부터 찾아주실 줄 알았더니, 요즘 구아정으로 가신다기에 제가 얼마나 속상했는지 아십니까? 기생도 정절이 있는 법인데, 제가 얼마나 기다렸다고요."

"호— 정절이라. 하면 그동안 밤마다 독수공방했겠구나."

한수창이 너스레를 떨자 청하가 그의 가슴을 앙증맞은 주먹으로 두들겼다.

"아이 참. 먹고는 살아야 정절을 지키지요. 마음의 정절을 지키는 게 쉬운 줄 아십니까?"

"마음의 정절은 확인할 길이 없다만 그렇다 해두자. 자, 내 방은 어디냐?"

한수창이 종종 자기 방처럼 쓰던 전각 쪽으로 자연스레 걸음을 옮기려 할 때였다.

청하가 그의 팔을 붙잡고 긴장한 표정으로 말했다.

"안에 영의정 어른이 들어 계십니다."

"뭐?"

한수창이 못마땅한 표정으로 서 있자, 청하가 다른 곳으로 그를 잡아끌었다.

"이쪽으로 가셔요."

청하를 따라가던 한수창이 우뚝 멈춰 섰다.

"잠깐."

한수창의 시선이 시끌벅적한 소리가 새어 나오는 문으로 향했다.

이화원 최고의 기생을 옆에 끼고 상석에 앉은 영의정 김태수는, 거나

하게 취한 사람들의 설전을 가만히 듣고만 있었다.

세자빈 간택에 처녀단자를 올릴 일로 다들 골치가 아팠다.

그러자 김태수의 눈치를 살살 살피던 우의정 송봉이 간사스럽게 논란에 불을 지폈다.

"동궁 나인들 말로는 세자께서 매일 밤마다 궁 밖에 나갔다가 만취하여 들어오신다 합니다. 하니 헛소문이 아닌 게지요."

그러자 또 누군가가 코가 삐뚤어진 소리로 동조했다.

"세자에 대한 원성이 하늘을 찌르고 있소이다! 백성들 사이에서는 당장 월한대군을 세자로 세워야 한다는 말까지 공공연히 나돌고 있다니, 이 얼마나 개탄스러운 일이란 말입니까!"

"제 말이요! 오죽하면 제 종놈도 그런 소리를 하더이다. 나라 꼴이 말이 아닙니다! 에잉!"

"맞소. 왕실의 체면이 있지! 영의정께서는 왜 가만히 계십니까. 이리 두고만 보실 게 아닙니다. 국운이 달린 일이에요. 간택보다 세자의 폐위를 주청하셔야 합니다."

"예! 광증을 보이는 세자를 저대로 두었다가는 더 큰 피를 보게 될 것이니, 세자의 폐위를 진지하게 논의하셔야 합니다."

"맞습니다. 이제 와서 세자빈을 간택한다는 것은 세자에 대한 원성을 무마시켜 보려는 의도가 분명합니다. 하나 그러기에는 이미 늦었어요."

"그게 아니더라도 우리더러 딸자식을 내놓으라는 말씀이신데, 누가 그런 개차반에게 딸을 주고 싶겠습니까!"

"그러게요. 아, 월한대군이라면 너도나도 딸을 내놓지 못해 안달이겠지만요."

너도나도 한마디씩 하며 세자를 깎아내리고 은연중에 월한을 추켜세우고 있었다. 김태수의 비위를 맞추려는 뻔한 수작이었으나, 갑자기 김태수가 술잔을 '탕' 하고 내려놓으며 화를 냈다.

"그 무슨 망발들인가!"

"예? 대, 대감."

"대감이고 나발이고! 감히 세자 저하께 개차반이라니!"

"그, 그거야 저희들끼리……."

"우리끼리니까 더욱 조심해야 하는 법일세! 감히 임금의 아드님이시 자, 우리 월한대군의 형님 되시는 분께 그 무슨 고약한 소리들을 지껄이 는 게야!"

김태수의 호통에는 두 가지 뜻이 있었다. 한 가지는 곧 월한이 세자가 되었을 때 함부로 말할 수 없도록 왕실의 권위를 높이려 함이었고, 또 하 나는 표면적으로 자신은 세자를 공경하고 있다는 가식이었다. 이를 알아 차린 대신들이 앞다투어 사죄를 했다.

"저희가 잘못하였습니다. 노여움 푸십시오."

"예. 대감. 소신들의 생각이 짧았습니다."

"저희는 그저 처녀단자를 올릴 일을 생각하니 너무 막막하여……."

"혹 영의정께서는 적당한 처자를 알고 계신지요?"

우의정 송봉의 물음에 모두 김태수의 대답을 듣고자 입을 다물었다.

"내가 어찌 그런 거까지 알겠소. 간택이 공정하게 치러질 것이니 기다 려 봅시다."

창밖에서 엿듣고 있던 한수창이 소리 없이 비웃었다.

'공정한 간택? 하! 보나마나 별 볼 일 없거나 제거해야 할 집안의 여식 을 고를 테지. 이미 월한의 어미가 중전이 된 마당에 공정?

그러고 있는데 안에서 반대편 문이 열리는 소리가 들렸다.

덜컹.

또 누가 온 것인가 귀를 귀울였다.

"아이고! 여기들 계셨습니까."

한수창은 낯익은 목소리에, 고개를 갸웃했다.

'설마!'

설마가 아니었다. 당황하는 사람들의 외침을 듣고 눈앞이 캄캄해졌다.

"세, 세자 저하 아니시옵니까!"

"저, 저하!"

술을 마시던 일동이 일제히 기립하느라 좌중이 소란스러워졌다.

"하하. 내 지나가던 길에 많이 들어본 목소리들이 들리기에 한번 와봤습니다."

"저하! 어찌 이런 곳에……."

"왜요? 제가 못 올 데를 왔습니까? 나이 지긋하신 분들께서도 술과 계집을 찾으시는데 혈기왕성한 저는 오죽하겠습니까. 저도 한잔 같이하십시다."

"이미 많이 취하신 듯합니다."

영의정 김태수가 정중하게 만류하는 소리가 들렸다.

"이제 시작이지요. 아, 아까 잠시 들어보니 제 세자빈 간택령에 대해 논의하고 계셨던 모양입니다."

"크흠……. 저하."

"제가 다른 건 다 양보해도 한 가지는 포기를 못 하겠습니다. 그건 꼭 들어주십시오."

"예?"

"무조건 어리고 고와야 합니다. 아시겠습니까? 집안도 필요 없고. 아, 이 아이도 괜찮겠습니다. 넌 이름이 뭐냐? 너도 처녀단자를 올려볼 테냐?"

"저, 저하! 저 같은 천한 기생이 어찌……."

한수창은 이마에 손을 얹으며 지끈거리는 머리를 달랬다.

'미친! 세자만 아니면 끌고 가서 다리몽둥이를 확!'

하지만 저 안의 미친놈은 세자라서 어쩔 수가 없었다. 한수창은 눈을 질끈 감고 전각을 돌아 달려가, 문을 벌컥 열어젖혔다.

"저하!"

안에 있던 대신들이 또 한 번 놀라 어깨를 들썩거리는데, 한수창은 그들을 본 척도 하지 않았다.

"여기 계시면 어쩝니까! 여긴 이화원입니다! 구아정에서 만나기로 해놓고 예서 뭐 하시는 겁니까?"

한수창 역시 잔뜩 취한 척 세자를 붙잡았다.

"놔라! 난 오늘 여기 있을 것이다! 구아정은 이제 지겹다!"

"오늘 저하께서 머리를 올려주기로 한 아이가 있지 않습니까. 그 아이가 눈 빠지게 기다리고 있습니다. 자, 어서요!"

그렇게 헛소리를 해가며 세자를 잡아끌고 나가는 동안 안에 있는 대신들은 못 볼 꼴을 봤다는 듯 혀를 차며 아무도 두 사람에게 인사를 하지 않았다.

이화원 밖으로 도망치듯 나온 한수창이 이림에게 소리쳤다.

"진짜 취하신 겁니까. 아님 취한 척하신 겁니까. 거기가 어디라고 들어가신 겁니까!"

"어디긴. 호랑이 굴이지."

"알면서 그러셨습니까!"

"호랑이 굴에 들어가도 정신만 똑바로 차리면 된다지 않나."

"정신이 똑바르지 않으셨습니다!"

이림이 감정 없는 눈으로 말없이 쳐다보자 한수창은 그의 눈을 피하며 헛기침을 했다.

"크흠. 무, 무슨 일이 있으셨습니까? 저하께서는 그리 난봉꾼같이 구시는 거 안 어울리십니다. 그건 저처럼 놀아본 자들이나 어울리는 것입니다."

"그래서 나도 놀아보려고."

"막상 장가드시려니 마음이 뒤숭숭하신 것입니까? 이러지 마시옵소서. 저하께서 얼른 장가를 드셔야 저도 장가를 가지요."

그러자 이림이 더는 한수창을 보지 않고 말을 던졌다.

"정도원을 찾았다. 단양이 아닌 한양에 있더군."

한수창은 세자께서 그걸 아셨다는 것에도 놀랐지만, 어떻게 알고 계시는지 몰라 당황했다.

'뭐지? 지금 정도원은 여인인데…….'

혹 제가 알고서도 감춘 것까지 아시는 것인가, 싶기도 해서 섣불리 입을 열지 못했다.

"그, 그럼 제가 차, 찾지 않아도 되는 것입니까."

"그래."

"잘됐습니다. 금방 찾으셨다니, 아주 잘되셨습니다. 하하. 어떻게 회포는 푸셨습니까?"

눈치를 보아하니 제가 아는 것까지는 모르시는 듯해서, 한수창은 안심하고 말을 이어갔다.

"회포를 풀었어야 했나?"

"예?"

"목을 베려 했으니, 날 다시는 안 보려 하겠지?"

"모, 목을 베려 하셨다니요? 저하…….."

"시능만 했으니까, 날 속인 대가로 그 정도만 한 거니까, 괜찮지 않았을까?"

"좀 봐주시지 그러셨습니까. 거 여인의 몸으로 유람을 한다는 게……!"

한수창은 거기까지밖에 말하지 못했다. 이림이 매서운 눈으로 노려보고 있었고, 저 역시 실수를 알아차렸기 때문이다. 제가 정도원이 여인이라는 걸 알 수 없어야 하니까.

"저, 그게…… 그러니까. 어떻게 된 거냐면 말입니다."

"제대로 설명해야 할 게다. 이번에 칼을 대면 시늉만으로 끝나지 않을 것 같구나."

서늘한 경고에 한수창의 목울대가 꿀럭거렸다. 둘이서 짜고 세자를 속인 격이 돼버렸으니 이런 낭패가 없다.

'젠장. 왜 벌써 들켜가지고는!'

죽을 때까지 비밀로 할 것처럼 보이더니, 어쩌다 일을 이렇게 만들었나.

도윤이 한없이 원망스러웠다.

조선 팔도에 금혼령이 내려졌다. 이와 함께 세자빈의 간택령이 내려졌다. 열다섯부터 스물둘까지 사지 멀쩡한 양반가의 딸은 처녀단자를 올려야 했다.

세자 이림의 나이가 약관을 넘겼다. 세자빈을 맞이하기엔 이미 늦은 나이였기에, 왕실에서는 세자빈 간택을 서두르는 눈치다.

하나 양반들은 처녀단자 올리기를 꺼려하고 있었다. 왕가와 사돈을 맺는 것은 가문의 큰 경사이자 권세를 누릴 수도 있는 지름길이었으나, 동시에 외척이라 배척 또는 견제를 당하는 위험을 감수해야 하기 때문이다.

또한 왕실의 여인으로 산다는 것은 하루도 마음 편할 날이 없는 괴로운 삶인데, 아끼는 딸자식을 그런 곳으로 보내고 싶지 않은 것이다. 게다가 이번엔 문제점이 하나 더 얹어졌다. 바로 세자 이림의 성정 때문이었다.

예전부터 왕실에서 세자의 혼인을 미루는 것 때문에 여러 소문이 돌았으나, 최근 세자가 보여주는 모습들을 보면 그때의 소문은 아무것도 아닐 정도였다. 아랫것들에게 자비 없이 포악하고 때때로 광기에 휩싸여 패악질을 부리는데다, 궐 밖에서 술에 취해 추태를 부리는 것을 본 자가 한둘이 아니다. 죽은 제 어미가 폐서인이 된 것처럼, 그 역시 궐에서 쫓겨나거나 죽을 것이라는 흉흉한 소문이 파다하니, 웬만한 양반가에게선 온갖 이유를 들어 처녀단자 올리기를 거부하고 있었다.

이로 인해 왕의 상심이 큰데도, 다들 왕실이 덕이 없어 그러한 것이라며 입방아를 찧어댔다.

한데, 여기 처녀단자를 올리지 못해 안달난 사람이 있었다.

"정녕 이럴 것이냐!"

도윤은 저를 말리지 못해 쩔쩔매는 아버지를 보며 입가에 희미한 웃음을 머금었다.

"그래. 네 말대로 지금 저하께서 부러 저리 하시는 거라 치자. 나 또한 그리 생각하고 있으니 그건 따지지 않겠다."

이미 며칠 전 그날 밤에 세자와 독대하고 이야기를 나누었던 정대봉은, 세자가 김태수 일당의 허를 찌르기 위해 광증이 있는 척한다는 것을 확인했다. 그렇다고 해서 자신의 딸이 세자빈이 되려 하는 것을 허락할 수는 없었다.

"네게 어찌하셨느냐! 너를 죽일 뻔하셨다!"

"죽이지 못하셨습니다. 아니, 죽이실 생각은 없으셨습니다."

"대신 그 노리개를 박살을 냈지. 네가 무슨 짓을 했는지 아느냐? 세자 저하를 속였다. 그것도 사내인 척! 보통의 사내들도 그것을 이해해 주지 못할 텐데, 세자 저하시다! 너를 어찌 보고 계시겠느냐!"

"남장하고 사내를 홀리고 다니는 그런 천박한 계집으로 보시겠지요."

도윤이 퉁명스럽게 대답하자 정대봉이 버럭 소리를 질렀다.

"뭐가 어째! 그 정도로 이해해 주실 것 같으냐? 저하께서는 신의를 중요시하는 분이시다. 가뜩이나 의지할 곳 없이 외롭게 자라셨는데, 너는 그런 분을 속였다. 기껏 눈감아주셨는데 처녀단자를 올린 사실을 알게 되신다면 얼마나 노하시겠느냐! 그 사실을 공론화시킨다면 너는 벌을 면키 힘들다!"

하지만 도윤은 지지 않고 대답했다.

"제가 그분께 미움받고 평생 궐 안에 틀어박혀 불행하게 살까 봐 그러시는 거 압니다."

"살까 봐가 아니라 살 것이다!"

"불행해도 좋습니다."

"도윤아!"

"그분을 외면하고 그분께 오해받은 채 그분과 멀어지는 것이 더 괴롭습니다. 제 변명 한마디 묻지 않으시고 제 마음을 무참히 짓밟고 가신 분입니다. 한데 보고 싶습니다. 뵙고 제 마음을 전하고 싶습니다. 알아주실 때까지, 평생이 걸려도 좋습니다. 허락해 주십시오."

"……."

정대봉은 딸아이의 연정이 깊은 것을 깨닫고 침묵으로 신음했다.

"저를 모르십니까? 저하께서 저를 미워하시면, 다시 사랑하게 만들 것입니다. 불행해지지 않을 겁니다. 행복하게 살 것입니다."

"세자 저하께서 너를 아껴주신다 해도 안 된다."

"아버지!"

"궐 안은 네가 생각하는 것 이상으로 치열하고 위험한 곳이다. 매일 먹고 자는 곳이 살얼음판 같을 텐데 단양의 산골에서 자유롭게 살던 네가 어찌 버틸 수 있단 말이냐? 왕실의 법도가 지엄한데, 망아지 같던 네가 적응할 수 있을 것 같으냐?"

"숨 막히는 곳이라는 것도 압니다. 하나 아버지. 저는 제가 배우고 익힌 것이 아무 쓸모가 없다는 것이 슬펐습니다. 관직을 얻지도 못하고 세상을 위해 제 힘으로 아무것도 할 수 없다는 게 너무 갑갑하고 원망스러웠습니다. 한데 왕실의 여인이 되면 저 역시 뭔가를 할 수 있지 않겠습니까."

겉으로는 내명부가 나라의 중책에 관여하지 못하지만, 실상은 그렇지 않다는 걸 누구나 안다. 지금의 중전만 봐도 김태수와 함께 연일 나랏일을 좌지우지하고 있지 않나.

"그것은 세자 저하께서 강건하게 자리를 보전하실 때 일이다! 똑똑한 줄 알았더니 한 치 앞도 못 보는구나! 이런 판국에 죽고 싶지 않고서야!"

정대봉은 도윤이 더는 조르지 못하도록 강경하게 야단을 쳤다. 그러나 그런 아버지를 향한 도윤의 눈매는 더욱 날카로워졌다.

"하면 아버지는요?"

"뭐?"

"저하께서 왜 찾아오셨습니까? 그날 밤 무슨 이야기를 나누셨습니까? 세자의 편에 서면 한 치 앞을 못 본다면서요. 어째서 아버지께서는 저하께 승늉을 대접해 드렸나 말입니다."

도윤의 매서운 추궁에 대봉은 당황했다.

"도윤아, 그것은!"

"말씀해 보십시오. 우리 가족의 생사가 달린 일입니다. 아버지께서는 충심이 중하십니까, 저희가 더 중하십니까."

"너희 둘의 살길은 마련해 놓으려 했다."

"그러지 마십시오. 아버지께서 가시는 길에 저도 도움이 되고 싶습니다. 아니, 제가 꼭 도와야겠습니다. 작은 힘이라도 보태야 할 때입니다. 제가 세자빈이 된다면 아버지 역시 더 주목받게 되시겠지요. 비록 지금 저하께서 위태로운 자리에 있다지만 사람을 모으고 계시니 그리 빨리 무너지진 않으실 겁니다."

정대봉은 도윤이 연정만으로 세자빈이 되려는 게 아니라 세자가 정권을 잡을 수 있도록 전면에 나서겠다는 뜻을 듣고, 제 딸이지만 그 포부에 혀를 내둘렀다.

"세자빈 간택이 끝나는 즉시 저하께서는 지금과는 행보를 달리하시겠지요. 그때 아버지께서 좀 더 힘을 갖게 되시면 저하께는 큰 도움이 될 겁니다."

"하아— 어쩌자고 이런 게 태어났을까!"

총명한 눈망울에 흔들림이 없는 것을 보고, 정대봉은 깊은 한숨을 내쉬었다. 서찰에 적혀 있던 사내가 대단할 줄은 알았지만 세자였다니! 그것을 알았을 때 너무 놀라 몇 번이나 가슴을 쓸어내렸는지 모른다. 겨우 진정을 했건만, 그날부터 도윤은 세자빈이 되겠다고 조르고 있는 것이다.

"아버지를 닮아 그런 거겠지요."

배시시 웃는 도윤이 괘씸했지만, 정대봉은 더 이상 그녀의 뜻을 꺾을 수 없다 여겼다.

"세자빈이 되겠다고 큰소리는 친다만, 처녀단자를 올린다고 끝인 줄 아느냐?"

한미한 가문이었으니 초간택에서 떨어질지도 모른다. 그렇다면 정대봉 입장에서는 다행인 것이지만, 왜인지 꼭 될 것만 같아 불안하다.

"지금의 세자 저하에게 좋은 가문의 규수가 처녀단자를 올릴 리가 없지요."

"크흠. 그, 그렇게 삼간택까지 올라가서 떨어지면 더 낭패다. 저하께서
는 너에 대한 보복심으로 네 혼인을 허락하지 않을지도 모른다."

삼간택에서 떨어지면 후궁으로 남거나 평생 시집가지 못하고 홀로 살
아야 한다. 물론 후자의 경우 대부분 왕실의 허락으로 평범하게 시집을
가지만, 혹 모르는 일 아닌가.

하지만 도윤은 이미 모든 결심을 마쳤다는 듯 고개를 끄덕였다.

"저는 어차피 평범하게 시집가서 살 수 있는 계집이 아니었습니다. 그
리되면 차라리 누구의 눈치도 보지 않고, 손가락질 받을 일 없이 혼자 살
수 있으니 더 좋습니다."

그러자 정대봉도 두 손 두 발 다 들고 말았다.

"하아— 죽어서 네 어미를 어찌 볼지……."

아버지의 깊은 시름에도 허락을 받아낸 도윤의 표정은 한양에 온 날
중 가장 환했다.

며칠 동안 하늘에 구멍이라도 난 것처럼 비가 쏟아지더니, 오늘은 청
명한 하늘이 눈부셔 눈이 멀 지경이었다. 잔뜩 불어난 하천은 빠른 물살
로 힘차게 흘러갔고, 비를 맞은 나무와 풀은 더욱 푸르러졌다.

여느 때와 다름없는 평화로운 늦봄의 풍경이다. 물살만큼이나 활기찬
청계천 주변에는 점포가 늘어서 많은 사람들이 오고 가는 만큼, 백성들의
삶과 민심이 한눈에 보이는 곳이었다.

한데 어째서인지 문을 연 점포가 얼마 없고 다니는 사람들도 뜸했다.

왕실에 새사람이 든다는 것은 나라의 큰 경사 아닌가. 보통은 백성들

도 그날을 손꼽아 기다리며 기대에 차 장터가 시끌벅적할 텐데, 이번 세자빈 간택을 앞두고는 영 분위기가 좋지 못했다.

최근 사는 것이 매우 팍팍해진 백성들이 왕실에 대한 신뢰가 크게 떨어진 데다가, 다음 왕이 되실 세자의 실망스러운 작태에 절망과 분노를 느끼고 있었기 때문이다. 그런 세자의 빈궁이 누가 되든, 백성들은 기대도 희망도 걸 수 없는 지경에 이르고 만 것이다.

흰 쌀밥 한 번 먹지 못하는 것은 참을 수 있다. 누런 잡곡밥조차 배불리 먹지 못하게 됐을 때도, 죽을 정도는 아니라고 위안했다. 그러다가 요즘은 정말 죽을 정도가 되었다.

최근 두 달 사이 소금값이 두 배 이상 뛰었고, 약재값은 하품도 여덟 냥 이상 가격이 치솟았다. 그 바람에 백성들을 구휼하기 위해 만든 제생원에도 환자들이 끊이지 않고 들어왔으나, 다 감당하기는 역부족이었다.

약재만 있으면 구할 수 있던 사람들이 죽어나가니 여기저기 곡소리가 끊이질 않는다. 급기야는 물건을 팔아먹고 사는 시전 상인들 역시 팔 물건이 없어 생계에 위협을 받고 있었다. 누군가 대량으로 싼값에 물건을 사들이고 값이 오를 때까지 풀지 않아 작금의 사태에 이른 것으로 보였으나, 뾰족한 수가 없었다.

엎친 데 덮친 격으로 이번엔 금전 대신 쓰던 면포의 가격마저 폭등해 버리고 말았다.

점포들 사이로 청계천에서 빨래하는 아낙들도 왕실의 혼인은 안중에도 없고, 살길이 막막하다는 원성만 자자했다.

"아이고, 어찌 살라고 이런 건지 모르겠네! 참말!"

퍽퍽. 빨랫방망이를 내려치는 손에 힘이 들어갔다.

"다 죽으라는 거지! 그게 아니면 어떻게 여섯 냥짜리 면포가 스무 냥을 주고도 못 사냐고?"

"어휴. 그래도 자네는 딸 하나라 다행이지. 우리 집은 아들만 셋이야. 어째야 할지 막막해."

면포로 군역을 대신해야 하는데, 군역을 지는 사내가 많을수록 그 집에서 내야 하는 면포가 많아 보통 일이 아닌 것이다. 보통 한 가구당 열 포에서 열두 포를 내야 하는 실정이었고, 직접 베를 짜는 데엔 한계가 있어 모자란 것은 사야 하는데, 면포값이 올랐으니 큰일이었다. 피폐해진 백성들이 모이기만 하면 나라님 욕을 하는데도 바뀌는 것이 없어, 민심은 점점 더 흉흉해지고 있었다.

"전에 어느 스님께서 그러더라고. 세자를 잘못 올려 나라에 망조가 들었다고."

"나도 그런 얘기 들었어. 월한대군이 세자가 되시면 궐 안에 잡귀가 물러갈 거라던데."

근거 없는 미신까지 판을 칠 정도인데 누가 세자의 국혼을 반기겠는가.

아낙들의 방망이가 점점 더 세지고 목소리도 점덤 커지고 있는데 한 아낙이 무언가를 발견하고 방망이질을 멈칫했다. 냇물을 따라 요상한 물건 하나가 떠내려 오다가, 이내 바위에 턱, 하고 걸린 것을 본 것이다.

"히익!"

그것을 자세히 살펴보던 아낙은 기겁해서 빨랫방망이를 집어 던지고 엉덩방아를 찧었다.

그녀의 행동에 의아해하던 다른 여인들도 곧 떠내려온 그것을 발견하고 대경실색했다.

"꺄악!"

"아이고! 저게 뭐야!"

새하얗게 질린 여인들이 너도나도 소리를 지르자, 지나가던 사람들도 하나둘 개천으로 다가왔다가 소리를 질렀다.

"시, 시신!"

"시체다! 시체가 떠내려왔어!"

시신을 발견한 열에 아홉은 뒤로 넘어갈 듯 놀라 토악질을 하거나 눈을 감고 비명을 질렀다. 시신의 얼굴이 참혹하게 손상되어 꿈에 나올까 두려운 모습이었기 때문이다.

따사로운 햇볕과 어울리지 않는 기괴한 사건이었다.

홍문관은 낡고 퀴퀴한 고서부터 시작해서, 전국 각지에서 올라온 장계까지 관리하느라 눈이 돌아갈 정도로 바쁜 곳이었다. 그런데 이번에 세자빈 간택령이 내려지면서부터 삼사의 관리들은 매우 바빠졌고, 겸직을 맡고 있는 영사 김만도와 대제학 소행성은 며칠째 홍문관에 나오지 못했다. 때문에 홍문관의 과중한 업무가 점점 쌓이고 있었다.

결국 홍문관에서 밤을 지새운 정대봉은, 오늘 아침 급히 올라온 장계를 보며 잔뜩 눈을 찌푸리고 있었다. 일이 고되어서가 아니라 사안이 매우 심각했기 때문이다.

『청계천에 송장이 떠내려와 이를 살펴보니 왕십리에서 가장 큰 시전 상인 필정이라는 자이오.

사망의 정확한 원인은 밝혀지지 않았으나, 자상으로 인한 시신의 훼손이 참혹하니 살인으로 추정되는바, 이에 대한 신속한 조사가 필요하오.』

청계천은 수구문과 가까우니 장례를 치르던 시신이 제대로 봉합되지 않아 떠내려왔을 수도 있다. 하지만 만약에 살인이라면 이는 한 번으로 끝날 일이 아닐 가능성이 높았다. 백주 대낮에 보란 듯이 난도질한 시신을 사람 많은 청계천으로 떠내려가게 한 것이, 꼭 누군가에게 경고를 보내는 것 같았기 때문이다. 물론 우발적 살인으로 시신을 제대로 처리하지 못한 것일 수도 있지만, 시신의 훼손도로 보건대 원한이 얽혀 있는 듯했다.

물론 이것을 정대봉이 해결해야 할 문제는 아니었다. 골치가 아픈 것은 이를 영사 김만도와 대제학 소행성에게 보고를 해야 한다는 것이었다. 두 사람 모두 그의 상관이었으나 세자파인 대제학 소행성과 월한대군파인 영사 김만도는 서로 무조건 반박만 하고 싸우려 들어 일을 더욱 어렵게 만들기 때문이다.

열린 문안으로 붉은 곤룡포 자락이 슥 들어왔지만, 뒤돌아 앉아 고심에 빠진 정대봉은 아무것도 모르고 한숨을 내뱉었다.

"이를 어쩐다."

『모두 시전 상인 필정이 잘 죽었다 말하니, 민심이 흉흉하기 이를 데 없소. 죽은 필정은 매점매석을 한 인물 중 하나이니, 이와 같은 사건이 또 일어날지도 모르오.

더 늦기 전에 범인을 추포하여 극형에 처해 민심을 수습해야 한다 아뢰오.』

죄를 지었으면 그 죄에 맞게 형을 받도록 법전에 명시되었으나, 시기가 문제였다. 곧 세자빈 간택으로 왕실에 크나큰 경사를 앞두고 있는 때에 살인이라는 불미스러운 일이 일어나다니, 백성은 이를 두고 불안해할 것이다. 범인을 잡지 못하면 임금의 덕이 부족해 이런 일이 일어난 것이라 생각하기 쉽다. 그렇지 않아도 흉흉한 민심에 기름을 부은 격이다.

'아무리 봐도 이것은 노리고 한 짓이다.'

개인의 원한이 깊다 한들 하필 이런 때에 일을 벌이는 것은 범인이 매우 대범하거나, 아니면 왕실에 원한이 있어 이런 때를 노린 것인지도 모른다. 정대봉은 어쩐지 불안했다.

어차피 일어날 일을 고민만 하고 있을 수는 없었다. 축 늘어진 소매를 한 손으로 받친 정대봉이 상사들에게 올릴 보고서를 써 내려가기 시작했다.

"뭘 그리 열심히 하시나."

정대봉은 뒤에서 들려오는 말에 화들짝 놀라 몸을 떨며 돌아보았다. 그러다 용안을 마주하고는 귀신을 본 듯 더 크게 놀라며 허리를 깊이 숙였다.

"전하."

그러자 임금이 그럴 것 없다는 듯 말했다.

"내 그대의 일을 방해한 모양일세."

"아니옵니다, 전하."

대봉은 임금이 왜 여기까지 직접 행차하신지 몰라 당혹스러운 표정이었다. 삼사가 왕권을 강화하기 위해 세운 곳이긴 하나, 임금이 좀처럼 걸음하지 않는 곳이었다.

드르륵.

임금이 손수 의자를 끌어다 앞에 가져왔다.

"이리 와 앉게. 오늘은 내 그대에게 청이 있어 부른 것이니."

정대봉은 감히 임금과 마주 앉아도 되는 것인가 잠깐 고심했지만, 단양에서 세자도 내쫓았던 자신을 떠올리며 씁쓸한 표정을 지었다.

"앉게. 오늘은 임금으로 온 자리가 아닐세."

임금께서 저와 벗을 삼을 일도 없을 것이고, 그렇다면 세자의 문제 때문일 것이라고 짐작이 갔다. 정대봉은 단정하게 맞은편 의자에 앉았다.

그제야 임금은 이야기를 나눌 준비가 끝났다는 듯 만족스러운 웃음을 지으며 입을 열었다.

"난 말이네. 이 자리를 지키기 위해 최선을 다했네. 겁 많은 두더지처럼 옥좌에 앉아 끊임없이 의심하고 고심하지. 어찌하면 나의 안위를 지킬 수 있을지를."

그리 말씀하시지만 정대봉은 현 임금께서 이루신 많은 업적들을 알고 있었다.

젊은 날 왕위에 올랐으나 쉼 없이 많은 일들을 이루어내셨다. 왕권의 강화를 도모하며 바른 정치를 펼친 결과 오랜 숙원이던 법전을 반포하였으며, 이에 힘입어 나라의 안정을 도모하고 인재를 양성하는 데 힘쓰셨다. 그로 인해 저 같은 한미한 가문의 자제도 관직을 얻을 수 있었으나, 지금의 나라는 임금께서 원하시던 모습이 아닐 것이다.

"나를 지키겠다고 독을 쓴 것이 결국 이리된 듯해. 이제 나를 지키는 것들은 독버섯들밖에 없으니, 조정에도 백성들에게도 손쓸 수 없을 만큼 독이 퍼져 나가고 있어."

자조 섞인 임금의 말씀에도 정대봉은 위로의 말 한마디 건네지 않았다.

"세자도 월한도 내 자식일세."

임금께서 갑자기 왜 그런 이야기를 꺼내시는지 정대봉은 알 수 있었다.

"누구든 자질만 있다면 이 자리를 내주고 싶으나, 그대도 알다시피 독버섯이 키운 아이가 언제까지고 지금처럼 순수할 수 있을지 알 수가 없네."

폐서인이 된 중전의 일도, 월한이 조정 대신들이 있는 곳에서 문제를 삼아 그리된 것이었다.

월한이 이제껏 몸을 낮추고 있었던 것인가. 아니면 어떠한 일을 계기로 그리 변해 버린 것인지 알 수는 없었으나, 서서히 바뀌고 있다는 것은 눈치챌 수 있었다.

"나 역시 그렇지 않은가. 그들로 인해 내 아들조차 지키지 못하는 무능한 왕이 되었어."

그 말인즉 월한이 왕이 되는 것이 저어되니 세자의 편에 서달라는 뜻이었다.

역시나 아비 된 마음으로 오신 것이다.

"자네도 알겠지만 세자에게는 아무도 없네. 아비인 나는 세자만을 위해줄 수 없으며, 그 아이의 어미는 없는 것만 못한 존재였으나, 그마저도 잃은 세자는 어디도 의지할 곳이 없어."

그러나 홍문관 교리가 할 수 있는 일은 지극히 한정적이었다. 제게 세자를 부탁하신다 해도 힘이 되어드릴 수 없을 것이다. 임금께서도 이를 모르시지 않을 터.

"그대는 과거 부응교 김춘삼의 명을 어겨 스스로 관직을 떠났었다 했지?"

"……그렇사옵니다."

"그 김춘삼이 모습을 감췄네."

정대봉의 눈이 커다랗게 떠졌다. 지금 김춘삼은 김태수의 비호로 승승 장구하여 사헌부 집의에 올랐는데 갑자기 사라질 이유가 없지 않나.

"곧 세자빈 간택이 있을 터인데, 저들의 움직임이 심상치가 않아. 김춘삼이 사라진 것도 영 마음에 걸려."

"혹, 구 년 전의 일을 마음에 두고 계신 것이옵니까?"

차마 입에 담기에도 불경한 일이었다. 구 년 전은 왕실의 크나큰 기쁨과 조정의 큰 화가 동시에 일어난 해였다. 이제는 대군이 된 월한이 태어나고 얼마 되지 않아 역모로 나라가 들썩였다.

호조판서 손일환. 덕망 있는 학자였던 그가 명나라 사신과 밀서를 주고받은 일이 발각된 것이다.

임금 모르게 사신과 내통한 일은 대역죄였다. 문제는 손일환이 임금이 아끼는 충신 중 한 명이었다는 것이다. 손일환은 죄를 부정했으나 자신의 무고함을 증명할 길이 없었다. 그 일로 왕은 대부분의 수족을 잃었으며, 김태수의 힘이 그때부터 막강해지기 시작했다.

정대봉은 그 일이 있기 직전에 관직을 떠나 화를 면할 수 있었던 건지도 모른다. 만약 관직에 있었다면 당시 김춘삼과 결탁하거나, 김춘삼에 의해 숙청당하거나 둘 중 하나였을 것이다.

"그와 같은 일이 또 일어날까 불길하네."

"하오나 김춘삼은 영의정의 사람이옵니다."

임금은 눈살을 찌푸렸다.

"그러니 말일세. 김태수가 무슨 모략을 펼치는 것인지 감도 오지 않아. 분명 지금 같은 때에 가만있을 사람은 아닐 것인데……. 그때는 호조판서였으나, 이번에 그가 노리는 것은 세자겠지. 뭔가 방비가 필요해."

정대봉은 임금의 앞인 것도 잊고, 저 역시 아비의 마음으로 돌아가 깊은 시름에 빠졌다.

세자가 역모의 죄를 뒤집어쓰게 된다면 그의 아내가 될 세자빈 역시 그러할 터. 바람 앞의 촛불 같은 세자의 처지를 생각하니 끝까지 도윤을 막지 못한 것이 한스러운 것이다.

"그대가 처녀단자를 올린 걸 알고 있네. 혹, 무슨 뜻이 있어서 올린 것인가?"

정대봉은 권력에 미련이 없는 자였다. 그런 자를 억지로 불러들인 것은 세자가 왕이 된 후에, 한 명쯤은 순수하게 학문에 정진하며 자신의 자리를 지킬 줄 아는 자가 필요했기 때문이다. 그런데 그 순수함을 잃은 것인가, 아니면 진정 충심에서인가. 임금은 그것이 궁금했다.

잠시 고민하던 정대봉이 조심스러운 기색으로 대답했다.

"전하. 제 여식을 초간택에서 떨어지게 해주시옵소서."

뜻밖의 대답에 임금은 꽤나 놀랐다.

"처녀단자는 올렸으나 간택이 되길 원치 않는다는 것인가? 하면 그저 고지식하게 어명을 따라 처녀단자를 올렸을 뿐이란 말인가?"

정대봉은 깊은 한숨을 내쉬었다. 이것을 말하면 제 여식과 저는 큰 벌을 받을지도 모른다. 하나 그것이 차라리 나을 것이다. 이런 시국에 세자 빈이 되어 겪을 고초를 생각한다면 그편이 낫다. 단단히 각오를 한 정대봉이 의자에서 미끄러지듯 내려와 무릎을 꿇었다.

"자네!"

임금은 공손히 무릎을 꿇는 정대봉이 오히려 무례하게 느껴졌다. 감히 임금의 아들에게 여식을 주고 싶지 않다고 노골적으로 청을 하는 격이 아닌가.

그러나 정대봉의 이어지는 말을 듣고 임금은 한동안 머리를 얻어맞은 듯 멍해졌다.

"제 여식이 세자 저하를 깊이 사모하고 있사옵니다."

"……뭐?"

"하온데, 저하께서는 제 여식을 죽이고 싶을 만큼 증오하고 계실지도 모르옵니다."

"그, 그게 무슨 말인가!"

세자와 정대봉의 여식이 어찌 인연이 닿아 서로 아는 사이가 되었단 말인지, 난데없는 이야기였다. 제다가 연심과 증오라니, 그런 깊은 감정이 쌓일 만큼 두 사람 사이가 각별했다니, 임금은 믿기지 않았다.

"전하. 세자 저하께서 그리하시는 것은 모두 다 신의 여식이 큰 죄를 지었기 때문이옵니다. 또한 그것은 여식을 그리 만든 신의 죄이기도 하오니, 부디 저를 크게 벌해주시옵소서."

"무슨 말인지 알아듣게 얘기하라!"

정대봉은 다시 한 번 숨을 크게 들이마시며 그간의 이야기를 시작했다. 자신의 딸이 얼마나 괴짜이며 고집스러운지부터 시작한 이야기는, 세자께서 찾아와 크게 노한 데서 끝이 났다.

"허! 이런! 이런……!"

임금 역시 이 괴상망측하고 믿기 어려운 이야기에 어이가 없어 말을 잇지 못하고 있었다.

"전하. 그러한데도 제 여식은 세자 저하의 곁에 있겠노라, 세자빈이 되겠다 하고 있사옵니다. 저하께서 제 여식을 매몰차게 대하는 것을 제 눈으로 보았사온데, 아비 된 도리로 신하 된 도리로 제 여식이 세자빈이 되는 것을 차마 두고 볼 수가 없나이다. 차라리 지금 벌을 내려주시옵소서."

"나 원! 남장을 하고 유람을 떠났다니! 어찌 여인의 몸으로 그런 해괴한! 하! 나라의 풍기를 어지럽히는 짓 아닌가!"

임금은 무척 화가 나 있었다. 여인이 남장을 하고 다닌 것은 풍기 문란이며 사내들의 권위에 도전하려는 맹랑한 짓이다. 게다가 세자와 함께 여정을 했다니, 어찌 된 계집인가, 뒷목을 잡을 일이다.

정대봉은 담담히 임금이 벌을 내리시길 기다렸다.

노발대발하던 임금이 '끄응' 하고 한참을 침묵했다. 다시 입을 연 임금의 음성은 평소처럼 위엄있고 차분했다.

"그런데도 세자빈이 되겠다고? 세자 곁에 있겠다 했다고?"

"……."

"거참 대단한 여식을 두었군!"

"전하. 제 여식에게 사내의 옷을 입혀 보낸 것은 저이옵니다. 제가 그리 키웠으니 저를 벌하여주시옵소서."

정대봉의 담담한 말에 임금의 노기가 조금씩 가라앉았다.

그러면서 냉정하게 따져 보니, 어쨌거나 지금 세자를 진심으로 위하는 자는 그 아이밖에 없다는 생각에 이르렀다. 사실 측근들을 통해 정도원이라는 선비와 세자의 활약상을 어느 정도 들었는데, 그때는 그 선비가 어여쁘게 여겨지더니 여인이라니 화가 난 것도 모순이다.

'가만. 김태수 쪽에서 간택하려는 규수들은 빤하지 않나. 그럴 거면 차라리 정대봉의 여식이 낫겠군. 세자를 연모하는 데다 배포가 크고 영특하니 큰 힘이 될 게야. 김태수도 정대봉의 여식이라면 반대하지 않겠지. 딱 그들이 원하는 조건 아닌가.'

한미하고 힘없는 가문. 또는 제거해야 할 가문. 정대봉은 아직 전면에 나선 적 없고 누구의 편에도 서지 않아 제거해야 할 가문은 아니나, 집 한 채도 자기 것이 없는 별 볼일 없는 자였다.

"그대와 그대 여식은 세자와 왕실을 능멸했으며 이 나라의 근간을 조롱한 것과 다름없다."

"예. 전하. 지당하신 말씀이시옵니다."

"하니, 내 벌을 내리지 않을 수가 없다. 돌아가 그대의 딸과 함께 근신하라. 내가 내릴 벌은……."

담담했던 정대봉도 이 순간만큼은 긴장했다. 관직에서 물러나 한양 땅에서 쫓겨나는 벌로 끝났으면 좋겠다고, 초조하게 임금의 명을 기다릴 때였다.

"그대의 여식이 반드시 삼간택에 들어 세자빈이 되는 것이다."

"……예?"

정대봉은 자신이 잘못 들은 것인가 귀를 의심하며 저도 모르게 임금께

반문했다.

"반드시 세자빈에 올라 마음을 다해 세자를 보필하라. 그것으로 그대
들의 죄를 갚아야 할 것이다. 그렇지 않으면 일가 모두가 평생을 손가락
질 받으며 살게 될 것이니 각오를 단단히 해야 할 게야."

"……!"

정대봉의 얼굴에서 핏기가 사라졌다.

'이런! 임금께 이용당하게 되었구나!'

잊고 있었다. 임금께서 얼마나 처세가 빠른 분이신지를.

홍문관에서 나온 임금은 저도 모르게 히죽히죽 웃었다. 항상 무던한
표정이던 정대봉의 낯빛이 그렇게 시퍼레지는 것을 본 적은 처음이라 자
꾸만 웃음이 났다.

'고 계집이 참으로 난 계집일세. 괘씸하긴 하지만 그런 생각을 아무나
할 순 없지. 그렇게 배포 크고 남다른 계집을 사가에 풀어놨다가는 훗날
더 큰일을 낼 것이야. 암. 나라를 크게 어지럽힐 계집이지. 그런 아이일수
록 궁에서 제 능력을 힘껏 발휘하는 게 나을 것이다.'

남녀의 구분이 엄격한 나라이나 때로 이처럼 뛰어나고 특별한 여인들
이 등장하곤 했다. 그녀들은 관습과 편견과 억압에도 그 재주를 감출 수
없었으니, 그 재주를 탓하기보다 칭송받아 마땅했다. 다만 그런 여인이
왕실에 들어온다면 어찌 될지 알 수 없는 일이다. 자신의 재주를 과신하
며 왕실과 조정을 우습게 여기며 국책을 좌지우지하기라도 한다면 매우
큰일 아닌가.

하나, 세자를 믿어볼 것이다. 그런 여인이 목숨을 바칠 만큼 사랑하게
만든 세자를 믿어볼 것이다.

'녀석. 그런 재주가 있었군. 영 숙맥인 줄 알았더니. 사람을 홀리는 재

주는 누구를 닮았나. 어미의 모정만 갈구하는 어리석은 놈이라 여겼건만…….'

그러고 보니 세자는 제 어미와 닮은 구석이 하나도 없다. 모정을 갈구하는 모습은 꼭 그 어미가 임금에게 집착하는 모습과 닮은 듯 보였으나, 이제 보니 그렇지도 않다.

'집착과 사랑은 다른 것이지.'

자신이 한 여인의 사랑을 잊지 못하고, 한 여인의 집착을 받아들일 수 없었으니 그 다름을 모를 수가 없다.

어째서 세자를 생각하다가 또 그 여인이 떠올라 마음이 시려오는지 알다가도 모를 일이다. 임금은 제가 놓쳐 버린 사람을 그리워하다가, 이를 떨치고자 동궁으로 발길을 옮겼다.

세자는 전날 또 과음하고 늦게까지 자고 있느라, 임금의 갑작스러운 행차에도 의관을 제대로 갖추지 못하고 비틀거리며 섰다. 불호령이 떨어질 것을 기다리느라 동궁전의 궁인들은 하나같이 바들바들 떨고 있었으나, 세자만이 태연했다.

"어찌 예까지 오셨사옵니까."

"……."

임금이 무거운 침묵으로 세자를 노려보자, 세자가 어쩔 수 없다는 듯 말했다.

"송구하옵니다. 몸이 좋지 않아, 여태 누워 있었습니다."

"모두들 나가 있거라!"

임금의 말이 떨어지자마자 궁인들 모두 기다렸다는 듯, 가슴을 쓸어내리며 나갔다.

방 안에 두 사람만 남자, 임금이 상석으로 가 앉았다.

"앉아라!"

이림이 비틀거리며 앉는 것을 보고 임금이 마침내 호통을 쳤다.

"언제까지 이럴 것이냐!"

"중전을 어마마마라 부르고 문안을 가야 하는 동안 이럴 것입니다."

"미친놈!"

임금께서 사나운 욕설을 하신 것은 처음이었다. 그제야 세자가 공손히 고개를 숙이며 정중하게 말했다.

"너무 염려 마시옵소서. 소자 생각이 있사옵니다."

"생각이 있다니 잘됐구나. 내게도 생각이 하나 있다."

"예?"

"정대봉의 여식 정도윤을 아느냐?"

임금은 세자의 눈동자가 조금 커지는 것을 놓치지 않았다.

"역시 잘 아는구나. 하면 그 아이가 처녀단자를 올린 것도 알고 있느냐?"

이림은 눈살을 찌푸리며 저도 모르게 주먹을 쥐었다.

"나는 그 아이가 마음에 든다."

"전하!"

"정대봉도 마음에 들고 그 아이도 마음에 들어."

"저는 싫사옵니다."

"그 아이가 남장을 하고 널 속인 것 때문이냐?"

임금께서 거기까지 알고 계신 데 크게 놀란 이림이 고개를 번쩍 들었다.

"사내대장부가 그깟 일로 꽁해서야 되겠느냐? 지금 우리에게는 꽤 쓸 만한 아이니, 세자빈이 될 수 있도록 힘을 실어주어야겠다."

"저는……!"

이림은 무언가 할 말이 있어 보였지만 곧 입을 다물었다.

"그 아이가 너를 기만하고 배신한 것이 그리도 원통하고 화가 난다면 베어버리지 그랬느냐? 너 역시 그 아이가 마음에 있는 게지. 안 그러냐?"

이림은 입술을 잘근거리다가 힘겹게 말했다.

"예. 마음에 있습니다. 분명 그 가증스러운 얼굴을 보면 화가 나는데 다시 만나 기뻤습니다."

"한데 뭐가 문제냐? 그 아이도 네가 좋아 네 곁에 있고 싶다지 않느냐? 아무도 네 세자빈이 되고 싶지 않아 하는데 복덩이가 굴러들어 온 게야."

"제게는 복일지 모르나, 그쪽에는 화가 될 것입니다."

"뭐……?"

"그 아이가 다치길 원치 않습니다. 글을 좋아하고 그림을 즐기고, 자연을 벗 삼아 자유롭고 호방하게 사는 그 아이의 모습이 보기 좋았나이다. 계속 그리 때 묻지 않게 살게 해주고 싶사옵니다."

임금은 적잖이 놀라고 있었다. 사랑과 집착은 다르다고 좀 전까지 그리 생각했지만, 아들 녀석의 대답에서 또 한 번 깨달음을 얻을 줄 몰랐기 때문이다.

"그리도 마음이 깊은 것이냐?"

"……화가 나지만 마음은 쉬이 돌아서지지 않았사옵니다."

임금은 고개를 끄덕이며 말했다.

"오냐. 그럼 잘됐구나. 나는 내 아들이 사랑하는 여인의 곁에 있길 바란다. 그것이 이 아비의 이기적인 마음이라 해도 어쩔 수 없다."

"전하, 부디!"

"나는 이미 정대봉에게 명했다. 정도윤이 세자빈에 간택되지 못할 시에는 풍속을 어지럽히고 세자와 왕실을 기만한 죄를 물어 크게 벌할 것이라고."

"……!"

이림이 사정한다고 임금의 마음을 돌릴 수는 없었다. 그래서 이림의 분노는 오롯이 도윤에게 향했다.

'대체 넌 무슨 생각으로!'

기껏 모질게 굴고 돌아섰건만, 용서하려 했건만, 점점 더 자신을 화나게 만들고 있지 않나.

한양에는 이름만 대면 아는 유명한 가문과 사람들이 제법 많았다. 유명한 이유는 다들 제각각으로, 최근에는 한양에 올라온 지 얼마 되지 않은 정대봉의 집이 유명세를 타고 있었다. 바로 그 댁의 둘째 아씨 정도화의 미모 때문이었다.

물론 아직은 모르는 사람이 더 많았지만, 인근에서는 모르는 자가 거의 없을 정도로 소문이 날로 퍼져 가는 중이다.

한데 웬 누더기 치마를 입은 비렁뱅이 꼴의 소녀가 정대봉의 집 앞을 서성거리니, 지나가는 사람들마다 한 번씩 힐끗거렸다. 땅거미가 지는 시간에 처량 맞게 그러고 있으니 눈에 띄었다.

그러나 소녀는 사람들의 시선에 아랑곳 않고, 낡은 보자기를 가슴에 끌어안은 채 대문 앞을 왔다 갔다 하며 망설였다.

「네 존재가 알려지면 곤란하니 적당한 곳에 몸을 잘 숨겨야 한다.」

소녀, 아니, 여장을 한 자희는 세자의 명을 훌륭하게 지켜내는 중이었다. 내관인 자신은 목소리로 보나 행동거지로 보나 너무 눈에 띄었다. 더군다나 제가 쫓겨난 것을 다들 알고 있으니, 일부러 저를 찾고자 하면 쉽게 찾을 수 있을 것 같았다. 그래서 예전에 남창굴에 끌려갔던 좋지 못한 경험을 바탕으로 과감하게 여장을 했다.

그러나 이 모습으로 계속 지내는 것도 여전히 수상했다. 남루한 계집이 주막을 이용하는 건 여러모로 사람들 입에 오르내릴 것이다. 어딘가 몸을 의탁해야 할지 고민하던 중에 임금으로부터 연통이 왔다.

『정대봉의 여식과 무슨 일이 있었는지 들었다.』

가슴 철렁한 문장으로 시작된 임금의 친필 서찰을 읽어 내려갈수록 자희의 표정이 놀람과 의아함으로 물들었다.

『……하니, 그 아이 주변에 별일이 없는지, 예의주시하라. 또한 그 아이가 혹여 다른 마음을 품지 못하도록 잘 살피거라. 특히, 세자가 그 아이를 흔들지 않도록 해야 할 것이다.』

'일이 이렇게도 진행되는구나. 희한한 일이네.'
어쩌다가 정도원, 아니, 도윤 아씨가 처녀단자를 올리고 임금께서 이를 받아들이게 된 것인지, 자세하는 모르겠지만 짧은 시간에 일이 뜻하지 않게 극적으로 진행되는 게 아닌가.
아무튼 임금께서는 도윤이 혹여 김태수 일당에게 해를 당할지 모르니, 세자가 시킨 일이 무엇인지는 모르겠지만 도윤의 신변을 지키는 것부터 먼저 하라 하셨다. 그거야 그렇지만, 자희 생각에 세자가 도윤을 거부하는 건 사실 내버려 둬도 될 일이라, 임금께서 괜한 걱정을 하시는 듯했다.

'겸사겸사 예서 지내면 되겠는데…….'

뭐라 말하고 들어가야 하나 고민하던 자희가 무언가 결심한 듯 대문으로 다가갔다.

그리고 크게 문을 두들기기 시작했다.

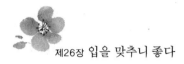

제26장 입을 맞추니 좋다

늦은 밤 퇴청한 정대봉은 비척거리며 잠자리에 들었다가, 또 이른 새벽에 억지로 일어나는 것이 일상이었다. 오늘도 머리를 긁적이며 일어나 대청마루에 앉은 대봉은 여종이 가져다주는 세숫물에 얼굴을 닦으며 '몸이 곤하니, 수발받는 것도 편하구나' 하는 생각을 하고 있었다. 그런데 문득 정신을 차리고 보니, 수발 드는 여종의 얼굴이 낯설었다.

"너, 너는 또 누구냐?"

"저는 자영이라 합니다."

"자영? 아니, 이름을 물은 것이 아니라……."

정대봉이 당황하는데 도윤이 나타났다.

"사정이 있어 얼마간 저희 집에 묵으며 허드렛일을 돕기로 했습니다."

"엉? 얼마간이나? 아는 아이냐?"

"그렇게 됐습니다. 저는 바빠서 이만 먼저 나가보겠습니다."

"그렇게 되긴 뭐가 그렇게……."

도윤은 제대로 설명해 주지 않고 공손히 허리를 숙이고는, 바쁘게 대문 밖으로 나가 버렸다.

황망했던 정대봉은 멍한 눈으로 손가락을 꼽아봤다.

"아니, 내가 몇 사람을 먹여 살려야 해? 우리 처지에 노비가 둘이나 되는 게 말이 돼? 그리고 쟤 새벽같이 어딜 나가는 게야! 처녀단자 올린 지가 언제인데!"

영 가장의 권위가 서지 않는 집구석이라며, 대봉은 아침부터 투덜거렸다.

제생원은 이른 새벽에도 발 디딜 틈 없이 모여든 환자들로 분주했다. 병들고 가난한 백성을 구휼하고자 세운 곳이나, 지금처럼 약값이 천정부지로 치솟고 백성들의 삶이 피폐해지면 제생원만으로는 턱없이 힘에 부쳤다. 게다가 제생원은 병자만 돌보는 곳이 아니라, 의녀를 양성하거나 고아를 거두는 등 많은 일을 하고 있었기에 밀려드는 병자들을 다 받아주지 못해 속수무책이었다.

제생원 밖에는 순번을 받아놓고 하염없이 기다리는 병자들이 진을 치고 살려달라 악다구니를 썼다. 때문에 병의 위중을 가릴 새도 없이 밀려드는 대로 받다 보니, 하루에도 몇 명이나 되는 병자가 의원도 만나보지 못하고 죽어나가고 있었다.

"도대체 며칠을 더 기다려야 하는 거요! 우리 애 숨넘어가는 거 좀 보소!"

사내가 와락 소리를 지르자 그에게 안겨 힘없이 늘어져 있던 아이가 간신히 눈을 끔뻑였다. 비쩍 마른 아이는 금방이라도 숨이 끊어질 것처럼 위태로워 보였으나, 사람들은 그에게 줄을 비켜줄 마음이 없었다.

"어딜 와! 우리도 다 죽어가는 사람들이야! 당신만 급한 줄 알아!"

"맞소! 아, 저리 가시오!"

아비규환이 이럴 때 쓰는 말 같았다. 제생원에 손을 보태러 왔던 도윤은 줄을 선 자들 중 자신이 먼저 도울 수 있는 자들을 찾기로 했다.

약재 창고는 거의 텅 비어 있었지만 그래도 흔히 구할 수 있는 것들은 사정이 나은 편이었다. 비단풀, 쇠비름, 까마중, 지치 등 담을 수 있는 것들을 재빨리 담아내어 갔다.

하지만 도윤의 표정이 곧 어두워졌다. 이 상태라면 며칠 안 가서 약초가 전부 동이 날 것이고, 배가 고파 찾아온 이들에게 죽 한 그릇 내어줄 수 없게 될 것이다. 물가가 오르니 양반들도 주머니를 닫아버려 간혹 들어오던 구호품도 뚝 끊겼다. 이곳에 발걸음을 한 지도 어언 일주일, 갈수록 궁핍해지는 제생원의 살림을 보니 도윤의 시름이 깊어만 갔다.

'무슨 수를 내야지 안 되겠구나. 곳간이며 약재창이며 텅텅 비었어.'

한편 뒤늦게 도윤을 따라 제생원에 도착한 만덕이와 자희는 일을 하는 내내 손발이 맞지 않았다.

"너 지금 뭐 하니? 무슨 빨래를 그렇게 해? 그래가지고 피고름이 제대로 빠지니?"

만덕이는 자희가 빨래하는 모습이 성의가 없어 보여 화를 냈다.

"자. 봐. 깨끗하잖아. 어떻게 하든 잘 빨리면 되지 무슨 상관이야. 그리고 너 나보다 어린 게 꼬박꼬박 반말이네."

자희는 그런 만덕이의 잔소리를 들을 때마다 귀를 후벼 파며 건성으로 넘기며 언니 행세를 했다.

"몇 살인지 알게 뭐야? 믿을 수가 있어야지. 그리고 우리 아씨 몸종은 나야. 나보다 늦게 들어왔으면 일을 잘 배워야지."

만덕이는 자신이 아직 이 집에 온 지 얼마 되지 않았는데도 또 새로운 몸종을 구한 것이 불안했다. 혹시 제가 일을 잘 못해서 쫓아내시려는 건 아닐까, 왜 굳이 새 여종을 구했을까, 전전긍긍하느라 이래저래 예민하게 굴고 있었다.

거기다가 새로 들어온 자영이라는 아이는 어딘가 귀태가 흐르고 예쁘게 생겼고, 아씨와 친해 보이는 것이다. 이왕이면 보기 좋은 떡이 먹기도 좋다고, 아씨도 저처럼 손가락 하나 없고 볼품없는 아이보다 예쁜 아이를 몸종으로 곁에 두고 싶을지 모르는 일 아닌가.

"뭐 네가 하는 거랑 내가 하는 거랑 별반 달라 보이지도 않는구먼, 되게 떽떽거리네."

"뭐, 뭐? 야!"

"거 좀, 같은 처지에 있는 사람들끼리 그러는 게 아니지. 어디서 텃세야?"

뭔가 영감 같은 말투에 만덕이가 질색할 때였다. 도윤이 그런 두 사람에게 웃으며 다가왔다.

"기운들이 넘쳐 나는구나. 다툴 힘도 있고."

"그게 아니라 얘가 선배 행세를 하려고 해서 말예요."

"내, 내, 내가 언제!"

도윤은 자희가 혀를 쏙 내미는 걸 보고 조용히 꾸짖었다.

"넌 만덕이 그만 괴롭히고 내 심부름 좀 해."

"괴롭히는 게 아니라 얘가 좀 이상하다니까요. 성격이 영⋯⋯."

"뭐가 어째!"

"그만하래도."

두 여인이 동시에 자희를 타박했다.

"예, 아씨! 뭐든 시키십시오. 헤헤. 이 자영이가 얼른 다녀오겠습니다."

도윤은 너스레를 떠는 자희를 보고 피식 웃었다.

이틀 전 자희가 치마를 입고 찾아와 대성통곡을 했을 땐 얼마나 당황

했는지 모른다. 세자께서 저를 내쫓아서 갈 곳이 없다고, 바깥세상에 적
응할 때까지만이라도 옛정을 생각해 함께 지내게 해달라고 매달렸던 것
이다. 가엽게도 그렇게 울더니, 자영이란 이름으로 도윤의 몸종이 된 후
로는 예전처럼 밝아졌다.

'저하께서 진짜 쫓아내셨을 리는 없을 텐데……'

자희의 말을 다 믿지는 않았지만, 매달리는 아이를 뿌리칠 수는 없었
다.

자희는 누군가를 보살피는 데 익숙하고 넉살도 좋아서, 만덕이가 샘을
내고 불안해하는 것도 이해가 갔다.

"만덕아. 저 아이는 금방 떠날 아이니 신경 쓸 것 없다."

"아뇨. 저는……. 뭐, 그래서가 아니라요……."

속마음을 들킨 것이 부끄러웠는지 쭈뼛거리던 만덕이가 갑자기 생각
났다는 듯이 도윤을 챙겼다.

"그나저나 아씨 괜찮으십니까? 여기 일이 너무 고돼서요. 아씨는 아직
식사도 못 하고 오셨잖아요. 제가 주먹밥을 싸왔는데 이거라도 드셔요."

"괜찮다. 여기 지금 죽어가는 사람이 얼마나 많은데 밥이 넘어가겠느
냐. 난 괜찮으니 이거나 도와다오."

"전혀 안 괜찮아 보이시는걸요? 이게 벌써 며칠째입니까? 이러다가 아
씨 먼저 큰 병을 얻으시겠습니다."

그리 이야기를 하면서도 만덕이는 도윤이 가져온 빨랫감을 가져가 부
지런히 빨기 시작했다. 병자의 피고름을 닦아낸 수건들이라 빨고 삶고 보
통 일이 아닌데, 만덕이는 아버지의 병간을 오래해선지, 손가락 하나가
없는데도 손끝이 야무졌다.

"일을 참 잘하는구나."

"저야 뭐 익숙하지만, 아씨께서는 안 하셨으면 좋겠습니다. 주위를 둘

러보십시오. 이곳에 일하고 있는 사람들 중에 아씨 같은 양반님들은 아무도 없지 않습니까. 이런 일을 하시면 다들 아씨를 우습게 볼까 봐 걱정입니다."

"사람을 구하는 일이 우습다면 그 사람이야말로 웃음거리가 돼야겠지."

만덕이의 말은 다른 양반가에서 아씨를 우습게 볼 거라는 얘기였다.

아씨의 더러워진 옷도, 땀을 흘려 흐트러진 머리카락도 만덕이는 속상해 죽을 지경이었다.

"겉만 번지르르한 잘난 양반님들이 우리 아씨 이 아름다운 마음씨 반만 닮았으면 좋겠습니다. 그럼 세상이 훨씬 살기 좋아질 텐데요."

"난 그리 숭고한 마음으로 여기 있는 게 아니다. 다 나를 위해 이러는 게다."

"그게 무슨……."

"그런 게 있다."

도윤이 대답해 주지 않으니 만덕이도 더 물을 수 없었다.

한편 제생원의 일을 돕는 노비들과 의녀들, 그리고 오가는 사람들은 그런 도윤을 호기심 어린 눈으로 쳐다보며 숙덕거리곤 했다.

"아니, 저 아씨는 뉘신데 여기서 저 고생을 하시나?"

"자네 얘기 못 들었나? 그 유명한 도화 아씨 언니 되시는 도윤 아씨라네."

"정말? 아니, 어쩜 저리 마음씨가 고우실까."

"그러게 말이야. 두 자매 모두 인물도 곱지. 마음도 곱지. 저런 아씨들이 어디 있나."

한참 도화와 도윤을 칭찬하던 사람들의 목소리가 잦아질 때쯤이었다.

누군가 반신반의하며 말을 꺼냈다.

"한데 이상하지. 내가 얼마 전에 들은 얘기인데, 도윤 아씨가 처녀단자를 올리셨다더라고."

"뭐? 그 개차반 세자한테? 그럴 리가!"

"흠 없는 양반들은 다들 올리는 거 아닌가?"

"말이 그렇지. 누가 귀한 딸을 세자빈으로 올리고 싶겠나. 그것도 하필 그런 세자한테."

"그럼 워낙에 좋은 규수라 궁에서 세자빈으로 들이라고 압박한 건 아닐까?"

"어휴. 어째. 그럼 아까워서 어쩌나 그래. 쯧쯧."

그 말이 맞을지도 모른다고, 도윤에 대한 칭찬이 동정으로 바뀌어갈 무렵, 사람들의 웅성거림 속에서 성난 외침이 튀어나왔다.

"뭐요!"

"거 줄 선 거 안 보이오?"

"썩 뒤로 가시오!"

갑자기 지금까지와 다르게 큰 소란이 일었다.

도윤과 만덕이도 소리를 듣고 의녀들과 함께 밖으로 나가보았다.

축 늘어진 아이를 안아 든 사내가 사색이 된 얼굴로 줄을 선 백성들을 힘으로 밀치며 다투고 있었다.

"무슨 일인가?"

빠르게 아이에게 다가간 도윤이 물었다. 그러자 축 늘어진 아이를 안아 든 남자가 눈물을 글썽이며 말했다.

"뱀에 물렸습니다! 우리 애 좀, 애 좀 살려주십시오!"

야산에서 뱀에 물려 쓰러졌다는 아이의 종아리에는 뱀에 물린 자국이 선명했다.

상처를 살피던 의녀와 도윤이 마주 보았다.

"가서 의원을 불러오셔야겠네."

의녀 역시 어떤 맹독인지 알 수 없어 섣불리 손을 쓸 수 없었기에 고개를 끄덕이며 문을 향해 달려갔다. 그러자 사람들의 원성이 더 커졌다.

"거, 지금 뒤에 줄 서 있는 거 안 보이시오? 우리는 새벽부터 줄을 섰소!"

계속해서 언성을 높이던 사내가 큰 소리로 역정을 내자, 도윤이 그자를 바라보며 단호하면서도 위엄 있는 목소리로 말했다.

"미안하지만, 지금은 이 아이가 더 위중하네. 다들 몸이 아파 괴로운 걸 왜 모르겠나. 하나, 이 어린아이부터 살려야 하지 않겠나. 지금 자네들이 양보해 주지 않는다면, 이 아이는 자네들 눈앞에서, 지금 여기서 죽고 말 것이네. 그래도 괜찮은가?"

도윤이 말하지 않아도 다들 알 만한 사실들이었으나, 사람들은 그녀의 말을 듣고 나서야 새삼 깨닫는다. 자신들을 꾸짖는 듯한, 그러나 동시에 이해한다는 듯 달래준 도윤의 음성에 정신이 번쩍 들고 부끄러워지기 시작했다. 대체 뭣 때문에 그리 들들 끓어오르고 마음이 조급했던 것일까.

"다들 얼마나 고통스럽겠나. 가시만 박혀도 제 몸의 상처는 아픈 법일세. 하나, 이런 때일수록 위중한 병자부터 살필 수 있게 조금씩 양보해 주게. 어떻게든 모두에게 돌아갈 약재를 구해볼 테니, 조금만 힘을 내게."

모두에게 약재가 돌아갈 거라는 희망은 사람들을 진정시키는 데 큰 도움이 됐다.

사람들은 쭈뼛거리며 저보다 더 심한 병자들을 앞으로 올 수 있게 돕기 시작했고, 무질서와 혼란으로 아수라장이던 곳은 점차 질서가 잡혀갔다.

도윤은 제가 무슨 일을 해냈는지 알 겨를도 없이 아이의 상처를 보다가 만덕이에게 말했다.

"가서 방아풀을 좀 가져오너라."

"네, 아씨!"

사람들의 시선이 도윤에게서 떨어질 줄 몰랐다.

"아녀자 혼자 있는 집입니다. 나가주십시오."

"아니, 왜 혼자 있소? 다들 어디 가고……."

한수창은 도윤이 처녀단자를 올렸다는 소식을 듣고 급히 그녀를 만나러 왔다가, 도화를 보고 무척 반가웠다.

"다들 어디 갔는지가 왜 궁금하십니까? 못 들으셨습니까? 나가주십시오."

한데 도화가 저를 보고 불한당 보듯 하며 나가라 재촉하자, 꼭 처음 길에서 만나 무안을 당한 그때처럼 머쓱했다. 늘 자신감이 넘치다가도 한참 어린 도화가 저를 이리 보면 괜히 주눅이 들어 말도 잘 나오지 않았다.

"아니, 실은 오늘은 도윤 낭자를 뵈러……."

그러자 도화의 눈썹이 꿈틀거리고 눈매가 더 사나워졌다.

"언니는 지금 없으니 밝은 날 다시 오시지요."

"지금도 밝은데……. 아, 혹시 오해하신 거라면! 제가 도윤 낭자를 만나려는 것은……."

"오해는 무슨요. 사람들이 볼까 두려우니 썩 나가십시오."

"큼. 누가 보긴 누가 본다고……. 이왕 온 김에 숭늉이라도 한잔……."

너무 오랜만에 와서 낯설어서 그런가, 아니, 애초에 낯이 익을 만큼 친분이 있던 것도 아닌데 등등, 한수창은 도화의 차가운 축객령의 이유를 몰라 쩔쩔맸다. 어쨌거나 도화가 어려운 처지에 있을 때 도와줬는데 저를 이리 박대하는 게 이상하지 않나.

"술이 덜 깨셨으면 해장은 집에서 하시지요. 아니면 살림 차린 기방에서 하시던가요."

"에? 해장이라니요? 살림이라니? 잠깐, 뭔가 오해가!"

이제야 한수창은 그 이유를 알 수 있었다.

세자 때문에 밤낮없이 구아정에서 술을 퍼마신 일이 여기저기 다 소문이 났을 테고, 도화가 이를 모를 리가 없었다.

"소녀가 무슨 오해를 한 것인지 모르겠습니다."

순진한 소녀의 눈동자에 파렴치한을 보는 듯한 경멸의 빛이 어린 것을 확인하고, 한수창은 억울해서 펄쩍 뛰었다.

"난 기방에 살림을 차린 적이 없고, 해장을 할 이유도 없소! 그건 다만……!"

"아. 그러십니까. 한데 그게 소녀와 무슨 상관이 있는지요?"

"뭐, 뭐요?"

해명할 기회조차 주지 않는 것을 보면 완전히 마음을 돌린 듯했다.

"오해했다면 미안합니다. 한데 제게 해명하실 이유는 없습니다. 그저 나가주셨으면 좋겠습니다."

"아니, 그래도 내 말은……. 낭자! 낭자!"

도화는 한수창이 나가지 않으니 자신이 방으로 들어가 버렸다.

세자 때문에 괜한 오해를 산 한수창이 가슴을 팡팡 내려치며 말 못할 화를 삭이고 있을 때였다.

"어사님. 예서 뭐 하십니까?"

맑은 음성에 돌아보니, 도윤이 만덕이라는 몸종과 함께 마당으로 들어서던 중이었다.

"그렇지 않아도 찾아뵈려던 참인데, 마침 잘되었습니다."

제생원의 약재 일로 한수창에게 의논하려던 도윤은 그를 보고 매우 반가워했다. 자희가 쫓겨난 일에 대해서 역시 아는 게 없는지 물어보고 싶었던 참이었다.

"하—"

하지만 지금까지 도윤을 기다렸던 한수창은 어깨를 축 늘어트리며 우울한 음성으로 엉뚱한 소리를 꺼내놓았다.

"바깥일을 하다 보면 말입니다. 피치 못할 사정으로 기방에 가야 할 그런……. 하아— 이 변명은 영 아닌 것 같지요?"

정말 사실인데도, 도윤의 표정을 보니 아닌 모양이다.

무슨 일이 있었는지 눈치챈 도윤이 고개를 끄덕이며 말했다.

"예. 좀 치졸해 보이십니다."

"그리 아프게 말씀하실 것까진! 하아— 그럼 뭐, 기생들한테 환장해서 놀아났다 해야 속이 시원하시겠습니까?"

"듣기로는 그렇게 노는 걸 아주 좋아하신다고……."

도윤이 천진난만한 표정으로 그런 소리를 하자 한수창이 버럭 소리를 질렀다.

"누가요! 어떤 빌어먹을 개자식이 그런 헛소문을 퍼트리고 다닌답니까!"

그러자 대답이 바로 튀어나왔다.

"내가."

갑자기 들려온 사내의 목소리에 도윤이 화들짝 놀라 뒤를 돌아보았다.

그러자 반쯤 열린 문 뒤에서 이림이 걸어 들어오는 게 아닌가.

여전히 화난 사람처럼 굳은 얼굴을 하고, 마지막에 뵈었던 바로 그 모습으로.

"저, 저하!"

도윤도 놀랐지만 지금 이 순간 가장 놀랍고 두려워해야 할 사람은 한수창이었다.

이림은 한수창을 쳐다보며 화도 내지 않고 차분하게 대답했다.

"그 빌어먹을 개자식이라면 여기 있다."

굳이 하지 않아도 될 친절한 대답에 한수창의 얼굴이 파리해졌다.

"그, 그러니까 저는……."

"자리를 피해다오."

듣던 중 반가운 소리였다. 한수창은 쏜살처럼 밖으로 나갔고 만덕이도 알아서 자리를 피해주자 마당에는 두 사람만 남게 되었다.

"저하. 누추하지만 안으로……."

"사내와 한 방을 쓰는 것이 원래도 익숙했나?"

이림은 방으로 뫼시려는 도윤의 의도를, 남장을 하고 유람했을 때에 빗대어 떠보듯이 빈정거렸다.

"……."

적대감이 가득한 눈동자를 보고 도윤은 할 수 있는 말이 없어 고개를 숙였다. 한편으로는 그 모습이 세자의 억측에 대답할 가치가 없다는 듯 당당해 보였다.

"예까지 어인 일이시옵니까?"

"몰라서 묻는 것은 아니겠지?"

"술 동무를 찾으러 오신 게 아니라는 것은 알겠습니다."

한수창을 쫓아낸 것을 두고 한 말이었다. 즉, 제게 볼일이 있다는 걸 안다고. 하지만 끝내 모르는 척하는 것이다. 그것이 괘씸했던 이림이 결국 제 입으로 쏘아붙이고 말았다.

"주제도 모르고, 겁을 상실했구나. 세자빈이 되겠다고?"

도윤은 천천히 고개를 들고 그와 눈을 마주했다. 차가운 눈매를 보고 있는 것만으로도 가슴에 서늘한 바람이 부는 것만 같았지만, 도윤은 피하지 않았다. 처음으로. 제 마음을 솔직하게 전하고 싶어서였다.

"세자빈에 올라야 예전처럼 저하 곁에 머물 수 있지 않겠습니까."

"내가 널 쉽게 용서해 주었더니, 좀 더 욕심을 부려도 될 것 같았더냐? 날 우습게 여기는구나."

그가 어디까지 오해를 하고 저를 이렇게 대하는진 모르지만 확실한 건 그의 말이 틀리지 않았다는 것이다. 자신은 욕심이 많았다. 여자로 태어났으나 사내처럼 살고 싶은 야망을 품고 기어이 제 뜻대로 유람을 다녀오지 않았던가.

"저하께서는 어떤 욕심을 말씀하시는 것입니까?"

매서운 질책에도 도윤이 기죽지 않고 오히려 반문하자, 이림의 눈썹이 꿈틀거렸다.

"혹, 세자빈의 자리에 욕심을 두고 있다 여기신다면, 저는 그리 아둔한 계집이 아니라 답해 드리고 싶사옵니다."

"뭐라?"

"지금 누가 광증에 걸려 자리가 위태로운 세자의 아내가 되고 싶어 한단 말입니까."

도윤의 말이 끝나기가 무섭게 세자 이림에게서 짙은 분노가 일렁였다.

"감히……."

"하나, 그럼에도 불구하고 저는 욕심을 부리고 있는 것이 맞사옵니다."

"네가 지금 나를 능멸하려는 것이냐!"

"저하. 저는…… 저는 욕심이 많아서 가짜 한수창, 제가 사랑했던 선비님이 다른 여인을 품는 걸 상상조차 하고 싶지 않습니다."

"……!"

"저하의 곁에 있고 싶습니다."

곁에 있고 싶다라……

정도원에게 그렇게도 바라던 말이었다. 그가 곁에 있어주었으면 했다. 연모하는 마음을 숨긴 채 벗으로, 자신의 충신으로 곁에 남아주었으면 했다. 그가 마지못해 그리해 주겠다 했을 때 세상을 얻은 것처럼 기뻤었다. 한데 여인인 정도윤이 곁에 있어주겠다는데 기쁘지 않았다. 기쁘기는커녕 오히려 속에서 부글부글 분노가 끓어 차올랐다.

"그날 설악산에서 저는 제가 알던 선비님이 세자 저하라는 것을 알고 도망쳤습니다. 결코 이룰 수 없는 사이라고, 오를 수 없는 분이라고, 절망하며 돌아섰습니다. 그 일을 얼마나 후회하고 있는지 모릅니다. 저하를 다시 뵈면 이 말을 꼭 전하고 싶었습니다. 곁에 있고 싶었다고. 계속 저하 곁에 있겠다고."

이림은 그녀의 갑작스러운 고백을 듣고 못 박힌 듯 그 자리에 서서 그녀를 응시했다. 이러려고 온 것이 아니다. 아니, 애초에 왜 여길 온 것일까. 이미 일은 벌어졌는데, 야단치고 원망하려고 온 것일까.

이림은 그녀에게서 눈길을 거두며 말했다.

"욕심이 과하구나."

돌아서는 이림의 뒷모습이 위태롭고 가여워 보였다. 도윤은 달려가 그의 등을 안아주고 싶은 마음에 저도 모르게 몇 걸음 다가갔다가 우뚝 멈춰 섰다.

'천천히, 천천히 가겠습니다. 저하의 마음이 온전히 풀리실 때까지.'

하지만 도윤은 바라고 있었다. 그녀가 적의를 입고 세자빈으로 입궁하는 날, 세자께서 저를 따뜻한 눈으로 바라봐 주셨으면 좋겠다고.

'봄이 아직 저하의 숲에는 당도하지 않았나 봅니다.'

그의 얼어버린 마음에 한시라도 빨리 꽃씨가 날리는 봄이 찾아오길, 바라고 있었다.

한편 밖으로 나온 이림은 비척거리며 걷다가 한수창과 마주쳤다.

"저하!"

한수창이 맨땅에 무릎을 꿇고 엎드리는데 이림은 그를 못 본 척 지나쳤다.

"저하!"

다시 뒤따라온 한수창이 이림의 앞을 가로막았다.

"비켜라."

이림의 목소리에는 힘이 하나도 실려 있지 않았다.

대신 한수창이 한껏 힘을 실은 음성으로 말했다.

"저는 좋은 계책이라 생각합니다!"

"……."

"도윤 낭자라면 지금의 세자빈 자리에 안성맞춤입니다."

이림은 더 말해보라는 듯 걸음을 멈추었다.

"송구하옵니다만, 방금 두 분의 말씀을 엿들었나이다. 해서 죽을 각오로 한 말씀 올리자면, 저하. 저하께오선 도윤 낭자가 사내여도 그분을 품고자 하셨을 겁니다."

이림의 무표정한 얼굴에 분노가 어렸다.

"한데 뭐가 문제입니까? 곁에 있겠다지 않습니까! 저 한수창도 저하의 목숨이 경각에 달리고 가문이 위태로워지면 저하를 버릴지 끝까지 함께할지 장담하지 못하는데, 저 여인은 겁도 없이 오로지 저하 곁에 있고 싶다는 이유로 제 발로 그 지옥으로 들어오겠다지 않습니까! 그런 충심이, 그런 연심이 또 어디 있습니까!"

숨도 쉬지 않고 쏟아내는 말을 막고 이림이 쏘아붙였다.

"네가 정도원을 아느냐? 정도윤을 알아? 나는 너보다 그를 더 많이 알지만, 그녀는 모른다. 어찌 믿으란 말이냐! 너는 무엇을 보고 그녀를 믿느냐!"

"그거야!"

말문이 막힌 한수창이 잠시 입술을 적시고 당황하다가, 양팔을 아래로 크게 내려치며 냅다 질러댔다.

"제가 저하보다 여인을 훨씬 많이 알지 않습니까!"

"……."

이림이 화를 내지도 웃지도 않자 한수창은 변명하듯 말을 덧붙였다.

"그러니까 저하께서 보신 정도원은 모르겠습니다만, 지금의 정도윤은 진심입니다."

벗의 진실 어린 충고가 와 닿았을까. 이림의 분노도 점차 가셨다. 대신 그의 얼굴에는 수심이 가득했다.

"세자빈에 어울리는 여인이 아니다. 갑갑한 궐에서 살지 못할 게다. 금방 시들고 말 게다. 적어도 내가 아는 정도…… 윤은 그런 여인이다."

"그거야 저하께서 하시기 나름입니다. 것보다 요즘 도윤 낭자가 제생원에도 출입하며 백성들 사이에 신망이 날로 높아져서, 아마 세자빈이 된다면 우리에겐 큰 힘이 될 것입니다."

"안다."

"예?"

"제생원에 가는 것. 알고 있었다."

"다 지켜보고 계셨던 겁니까?"

"……."

이림은 대답은 않고 다시 걷기 시작했다.

내내 멀리서 지켜보았다.

아비규환이 된 제생원의 참상도. 그 안에서 그녀가 고생스럽게 백성들을 살피는 것도.

그럼에도 더 도와줄 수 없어 안타까워하는 그 속내가 얼굴에 그대로 묻어나오는 것도.

모습만 바뀌었을 뿐, 정도원이나 정도윤이나 생각하고 행동하는 것은 같은 사람이었다. 어찌 어여쁘지 않을까. 한데도 때때로 괜스레 화가 치밀어 올라 망설일 수밖에 없는 것을, 그녀는 알까.

심란한 마음에 이림의 걸음이 늦어졌다.

"제생원 말이다."

"예."

"도와줄 사람이 필요하다."

도윤이 병자들을 구하지 못해 입술을 깨물고 속상해하는 것을 더는 보고 싶지 않다.

"제가 재산이 많아 보이지만 아직 제 것이 아니옵니다."

"이규석이란 자를 아는데, 이천의 만석꾼 자제다."

"한데요? 도와달라면 그냥 도와주는 마음씨 좋은 사람들입니까?"

"의금부 나장 자리가 비었다더구나."

추천으로 관직에 오를 수는 있지만 반발이 심할 것이다. 제생원을 돕는 일이라 뒷돈으로 사리사욕을 채운 비리와는 다르지만, 하여간 돈을 받고 관직을 사고파는 짓이나 다름없지 않나.

"자꾸 안 좋은 것만 배우시는 것 같습니다."

"실력은 괜찮을 게다. 아마도."

아마도?

한수창은 세자니까 참자, 하는 심정으로 그에 대해선 더 말하지 않았지만, 은근한 목소리로 다른 말을 했다.

"저하. 제 말 오해하지 말고 들으십시오."

"뭘?"

"그렇게 막 몰래 뒤따라 다니고 그러는 거, 제가 해봐서 압니다만, 그게 여인들이 상당히 기분 나빠하는 그런 거라……. 비밀로 하셔야 합니다. 저도 모르는 척해 드리겠습니다."

이림은 진심인 듯 지껄이는 하수창의 헛소리가 제 마음을 풀어주려는 의도인 걸 알고, 고개를 절레절레 저으며 받아주었다.

"믿을 사람이 따로 있지."

"아니, 제가 아니면 누가 있습니까?"

"내가 위태로워지면 날 버리겠다고?"

"그건 일종의 충격 요법 같은 겁니다. 말이 그렇다는 거지요. 저하께서는 저만 믿으시면 됩니다."

해 질 녘, 도란도란 이야기를 나누며 걸어가는 두 사람의 그림자가 길게 늘어지기 시작했다.

요즘 들어 유생들의 일탈이 잦아지고 있다고 한탄하는 목소리가 들려오고 있었다. 하지만 학문에 매진해야 할 유생들이 구아정에 잦은 출입을 하는 데는 나름의 이유가 있었다.

"아니, 도대체 어찌 돌아가고 있는 거요? 세자 저하께서 어머니를 잃은 아픔은 참담하나, 그렇다 해도 죄인이오. 죄인을 비호하는 것처럼 이렇듯 망가지시면 우리 유생들이 저하의 편에 서기 힘들어지지 않겠소!"

"맞소. 아니, 대체 좌찬성께서는 이럴 때 세자 저하를 바로잡아 주시지 않고 뭘 하시는 거요?"

얼마 전 좌찬성이자 시강원 이사로 다시 복직한 박성권에 대해 유생들은 많은 기대를 갖고 있었다. 그분이 계실 때만 해도 세자 저하에 대한 평판이 나쁘지 않았기 때문이다.

"최근 주상 전하께서 파격적인 인사를 감행하시기에 영의정 쪽을 견제하시려는 게 아닌가, 했는데 여전히 답보 상태입니다."

"세자빈 간택만 해도 그렇지요. 지금 이 시점에 세자 저하께 힘을 실어 줄 만한 힘 있는 가문이 처녀단자를 올릴 리가 없지 않겠습니까. 듣기로는 처녀단자가 열다섯 정도밖에 모이지 않았답니다."

"생각보다 많군. 열다섯이고 스물이고 그게 뭐가 중요한가. 지금의 중전은 어차피 좋은 가문의 규수를 뽑지 않을 텐데."

"그러니까요. 오히려 견제하는 가문의 여식을 뽑아놓고 다 같이 숙청할 생각일 듯해 두렵습니다."

"하아―! 왜 하필 지금이란 말이오! 저하께서 조금 자리를 잡은 후에 간택령을 내렸으면 좋지 않소."

그러자 여태 듣고 있던 성균관 장의 류정완이 툭 말을 뱉었다.

"왜 하필이 아니지. 세자빈의 간택치고는 이미 많이 늦으셨지."

"그거야……."

다들 할 말이 없었다. 이야기의 흐름이 뚝 끊겨 다들 어색하게 술잔을 들 때였다.

"이거 놓으라니까!"

밖에서 누군가 주정을 부리는지, 꽤나 소란스러웠다.

"술을 마실 거면 곱게 마실 것이지."

정완이 못마땅하다는 듯 한마디 던지고는, 고상하게 한 손으로 소매를 감싸고 술잔을 입으로 가져갔다.

드르륵.

벌컥 문이 열리는 것과 동시에 나타난 인영을 보고, 정완은 마시던 술을 '푸읍' 하고 뿜어냈다.

"이보게, 정완!"

"컥."

"이게 얼마 만인가!"

"놔, 놔! 콜록!"

한수창이 반갑게 달려들어 정완을 껴안더니, 은근슬쩍 그 옆에 엉덩이를 붙이고 앉는 게 아닌가.

"뭐, 뭐야!"

"뭐긴 이 사람아! 날세. 한수창! 암행어사 한수창!"

유생들이 황당하고 놀란 표정으로 두 사람을 바라보자, 정완은 한수창 때문에 체면이 깎인 것 같아 버럭 화를 냈다.

"이게 무슨 무례한 짓인가!"

한수창은 정완의 화를 아랑곳하지 않고 안주를 집어 먹으며 주절거렸다

"우리 사이에 무례는 무슨."

"우리 사이가 좋았던가?"

"그러니까. 언제는 예를 차린 것처럼 말하지 말란 말이지."

"이……!"

"지나가다 들어보니 다들 근심이 많은 듯한데, 내가 마침 좋은 정보가 있어서 이리 찾아왔네. 이번만큼은 우리가 한뜻으로 뭉칠 수 있을 듯해."

"꺼져 주게. 그 잘난 코를 뭉개 버리기 전에."

"이보게, 자네 홍문관 교리 정대봉이란 분을 아는가?"

"자네가 꼬리 빠지게 쫓아다니는 어린 계집의 아비를 말하는 거라면 알고 있네."

정완의 비웃음에 한수창의 얼굴이 잠시 일그러졌다.

"나에 대한 자네의 그 관심이 변함없구만."

"누가! 내가 일부러 관심을 가진 게 아니라!"

"아무튼 그분에게 첫째 딸 정도윤이라는 낭자가 있는데, 이번에 처녀단자를 올렸다네."

"뭐?"

"근데 그 여인이 글쎄, 그리 어질 수가 없어. 요즘 백성들 사이에서 알음알음 소문이 나고 있긴 한데, 곳간을 털어 백성들에게 나눠 주고 제생원에서 허드렛일까지 도맡아 하고 있다는군."

그 말을 들은 유생들이 술렁였다.

"정말 그런 훌륭한 규수가 있단 말입니까?"

"그런 분이 처녀단자를 올렸다고요?"

다들 믿기 어렵다는 듯 고개를 갸우뚱하자 한수창이 술을 마시며 피식거렸다.

"뭐, 믿거나 말거나."

도윤이 세자빈이 될 수밖에 없도록 하는 것.

한수창은 정완을 향해 눈썹을 씰룩거리며 제 생각을 전했다.

정완은 끙 하는 표정으로 고개를 돌렸지만, 괜찮은 생각이라 여겼는지 반박하지 않았다. 김태수와 중전이 도윤을 세자빈으로 뽑지 않으면 백성들의 신망을 잃게 될 것이다. 지금까지 쌓아놓은 신망을 버릴 수는 없으리라. 월한을 세자로 만들기 위한 좋은 명분일 테니.

유생들 덕분인지, 세자빈 간택에 정대봉의 첫째 여식 정도윤이 처녀단자를 올렸다는 소문이 빠른 속도로 퍼져 나갔다. 그 소문과 함께 정도윤을 칭송하는 여러 일화들 역시 알려졌다. 그러다 보니 그녀가 세자빈이 되면 세자가 정신을 차릴지도 모른다는 말까지 나돌았다.

소문을 들은 김태수 일가와 중전은 뜻밖의 변수에 머리가 아팠다.

"정대봉은 또 누구랍니까?"

중전은 김태수를 불러들여 다그쳤다.

"홍문관 교리이온데, 예전에 김춘삼과 의견이 맞지 않아 그만두었다가 최근 주상 전하께서 친히 불러들인 자이옵니다."

"전하께서 불러들였는데, 주시하지 않고 뭘 하셨습니까!"

"그것이…… 그리 신경 쓸 만한 자가 아니었습니다. 김춘삼과 척을 지긴 했었지만 그렇다고 누구의 편에 서거나 한 게 아니라, 그냥 고집만 센 고지식한 자였다 해서……. 전하께서 그런 꼼꼼한 자가 홍문관에 있어야 한다며 다시 부르셨다는 것만……."

김태수답지 않게 말을 흐렸다. 저도 정대봉에 대해 정말 아는 게 별로 없었다. 캐내고 싶어도 뭐 숨기는 게 없고, 행적이 다 드러나 있는데 수상한 점도 없으니 중전이 원하는 답을 해줄 수가 없었기 때문이다.

"정말 그게 답니까?"

"예. 그렇습니다. 처녀단자를 올린 것도 그냥 궁궐 구경이나 해보려는 듯했습니다. 단양 산골에 살던 촌뜨기 아니옵니까?"

"촌뜨기? 그런 계집이 뭐가 그리 대단하다고 다들 난리랍니까."

"어리석은 자들이 만든 소문 아닙니까. 최근 물가가 크게 올라 민심이 팍팍한 중에, 웬 양반 규수가 저희들을 도와준다니 감동이라도 한 모양입니다."

"불안한 게 한두 가지가 아닙니다. 의금부 판사 강필도, 좌찬성 박성권, 그리고 세자. 모두 너무 우리가 원하는 대로 움직이고 있지 않습니까. 저들이 뒤에서 무슨 다른 짓을 꾸미는 건 아닌지……. 정대봉의 여식이 갑자기 등장한 것도 그렇고 심상치 않아요."

여자의 직감이 이럴 때는 더 정확했다. 김태수도 신중해서 나쁠 것은 없으니 중전의 말을 귀담아들었다.

"더욱 감시를 철저히 하라 이르겠습니다."

"그 정도로는 안 되겠습니다. 느낌이 좋지 않으니 이쯤 해서 저희 쪽에서 물건을 좀 풀어야겠습니다."

"예. 그렇지 않아도 세자빈 간택에 백성들의 관심이 너무 커진 것이 마뜩지 않아, 그리하려 했습니다."

김태수 일가는 백성들의 삶을 궁핍하게 만든 후 선심 쓰듯 자선사업을 하거나, 매점매석한 물건을 시가보다 싸게 파는 척해서 큰 이문을 남기는 짓을 주로 해왔다. 이번 물가 파동 역시 김태수 일가가 뒤에서 시전을 주무른 것이었고, 슬슬 사람들의 이목을 끌어 칭송을 받기 위해 약재와 쌀을 내놓기로 했다.

그러나 이번에는 그들의 계획이 한발 늦고 말았다.

세자가 천거했다는 이규석이라는 웬 의금부 나장이 한양에 오면서, 극성스러운 그의 만석꾼 아비가 세자 저하의 은혜를 백성들에게 갚겠다며 제생원에 쌀을 천 석이나 내놓았기 때문이다.

"오늘도 나가느냐?"

정대봉은 그간의 피로 누적으로 인한 과로로 오늘 병가를 냈다. 자신이 병이 났는데도 밖으로 나가는 도윤을 부른 것은 서운해서가 아니었다.

"예. 아버지. 죄송하지만 도화가 있으니, 저는 서둘러 가봐야 할 것 같습니다."

"녀석. 오늘 같은 날은 내 핑계를 대고 쉬어도 좋겠구먼. 그러다 몸 상한다."

"괜찮습니다. 마침 약재도 많이 들어와서 이제 좀 제대로 병자들을 돌볼 수 있게 됐거든요."

도윤은 오랜만에 환하게 웃어 보였다. 제생원에 물자가 들어온 것도 말할 수 없이 기쁘지만 무엇보다 그것이 세자의 힘이었다는 것이 알려졌기 때문이다. 사람들은 세자가 이제야 정신을 차릴 모양이라며 수군거리기 시작했고, 한발 늦게 김태수가 내놓은 쌀은 그만큼 화제가 되지 못했다. 오히려 세자가 먼저 시작하니, 중전이 따라 한다는 소리를 듣게 생겼다.

게다가 모르긴 몰라도 김태수 일당은 생각한 만큼 쌀을 싸게 팔지 못해 쩔쩔매고 있으리라.

막 대문을 나서려던 도윤은 담 쪽에서 우당탕탕 소리가 들려 고개를 갸웃했다.

"왜 이리 소란스러울까요."

"누가 이사를 오는 모양이더구나."

"그래요? 하필 오늘……. 아버지 편찮으신데……."

"됐다. 죽을병도 아닌데, 것보다 만덕이도 두고 간다면서 자영이는 어디 갔느냐?"

"아, 그 아이는 제가 심부름을 좀 보냈습니다."

자희는 엄밀히 노비로 와 있는 척하는 것이지, 노비는 아니었기에 제 볼일이 있을 때마다 나가곤 했다. 그러던 게 요즘은 뭔가 일이 잘 풀리는지 싱글벙글하며 다 늦은 시각에 돌아오는 날이 많아졌다.

"원, 무슨 심부름을 보냈기에……. 혼자서 힘들겠구나. 신경 쓰지 말고 나가보아라."

"예. 그럼 다녀오겠습니다."

대문 밖을 나온 도윤은 옆집으로 들어가는 수레 행렬을 보고 눈이 휘둥그레졌다.

'그리 큰 집도 아닌데 무슨 짐이 이리 많아.'

북촌에서도 이 근방은 조금 외진 곳이라 대궐처럼 으리으리한 집은 없었다. 그런데 지금 들어오는 가구 같은 건 얼핏 봐도 고가품이었고, 없어도 되는 장식용 짐들이 너무 많았다.

'주인이 사치스러운가 보다.'

잘 이해는 안 가지만 남의 취향을 가지고 왈가왈부할 건 아니라, 가던 길을 가려 했다.

한데, 웬 선비의 얼굴이 그녀의 발길을 잡았다.

담 밖에서 무척이나 감회에 젖은 듯한 눈길로 집을 바라보는 젊은 선비는 도윤이 잘 아는, 지금 한양 바닥에서 순식간에 유명해진 그 사람이었다.

"이 선비!"

도윤이 저도 모르게 그렇게 외치고 말았다.

그러자 젊은 선비 이규석이 도윤 쪽으로 고개를 획 돌렸다. 그는 고개를 옆으로 눕히며 도윤을 빤히 쳐다보았다.

그제야 도윤은 제가 실수를 했다는 걸 알아차렸다.

'바보야! 지금 난 여자잖아!'

그때만 남장을 했을 뿐 이규석은 이 모습을 본 적도 없을 텐데, 그를 아는 듯 반갑게 부르다니 큰 실수였다. 어차피 알게 될 일이지만 지금은 아니었다. 규석이 얼마나 황당하겠나.

"아, 자, 잘못 알고!"

민망해진 도윤은 얼른 고개를 돌리고 빠른 걸음으로 뒤돌아 걸어갔다.

하지만 이미 도윤을 봐버린 규석이 따라오지 않을 리가 없었다.

'으아. 안 돼!'

도윤은 필사적으로 달리기 시작했다. 곧 세자빈 간택도 있을 텐데, 남장을 하고 돌아다닌 사실이 여기저기 알려지면 좋을 게 하나도 없었다.

'왜 하필 이 옆집으로 이사 온 거야! 왜!'

무슨 인연이 이렇게 요상한지 모를 일이라고 투덜거리며 뛰는데, 뒤에서 두두두두두 하는 땅을 울리는 소리가 들렸다.

"헉!"

이규석이었다.

그가 양팔을 휘저으며 전속력으로 제게 달려오고 있었다.

'왜, 왜 저래!'

도윤도 미친 듯이 뛰기 시작했지만 곧 숨이 터질 것 같았다.

쫓고 쫓기던 두 사람의 질주는 이규석이 그녀의 앞을 앞질러 길을 가로막으면서 끝났다.

"하악. 하악……. 하아—!"

도윤은 무릎을 잡고 허리를 숙여 헉헉거렸다.

"왜 도망가는 겁니까?"

"하아— 왜 쫓아, 하아, 오신 건데요?"

"도망가니까요. 그리고 절 불렀잖습니까?"

"착각해서요. 하악. 이씨가 한둘도 아니고, 그랬다고……. 하악!"

"근데 이상해서요. 얼핏 보기에 낯이 익어서. 목소리도 그렇고. 실례지만 고개 좀 들어보시겠습니까?"

에라, 모르겠다. 궁지에 몰린 도윤이 고개를 번쩍 들었다.

"어! 어라? 어어?"

규석은 한참이나 그녀를 이리저리 살펴보며 눈을 끔뻑거렸다.

"예. 예. 저 정도원입니다. 남장하고 다녔습니다. 유람이 너무 하고 싶어서요. 됐습니까?"

입을 삐죽거리며 울 것처럼 말하자, 규석은 당황해서 손사래를 쳤다.

"헉! 나, 남장요! 아, 아니. 왜 울려고 하십니까. 제가 좀 놀라긴 했습니다만! 와— 이렇게 감쪽같을 수가. 참으로 대단한 분이십니다! 진심으로요!"

규석이 박수까지 치며 진심으로 감탄하자, 오히려 도윤이 놀랐다.

"제가 괘씸하지 않으십니까?"

"무엇이요?"

"감히 사내 흉내를 내며 시를 쓰고 경학을 논하지 않았습니까."

"그것이 왜요? 대단한 일이지요. 저같이 모자란 놈이 부끄러워해야 할 일이지요."

규석의 따스한 눈길과 진심 어린 칭찬에 도윤은 수줍어하면서도 기뻤다.

두 사람은 그렇게 정겨운 재회를 가졌다.

그러나 그들은 모르고 있었다.

누군가 무서운 눈으로 두 사람을 노려보고 있다는 것을.

'젠장. 괜히 정대봉 옆집을 구해줬나.'

이림은 도윤이 간택에 참여하는 동안에 혹 험한 일이라도 당할까 봐 이규석으로 하여금 도윤의 옆집을 구하도록 유도했는데, 어쩐지 가장 위험한 자를 붙인 듯한 찜찜한 기분이 들었다.

"그 마음, 정말 변함이 없겠느냐?"

내일이면 초간택이 시작되는지라, 정대봉의 집에는 밤늦도록 긴장감이 흘렀다.

도윤은 아버지의 물음에 옅은 미소를 띠고 대답했다.

"이제 와서 변한다면 큰일이 아니겠습니까."

이제 물러날 길이 없으니 의미 없는 것을 묻지 말라는 뜻이었다.

"그래. 네 말이 맞다. 이왕 이리된 거 세자빈이 되거라."

대봉이 수심 가득한 얼굴로 억지로 호기롭게 말하자 도윤은 웃고 말았다.

"녀석. 웃음이 나오느냐? 나는 심장이 타들어간다!"

"저를 키울 때 늘 그러셨다면서요. 이제 적응하실 때도 되지 않았습니까."

"하아— 내가 전생에 죄가 많은 모양이다."

말은 그렇게 했지만, 대봉은 자신의 딸을 기특한 눈으로 바라보았다.

늘 너무 총명한 첫째 딸자식 때문에 걱정이 많았었다. 사내들보다 뛰어나고 영특한 도윤을 볼 때마다 혹시 헛된 욕심을 품고 살까 저어하고, 그 재능을 널리 떨칠 수 없음을 안타까워했다. 그런 딸이 이젠 한 사내의 여인이 되고자 스스로 길을 정했다. 그것도 이 나라 조선의 세자빈이 되고 싶다며.

도윤은 제 손으로 초간택에 입을 송화색 저고리와 다홍치마를 지었다.

아비 된 마음으로는 딸자식이 무슨 마음으로 옷을 지었을까 헤아리기 힘들었다. 자신이 사다 준 옷감을 받아 들고 고운 손길로 몇 번이나 쓸어보며 행복해하는 것을 보고 대봉은 가슴이 아렸었다.

그런 아비의 말 못할 마음을 느낀 것일까. 도윤이 대봉에게 다가가 그이 두 손을 꼭 붙잡았다.

"너무 걱정하지 마세요. 제가 누군데요. 잘할 수 있습니다."

대봉은 그런 딸의 머리를 몇 번이나 쓰다듬어 주었다. 그러면서 빌었다. 하늘에서 보고 있을 도윤의 어미에게, 이 아이를 좀 돌봐주라고.

잠시 후 밖으로 나온 도윤은 제 방으로 돌아가지 않고 뒷마당을 서성거렸다.

잘난 척했지만 잠이 오지 않았다. 궁궐이라는 게 얼마나 무서운 곳일지, 얼마나 멋진 곳일지, 얼마나 다른 세상일지, 두렵다가도 기대되며 이 모든 게 꿈속에서 벌어진 일 같았다.

'진짜. 꿈인가. 내가 정말 이 어마어마한 일을 벌인 거야?'

세자를 사랑하게 된 것도, 그 사랑을 지키겠다고 세자빈이 되려 한 것도, 제가 감당할 수 있으리라 생각해 본 적도 없는 어마어마한 일 아닌가.

도윤은 멍하니 밤하늘을 올려다보다, 어릴 때처럼 빌어보았다.

'달님. 제 소원 한 번 들어주기로 하신 거 잊지 않으셨죠? 우리 어머니는 못 살려주셨으니까, 저는 살려주세요. 저 세자빈이 못 되면 큰일 나요. 상사병 걸려서 죽을지도 몰라요.'

어린아이로 돌아가 떼를 써보는데, 듣기 싫다는 듯 달이 구름 뒤로 숨어버렸다.

주위가 어두워지자 도윤은 시무룩한 표정으로 방으로 돌아가려 했다.

몸을 돌린 도윤이 우뚝 멈춰서더니, 표정이 변하기 시작했다.

언제 들어온 것인지, 갓을 쓴 선비가 뒷짐을 지고 서 있는 게 아닌가.

도윤은 갓에 가려진 얼굴을 보지 않아도 그가 세자라는 것을 알아보았다.

그런 도윤에게 이림이 천천히 다가오며 힘주어 말하기 시작했다.

"궁에서의 삶이 화려하고 고귀한 삶일 것 같으냐? 만인이 우러러 보는 자리, 여인이 오를 수 있는 최고의 자리까지 오르고 나면 행복할 것 같으냐?"

마침내 이림이 도윤의 코앞까지 다가와 멈추었다.

"대답해. 네가 평범한 여인의 삶에 만족하지 못할 거라는 걸 안다. 그

래서 택한 왕실 여인의 삶은 네가 꿈꾸던 삶이라 자신할 수 있냔 말이
다."

　도윤은 아무것도 모르고 있을 것이다. 멀쩡한 사람도 궁에서 살다 보
면 병들거나 미쳐 버릴 수 있다는 걸. 왕실의 여인으로 살면서 행복을 누
린 이가 과연 있기나 한가. 밖에서 만난 백성들처럼 평범하게 자식을 낳
아 기르고 사람들과 부대끼며 웃고 울고 사는 것이 진짜 사람처럼 사는
게 아닌가. 도윤은 정말 궐 안의 생활을 알고 세자빈이 되겠다 마음먹은
것일까.

　"불행해도 좋사옵니다."

　"……."

　"제가 꿈꾸던 삶이 아니어도 좋습니다. 제가 바꿀 수 있는 삶이라 좋습
니다. 노력하고 애쓸 수 있는 그런 자리라 좋습니다. 아무것도 하지 못한
것보다 더 나쁜 결과가 생긴다 해도, 제 스스로 선택하고 최선을 다한 삶
이라 후회는 없을 테니까요."

　이림이 예상한 답이 아니었다.

　무슨 답을 기대했을까. 야무진 대답이 허무하게 느껴지는 것은 왜일
까.

　종잡을 수 없는 자신의 마음을 들여다볼 때였다.

　"아직도 오해하고 계신 겁니까."

　그의 표정이 굳어진 것을 보며 도윤이 말했다. 흐려지는 도윤의 표정
을 보니 제가 무엇을 원하고 있었는지 어렴풋이 알 것 같았다.

　"무엇을 오해했단 말이냐. 처음부터 모든 게 거짓이었는데."

　"미운 소리만 하십니다."

　아! 이거였다.

　야속하다는 듯 울먹이는 도윤의 얼굴을 보니 답답했던 마음이 개운해

지는 듯했다.

못됐다.

하지만 듣고 싶은 대답은 이런 거였다.

'저하만 있으면 됩니다.'

저를 갈구하는 도윤의 눈빛을 보니, 대답을 들은 것처럼 꽁했던 마음이 풀렸다. 이 정도만 해도 안아주고 싶은데, 갑자기 도윤이 저를 원망하는 투로 진심을 고백하며 흔들어놓기 시작한다.

"사랑합니다. 저하께서 저를 구해주셨을 때, 아니, 태백산에서, 아니, 그보다 훨씬 전에, 어쩌면 저하께서 옥에 갇혔을 때부터. 예, 사랑하는 마음을 너무 늦게 알아버려서, 그래서 저하를 놓칠 뻔했습니다."

"그만."

"한데 이제 놓치지 않을 겁니다. 저를 죽어라 떼어내어 보십시오. 저는 거머리처럼 저하 곁에 있을 겁니다. 죽을 때까지 저하를 포기하지 않을 겁니다!"

"그만하라."

"진짜 사내처럼 선비들과 어깨를 나란히 하고 풍류를 즐기고 싶었습니다. 한데 저하 때문입니다! 저하 때문에 저는 제대로 유람을 즐기지도 못하고, 저하의 곁에서 전 단 한 번도 사내였던 적이 없었······!"

도윤이 미처 말을 끝맺지 못하고 입을 꾹 다물었다.

지금 무슨 일이 일어난 거지?

순간 이림이 자신에게 다가온 것을 느꼈다. 그의 얼굴이 지나치게 가깝다 느낀 순간 저를 향한 그의 커다란 손을 보았다.

그러고 입술이 닿았다.

뒤로 물러서려는 도윤의 뺨을 그가 붙잡았다. 시간이 멈춰 버린 듯 그의 입술이 길게 머물렀다. 몇 번의 호흡이 정지하고, 마침내 그가 입술을 뗐다.

이림이 도윤의 흔들리는 눈망울을 바라보며 속삭인다.

"그러게 그만하라지 않았느냐?"

"……."

"입 맞추고 싶은 것을 간신히 참고 있었는데."

도윤의 눈망울에 서러움과 안도가 차오르기 시작했다.

금방이라도 눈물을 쏟을 것 같은 그녀를 보며 이림의 미간이 좁아졌다.

"용서한 건 아니다. 입맞춤 한 번으로 용서해 줄 줄 아느냐?"

또르르. 도윤의 눈에서 눈물이 뺨을 타고 흘러내린다.

"진작 말하지. 이렇게 좋은데. 진작 여자라고 말하지……. 그랬으면 벌써 용서하고 지금쯤 몇 번이나, 몇 번이나 입을 맞추었을 텐데……."

언제부터 보고 있었는지, 구경 나온 달이 뺨을 붉히듯 환해졌다.

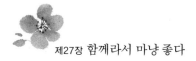
제27장 함께라서 마냥 좋다

덜컹. 덜컹.

처음 타보는 사인교는 여간 불편한 것이 아니었다. 웬만한 양반댁에서는 사인교가 있거나 혹 없다 하더라도 종종 세를 내서 타고 다니지만, 도윤의 형편에는 어림없는 일이었다.

오늘은 초간택으로 입궐하는 날인만큼 무슨 일이 있어도 사인교를 빌려야 했다. 도윤은 구색만 갖춘 허름한 사인교를 빌려 타려 했으나, 이규석이 한사코 좋은 사인교를 빌려주고 싶어 했다. 모두 한껏 값비싼 사인교를 타고 올 것인데, 세자 저하께서 사랑하는 도윤을 그런 규수들 사이에서 기죽일 수 없다는 논리였다.

하나 도윤은 지금의 제 분수에 맞추는 것이 옳다며 그의 호의를 거절했다. 두 사람은 실랑이 끝에 적당한 지점에서 합의를 보았고, 덕분에 도윤은 그럭저럭 괜찮아 보이는 사인교를 탈 수 있었다.

'흔들리기만 하고, 그냥 걸어 다니는 게 더 편하겠다.'

도윤은 애써 허리에 힘을 주어 흔들리는 몸을 꼿꼿이 세웠고, 다홍치마 위에 가지런히 손을 올려놓았다.

　심장이 너무 빠르게 뛰어 입 밖으로 튀어나올 것만 같았다. 지금부터 정신을 똑바로 차려야 한다는 것을 알면서도, 생전 이토록 긴장이 되어본 적은 처음이라 마음을 다스리는 것이 쉽지가 않았다. 막상 닥치고 보니 다른 규수들과 비교되지 않을 수 없어서, 제가 많이 모자라면 어쩌나 초조해지는 것이다.

　'괜찮아. 괜찮을 거야. 내가 어디가 모자라서.'

　세자께서 모자란 계집에게 입을 맞춰줄 리가 없다. 어젯밤 일을 떠올리며 뺨을 붉힌 도윤은 달콤함에 취해 조금씩 긴장감을 떨쳐 내고 있었다.

　마차 행렬은 장관이었다. 왕의 세자빈 간택 때와 비교해 보면 열 명이나 준 인원이었지만, 스무 개의 가마가 줄지어 천천히 이동하고 있었다. 가마의 앞뒤엔 몸종과 유모가, 신분이 높은 규수의 마차엔 수모—미용사—까지 따르니 진귀한 볼거리였다. 사람들은 이 가마 중 어느 가마에 누가 타고 있을까, 어느 가마가 재간택에 뽑힐 것인가 점쳐 보곤 했다.

　"정대봉 선생 여식은 재간택에 붙겠지?"

　한 아낙의 말에 다른 아낙들도 신이 나서 떠들어댔다.

　"암. 붙어야지! 저런 분이 세자빈이 되셔야지."

　"제생원에서 본 사람들 말로는 얼굴도 참말로 곱고, 멀리서 봐도 기품이 좔좔 흐르는 게 여간 귀한 분이 아니라더만."

　"정말이야?"

　"그래, 그렇다니까? 웃기만 해도 사람 혼을 쏙 빼놓고, 목소리 한 번 높인 적 없는데도 다들 끔뻑 죽는대."

　"그래도 높은 분들 눈에도 차야지. 안 그래? 중전마마께서 맘에 안 든다 하시면 어째?"

"안 그래도 내가 그 얘기를 어디서 들었는데, 도윤 아씨가 세자빈이 안 되면 중전마마께서 세자 저하 짝을 부러 못한 사람하고 맺어주려 하는 거래."

"엥?"

"생각들 좀 해봐. 월한대군을 세자로 만들고 싶지 않겠어?"

"그러고 보니까 그러네. 얼마 전까지 세자를 폐위해야 한다 어쩐다 시끄러웠잖아."

다들 손뼉을 치며 맞장구를 쳤다. 남의 말을 하기 좋아하는 사람들은 얼마 전까지 현 중전과 월한을 칭송해 놓고, 이제는 세자의 병든 친어머니를 내쫓고 세자 자리를 호시탐탐 노리는 사람으로 보고 있었다. 물론 모두 다 그런 것은 아니었지만, 도윤이 세자빈이 되길 응원하는 사람들은 세자를 가엽게 여겼다.

사람들의 시선 속에서 긴 꼬리의 가마 행렬이 대궐문에 당도했다.

가마 문이 열리고, 초간택에 참가하는 처자들이 어여쁜 모습을 드러낸다. 송화색 저고리에 다홍치마를 입은 처녀들에게 봄 햇살이 내리쬐자, 모두들 어여쁜 꽃 같았다.

가마에서 내린 처녀들은 슬쩍슬쩍 곁눈질로 저와 함께 초간택에 참가하게 된 사람들을 파악했다. 모두 똑같은 복장에 화장기 없이 수수한 모습이었으나, 그중에서도 자연스레 시선을 모으는 처자는 있었다. 개중 가장 많은 시선을 받은 것은 도윤이다.

뺨이 따끔따끔할 만큼 노골적인 시선들이 이어졌으나 도윤은 아무것도 모른 척 대궐문에 지긋한 시선을 두었다.

"아씨, 다른 사람들이 전부 아씨를 경계하나 봅니다."

만덕이가 다가와 작은 목소리로 속닥거렸다. 제 주인이 주목받는 것이 부담스러우면서도 뿌듯한 눈치였다.

"그럴 리가 있겠느냐. 네가 잘못 본 거겠지."

그런 만덕이가 귀여워 도윤은 입가에 보드라운 미소를 머금었다.

곧 궐문 앞에 선 관복을 입은 남자가 아비의 이름과 관직을 부르기 시작했다. 이름이 언급되면 여인들은 차례대로 나와 한 줄로 줄을 섰다. 고직과 신분의 순서대로 입궁하게 되어 있어 앞에 선 여인들의 얼굴엔 오만함이 서렸다.

열다섯 번째로 불린 도윤은 손을 가지런히 모으고, 오만하지도 기죽지도 않은 정갈한 자태로 나아갔다.

고아한 여인들이 한 줄로 서서 궁문 턱으로 향하기 시작했다. 턱을 넘어설 때 준비해 놓은 솥뚜껑의 꼭지를 밟고 넘어가야 했는데, 다들 연습깨나 한 것인지 몸은 흔들림이 없고 시선 역시 정면을 향해 있었다.

그런데 도윤의 바로 앞에 있던 승문원 교감 고이완의 딸 고혜영이, 솥뚜껑 꼭지를 밟는 순간 몸이 흔들리더니 '어, 어!' 하다가 바닥으로 넘어지고 말았다. 숨 막힐 것 같은 엄중한 분위기 속에서 이 같은 실수를 저질렀으니, 얼굴이 시뻘게진 고혜영은 얼어붙은 듯 일어나지 못했고, 그녀의 몸종들도 어찌할 바를 몰라 당황하고 있었다.

그러자 도윤이 천천히 걸음을 옮겨 그녀를 일으켜 세워주었다.

혜영을 보며 도윤이 뭐라고 읊조리자, 혜영은 울상을 하고도 힘차게 걸음을 옮겼다.

혜영이 돌아가 다시 솥뚜껑을 밟고 넘어갔고, 그 뒤를 도윤과 다른 처자들이 연이어 걸었다. 차례대로 궁 안으로 들어선 여인들은, 은연중 멀리 떨어져 서서 저들을 지켜보고 있는 왕실의 어른들의 시선을 느꼈다.

그들 가운데 장래의 며느리를 미리 보러 온 임금의 모습도 있었다.

"곱기도 하지."

왕의 말에 곁에 서 있던 중전의 눈빛이 날카로워졌다. 하나 여인의 질
투는 속으로 삭이고 감춰야 하는 것이었기에 곧 고아하게 웃었다.

"전 홍문관 교리의 딸이 마음에 듭니다."

"홍문관 교리?"

"네. 정대봉의 여식 말입니다."

임금이 모르는 척 묻자 중전은 자애로운 웃음으로 답했다.

"백성을 위하는 마음이 참으로 아름답다 들었나이다. 오늘 보니 용모
에도 덕이 깃들고 정숙해 보여 더욱 마음에 드옵니다."

마음에 들지 않으면 어쩔 것인가. 세자빈으로 도윤을 간택하지 않으면
지금까지 쌓아놓은 신망을 다 잃게 생겼는데.

그깟 홍문관 교리의 여식이 세자빈이 된다고 별반 달라질 것도 없다.
어차피 누가 됐든 그 자리는 뭇자리가 될 것이 아닌가.

중전이 속으로 음험한 생각을 하는 동안, 임금은 남장을 하고 세자를
홀린 맹랑한 도윤을 의외라는 듯 쳐다보았다.

'천방지축 계집인 줄 알았더니, 현숙하고 청초하기 이를 데 없구나. 참
으로 묘한 아이로다.'

사내같이 드세고 우악스러울 거라 생각했던 것은 저의 편견이었을까.
비록 멀리서 보긴 했지만 이렇게 도윤을 보니 세자의 안목이 꽤 쓸 만하
다는 생각이 들어 안심이었다.

그러나 겉으로는 마땅치 않다는 듯 수염을 쓸어내리며 중얼거렸다.

"흠. 중전은 겨우 홍문관 교리의 여식에게 세자를 주고 싶단 말인
가……."

"보잘것없는 가문이라 마음에 안 드시는 것이옵니까?"

중전은 임금이 욕심이 많다 생각했다. 잘나가는 집에서 뭐 하러 세자
에게 여식을 준단 말인가. 정쟁에서 밀려날 지경인 세자와 사돈을 맺었다

간 멸문지화를 당하기 딱 좋지 않나.

"집 한 채도 없는 딱한 살림이라 해서 내가 집도 내어주었지. 세자빈이라면 품위가 있어야 하는데, 양반이 허드렛일이나 하며 궁핍하게 산 것이 썩 마음에 들지 않네."

"아직 초간택일 뿐이옵니다. 저도 다른 규수들을 면밀히 살필 것이오니, 너무 염려 마시옵소서."

나란히 선 처자들은 각자 배우고 익힌 예법에 맞게 바른 몸가짐으로 절을 했다.

품위가 없을 거라 말했던 도윤이 단연 돋보이자 임금은 남몰래 흐뭇한 미소를 지었다.

어젯밤 몰래 밖으로 나갔다 돌아온 세자는 임금께 크게 혼쭐이 났다. 날이 밝으면 세자빈 간택이 있는데 대사를 앞두고 무슨 경솔한 짓이냐 야단을 맞고 박성권에게 끌려가야 했다.

오랜만에 서책에 파묻힌 이림은 오늘따라 시간이 가지 않아 더욱 짜증이 났다.

그런데 드디어 기다리던 한수창이 경망스러울 만큼 빠른 걸음으로 찾아왔다.

"어찌 되었느냐?"

"매우 잘하셨답니다. 오늘 모인 처자들 중 가장 돋보였다 하옵니다."

"확실한 게냐?"

"예. 지밀상궁의 말이니 확실합니다."

지밀상궁이라 함은 임금과 중전의 가장 가까운 곳에서 보좌하는 상궁이었다. 때문에 후궁들과 재상조차도 함부로 대하지 못했다. 듣기로는 임금께서는 가문을 탓하시며 도윤을 마음에 들지 않아 하셨다지만, 그거야 부러 그러셨다는 걸 알기에 신경 쓰지 않았다.

이림은 혹 도윤이 실수라도 할까, 망신을 당하는 게 아닌가, 이래저래 노심초사했었기에 무사히 초간택을 치렀다니 결과에 상관없이 가슴을 쓸어내렸다.

"그래. 잘됐다니 다행이네만, 지밀상궁과는 언제 또 그리 가까워진 겐가?"

"제가 누구입니까? 어사 한수창입니다."

"그 어사라는 별호가 붙으면 뭐든 잘하게 되나 보군."

직책을 별호라고 비꼬자, 한수창이 능청스럽게 받아쳤다.

"정의롭고 호방하고 잘생겨서 만인의 호감을 받을 별호지요."

"그런가? 안타깝군. 곧 그 별호가 사라질 모양일세."

"그게 무슨⋯⋯?"

한수창은 처음 듣는 이야기라는 듯 되물었으나, 세자가 답을 해줄 맘이 없는지 고개를 돌렸다.

이 인간이 또 무슨 꿍꿍이인가!

가늠조차 되지 않으니 가슴에 서늘한 바람이 불었다.

의금부 앞은 오늘도 도부외가 지키고 있었다. 의금부의 일이라 함은 왕권에 도전하거나 어명을 거역하거나 대죄를 지은 자들을 냉혹하게 응징하는 곳이다 보니, 죄를 지어 끌려간다면 곧 저승이라 불리는 곳이었다.

최근 왕권이 안정되어 예전보단 의금부가 나서는 일이 적다고는 하나, 그들은 최근 한양에서 일어난 기괴한 살인 사건 때문에 무척이나 바빴다.

임금께서 사건에 관한 장계를 읽으시고 철저히 조사하여 진상을 밝히라 명하신 만큼 다른 일은 제쳐 두고라도 이 일부터 처리해야 했다.

얼마 전 의금부 판사로 한양에 복귀한 강필도는 판사에 오른 후 처음으로 중한 사건을 맡게 되자 의욕이 앞섰다. 한데 사건이 지지부진하니 판사의 심기가 무척 사나워져 있었고, 의금부의 관원들은 판사 눈 밖에 나지 않으려고 쩔쩔매고 있었다.

그런데 나장으로 새로 들어온 이규석만은 달랐다.

비록 세자의 추천이 있었다고는 하나, 그는 동료들 사이에서 제생원에 기부를 하고 관직을 샀다는 손가락질을 받고 있었다.

하지만 이규석은 더 이상 문과 시험에 매달리지 않아도 되고, 몸 쓰는 일을 좋아했던 만큼 무반의 벼슬을 얻은 것이 무척 기뻤다. 무엇보다 제가 설악산에서 세자와 맺은 인연이 믿기지 않았고, 또 세자께서 제 능력을 알아봐 주시고 약조를 지켜주신 데 감격해 충의를 품었다. 의금부에서 제일 품계가 낮은 관직이었지만 본래 소탈하고 큰 욕심이 없는 사람이라, 눈치가 없어 보일 만큼 해맑았다. 상관이 괴롭히고 동료가 조롱하는 고된 하루하루를 보내면서도 마냥 헤실거리고 다니니, 날 선 의금부의 분위기상 구박받기 일쑤였다.

그렇게 지내던 나날이었다.

"네? 판사 나리께서요?"

의금부 판사 강필도가 어찌나 아랫사람들을 들볶는지 악명이 자자했는데, 그가 부른다니 뭔가 실수한 게 있나 싶어 규석은 걱정이 되었다.

말을 전해온 자는 나이가 지긋이 먹도록 규석과 같은 나장에 머무르고 있는 자였는데, 고개를 끄덕이며 규석과 같은 생각을 말했다.

"그래. 혹시 자네 뭐 잘못한 거 있나?"

"그게 좀 의심스럽긴 합니다만, 제가 뭔가 잘못을 저지르기에는 하고 있는 일들이 그만한 게 없어서……."

실수를 하려도 지금 하는 일로는 큰 실수를 하기도 힘들었다. 저가 한 것이라곤 잡무를 하고, 부모를 때려 잡혀온 썩을 놈의 엉덩이를 내려치라 해 곤장질을 한 것이 전부였다. 나장이 하는 일이라곤 주로 죄인을 매질하는 일이었으니, 사람을 때렸다고 의금부 판사 나리가 자신을 부를 리도 없지 않은가.

강필도를 마주하는 순간까지도 이규석은 그 이유를 나름 찾아보려 애를 썼다. 그러다 이내 포기하고 자신을 올려다보는 강필도를 보았다.

강필도는 생각보다 더 기골이 장대한 사람이었다. 의자에 앉아 있었음에도 그 풍모가 대단하여, 이규석은 섣불리 말하지 못하고 입을 꾹 다물었다.

긴장한 기색이 역력한 그를 보며 강필도가 고저 없이 말했다.

"세자 저하께 가마를 태워 드렸다지?"

"예?"

"요놈. 가마 한 번 태워 드리고 관직을 얻다니 운도 좋구나."

"그날 가마를 타고 산을 오르던 선비들이 한둘이 아니었습니다만, 그들은 세자 저하를 그냥 지나쳤습니다."

사람 좋은 얼굴로 굽실거리는 줄로만 알았던 이규석이 제법 배짱 좋게 반박하자 강필도가 웃음을 터트렸다.

"왜 그렇게 웃으십니까?"

이쯤 되니 이규석의 간이 조금 커졌다. 결국 호기심을 이기지 못한 이규석이 묻자 강필도가 대답했다.

"이놈, 그래도 가마값이 아니라 쌀 천 석 값이라고는 안 하는구나."

"그거야……. 그건 제 부친께서……."

"됐다. 너를 부른 것은 다름 아니라 저하의 명이 있으셔서다."

"저하께서요?"

"너를 곧 백호로 승차시키라는 명이시다."

"헉. 이렇게 빨리 말입니까?"

규석의 반응을 보면, 승차가 빠르다는 생각만 하고, 제가 기꺼이 승차를 할 만한 주제가 된다고 생각하는 것 같아 강필도는 조금 기가 막혔다.

"그전에 해야 할 일이 있다. 청계천에서 일어난 사건에 대해 긴밀히 알아보도록 하여라."

"예? 그건 지금 의금부 전체가 매달리고 있는 사안이 아닙니까? 새삼 왜 제게⋯⋯."

"내 방금 뭐라 했느냐? 긴, 밀, 히, 라는 말을 알아듣지 못하는 것이냐?"

갑작스러운 승진에도 이규석은 단순히 기뻐할 수만은 없었다. 판사의 표정을 보니 긴밀히 움직여 알아내야 할 무언가가 있다는 것인데, 그 말인즉슨, 아직 알릴 수 없는 단서가 나왔다는 얘기였다. 아무래도 뭔가 위험한 일에 발을 딛게 될 것 같았다.

목구멍까지 '싫습니다'라는 답이 올라왔지만 이내 꿀떡 삼키며 고개를 끄덕였다.

잦은 봄비는 반가운 손님이다. 그러나 비 온 후 불어난 청계천에 또다시 시신이 떠오르면서, 이젠 마냥 비가 반갑지 않았다. 청계천 주변에 모여든 사람들은 의금부 나장들이 시신을 건져 올리는 것을 구경하며 눈살을 찌푸렸다.

"이게 다 무슨 일이래?"

"그러게! 시신이 또 떠오르다니!"

이번에도 난도질당한 시신이 떠내려왔고, 앞으로 또 이런 일이 벌어질지 모른다는 생각에 백성들은 두려워했다.

백성들이 모여 소곤거리자 의금부 나장들이 빠르게 주위를 정리하기 시작했다.

"어허! 뭣들 하는 게요! 다들 돌아들 가시오!"

"썩 물러서시오!"

살벌한 표정에 백성들이 빠르게 흩어지고, 검은 관복을 입은 자들만이 남았다. 모두들 썩 표정이 좋지 않았다. 세자빈 간택이라는 대사를 앞두고 있는데 민심이 뒤숭숭하니, 나라에서도 사안을 중하게 여기고 있었으나 조사에 진척이 없어 낭패였다. 게다가 이번에 발견된 시신은 지난번보다 늦게 발견된 것인지, 이미 시신이 부패하기 시작해 근처만 가도 지독한 악취가 풍겨 서로 눈치를 보며 다가서려 하지 않았다.

그러다가 결국 제일 늦게 들어온 이규석이 나서게 되었다.

"욱!"

귀한 것만 보고 입고 먹고 자란 이규석은 생전 처음 맡아보는 냄새와 참혹한 시신의 모습에 혼비백산하여 뒤로 달려갔다. 구석에서 먹은 걸 모두 토해낸 그가 지친 기색으로 자리에 털썩 앉았다.

"사내자식이, 그렇게 비위가 약해서 어떻게 하나?"

"박 나장님도 쏙 빠져 계셨잖습니까."

대충 입을 훔쳐 낸 이규석이 미간을 좁혔다. 시신을 만진 것도 아닌데 가까이에서 강렬한 냄새가 느껴졌다. 아마 한동안 이 냄새를 잊지 못할 것 같았다.

결국 다른 나장들 손에 시신이 실려 올라왔다. 바닥에 내려진 시신은 기괴하게도 팔과 다리는 부패하였고, 손가락은 하얀 백골이 되어버렸지만 수면 위에 떠 있던 얼굴은 그나마 알아볼 수 있는 상황이었다.

"저 사람 누굽니까? 다들 알아보는 눈치던데."

"정육품 좌랑까지 오른 사람이라던데? 나야 모르지. 그리 높은 관직에 있었던 분을 내가 어찌 알겠어?"

박 나장의 말에 이규석이 입을 꾹 다물었다.

'첫 번째로 죽은 자는 시전 상인 필정. 물가 폭등으로 인해 큰 이득을 취한 자. 면포를 가지고 장난을 칠 정도라면 분명 뒤에 누군가 있는 게 분명하다. 그것도 아주 확실한 뒷배.'

판사께서 저에게 긴밀히 조사해 보라 한 것은 강필도와 김춘삼 사이가 최근 어떠했는지, 김춘삼의 행적들 중 수상한 것은 없는지 등이었다.

그러다가 며칠 전에 김춘삼의 시신이 떠오른 것이다. 그는 김씨 일가의 신임을 받으며 사헌부 집의까지 오른 자였다. 김씨 일가가 제 수족을 의심해 잘라내는 것인가, 단순한 원한 살인인가, 나라를 어지럽히려는 누군가의 수작인가, 여러 가지 가능성을 열어두고 수사를 했다.

그리고 오늘 떠내려온 시신을 보고 규석은 확신했다.

'이거 누가 보라고 이러는 거잖아?'

고아한 기와집은 북촌에서도 손에 꼽힐 만큼 규모가 큰 대저택이었다. 집을 둘러싸고 있는 돌담은 높은 성벽 같았고, 아흔아홉 칸까지는 아니었으나 수십 명의 하인들이 같이 기거할 수 있을 만큼 방도 많았다.

북촌의 집 대부분이 이렇게 대저택이긴 하나, 과거에 예조판서까지 오른 임경식은 개중에서도 더 특별했다. 임금의 눈치가 보여 어쩔수 없이 지금의 규모로 집을 지었다는 일화는 그의 권세가 대단하다는 것을 단적으로 보여주었다.

단기간에 많은 부를 쌓았다는 것은 그만큼 적도 많다는 뜻인지라, 임경식은 늘 누군가 저를 죽이러 오진 않을까 전전긍긍하며 사람을 의심했다. 그래서 그는 광적으로 신변을 보호하려는 강박으로 인해, 대궐 같은 집을 지어놓고도 발 뻗고 자지 못했다.

오늘의 그도 마찬가지였다. 침소 베개 밑에 있는 짧은 단검을 확인하고 나서야 이불 속으로 들어간다.

문밖에도 건장한 체구의 사내와 여러 검사들이 지키고 있었지만, 그 정도로는 안심이 되지 않는 모양이었다. 풀벌레 소리에도 문득 문득 잠에서 깨며 한참이나 뒤척거린 후에야 쌕쌕 잠이 든 숨소리가 들렸다.

부엉이가 우는 야심한 시각이었다.

임경식이 늘 불안해하는 것과 달리, 그를 지키는 호위무사들은 그가 잠이 들면 해이해졌다. 워낙에 유별나게 구니, 오히려 그런 주인이 우스웠던 모양이다. 몇 년째 철통같이 지켜도 개미 새끼 한 마리 나타난 적이 없으니, 자신들의 주인을 겁쟁이라 비웃곤 했다.

오늘 밤도. 호위무사들은 여지없이 자리에 주저앉아 졸거나 술을 마셨다.

임경식이 그토록 걱정하던 일이 오늘 밤 벌어질 줄 어찌 알았겠는가. 인기척도 없이 담을 넘은 다섯 명의 검은 복면은 사람이 아니라 그림자 같았고, 오랫동안 훈련받은 듯했으나 무기를 든 모습을 보면 살수라기보다 검사였다. 그들은 어둠에 몸을 숨긴 채 각자 노리고 있던 임경식의 호위를 덮쳤다.

풀썩!

호위들은 비명을 지를 새도 없이 공격당하고 허무하게 쓰러졌다. 겹겹이 호위가 둘러싸고 있는 집이었지만 다섯 명의 사내들이 노린 곳은 임경식이 있는 이 전각뿐이었고, 호위들의 비명 소리는 높은 담을 넘지 못했다.

호위의 시신을 가볍게 뛰어넘은 복면인 하나가 흙발로 대청마루를 밟고 걸어갔다.

묵직한 걸음이었으나 소리가 크진 않았다.

스윽.

문을 여는 소리는 담 밖을 넘지 않도록 조심스러웠으나, 문이 열리는 순간 단숨에 안으로 날아들었다. 사나운 맹수가 날카로운 이빨로 사냥감의 목덜미를 물 듯이, 복면인의 손아귀가 단숨에 임경식의 목을 틀어쥐며 무릎으로 그의 명치를 짓눌렀다.

"커…… 어……. 윽……."

잠에서 깬 임경식은 자신이 악몽을 꾸고 있다고 믿고 싶었다. 시퍼런 안광이 저를 잡아먹을 듯했고, 숨을 쉴 수 없어 꺽꺽거리며 고통스러워했다.

"누…… 구…… 꺼으……!"

간신히 쇳소리 나는 목소리로 묻자 서늘한 단검의 칼날이 임경식의 뺨에 닿았다.

살고자 하는 임경식의 몸부림이 거세졌으나 작은 들썩임밖에 되지 않았다. 베개 밑에 숨긴 단검을 꺼내려고 손을 더듬었다가, 그의 손에서 벗어나 보려 손을 붙잡았다가, 힘껏 마지막 발버둥을 쳤으나 소용없었다.

그의 모습을 우습다는 듯이 바라보던 복면인이 검을 든 손으로 제 복면을 내렸다.

"오랜만입니다, 어르신. 저 기억하시겠습니까?"

고통에 일그러지던 임경식의 안면에, 순간 믿을 수 없다는 듯 놀라움과 공포가 번졌다.

"커윽…… 자, 자네……! 사, 살…… 흐어……."

핏줄이 터질 것처럼 부풀어 오른 얼굴로도, 임경식은 혼신의 힘을 다해 살려달라 빈다.

"다행입니다. 기억하고 계셔서. 앞에 만난 몇 놈은 기억 못 하던데."

시리게 웃던 사내는 임경식이 눈을 까뒤집기 직전 그의 목에 단검을 박아 넣었다.

"꺼억!"

푹.

붉은 핏방울이 사방으로 튀었다.

쏴아아—

추적추적 한참이나 비가 쏟아졌다. 밤새 도깨비처럼 내린 비가 잠시 멎는가 싶었지만, 아직 비구름에 가려진 새까만 밤은 한 치 앞도 보이지 않았다.

참방참방.

긴박하게 달리는 사내들의 족적이 무른 땅에 깊이 박혔다.

"저기 있다! 쫓아라!"

"헉, 헉!"

뒤를 쫓는 나장들 또한 다급했다. 횃불에 번들거리는 젖은 땅에는 쫓기는 자의 족적 위로 쫓는 자들의 족적이 덧대어지고 있었다.

"여기다! 이쪽이다!"

"게 서거라!"

갈림길 앞에 선 복면인들이 서로를 바라보며 눈짓했다. 그리고 나장들이 자신들을 덮치기 직전 사방으로 흩어졌다.

"헉!"

뒤를 쫓던 나장들은 복면인들이 순식간에 뿔뿔이 흩어지자, 어디로 가야 할지 몰라 허둥지둥거렸다.

"젠장!"

"뭐 하고 있어! 다들 흩어지지 않고!"

호통을 친 자는 이규석이었다. 다들 가장 어리고 경력이 짧은 이규석의 호통에 잠시 얼이 빠졌으나, 지금까지 자신들도 모르게 그의 말을 따랐다는 것을 깨닫고 시키는 대로 흩어졌다.

'다 잡았었는데!'

이규석 역시 아깝게 놓쳐 버린 복면인을 집요하게 뒤쫓기 시작했다.

사실 이규석은 몇 명의 나장들과 함께 날이 흐려질 조짐이 보일 때마다 청계천 주변에서 매복을 했다. 처음 그것을 주장했을 때 다들 저를 미친놈 취급했지만 판사께서 허락을 해주셨고, 그로 인해 더욱 의금부 생활이 힘들어졌다. 그 가운데 몇 번이나 허탕을 치다가 오늘에야 겨우 시신을 버리려는 자들을 찾았는데, 코앞에서 놓치고 만 것이다.

'이렇게 여러 명일 줄은!'

게다가 모두들 잘 단련된 무사라 쫓아가기가 쉽지 않았다. 하지만 제가 누구인가. 세자께서 직접 천거한 이규석이다. 그 부름에 보답하고 싶었던 규석은 괴성을 지르며 힘을 짜냈다.

"이— 놈! 멈추지 못할까!"

한편 규석에게 쫓기던 복면인은 젊은 놈이 생각보다 기운차서, 이러다간 밤새 쫓길 것 같다는 생각이 들었다. 그래서 모퉁이를 도는 순간 어느 집 담 위로 풀쩍 뛰어올랐다.

"엄마야!"

그런데 담을 넘으려는 순간, 반대편에서 담을 타고 있던 웬 소녀와 얼굴을 딱 맞닥트렸다.

소녀가 깜짝 놀라는 소리를 하자, 복면인은 소녀의 얼굴을 손으로 감싸 안고 마당 안으로 뛰어들어 왔다.

"으읍!"

소녀가 몸부림을 치며 격렬하게 반항하는데, 복면인은 소녀를 끌고 으슥한 뒤뜰로 갔다.

그런데 이번엔 또 그곳에서 웬 고운 아씨와 마주치고 말았다.

'대체 이 밤에 왜! 여긴 뭐 하는 여자들이 사는 건가!'

그렇게 속으로 외친 복면인은 저를 보고 눈이 휘둥그레진 여인의 목에 급히 칼을 댔다.

"조용히 해. 가만히 있으면 해치지 않는다."

"······."

도윤은 섣불리 소리를 내지 않았다. 사내의 목소리가 그다지 위협적으로 들리지 않아서였다.

그런데 그런 그녀를 한참이나 의아한 눈으로 쳐다보던 복면인의 눈이 꿈틀거렸다.

"너······ 역시나······."

도윤은 그가 왜 저를 그리 보는지 몰라 고개를 갸웃거렸다.

그 순간 어디선가 복면인의 머리를 노리고 단검이 날아왔다.

쌔액.

툭.

단검은 스쳐 지나갔지만, 복면이 벗겨지고 말았다.

그러자 코앞에서 드러난 얼굴을 보고 도윤은 크게 놀라 그의 이름을 불렀다.

"흑곰?"

그녀가 저를 알아보자, 흑곰도 결국 아까부터 생각하던 이름을 뱉었다.

"정도원이 맞았군."

그러자 복면인에게 잡혀 있던 소녀, 자희가 두 사람을 수상하게 쳐다보았다.

놀란 사람은 그들뿐만이 아니었다.

붙잡힌 두 사람을 보고 단검을 날렸던 임영이 다시 한 번 복면인을 향해 단검을 휘두르려 하자, 곁에 있던 이림이 그 손을 쳐냈다.

툭.

단검이 젖은 땅에 박히고, 흑곰이 이림 쪽을 돌아보다 인상을 찌푸렸다.

"원, 이렇게 만나는군. 여기가 금강산인가."

흑곰이 투덜거리는 소리에 이림이 말했다.

"그러는 네놈은 잃은 걸 찾는다더니 살귀가 되었군."

"사람 아닌 짐승들을 때려잡고 있는데 살귀라니?"

"옛정을 생각해 보내줄 테니 그 아이는 놓아주어라."

"그 말을 어찌 믿으라는 게냐?"

"빨리 도망가는 게 좋을 게다. 모르는 것 같아 말해두자면, 널 쫓던 나장의 집이 바로 저기라서."

이림의 손이 옆집 담을 가리키자 흑곰의 미간이 더욱 좁아졌다. 마치 모든 걸 알고 있는 듯한 말투에다, 옥에서 만났을 때와 그 풍모가 달라 위압적으로 느껴졌다.

서로의 눈빛이 날카롭게 얽히다가, 흑곰이 자희를 던지듯이 놓는 순간 시선이 흐트러졌다.

그리고 흑곰은 별호와 어울리지 않게 새처럼 가볍게 담을 넘어 사라졌다.

"저하!"

사태의 추이를 몰라 가만히 입을 다물고 있던 도윤이 이림에게 달려갔다.

그리고 풀려난 자희는 펄쩍 뛰며 소리쳤다.

"저하, 저놈과는 어찌 아시는 사이입니까! 그리고 저런 나쁜 놈을 놔주시면 어쩝니까!"

"괜찮다. 어디 있는지 알고 있으니."

"예?"

"무슨 짓을 하고 다니나 했더니, 이러고 있었군."

그 말에 짚이는 게 있었던 도윤이 겁먹은 얼굴로 물었다.

"저하……. 설마 흑곰이…… 청계천의 시신과 관련 있는 것이옵니까?"

그녀의 수심 가득한 얼굴을 보던 이림이 임영과 자희에게 눈짓을 했다.

그러자 탐탁지 않은 표정으로 두 사람이 자리를 비켜주었다.

"왜 나와 있었느냐?"

질책과도 같은 질문에 도윤이 되물었다.

"저하께서는 왜 여기 계시옵니까?"

"……몰라서 묻느냐?"

화를 내는 말투인데 퉁명스러웠다. 자신이 올 거라는 것을 알면서 왜 모르는 척하냐고, 그조차도 음험한 계집으로 몰아가는 것이다.

도윤은 그런 그가 밉지도 원망스럽지도 않았다.

"저는 저하께서 저를 보러 오셨다가 헛걸음하실까 나와보았습니다."

"그러지 마라."

"저하께서도 이러지 마십시오."

오지 말라는 말에 이림은 또 화가 난다.

"내가 어딜 가든, 네가 오라 가라 할 처지가 아닐 텐데."

"옷이 다 젖지 않았습니까. 감환이라도 들면 어쩌시려고요."

"……"

도윤이 이림의 옷에 묻은 물기를 털어주려다가 멈칫 손가락을 거두었다.

"왜?"

"아직은 제 주제가 저하께 미치지 못하니……!"

그러자 이림이 그녀의 손을 낚아채듯 잡아챘다.

"겸손한 척, 내숭 떨 것 없다. 가증스럽기만 하니까."

"……"

이림은 서운함을 담은 도윤의 눈망울을 가만히 들여다보았다.

왜? 무엇이 서운한가?

그렇게 잘못해 놓고서, 뻔뻔하게 저를 붙잡는 게 누군가.

왜 자꾸 보고 싶게 만드는가. 왜 이 미운 얼굴을 보러 오게 만드는가 말이다.

도윤은 저를 보는 그의 눈이 부담스럽기도 하고 부끄러워서 얼굴이 화끈해지는 기분이었다.

"야밤에 분칠은 왜 하고 있느냐?"

"예, 예?"

갑작스러운 말에 당황한 도윤이 말을 더듬었다.

"입술은 또 뭘 바른 게냐?"

"그, 저기, 그게……"

"안 어울린다."

화악, 얼굴이 달아올랐다.

거의 매일 저를 보러 오시는 세자에게 예쁘게 보이고 싶었다.

자주 다니신다는 구아정의 기생들이 얼마나 향기롭고 아름다울까.

그런 여자들을 보다 저를 보면 마음이 식으실까 봐, 남몰래 냉가슴을 않았다.

가뜩이나 미움받고 있는데, 세자의 눈에 차지 않을까 봐 생전 안 해본 화장을 하고 기다렸건만…….

「안 어울린다.」

자꾸만 귓가에 메아리치는 음성에 귀를 막고 싶다. 도윤은 쥐 구멍에라도 숨고 싶은 기분에 고개를 숙이고 치맛자락을 꽉 움켜쥐었다.

그런데 순간 그의 얼굴이 저를 덮치듯 다가왔다.

"흡!"

깜짝 놀라 신음을 내지른 도윤이 눈을 크게 떴다. 입술에 따뜻한 무언가가 닿더니 곧 아플 만큼 힘껏 빨아들여졌다.

이림은 놀라서 뒷걸음질 치려는 도윤을 아예 가슴으로 끌어당기고, 처음 입맞춤보다 더 오래, 깊이 도윤을 머금었다.

따뜻하고 축축한 무언가가 입술을 훑는 느낌에 도윤이 화들짝 놀라 몸을 떨었다. 난생처음 느껴보는 감각에 배꼽 아래가 뜨겁고 이상하다. 부끄러운 그곳이 간질거려서 저도 모르게 발가락을 꼽는다.

입맞춤이 끝났으나, 이렇게 노골적인 입맞춤은 상상도 해본 적이 없었던 터라, 도윤은 넋이 나가 있었다.

몽롱한 도윤의 얼굴을 보던 이림이 피식 웃으며 말했다.

"닦으니까 낫구나."

"……."

"왜?"

그가 자신을 놀리고 있다는 것은 알고 있었다. 하나 자신은 그처럼 가볍게 답을 할 수가 없었다.

화가 풀리신 건가. 갑작스럽게 입을 맞추고 나서도 화를 냈던 그였다. 지금의 행동을 어떻게 받아들여야 하는 것일까.

도윤은 감을 잡을 수가 없어 한참 그의 얼굴을 바라보다가, 나지막한 목소리로 읊조렸다.

"벗이 아니라서 다행입니다. 저하와 입술을 맞출 수 있으니, 세자빈이 되지 않아도 좋습니다."

진심이었다. 조금 전만 하더라도 그의 품에 다른 여인이 안겨 있다는 걸 생각하는 것만으로도 마음이 술렁거렸으나 이젠 아니었다.

하나 이 말의 무엇이 그의 심기를 건드린 것일까.

방금 전까지만 해도 옅은 미소가 맺혀 있던 입술이 일자로 굳어졌다.

"네가 잊고 있나 본데, 세자빈이 되지 못하면 전하께서 널 가만두지 않으실 게다. 세자빈이 되지 않아도 좋겠다는 생각은 안 하는게 좋을 것이다."

"좋은 걸 어쩝니까. 좋은 걸. 그러면 안 되는 줄 알면서도, 내일도 모레도 저하께서 이리 찾아와 주시면 좋겠습니다."

이림은 그런 도윤의 뺨을 쓸어내리며 중얼거렸다.

"한수창 이놈은 정말 아무것도 모르는 놈이었구나. 끈질기게 따라다니는 걸 좋아하는 여인도 있는데 말이다."

어제 아침에도 청계천에 시신이 떠올랐다.

이미 의금부로 넘어간 사건이었지만, 정대봉은 세자빈 간택 중에 이런 일이 벌어지니 한바탕 피바람이 불 것 같아 근심이 깊었다. 밤새 뒤척이다 거의 잠을 자지 못하고 이른 아침 일어난 정대봉은 대청마루에 앉아

버릇처럼 자희를 불렀다.

"자영아. 숭늉 한 그릇 다오."

"예!"

자희는 평소처럼 숭늉을 소반에 받쳐 내왔고, 정대봉 역시 아무렇지 않게 대접을 받아 꿀꺽꿀꺽 마셨다.

툭.

대봉이 빈 대접을 소반 위에 올려놓고 입가를 닦자 자희가 다시 명랑하게 돌아섰다.

그런데 대봉의 눈에 그런 자영이 조금 이상해 보였다. 뭐가 이상한가, 한참 잠이 덜 깬 얼굴로 보고 있자니 마침내 알게 되었다.

'바지를 입고 있잖아?'

남장을 하고 있는 자영을 보고 몇 번이나 눈을 비비던 정대봉은 그것을 지적할 순간을 놓치고 말았다. 마당을 오고 가는 딸년들과 만덕이가 자영을 보고 아무렇지 않아 했기 때문이었다.

'에라 모르겠다. 알아서들 하겠지.'

요즘 집안에 밤낮으로 사람이 드나드는 것이 뭔가 일이 벌어지는 느낌이 들긴 하는데 아무도 말해주지 않으니 소외감을 넘어 무심해지고 있었다.

'종놈이면 더 좋지. 내가 나무는 안 해도 되겠구나.'

정대봉은 태평하게 목을 긁적였다.

나장 이규석은 이틀 전 눈앞에서 범인을 놓친 벌로 자택에서 근신 중이었다. 미운털이 단단히 박힌 탓도 있지만, 실은 이조차도 모두 세자의 계획 아래에서 일어난 일이었다.

이규석은 밤늦게 술병 하나를 들고 자신을 찾아온 세자를 보았다. 이제껏 보았던 것과는 전혀 다른 느낌에 쉬이 입술을 뗄 수가 없었다. 괜스레 머리를 긁적이던 이규석은 한참 뒤에야 말을 잇는 세자를 바라보았다.

"시전 상인 필정, 십 년 전에 정육품 좌랑으로 있었던 김무완, 실종되었던 사헌부 집의 김춘삼, 예조판서 임경식이라……."

세자가 중얼거리자 이규석이 고개를 숙이며 대답했다.

"예. 사실 모두 김태수와 친분이 있다는 것 외에 딱히 공통점은 없어 보였사옵니다."

사실 세자는 임금께 아뢰어 은밀히 이 사건을 지휘하고 있었고 강필도 역시 자신이 전면에 나서는 척하면서, 나장인 이규석에게 세자를 도와 따로 조사할 것을 명했다. 아무래도 얼굴이 알려지지 않은 자여야 은밀히 사건에 대한 진상을 파악할 수 있을 거란 생각에서였다. 생각대로 이규석은 자신에게 주어진 임무를 충실히 해냈고, 이젠 그 가닥이 거의 잡혀가고 있었다.

"모두 손일환과 관계가 있는 자들이다."

"예? 손일환이라면……?"

시골 촌에 있을 때였으나, 그 일이라면 규석 또한 알고 있었다. 덕분에 크게 놀란 규석은 미처 말을 끝맺지 못하고 입만 뻥긋거렸다. 오래전 일이라 그렇게 연관 짓지는 못했는데, 생각해 보니 그랬다.

규석의 표정이 굳어졌다.

손일환이라니.

그때에 수많은 고위 관료들이 조정에서 떠나야 했고, 그 자리를 김태수의 일당들이 채웠다. 임금의 사람도, 폐서인이 된 중전 한씨의 사람들도 죽거나 유배를 가게 되었다. 그리고 손일환 역모 사건의 실질적인 책략가는, 김태수의 육촌 조카이자 병판인 김종일이었다.

"하면 손일환의 사람들이……."

"사실은 예상은 하고 있었다. 확인도 해볼 겸, 벌레도 잡을 겸 해서 풀어놨더니, 이제 안 되겠구나."

처음 시신은 흑곰의 짓이라고 예상하지 못했었다. 한데 김춘삼이 청계천에서 발견되면서부터, 이 일이 구 년 전의 일과 연관이 있을지도 모른다고 결론을 내렸다. 그러다가 한수창 쪽에서 알아낸, 흑곰 패거리들의 움직임도 수상해 알아본 후에야 확신을 할 수 있었다.

"예?"

"점점 좁혀오는 것이 그냥 두면 안 될 듯해."

"저하, 무슨 말씀이시온지……."

규석의 물음에, 세자가 들고 있던 술잔을 기울였다. 최근엔 유독 이 쓰디쓴 술을 찾는 일이 많아졌다. 처음에야 마시는 흉내를 내며 냄새를 풍기는 것이 전부였으나 요즘은 술 한 병을 거뜬히 비워내곤 했다. 정신을 흐트러뜨리고 싶어서였는데, 어찌 된 일인지 혼탁해져야 하는 머릿속은 오히려 더 또렷해지고 있었다.

술잔을 술상 위에 내려놓은 이림이 규석을 보고 고저 없이 답한다.

"다음은 영의정의 허를 찌를 사람일 것이다."

곧, 비릿한 피바람이 불 것이다.

세자 이림이 그리 말했다.

"이번엔 실수 없이 처리해야 한다."

흑곰의 나지막한 명에 각기 다른 복색을 한 남자들이 고개를 끄덕였다. 모두 예전부터 흑곰을 따르던 이들이었다.

"한데, 두목. 일이 다 끝나면 어쩌실 생각입니까?"

한양에 올라온 지 서너 달이 되었다. 그사이에 흑곰의 분위기는 예전과 많이 달라져 있었다. 전에는 나른해 보일 정도로 느긋했었다. 한데 지금은 쫓기는 사람처럼 초조하게 서두르거나 무리수를 두고 있었다. 손에 피를 묻힌 뒤부터 그리되었다.

모두들 그런 흑곰을 보기가 불안했다. 단순히 원한 때문만이 아니라 때려 죽여 마땅할 놈들만을 죽였는데도, 사람을 죽인 흑곰은 스스로를 저버린 듯 보였다. 요즘은 꼭 죽기 위해 거사를 치르는 사람처럼 끝을 향해 달려가는 게, 잘하면 그를 영영 보지 못하게 될 것 같았다.

"어쩌긴 이놈아. 곰팡이 같은 놈들을 죽였으면 된 거다. 내가 나라를 엎기라도 할 것처럼 보이느냐?"

"그럴 리가요. 그냥 뭐, 어디 가서 사실 건가, 그런 걸 여쭙는 거죠."

"실없기는."

그때 밖에서 누가 들어왔다.

"두목. 여기 데려왔습니다."

흑곰의 부하가 웬 체격 좋은 사내를 데려왔는데, 놀랍게도 따라 들어온 자는 한수창의 종복인 덕배였다. 덕배는 조금 겁을 먹은 얼굴로 꾸벅 인사를 했다.

"네가 병판 댁 종살이를 했었다고?"

"예. 그랬었습니다. 그 댁 장독대 위치까지도 정확하게 기억하고 있습니다."

덕배의 대답에 흑곰이 부하를 보며 물었다.

"믿을 수 있는 자냐?"

"알아보았습니다. 사람들 말로는 이자의 아내가 김종일에게 겁탈을 당하고, 김종일의 부인에게 죽임을 당했다 합니다."

"예. 그리고 저는 매를 맞고 쫓겨났습니다! 세상 이리 억울할 데가 어디 있습니까!"

덕배는 생각할수록 원통하다는 듯 제 가슴을 팡팡 치며 울먹거렸다.

"좋다. 하면 길 안내는 네게 맡기겠다."

잠시 후 흑곰 무리와 덕배는 모두 다 검은 복면을 착용하고 은밀히 병판 김종일의 집으로 향했다.

얼마쯤 갔을까, 병판의 집을 목전에 두었을 때였다. 무리의 길을 가로막은 선비를 보고 모두 멈칫했다.

"한수창……."

흑곰이 한수창이라는 이름을 중얼거리며 이림을 노려보자 모두들 동요하는 눈치였다. 그런데 흑곰의 뒤에서 또 다른 목소리가 들렸다.

"날 불렀나?"

진짜 한수창이 이규석과 함께 뒤를 막고 있었다.

흑곰은 누군지도 모르는 사람들은 무시하고, 제가 아는 한수창, 이림에게 한 발 다가갔다.

그러자 이림의 뒤에 서 있던 임영이 튀어나와 흑곰의 걸음을 멈추게 했다.

"비켜라."

"못 비킨다면?"

스릉.

흑곰이 허리춤에서 검을 뽑았다. 인연이 있었던 선비를 죽이고 싶진 않았지만, 제 길을 막는다면 어쩔 수 없다 생각하고 검을 세우며 한 발 한 발 다가갔다.

그에 맞서 임영 역시 검을 뽑고 다가갔다.

일촉즉발의 상황이었다.

퍼억—

"윽!"

흑곰의 뒤통수에서 박이 깨지는 것처럼 큰 소리가 나더니 눈을 뒤집고 땅으로 쓰러졌다.

쿵.

쓰러진 흑곰의 뒤로 덕배가 바위 같은 손으로 머리를 긁으며 곤란한 표정을 지었다.

"너무 셌나 봅니다. 제가 요즘 힘 조절이 잘 안 돼서. 하하······."

이상한 건 흑곰의 패거리들 모두 아무도 놀라거나 동요한 사람이 없었다. 그들은 그저 쓰러진 두목을 일으키고 있을 뿐이었다.

"가자."

"예, 예!"

이림의 한마디에 놈들은 흑곰을 들쳐 업고 그 뒤를 따랐다.

잠시 후, 흑곰은 고방 같은 곳에 묶인 채 눈을 떴다. 주변을 둘러보니 관아도 아니었고, 저를 둘러싸고 있는 사람들 중에 관복을 입은 자도 없었다.

머리가 깨질 것처럼 아팠지만 그는 저를 묶어놓은 이림을 사납게 노려보았다. 차라리 의금부로 끌고 갔다면 임금 앞에 억울함을 고하고 놈들의 죄상을 힘껏 외쳐 볼 수나 있었을 것인데, 놈들이 비열한 수를 쓴 거라 생각했다.

"머리 쓰는 걸 싫어하는 것 같긴 했다만, 이렇게 무식할 줄이야."

흑곰은 이림의 비난에 코웃음 쳤다.

"머리를 써서 어쩌라고? 그놈들의 죄상을 낱낱이 밝히면 나라님이 놈들을 죽여주시나?"

"낱낱이 밝혀지기만 한다면야."

"흥! 언제나 그 핑계로 뻔히 죄상이 드러났는데도 감싸주지 않았던가!"

"그래서 결국 청계천에서 떠오른 시신 모두 네가 한 짓인 것을 부정하지 않는 건가?"

"……."

"김종일 다음엔 김태수일 테고."

"백성을 위해 일한다더니 똑같은 놈이구만. 한양 와서 기방에만 드나든다더니, 이제 보니 김태수의 개가 됐나……."

"감히 이분이 누군지 알고 망발을 지껄이는 게냐!"

듣고 있던 이규석이 버럭 화를 내자 흑곰의 비웃음이 더욱 짙어졌다.

"누구긴 누구야. 그 잘난 어사 한수창이지!"

"……."

잠시 침묵이 감돌았다.

흑곰 역시 눈치는 있어서, 모두의 표정이 묘하게 일그러지는 것을 보고 뭔가 잘못됐다는 걸 깨달았다.

"잘난 어사 한수창이라면 여기 있네만."

한수창이 침묵을 깨고 손을 들며 말했다.

"뭐?"

"진짜일세. 내가 그 잘나고 훌륭하신 어사 한수창이지. 이쪽, 아니, 이분으로 말씀드릴 것 같으면 잠시 마패를 위조하여 내 흉내를 내고 다니신 가짜 한수창……."

"무슨 개소리……!"

"세자 저하일세."

서로의 말꼬리를 잘라먹던 대화가 간결하게 끝이 났다.

또다시 좌중에 침묵이 흐를 때였다.

똑똑.

누군가 참하게 고방의 문을 두드리더니 문을 열고 들어온다.

"저, 이것 좀 드시고 하시라고요."

이 와중에 태평하게 야참을 갖고 들어온 이는 정도원이라는 선비와 꼭 닮은 여인이었다.

가짜 한수창, 아니, 저들이 세자라고 주장하는 장본인은 여인이 가져온 누룽지 튀각을 집어 들고 냄새를 맡았다.

"오래된 건 아니겠지?"

"오래 묵힐 쌀이 어디 있습니까? 이것도 옆집에서 얻어온 누룽지입니다."

"그렇군."

세자가 와삭 소리를 내며 누룽지를 깨물자 규석이 피곤한 얼굴로 물었다.

"옆집이라면 저희 집에서 말입니까? 왜 저는 그걸 몰랐을까요?"

"집에 잘 안 들어오셔서 모르셨나 봅니다. 자요, 좀 드셔보세요. 역시 이천 쌀이 좋긴 좋습니다."

규석은 제 것으로 생색을 내는 도윤의 넉살을 당해내지 못하고 튀각을 받았다.

돌아가는 꼴을 보던 흑곰의 눈동자가 크게 흔들렸다.

이를 본 이림이 흑곰에게 말했다.

"나와 손을 잡아볼 생각 없느냐?"

"무, 무슨 뜻입니까?"

어느새 흑곰의 말투가 공손해져 있었다.

"나는 네 이름을 찾아줄 수 있다. 또한 네 복수도 해줄 수 있다. 하면 너는 나를 위해 뭘 해줄 수 있을까?"

"무슨 말씀이신지 모르겠습니다."

"네가 죽인 자들. 그들의 집에서 사라진 것. 네가 갖고 있을 거라 생각하는데?"

흑곰이 깜짝 놀라 숨을 들이켰다.

도대체 그걸 어찌 알았냐고 묻는 표정인 것 같아 이림이 고저 없이 말을 이었다.

"놀랄 것 없다. 수결을 맺지 않고 그런 일을 할 놈들이 아니니까."

와삭.

이림이 뛰각을 씹어 먹는 소리가 유난히 크게 들렸다.

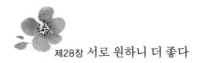

제28장 서로 원하니 더 좋다

날이 밝자 한양이 발칵 뒤집혔다. 영의정 김태수의 비호로 권세를 휘
두르던 병조판서 김종일이 밤사이 추포된 것이다. 그의 죄목은 과거 무고
한 손일환을 모함해 멸문에 이르게 한 것과 살인이었다.

최근 잇달아 청계천에 시신으로 떠오른 자들은 모두 김종일이 사주한
자들의 손에 죽었다는 것이 드러난 것이다. 살해한 이유가 더 기가 막혔
는데, 구 년 전 손일환을 함께 모함해 쫓아낸 일을 두고 공범들이 뒤늦게
돈을 요구하자 김종일이 모두 제거해 버린 것이다.

다른 이도 아닌 병판이 온갖 추잡한 악행을 저질렀다는 사실에, 충격
을 받지 않은 이들이 없었다. 사람들은 이 일에 중전의 아비인 김태수까
지 연루된 것은 아닌가, 의심하기도 했다. 병판이 김태수의 육촌 조카인
데다가, 그 일로 가장 큰 득을 본 사람이 영의정이었으니 충분히 가능한
이야기였다.

의금부로 끌려간 김종일은 계속해서 자신의 무고함을 주장하며 이 모

든 것이 모함이라 소리쳤다. 그의 말은 반만 참이고, 반은 거짓이었다.

청계천의 살인 사건과는 무관했다. 그것은 세자 일행이 그에게 죄를 덮어씌운 것이니까.

하나, 임금이 내민 증거물로 인해, 김종일은 자신의 결백함을 절반도 입증할 수가 없었다.

그것은 다름 아닌 죽은 자들과 김종일 자신의 지장과 수결이 담긴 문서였기 때문이다.

문서에 손일환을 모함한 내용은 담겨 있지 않았으나, 손일환을 숙청함으로써 얻을 수 있는 이문과 이득을 공의 정도에 따라 나누기로 한 것은 분명했다.

임금은 그 공이라는 것이 무엇인가를 엄중히 심문했다. 손일환의 역모 죄는 세세히 공을 나눠 가질 만한 일이 없었고, 공이 있었다면 임금께서 치하할 일이지 자신들끼리 나눌 리가 없기 때문이다.

"이 미친놈!"

김태수는 머리끝까지 화가 나 있었다. 사람만 죽이지 않았어도 일이 이렇게까지 되진 않았을 것이다. 돈을 요구하면 돈을 주면 될 것이고, 정 사람을 죽여야겠거든 소리 소문 없이 죽여야 했다. 보란 듯이 참혹한 시신을 물에 띄운 것은 보나마나 원한에 의한 소행으로 덮으려 한 모양인데 어리석기 짝이 없었다.

"병판이나 되는 놈이! 그런 일 하나 제대로 처리 못 해!"

더군다나 밤새 고신을 당한 병판의 입에서 제 이름까지 나왔다고 하니 피가 거꾸로 솟는 기분이었다.

"이런 잡놈이 나까지 끌어들여?"

영의정께서 자신의 무고함을 아시니 불러달라 했다는데, 제가 감싸주기에는 일이 너무 커져 버린 것을 모르는 것인가. 이놈이 다 죽자고 덤비는 것이 분명하다. 도와주지 않는다면 그 입에서 과거의 일까지 모두 까발려질 것이 분명했다.

머리를 식히고 심사숙고한 김태수가 은밀히 의금부에 심어둔 나졸을 불렀다.

"때를 봐서 김종일에게 전하라. 식솔들의 안위는 걱정하지 않아도 된다고."

그리고 나졸이 의금부로 간 다음 날 새벽.

김종일이 혀를 깨물고 죽은 것이 발견되었다.

한바탕 시끄러운 일들이 지나갔지만 여전히 조정은 시끄러웠다.

김종일이 자복하지 않고 목숨을 끊은 것 때문에 그를 단죄하는 데 어려움이 있었다. 끝까지 무고함을 주장하고 자결하였으니 죽은 자를 어찌 욕보이겠냐는 주장과 더 큰 화를 당하기 전에 비겁하게 목숨을 끊었다는 주장이 팽배하게 맞섰다.

그간 김태수 쪽의 눈치를 보느라 제대로 목소리를 높이지 못한 세자 쪽 사람들이 소리를 냈다는 것만으로도 상당히 놀라운 변화였다. 그 와중에 유생들까지 들고일어나 과거 대제학을 지낸 손일환 사건을 재조사해 줄 것을 주장하자, 더는 압박을 견디지 못한 김태수가 나섰다.

그는 비록 김종일이 자신의 육촌 되는 자이나, 그 죄를 감싸줄 수 없다고 읍소했다. 더불어 김종일의 재산을 몰수하고, 손일환과 그 사돈 되는 최명덕의 신원을 복원하여 그들의 가문을 재건하는 데 귀속시키자 주장했다.

김태수가 이렇게 나오니 더 이상 지지부진하게 싸울 이유가 없었다.

임금께서는 세자빈의 간택이 있으니 더 이상 이 일을 거론하지 말라 하시며, 손일환과 최명덕을 신원 복원하라 명했다.

세자 이림이 거둔 첫 번째 승리였다.

"이름을 찾은 기분이 어떠하냐?"

김종일의 대저택은 이제 흑곰의 것이었다. 대궐 같은 집 마당에 홀로 덩그러니 서 있는 흑곰을 보고 이림이 물었다.

"이름보다는 돈이 좋습니다."

흑곰은 졸지에 갑부가 되었다. 외가댁인 손일환의 집안은 멸문했고, 친가인 최씨의 핏줄이라고는 삼대독자인 저뿐이다. 그러니 삼대독자인 자신에게 양가 모두의 재산이 귀속된 것이다.

"그래. 그 이름이……. 그래. 그럴 만도 하다."

"무슨 뜻이옵니까?"

"응? 아, 모르면 됐다. 별거 아니다."

이림이 어물쩍 넘긴 대답에 흑곰의 이맛살이 찌푸려졌다.

"별거 아닌 게 아닌 것 같사옵니다. 제 이름이 뭔가 마음에 안 드신 것이옵니까?"

"마음에 안 든다기보다, 그…… 생각지도 못한 이름이라…….."

"최지선이 뭐가 어때서 그러십니까!"

"좋은 이름이지. 아주 좋은 이름인데, 다만…….."

다만 외모는 별호인 흑곰처럼 생겼으면서, 매우 단아하고 선량하고 지적인 이름으로 부르려니 괴리감이 느껴졌다.

사실 흑곰 역시 그 이름에 놀림을 많이 받아 이름에 피해 의식이 있었다.

"좋은 이름으로 끝내시면 될 일 아니옵니까!"

"처음부터 최지선이었으면 괜찮았다만……. 아니면 별호를 사슴 같은 걸로 지었으면……."

"누가 사슴 같은 왈패를 겁낸단 말입니까!"

포효하는 흑곰의 목소리마저도 최지선과 어울리지 않았다.

"이제 왈패도 아니고 좋은 이름도 찾았으니, 이름처럼 살면 되겠구나."

"아니옵니다. 억울함도 풀었고 원수도 갚았으니, 이제 편안하게 살고 싶사옵니다."

"누구 맘대로?"

"예?"

"너 편하게 살라고 살인을 저지른 네 죄를 덮어준 게 아니다. 관직에 올라 백성들을 보필하는 것이 네 의무이자 양반의 의무다."

"제가 이제 와서 어찌 과거 공부를 다시 시작하겠나이까?"

흑곰이 그저 지금 가진 것들로 속 편하게 살겠다며 웃자 이림은 앞서 한 약속을 잊지 말라며 말했다.

"날 도와라."

"그 말씀은……."

"아직 남은 과제가 많다. 내 힘은 미미하니 네가 도와준다면 큰 힘이 될 것이다."

흑곰은 정쟁에 휘말려 멸문당하는 경험을 두 번이나 겪고 싶지 않았다. 그래서 관직을 얻을 생각이 요만큼도 없었지만, 저를 도와준 세자와의 의리를 저버릴 순 없었다.

한양을 들썩이게 한 살인 사건이 마무리되고 충격이 채 가시기도 전,

마침내 재간택의 날이 밝았다.

초간택에서 뽑혀 올라온 일곱 명의 처녀들은 대부분 지체 높으신 사대부가의 여식들이었다. 재간택이 끝나면 이들 중 세 명은 궁에 남아 삼간택 절차를 밟게 되어 있었다.

일곱 대의 가마들이 줄지어 이동하는 것을 본 백성들은 오늘 궁에 남을 처녀가 누구일지 점쳐 보며 내기를 하곤 했다. 어떤 이는 가문이 높은 처녀에게 돈을 걸었고, 어떤 이는 영의정과 연이 있다는 가문의 처자에게 돈을 걸었다.

마지막 가마가 궐 안으로 들어가고 문이 닫혔다.

시간이 지나고 네 명의 처녀가 탄 가마가 밖으로 나오자 다시 삼삼오오 모여든 백성들이 가마를 확인했다.

"뭐야? 정 교리 여식은 안 나왔지?"

"설마…… 이러다가 진짜 도윤 아씨가 세자빈이 되는 건가?"

가마들 중 가장 소박해 보였던 정도윤의 가마가 보이지 않자, 사람들의 수군거림이 파도처럼 일렁거렸다. 설마 하는 기색들이었지만 내기에서 진 사람도 슬퍼하지 않았다. 자신들이 응원하는 정도윤이 세자빈에 한 발 다가선 것이 기쁠 뿐이었다.

다과상을 앞에 둔 세 명의 처자가 시선을 내리깔고 있었다.

발이 드리운 안쪽에서 임금은 고운 자태로 앉아 있는 세 사람을 흥미롭게 주시했다. 중전은 생각에 잠긴 얼굴로 연신 턱을 쓰다듬는 임금을 불안한 기색으로 바라보았다.

도대체 무슨 꿍꿍일까?

원래부터 현왕은 속을 알 수 없는 사람이긴 했다. 어린 날에 세자가 되어 교육을 받아왔고, 사람을 다루는 일에 누구보다 능숙한 사람이었기에 한 이불을 덮고 있는 순간에도 그의 마음을 알 수가 없었다. 하나 그것도 최근만큼은 아니었다.

찻잔을 기울인 중전이 세 명의 처녀를 보았다. 이 중에서 임금에게 저런 표정을 짓게 하는 처녀는 누구일까. 좌의정 가문 여식인 류화연일까. 하나 임금도 류화연이 세자빈의 자리에 오를 리 없다는 것을 알고 있을 것이다. 이미 정대봉의 여식 정도윤이 내정되어 있다는 걸 그 역시 알고 있을 텐데, 왜 저런 표정인 것일까.

차가 모두에게 돌아가자 임금이 입을 열었다.

"아주 돈이 많은 장사치 하나가 있다. 이 장사치의 창고를 털면 백성 백 명을 먹여 살릴 수 있다. 너희라면 그 곡간을 털 것이냐."

임금의 물음은 수수께끼였다. 백성을 살리는 일이 급하지만 도둑질은 나쁜 짓이다. 어느 쪽을 선택해도 반발이 일 것이니, 애초에 이런 답이 없는 문제를 내는 것은 임금께서 이들이 가진 생각과 성심을 떠보려 하는 것이다. 때문에 누구 하나 섣불리 대답을 못 하는 가운데, 임금의 눈길을 받은 좌의정의 여식 류화연이 먼저 대답을 했다.

"한 명을 희생해 백 명을 살릴 수 있다면, 그리해야 할 것입니다."

"그렇구나. 하면 네 생각은 어떠하냐."

고개를 끄덕인 임금의 시선이 이번엔 승문원 교감 고이완의 딸 고이영에게 닿았다. 그러자 고이영 역시 같은 생각이라는 듯 고개를 끄덕이며 답했다.

"재물보다 사람의 생명이 더 귀하니, 장사치의 창고를 열어 사람을 구하는 것이 우선이라 여겨지옵니다."

생명의 가치를 귀히 여기는 대답에 임금의 입가가 보드랍게 휘어졌다.

"그 말도 옳구나. 자, 이번엔 네가 답해보겠느냐."

임금의 시선이 이번엔 깊은 생각에 잠겨 있는 도윤에게로 향했다.

그러자 도윤은 임금의 물음에 대한 답 대신 다른 것을 물어보았다.

"소녀, 그전에 확실히 해두고 싶은 것이 있사옵니다."

중전은 다른 처자들처럼 순순히 대답하지 않고 맹랑하게 질문하는 도윤이 괘씸했지만 내색은 하지 않았다.

반면 임금은 흥미롭다는 듯이 말했다.

"무엇을 말이냐?"

"그 장사치가 정당한 방법으로 돈을 번 자인지, 아닌지가 궁금하옵니다."

"정당하지 않다면?"

"부당하게 쌓은 재산이라면 그것이 온전히 장사치의 재산이라 볼 수 없사옵니다. 그로 인해 피해를 입은 백성들의 것이니 모두 돌려주어야 마땅하옵니다."

"정당하게 쌓은 것이라면?"

"사소취대—작은 것은 버리고 큰 것을 취함—라 함은 누구의 입장에서 보는가에 따라 다르다 여겨지옵니다. 죽어가는 백성들이 사소취대하겠다며 장사치의 재물을 빼앗는다면, 그것은 자신들의 목숨을 살리기 위한 일방적인 폭력에 지나지 않사옵니다. 명분을 앞세운 폭도들이 정당하다 인정받으면 나랏법이 무슨 소용이 있겠사옵니까?"

"그래? 하면 임금인 내 입장에서 내 백성들의 목숨을 살리기 위해 그자의 재물을 빼앗는 것은 어떠냐? 이를 폭정이라 할 테냐?"

임금의 표정은 조금 전처럼 부드럽지 않았다. 엄하고 매서운 눈빛이었다. 다들 오금이 저리는데 도윤만이 태연히 대답했다.

"전하께서는 백성의 생명권과 더불어 재산권을 지켜주셔야 할 의무가 있사옵니다. 정당하게 부를 쌓은 재산을 지켜주지 못한다면 백성들 역시 남의 것을 탐내는 도적이 될 테고, 나라의 근간이 흔들릴 것이 불 보듯 뻔하옵니다."

"하면 너는 백성의 목숨보다 상인의 재물을 더 중하게 여기는 것이냐?"

"전하께는 무소불위의 권력이 있사온데, 그깟 장사치의 재물을 탐내시옵니까?"

"뭐라!"

도윤의 말은 임금을 우습게 보는 듯 거만하기 이를 데 없었다.

"말이 심하구나!"

중전까지 크게 호통을 치고, 방 안의 분위기가 매우 살벌해졌다.

그러나 도윤은 옅은 미소를 띠며 고개를 숙이면서 대답했다.

"전하께서 가진 권력으로 상인과 거래를 해볼 수 있을 것이라 여겼사옵니다. 정당한 방법으로 부를 쌓은 자라면 그자의 능력과 인성이 매우 뛰어날 것이니, 전하께서 귀히 쓸 수 있는 자가 아니겠사옵니까?"

젊은 처자의 입에서 이런 대답까지 듣게 될 줄 몰랐기에, 임금은 진심으로 놀라고 감탄하고 있었다. 이런 자리에서 임금의 질문에 용기 있고 소신 있는 대답을 하는 것도, 그리고 단시간에 멀리까지 내다보는 순발력과 현명함 또한 조정 대신들보다 더 뛰어난 듯했다.

임금을 놀라게 한 도윤의 말은 거기에 그치지 않았다.

"또한 그자가 현명한 자라면, 그자야말로 재산을 풀어 사소취대할 수 있을 것입니다. 재물이야 또 모으면 그만이지만, 장사를 할 백성들이 죽고 없다면 누구와 거래를 하겠사옵니까?"

"그 장사치는 백성을 살려준 명성을 얻고 훗날 더 많은 재물을 얻게 되겠구나."

"예. 그렇사옵니다."

"결국 네가 하고 싶은 말은, 남의 것을 빼앗는 데는 대의명분도 사소취대도 내세울 수 없다는 뜻이냐?"

"예. 전하. 조선은 법치국가이니, 어떠한 경우에도 법의 울타리를 벗어나서는 안 된다 생각하옵니다. 다수를 위해 소수가 희생하는 것이 당연하다면, 그 누가 열심히 일하고, 재산을 모으겠사옵니까."

"그래, 네 말이 맞다! 네 말을 듣고 보니 오랜만에 가려운 데를 긁어주는 듯 시원해지는구나! 하하하."

임금이 호탕한 웃음을 터트리자 중전은 못마땅한 표정을 감추기 힘들어졌다.

누구도 임금을 저리 웃게 할 수 없었다. 제 아들 월한 또한 그토록 영특했음에도 임금께 저런 큰 웃음을 안겨 드린 적이 없지 않나.

'여우 같은 계집이로구나. 저 아이가 주상을 흘려 월한을 모함한다면 큰일이겠어!'

임금은 옆에 앉은 중전은 안중에도 없는 듯, 발 너머의 도윤만 바라보며 기특하다는 듯이 물었다.

"네가 홍문관 교리 정대봉의 여식이라지?"

"예. 그렇사옵니다."

"정 교리가 딸을 참 잘 키웠구나."

"아, 아니옵니다. 전하. 소녀, 아버지의 속을 무던히도 썩였사옵니다."

"하하하하! 그래. 그건 그랬겠구나!"

임금의 말씀에 도윤의 얼굴이 확 붉어졌다. 사내 복색을 하고 유람을 떠난 일을 임금께서도 아신다 들었기 때문에, 조금 전 그 웃음의 의미를 알 것 같아서였다.

수줍어하는 도윤의 모습을 보며 임금은 자상한 미소를 지었다.

생각보다 훨씬 마음에 든다. 현명하고 용기 있으며, 몸을 낮출 줄도 알면서도 영락없는 소녀 같은 모습까지 보이니 팔색조 아닌가. 저런 아이가 세자빈이 되어주겠다니, 든든한 아군을 얻은 듯해 임금은 간만에 마음을 놓을 수 있었다.

그리고 정확히 열흘 뒤 오십여 명의 호위를 받으며 두 가마가 밖으로 나왔고, 도윤의 가마만 궐 밖으로 나오지 않았다.

이를 확인한 백성들이 정대봉의 집 앞을 지나갈 때마다 허리를 숙여 절을 했다.

그날 밤부터 며칠간 정대봉의 집은 선물을 들고 찾아오는 이들로 문전 성시를 이뤘고, 선물을 거절하는 일로 정대봉과 도화는 골머리를 앓아야 했다.

도윤이 세자빈으로 간택된 일로 연일 줄지어 찾아오던 손님들이 뜸해질 무렵이었다.

도화는 요즘 시무룩했다. 대청마루에 앉아 다리를 흔들며 텅 빈 마당을 보고 있자면 궁으로 간 언니가 그립고, 언니를 따라간 만덕이한테 서운하기도 했다. 게다가 자희마저 원래 자리로 돌아가 버리니, 또 혼자 집에 남겨진 것이다. 잔소리할 사람도 없어서 예전처럼 바깥나들이라도 하면 될 텐데, 어쩐지 그것도 시시하다.

사내들이 절 좋아하면 뭐 하나, 막상 짝이 없다.

언니가 세자빈이 된다니, 저를 좋다 하는 사람들이 부쩍 드물어졌다. 세자빈 가문과 사돈을 맺었다가 정쟁에서 밀려나거나 화를 입을까 봐 몸을 사리는 것이다.

이래저래 외로움을 느끼고 있을 때였다.

쾅쾅.

"계십니까?"

대문을 두드리는 사내의 음성이 반가워 폴짝 뛰어내려 쪼르르 다가

갔다.

"누, 누구십니까?"

대문 너머 누가 있는지 알면서도 도화는 몸을 꼬며 물었다.

"저⋯⋯. 한수창입니다. 요즘 잘 지내고 계신가 해서 말입니다."

역시 제 맘을 알아주는 이는 이 사람밖에 없나.

잠시 감동한 도화가 말없이 옷고름으로 눈물을 찍는데, 대답을 듣지 못한 한수창은 쩔쩔맸다.

"다, 다름이 아니라, 실은 제가 요즘 기방 출입을 전혀 안 하고 있다고 말씀드리러 왔습니다."

도화는 그만 웃음을 터트릴 뻔했지만 꾹 참고 퉁명스럽게 물었다.

"그걸 왜 제게 말씀하시는 건데요?"

"궁금하실까 봐. 전에 제가 기방에서 사는 줄 알고 계셨기도 하고⋯⋯."

"⋯⋯요즘은 왜 기방에 안 가시는데요?"

이것도 안부라고, 물어봐 주는 것만으로도 신난 한수창이 생각 없이 너무 빨리 대답했다.

"아, 바빠서 말입니다!"

"아, 바빠서요? 안 바쁘면 또 기방에 가시겠네요?"

실수를 깨달은 한수창이 다급히 변명했다.

"그게 아니라! 제가 드디어 조정에 입성한 소식을 알려 드리고 싶었습니다!"

"예?"

"저 이제 놀고먹는 한량이 아닙니다. 전국 팔도 돌아다니는 떠돌이 어사도 아니고, 드디어 사간원의 관원이 되었습니다."

한마디로 자신이 얼마나 훌륭한 남편감인지를 피력하려고 온 것이다.

눈치 빠른 도화가 속으로 피식 웃으며 대문을 열어주었다.

삐걱.

대문이 열리자 한수창의 눈이 휘둥그레진다.

도화는 그 대단한 가문의 대단하신 한수창이 제게 이렇게 목매고 쩔쩔
매는 게 귀엽게 느껴져서 이렇게 물었다.

"그래서요? 녹봉은 얼마나 받으시는데요?"

얼굴만 뜯어먹고 사는 게 그렇게 행복하지 않다는 것을 최근에 알게
된 도화였다.

사간원이라 함은 임금이 옳지 않은 일을 고치도록 간쟁을 할 수 있는
기관으로, 관직의 높고 낮음과 상관없이 잘못을 한 신료가 있다면 탄핵
할 수 있고, 당대의 정치 사안과 인사 문제와 관련하여 언론을 담당했
다. 이뿐만 아니라 의정부 및 육조와 함께 법률 제정과 관련한 논의에도
참여할 수 있어, 그 권력이 막강한 곳 중 하나였다. 왕권을 강화하기 위
해 설치된 곳이니만큼 권력이 집중된 기관이었다. 그만큼 관리를 선별
하는 기준도 까다로웠고, 학문이 출중한 이들만이 이곳에서 일할 수 있
었다.

그렇게 뛰어난 인재들로 이루어진 이곳에 한수창도 있었다. 사간원 정
언으로 임명받은 한수창은 낮에는 사간원에서 업무를 보고, 밤에는 예문
관으로 가 책을 쌓아놓고 읽기에 바빴다.

오늘도 예문관 서고 안에는 네댓 명의 선비들이 모여 책을 읽고 있었
다. 바쁜 와중에도 배움을 게을리 하지 않는 참으로 아름다운 모습들이
다.

특히 독서에 심취한 한수창의 얼굴은 즐거워 보이기까지 했다.

가만 보니, 다른 젊은 관리들도 독서 삼매경이라, 이를 바라보고 있던

임금의 얼굴에 흡족함이 서렸다. 임금은 감탄을 아끼지 않고 내금위장에게 자랑하듯 말했다.

"이것 좀 보거라. 젊은 관리들이 이처럼 수불석권—손에서 책을 놓지 않음—하며 학문에 매진하니 조정의 앞날이 환하구나."

내금위장은 요즘 임금께서 즐거워하는 모습을 종종 뵌지라, 저 역시 크게 기뻐하며 고개를 숙였다.

"모두 다 전하의 덕이시옵니다."

"내 덕은 무슨! 자, 다들 무슨 책을 저리 재미나게 읽고 있나, 한번 가보자꾸나."

젊은이들과 경학을 논하는 재미를 기대하며 살금살금 다가간 임금은, 그들이 보려고 쌓아둔 책 중 하나를 몰래 집어 들었다.

다들 어찌나 글에 빠져 있는지, 아무도 임금이 다가오신 것을 눈치채지 못하고 있었다.

십삼경—유교에서 가장 중요한 경서 13종— 중 하나일까, 기대에 찬 임금이 책의 표제를 보고 중얼거렸다.

"교정신담…… 이라."

『交情新談』

서로 나누는 정.

우정이나 인간 사이의 도리, 이웃 간의 정감 어린 삶, 또는 남녀 간의 아름다운 정에 관한 지침서인 듯했다. 처음 보는 책인데다, 참 멋스러운 제목이라 책장을 펼치는 임금의 얼굴에 기대감이 어렸다. 그 역시 글을 읽는 것을 좋아하는 지독한 독서광이었던 터라 어떠한 새로운 책인가, 얼마나 아름다운 정이면 이렇게 책까지 펴낸 것인가, 호기심이 어렸다.

그러나 책을 읽어가는 임금의 얼굴이 곧 딱딱하게 굳어졌다.

『때는 주나라 의왕 3년, 빨래터에서 빨래를 하던 완사 경이는 아랫도리를 벌떡 일으켜 세우는 요망한 요술을 부릴 줄 아는 계집이었다. 하루는 나무꾼이 나무를 하기 위해 산으로 올라가다 말고, 아침 일찍 나온 경이를 발견하고는 으슥한 산으로 향했다. 그곳엔 그와 함께 나무를 하는 친구가 있었……..』

탁.

더 이상 글을 읽길 포기한 임금이 책을 원래에 있던 자리에 내려두었다. 열이 올라 붉으락푸르락한 얼굴은 요사스럽다는 책 속의 경이에게 홀린 듯했다.

임금은 한수창의 손에 들려 있는 책 역시 망측한 이야기책이라는 것을 알고는 거친 숨과 함께 물었다.

"한 정언, 그 책 재미있나?"

"글쎄요. 이 책은 생각보다 수위가 약해서 말입니다. 대국에서도 이렇게 소박한 사랑을…… 헉!"

나름 진지하게 책을 평하던 한수창이 고개를 들어 자신에게 물음을 던진 자를 보고는 숨이 멎었다.

"수위가 약해?"

임금이 눈썹을 꿈틀거리며 묻자, 한수창은 들고 있던 책을 재빨리 덮더니 바닥에 몸을 납작 낮춘다. 그도 자신의 죄를 이미 알고 있는 모양이었다.

"저, 전하!"

한수창의 외침에 서책을 읽던 다른 관리들 역시 깜짝 놀라 붉은 곤룡포를 입고 있는 임금을 보았다.

"헉! 저, 전하!"

"전하!"

여기저기서 비명과 같은 부름과 함께 바닥에 이마를 박는 소리가 연달아 들렸다.

하지만 머리끝까지 화가 치민 임금은 그들에게서 시선을 떼지 않은 채 한수창이 방금 전까지 읽고 있던 책을 집어 들었다. 아무 장이나 펼쳐 든 그가 고저 없는 목소리로 읽기 시작했다.

"천하의 색녀 난이가 자신의 배에 올라탄 이름 모를 우람한 체격의 나그네에게 눈웃음을 치며 말하길. 그 길이 아니잖소. 좀 더 밑이오. 좀 더 밑. 꾸물꾸물 몸을 내린……."

"저, 전하 제발……."

한수창이 읽기를 멈춰달라 사정하자, 임금께서 그 책을 한수창 앞에 철퍽 던져 놓았다.

"부끄러운 줄은 아는가! 대체 누가 예문각에 이딴 상스러운 책을 비치한 것인가! 선비란 작자들이 이런 글로 글공부를 하는 겐가! 천박하기 이를 데 없는 글로 무엇을 배우려 함인지 궁금하구나!"

임금의 호통에 몸을 낮추고 있던 자들의 몸이 움찔 떨며 잘못을 고했다.

"마, 망극하옵니다."

"전하…… 저희가 죽을죄를 지었나이다."

몸을 낮추고 있는 와중에도 관리들은 서로 낭패라며 눈짓을 주고받았다. 분위기를 봐선 그냥 넘어갈 것 같지가 않으니, 모두들 겁을 잔뜩 집어 먹은 모습들이었다.

한데 걱정과 달리 임금께서 뒷짐을 지고 가슴을 쭉 펴시더니 인자하신 음성으로 말하시는 게 아닌가.

"뭐, 이깟 일로 귀한 인재들을 죽여서야 되겠느냐? 젊은 혈기에 호기심이 일 수도 있지."

"전하. 성은이 망극하옵니다!"

모두 감격하여 한마음으로 임금의 은혜에 감사했다. 그러나 이렇게 넘어갈 임금이 아니다.

"모두들 이렇게 잘못을 잘 안다니 참으로 다행이다. 자네들의 그릇된 행동을 씻어내 다시는 이런 일이 없도록 함이 중요하다. 따라서 모두들 해가 뜰 때까지 반성하는 마음을 적어내야 할 것이다."

"……."

다들 뜻밖의 말씀에 대답도 못하고 주저하자 임금이 호통쳤다.

"어째서 대답이 없느냐?"

"저, 전하. 성은이 망극하옵니다!"

"마음이 담겨 있지 않다면 몇 번이고 다시 써야 할 것이다."

"예, 전하!"

드디어 이 오금 저리는 상황에서 벗어날 수 있나 했다. 하나 임금은 예문관을 나서는 것이 아니라, 자리를 잡고 앉으시는 게 아닌가. 게다가 검열하듯 쌓여 있는 책들을 하나씩 들쳐 보기 시작했다.

다들 어찌할 바를 몰라 하며 눈짓으로 서로를 책망하기 바빴다.

"뭣들 하느냐? 어서 쓰지 않고."

"예! 전하!"

자리에서 벌떡 일어난 관리들은 최대한 임금과 멀리 앉기 위해 애를 썼다.

결국 임금과 가장 가까이에 앉게 된 것은 여기저기에서 책을 가져온 주범, 한수창이었다.

한수창은 울상인 얼굴로 임금의 맞은편 자리에 앉았다. 임금과 눈이 마주칠까 봐 전전긍긍하는 모습이었다. 먹을 가는 한수창이 몸을 잔뜩 웅크렸다. 하나 이와는 달리 곧 종이 위로 향한 붓은 거침이 없고 호쾌하기까지 했다.

『군왕께서 신 한수창을 어여삐 여기시어 사간원의 중책을 내리시고 한미한 유자에게 고금의 경서를 읽을 기회를 주셨나이다. 하나 신은 그 깊으신 뜻을 헤아리지 못하고 음지에서 떠도는 난잡한 방담문이나 읽었으니, 그 죄가 커 차마 이곳엔 다 담을 수가 없사옵니다.』

스스로 보아도 궤변이라는 건 알고 있었다. 하나 소설을 적는 저자의 마음으로 반성문을 채워 나가던 한수창은 더 이상 쓸 이야기가 없어 이렇게 적고야 말았다.

더 크게 화를 내실 것 같은데. 새로 써야 하나.

한수창이 붓끝을 딱딱 물어뜯을 때였다.

"……이건 또 무슨 해괴한 제목인가?"

임금의 물음에 한수창이 눈을 가늘게 뜨고 책의 겉장에 붙어 있는 제목을 읽었다.

『남장유람기.』

"아, 그 책을 빌리기가 가장 힘들었사옵……."

아직 책을 읽어보진 못하고 구해오기만 한 한수창은 자신의 처지는 잊고 해맑게 답했다.

임금은 심기가 불편한 얼굴로 한수창의 얼굴을 찌릿하게 보았다.

"자네 짓이었군."

"헙!"

"자네는 그냥 그 입을 닥치고 있는 편이 나을 것 같구면."

"어명 받잡겠사옵니다."

한수창이 매우 진중하게 말씀을 받잡아 정갈하게 붓을 잡자, 임금은 고개를 저으며 생각했다.

'저런 놈이 이 나라 최고의 인재라니, 웃어야 할지……'

유쾌한 성정이 세자의 우울함을 그나마 잊게 해주는 것은 좋다만, 저놈이 관원으로 적응을 할지는 조금 걱정스럽다. 팔도를 돌아다닐 때는 딱 제 성질에 맞는 일이구나 싶었는데, 정착하고 싶다고 연일 읍소하는 통에 마지못해 자리를 내주고 말았다.

'잘한 짓인지, 원.'

속으론 혀를 차면서 임금은 책 속에 낙서처럼 독자들이 덧붙여 놓은 지저분한 글귀를 보고 눈살을 찌푸렸다.

『설악산에서 습격을 당했다? 어불성설. 유람객이 얼마나 많은 곳인데.』

『많은 사람들이 다 같이 습격당했다는 부분을 안 읽은 것이냐?』

『이딴 걸 유람기라 속이다니, 저자는 반성하라.』

『사실 여부를 떠나 낭만적인 글이다. 진지한 벌레들은 가서 논어나 읽어라.』

『계집이 선비와 동침하며 연심을 품다니, 풍속을 어지럽히는 망측한 글이다.』

『부러우면 너도 빨리 혼인해라.』

덧붙인 글귀들이 가관이다.

임금은 한숨을 내쉬면서도 대체 책 내용이 어떻기에 이렇듯 감상들이 시끄러운가, 호기심이 일었다. 게다가 주욱 훑어보던 글 마지막 장에서

'세자' 라는 단어를 발견했을 때는 그냥 넘길 수가 없었다.

『아무리 소설이라도 세자 저하를 거론하다니!』

『실제로 일어났던 사건이다. 이 일에 저하가 거론돼 있음이 사실이라면 저자는 떳떳이 자신을 밝혀야 할 것이다.』

『민심을 호도하기 위한 글인가. 저하께서 사라지셨던 지난 몇 달간의 일을 이렇게 지어낸 것인가.』

『재밌는 소설이었다. 거짓이 난무하는 유람기에 세자까지 등장시킨 저자의 저의가 무엇인가.』

『순진한 백성들이 좋아할 글이다.』

『만약 이것이 정말 유람 중에 일어난 진실이라면 세자 저하께서는 성군이 되실 것이다.』

『저하를 시해하려던 무리가 누구인가. 어째서 임금께서는 세자 저하를 믿지 않으시고 무도한 무리들을 감싸고 계신가.』

임금의 표정이 묘하게 변했다.

"흠."

한숨을 내뱉은 임금이 턱을 쓰다듬었다. 세자와 남장 여인의 유람기라……

'정도윤에 대해 아는 인물이 썼거나, 본인이 쓴 것인데……'

'남장유람기' 라고 제목을 박고 남장 여인을 주인공으로 글을 썼으니, 본인 이야기일 것이다. 필체가 조잡한 걸 보면 필사본이 분명했다. 이런 책이 조선 팔도에 얼마나 퍼져 있는 것일까.

그것보단 우선 본인에게 직접 이 책의 내용이 사실인지 확인해 봐야 했다. 임금은 고심하는 표정으로 반성문을 적고 있는 한수창을 보았다.

'그래. 하나씩 알아보면 되겠지.'

가짜 한수창이 누구인지. 정말 세자가 가짜 한수창으로 활동하며 백성들을 살폈는지.

한양 도성의 남쪽 문은 한양 사람들에겐 자부심이자, 지방에서 올라온 이들에겐 한 번쯤은 꼭 가봐야 하는 곳이었다. 북한산을 병풍처럼 두른 한양은 언제 와도 늘 참 번잡한 곳이었다.

남문을 지나 남촌으로 향하던 노인네가 번잡한 시전을 보더니 미간을 팍 찌푸린다.

"이 동네는 기가 안 좋아."

기와 터가 좋아 도읍으로 정했을 텐데, 노인은 삿갓을 손가락으로 들더니 질서 없이 돌아다니는 사람들을 힐끗 노려보았다.

노인의 분위기가 심상치 않자 옆에 있던 젊은 사내가 난감한 표정을 지었다. 노인과 함께 지내면서 그에 대한 환상이 깨진 건 한 시진도 지나지 않아서였다. 금강산에서 시작된 길지 않은 여정 동안 난감해졌던 적도 한두 번이 아니었다.

"가만 보자. 오늘은 어디서 묵을까?"

"아직 날이 밝고 곧 궁에 당도할 것인데, 어째서 묵어가신단 말입니까?"

"흠. 아무래도 한양에 왔으니 한양 제일의 맛집부터 가봐야겠지?"

"아이고, 영감님……."

겨우 한양에 도착했는데 노인은 궁으로 들어갈 생각은 않고 미적거리기 시작했다.

젊은 사내, 세자익위사 중 한 사람으로 몇 달 전 궁에서 쫓겨났던 그는 궁으로 돌아가지 못해 애가 타고 있었다.

요즘 조선 팔도는 전무후무한 판매고를 올린 책 한 권 때문에 난리였다.

"남장유람기 읽어봤나?"

"나는 언문도 볼 줄 몰라 이야기만 들었네."

남장유람기.

이 책의 주인공인 '가짜 한수창'이 마지막 장에 가서 실은 '세자 이림'이었으며 그가 백성들을 가엾이 여기고 그들을 굽어 살폈다는 것이 밝혀진다는 말에, 백성들은 '실화'와 '허구'를 두고 다투고 있었다.

서책방에서 필사본을 수십 권이나 만들었고 언문으로 옮겨 쓴 서책까지 팔고 있었으나, 사는 것은 물론 빌리는 것도 하늘의 별 따기였다. 양반부터 아녀자와 천민에 이르기까지 두루 재밌게 읽을 수 있는 통쾌한 이야기에 사랑까지 더해져, 누구나 한 번 읽으면 손을 놓을 수 없다 했다.

오늘도 한 무리의 사람들이 그 책이 소설이냐, 현실에서 일어난 일이냐를 두고 다투고 있었다. 그중 처음 이야기를 꺼낸 자가 꽤 흥미로운 소문을 듣고 온 것인지 확신에 찬 얼굴로 말했다.

"들리는 소문으론 그게 진짜라는 말이 있네. 영월 편에서 나온 그 꽃분이라는 계집이 진짜 실존하는 인물이란 말이 있어. 그 아이가 실제로 한수창 어사와 정도원이란 선비에게 도움을 받았고!"

"뭐? 그럼⋯⋯?"

"그게 소설이 아니라는 말이지!"

"에이, 설마. 그게 말이 되는가? 세자는 밤마다 궁을 빠져나와 기방을 찾고⋯⋯."

"그것도 다 백성들을 굽어 살피기 위한 일이라는 말이 있네. 왜, 그 양반 하나가 저잣거리에서 돈주머니를 주워준 농부에게 죄를 뒤집어씌우려고 했던 일 있지 않았나? 그때 도와준 양반이 세자였다, 이런 소문도 있다네."

"그건 또 어디에서 들었나?"

"그게……."

천하의 난봉꾼으로 불리던 세자 이림이 백성들을 굽어 살피고 어진 임금이 될 상이라 백성들의 입에 오르내리는 순간이었다.

세자는 김종일 사건이 마무리된 후부터 꼬박꼬박 거르지 않고 임금께 문안 인사를 드리고 있었다. 당연히 해야 할 일이지만, 그간 일부러라도 하지 않은 일을 시작했다는 사실이 조정 대신들의 걱정을 덜어주고 있었다. 물론 김태수와 그 일당들은 걱정이 더 늘어나고 있을 테지만.

오늘도 세자는 단정한 몸가짐으로 일찍 임금께 아침 문안을 올렸다. 한데 임금의 용안이 밝지 못하고 어딘가 편찮아 보이셨다.

"전하. 어디 불편하신 곳은 없사옵니까? 옥색이 매우 나빠 보이시옵니다."

"잠을 설쳤더니 그렇구나."

"무슨 근심이라도 있으신지……."

세자의 조심스러운 물음에 임금은 대뜸 도끼눈을 하고는 서책 한 권을 세자의 앞으로 던졌다.

툭.

"전하. 이것이……."

"내 어제 그 책 때문에 잠을 자지 못했다. 어찌나 뒷이야기가 궁금한지 말이다."

"예?"

"읽어보아라."

임금의 표정에 노기가 있는 것을 보면 이 책의 무언가가 심기를 건드린 것이다.

조심스레 책을 집어 든 이림은 책 표제를 보고 가슴이 '쿵' 하고 떨어지는 것 같았다. 설마 하는 마음으로 읽어가는데, 동굴에서의 만남부터 눈을 질끈 감아야 했다.

"시작부터 다 아는 내용인 듯하구나. 너는 밤새 책을 읽지 않아도 되겠구나."

"……"

"그 책의 내용이 사실이더냐?"

"……소자, 무슨 말씀이시온지 모르겠나이다."

이림은 임금의 추궁에도 감히 거짓을 고했다.

"네 내자가 될 사람이라 감싸는 게냐?"

"……오해하실 만하옵니다만, 아닐 것이옵니다. 아니, 절대 그럴 리 없사옵니다. 전하."

감춰도 뭐할 판에 이런 글을 써 여기저기 팔아먹고 다녔다니, 아무리 생각해도 도윤의 짓이 틀림없다. 용감하다 못해 정의감이 넘치니, 분명 제가 오해받고 있는 것이 싫어 이런 짓을 벌였을 것이다. 그러니 제 탓이다. 절대 도윤이 한 일로 알려져선 안 된다.

책 안에는 임금께서 대노하실 일들이 너무 많다. 해방촌 사람들과 어울린 일이라던가, 임금과 관리들을 비방하는 벽서라던가…….

"하하하! 이놈이 요 맹랑한 계집에게 홀딱 빠졌구나."

그런데, 갑자기 임금께서 호탕하게 웃으신다. 이림이 깜짝 놀라 그를 바라보자 임금은 여전히 유쾌한 웃음을 지었다.

"전하……."

"참 재미있는 며느리가 들어왔어."

"……."

"네가 그리 입을 다무니 할 수 없지. 내 직접 그 아이와 이야기를 해봐야겠다."

"전하!"

이림이 화들짝 놀라 두려운 마음에 고개를 쳐들자, 임금이 손짓하며 내보낸다.

"그만 나가보아라."

고개까지 돌리시는 게 더는 설득해도 안 될 듯싶다. 이림은 걱정을 가득 안고 물러났다.

몸을 물려 밖으로 나오자 자희가 걱정스러운 기색으로 다가왔다. 세자의 표정이 좋지 않고 안에서 호통 소리가 들린 듯해 자희가 눈치를 살폈다.

"저하. 무슨 꾸중이라도 들으신 것이옵니까? 아까 주상 전하의 목소리가 밖에까지 들리던데요."

"……."

세자가 말이 없자 큰일이 생긴 것 같아 머리를 굴리던 자희가 호들갑을 떨었다.

"저하. 혹시 어젯밤에 몰래 도윤 아씨의 처소를 훔쳐본 것을 들키신 겁니까?"

"훔쳐보다니! 누가 들으면 얼마나 이상하게 들리겠느냐?"

도윤은 세자빈 교육을 받고 있었는데, 교육 중에는 대례식까지 만날 수가 없는 것이 원칙이었다. 하지만 이림은 혹시 중전이 보낸 사람들이 도윤을 괄시하고 있는 건 아닐까, 이래저래 걱정이 되어 몰래 살피러 갔던 것이다.

"그런 걸 훔쳐본다고 합니다. 아무튼 이제 절대 안 됩니다. 아시겠지만 만약에 저하께서 별궁에 간 걸 걸리기라도 하면 저는 죽습니다."

그 전날에도 곤장을 맞네, 죽네, 사네, 징징거리며 세자를 뜯어말리지 않았던가.

이림은 귀가 따가웠다.

"시끄럽다. 그리고 그런 문제가 아니다."

"그럼 또 뭐 다른 일을 들키신 겁니까?"

자희가 생각해 보니 세자께서 잘못하신 일이 한두 개가 아니라, 혼날 일은 얼마든지 있었다.

"큰일이다. 세상 사람들이 우리 이야기를 다 알게 되었다."

"예?"

"남장유람기라니! 하아—"

"무슨 말씀이오신지……. 헉. 저, 전하."

어리둥절해하던 자희는 앞에서 다가오는 행렬을 보고 난감한 표정으로 세자를 불렀다.

반대편에서 문안 인사를 드리러 온 월한이 다가오고 있었던 것이다.

"혀, 형님."

두 사람은 일부러라도 마주치지 않으려는 듯 좀처럼 맞닥뜨리는 날이 없었는데, 오늘은 이림이 임금과 이야기가 길어지는 바람에 이렇게 만나고야 말았다.

"오, 오랜만에 뵙습니다."

이림이 궁에 온 지 얼마 되지 않았을 때 월한을 만나 한바탕 소란을 피운 이후로 처음 보는 것이다.

이제 와 찬찬히 훑어보니 월한은 지난 몇 달간 훌쩍 키가 자라, 그사이 좀 더 어른스러워져 있었다. 본래도 애어른 같던 녀석의 얼굴은 아이답지 않게 고뇌와 우울함이 서려 문득 그 모습이 안타깝다는 생각이 들다가도, 이 녀석으로 인해 어마마마가 돌아가셨다니 울컥 증오가 치밀기도 했다.

"그리 오랜만은 아니구나. 되도록 더 자주 보지 않았으면 좋겠다."

월한의 얼굴이 새빨개졌다. 그러나 월한은 저를 지나쳐 가는 세자를 용감하게 불러 세웠다.

"저, 저기, 형님. 아니, 세, 세자 저하! 드릴 말씀이 있습니다."

이림은 다정한 얼굴로 월한과 눈을 맞추었다. 그러나 그의 입에서 나오는 말은 지독히도 싸늘했다.

"나는 너와 말을 섞고 싶지 않다."

별궁에서의 세자빈 교육이라 함은 많은 규수들이 힘겨워하는 고되고 지루한 시간이다. 하루아침에 집을 떠나와 낯선 곳에서 외로움과 불안함에 시달리며 오십 일의 시간을 견뎌야 했다. 게다가 아직은 어렵기만 한 상궁들에게 야단맞아 가며 빡빡한 예절과 궁중 언어 같은 것을 익히고, 소학이며 내훈이며 골치 아픈 공부를 해야 하기 때문에, 중전이고 세자빈이고 이 시간을 즐겁게 보낸 이가 없었다.

그런 의미에서 도윤은 대단한 괴짜였다. 궁중 언어나 예법을 한 번 가르쳐 주면 잊는 법이 없었고, 소학 같은 학문들은 상궁이 도윤에게 배워야 할 지경이었다. 덕분에 수업을 맡은 상궁은 자신이 틀릴까 봐 오히려 눈치를 살피느라 매우 힘겨워했다.

그래서 상궁들은 예절 교육 시간을 잔뜩 벼르고 있었다. 절하는 법이라던가 몸가짐에 대해서는 백번이고 천 번이고 몸으로 익혀야 하는 것인데, 이것은 머리가 좋다고 해서 되는 일이 아닌지라, 본때를 보여주고 싶었기 때문이다.

한데 도윤은 체력이 좋아도 너무 좋았다.

"이번엔 괜찮았습니까? 한 번 더 해보는 게 어떨지요?"

오히려 본인이 더 연습하겠다며 상궁들을 쉬지도 못하게 붙잡아두는 것이다. 보통은 절하기를 수십 번 시키면 다들 눈물을 글썽이거나 분해하는데, 도윤은 오히려 즐거워했다.

"오, 오늘은 이만하시고 다도를 배우시는 것이······."

완전히 질려 버린 상궁이 그만하자 할 때였다. 별궁 밖이 떠들썩했다.

어찌 이리 소란스러울까 했더니, 갑자기 임금께서 찾아오신 것이다.

처음 있는 일이라 이것이 법도에 어긋나는 일인가, 아닌가를 따질 겨를도 없다. 어쨌거나 임금께서 하시는 일을 따질 수도 없었다. 임금께서 도윤과 긴히 하실 말씀이 있다니, 중한 일일 거라 짐작하며 자리를 비켜줄밖에.

"내가 왜 여기 왔는지 짐작 가는 바가 있느냐?"

"소녀가 어찌 알 수 있겠사옵니까?"

"참으로 대단한 아이구나. 조선 팔도가 너 하나 때문에 이리도 들썩이는 것을 보면 말이다."

"예······ 에? 소녀가 무슨 잘못이라도······."

도윤은 임금께서 여기까지 찾아오신 일이 아무래도 심상치 않게 여겨져 배가 살살 꼬이는 듯 긴장했다.

"네가 지은 책, 아주 잘 읽었다."

내가 지은 책? 도윤이 잠시 무슨 말인지 알아듣지 못하고 멍한 표정을 지었다. 그러다 이내 단양에서 한양까지 오는 여비를 벌기 위해 힘겹게 넘긴 서책이 떠올랐다.

불길함이 이것이었나!

도윤은 새파랗게 질린 얼굴로 감히 용안을 마주했다.

"아니라고 못 하는 걸 보니, 네가 쓴 것이 맞구나."

"저, 전하······. 소녀, 그것이 어찌 된 일이냐 하면······."

"어찌 된 일이긴. 둘이 아주 산천을 누비면서 사랑 놀음을 했더구나."

"저, 전하. 그것은······ 소, 소녀의 일방적인 마음이지, 저하께서는······."

도윤은 세자까지 야단맞을까 봐 홀로 감수하려 하는데, 임금이 보기에 그 모습이 참 어여쁘고 기특해서 더 놀려주고 싶었다.

"그뿐이냐? 세자가 가짜 한수창인지 의적인지, 역도처럼 놀아나는 것을 너는 옆에서 부추겼던 모양이지?"

"아, 아니옵니다! 그런 것이 아니옵니다!"

도윤의 안색이 곧 쓰러질 것처럼 하얗게 질렸다.

"어허! 발뺌을 할 셈이면 이런 책을 쓰지 말았어야지!"

"전하! 용서해 주시옵소서. 저하께서는 아무 잘못도 없사옵니다."

도윤이 엎드려 빌자 임금은 몰래 웃었다.

"하면, 모든 것이 네 잘못이렷다?"

"예. 전하. 그 책은 조금 과장이, 아니, 많이 거짓이 섞여 있사옵니다. 사실 저하께서는 외지부 일도 싫다 하셨고, 해방촌 사람들도 역도라 하셨사오나, 소녀가 그들의 억울함을 그냥 지나칠 수 없었던 탓이었나이다."

"그게 사실이냐?"

"예. 저하께서도 아시지 않사옵니까? 세자 저하는 백성들과 어울리는 그런 분이 아니시라는 것을요. 저하께서는 오직 깨끗한 잠자리와 먹을 것이 필요하시어 돈을 구하려 하셨을 뿐이옵니다. 정말 어쩔 수가 없었나이다."

"크흠. 그, 그렇지."

어째 듣고 보니 세자의 인성이 썩 좋지 않다. 세자를 감싸는 것인지, 세자를 욕하는 것인지 의도를 알기가 애매했다.

"하오니, 저만 벌하여 주시옵소서."

"그래. 말이 나온 김에 물어보자. 너를 벌하여 내쫓는다면 받아들이겠느냐?"

"예? 그, 그것은……."

"그럼 이런 짓을 저지르고도 세자빈이 될 수 있으리라 생각했느냐?"

그러자 도윤은 촉촉해진 눈에 힘을 주었다.

"소녀, 솔직히 아뢰겠나이다."

"무엇을?"

"그 책이 세자 저하께 해가 되고, 소녀로 인해 왕실의 위신이 떨어진 것이옵니까?"

"뭐, 뭐라? 어허, 이런 당돌한!"

"그게 아니라면, 분명 그 책은 백성들에게 읽히고 또 읽히며 위로가 되어줄 것이옵니다. 세자 저하께서 자신들을 사랑하고 있다고, 왕실이 백성들을 아끼고 있다고, 분명 그리 느끼게 될 것이라 믿고 책을 썼사옵니다. 그러니 저를 벌하시기 전에 백성들의 민심부터 살펴봐 주시옵소서."

결국 도윤은 제가 잘못한 게 없다고 주장하고 있었다. 감히 임금의 앞에서.

황당했던 임금은 몇 번 수염을 쓰다듬다가, 못 당하겠다는 듯이 말했다.

"내 며느리가 보통 골칫덩어리가 아니로구나."

"송구하옵니다. 전하."

"나는 이 책을 다 읽어보았다. 그리고 한 가지 궁금증이 들더구나."

"무슨……? 하, 하문하시옵소서, 전하."

"금강산 말이다. 아직도 미련이 남았느냐?"

도윤은 뜻밖의 질문에 입술이 벌어졌다. 잠시 망설였지만 곧 야무지게 대답했다.

"예. 전하. 그것은 제 꿈이옵니다."

"세자빈이 되어 내 아들 곁에 있는 것은 네 꿈이 아니고?"

"무엇이 더 중하냐 물으시는 것이옵니까?"

"여인에게 있어 남편과 가정보다 더 중한 게 있다면, 내 너를 어찌 믿고 세자빈으로 두겠느냐? 하니, 솔직히 말하거라. 네 꿈이 금강산에 있다면 나는 지원을 아끼지 않고 너를 금강산으로 보내줄 것이다. 만천하에 네 이름을 떨칠 수 있게 해주겠다."

도윤에게 그같이 달콤한 유혹은 또 없을 것이다. 도윤은 망설임 없이 대답했다.

"전하. 저는 이제 홀로 금강산을 오르고 싶지 않사옵니다. 제게는 세자 저하가 있사오니, 제 꿈은 이제 저하와 함께 금강산을 오르는 것이옵니다."

대답을 들은 임금은 입을 떡 벌렸다.

"원, 너는 참으로 욕심이 많은 아이구나!"

"예. 저하께서도 저를 그렇게 평가하셨사옵니다."

두 사람의 대화는 이제 웃음소리가 섞일 만큼 환담으로 이어졌다.

그리고 한참 농이 오고 간 뒤에, 임금은 다음과 같이 약조를 하고 말았다.

"네가 만약 세자빈이 되고 채 일 년이 못 돼 원자를 생산한다면, 내 언젠가 무슨 핑계를 대서라도 너와 세자를 금강산으로 보내주겠다."

　일 년 안에 원자를 생산하다니. 불가능에 가까운 말이었고, 승패는 불 보듯 뻔한 일이었다. 임금은 불가능하리라 여기고 그런 약조를 하신 건지 모르지만, 도윤은 그것을 깊이 가슴에 새기며 전의를 불태웠다.

제29장 미치도록 좋다

삿갓을 깊이 눌러쓴 노인이 주막에서 막걸리를 들이켜고 있다. 코끝까지 붉게 변한 것을 보니 거나하게 드신 것 같은데, 술독을 하나를 다 비우고도 모자란 것인지 크게 소리쳤다.

"주모! 여기 한 병 더!"

그의 말에 맞은편에 앉아 있던 익위사의 얼굴이 새하얗게 질렸다. 여정에 필요한 비용이라면 세자 저하가 넉넉하게 챙겨주셨다. 그런데 이게 웬걸. 이젠 주머니가 홀쭉해져 버렸다. 눈앞에 있는 노인의 술값 때문이었다.

술이야 얼마든 마셔도 상관이 없었다. 세자 마마의 명은 운도를 찾아 서찰을 건네주고 모셔오라는 것이 전부였으니까. 하나 모셔가야 할 장본인이 하루가 멀다 하고 객주와 주막을 찾아 술만 마시고 있으니, 익위사의 걱정이 날로 늘어나고 있었다.

주모가 탁주가 든 술병을 가져다주자 운도가 다시 잔을 그득 채웠다.

보다 못한 익위사가 잔을 뒤집어쓸 것처럼 들이켜는 운도를 보며 말했다.

"언제까지 예서 이러고 계실 것입니까? 궁이 코앞입니다. 어서 저하를 찾아뵙고……."

"이놈아! 저하께서 내게 내리신 엄중한 명이 있거늘! 어딜 가자는 게냐!"

운도가 역정을 내자 익위사의 미간이 좁아졌다.

"시키신 일이 설마 한양에 있는 술이란 술은 모두 마셔 없애라는 것은 아니겠지요?"

"네놈이 지금 날 가르치려 드는 게냐? 젖비린내 나는 놈이!"

"……."

이런 막무가내 노인네라는 것은 익히 알고 있었으면서도, 익위사는 말문이 막혀 무어라 말할 수가 없었다. 한마디 더 덧붙이고 싶었으나 익위사는 입을 꾹 다물었다. 방금 전의 반항심은 어디로 간 것인지, 그가 쩔쩔맸다.

"이제 그만 서두르시는 것이 좋겠습니다. 세자 저하의 성미를 보았을 땐 많이 기다리고 계실 것입니다."

"지금, 다 늙은 노인네라고 구박하는 게냐?"

"어르신……."

그의 말에도 운도는 제 성질이 한수 위라며 술잔만 기울였다. 더 이상 말해봤자 씨알도 먹히지 않을 거란 생각에 익위사가 입을 굳게 다물었다.

결국 탁주 두 병을 더 비우고 나서야 노인은 알딸딸하게 취해 자리에서 벌떡 일어났다.

비틀, 비틀.

금방이라도 쓰러질 것처럼 흔들리는 몸을 익위사가 부축해, 열흘 전부터 묵고 있는 숙소로 향했다. 어스름한 어둠이 깔린 길을 코가 삐뚤어질 때까지 취한 노인을 부축하며 걷기란 쉽지 않았다.

"아, 똑바로 좀 걸으세요!"

"예끼! 이놈아! 내가 지금 취했다고 무시하는 거냐? 내가 술만 깨면 네놈 따윈 한 손으로 없애 버릴 수 있어!"

"네네! 그러시겠죠! 나중에 없어져 드릴 테니까 제발 지금은 좀 똑바로 걸으십시오!"

"흥!"

"아, 어르신 제발요!"

그의 외침에 운도는 일부러 더 비틀거렸다. 숙소로 돌아가는 길이 까마득히 멀어 보였다.

겨우겨우 숙소까지 돌아온 익위사는 도중에 곯아떨어진 운도를 이불에 눕히고 나서야 안도의 한숨을 내뱉었다. 이불을 깔고 저도 벌러덩 눕자, 하루의 피로가 고스란히 눈으로 몰려들었다.

크르렁! 크르렁!

옆에선 연신 노인네의 코 고는 소리가 들려 눈이 졸린데도 쉽사리 잠이 들지 않았다.

"도대체 난 여기서 뭘 하고 있는 거야."

괴짜 노인 돌보자고 어릴 적부터 손과 발이 터져 나가도록 무예를 닦은 건 아니었다. 도대체 이 양반이 어디에 필요하다고 세자 저하는 스무 명이 넘는 익위사들을 금강산으로 보낸 것일까. 각기 흩어져 최대한 빨리 찾아내라 하신 데엔 다 이유가 있을 터인데, 노인의 행동만을 보아선 그게 무엇인지 감도 잡을 수가 없었다.

그러다 문득 잠이 들었던 것 같다.

"일어나! 언제까지 잘 거야?"

"억!"

옆구리에 가해지는 커다란 충격에 익위사가 눈을 번쩍 떴다. 그러더니 잠결에도 벌떡 일어나 얼떨떨한 눈으로 자신을 걷어찬 남자를 본다.

운도였다. 그는 숙취 하나 없는 얼굴로 삿갓을 뒤집어쓰더니, 먼저 방 밖으로 나간다.

이게 다 무슨 일이람?

헐레벌떡 눈을 비비며 밖으로 나오자 아직도 해가 떠오르지 않아 컴컴한 길이 보였다.

먼저 앞서 걷는 노인을 따라 새벽길을 걸은 익위사는 곧 커다란 대문 앞에 멈춰 서는 운도를 보았다. 운도는 그 집에 볼일이 있다는 듯, 이른 시간임에도 불구하고 힘껏 문을 두드렸다.

쾅쾅쾅!

'아이고. 새벽부터 이게 뭔 민폐람!'

익위사는 그댁에 죄송스러워 어쩔 줄 몰라 했으나, 운도는 다시 한 번 신경질적으로 문을 두드렸다.

"안에 아무도 없는가!"

"어르신, 아무래도 시간이 이른 듯하니 다시 오시는 것이……."

"시간이 없다고 한 것은 자네가 아닌가?"

"아니, 그래도……."

지금 이 시각은 너무하지 않냐, 이건 예의가 아닌 것 같다고 막 말하려 할 때였다. 굳게 닫혀 있던 문이 열리더니 종으로 보이는 사내가 퉁명스럽게 물었다.

"뉘시오?"

그도 자다가 나온 것인지 표정이 좋지 못했다. 그러나 운도는 미안한 기색 없이 뻔뻔하게 말했다.

"내가 누구라고 말하면 자네가 알 턱이 있나."

"그럼 문을 열어줄 수가 없으니 썩 가시오."

"강필도를 만나러 왔네."

"저희 주인 나리를요?"

주인의 이름에 종의 표정이 순간 바뀌었으나, 곧 한양 바닥에서 이 댁에 사시는 분이 '강필도'라는 걸 모르는 자가 없다고 생각했다. 그래서 다시 안색을 바꾸고 홀대했다.

"그래도 문을 열어줄 수 없으니 썩 가시오. 지금 대체 시간이 몇 신데 예의도 없이. 쯧쯧!"

"운도라고 하면 알 걸세."

"그래도……."

"어서 가서 이르게. 아니면 후회하게 될 터이니."

운도의 기백이 워낙 대단했던 터라, 종이 고개를 끄덕이더니 집 안으로 들어간다.

곁에서 지켜보고 있던 익위사는 얼빠진 얼굴로 물었다.

"의금부 판사 강필도를 아십니까?"

어두워서 미처 몰랐으나, 그 유명한 강필도 어르신의 댁이 맞는 듯했다. 의금부 판사를 필도라 부르는 운도를 보며, 익위사가 깜짝 놀란 듯 눈을 커다랗게 떴다.

이 사람 도대체 정체가 뭔가.

익위사는 세자에게 많은 이야기를 듣고 떠난 길이 아니었기에 운도에 대해 자세히 아는 것이 없었다. 아는 것이라곤 예전에 관직을 살았던 인물이라는 것과 이름을 바꾼 채 금강산 깊은 산자락으로 가 도인처럼 살고 있다는 것이 전부였다.

익위사가 혼란스러운 눈으로 그를 바라보고 있을 때였다. 대충 옷을 추스른 강필도가 서둘러 뛰어온 것은.

"아니, 어르신이 여긴 어떻게……?"

"뭐야, 이 늙은이가 반갑지 않은 겐가?"

"아, 아니, 그럴 리가 있겠습니까? 어서 들어오십시오."

서둘러 운도를 안으로 안내하는 강필도를 보며 익위사가 멍한 표정을 지었다.

"뭐야, 진짜……."

한여름의 찌는 듯한 더위 속에서, 풀벌레 우는 소리가 사람들을 더 나른하게 만들었다.

속치마와 속적삼을 입으며, 도윤은 바람 한 점 없이 햇볕이 쨍하고 내리쬐는 이 날씨가 축복인지 저주인지 모르겠다고 속으로 투덜거렸다.

금란으로 지어 올린 대란치마는 심지어 두 겹이라, 보기에는 화려할지 몰라도 입기도 전에 숨이 턱턱 막혀왔다. 청색 전행 웃치마는 붉은 대란치마를 꽃봉오리처럼 감싸, 더욱 풍성하고 품위 있어 보였다. 마지막으로 적의를 걸치며 무려 열여섯 겹의 옷을 입었으며, 공작의 날개 같은 높고 무거운 가체가 얹혀졌다. 이제 숨 막히는 더위는 온데간데없이 사라진 듯, 도윤의 표정에도 위엄과 고귀함이 서리기 시작했다.

일반 백성들은 감히 입을 수 없는, 가장 귀한 여인으로 만들어주는 복색을 입고 도윤은 세자빈이 되는 첫 걸음을 내딛었다.

햇볕에 빛나는 반석 위로 아지랑이가 피어올랐다. 아지랑이 뒤로 면복과 면류관을 쓴 세자 이림이 그녀를 기다리고 있었다.

'우리의 우연한 만남이 오늘을 맞이할 줄 누가 알았겠습니까?'

도윤이 감회 어린 회상에 빠진 것과 달리, 이림은 그런 생각을 할 겨를

이 없었다. 오늘의 도윤은 이림이 지금까지 본 어떤 여인보다 아름다워, 선녀를 얻은 듯 가슴이 벅찼기 때문이다.

복숭아처럼 탐스러운 뺨을 한 번 만질 수 있으면 좋으련만.

이제 곧 꽃처럼 아름다운 여인이 제 사람이 될 거란 생각에 가슴이 술렁였다.

책비와 친영까지 마친 대례식의 절차가 이제 동뢰에 이르렀다. 세자와 세자빈이 서로 절을 하고, 술과 찬을 나눈 후, 첫날밤을 치르는 의식이다.

밤을 밝히는 호롱불과 동뢰상 앞에 마주 앉은 세자빈 도윤과 세자 이림은 고개를 숙이며 수줍게 웃었다.

흰 절편을 둥글게 빚은 달떡이 보름달처럼 환하게 오늘 밤을 축복해 주는 듯한데, 두 사람은 서로를 보지 못하고 색편으로 만든 한 쌍의 닭에서 시선을 떼지 못했다.

지밀상궁이 밖에서 지시하는 절차에 따라 서로를 품으면 될 일로, 전날 각자 첫날밤을 어찌 치르는지 배웠음에도 두 사람은 움직이지 않았다.

"큼. 저하. 혹 제 목소리가 들리지 않으시옵니까?"

지밀상궁이 무안한 듯 헛기침을 하며, 공손하지만 엄중히 다그쳤다. 그러자 세자가 돌연 자리에서 일어나 상궁에게 다가갔다.

발을 치고 앉아 있던 상궁이 화들짝 놀라며 당황했다.

"저하! 자리로 가시……!"

"모두 물러나라."

고저 없는 말은 근엄하기까지 했다. 하나 상궁들은 들어선 안 될 말을 들은 사람처럼 경악 어린 표정으로 말했다.

"저하! 버, 법도를 무시하시면……!"

"그 법도. 내가 저 상을 엎으면 깨지는 것이냐?"

얼마 전까지 잠잠하던 세자의 광증이 다시 발작하는 것인가. 상궁들은 겁을 먹고 지밀상궁을 쳐다보았다.

지밀상궁 역시 겁을 집어먹은 표정이었으나, 애써 감정을 갈무리하며 고개를 숙인다.

"저하. 오늘 밤의 의식은 단순히 법도를 지키는 데 의의를 두자는 것이 아니오라, 두 분이 원만하고도 신성한 합궁을 맺도록……."

"내 결벽증을 모르느냐? 너희들이 쳐다보는데 원만? 토할 것 같으니 썩 물러가라. 이 일로 내전에서 뭐라 하시거든 이렇게 전해 드려라. 세자에게서 손을 보시려면 어쩔 수 없다고."

"하, 하오나, 두 분께서는 아직 서툴……."

그러자 빈정거리며 웃던 이림의 표정이 싸늘하게 변했다.

"날 어찌 보고."

광증이 아닌, 자존심이 상한 사내의 진짜 분노한 모습에 상궁들은 허겁지겁 물러났다.

유유히 자리로 돌아오는 이림을 보고 도윤이 고운 아미를 좁혔다.

"왜?"

"아직도 광기에 휩싸인 흉내를 내고 계시옵니까?"

"이번엔 진심이었다."

"마지막 말씀도 진심이셨습니까?"

"무슨……?"

"기방 출입을 자주 하신다 했더니, 이런 일에 익숙하신 모양이십니다."

이림은 도윤의 뜻밖에 말에 크게 당황했다. 하지만 첫날부터 말 한마디 잘못했다간 평생 두고두고 책잡힐 것 같아 신중하게 대답했다.

"기방에서 뭘? 날 의심하는 게냐? 내가 그렇게 말하지 않으면 저 집요한 상궁이 순순히 물러났겠느냐?"

도윤은 이림이 당황하고 있는 걸 뻔히 알았지만 '피식' 웃으며 넘어가 주었다.

"지켜보는 건 물론 저도 불편합니다만."

"아니. 상궁이 시키는 대로 하다간 애가 타서 미치겠다."

뭔 놈의 법도가 그리도 복잡하고 사람 애를 다 태우는지.

술잔을 비우셔라. 곁으로 다가가셔라. 머리를 내리셔라. 옆에서 일일이 지시를 하니 속이 뒤집어질 참이었다.

"그리하는 데엔 다 이유가 있지 않겠습니까."

"그래서 일일이 저들 앞에서 내가 어떻게 미쳐 가는지 보여주란 말이더냐."

꼿꼿하게 허리를 세우고 있던 도윤이 얼굴을 발그레 붉혔다. 그의 말에 상상을 해보니, 자신 역시 아주 은밀한 모습을 타인에게 보여주는 것이 부끄러웠기 때문이다.

하나 왕실에선 관계를 맺고 아이를 출산하는 일도 큰 업무 중 하나로 받아들여지기에, 많은 이들의 시선에 노출되어야 했다.

그에게 감사 인사를 해야 하나.

그 덕에 낯부끄러운 모습을 상궁들에게 보여주지 않아도 되었다는 생각이 들던 찰나였다.

바스락 소리와 함께 자리에서 일어난 이림이 도윤이 얹고 있는 무거운 가체를 들었다. 생각보다 무거운 가체에 이림이 깜짝 놀라 도윤을 보았다.

"목, 괜찮느냐."

"안 그래도 목이 꺾이는 줄 알았습니다."

뭐 하느라 이렇게 무거운 걸 머리에 얹고 고생을 하냐며 이림이 투덜거렸다. 그러자 도윤은 살겠다는 표정으로 웃는다.

"감사합니다. 첫날밤에 요절하는 줄 알았습니다."

"그리되면 안 되지. 이제 겨우 부부가 되었는데, 홀아비가 될 뻔했다니. 참 무서운 소리지 않나."

말은 그렇게 하면서도 새하얀 목덜미를 더듬는 손은 다정하고 긴장감이 서려 있다. 엄지손가락으로 목덜미를 조심스레 문지르던 이림이 시선을 들어 도윤을 보았다.

"자, 이제 드디어 둘만 남았구나."

도윤의 눈망울에 맺혀 있는 감정 역시 자신과 비슷한 것이라 판단한 것일까. 천천히 고개를 숙인 그가 손길이 닿았던 살결에 입을 맞췄다.

움찔.

생전 타인의 입술이 닿을 일 없는 목덜미에 닿는 뜨거운 숨결과 촉감에 도윤의 눈이 질끈 감겼다. 긴장감에 척추를 타고 오르는 간질간질한 감각에 도윤의 몸이 계속 떨릴 때였다.

그가 서툰 손길로 옷고름을 풀었다. 하나 옷고름을 풀어도 안엔 또 다른 옷이 있어서 그의 미간이 좁혀졌다.

"이렇게 껴입는 것도 법도인가?"

그렇게 말을 하면서도 손길은 바쁘게 움직인다.

성급한 손길에 눈을 질끈 감고 있던 도윤이 눈을 떴다. 그리고 옷고름과 씨름을 하고 있는 이림을 보며 작게 웃음을 내뱉었다.

아무렇지 않은 척하고 있었으나 그의 눈에도 긴장감이 어렸다. 헛손질을 할 때면 왜 이렇게 꼼꼼하게 싸매놨냐며 작게 화를 내기도 했다.

그의 손을 붙잡은 도윤은 저를 향한 시선에 작게 웃었다.

"천천히 하십시오. 밤이 깁니다."

"아주 여유롭구나? 나만 이리 애가 타는 것이냐."

"설마 그럴 리가 있겠습니까. 저 역시 마음이 철렁철렁 내려앉습니다.

떨려서요."

"그런 것 같지 않아 보인다."

이림이 뚱한 표정을 짓자 도윤이 그에게 바짝 다가섰다. 그런 후 허리에 팔을 둘러 대대부터 풀었다. 그녀의 손길에 그의 면복이 하나둘 풀려 나갔다.

서로가 서로의 옷고름을 풀었고, 곧 몸을 짓누를 것만 같았던 대례복을 벗으니 이제야 살 것 같았다.

"예쁘다."

이림의 말에 도윤의 얼굴이 타오를 것처럼 붉어졌다.

이렇게 노골적으로 마음을 표현하던 분이셨나. 순간 그가 자신이 알고 있던 사람 같지가 않아 도윤이 말간 눈으로 그를 올려다보았다.

그러자 이림의 뺨도 조금 붉어졌다.

새하얀 속곳 차림이 되자, 좌불안석이 되어버렸다. 분명 며칠간 귀에 딱지가 앉도록 합방에 대해 들었는데도, 머릿속이 하얗게 백지장이 되어 버린 기분이 들었다.

그런데 갑자기 이림의 표정이 변했다. 그의 시선이 순간 문으로 향했다.

"밖에 있는 것 다 안다. 그만 물러가라."

그의 말에 '에구머니나' 하는 소리와 함께 다들 걸음을 뒤로 물렸다. 세자빈 부부의 합방을 지켜보는 것 역시 그들의 일이었으나 세자는 이를 용납하지 않았다.

놀란 도윤이 바닥에 떨어져 있던 옷가지를 대충 들어 얼굴을 가렸다.

집고 보니 그의 면복이었으나, 도윤은 이를 눈치채지 못한 채 얼굴을 가리느라 바빠 보였다.

그 모습이 참 어여뻤다.

어쩔 때 보면 웬만한 장수보다 더 강한 기질을 가졌으면서, 이런 순간엔 한없이 어여쁜 여인이 되어 있었다. 처음으로 다른 이에게 속살을 보이고, 살갗을 겹치는 은밀한 관계를 가지는 것이었으니 자신처럼 그녀 역시 긴장을 하고 있었다.

처음은 아프다 했다. 사내에겐 기분이 좋으나 여인에겐 한없이 괴로운 경험이라 했으니 아프지 않게, 다정하게 대하고 싶었다.

손을 뻗은 그가 옷을 붙잡아 아래로 내렸다. 그러자 긴장감에 소리를 내지르지 않기 위해 이를 악물고 있는 도윤의 모습이 보인다.

"긴장이 되느냐."

"……예."

무지한 영역이었으니 그만큼 무서웠다. 하나 그가 다정하게 웃자 두려움이 조금은 사그라진다.

"나 역시 그렇다. 그래도 어쩌겠느냐. 밤이 긴데."

개구쟁이처럼 말한 그가 도윤의 어깨를 밀었다. 그러자 툭, 하고 등이 이불에 닿았다.

눈을 감고 있으니 유독 소리에 민감해져, 옷감과 살결이 부딪히는 소리와 거친 숨소리에 허리가 꼬였다.

호롱불에 물든 투명한 살결을 보며 이림은 저도 모르게 감탄했다.

"예쁘기도 하지."

아무에게도 보여준 적 없는 몸에 사랑하는 이의 시선이 닿은 것만으로도 도윤은 수줍고 설레어 붉게 달아올랐다.

그녀의 얼굴 옆에 손을 댄 그가 한 팔로 몸을 지탱했다. 뜨거운 손길로 뺨을 쓰다듬던 그가 곧장 입술을 내려 도윤의 입술을 머금었다.

"으음……!"

손이 치마를 들치고 살갗을 더듬자 깜짝 놀란 도윤의 입에서 신음이 터져 나왔다. 부끄러움에 도윤이 재빨리 입을 가리자 그가 작게 웃음 짓는다.

이제야 밤이 깊었다.

창을 통해 은은한 햇살이 쏟아져 왔다. 하나 넓은 품에 안겨 있는 도윤도, 그녀의 머리를 쓰다듬고 있는 이림도 여적 잠들지 못한 채 깨어 있다.

넓은 방 안은 후끈한 온도로 가득해 온몸이 땀으로 번들거렸다.

천천히 숨을 들이마셨다가 내뱉은 도윤은 여기저기 두들겨 맞은 것처럼 아파 잠시 미간을 좁혔다.

부끄러운 줄도 모르고 밤새 내지른 신음성 때문에 목도 아팠다.

이게 다 무슨 일이람.

도윤은 마치 꿈결처럼 느껴지는 시간들을 떠올리며 얼굴을 붉혔다.

집요하게 자신의 몸을 쓰다듬던 손길과 몸을 녹여 버릴 듯 뜨거웠던 입술. 몇 번이고 집요하게 맞닿던 몸과 숨결에 도윤의 얼굴이 새빨개졌다.

몸이 부서질 것 같은 강렬한 쾌감과 충동에 정신이 아득했던 것도 잠시, 마지막엔 결국 그만하시라 애원을 해야 했다.

그렇지 않으면 아침 해가 떠오르실 때까지 멈추시지 않을 것만 같아서.

겨우 그의 품에서 벗어난 후에도 깨끗한 수건으로 몸을 닦아주겠다는 고집에 또 곤혹을 겪어야 했다.

결국 그는 자신이 원하는 것을 모두 이루어내고서야 도윤을 놓아주었다.

넓은 가슴을 손바닥으로 쓰다듬던 그녀가 그의 팔목 부분에 띄엄띄엄 있는 상처를 보았다.

세자란 본디 혹여 다치기라도 할까 모두의 시선이 향한다. 하나 자세히 들여다보자 그의 몸엔 생각보다 많은 상처가 있었다.

"이 상처는 언제 난 것입니까?"

도윤의 물음에 노곤한 표정을 짓고 있던 이림이 오른쪽 팔목을 내려다보았다.

"여덟 살 때였다. 어마마마께 문안 인사를 하다 다쳤지."

문안 인사를 하다 팔목에 상처가 날 일이 무엇이 있단 말인가.

도윤이 의아한 표정을 짓자, 그 표정을 바라보기 힘들다는 듯 이림이 도윤의 몸을 자신의 품으로 더욱 끌어당겼다.

"내 얼굴이 보기 싫다며 힘껏 잡아당기다 손톱에 생채기가 난 거다."

"그럼 등에 있는 상처도……."

이제껏 봤으면서도 보지 못한 척했던 흉터를 떠올리며 물었다. 그러자 그의 숨결이 흔들렸다.

"그건 열두 살 때였다."

"저하……."

"뜨거운 인두가 몸을 지졌지. 살갗이 타는 소리와 냄새에 미칠 것 같았다. 하나 난 어마마마를 밀어낼 수도, 피할 수도 없었다. 어마마마가 날 보며 웃는 것을 보며 공포에 질렸었다."

몸을 일으킨 도윤이 여전히 등에 큼지막하게 나 있는 상처를 보았다. 깜짝 놀라 아무런 말도 할 수가 없었다.

어떠한 위로를 해드려야 할 것 같았다. 그의 가슴에 커다란 상처가 있을 거라곤 생각했으나, 이런 것일 줄은 몰랐다.

그의 병이 그 아픔에서 시작된 것이리라 생각은 했었지만, 그게 친어머니 때문이었다니.

도윤의 눈망울이 흔들렸다. 그러자 이림이 그녀를 따라 몸을 일으켰다.

"어린 나이에 감당할 수 없는 아픔이었다. 고통에 정신을 추스를 수도 없었다. 부왕이 소식을 듣고 동궁전으로 달려올 때까지만 해도 사경을 헤맸었다. 하나 난 부왕께 빌었다. 어머니를 용서해 달라고. 모두 내가 모자라 그러한 것이라고."

모두 자신이 부족해 이러한 일을 당한 것이라며 빌었을 어린 세자가 떠오르자 도윤의 가슴이 울렁거렸다. 결국 참다못한 도윤이 등을 돌렸다. 그리고 말없이 손을 들어 눈물을 닦는다.

그 모습이 마치 자신 대신 울어주는 것만 같았다. 그녀의 등에 제 등을 겹친 이림은 이제껏 그 누구에게도 말하지 못했던 이야기들을 담담하게 털어놓았다.

"어머니를 사랑했던 건지, 어머니의 사랑을 얻지 못해 오기를 부렸던 건지, 이제는 모르겠다."

정말 사랑했다면 어머니의 갑작스러운 죽음에 이렇듯 금세 초연해질 수 있었을까? 한편으로는 나를 원망하고 내게 조금도 사랑을 나눠 주지 않던 그분이 어서 죽길 바란 건 아니었을까?

이젠 자신의 마음을 저도 모르는 상황이 되어버렸다.

그 고민이 아주 길어서였을까. 기다림의 시간이 길어서였을까.

"도윤아."

"예. 저하."

"나는 사랑을 얻지도, 사랑을 지키지도 못한 못난 놈이다."

그의 말에 도윤이 흐르던 눈물을 손등으로 힘껏 닦아냈다. 그러더니 몸을 돌려 그의 손을 붙들었다.

자신이 어떻게 위로를 해주어야 할지 몰랐다. 저의 집안은 가난했으나 행복했고, 어머니는 일찍 곁을 떠나셨으나 살아생전은 많은 사랑을 주셨다. 섣불리 위로를 건넸다간 오히려 상처를 주는 결과가 될지도 몰랐다.

도윤이 말없이 그를 바라보자 이림이 슬픔이 그득한 얼굴로 말했다.

"나는 네 곁을 떠나지 않을 것이고, 너를 지키기 위해 내 전부를 걸 것이다. 하니, 너도 나를 떠나선 안 된다. 네가 나를 떠날 때는 내가 먼저 하늘의 부름을 받은 후, 아주 오랜 훗날이어야 한다. 알겠느냐?"

툭.

결국 그에게 눈물을 보이고 만 도윤이 고개를 숙였다. 그러더니 입술을 잘근잘근 깨물었다.

"저하께서 지켜만 주신다면 저는 오래오래 저하 곁에서 살다 갈 것이옵니다. 또한, 저도 저를 지켜주시는 저하를 지켜 드릴 테니, 무슨 일이 있어도 저와 함께하셔야 하옵니다. 아시겠습니까?"

도윤의 눈물을 손으로 닦아주던 이림이 탄식하듯 말한다.

"이렇게 미치도록 좋은데, 어째서 진작 만나지 못했을까?"

"본래 좋은 것은 아껴둔다 했습니다."

"그 말은 지금 오늘은 여기까지만 하자는 뜻이냐?"

"더 하시려고요?"

"네가 날 미치게 하니 멈출 수가 없지 않나."

그러면서 이림이 입술을 맞춘다.

도윤의 온기가 밤새 그를 위로해 주었다.

대례식의 의식은 세자 부부가 웃전에 문안을 드리는 것으로 끝이 난다.

도윤은 시아버지인 임금과는 나름 살가운 대화를 나눈 적도 있었으나, 중전과는 이렇게 얼굴을 보고 인사를 주고받는 것이 낯설었다. 물론 옆에 세자도 있고 앞에는 임금도 계시지만, 세자와 피가 섞이지 않은, 그것도 정적인 중전을 대하기가 무척 힘들었다. 중전은 세상 사람 좋은 얼굴로 덕담을 하며 한껏 자애롭게 도윤을 칭찬했지만, 그 속마음이 그렇지 않다는 걸 알기에 도윤은 내심 당황하고 있었다.

'어떻게 사람이 이리도 속과 겉이 다를 수 있지?'

중전뿐만 아니었다. 서로 다른 생각을 하는 정적들이 모여 앉아 환담을 나누는 소름 끼치는 광경에, 도윤은 미소 한 번 짓는 데도 입술 끝이 파르르 떨렸다.

"저런. 우리 세자빈이 이 자리가 많이 긴장되나 봅니다. 간택 때는 그리도 당차 보였는데, 알고 보니 겁이 많은 여린 처자였나 보오."

중전이 귀엽다는 듯이 놀리는데, 세자가 이를 웃으며 받아쳤다.

"그러게 말입니다. 싫으면 싫은 내색을 하니 궐 생활이 아주 힘겨울 듯합니다. 아직 속을 숨길 줄 모르는 아이오니, 부디 마마께서 잘 가르쳐 주시옵소서."

도윤은 어안이 벙벙했다. 싫으면 싫은 내색을 한다고 말할 건 뭐란 말인가.

"아, 아니, 아니옵니다. 신첩은……."

도윤이 당황하자 임금께서 크게 웃음을 터트리셨다.

"하하하. 며느리가 들어오니 이리도 집안이 화목해지는구려. 안 그렇소, 중전?"

"예. 전하. 세자의 신수도 훤해 보이고 전하의 용안도 밝아지신 듯하옵니다. 두 사람이 금실도 좋아 보이니 금방 세손을 보시겠나이다. 부디 오래오래 옥체 보중하셔야 하옵니다."

중전의 간드러지는 음성에 도윤의 팔에 닭살이 일었다.

세자의 말에 가시가 돋친 것을 알면서도 아무렇지 않게 받아치는데,

칼만 들지 않았다 뿐이지 도검이 난무하는 전쟁 같았다. 게다가 잠시 후 상궁이 밥상을 내왔고, 도윤은 도대체 밥이 어디로 넘어가는지 밥상에서 무슨 이야기가 오고 갔는지, 혼이 쏙 빠질 지경이었다.

세자 내외는 힘겨운 식사가 끝나고 차까지 마신 후에야 빠져나올 수 있었다.

도윤은 바깥 공기를 마시자마자 크게 한숨을 내쉬었다.

"후— 체하는 줄 알았습니다."

"그래 가지고 중전을 상대할 수 있겠소?"

"잠깐……. 지금 뭐라고 하셨습니까?"

"중전을 상대할 수……."

"아니, 그것 말고요."

"무슨 말이 하고 싶소?"

"그거요! 지금 그거!"

"응?"

이림이 무슨 말인지 모르겠다는 듯 고개를 기울이자 도윤이 호들갑을 떨었다.

"제게 말을 높이셨사옵니다."

이림은 빙긋 웃으며 도윤의 손을 잡았다.

이에 두 사람을 따르던 궁인들이 몰래 웃음을 지었고, 이를 눈치챈 도윤이 창피해하며 손을 빼려 했다.

"왜, 왜 이러시옵니까?"

"뭐가 말이오?"

"가, 갑자기 말을 높이시고, 또 사람들 앞에서 이렇게……. 남세스럽사옵니다."

"그대는 이제 세자빈이니, 내가 존중해 주어야 할 소중한 사람이오. 나와 함께 이 나라를 보살펴야 할 내 조력자이자, 내 스승이자, 내 연인이니, 당연한 것 아니겠소?"

"그…… 그렇게 말씀하시오면 신첩은 뭐라 답을 해야 할지, 몸 둘 바를 모르겠나이다. 저하. 편하게 대해주시옵소서."

"익숙해져야 할 거요. 내가 그대에게 경어를 하는 것도, 갑자기 손을 잡는 것도, 중전이 가식을 떠는 것도."

"그게 무슨 뜻이옵니까?"

"궁이 원래 그런 곳이오. 내가 그대를 세자빈으로서 대우하고 어려워해야 이곳에 있는 다른 자들도 그대를 두려워할 거요. 나는 그대의 거칠 것 없는 자유로움과 솔직함을 잃고 싶지 않으나, 궁에선 그렇게 살아남을 수가 없소. 이제 비열해질 수도 있어야 하고, 뻔뻔해질 줄도 알아야 하는 법이오."

궁에서의 삶이란 그랬다. 누구보다 격렬하게 다투어야 하는 상대가 핏줄로 이어진 가족이오, 성현들의 말씀에 따라 그들을 존경하는 척하고 떠받들어야 하는 곳이었다. 그러면서도 상대에 대한 감시 또한 멈추지 않아야 자리를 보전할 수 있는 곳이다.

이림의 말에 도윤이 천천히 입술을 달싹였다.

"제가…… 잘할 수 있을지 모르겠사옵니다. 그러고 보면 저하께서는 그리 과묵하시다가도, 외지부 송사 때 저까지 깜빡 속여 넘기셨지요. 궁에 살면 다들 언쟁에는 그리 고수가 되는 것이옵니까?"

"글쎄. 원래 왕실의 종자들이 서로 잡아먹지 못해 안달인 사람들이라, 겉으로는 웃고 있어도 호시탐탐 약점을 찾느라 안달들이라오. 내 약점을 보이지 않으려면 늘 가면을 쓰고 살아야 하는지라, 마음 편히 두 발을 뻗고 잔다는 게 어떤 기분인지 밖에서 처음 느껴보았소."

간밤에 이림의 아픔을 들었기에 도윤은 그의 마지막 말이 너무 슬프게 들렸다.

"저는 전하께 그런 사람이 되고 싶지 않사옵니다."

강해 보이나 속으론 한없이 여린 이 사람에게 힘이 되어주고 싶었다. 그의 짐이 되고자, 권력에 맞서 그와 척을 지기 위해 이 궁으로 들어온 것은 아니었다.

자신 역시 도윤과 같은 마음이라는 듯 이림이 말했다.

"물론 나 역시 그대에게 그런 사람이고 싶지 않소. 나는 한 점의 가식 없이 그대를 존중하고 사랑하는 마음으로 말하는 것이니, 내 앞에서는 경계하지도 익숙해지지도 않아도 상관없소. 내게는 언제나 그대가 느끼는 대로, 서툴면 서툰 대로 솔직한 모습을 보여준다면 나는 그것으로 족하오."

"혹, 제가 정도원으로 저하를 속인 것을 아직도 마음에 두고 계신 것이옵니까?"

솔직하길 바란다는 말에 도윤이 입술을 삐죽거렸다. 그러자 이림이 장난스럽게 되받아친다.

"그럼 그게 금방 잊힐 일이라 생각했소?"

골치 아프고 우울한 이야기들은 그새 잊어버린 듯했다.

어느새 두 사람은 서로 잡은 손을 앞뒤로 흔들며 마치 산을 유람하던 때처럼 도란도란, 정겹게 걷고 있었다.

한데, 갑자기 나타난 나인 하나가 두 사람의 좋은 분위기를 망쳐 놓았다.

나인은 세자빈 앞에 허리를 숙이며 급히 고했다.

"세자빈 마마. 소인 중궁전에서 왔사옵니다."

"중궁전에서 왜?"

"중전마마께서 긴히 전할 것이 있으니 들라 하시옵니다."

"나를?"

"예. 마마."

도윤이 당황한 얼굴로 세자를 바라보았지만, 세자도 감이 잡히지 않는 표정이었다.

조금 전에 헤어졌는데 저만 따로 부른다니 무슨 의도일까. 시집살이라도 시킬 셈이신가.

세자는 중궁전 나인을 먼저 보낸 후에 도윤의 어깨를 붙잡고 당부했다.

"정신을 바짝 차려야 하오. 중전은 그대를 햇병아리로 보고 있을 것이니, 어눌하게 보이는 것도 나쁘진 않소. 하나, 호랑이 굴이다 생각하고 절대 휘둘려선 안 되오."

"저하. 걱정 마시옵소서. 제가 무슨 일까지 당했었는지 잊으셨사옵니까? 중전은 같은 여자가 아니옵니까? 저는 여자에게만큼은 절대 지지 않사옵니다."

"역시. 든든하오. 암. 대장부는 싸움에 물러서지 않소."

"제가 대장부란 말입니까?"

중전이 무슨 일로 도윤을 불러, 어찌 괴롭힐지, 무슨 수작을 부릴지 알 수 없는데도 두 사람은 철부지들처럼 마냥 즐거워 보였다.

아침나절과 달리 중전을 대하는 도윤의 모습은 조금 여유로워져 있었다. 세자와 이야기를 나눈 탓도 있지만, 아침의 모습을 보고 중전이란 사람이 어떤지 파악했기 때문이다.

그러나 세자의 말대로 계속 어눌하고 만만하게 보이는 것도 나쁘지는 않을 듯해서, 조금 겁먹은 표정으로 고개를 조아렸다.

중전은 도윤의 속도 모르고 쩔쩔매는 도윤을 한껏 깔보고 있었다.

"곧 능행이 있는 것을 세자빈도 아시오?"

목소리만 들어도 임금과 세자와 함께 있을 때와는 완전히 딴판이었다. 거만하고 싸늘한 음성이 도윤을 짓눌렀고, 도윤은 차라리 그편이 좋았다.

'그래. 이렇게 본색이 나와야 내가 편하지. 시어머니 노릇을 해보시겠다는 건가?'

속으로는 차라리 잘됐다 싶었지만, 도윤은 감히 고개를 들지 못하겠다는 듯 바닥만 내려다보고 모기만 한 소리로 말했다.

"예……. 마마. 신첩…… 듣긴 들었사오나 아직 뭘 몰라……."

"세자빈이 된 지 이제 하루밖에 되지 않았지만 왕실의 법도가 지엄하고, 내명부의 일이 많으니 하루라도 빨리.적응을 해야 할 게요."

"예, 마마. 명심하겠사옵니다."

"오늘 내가 빈궁을 부른 것은 마음에 걸리는 일들이 있어 몇 가지 당부를 할까 해서요. 부디 고깝게 듣지 말고 잘 새겨듣길 바라오."

예상했던 대로 중전이 저를 가르치려 들면서 구박하려는 듯했다. 예상을 빗나가지 않으니 속으로는 우습구나 여기면서도, 도윤은 짐짓 황망해하며 고개를 조아렸다.

"고깝다니요. 제가 어찌 감히 그런 마음을 품을 수 있겠사옵니까. 무엇이든 잘 새겨듣겠나이다."

"하면 빈궁이 이해해 주리라 믿고 솔직히 말하겠소. 실은 그대가 간택이 되긴 했지만, 마지막까지 마음에 걸리는 게 있어 망설였소. 다름 아니라 빈궁의 집안 형편이 어렵다 들었는데, 백성들이 그런 빈궁을 우습게 여길까 저어되는 바요."

"시, 신첩의 가문이 한미하여 왕실의 위신에 누를 끼쳤나이다. 송구하옵니다. 마마."

"이미 벌어진 일이며, 내가 그대를 빈궁으로 간택했으니 어쩌겠소. 앞으로가 더 중요한 일 아니겠소?"

"하오나, 앞으로 어찌 그것을 만회할 수 있을지……."

도윤이 말을 마치기도 전에 중전이 중간에 말을 잘라냈다.

"자고로 왕실의 사람은 백성들이 감히 다가설 엄두가 나지 않을 만큼 우러러 보는 자리에 있어야 하는데, 그대의 집안사람들은 산골에서 백성들과 어울리며 천박하게 살았다 들었소."

천박하다는 말이 도윤을 어이없게 만들었다. 백성들과 어울리는 것을 천박하다 말하는 중전이야말로 무식하고 천한 사람 같았으나, 도윤은 속으로 그녀를 비웃을 뿐 상처받지 않았다.

"송구하옵니다. 마마."

"해서 이제 왕실의 사람이 되었으니 지금까지와는 다른 모습을 보여야 하지 않겠소? 내 그래서 빈궁의 아비인 정 교리에게 재물을 하사할까 하는데, 빈궁이 혹 기분 나빠하는 것은 아닌가 해서 이렇게 불렀소."

"마마. 신첩 이제 막 세자빈이 되었사온데, 하루아침에 신첩의 집안에 재물이 가득하면 오히려 백성들의 반감을 살까 두렵사옵니다."

"이런, 이런! 내 이런 생각을 할까 봐 그리 걱정을 한 것인데! 백성들은 저희들과 똑같은 수준의 사람을 우러러 보지 않는다 말하지 않았는가!"

중전이 경을 치자 도윤의 어깨가 움찔 떨렸다. 고개를 더욱 아래로 숙이는 도윤은 완전히 겁을 집어 먹은 어린 아이처럼 보였다.

"그, 그렇사옵니까? 신첩 잘 몰라……."

"모르면 가르쳐 주는 대로 배우시오!"

"예. 마마. 가르침을 받겠나이다."

그러자 중전은 상궁에게 눈짓을 보내 도윤의 앞에 비단을 잔뜩 내려놓았다. 척 보기에도 화려한 비단은 아무리 부유한 자라 하더라도 쉬이 손에 넣을 수 없는 물건 같아 보였다.

"이, 이것은 또 무엇이옵니까?"

"이런 비단을 본 적이 없겠지만, 아무나 가질 수 없는 매우 귀한 비단이오. 내 생각에 이번 능행 때 빈궁이 그것으로 지어 입은 옷을 입고 백성들 앞에 나선다면 월궁에서 내려온 항아 같지 않겠소? 아마도 백성들이 그대를 크게 칭송하며 감히 정도윤일 때를 떠올리지 못할 거요."

도윤은 중전의 의도를 확실히 알아차렸다. 백성들 앞에 세자빈이 되자마자 사치를 부리고 거만해진 모습을 보이게 하려는 것이다. 그동안 제생원에서 백성들을 돌본 모습이 모두 세자빈이 되기 위한 가식이었던 것처럼.

도윤이 신중한 눈으로 비단을 보았다.

"왜 말이 없소?"

"마마……. 이 비단이 너무 고와서……. 새, 생전 처음 보는 비단이라 감격한 나머지……."

"그래도 안목은 있는 듯해 다행이오. 하면 이것으로 옷을 지어 입은 세자빈의 모습을 기대하며 기다리겠소."

중전이 매우 흐뭇하게 웃자 도윤은 몇 번이나 감사 인사를 올리고 중궁전 밖을 나섰다.

그러자 세자빈을 모시는 박 상궁이 자못 걱정스러운 얼굴로 다가왔다.

"마마. 그 재물과 비단을 어찌 거절하지 않으셨사옵니까?"

"내가 거절하면 그것을 빌미로 무슨 꼬투리를 잡을지도 모르고, 괜한 기 싸움만 길어지지 않겠나."

그러자 나인이 된 만덕이도 박 상궁 편에 서서 근심했다.

"하오나 마마. 제가 양민이어서 잘 압니다. 백성들이 마마를 존경했던 것은 비싼 비단옷 때문이 아니지 않사옵니까. 오히려 그렇게 나타나시면 다들 배신감을 느낄 것입니다."

"안다. 걱정 마라. 내게 생각이 있다."

생각이 있다던 도윤은 어찌 된 게 그날부터 부지런히 비단을 붙들고 직접 옷을 짓기 시작해서, 박 상궁과 만덕이를 더 불안하게 만들었다.

며칠 후, 빈궁이 된 도윤은 사가에서 삯바느질하던 신세와 별다를 바 없이 밤늦도록 바늘과 씨름하고 있었다.

이림은 책을 펼쳐 두고 그런 도윤을 심드렁한 눈으로 바라보았다.

"어째 책은 안 보시고 저만 보시옵니까?"

"빈궁은 머리에 눈이 하나 더 달린 게요? 어찌 그게 보이시오?"

"저하의 시선이 바늘보다 따가운데 모를 리가 있겠는지요."

"내가 왜 이러고 있는 것 같소?"

"서책이 따분하신 모양입니다."

"하. 모르는 척할 거요?"

"아는 척해 드리기에는 제 일이 너무 바빠서 말이옵니다."

그러자 이림이 작정한 듯 말했다.

"그대는 그 바늘보다 붓을 들고 있을 때가 더 아름다웠소."

그 말에 손을 멈춘 도윤이 고개를 들었다.

"……."

"그냥 하는 말이 아니래두."

그러자 도윤이 한숨을 푹 내쉬며 바느질을 내려놓았다.

"정말 그것만 끝내면 그냥 주무실 것이지요?"

"물론이오."

이림의 확답을 들은 도윤은 엉덩이를 끌고 서안으로 다가와 세자와 마주 앉았다. 그리고 붓을 들고 세자의 필체를 흉내 내며 글을 쓰기 시작했다.

"숙제를 도와주는 세자빈은 저밖에 없을 것이옵니다."

"세자빈에게 숙제를 맡기는 세자도 나밖에 없을 것이오."

"자랑이실까 무섭습니다."

"자랑이오. 똑똑한 세자빈을 두어 숙제를 믿고 맡길 수 있지 않소."

도윤은 입을 삐죽거리면서도 그의 칭찬이 싫지는 않아 보였다.

두 사람은 함께 붓을 들고 희희낙락하며 다정하게 글을 썼다.

그러나 도윤이 진지하게 글쓰기에 빠져들자, 이림은 또 그게 싫어서 붓으로 장난을 치며 도윤을 방해하기 시작했다.

결국 이림이 원하는 것은 도윤이 온전히 저만 바라보는 것. 그러기 위해서 그녀를 품고, 그녀의 신음 소리를 듣고, 저로 인해 수줍어하는 모습을 보고자 하는 것이다.

한 손으로 적당히 종이를 당긴 채 거침없이 글을 써 내려가는 도윤을 보던 그가 결국 붓끝을 툭 쳤다. 그러자 종이 위에 볼품없는 선이 쭉, 그어진다.

도끼눈을 뜬 도윤이 그를 노려보았다.

"방금 전엔 똑똑한 세자빈에게 숙제를 맡긴다 하지 않으셨습니까?"

"그랬었소."

"그럼 왜 방해하십니까? 내일 시강까지 해가셔야 한다고 한 건 저하셨습니다."

"그것보다 더 급한 일이 생겼지, 뭔가."

혼잣말처럼 말한 이림이 도윤의 손에 있던 붓을 빼앗아 벼루에 비스듬히 내려놓았다.

그가 말한 급한 일이 무엇인지 단숨에 알아차린 도윤이 얼굴을 붉혔다.

"그러시면 아니 되옵니다. 합방 날짜를 받아……."

"하늘의 기운과 땅의 기운이 조화로운 날에만 합방을 하다니. 그런 법도는 금슬에 크게 나쁠 것 같지 않소?"

"그래도 법도에 어긋납……."

그의 눈빛이 심상치가 않자 도윤이 엉덩이를 뒤로 슬금슬금 물렸다. 그러자 이림은 무릎으로 기어와 그녀에게 얼굴을 들이대었다.

"금슬에도 나쁘겠지만 내 성격에도 지대한 악영향을 미칠 것 같소이다."

고저 없는 말에 도윤의 얼굴이 일그러졌다. 관계를 가지는 것이 나쁘진 않았다. 다만 다음 날 몸을 움직이는 것에 무리가 될 만큼 저를 괴롭히니, 능행에 앞서 해야 할 일이 있는 지금은 무리였다.

하나 이림은 물러서지 않았다. 도윤에게 손을 뻗더니 이내 그녀의 어깨를 붙잡아 자신의 쪽으로 잡아당겼다.

"확인하고 싶소? 내 성격에 어떠한 변화가 일어날지."

"저하, 지금 그 말씀은 협박처럼 들리옵니다."

"정확하오."

그렇게 말한 이림이 곧장 입을 맞추더니 그녀를 뒤로 쓰러뜨렸다.

곧장 그녀의 몸에 제 몸을 겹친 그가 농밀하게 입 맞췄다.

온몸이 후끈해지고, 허리가 노곤하게 녹는 것만 같아 도윤이 몸에 힘을 주었다.

치마가 들쳐지고 곧장 들어오는 손길에 도윤이 나지막한 신음을 내뱉는다. 그의 손길에 자신의 몸이 어떻게 변하는지 익히 알고 있었던 터라 벌써부터 가슴이 터질 것만 같았다.

"저, 저하……."

얼굴을 붉힌 도윤이 그를 바라보았다. 그는 도윤의 몸 위에 올라타 모든 것을 샅샅이 훑는 시선으로 그녀를 내려다보고 있었다.

거침없이 옷을 벗는 그를 보며 도윤이 눈을 질끈 감는다. 함께 보았던 강원도의 푸른 바다처럼 넓은 가슴과 꿈틀거리는 몸의 곡선을 차마 바라볼 수가 없어서.

방 안에는 바느질감과 쓰다 만 종이가 어지러이 흩어졌다.

실오라기 하나 걸치지 않은 도윤이 꽃처럼 흐트러지자 자리에서 일어난 이림이 가볍게 그녀를 안아 들었다.

성큼성큼 걸음을 옮긴 그가 이불 위에 도윤을 내려놓았다. 어깨를 붙잡은 손이 파르르 떨렸다.

"긴장되오?"

그의 물음에 도윤이 질끈 감고 있던 눈을 떴다.

입술을 깨문 그녀가 말없이 고개만 끄덕였다. 그러자 그가 땀에 젖은 도윤의 머리카락을 넘겨주며 웃는다.

"나도 그렇소."

이불 속의 두 사람은 서로를 꼭 껴안은 채 사랑을 나누는 데 온 힘을 다했다.

밤새 옷을 지어 완성한 도윤은 그것을 소중히 싸 들고 중궁전으로 갔다. 품에 안고 놓아주지 않는 그에게 몇 번이고 사정해서 겨우 완성한 옷이었다.

도윤이 중전의 앞에 곱게 지은 옷을 내밀자 중전은 무척 당황한 눈치였다.

도윤은 아무것도 모른 척 잔잔한 미소를 짓고만 있었다.

"이게 무엇이오?"

"마마. 이것은 마마께서 제게 주신 비단이옵니다."

"그런데요? 옷을 지었다고 내게 보여주러 온 것이오?"

"아니옵니다. 마마께 그 비단을 받고 너무 감사하고 행복해서 어찌나 가슴이 떨리던지, 그날 밤잠을 이루지 못하였나이다. 밤새 어찌 이 감사한 마음을 갚을 수 있을까 고민했사옵니다. 마마께서 이리 내리사랑을 보여주시는데, 제가 효를 다하지 못한 것 같아 죄송스러운 마음을 가눌 길이 없지 않겠사옵니까."

불과 얼마 전까지 겉과 속이 다른 중전이 소름 끼친다던 도윤은, 무서울 정도로 중전을 존경하는 모습을 보이고 있었다.

"아니, 뭘 그렇게까지. 그렇게 신경 쓸 일이 아닌데……."

"아니옵니다. 저희 집에 보내주신 재물만 해도 한 번도 꿈꿔본 적 없는 막대한 금액이온데, 그것을 그냥 받기만 해선 안 된다는 생각이 들었나이다. 해서, 그 비단으로 마마께서 능행에 입으실 옷을 지었사옵니다."

"뭐, 뭐라고요?"

중전은 진심으로 놀라고 황당해, 새파랗게 어린 세자빈 앞에서 말까지 더듬었다.

능행에 옷전인 중전보다 화려한 옷을 입고 나타난 세자빈이 손가락질 받으라고 계획했던 일 아닌가. 한데, 도리어 제가 화려한 옷을 입고 백성들 앞에 나서게 됐다. 가뜩이나 요즘 김씨 일가에 대한 평이 좋지 않게 퍼져 나가고 있는 때에!

"집안이 한미하여 왕실에 누를 끼쳤으니, 정성으로나마 은혜를 갚고 싶었나이다. 사실, 웃어른이신 중전마마께서 엄연히 이 나라의 국모 되시는데, 중전마마보다 위에 있으려 하지 않는 이상, 제가 어찌 감히 이 화려한 비단을 걸칠 수 있겠나이까? 애초에 마마께서 이 비단을 제게 주신 것은, 제 어리석음과 경우 없음을 깨우쳐 주려 시험하신 게 아닐까 하는 생각이 들었나이다."

"그게……."

"마마의 크나큰 가르침을 잊지 않겠사옵니다. 늘 검소하고 겸손하게 웃전을 공경하고 모시는 세자빈이 되겠나이다. 많이 서툰 솜씨이오나, 마마를 생각하며 잠도 자지 않고 한 땀 한 땀 정성을 다해 지은 옷이오니, 어여삐 여겨 받아주시옵소서."

"그, 그래요. 내 빈궁의 마음이 이리 어여쁜 줄 몰랐는데, 다시 봤소. 이런 시험을 할 필요도 없었겠소."

"아니옵니다. 마마. 마마께서 베풀어주신 은혜가 아니었다면 결코 생각지 못했을 것이옵니다."

"그리 생각해 주니 고맙소."

배알이 뒤틀리는 듯했으나 어쩔 수 없었다. 중전은 이미 가면이 벗겨진 것을 모르는지, 억지웃음을 지으며 비단옷을 받았다.

그러자 도윤이 못을 박듯 말했다.

"마마. 능행에 그 옷을 입고 나오실 모습이 무척 기대되옵니다. 백성들이 감히 우러러 보지도 못할 만큼 고귀해 보이실 것입니다."

중전은 도윤이 저를 완전히 꼼짝 못하게 만들어 버리자, 보통내기가 아니라는 것을 알아차렸다.

'이년이……. 눈 하나 깜짝 않고 간사하게 구는구나!'

제30장 너라서 좋다

세자 교육을 맡고 있는 박성권은 요즘 들어 더욱 세자의 공부에 열을 올리고 있었다. 아마도 월한대군의 성취를 보고 적잖이 놀란 탓인 듯한데, 정작 세자는 쓸데없이 많은 공부가 따분한지 꾀를 부리곤 했다.

오늘도 마찬가지였다.

"저하. 숙제는 본인이 하는 것이옵니다."

"······어찌 알았소?"

"저하의 필체치고는 섬세하지 않사옵니까."

"하. 대장부의 필체가 이리도 섬세해서야······."

도윤을 대장부라고 놀리는 이림은, 하필 필체가 남자답지 못한 것이 안타까워 중얼거렸다.

"예?"

"아무것도 아니오. 것보다 아무리 따라 쓴 글씨라곤 하나, 획에서 느껴지는 유려함만 봐도 명필이지 않소?"

다른 이가 숙제를 해준 것을 들킨 마당에도 이림은 뻔뻔한 기색으로 도윤의 필체를 보며 감탄을 했다. 태어나자마자 정해진 수순대로 글자를 떼고 평생 서책을 가까이하는 선비들 중에서도 이 정도 필체를 가진 이들은 손가락에 꼽을 정도였다. 처음 도윤의 필체를 보고 저 역시 놀라지 않았던가.

그가 뿌듯한 표정으로 말하자 박성권이 얼떨결에 고개를 끄덕였다.

"그렇긴 합니다. 설마 자희가 이렇게 쓴 것이옵니까?"

"자희가 무슨……. 누가 썼는지 알면 깜짝 놀랄 게요."

박성권은 고개를 갸웃하고 잠시 생각했다. 세자 주위에 이런 명필이 있었던가를. 그러다가 세자께서 요즘 누구와 가장 오랜 시간을 보내시는지를 떠올렸다.

"흐음……. 하면 정도원 선비께서 쓰셨겠군요."

선비들과 술 한잔을 하며 즉석에서 시를 지을 만큼 학문이 뛰어난 분이셨으니 이 정도 숙제야 거뜬하게 해주었을 터였다.

"참으로 아깝지 않은가? 정도원이었으면 내 당장 조정으로 불러들여 긴히 쓸 것인데……."

그러자 박성권이 웃으며 말했다.

"하오시면 지금의 세자빈 마마께서 숙제를 대신해 드릴 수 없지 않사옵니까."

"아!"

이림은 다시 한 번 세자빈 도윤의 소중함을 깨달았다.

그때 저 멀리서 자희가 헐레벌떡 뛰어왔다. 그러다 박성권과 마주 앉아 있는 세자를 보며 걸음을 멈춘다.

안절부절못하는 걸 보니 무언가 전할 이야기가 있다는 걸 깨닫곤, 세자가 가까이 오라며 손짓했다.

자희가 박성권에게 허리를 숙이며 예를 다했다.

"죄송합니다. 시강 시간에 무례를 범했습니다."

"세자 저하께서 공부하실 마음이 없으시니 어쩔 수 없네."

숙제부터 세자빈 마마에게 맡긴 것을 꼬집은 박성권이 헛기침을 내뱉자, 세자가 고개를 팩 돌린다.

"적당한 양이라면 저 역시 최선을 다했을 것입니다, 스승님."

"말은 잘하십니다."

박성권의 계속되는 타박에도 이림은 꼿꼿하게 자희를 보았다. 그러더니 예까지 달려온 이유를 물었다.

"무슨 일이냐?"

"그것이…… 방금 전 중궁전 나인에게 들은 이야기이온데……."

"중궁전?"

이림의 표정이 순간 변하더니 자리에서 벌떡 일어난다.

"예. 그게 중전마마께서 능행 때 옷을 지어 입으라며 아주 고급 비단을 세자빈 마마께 내리셨는데, 세자빈 마마께서 그걸로 손수 옷을 지어 다시 중전마마께 올렸다 하셨습니다."

"……뭐?"

곁에 있던 박성권조차 깜짝 놀라 그리 되물었는데, 세자만은 놀라지 않고서 갑자기 웃음을 터뜨렸다.

웃음을 쏟아낸 그가 자리에 앉아 낮은 책상을 두드리는 것을 박성권과 자희가 놀라 바라보았다.

세자는 한참이 지나서야 겨우 웃음을 멈추고서 눈가에 맺힌 눈물을 닦아냈다.

"중전이 한 방 먹었구나."

"그걸로 크게 진노하셨다 합니다."

"어리석은 이가 아니어서 제 마음대로 할 수 없어 그러한 것이겠지."

역시 정도윤답다. 그리 생각한 이림은 맞은편에서 여전히 표정을 갈무리하지 못한 스승을 보며 말했다.

"사내인 정도원 역시 사랑했을 것 같습니다."

"……그 발언은 너무 위험하오니 거둬주십시오."

그러나 박성권 역시 그런 사내가 있었다면 제자로서 아껴주었을 것이다.

그래서 이림을 타박하는 목소리가 그리 엄하지 않았다.

이번 능행은 혼례를 마친 세자 부부를 만백성에게 알려 왕실의 건재함을 보이려는 의도가 컸다. 때문에 왕실의 행차는 엄숙함보다는 잔칫날처럼 흥겨웠다.

백성들은 소문의 세자와 세자빈을 보기 위해 구름 떼처럼 몰려들었는데, 감히 얼굴을 들고 왕실의 행차를 볼 수는 없으니 지나치고 나면 슬쩍 곁눈질로 훔쳐보곤 했다. 왕실은 늘 선망의 대상이 되곤 했으나, 새로이 들어온 세자빈과 최근 들어 백성들 사이에서 덕망이 높아진 세자는 특히나 더 그랬다.

"하이고, 선남선녀가 따로 없으시네."

"그러게 말이야."

사람들은 들키지 않게 삼삼오오 모여 수군거렸다. 최근 들어 가장 관심이 높은 세자와 세자빈을 칭송하는 반면, 중전을 보면서는 곱지 않은 말들이 오고 갔다.

"근데 어째, 중전마마가 입은 그 옷이 너무 화려하지 않나?"

"나만 그리 생각한 게 아니었어? 세상에 난 눈이 멀 뻔했네. 뭔 놈의 옷이 그리 반짝거린대?"

"날도 덥구먼. 빛이 번쩍번쩍하더라니까."

지나치게 화려한 비단옷은 척 보기에도 아주 값비싸 보였다. 색부터 시작해서 품도 넉넉해 아름다운 옷이긴 했으나 사치스러워 보였다. 하루에도 몇 명씩 제때 밥을 챙겨 먹지 못해 아사하는 백성이 있는데, 정작 그들을 품어야 하는 중전이 사치를 부리고 있으니 그 모습이 고깝게 보이는 것도 당연했다.

"병판이 온갖 나쁜 짓을 다 저지르고 다녔는데, 뒤를 봐준 김씨 일가 재산이 좀 많겠어?"

"요즘 김씨가 힘을 잃는다는 소문이 나더니만, 저리 차려입고 힘을 빠준 모양이네."

"그럼 이제 세자 저하가 폐위된다는 그 소문은 없어진 건가?"

어떤 이의 물음에 잠자코 듣고 있던 깔끔한 차림의 양민이 고개를 끄덕이며 확신에 차 말했다.

"남장유람기 못 봤어? 그게 다 영의정이 만든 소문 아니야. 손주를 세자에 올리려고 저하를 못 잡아먹어서 안달인 게지."

이야기가 꽤 위험한 수위까지 올랐을 때였다. 평화롭게 진행되던 행렬에 별안간 한 어린아이가 세자의 가마 앞으로 뛰어들었다. 성인의 허리춤에나 올까. 아주 작은 아이가 기습적으로 뛰어들자 세자의 가마를 들고 있던 자들이 깜짝 놀라 걸음을 멈추었다.

"헉!"

"이 무슨 짓이냐!"

아무리 어리다 해도 왕실의 능행을 막는 것은 본보기를 삼아서라도 큰 벌을 받을 일이었다. 때문에 지켜보는 백성들의 간담이 서늘해졌다.

놀란 어미가 뛰어나가고 아이는 병사들의 다급한 제지로 나뒹굴었다.

"아이고!"

"으앙!"

"아이고, 죄송합니다. 죄송합니다. 애가 아무것도 모르고 그만……!"

"아이를 어찌 간수하는 게냐!"

어미가 아이를 가슴에 끌어안은 채, 엎드려 빌었다. 병사들이 눈을 부라리며 내금위장의 눈치를 살필 때였다.

순간 행렬이 주춤하고 주변이 크게 술렁거리는가 싶더니, 상궁들의 목소리가 들렸다.

"마마……!"

"아이고, 마마."

자연히 백성들의 시선이 소리가 들린 쪽을 향했는데, 그들은 크게 놀라며 한층 더 웅성거렸다.

임금께서도 소란을 느끼고 가마를 멈추게 한 뒤 뒤를 돌아보았다. 그리고 뜻밖의 광경을 보고 입을 다물지 못했다.

세자빈이 몸소 가마에서 내려오더니, 아이를 안고 엎드린 아낙에게 다가온 것이다.

세자빈의 치마가 땅에 닿아 백성들과 나인들이 황망해하는데도, 그녀는 다급히 내려오다 신이 벗겨진 줄도 모르고 있었다.

"많이 놀랐겠구나. 다친 데는 없느냐?"

세자빈이 아이를 직접 일으켜 세우자 다가온 자들이 서둘러 그러시지 말라 만류하였다.

하지만 세자빈은 괜찮다 이른 후 눈물을 터뜨린 아이의 얼굴을 쓰다듬으며, 직접 달래기까지 하는 게 아닌가.

땅에 뒹구는 신발이 세자빈의 것이라기에는 너무 평범한 신이라, 그

신은 오랫동안 사람들의 입에 오르내렸다.

능행에서 돌아온 중전은 상궁들이 감히 말리지 못할 정도로 패악을 부리고 있었다.

"가증스러운 것 같으니라고! 내 앞에서는 고개도 못 들더니, 착한 척하면서 내게 이걸 갖다줘? 하!"

생각할수록 도윤이 괘씸해서, 분에 못 이긴 중전은 그녀가 지어준 옷을 박박 찢어발기는 중이었다.

"순진한 얼굴을 하고 감히 나를 이겨먹으려고 들어! 네까짓 게 나를 속이다니!"

그뿐이 아니다. 굳이 낡은 신발을 신고 간 것도. 그것을 백성들에게 보인 것도. 철저하게 계산된 수법 같았다.

"그 넘어진 아이도 조사해 봐야 할 게야! 한통속인지 누가 알아!"

버럭 소리를 내지른 중전이 숨을 헐떡이자 상궁이 재빨리 물을 한 잔 떠와 내밀었다.

그러자 중전은 물그릇을 들고 냅다 상궁에게 집어 던지는 게 아닌가!

"지금 냉수 먹고 속 차리라 이거냐?"

"마마, 그것이 아니오라……."

"아니긴 뭐가 아니야!"

물그릇에 맞은 상궁은 눈앞이 뿌옇게 변하는 느낌에도 재빨리 몸을 낮추었다. 하나 중전은 여전히 소리를 지르며 악을 써대며 바닥에 엎드려 있는 상궁에게 발길질까지 했다.

마침 김태수가 중전을 찾아왔다.

"마마. 이게 다 무엇입니까?"

그는 방 안에 어지러이 흩어진 비단 조각을 보고, 중전이 또 한바탕 성질을 부렸음을 알아차렸다.

아직 분이 덜 풀린 중전은 쓰러진 상궁을 쫓아내고는 기다렸다는 듯 울분을 터트렸다.

"아버지! 그건 어찌 되었습니까? 정 교리 그자에게 재물을 잔뜩 보내지 않았습니까? 혹, 그자가 집을 새로 지었다거나, 가마를 타고 노비를 부린다거나, 아직 소식이 없습니까?"

중전은 가난한 산골 선비를 돈으로 길들여 재물에 눈이 먼 탐욕스러운 자로 만들고자 했다. 듣자 하니 둘째 여식은 인물이 고우나 재물이 없어 좋은 집안에 시집을 보내기도 어렵다 했으니, 돈이 급할 게 아닌가.

승차를 시키고, 재물을 안겨주면 변하지 않는 사람이 없다. 그걸 백성들이 보고 환멸을 느끼게 할 참이었다.

"흐음……. 그것이……."

워낙 없이 살아온 자이니 자신이 건네는 돈을 흥청망청 쓸 줄 알았는데, 그것이 아닌 모양이다. 김태수의 표정이 굳어지는 것을 보며, 중전이 새빨개진 눈으로 얼른 말씀을 해보시라 독촉했다.

"왜요? 뭐가 잘못됐습니까? 설마 아직 전하지 않았습니까?"

"그게 아니오라……. 정대봉 그자가 설마 그렇게 할 줄은 몰랐사온데……."

"뜸 들이지 마시고 어서 말해주십시오!"

비명에 가까운 말에 김태수가 목소리를 조금만 낮추라고 이른 후 답했다.

"그자가 글쎄, 그 재물을 모두 다 제생원에 가져다주었다 합니다. 한 푼도 남김없이……."

"뭐, 뭐라고요? 그, 그 아까운 것을 전부 제생원에 주었다고요? 하!"

중전은 경악했다. 적은 돈이 아니다. 지금 정대봉이 살고 있는 집을 열 채는 짓고도 남을 돈을 주었는데, 그 돈을 한 푼도 쓰지 않기는 어렵지 않나. 재물이 많아지면 오히려 욕심도 많아지고, 그게 아니더라도 조금은 쓰게 되는 게 사람의 마음 아닌가!

"아무래도 우리가 그자들을 너무 만만하게 본 듯하옵니다."

김태수 역시 예상했던 대로 흘러가지 않아 많이 당혹스러워 보였다. 그의 주변엔 늘 돈에 일희일비하는 자들만이 넘쳐 났다. 조금이라도 이득을 취할 수 있다면 어떤 일도 저지르던 자들만 상대해 오다 보니 정대봉 같은 자는 처음이었던 것이다.

김태수의 답에 중전은 더욱 악에 받쳐 말했.

"예. 이제 잘 알겠습니다. 어수룩한 촌뜨기인 줄 알았더니, 꼴에 진짜 고고하신 선비님이라? 과연 그 아버지에 그 딸입니다. 이렇게 사람 뒤통수를 치는 능력이 있는 줄 몰랐는데, 앞에서는 그 돈을 감격하며 받더니, 내 돈으로 백성들에게 생색을 내셨다? 이런 여우 같은 계집!"

또 능행의 일이 떠오른 중전이 주먹을 꽉 움켜쥐었다. 그리고는 무슨 생각을 하는지 눈이 교활한 빛을 띠기 시작했다.

"할 수 없지요. 보아하니, 머리깨나 쓰는 자들인 듯합니다. 그런 자들을 이기려면 머리보다 다른 걸 써야지요. 돈과 권력. 그리고 그것들로 움직일 수 있는 사람. 그렇지 않습니까?"

"마마. 신중하시옵소서. 아직은 조심하시는 게 좋을 듯합니다. 최근 김종일의 일도 있고……."

쾅—!

중전의 주먹이 서안을 내려쳤다.

"김종일 그자의 이름은 두 번 다시 내 앞에서 꺼내지 마세요! 그 멍청한 자 때문에 세자빈 간택을 손 놓고 지켜만 보지 않았습니까! 이게 다 누구 탓인지 모르겠습니까!"

다 김태수의 탓이라고 중전은 말하고 있었다. 김종일을 병판이 되기까지 키운 사람이 김태수니, 사람을 잘못 관리한 것도 그의 탓이라고 에둘러 질책하는 것이다.

덕분에 김태수는 중전에게 경거망동하지 말라는 충고를 해주지 못하고 씁쓸하게 중궁전을 나와야 했다.

김태수가 미간을 좁히며 탄식했다.

"그 자리에 있게 된 게 다 누구 덕인지 잊으신 게지."

약 두 달 전, 궁 밖에 나가 있던 자희는 수소문 끝에 찾고자 한 사람들의 소재지를 찾을 수 있었다. 그러나 어찌 된 일인지 찾아간 사람들마다 죄다 죽어 있었다. 그 일을 세자에게 고하고 다시 궁으로 돌아갔던 것인데, 최근 연이 닿은 사람에게서 새로운 소식이 들어왔다.

중전이 폐서인이 되기 전에 이미 병으로 출궁한 상궁이 있었는데, 그 상궁은 중전으로 인해 병이 들었다 할 만큼 호되게 당한 상궁이었다. 듣기로도 중전에게 억하심정이 많았다 하고, 중전이 폐서인이 되기 전에 나갔기 때문에 염두에 두지 않았었다.

한데 그 상궁의 양자에게서 긴히 전할 게 있다고 연통이 온 것이다.

사복을 입고 야밤에 출궁한 자희가 그 상궁의 집으로 들어가자, 이미 장례식을 치른 후라 했다.

"마마님께서 왜 돌아가시기 전에 나를 은밀히 부르셨는지 궁금하구나."

양자인 아들은 자희 또래로 보였는데, 그 얼굴에 근심이 가득했다.

"실은 어머니께서 궁을 나오신 후, 중전께서 폐서인이 되시자 줄곧 이런 날을 염려하셨습니다."

"이런 날이라면……?"

"중전께서 승하하시고 출궁한 상궁들이 하나둘 죽어간 것 말입니다."

"마마님께서 그것을 어찌 아시고?"

"사람을 풀어 은밀히 지켜보셨다 합니다. 그리고 혹 세자 저하께서 그 상궁들을 찾으신다면 이 서찰을 전해주라 하셨습니다."

그 말은 그녀가 세자와 자신도 감시하고 있었다는 뜻이었지만, 이미 죽은 사람을 불러내 벌할 수도 없는 노릇이다.

자희는 소년이 잊지 않고 서찰을 전해준 것에 돈으로 감사를 표시한 후, 서찰을 품에 넣고 궁으로 돌아왔다.

이 서찰로 세자 저하가 궁금해하던 답을 찾길 바라며.

이림은 오늘 밤 도윤을 혼자 쉬도록 배려해 주었다. 첫 능행이 고되었을 테니, 저를 신경 쓰지 않고 푹 잠들게 해주고 싶었기 때문이다.

"너무 외로우면 찾으시오."

"외로움을 느끼기도 전에 기절할 것 같사옵니다."

"그리 말하면 내가 너무 서운하지 않겠소?"

이림의 말에 도윤이 작게 웃음을 뱉었다. 짧은 입맞춤으로 잠시의 이별을 고한 이림이 문을 나섰다. 그래 봤자 저의 처소는 바로 도윤의 방 옆이었기에, 가벼이 걸음을 옮긴 그가 막 몸을 씻고 나올 때였다.

자희가 급히 뵙기를 청하더니 은밀히 자초지종을 설명하며 서찰을 내밀었다.

"마치 세자 저하께서 자신을 찾을 걸 알고 있었던 것 같습니다."

자희의 말에 이림은 굳은 표정으로 재빨리 서신을 열었다.

언문으로 적힌 서신 첫마디를 읽는 순간 이림의 미간이 모여들었다.

『이 글을 저하께서 읽고 계시다면 아마 중궁전의 사람들 모두가 화를 입은 후일 듯하옵니다.』

마치 궁인들의 죽음을 예견이라도 한 듯 시작된 글귀가 이림을 사로잡을 무렵, 도윤 역시 흙먼지를 씻어내고 침전으로 들어서고 있었다.

한데 침전에는 중궁전에서 온 나인이 다과상을 들고 저를 기다리고 있었다.

『중전마마께서는 오랫동안 희빈이 가져다준 차를 마셔왔사온데, 그 차를 마신 이후로 병증이 더욱 확연히 심해지신 것을 느꼈사옵니다. 알면서도 소인들이 이를 막지 못한 것은 희빈의 힘이 뻗치지 않은 곳이 없었기 때문이옵니다.

저는 그래도 중전마마를 보필하는 소임을 가진 자라 마마께 그 차를 마시지 말라 권하였사오나, 마마께서는 그런 제 충심을 헤아리지 못하실 만큼 이미 그 차에 중독되고 말았사옵니다.』

서찰에 적힌 충격적인 내용에 이림은 정신을 차릴 수 없을 지경이었다.

그런데 하필 지금 도윤은 중궁전 나인이 가져온 다과상 앞에 앉아 찻잔을 들어 차향을 음미하고 있었다.

『그것에 중독이 되면 환청이 들리고 환각에 시달려 정신이 온전치 못하게 되는데, 차를 마시면 그나마 평온해지시곤 했사옵니다. 그 때문에 나중에는 제

361

손으로 차를 가져다 드릴 수밖에 없었사옵니다.

제 생각에 중전께서는 아마도 폐서인으로 가시던 가마 안에서도 차를 마셨을 것이옵니다. 한데 마지막 가시는 길, 과연 그 차에 무엇이 들었을지는 최빈만이 알고 있지 않겠사옵니까.』

마지막 구절을 읽은 이림이 종이를 구기며 부들부들 떨었다. 핏빛이 되어버린 눈동자는 금방이라도 핏물을 쏟아낼 것만 같았다. 분노에 휩싸인 그는 무슨 짓을 저지를지 모를 상태처럼 보여, 서신을 전한 자희는 순간 자신의 결정을 후회했다.

알리지 말았어야 했다. 차라리 그랬다면 괴로움에 일그러진 그의 모습은 보지 않아도 되었을 텐데.

감정을 억누르기 위해 애를 쓰는 이림을 바라보던 자희가 한 발자국 다가섰다.

"저하, 아직은 사실이라고 단정 지을 수 없습니다."

"어머니와 함께 있던 궁녀들 모두가 죽었다. 가까이하던 내관 역시 행방을 모르는 자들이 대다수다. 이게 무엇을 뜻하는 것이겠느냐."

"저하……."

"분명 숨겨야 하는 무언가가 있었던 걸 게다. 그게 이 종이에 적힌 내용일 것이고."

고저 없이 말한 이림이 결국 이를 악물었다. 눈물을 쏟진 않았으나 슬픔으로 일렁이는 눈동잔 이미 슬픔을 뱉고도 남은 모습이다.

"갑자기 월한이 나서 어머니를 폐위시켜야 한다, 주장하는 게 이상했다. 아무리 중전의 배를 빌려 태어난 아이라 하더라도 그리 모질지 않았던 아이다."

눈엣가시처럼 느껴졌던 적도 있었다.

월한이 태어남으로 인해 자신의 어머니와 저의 위치가 한없이 위태로워졌을 때. 그리고 그 아이가 자신이 보았을 때도 꽤나 훌륭하다고 느껴졌을 때.

자신보다 세자의 자리에 더 어울리는 모습으로 자라나는 모습이 위협적이기도 했었다.

하지만 영리하고 바른 아이였다. 자신의 행동 하나가 어떠한 결과를 불러일으킬지 잘 아는 아이이기에 늘 행동거지를 조심했었다.

그런 아이가 변했다. 자신이 궁을 떠나고 얼마 후에 바로.

그 아이가 움직이게 된 것은 이 문서에 남겨져 있는 진상과 의혹 때문일 터다.

'어미를 지키고 싶었느냐?'

이림의 몸이 분노로 떨렸다.

한편으로는 월한을 이해한다. 저 역시 어미의 죄를 감추기 위해 그 모진 학대를 발설하지 않았었다. 어미가 벌을 받으면 그나마 있던 울타리가 사라질지도 모른다는 불안감이 얼마나 무서운 것인지 잘 안다. 이해하기 때문에 이림은 월한이 벌인 일을 알 수 있었고, 그래서 더 화가 났다.

'네가 내 어미를 쫓아내기 위해 일을 꾸몄구나.'

이림은 밤새 잠을 이루지 못하고 뜬눈으로 밤을 새웠다.

날이 밝고 의관을 갖춰 입고, 빈궁을 만나고, 문안을 올리고…….

충격과 분노에 휩싸인 이림은 겉으로 보기에는 아무렇지 않아 보였다. 그리고 그것이 그의 측근들을 더 불안하게 만들었다.

속으로 무슨 생각을 하고 계신 것일까. 중전에게 복수할 계책을 세우시는 것일까. 무슨 엄한 짓을 저지르시려는 건 아닐까.

아직 증좌가 확실하지 않아 임금께 아뢸 때는 아니었다. 무엇보다 임금께서 폐서인을 끔찍이도 싫어하셨으니 진위를 밝혀주실지, 덮어두실지, 알 수가 없다.

때문에 금방이라도 터져 버릴 것처럼 홀로 고민을 안고 있는 세자를 지켜보기 두려웠다.

지금도 단정히 앉아 책을 넘기고 있지만 글이 눈에 들어올 때가 아니지 않나.

이림이 넘기던 책 속에 어제의 그 서찰이 구겨진 채 들어가 있다. 다시 한 번 그것을 읽어보던 이림의 표정이 심상치 않다. 아니나 다를까, 돌연 서찰을 쥐고 벌떡 일어난 이림을 보고 자희와 임영이 화들짝 놀란다.

드디어 시작된 것인가.

그가 성큼성큼 걸음을 옮겨 밖으로 나가자, 자희와 임영이 그를 부르며 바삐 뒤쫓았다.

아무것도 들리지 않는 듯, 성난 걸음으로 그가 향한 곳은 월한의 처소였다.

월한이 처소 앞에 있는 작은 연못에 앉아 서책을 읽기 좋아한다는 것은 익히 알고 있었기에 곧장 그를 찾아나섰고, 곧 그늘진 나무 아래에서 서책을 읽고 있는 것을 발견하였다.

참 속도 편한 놈이구나.

그런 짓을 저지르고도 세상 평온한 얼굴로 글을 읽고 있는 월한을 보니 더욱 화가 난다.

이림을 발견한 월한이 황급히 일어서는 것을 보고 이림이 다가갔다.

그러자 채 한 걸음도 옮기기 전에 자희가 그 앞을 막아섰다.

"감히 누구의 길을 막는 것이냐."

나지막한 목소리엔 그 어떠한 감정도 실려 있지 않았다.

그것이 더 두렵게만 느껴져 자희가 몸을 떨었다. 하나 길을 열어주진 않았다. 여기에서 세자 저하가 월한대군에게 무슨 짓을 하면 어찌 될지

불 보듯 빤했기 때문이다.

월한은 이제 대군이자, 막강한 권력을 가진 현 중전의 아들이다. 정면으로 이렇게 부딪쳐서는 되레 역풍을 맞을 뿐이지 않나.

"저하, 돌아가시옵소서. 이는 좋은 생각이 아니신 듯합니다."

이림이 손을 뻗어 자희의 어깨를 붙잡았다. 그러더니 옆으로 몸을 휙 밀어내며 걸음을 옮긴다.

그러자 이번엔 임영이 그의 앞을 막아섰다.

말없이 자신을 바라보는 눈동자에 이림의 입꼬리가 시리게 올라간다.

"네 임무는 내 앞을 막는 것이 아니다. 주제도 모르고 날뛰지 말라."

"……."

사나운 질책에 임영이 말없이 고개를 숙이자 세자가 그의 곁을 지나가 월한에게 다가갔다.

월한은 심상치 않은 형님의 모습에도 마치 기다렸다는 듯이 침착하게 예를 갖추었다.

"형님 오셨습니까?"

당연히 이림은 그 모습에 심사가 더 꼬인다. 꼬맹이 주제에 생각을 읽을 수 없는 표정을 하고 저를 이렇게 뒤흔들어 놓는 것이 괘씸하고 분하다.

이림은 주먹에 쥐고 있던 문제의 서찰을 더욱 꽉 쥐었다.

종잇장이 구겨지는 소리가 유독 선명하게 들리는 것은 온 신경이 날카롭게 서 있기 때문일 것이다.

"사실대로 고하라."

날카롭게 튀어나간 이림의 말에 고개를 숙이고 있던 월한이 의아한 눈으로 바라보았다.

"무엇을…… 말이옵니까?"

이림은 들고 있던 종이를 월한의 앞에 내던졌다. 무게감이 없는 종이가 하늘하늘 바닥에 떨어진다.

월한은 종이를 주울 생각도 하지 못한 채 멍하니 바라보기만 하였다. 무엇인지는 모르지만 제게 좋은 일이 적혀 있을 것 같지 않다.

"네 어미의 죄를 숨기고 싶었느냐."

이림의 말에 그제야 종이 안의 내용이 짐작이 간다. 불길함을 확인하기 위해 월한이 천천히 허리를 숙이고 부들부들 떨리는 손으로 종이를 집어 들었다.

글을 읽어가는 월한의 표정에 두려움이 물들었다. 결국 월한은 고개를 쳐들고 간절한 표정으로 이림을 바라보았다. 이림의 표정에는 불신과 짙은 의심밖에 없어 보였고, 그에 월한은 사력을 다해 고개를 힘껏 내저었다.

"……아, 아닙니다. 이것은 모두 아니옵니다!"

이 안에 적힌 이야긴 모두 아니라 말했다. 모두 사실이 아니라고.

이림은 그 말을 곧이곧대로 들을 수가 없어 외쳤다.

"사실대로 고하라!"

분노에 잠식당한 이림의 표정을 보는 순간 월한의 눈에서 힘없이 눈물이 떨어졌다.

"형님."

"내 어머니를 죽인 네게 형님이라 불릴 이유가 없다."

"형님……. 중전마마께서 폐서인이 된 분을 굳이 살해하실 리가 없사옵니다! 이는 그저 이 서찰을 쓴 자의 의심일 뿐 아니옵니까!"

"네 어미가 차를 보낸 일은 부정하지 않는구나."

영리하다 하나 아직 어린 월한은 그만 이림의 유도신문에 걸리고 말았다.

"지금이라도 사실대로 고하라. 그날 중궁전에는 왜 들어간 것이냐? 네가 중궁전에 들어가 이런 사달이 벌어졌다. 무엇을 확인하러 들어갔느냐? 네 어미의 악행을 네 눈으로 보고 싶었느냐? 아니면, 막고 싶었느냐!"

"혀, 형님……."

이림은 그래도 어린 제 아우에게 기회를 주고 싶었다. 이 같은 일이 벌어질 줄은 모르고, 그저 제 어미가 차를 보내는 것을 의심해서 생긴 일이라고. 거짓이라도 그렇게 말해주면 월한은 용서해 주고 싶었다.

하나, 월한에게는 어미의 죄를 고하게 하는 것과 다름없는 일이다. 흔들리는 눈망울로 이림을 올려다보던 월한이 고개를 뚝 떨군다.

후두둑.

월한의 눈에서 묵직한 무게의 눈물방울들이 비처럼 쏟아졌다. 어디서부터 어떻게 이 문제를 풀어나가야 할지 몰라 혼란스러운 표정이었다.

월한이 주먹을 꽉 쥐었다.

세자는 아무것도 모른다.

그날 중궁전에서 무슨 일이 있었는지. 제가 무슨 말을 듣고, 무슨 결정을 내렸는지.

어린 제가 감당하기 힘든 그날의 충격적인 일을 평생 가슴에 묻고 살아가려 했건만, 기어이 저를 찾아올 건 뭐란 말인가.

월한은 이림이 원망스러웠다.

"말하라! 내 손으로 나와 피를 나눈 아우마저 해하기 전에!"

이림의 목소리가 대군의 처소를 쩌렁쩌렁 울렸다.

월한은 눈을 질끈 감았다 뜨며 이림을 제 처소로 안내했다.

"안으로 드시지요. 예서 나눌 이야기는 아닌 듯합니다."

그러나 안으로 들어간 월한은 또다시 침묵했다.

이림은 윽박지르지 않았고, 독촉하지도 않았다. 그저 시린 기운이 가득한 눈망울로 그를 바라보기만 할 뿐.

그렇게 오랜 시간이 흐르고 나서야 월한이 고개를 들었다. 얼굴은 닦아내지 않은 눈물 자국으로 엉망이었고, 눈두덩과 코끝이 빨갛게 변해 있었다. 영락없는 어린아이였으나, 월한의 입에서 흘러나오는 말은 어린아이가 감당해 낼 수 있는 것이 아니었다.

"폐서인이 되신…… 중전마마에게 부탁을 하려 했습니다. 형님의 안위를 위하여 나서달라고. 나 혼자선 어마마마와 외조부를 막을 수가 없다고."

"그래서?"

"그러다 알게 되었습니다."

"무엇을 말이냐."

이림의 물음에 월한이 깊게 숨을 들이마시더니 이내 힘없이 자신이 알게 된 비밀을 토로했다.

"세자 저하가 중전마마의 배를 빌려 태어난 것이 아니라고……. 그리 말씀하셨습니다."

엄청난 이야기가, 믿기지 않는 비화가 월한의 입에서 튀어나왔으나, 이림은 코웃음을 쳤다.

"어이가 없군. 어린애 말장난에 놀아날 것 같으냐? 거짓말이 과하구나."

"저, 저도 믿고 싶지 않았사옵니다. 하오나…… 하오나 중전마마께서…… 세자가 되고 싶으면 언제든 말하라며 형님을 해하겠다 하셨사옵니다."

"……그 입 다물라."

변명을 하려거든 좀 더 그럴듯한 말을 지어내 보라, 그가 말했다.

자신을 욕보이고, 폐서인이 된 중전 한씨를 욕보이면서까지 변명을 하는 것은 좋지 않다며.

하나 월한은 모두 진실이라는 듯 믿어달라 청했다.

"정말이옵니다. 모, 모두 사실이옵니다. 하나도 빠짐없이 말씀드릴 수 있사옵니다. 들어주시옵소서."

"네가 날 어디까지, 얼마나 더 화나게 할 셈이냐."

"형님……."

이림은 깊은 숨을 들이마셨다가 내뱉었다.

갑자기 호흡이 바빠지고, 머릿속이 뿌옇게 변하는 기분이었다. 믿을 수 없었다. 월한은 사실만 고한다고 했으나 어찌 이 말을 믿을 수가 있겠는가. 어릴 적, 어머니께서 자신에게 퍼부은 수많은 폭력과 독설들이 머릿속을 어지럽혔으나 이림은 애써 이를 억눌렀다.

믿어선 안 된다, 월한의 말을.

제가 어머니의 자식이 아니라면 누구의 배에서 태어났단 말인가! 머리가 비상한 월한이다. 놈이 자신을 현혹시키기 위해 하는 말이다.

그렇게 생각하면서도 이림은 계속 이어지는 월한의 말을 막진 않았다.

"중전마마께서 말씀하셨나이다. 형님은 아바마마가 사모하시던 다른 여인의 몸을 빌려 태어나셨다고. 그 여인은 가난한 서얼 출신이었는데 덜컥 왕의 씨를 품었고, 이를 알게 된 중전마마께서 그녀를 자신의 사가에 감금했다 합니다."

"네 이놈……."

"사실이옵니다! 제 얘기를 끝까지 들으시고도 믿지 못하시겠거든, 그때 화를 내시옵소서!"

월한이 중전에게 들은 내용은 실로 끔찍한 일이었다.

중전이 시기가 많고 잔인한 성정이라는 것은 세자를 학대한 것만으로

도 알 수 있었으나, 그것은 사랑을 갈구하는 여인이 미쳐 가며 그리된 것이라 생각했었다. 그래서 세자 역시 따스한 품 한 번 내어준 적 없는 어미였으나 한없이 가엾다 여겨왔던 것이다.

'어마마마, 대체……'

이림이 속으로 신음을 삼켰다.

하나 월한이 보기에 중전은 본래 포악한 성정을 가진 여인이었다.

그녀는 그 불쌍한 여인이 스스로 임금을 떠난 것처럼 꾸민 후에, 자신도 사가로 들어갔다. 마침 비슷한 시기에 회임을 했고, 요양을 핑계로 사가에 머물겠다 한 것이다. 그리고 그곳에서 그녀는 참으로 천인공노할 짓을 벌였다.

그 불쌍한 여인을 죽지 않을 만큼 고문하고 괴롭히며, 그녀가 더러운 고방에서 끔찍한 산통에 비명을 지르는 걸 즐겁게 구경했다. 마침내 사내아이가 태어나자, 중전이 아이를 안았다.

여인은 제발 아이만은 살려달라 빌었으나, 중전은 아이의 목숨은 제 배 속의 아이에게 달렸다는 말과 함께 쓸모없어진 여인을 처참하게 죽이고 말았다.

그로부터 이틀 뒤, 중전 역시 아이를 생산하였으나 여아였다.

중전은 자신이 낳은 아이는 보지도 않고, 사내아이를 품에 안은 채 중얼거렸다.

「얘야. 너는 임금께서 사랑하신 여인의 아이니, 분명 내게 그 사랑을 안겨줄 거야. 그렇지? 그래야 한다. 그래야 내가 너를 살린 보람이 있지.」

"그래서? 그 죽은 여인이 낳은 아이가 나라는 게냐?"

월한은 바닥에 이마를 대고 다시 한 번 읊조렸다.

"숨길 수 있다면 끝내 숨길 작정이었습니다. 이에 대해 아는 사람은 모두 죽었고, 아바마마조차 모르고 계시는 일이라 하옵니다."

"잘도 지어내는구나."

"형님!"

"닥쳐라! 네가 지껄인 말이 얼마나 허무맹랑한 모함인지 아느냐!"

"제가 어찌 이런 것을 지어낼 수 있겠습니까? 저는 그저 들은 대로 말씀드렸을 뿐이옵니다!"

월한이 믿어달라고 절규했으나 이림은 그것을 쉬이 믿어줄 수 없었다.

믿기지 않는 현실이었다. 단 한 번도 자신의 근간과 뿌리에 대해 의심을 품어본 적이 없었으니까. 부왕마저 모른다는 제 탄생 비화를 월한이 알고 있다니, 더더욱 믿을 수 없다.

"네가 죽고 싶어 발악을 하는구나."

"만약 제가 세자가 되고자 했고 이런 이야기를 들었다면, 저는 이 사실을 제일 먼저 제 어머니와 외조부께 알렸을 것입니다."

그 말에 이림은 흔들렸다.

월한은 바보가 아니다. 그의 말대로 그 어마어마한 사실을 굳이 숨기고 있을 이유가 없다.

이림은 월한을 잡아먹을 것처럼 노려보며 나직이 경고했다.

"거짓이면 세자인 나를 욕보인 죄를 물을 것이다."

"거짓이 아니라는 것을, 제 말이 사실이라는 것을 어찌 알아내실 작정이십니까? 만약 제 말이 사실이라면 제 어머니를 용서해 주십시오."

이 와중에도 영특하게 따져 물으며 조건을 제시하는 월한을 기특하다 해야 할까?

우울함이 가득한 눈을 빤히 바라보던 이림은 예전의 월한을 떠올렸다.

순진한 눈망울로 자신의 뒤를 졸졸 따라다니며 끝없이 자신을 좋아한다 말하던 그 모습을.

"반대로 저하께서 제 청을 들어주지 않으신다면, 저는 이 사실을 대신들에게, 또 아바마마께 고해바칠 것이옵니다."

이림은 악에 받친 지금의 월한에게서 예전의 모습을 찾을 수가 없었다.

"아무도 믿어주지 않아도 다들 의심은 할 겁니다. 세자 저하께서 과연 중전의 핏줄인가, 아닌가를 두고 말입니다. 후궁 첩지도 받지 못한 여인의 자식이라는 소문만으로도 저하께서는 명분을……!"

"월한."

이림이 그의 이름을 나직이 불렀다.

"그것은 네가 알아서 판단하고 해야 할 일이다."

무엇이 저희들의 사이를 이렇게 만들어놓았을까. 안타까웠으나 이미 건너선 안 될 강을 건넌 느낌이었다.

결국 둘 중 하나는 죽게 되겠지.

이림은 언뜻 두 사람의 훗날을 예상하며 음울한 목소리로 말했다.

"하나, 내가 네 어미를 용서하고 말고 역시 내가 알아서 할 일이지."

"그, 그것은……!"

"나를 키워준 어미가 사악하고 요망하기 이를 데 없는 여인이니, 그 여자를 죽인 네 어미의 죄를 덮어달라?"

"저를 믿어주십시오. 그 여인이 죽지 않았다면 저하께서는 지금 분명 더 큰 곤경에 처하셨을 겁니다."

"……."

믿는다, 믿지 않는다.

둘 중 그 무엇도 답하지 않았다.

그저 그 어떤 때보다 감성적이어야 할 지금, 이성적인 표정으로 그를 바라보기만 할 뿐.

이림의 미간이 좁아졌다. 가슴이 계속 술렁거렸다.

「깨끗이 씻으세요, 세자. 세자가 너무 더러워 이 어미가 안아줄 수가 없지 않습니까.」

이 순간 왜 제게 더럽다고 말하며 차가운 물을 쏟았던 어마마마의 모습이 떠오르는 것일까.

추운 겨울, 얼음물을 머리부터 붓던 어머니는 즐겁다는 듯 웃고 있었다.

부풀어 오른 감정이 펑, 하고 터질 것만 같아 더 이상 자리를 지킬 수가 없어 몸을 돌렸다.

거짓을 말했을 경우엔 뒷감당을 할 수 없게 만들어줄 것이라, 경고했다.

하나 진실일 경우엔…….

이림이 주먹을 힘껏 쥐었다. 그 경우를 생각해 보니 마음이 쉬이 다스려지질 않았다.

밖으로 나가 버린 이림이 성큼성큼 걸음을 옮겼다.

그사이에 참을 수 없는 감정이 울컥 올라와 눈시울이 붉어졌다. 도망치듯 걷던 걸음이 어느 순간 멈추었다. 그의 뒤를 쫓아오던 월한의 시선도 더 이상 닿지 않는다.

이림은 그림자처럼 조용히 따라온 임영을 향해 말했다.

"너도 들었느냐?"

"예……. 저하."

임영은 이림의 심정을 다 헤아릴 수는 없지만, 듣는 것만으로도 참담했었다.

"알아보거라. 작은 단서라도 좋다. 뭐든 좋으니 알아보거라."

"예. 저하. 반드시 알아내겠사옵니다. 그때까지……. 그때까지는……."

이림은 임영의 다음 말을 다 듣지도 않고 대답했다.

"알았다. 그때까지는 어떤 억측도 하지 않으마. 계속 세자 이림인 채로 살고 있을 것이다."

"예. 저하. 저하께서는 누가 뭐라 하셔도 이 나라 조선의 세자 저하이십니다."

"그래. 네가 그리 말해주니 든든하구나."

그의 말에 임영의 눈망울이 흔들렸다. 처음 들어본 말에 감격하기보다, 강한 척 견뎌왔던 세자의 마음이 허물어진 게 아닌가 걱정스러웠다.

임영은 역시나 참담해하는 자희에게 세자의 안위를 부탁하고, 그 길로 궁을 빠져나갔다.

침수에 들기 전, 도윤은 속의를 입은 채 멍하니 앉아 있었다.

오늘 하루 종일 세자의 모습이 보이지 않았다. 아침나절에 뵀지만 어딘지 평소와 다르게 느껴져 꺼림칙했었다. 여전히 제 손도 잡아주시고 농도 하시고, 겉으로는 변한 게 없는데 어딘가 모르게 우울해 보였다. 하루에도 몇 번씩 제 안부를 물으러 찾아주시던 분이 오늘은 종일 보이지 않으니 걱정이 된다.

그런데 갑자기 이 밤에 세자께서 오셨다는 기별이 왔다.

"저하. 미리 기별을 해주지 않으시고요……."

방으로 들어서는 이림을 보며 도윤은 안절부절못했다. 이미 몇 번의 잠자리를 가졌는데도 속이 비치는 속의 차림으로 그를 맞는 것이 부끄럽고, 더 예쁘게 보이지 못한 것이 속상했다. 한데 이림이 아무 말 없이 그녀를 가만히 응시하기만 하자, 도윤은 제가 하루 종일 걱정하던 것이 옳 았구나 싶어, 가슴이 쿵 했다.

무슨 일이기에 저하께서 이런 표정을 지으시는 것일까.

이림이 울 것 같은 눈을 하고 있었다.

"저하⋯⋯."

도윤은 이제 제 옷이 비치는 것과 제가 못나 보이는 것 따위 신경 쓰지 않았다. 그녀는 저를 빤히 바라보고 있는 이림에게 다가가 그의 목을 바 짝 끌어안고 등을 토닥거려 주었다.

"어찌 알았소?"

이림이 그녀의 어깨에 얼굴을 파묻으며 물었다.

"부부는 일심동체 아닙니까?"

안아달라 말하지 않아도 알 수 있었다. 지치고 아프다고, 기대고 싶다 는 그 표정을 어찌 모르겠나.

"아무것도 묻지 않고 이렇게 있어줄 테요?"

도윤은 고개를 끄덕였다. 지금은 제 목소리보다 제 품속이 그에게 더 위안이 될 테니까.

이림의 양팔이 그녀의 등을 안고 쓸어내렸다.

네가 있어 다행이라고. 이럴 때 옆에 있는 세자빈이 너라서 다행이라 고.

이림은 그 말을 도윤의 귓가에 속삭였는지, 마음으로 읊조렸는지, 스 스로도 알 수 없었다.

성균관은 요즘 의문의 책 한 권으로 발칵 뒤집혔다.

이미 두어 달 전에 휩쓸고 지나간 사태지만, 성균관에서 이제야 이 책을 두고 논쟁이 심해진 것은 류정완이 이 책의 진위 여부를 조사하자 했기 때문이다. 순전히 개인의 호기심이었으나, 그는 온갖 이유를 갖다 붙여 다른 유생들까지 참여하게 만들었다.

얼마 전, 성균관 장의 류정완은 우연히 서책을 접하고 적잖이 충격을 받았다.

'말도 안 돼! 어찌 이렇게…… 이렇게 문장이…… 정갈할 수가!'

하필이면 류정완이 손에 넣은 책은 도윤이 처음 쓴 원본이었다. 워낙 진귀한 책의 원본이라며 서책방 주인이 호언장담하기에 큰돈을 주고 구입한 것이었는데, 한 획 한 획 정성을 다해 쓴 필체와 아름다운 문장이 그대로 담겨 있었던 것이다.

정도원이라는 무명의 저자가 쓴 이 소설은 심지어 여인의 시점으로 쓴 책이었으며, 제목 또한 '남장유람기'였다. 저자의 이름은 소설의 주인공인 남장 여인과 이름이 같아 마치 자신의 이야기를 쓴 것 같았는데, 유학을 공부하는 뭇 사내들에게 도전이라도 하듯 달필이었으며, 풍광을 그린 시 또한 일품이었다. 또한 산천을 주유하는 호쾌한 여인의 모험담과 사랑이 적절히 어우러져 소설로서도 매우 뛰어나, 류정완은 가슴이 뛰었다.

생전 책을 읽고 이리 가슴이 뛰어본 적은 선현의 말씀을 깨닫는 순간 외에 처음이었다.

'이럴 수가! 게다가 전부 실존 인물 아닌가! 젠장! 한수창이 여길 왜!'

가짜 한수창이 세자로 밝혀지고 결국 진짜 한수창이 등장하는 장면에서는 저도 모르게 분개했다. 그 밖에도 강필도나 박성권, 김태수 등 여러 명의 실존 인물들이 등장했고, 한양에서 그들이 갑자기 나타난 시기와 이 책의 마지막 장면 또한 묘하게 맞아떨어졌다.

'만약 이 이야기가 전부 사실이라면…… 난 저자를 만날 수도 있겠구나!'

그런 사심으로 시작한 일인데, 저자를 찾을 길이 없어 진척이 없었다. 그래서 그는 자존심을 무릅쓰고 한수창을 찾았다.

"왜?"

한수창은 매우 거만하게 류정완을 맞았다.

"이건 뭔가?"

류정완 역시 한수창을 보자마자 인사도 없이 서책을 내밀었다.

"남장유람기? 요즘 장안에서 유행하는 그 서책이군. 요샌 시들한 줄 알았는데. 다음 이야기가 없으니 다들 기다리다 지친 모양이더라고."

"내가 묻고 싶은 것은 이 안의 한수창이 혹 진짜 자네인가 묻는 것일 세."

"하면 그 안의 세자 저하도 진짜 세자 저하시겠지."

퉁명스러운 대답에 류정완은 실망했다.

"역시…… 아니구만."

"왜 아니라 생각하는가?"

"하. 헛소리로 날 조롱할 생각이라면 관두게. 내가 그리 호락호락한 것 같은가?"

"세자 저하께서 사라지셨던 지난 행적이 이렇게 들어맞고, 백성들조차 그것을 맞춰보고 진짜라고 믿고 있는데, 왜 자네는 아니라고 하는가."

"백성들이야 원래 믿고 싶은 대로……."

"어허. 민심을 너무 우습게 아는구만. 백성들을 그리 바보로 아니 유생 들이 하는 말이 죄다 탁상공론이지."

"뭐가 어째? 이 사람이!"

"나 한수창이 증명하지. 이 책에 있는 것은 전부 진짜일세."

"하! 내가 물을 사람에게 물었어야지."

정완이 그냥 가려 하자 한수창이 그의 호기심을 자극하는 말로 그를 붙잡았다.

"그 책의 저자가 궁금해서 온 게 아닌가?"

허를 찔린 류정완이 입을 꾹 다물자, 한수창이 좀 더 은밀한 목소리로 말했다.

"나는 그분과 꽤 가까운 사이지."

"저, 정말 아는 사이인가?"

"가까운 사이일세."

도화와 혼인을 할 꿈에 부풀어 있는 한수창은 기어이 가까운 사이라고 강조했다.

"아무튼 간에, 정말 이 저자를 아는가?"

정완 역시 기어이 아는 사람으로 정의하고 물었으나, 한수창이 순순히 대답해 줄 리가 없었다.

"단양이 어딘가? 우리 세자빈 마마께서 얼마 전까지 살던 곳이 아니던가?"

"한데? 그게 뭐 어떻다는 건가?"

"이렇게 추리력이 없어서야. 쯧쯧."

"무슨 소리인가?"

"빈궁 내외께서 매우 금슬이 좋다는 건 들어 알고 있겠지?"

"물론일세. 나도 귀가 있으니."

"그게 언제부터겠나? 아무리 두 분이 혈기왕성하다 해도 첫눈에 반해 이렇게 뜨거우실까? 더구나 세자 저하일세. 쉬이 마음을 주시는 분이 아니지."

"뭐?"

"잘 생각해 보시게. 단양에서 오신 세자빈 마마의 존함이 어찌 되는지."

고지식하고 융통성 없기로 유명한 류정완이 세자빈의 성함을 곱씹어
보았다.

정도윤. 단양.

'남장유람기는 단양에서 시작됐…… 아!'

깨달음이 머리를 관통했다.

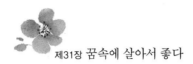

제31장 꿈속에 살아서 좋다

　이림은 세자시강원에서 성균관 장의와 만남을 가졌다. 경전을 논한다
는 두 사람의 만남은 실은 다른 목적이 있었으니, 곧 세자빈 도윤도 이 자
리로 불려왔다.

　"손님이 계신 줄 몰랐나이다. 잠시 후에 다시 올 테니 두 분 말씀 나누
시옵소서."

　낯선 선비를 보고 놀란 도윤이 자리를 뜨려 하자, 성균관 장의 류정완
이 매우 황망해하며 만류했다.

　"마마! 저는 보잘것없는 성균관 유생 류정완이라 하옵니다. 소생은 오
늘 저하께 청을 드려 마마를 뵙고자 이 자리에 왔사옵니다. 부디 제게 시
간을 허락해 주시옵소서."

　"예?"

　도윤이 무슨 말인지 모르겠다는 표정으로 이림을 바라보았다.

　그러자 이림이 다정하게 웃으며 도윤에게 앉으라 권했다.

"이 선비는 보잘것없는 사람이 아니라 성균관의 장의이자, 좌의정 류석현의 아들이오."

"아, 그렇습니까. 이런, 제가 인사가 늦었습니다."

도윤은 동경하던 진짜 성균관 유생을 만날 수 있어 눈을 반짝였다.

한땐 사내로 태어나 그곳에서 수학하는 걸 꿈꾸기도 했었다. 모두 부질없는 꿈이었으나.

"내가 옆에 있는데도 너무 좋아하는 거 아니오?"

"그, 그런 것이 아니옵니다."

이림의 핀잔에 도윤은 수줍어하면서도 류정완을 보고 물었다.

"저를 만나러 오셨다고요?"

"예. 정확히는 이 책의 저자인 정도원 선비를 만나고자 왔사옵니다."

도윤은 제가 쓴 '남장유람기'를 보고 더욱 얼굴이 붉어졌다.

『남장유람기.』

이 책이 많은 사람들에게 읽히길 바라긴 했으나, 정말로 이리될 줄 도윤이 예상했겠나. 자신이 쓴 책을 성균관 유생에게 품평을 받으니 몸 둘 바를 모르겠다.

"저는 이 책을 읽고 큰 감명을 받아 저자에 대해 알아보고 다녔사옵니다. 설마 세자빈 마마께서 쓰셨다고는 꿈에도 생각 못 했사온데……."

"소, 송구합니다. 제가 큰 실수를 범했습니다."

여자가 글을 깨우치고 서책을 읽는 것은 조선 법도엔 없어야 할 일이었다. 그러고도 자신이 세자빈이 되었으니 얼마나 뻔뻔한 여자라 생각할까. 성균관 유생이시니, 그런 저를 크게 꾸짖으러 왔나 보다 생각했다.

하나 류정완이 고개까지 저으며 답한다.

"아니옵니다. 이 책의 뛰어난 문장들이 정말 여인의 것인가 믿기 어려웠사온데, 그런 의심을 한 제 자신이 부끄러울 따름이옵니다."

"기분 나쁘지 않사옵니까?"

"왜 기분이 나쁘겠습니까? 뛰어난 학자를 만나면 늘 가슴이 뛰었는데, 그분이 세자빈 마마라니 놀랍고 더욱 기쁜 마음이 듭니다. 마마께서 백성을 사랑하는 마음이 진실되고, 세상의 바른 이치를 깨우치신 분이시니 이 나라의 앞날이 밝지 않겠사옵니까."

"가, 감사합니다만, 제가 그리 대단한 사람이 아니니, 너무 그러지 마십시오."

도윤은 너무 기뻐서 입술을 잘근거릴 정도였다.

학문에 대한 도윤의 욕심을 아는 이림은 오랜만에 보는 그 모습이 귀여워 입가에 웃음이 맺혔다. 그 역시 그녀의 재능을 귀히 여기고 있었다.

"아까도 말했다시피 이 책의 내용은 모두 진실일세. 하니, 선택은 그대들이 하시게. 물론 유생들이 내 편에 서준다면 나는 큰 힘을 얻을 수 있네."

이림의 말에 류정완이 고개를 끄덕였다. 유생들은 김태수 일가의 권력 독점을 우려해 세자의 편에 서고 싶었으나, 그동안 세자의 광기 어린 모습에 크게 실망해 마땅히 누구의 편에도 서지 못하고 있었다. 하지만 이 서책에 있는 말이 전부 진실이라면 온전히 세자의 편에 서줄 수 있을 것 같았다.

류정완의 표정이 긍정적이자 이림은 그의 앞에 구겨진 서찰을 꺼내놓았다.

"내 편에 서주겠다면 이 서찰을 보여주겠네."

"그것이 무엇이옵니까?"

이림은 고저 없이 안에 적힌 내용을 간결하게 답해주었다.

"폐서인이 된 내 어머니께서 현 중전에 의해 오랫동안 약물에 중독되어 왔다는 정황일세."

그의 말에 류정완의 표정이 딱딱하게 굳어졌다.

의금부 판사 강필도는 지난번 청계천 살인 사건을 잘 처리한 이규석을 백호로 승차시켰다.

이례적일 만큼 빠른 진급에 주위에선 말이 많았으나, 강필도에게 직접적으로 항의를 하는 이는 없었다. 최근 들어 세자의 기세가 대단해지니, 그의 쪽에 서 있는 강필도에게도 자연스레 힘이 실렸기 때문이다.

다행히 이규석 역시 자신에게 주어진 임무를 충실히 이행하고 있었다. 덕분에 평온한 시간을 보내던 이규석은, 갑작스레 닿은 기별에 놀랄 시간도 없이 늦은 시각 강필도의 집을 찾았다.

두 사람은 야심한 시각, 오랜만에 마주했다.

"이게 무엇입니까?"

이규석은 자신의 앞에 내밀어진 서찰을 보며 물었다.

그러자 강필도는 사안이 사안이었던 만큼 낮고 은밀한 어조로 답했다.

"자네가 정대봉의 이웃집에 살고 있다니, 그것을 도화 낭자에게 전해 주었으면 하네."

"설마……!"

"응?"

이규석이 왜 저리 놀라는지 몰라 강필도가 눈을 동그랗게 떴다.

그러자 이규석은 강필도를 기함하게 할 만한 말을 아무렇지 않게 했다.

"아, 아, 아무리 도화 낭자가 사람을 홀리게 아름답다 해도 이는 아닙니다!"

사안이 사안인만큼 농을 할 자리가 아니라는 것을 이 얼빠진 녀석은 모르고 있나 보다.

강필도의 입술이 씰룩거렸다.

"딸, 아니, 손녀뻘입니다. 게다가 이미 한수창 어사께서 마음에 두고 있……!"

퍽!

기어이 이규석의 머리통을 갈긴 강필도가 진심을 다해 욕지거리를 내뱉었다. 어디서 그런 발상이 나온 것인지 신기하기까지 했으나, 그것보단 화가 더 컸다.

"이런 얼빠진 놈!"

"악. 쓰읍……. 연서가 아닙니까?"

맞은 부위를 어루만진 이규석이 눈물을 찔끔거리며 물었다.

그러자 강필도가 더 이상 말할 가치도 없다는 듯이 경고했다.

"추잡스러운 입을 닫는 게 좋을 게다."

"연서가 아니면 뭐란 말입니까? 그렇게 고운 아씨……."

"더 나불댔다간 입을 찢어놓겠다."

"흡……."

그가 호들갑을 떨며 입을 다물자 강필도의 눈매가 다시 진중해졌다.

"도화 낭자에게 세자빈 마마께 아주 은밀하게 전해달라 일러라. 세자 저하께 전해야 하는 서찰이나, 세자빈 마마께 드리면 알아서 전해주실 것이다. 아주 은밀하게 해야 한다. 도화 낭자에게도 상궁들의 눈에 띄지 않도록 몰래 전해주라 일러라."

"그렇게 중요한 서찰이라면 직접 건네주는 것이 더 좋지 않겠습니까?"

"내가 직접 세자 저하께 전하면 저들이 알아차리지 않겠느냐."

그제야 깊은 뜻을 알아차린 것인지 이규석이 고개를 끄덕였다.

연서가 아닌 세자 저하께 은밀하게 전해져야 한다는 서찰이라는 걸 아는 순간, 이규석의 표정이 미묘하게 변했다.

"저들에게 알려진다면……."

최악의 상황을 물은 이규석은 금세 되돌아온 답에 입술을 깨물었다.

"세자 저하야 자리가 위태로워지는 것 정도로 끝나겠지만, 너나 나나 목숨을 보전키 어려워지지 않겠느냐."

"……."

이미 예상했던 답이었으나 실제로 그리될 거라 확언을 듣자 이규석의 표정이 일그러졌다.

또다시 무시무시한 일에 휘말린 모양이다.

이규석이 갑자기 목이 막힌다는 듯 옷자락을 양옆으로 잡아당겼다.

이규석이 정대봉의 집을 드나드는 방법은 아주 간단했다. 일단 자신의 집으로 들어가서 담만 넘으면 끝이니까. 평소라면 대문으로 방문했겠으나 오늘은 사안이 사안인만큼 되도록 대문을 통과하지 않았다.

"도화 낭자. 도화 낭자!"

빨래를 걷고 있던 도화는 저를 부르는 소리에 고개를 돌렸다. 담 너머에서 들려오는 목소리에 도화가 짧게 답했다.

"예."

규석이 가볍게 담을 넘었다.

도화는 많이 놀란 눈치였으나, 미리 기별을 넣어서였을까. 비명은 내지르지 않은 채 놀란 눈만 동그랗게 뜰 뿐이었다.

"안녕하셨습니까?"

"예. 어제도 뵈었는걸요."

"아, 그랬지요. 어제 해주신 감자전 참 잘 먹었습니다. 하하."

이웃지간이다 보니, 정대봉이 적적할 때면 규석을 불러 술을 한잔하곤 했었다. 굳이 서찰을 전해주기 위해 담을 넘은 게 바보처럼 느껴져 규석이 뒷머리를 긁적였다.

"뭘요. 지난번에 조기 말린 것도 주셨잖아요."

"아, 조기요? 아……. 또 그런 일이 있었군요."

"그것 말고도 돼지고기도 반 근이나 가져다주신 적도 있으셨습니다."

"아……."

모두 규석은 모르고 있던 일이었다. 규석의 본가에서 데려온 하인들은 이천에서 이웃에 퍼주던 버릇을 한양에서도 똑같이 하고 있었다. 덕분에 도화는 아주 잘 먹고 지낼 수 있었는데, 정작 규석은 제 살림이 빠져나가는 것도 몰라 생색조차 내보지 못하고 있었다.

"아무튼 그게 중요한 게 아니라 이거……."

규석은 조심스레 사방을 둘러본 후, 소매 품에서 서찰을 꺼내 도화에게 건넸다.

누가 보아도 곱게 접힌 것이 연서처럼 보여, 도화가 깜짝 놀란 눈으로 규석을 보았다.

"이게 뭡니까? 설마…… 연서?"

"글쎄, 좀 그래 보이기는 합니다만, 이건 실은……."

도화에게 좀 더 가까이 다가선 규석이 매우 작은 소리로 속삭였다.

"의금부 판사께서 꼭 세자빈 마마께 직접, 은밀히 전하라 하신 서찰입니다. 매우 중요하고 비밀스러운 사안이니, 부디 잘 좀 부탁드리겠습니다."

"그렇게 큰일을 제가 해도 되겠습니까?"

"도화 낭자께서 해주셔야 아무도 눈치를 못 챕니다."

"무슨 내용이기에……."

"그건 저도 모릅니다. 낭자께서도 보지 않으시는 게 좋을 듯합니다."

도화는 당돌하지만 겁도 많은 편이었다. 그녀는 고개를 끄덕이고 서찰을 누가 볼세라 품속으로 감추었다.

그때였다.

담벼락에 매달려 두 사람을 훔쳐보던 한수창의 눈이 뒤집혔다.

"떨어지지 못해!"

"헉!"

두 사람은 화들짝 놀라 대문 앞쪽의 담벼락을 바라보았다.

한수창이 담을 타고 넘어오더니 짐승처럼 달려오는 게 아닌가.

"한 정언님!"

도화의 눈이 동그래졌다.

그러나 한수창은 도화의 말에 대꾸도 않고 다짜고짜 규석의 멱살을 잡았다.

"이 쳐 죽일 놈! 야밤에 누구에게 수작질이야!"

"뭐, 뭐가 어째요? 이분이 진짜!"

갑자기 이유도 모른 채 멱살을 잡힌 이규석이 버럭 소리를 질렀으나 한수창은 우악스레 힘을 준 손에 힘을 풀지 않았다.

"이 도적놈!"

"한 정언님. 한 정언님! 왜 그러세요."

도화가 말려도 질투에 눈이 먼 한수창은 들리지 않았다. 아까부터 헤실헤실 웃으며 은밀히 속삭이는 것을 두 눈으로 보지 않았나.

"네놈이 뭔데 도화 낭자와 딱 붙어서 밀담을 나누느냔 말이다!"

"어휴, 밀담이라뇨. 이웃지간에 일이 있어서 그런 거지요."

도화가 한수창의 팔을 잡고 매달리자 한수창은 그제야 그녀를 돌아보았다.

"이웃……. 예. 아무래도 그게 문제인 것 같습니다."

"예?"

한수창이 이규석의 멱살을 놓고는 도화를 강렬한 눈으로 바라보며 힘주어 말했다.

"낭자. 이사를 가십시다."

"예, 예?"

"여긴 너무 위험합니다."

"아뇨, 저기……. 규석 도련님이 이웃에 계시니 오히려 이것저것 챙겨주시기도 하고, 지켜주시기도 해서 저는 좋은……."

"좋지 않습니다! 그게 가장 나쁜 겁니다!"

"아니, 보자 보자 하니까 진짜!"

곁에서 지켜보던 규석이 참다못해 외쳤다.

하나 한수창의 귀엔 규석이 뭐라 하든 들리지 않았다. 그는 도적놈 이규석과 꽃 같은 도화를 어떻게 떨어뜨려 놓을지 생각하느라 바빴다.

"이사가 어려우시면 이건 어떻겠습니까?"

"뭐가 말입니까?"

"저희 집으로 시집오십시오."

"예에?"

"시집오십시오! 평생 곁에서 지켜 드리겠습니다."

"어, 어……. 저, 그게……."

도화는 저돌적인 고백에 수줍어할 겨를도 없었다. 뭣보다 지금 여기서 이러는 건 아니지 않나. 곁눈질을 해보니 규석이 별을 세는 듯 하늘을 올려다보며 딴청을 부리고 있었다.

이 난감한 상황에서 벗어날 수 있게 해준 건 다름 아닌 정대봉이었다.

"이것들이!"

"헉!"

벼락같은 음성에 세 사람의 시선이 동시에 한곳으로 향했다.

오늘따라 일찍 집에 들어와 있었던 정대봉이 손에는 길고 두꺼운 싸리 빗자루를 들고 세 사람을 노려보고 있었다.

"어디서 개수작을 부리는 게냐!"

"허억! 아, 아버님. 그런 게 아니라 정식으로 인사를 드리……."

"아버님. 저는 아닙니다. 저는 그냥 심부름……."

"아버님? 이놈들아. 내가 왜 네놈들 아버님이냐!"

정대봉이 빗자루를 들고 달려오자 한수창과 이규석은 본능적으로 규석네 담장으로 몸을 날렸다. 공공의 적을 만난 두 사람은 순식간에 같은 편이 되어 떠났고, 정대봉은 분을 이기지 못해 담 너머로 빗자루를 던지며 소리쳤다.

"썩 물렀거라!"

마당에는 덩그러니 서 있는 도화만 남았다.

'내가 지금 무슨 소리를 들었더라?'

이제야 시집오라는 소리가 가슴을 울렸다.

잘 익은 복숭아처럼 얼굴을 붉힌 도화가 멍한 표정을 짓고 있는데도, 정대봉은 이를 보지 못한 채 씩씩거리며 화만 내었다.

"에라이! 도둑놈들 같으니라고!"

빗자루를 한쪽으로 집어 던진 정대봉의 눈이, 그제야 발그레하게 뺨을 물들인 도화에게 꽂혔다.

둘째 딸의 머릿속이 훤히 보이는 듯해 당황한 정대봉이 숨을 왈칵 들이마셨다. 말리지 않는다면 당장이라도 짐을 싸고 사랑하는 낭군에게 가겠다는 듯한 표정에, 정대봉이 당황해 말을 더듬는다.

"너, 넌 나 좀 보자."

"네, 네. 아! 아버지. 안 그래도 드릴 말씀이 있습니다."

그게 당장 시집가겠다는 말은 아니겠지?

대봉과 도화가 저마다 다른 생각을 안고서 방으로 향했다.

방으로 가 마주 앉은 두 사람이 동시에 말했다.

"한수창 얘기라면 넌 아직 어리다!"

"세자빈 마마를 뵈러 가야 합니다!"

"뭐?"

"예?"

서로 다른 말을 꺼내고 서로 의아해서 마주 보는데, 정대봉이 헛기침을 하고 물었다.

"크흠. 세자빈 마마는 왜?"

"아, 저기, 아까 규석 도련님이 강필도 어르신께서 전해 드리라 했다며 서찰을 주셨습니다."

"너를 통해 세자빈께 전하라 했단 말이냐?"

"예. 실은 아무에게도 말하지 말라 했는데, 아버지는 괜찮겠죠 뭐."

뭔가 심상치 않은 일이 일어날 것 같은데, 이제 와서 제가 간섭하고 막을 일은 아닌 것 같아 대봉은 세자빈의 현명함을 믿기로 했다.

"그래. 잘했다. 어찌 가면 되는지 알려주마. 그건 그렇고…… 한수창 말이다."

"예. 아버지."

"시집을 오라니? 그 미친놈이 별소리를 다 하는구나."

"아버지는 왜 그리 한 정언님을 싫어하세요?"

도화에게 연서와 선물을 보내는 선비들이 많았으나, 정대봉은 딱히 신경 쓰지 않았다. 한데 유독 한수창은 경계했다.

"당연히 싫지! 뻔질나게 기방을 출입하고 놀기 좋아하고, 게다가 나이가! 너와 몇 살이나 차이나는 줄 아느냐?"

"여덟 살이요."

도화는 대수롭지 않게 대답했으나 정대봉은 펄쩍 뛰었다.

"그래! 너는 꽃다운 나이인데! 한 정언 그놈이 도둑놈이지!"

"그래도 장가를 못 가신 건 일 때문에 정착을 못한 탓이라 하고, 별문
제는 없어 보입니다."

"문제가 있어서가 아니라……."

"그 나이에 얼굴도 꽤 젊어 보이시고, 또 잘생기셨고……."

"얼굴 뜯어먹고 살 것이냐!"

"왜요? 그 집은 먹고살기 괜찮겠던데요. 집안도…… 우리 집보다 훨씬
대단하고……."

"그 대단한 집에서 널 왜!"

"광부―曠夫, 노총각―잖아요. 진 어리고 에쁘니까요."

"허!"

정대봉은 어린 딸의 언변에 놀아나는 기분이었다. 한 바퀴 언쟁을 하
고 보니 제자리로 돌아와 있는데, 말문이 턱 막힌다. 어려서 안 된다 했더
니, 어려서 다행이란다.

"그, 그래서 넌 정말 그자가 괜찮단 말이냐?"

도화는 몸을 배배 꼬았다.

"저야 뭐……. 아버지만 괜찮으시면……."

말은 그렇게 하면서도 한 정언에게 시집을 가고 싶다는 티가 역력했
다.

두 딸 모두 제가 원치 않는 곳으로 시집가겠다고 하니, 울적해지는 밤
이었다.

세자익위사는 세자를 모시고 호위하는 것이 주된 업무였다. 그중에서
도 수장인 우익위 임영은 아침에 눈을 뜨면서부터 세자가 잠자리에 들기
전까지 늘 그의 곁을 지켰으나, 최근엔 자신의 임무를 다하지 못하고 있
었다. 세자의 비밀스러운 명을 받들어 조심스럽게 그와 관련된 행적을 쫓
는 중이었기 때문이다. 물론 익위사에는 익위사들과 자익위도 있었으나,
세자가 가장 믿는 이가 우익위 임영이기에 직접 일을 처리하는 중이었다.

저하의 곁을 지키지 못해 불안했던지라 임영은 시간이 지체될수록 마
음이 조급했다.

최대한 빨리 명을 수행하기 위해 밤낮을 가리지 않고서 움직인 임영
은, 드디어 세자가 만족할 만한 답을 얻고 궁으로 복귀했다.

한데 동궁전에도, 세자빈의 곁에도 저하가 보이지 않았다. 곁을 지키
지 못한 날이 여러 날이라 걱정도 되기 시작했다.

'혹 나쁜 마음을 품으신 것은 아니겠지.'

어린 날 견디기 힘든 일을 겪으신 세자는 어딘가 늘 위태로워 보였으
나, 세자빈을 만난 이후로는 안정되는 듯했다.

그러나 최근 큰 충격을 받으신 후라 다시 예전과 같은 모습으로 변하
실까 불안하기 짝이 없다. 저하께서 하루 종일 공부에 매진하시는 세자시
강원에도, 서장각에도 보이지 않으신다. 바삐 걸음을 옮기던 임영은 근정
전을 지나 동궐로 걸음을 옮기다가 안도의 한숨을 내쉬었다. 부용지 한가
운데 원도를 바라보며 흔들림 없이 서 계신 세자의 모습을 발견했기 때문
이다.

"세자 저하, 여기에 계셨사옵니까. 왜 이런 곳에 혼자……."

다행이긴 했으나 설마 여기 계실 줄은 몰랐다. 이림은 연못 한가운데
지어놓은 부용정에 서 있었다. 생전 폐서인이 많이 찾던 곳이었다. 세자
빈일 때도, 중전이 되어서도, 그리고 원자를 생산한 뒤에도 그녀는 한동

안 이곳을 꽤 자주 들렀었다.

"생각할 게 있었다. 것보다, 알아보았느냐?"

임영은 지난 며칠간 조사했던 것을 세자께 아뢰기 시작했다.

"……대군마마의 말이 대부분 맞았습니다."

"……."

그 답으로 충분했다.

세자 이림은 중전 한씨의 배를 빌려 태어난 아이가 아니었다. 그렇다는 건 적통이 아니란 말이었다. 월한대군보다도 위치가 좋지 않았다. 이 사실이 밖으로 알려지게 된다면 세자에서 폐위되는 건 시간문제였다.

하나 이림은 침착했다. 여전히 어두운 연못 위에 시선을 두고 있었고, 그 어떠한 움직임도 없었다.

세자가 다시 말을 시작한 것은 그 후로 얼마의 시간이 흐른 뒤였다.

"그래, 누굴 통해 그걸 확인하였느냐?"

"당시 나인들과 내관들 대부분은 죽거나 자취를 감추어, 선왕 전하의 겸사복을 찾아갔습니다."

겸사복은 임금 옆에서 유일하게 검을 차고 호위를 하는 근접 경호 무사였다.

선왕의 겸사복은 현재 관직에서 물러나 유유자적하게 살며, 왕실의 일은 함구한 채 지내고 있었다. 그런 그가 임영을 만나 이제껏 꾹 다물고 있었던 일을 늘어놓았다는 건, 이날을 기다리고 있었던 것일지도 모른다. 부왕께서 세자이실 때, 폐서인이 세자빈이었을 때의 그 일을.

"그때 당시에 폐서인께서 임신을 한 것은 맞다 하였습니다. 몸이 좋지 않아 사가에서 세자 저하를 출산하신 것도 맞다고 했습니다. 한데……."

임영이 말을 마치지 못하고 말꼬리를 잇자 이림이 그제야 몸을 돌렸다.

"저보다 먼저 그자를 찾아온 이가 있었다고 합니다."

임영은 자신이 듣고, 본 상황에 대해 최대한 소상히 보고했다. 알아보니 겸사복을 찾아갔던 이들은 월한의 사람들로 보였는데, 그 뒤를 캐보니, 그들이 전국 팔도 여기저기 사람을 보내 누군가 찾고 있었다.

"그들이 찾는 게 무엇이냐?"

아주 근본적이자 중요한 물음이었다. 그래서 임영은 힘겨운 답임에도 불구하고 또렷하게 답했다.

"……중전마마의 핏줄 같습니다."

임영의 말에 이림의 입술이 굳게 다물렸다. 가슴에 무거운 돌이 얹힌 듯 묵직해졌다.

"지금은 폐서인이 되신 중전마마께서 태어나자마자 버린 공주마마 말이옵니다."

이림은 눈을 질끈 감았다. 월한이 찾아다니고 있다면 지어낸 얘기가 아니란 뜻이다.

모든 게 사실이었다니. 제가 정말 중전의 아이가 아니었다니.

"그래서…… 그래서 나를 그리도…… 미워하셨구나."

마지막 뒷말을 뱉어내기가 힘들었다.

"내 어머니가…… 실은 내 원수였구나."

평생 모정을 갈구하고 그 대가로 고문과 같은 학대를 감수했건만, 그녀는 애초에 제게 애정을 줄 마음이 손톱만큼도 없었던 것이다. 오히려 모성을 미끼로 저를 길들이며 즐거워했을 것을 생각하니, 배신감에 이까지 달달 떨렸다.

"저하. 괜찮으시옵니까!"

"임영."

"예."

"우리가 월한보다 먼저 공주를 찾아야 한다."

"생사조차 묘연하다 합니다."

"찾아라. 죽었으면 무덤이라도 찾아. 무슨 일이 있어도 월한보다 먼저."

임영은 섬뜩함을 느꼈다.

세자의 친어머니를 죽인 중전의 여식. 그 공주를 찾아 복수라도 하시려는 건 아닐까, 걱정이 된다. 사실 월한 쪽에서 공주를 이용해 중전의 여식임을 밝혀줄 단서를 찾을 수도 있으니, 그전에 찾아내 제거하는 것이 현명한 일이긴 했다. 하나, 세자는 겉으로는 차가워도 그리 모진 성품이 아니셨다. 혹 이번 일로 세자께서 변하신다면 가슴 아픈 일일 테지만, 저는 끝까지 세자의 곁을 지키리라 결심했다.

"예. 저하. 시신이라도 찾아오겠나이다."

임영을 보낸 이림은 연못으로 뛰어들고 싶을 만큼 자괴감에 들었다.

'나로 인해 내 어머니가 비참하게 죽었고, 또 그런 나를 미워한 여인이 나 때문에 죽은 것인가. 나 같은 건 태어나지 말았어야 했나.'

저보다 뛰어난 월한, 저보다 더 확실한 출신의 월한.

이제 보니 제가 뺏기고 있었던 게 아니라, 녀석이 가져야 할 것을 제가 빼앗은 게다.

'하면 나는 뭣 때문에 세상에 태어난 것일까? 나란 존재에는 아무런 가치가 없는데……'

탄식하는 연못 위로 그의 일그러진 얼굴이 보였다. 그리고 수면에 비친 이림의 어깨에 얼굴을 기대는 도윤의 모습이 함께 아른거렸다.

'그래. 나는 너를 만나기 위해 태어난 모양이다.'

이림은 걸음을 옮겼다. 허상이 아닌 진짜 도윤을 만나기 위해서.

궁 안에서의 삶은 도윤이 생각했던 것보다 그리 팍팍하진 않았다. 자신을 따라붙는 집요한 시선들이 가끔 벅찰 때도 있었지만, 슬기롭게 대처한다면 못 헤쳐 나갈 것이 없다 생각하고 있었다.

하나 낭군에 대한 일만은 달랐다.

자신이 선택한 사내는 이 나라 조선의 세자였고, 보통 사람이 감당할 수 없는 온갖 일을 겪으며 외롭게 살아오신 분이다. 옥좌에 오르는 일이란 그 어떤 일보다 고독하고 힘겨운 일이라는 것도 어느 정도 이해는 했다.

그런데도 도윤은 가슴이 답답했다.

그날 그렇게 세자를 안아주고 한 이불 속에서 잠을 잤으나, 그는 왜 그리 힘들어하는지 말해주지 않았다. 하루, 이틀……. 시간이 계속 흘러갔지만, 며칠째 말없이 생각에 잠겨 있으면서 제게 한마디도 해주지 않는다.

아니라고, 다 이해한다고, 괜찮다고 했지만 도윤은 서운했다.

덕분에 야심한 시각까지 잠들지 못한 도윤이 일렁이는 호롱불만 바라보고 있었다.

"세자 저하께서 드시옵니다."

상궁의 말에 깜짝 놀란 도윤이 자리에서 일어났다.

일순 이림은 도윤의 치맛자락이 바스락거리는 소리가 참으로 듣기 좋다고 생각했다. 그러면서 저를 벌주러 오던 중전 한씨의 치맛자락 소리가 어떠했는지 떠올렸다.

"무슨 일이 있으신 것이옵니까?"

도윤이 걱정스레 묻자 이림은 말없이 손을 뻗어 도윤의 얼굴을 감쌌다.

"그대가 너무 보고 싶어 문득 마음이 내려앉았소."

도윤은 그 말을 믿지 않는 기색이었으나, 이림은 힘없이 웃은 후 팔을 벌려 작은 몸을 끌어안았다.

"그러니 이대로 계셔주시오."

이대로. 아주 잠시만.

그의 부탁에 도윤은 힘없이 내리고 있던 손을 들어 올려 넓은 등을 끌어안았다. 그리고 말없이 그의 품에 파고든다. 그것이 그에게 큰 위안을 줄 수 있다면 언제까지고 그렇게 있을 것처럼.

그렇게 얼마의 시간을 보냈을까.

이림이 제 품에 안겨 있는 도윤을 내려다보더니 가벼운 어조로 말했다.

"스승님께 숙제를 못 했다 혼이 날 걸 생각하니 벌써부터 귀가 따끔따끔하오."

들썩이던 감정을 갈무리한 듯 표정은 가벼웠으나, 도윤은 은연중에 그에게 큰일이 생긴 것을 눈치챘다.

"또 제게 숙제를 해달라 부탁하려고 이 야심한 시각에 오신 겁니까?"

도윤의 물음에 이림은 오늘은 제 손으로 할 것이라며 자리를 잡고 앉았다.

자희가 들어와 서책을 펼쳐 주었고, 만덕이가 도윤의 앞에 수틀을 놓아주었다.

두 사람의 앞에 할 것들이 놓였지만 어찌 된 일인지 도윤은 작은 꽃 하나 완성시키지 못했고, 이림 역시 서책의 같은 장을 펼쳐 두고 몇 시진째 말없이 앉아 있었다.

결국 참다못한 도윤은 세자가 보고 있던 서책을 조용히 덮어놓았다.

그제야 이림이 서책에서 눈을 떼고 도윤을 바라본다.

"책에서 답을 찾을 수 없다면 사람에게서 찾으십시오."

"……."

그러자 이림은 말없이 그녀를 바라본다.

"며칠째 이러고 계십니다. 이만하셨으면 그만 제게 털어놔 주십시오."

"내 스스로 구해야 하는 답이라면?"

"부부는 일심동체. 저하의 근심이 곧 저의 근심인데, 어째서 저와 피아를 구분하십니까?"

나지막한 어조엔 진심이 그득해서 이림의 눈동자에도 그것이 보였다.

"저는 저하께서 저 때문에만 아프셨으면 좋겠습니다. 저하께서 고심하시는 이유가 저 때문이면 좋겠습니다. 다른 일로 아프고 슬퍼하시면 저는 더욱 괴롭습니다."

"나는 그대 때문에 아프고 고심하고 싶지 않소. 그건 더 아플 것 같아."

"지금 제가 저하 때문에 그렇게 아픕니다. 하니, 말씀해 주십시오. 무슨 일로 그러시는지, 제가 저하의 아픔을 덜어드리고 저하를 도울 수 있게 말씀해 주십시오."

"괜히 그대만 더 아프고 힘든 건 아니고?"

"제 성미를 모르시옵니까? 이러고 계신 게 전 더 숨 막힙니다."

이림은 아무지게 말하는 도윤의 뺨을 쓰다듬었다.

"이렇게 든든할 데가 있나."

그러면서 이림은 그만 저도 모르게 눈물을 흘리고 말았다.

"저하!"

눈가가 홧홧해진다는 생각은 들었다. 그러나 무슨 일이 일어났는지 몰랐다. 하지만 깜짝 놀란 도윤이 저를 부르는 소리에 깨달았다.

울고 있구나.

손바닥으로 눈언저리를 누르자 뜨거운 무언가가 만져졌다.

도윤에게 위로를 받고 싶어 여기까지 왔다. 견디지 못할 슬픔이 몰려오자 가장 먼저 생각난 것이 바로 그녀다. 하나 아무런 말도 하지 못한 채 속으로 슬픔만 삼키다가 결국 눈물을 보이고 만 것이다.

그가 깊은 숨을 내뱉었다. 억눌러 왔던 감정이 왈칵 위로 치솟았다.

"저하……."

이림은 이제 숨죽여 흐느끼기 시작했다.

울지 않으려 하는데 울음이 자꾸만 목울대를 치고 넘어와 고개를 젖혀도 눈물이 샘솟는다.

"하아……."

어렸었다. 어린 제게는 중전이 하늘 같은 존재였다. 제게 젖을 물렸을 어미의 가슴팍에 살갑게 얼굴을 묻으면 그 등을 토닥거려 주는 인자한 손길. 딱 그것만 원했었다.

"하……!"

애초에 이룰 수 없는 꿈에 저는 그렇게 매달렸던가.

인자한 손길 대신 매서운 손찌검과 따뜻한 젖무덤 대신 차가운 얼음물에 얼굴을 적셨다. 뾰족한 바늘이 손가락을 찔러도 어머니가 웃고 있으면 좋았다. 뜨거운 인두에 살갗을 태워도 어머니를 다시는 못 볼까 그게 두려웠다.

어렸었다.

너무 어려서 그런 것도 사랑이라고 믿었다.

"빌어먹을."

"저하……."

이림은 도윤의 목소리에도 물기가 느껴지자 고개를 바로 하고 그녀를 바라보았다.

"그대는 왜 울고 있소?"

"저하께서…… 너무…… 가여워 보여서요."

이림은 그 말에 더 굵은 눈물을 쏟아내며 띄엄띄엄 말했다.

"맞소. 난, 가여운…… 사람이오."

왈칵 울음을 터트린 도윤이 이림을 껴안고 통곡하듯 울기 시작했다.

"흐윽. 윽. 흐으으……."

이유도 없이. 그냥 그렇게 그가 소리 내지 못하는 울음을 대신 소리 내어 울어주었다.

"다, 전부 다 거짓이었으면 좋겠소."

"흐읍. 그럼…… 저는요? 전부 다 거짓이면, 저도 부정하시려고요?"

이림은 눈물로 얼룩진 도윤의 고개를 들게 했다. 그리고 그녀의 입술에 입을 맞춘다.

짜고 달고 촉촉한 입술을 몇 번이나 머금으며 차가워진 도윤의 입술을 데웠다. 이것만은 빼앗길 수 없다는 듯이. 모든 것을 다 부정당해도 도윤만큼은 절대 놓지 않겠다는 듯이.

그렇게 이림은 도윤을 껴안고 밤새 그 긴 이야기를 들려주었다.

불쌍하고 힘없는 어린 소년이 얼마나 어리석었는지를.

그리고 도윤은 그 소년의 어리석음이 너무나 사랑스럽고 존경스럽다며 눈물로 젖은 그의 머리카락을 쓸어 올려주었다.

"제가 곁에 있어드릴 것이옵니다."

사방에 창을 열어놓으니, 나무 사이를 지나온 싱그러운 바람이 방에 머물다 갔다. 덕분에 저물어가는 여름의 향기도 방 안에 가득했다.

시원한 바람이 머리를 쓰다듬어 주는 듯했고, 수를 놓던 도윤은 꾸벅꾸벅 졸기 시작했다.

"마마."

"앗!"

만덕이의 부름에 잠에서 깬 도윤은 그만 바늘에 손가락을 찔리고 말았다. 손끝에 붉은 핏방울이 맺혔지만 도윤은 여전히 멍한 표정이었다.

앉아서 졸다니.

아무리 피곤해도 이런 적이 없었던 터라 도윤은 어리둥절했다.

한달음에 다가온 만덕이 그녀의 손에 맺힌 핏방울을 보고 호들갑을 떨었다.

"헉! 마마 괜찮으시옵니까?"

"괜찮다……. 하아암. 이게 왜 이리 지루한지…….."

만덕은 엄한 박 상궁 눈치를 살피며 말했다.

"마마, 전날 못 주무신 게 아닙니까? 조금 눈을 붙이시는 게 어떨까요?"

"글쎄다. 그냥 수놓는 게 재미가 없는 게 아닐까? 내 성미에 안 맞는구나."

박 상궁은 헛기침을 하며 그런 도윤의 흐트러진 마음을 단속하려 했으나, 도윤은 만덕이를 시켜 수틀을 치워 버렸다.

때마침 낮것상이 들어올 시각이라 박 상궁도 더는 뭐라 못 했다. 요즘 세자 저하께서 옥안이 밝지 않으신 탓에 세자빈께서도 통 식사를 못 하고 계신데, 제 잔소리로 식전에 기분을 상하게 해선 안 될 것 같았다.

"마마. 낮것상이 대령했사옵니다."

"오냐."

잣죽과 장조림으로 차려진 간단한 상이 들어오는데, 갑자기 세자빈이 얼굴을 확 구겼다.

"이게…… 무슨 냄새냐?"

"예?"

상을 들고 온 궁녀가 당황하자, 박 상궁이 음식의 냄새를 맡아보더니 아무렇지 않다 아뢰었다.

"음식에는 문제가 없는 듯하옵니다. 어떤 냄새가 나시는 것인지……?"

"아닐세. 내가 좀 예민했나 봐. 이제 괜찮은 듯해."

박 상궁의 지시로 궁녀가 도윤의 앞에 상을 내려놓았다. 기미 상궁이 먼저 맛을 봤는데 별문제가 없었다.

도윤도 숟가락을 들고 죽을 한술 떴다.

그런데 입으로 죽을 가져가는 순간 역한 냄새가 치밀어 오르더니 구역질이 나는 게 아닌가.

"으읍!"

황급히 수저를 내려놓고 손으로 입을 막자, 놀란 상궁들이 그녀에게 달라붙었다.

"마마!"

"마마. 왜 그러십니까?"

도윤은 손을 내저으며 고개를 돌렸다.

"저, 저것 좀 치워주게. 욱. 도저히…… 못 먹겠네."

"마마. 물이라도 좀 드시옵소서."

"혹 체하신 게 아닐까요?"

만덕이가 쩔쩔매며 세자빈의 등을 쓸어내렸다.

"그런가 보다. 요 며칠 계속 속이 좋지 않더니……."

박 상궁이 뭔가 이상하다 싶어 조심스레 물었다.

"마마. 어의를 부르는 것이 좋겠습니다."

"아닐세. 이만한 일로 바쁜 사람을……. 굶으면 금방 좋아진다네."

도윤의 말에도 박 상궁과 만덕은 한사코 어의를 부르는 것이 좋겠다 말했다.

하나 도윤은 어의는 필요 없으니 상만 치워달라 말했다.

이림은 만사를 제쳐 두고 도윤에게 왔다. 갑자기 음식을 물리고 도통 먹질 못한다 하니 그의 걱정이 하늘을 찌를 듯했다.

"저하. 바쁘신데 왜 오셨나이까?"

이림은 자신을 보고 그저 웃는 도윤을 보았다.

안색이 파리한데도 어의를 한사코 들이지 말라 했다니, 이렇게 어리석을 수 없다.

"몸이 아프다면서 왜 어의를 부르지 않고 이러고 있는 거요?"

"소화가 좀 안 되는 것뿐이옵니다."

"병을 키울 작정이오!"

버럭 화를 낸 이림이 박 상궁을 호되게 야단쳤다.

"자네들은 어째서 세자빈의 몸이 이 지경인데 어의도 부르지 않고 있는 겐가!"

"소, 송구하옵니다. 저하."

"왜 그러십니까? 제가 괜찮다 했사옵니다."

도윤이 만류하는데도 이림은 많이 화가 났는지 큰소리로 호통쳤다.

"뭣들 하느냐! 지금 당장 어의를 부르지 않고!"

그의 고함에 깜짝 놀란 자희가 밖으로 달려나갔다. 세자빈의 문제에 있어서만큼은 그 무엇보다도 민감하게 구는 세자인 터라, 조금이라도 늦어졌다간 경을 칠 것이 분명했다.

잠시 후, 빠르게 어의를 불러온 자희가 숨을 헉헉 몰아쉬었다.

어의 역시 세자의 부름에 긴장한 기색이 역력한 표정으로 맥을 짚었다. 뺨에 닿는 따가운 시선에 쉬이 집중할 수 없는 것인지 삐질삐질 식은

땀까지 흘렸다. 세자의 진노한 모습을 보고 싶지 않은지라, 진심을 다해 세자빈이 큰 병이 아니길 빌었다.

그렇게 온 신경을 다해 맥을 짚는 순간 심상치 않은 박동에 깜짝 놀라 몸을 떨었다.

이를 놓치지 않은 이림이 눈썹을 꿈틀거리며 물었다.

"뭔가? 무슨 문제라도 있나?"

"그것이 아니오라……. 세자빈 마마, 혹 최근 몸이 어떠하셨는지, 사소한 변화라도 말씀해 주실 수 있겠사옵니까?"

"소화가 안 되긴 했는데, 몸이 좀 무겁기도 하고 졸리기도……. 하지만 그건 그저 내가 아직 궁 생활이 익숙하지 않아서……."

"그게 언제부터……."

"열흘 이상은 된 것 같네만……. 혹 많이 안 좋은 것인가."

도윤이 불안한 기색이 가득한 얼굴로 발 너머의 어의를 보았다.

그러자 그는 세자빈이 아닌 뒤에서 안절부절못하는 이림에게 고개를 조아리며 말했다.

"저하. 감축드리옵니다. 세자빈 마마께서 회임을 하신 것 같사옵니다."

"……뭐?"

도윤이 짧은 의문을 표할 때 이림도 믿기 어렵다는 듯 물었다.

"……그게 정말인가?"

"회임하신 것이 맞사옵니다. 참으로 경하드리옵니다."

어의가 몸을 낮추며 진심을 다해 말하자, 이를 듣던 도윤이 깜짝 놀라 이림을 보았다.

박 상궁은 '역시나' 하는 표정으로 몰래 웃음을 지었다.

이림 역시 많이 놀란 듯 선뜻 도윤에게 다가오지 못하고 있었다.

왕실의 출산은 큰 경사였다. 많은 왕손을 생산하여 왕실을 굳건히 하는 것이 내명부 여인들의 의무와 책임이었다. 하나 폐서인이 된 한씨도, 현 중전인 김씨도 아들을 하나씩만 낳았을 뿐 더 이상의 출산은 없었다. 그런데 세자빈이 혼례를 올린 지 얼마 되지 않아 회임을 하였으니, 이 또한 덕이 많아 그렇다 칭송받을 일이었다.

"저하……."

혹시나 아이가 들어선 것은 아닐까, 예상은 했음에도 정말 그럴 줄은 몰랐던 도윤이 감격에 젖은 눈으로 이림을 보았다. 기대를 했지만 혹여 아니면 어쩌나, 라는 생각에 이제껏 이림에게도 말을 하지 않았던 그녀였다.

정말 아이가 들어섰다.

사랑하는 이의 아이를 품었다.

도윤이 배를 감싸며 울먹이자 그제야 이림이 걸음을 옮겼다.

한달음에 그녀에게 다가온 그가 무릎을 꿇고서 도윤을 힘껏 끌어안았다.

"고맙소."

그의 목소리가 떨린다, 느낀 것은 자신의 착각인 것일까.

아무래도 상관 없다는 듯 도윤이 곤룡포를 힘껏 붙잡으며 그에게 매달렸다.

세자빈의 회임 소식이 알려졌다. 임금은 크게 기뻐하며 백성들에게 음식을 내렸고, 백성들 역시 자신의 일처럼 기뻐했다.

무엇보다 가장 기뻐하는 것은 역시나 세자 이림이었다.

"조심. 조심하시오! 넘어지면 어쩌려고."

이림은 몸을 낮추는 도윤을 보며 안달을 냈다.

혹여 넘어질까, 다칠까, 신을 신기 위해 잠시 몸을 낮추는 행위조차도 보지 못했다.

결국 도윤의 신을 들어 직접 신겨주겠다 나서자, 곁에 있던 내관들이 깜짝 놀라 그를 말리려 했다.

도윤의 나인들이 하겠다는데도, 이림은 도윤의 신을 내주지 않았다.

꼭 자신의 손으로 신겨주겠다는 듯이.

"언제까지 신을 들고 있게 할 셈이오."

"주위에 보는 눈이 많사옵니다. 유난을 떤다 욕을 할 겁니다."

"세자인 나를?"

"저하……."

아직 배도 나오지 않았는데 주책일 만큼 유난이시라 도윤이 눈을 흘겼다.

그러자 괜스레 곁에 있던 자희가 고개를 돌려주었다. 뿐만 아니라 다른 나인들도 못 본 척 눈을 감아주었다.

도윤은 난감한 웃음을 지으며 결국 그가 내미는 신에 발을 끼워 넣었다.

"감사합니다."

부끄러움에 뺨을 붉힌 도윤이 아래로 내려오려 하자, 이림이 손을 잡아주었다. 그는 마치 도윤을 갓 태어난 아이처럼 다루고 있었다.

함께 산책하는 두 사람은 아주 사이가 좋은 한 쌍의 원앙처럼 보였다. 손을 붙잡고서 도란도란 대화를 나누는 두 사람은 그림처럼 어여뻤고, 서로를 향한 눈동자에 차오른 충만한 감정은 곁에서 지켜보는 사람으로 하여금 부러움을 불러일으켰다.

"아래를 보고 걸어야지, 그러다 넘어지오."

"넘어지지 않도록 꼭 붙잡고 계셔주시지 않습니까."

도윤이 웃음기 섞인 목소리로 말하자 작은 손을 붙잡고 있던 이림의 손에 힘이 들어갔다.

왕실에서 보기 힘든 금슬이었다.

도란도란 대화를 나누며 따스한 햇살을 받는 둘을 바라보는 이들 중에선 월한도 있었다.

지나가던 월한이 멀리서 그 모습을 지켜보다가 쓸쓸하게 발길을 돌려 중궁전으로 갔다.

중전은 아들인 월한이 왔는데도 반기지 않고 손톱을 딱딱 물어뜯으며 중얼거리고 있었다. 중전이 극도의 불안감을 느낄 때 하는 습관이었다.

"큰일이다. 세자빈의 회임이라니. 생각조차 못 했어."

"어마마마, 아무 생각도 하지 마십시오."

"그럼 두고 보고 있잔 말이냐!"

좀처럼 월한에게는 소리를 높이지 않는 중전이었다. 화를 내고 미안했던지 중전은 한결 누그러진 목소리로, 그러나 어린 월한을 겁주듯이 말했다.

"세자가 원자를 생산하게 되면 너와 난 끝이다! 네가 임금이 되지 못하는 것 때문만이 아니다. 세자가 왕위에 오르면 우리는 숙청될 것이야! 제 어미를 죽였다고 의심하고 있는데, 우리를 찢어 죽이고 싶겠지!"

월한은 침착했다.

"그러니 말입니다. 형님께서는 이미 어머니를 잃으셨습니다. 한데 이번에 세자빈까지 잃으시면 더욱 우리에 대한 원한이 깊어지겠지요. 형님은 세자빈 마마를 매우 은애하고 계십니다. 마마께 무슨 일이 생긴다면, 아마 직접 칼을 빼 들고 우리를 난도질하실 분입니다."

"어찌 가만히 있어! 어찌! 이미 우리는 돌이킬 수 없는 강을 건넜다. 게다가 세자 따위보다 네가 훨씬, 훨씬 더 왕의 풍모를 갖추고 있는데, 왜 물러나야 한단 말이냐! 그 미친년의 아들이 너와 비교가 되겠느냐!"

중전의 입에서 해선 안 될 막말까지 튀어나오자 월한은 큰 소리로 그녀에게 사정했다.

"어머니! 제발…… 제발 가만히 계셔주십시오. 아무 일도 꾸미지 말고. 아무것도 하지 말고!"

"월한!"

"제발 그렇게 있어주세요, 어머니. 제가 무슨 왕재입니까? 왕위를 갖겠다고 발버둥 치는 제가 어째서 왕재입니까? 어머니와 외조부가 만든 왕입니까? 그런 왕이 어찌 왕 구실을 제대로 하겠습니까."

"대군은 그 입 다물라!"

믿었던 아들이 흔들리는 것을 보고 중전의 얼굴이 표독스럽게 변했다.

두 사람의 싸움이 커지려는데, 때마침 김태수가 매우 놀란 얼굴로 들어왔다.

"왜들 이러십니까?"

"아버지!"

"중전마마! 대군께서 아직 미령하신데 뭘 그리 열을 내시옵니까? 대군. 대군께서는 영특하신 분이 어찌 이러시는지요? 중전마마의 심기가 매우 어지럽습니다. 어서 사죄를 드리십시오."

김태수의 말에 월한은 잠시 그를 올려다보았다. 그러다 이내 바들바들 떨리는 중전의 손을 보고선 몸을 낮추었다. 무슨 말을 하든 중전의 마음을 되돌릴 수 없다는 걸 알아서이다.

아무리 진심을 다해 간청해도 그 귀에 닿지 않으니 어쩔 도리가 없었다.

"어마마마……. 소자. 너무 흥분하였사옵니다. 부디 마음을 편히 가지시옵소서."

"알았으니 그만 나가보세요."

중전은 화가 다 풀리지 않아 싸늘한 목소리로 월한을 내쫓았다.

몸을 물리는 월한의 얼굴이 일그러졌다.

밖으로 나온 월한은, 중전이 이번에는 김태수에게 매달려 원통해하는 것을 듣고 한숨을 쉬었다.

"세자빈이 회임을 했다지 않습니까! 이를 어쩝니까! 어째서 세자가 이렇게 될 때까지 아무것도 못 하셨습니까!"

월한은 무서웠다. 제가 왕이 되면 어머니의 저 욕심이 과연 멈출까. 외조부는 어떠하실까? 아니다. 역사상 어떤 왕도 이 같은 상황에 성군이 되는 이는 없었다.

주먹을 움켜쥔 월한이 저를 장기판의 말처럼 생각하는 중전과 외조부가 계속해 말하는 것을 들으며 눈을 감았다.

"……싫습니다."

앞에서 말할 용기가 없어 뒤에서 그리 읊조렸다.

제발 저는 가만히 내버려 둬달라고. 저는 꼭두각시 왕이 될 생각은 조금도 없다고.

권력이 무서운 데엔 사람의 자아를 완벽하게 바꿔놓는다는 것에 있었다.

권력의 달콤한 맛에 취하면 세상이 자신의 발아래 있는 것만 같고, 무슨 일을 해도 모두 용인이 될 것만 같은 환상에 취한다. 그러면서 정상적인 생각은 하지 못하고, 권력욕에 눈이 멀어 당연한 계산조차 하지 못한 채 멍청한 결정을 하게 된다.

중전 역시 그러했다.

권력에 눈이 멀어버린 그녀는 예전과는 달리 더 이상 자신의 아비인 김태수를 믿지 않았다. 김태수가 세자를 시해하는 일조차 해내지 못했고,

김태수의 사람들이 매번 세자 쪽에 꼬투리를 잡혀 죽어나가니 그리 생각할 수밖에 없었다.

하나 중전은 모르고 있었다.

그녀는 능구렁이 같은 김태수보다 더 무능하고 어리석다는 것을.

"이게⋯⋯."

찍찍찍—

세자빈의 방에서 쥐가 울어댔다. 그것만으로도 놀랄 일인데, 박 상궁은 지금 눈을 부릅뜨고 경악하고 있었다. 세자빈의 지시로 쥐를 한 마리 잡아 작은 우리에 가두었는데, 중궁전에서 내린 차를 쥐에게 먹이자, 잠시 후 그 쥐가 미쳐 날뛰며 스스로 머리를 우리 벽에 부딪치는 게 아닌가.

이를 지켜본 다른 이들은 모두 깜짝 놀랐는데, 정작 장본인인 두 사람은 이 일을 태연히 바라보고 있었다.

"마, 마마! 이, 이것이 어찌 된 일이온지!"

"어찌 된 일이긴. 똑같은 수법을 쓰는 걸 보니 어지간히 급했나 보군."

이림의 냉소적인 말에 박 상궁은 더욱 놀랐다.

두 분께서는 알고 계셨단 말인가.

중궁전에서 세자빈의 회임을 축하한다며 태아에게 좋은 차를 보내왔는데, 향도 그렇지만 은 숟가락에도 별다른 반응이 없었다. 한데 세자빈이 그것을 마시지 않고, 세자까지 모신 후에 쥐에게 차를 먹이게 한 것이다.

"죽여달라 목을 빼는구나."

세자의 말투가 격해졌다. 그의 가슴이 크게 들썩이고, 벌어진 눈이 분노로 이글거렸다.

지켜보던 상궁과 내관들은 침을 꼴깍 삼키며 숨도 제대로 쉬지 못했다.

"저, 저하. 소인이 하마터면 마마를 크게 상하게 할 뻔하였나이다. 마마를 뫼시는 데 미흡하였으니 벌을 받아 마땅하옵니다."

박 상궁이 납작 엎드려 죄를 고했지만, 이림은 중전에 대한 증오심에 아무것도 들리지 않는 듯했다.

"당장 중궁전으로 갈 것이다. 이 차를 직접 먹어보시라 해야겠다."

도윤은 벌떡 일어나 성난 이림을 붙잡았다.

"놓아라."

도윤이 그의 손을 붙잡으며 고개를 저었다.

"너를 해하려 했다!"

얼마나 화가 났는지, 경어를 쓰는 것도 잊은 이림이 사납게 말했다.

도윤은 이에 굴하지 않고 작게 고개를 젓는다.

"그래도 지금 저하의 방법으로는 이길 수 없을 것 같습니다."

"그 요망한 계집은 내가 아무것도 모른다고 생각하고 있다. 폐서인에게 한 짓을 내가 모를 거라 여기고 이런 짓을 벌인 게다. 내가 저처럼 아둔하다고 여기고 너를 쉽게 해칠 수 있다 자만하고 있지 않나!"

이림이 화난 것은 자신이 여기까지 생각을 하지 못하고 어리석게도 아무런 방비를 하지 않아서였다. 그들이 얼마나 악독한지 알고 있었으면서도, 그 해가 도윤에게까지 향할 것은 미처 생각하지 못해 이런 일이 벌어진 것이다. 미리 수를 썼었어야 했는데, 제가 지켜주지 못했다.

이건 선전포고나 다름이 없었다. 죽여달라 그리 악을 쓰며 외쳐 대니 응당 그렇게 해주어야 하지 않겠는가.

"똑똑히 보여줄 것이다. 그 계집이 네게 무릎을 꿇게 만들 것이다."

철저히 짓밟아주리라. 다시는 이런 짓을 하지 못하도록.

세자의 눈매가 날카롭게 변하자 도윤은 침착한 어조로 말했다.

"저하만 저를 지켜주셔야 하는 건 아닙니다. 저 역시 저하를 지켜 드리고 싶다 하지 않았습니까."

"이건 그런 문제가 아니다!"

"그런 문제입니다. 저는 저하가 생각하시는 것만큼 어리석고 나약하지 않사옵니다. 잊으셨습니까? 저 정도원입니다."

그러니 여느 여인들처럼 그저 지켜주길 기다리고 있진 않겠다, 그리 말한 도윤은 말없이 걱정스레 자신을 내려다보는 눈망울을 마주하며 말을 이었다.

"제가 중전만큼이나 어리석어 보이십니까?"

"그래서가 아니다. 앞으로 또 무슨 짓을 벌일지 모르니……!"

이림의 언성이 높아졌으나 도윤은 작게 고개를 저은 후 고저 없이 말했다.

"저는 더 강하고 더 현명해졌습니다. 지켜야 할 사람이 더 생겨 버렸으니까요. 세상에 어머니만큼 강한 사람은 없다 합니다."

도윤은 세자의 손을 제 배 위에 올려놓으며 미소 지었다. 그러고는 이림에게만 들리는 작은 목소리로 말했다.

"저하의 어머니도 그러셨을 겁니다. 저하를 지키기 위해 아마 필사적이셨을 겁니다. 그 간절한 마음이 하늘에 닿아, 저하께서 이렇게 장성할 수 있었을 겁니다."

아직 태동은 없었지만, 이림은 아까와는 비교도 할 수 없을 만큼 차분해졌다.

그러자 도윤은 발꿈치를 들고 그의 귓가에 다정하게 속살거렸다.

"그리고 저는 죽지 않을 겁니다. 저하께서도 저를 지켜주고 계시니까요."

이림이 도윤의 허리를 가볍게 안은 후 놀랐던 마음을 조금씩 가라앉히기 시작했다.

"이런 말이 다 무슨 소용이냐? 대책도 없이 무조건 괜찮다고만 하면 내가 그냥 물러날 줄 아느냐?"

그의 품에 안긴 도윤이 배시시 웃으며 말했다.

"아무 염려 마십시오. 제게 다 생각이 있습니다."

단호한 말에 힘이 실려 있었다.

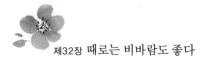

제32장 때로는 비바람도 좋다

몸이 두꺼운 밧줄로 꽁꽁 묶였다. 월한이 순간 당황하여 몸을 비틀어 보았으나 줄은 끊을 수 없을 만큼 두꺼웠고, 사지는 두려움에 저려와 옴 짝달싹할 수가 없었다.

겁에 질린 월한은 금방이라도 눈물을 터뜨릴 것 같았다.

단순히 몸이 결박되어서가 아니다. 죽은 폐서인이 자신의 앞에서 찻잔을 기울이고 있었기 때문이다. 이게 어찌 된 일일까. 월한이 금방이라도 눈물을 쏟을 것처럼 폐서인을 보았다.

그녀는 나긋한 동작으로 찻잔을 기울이며 시린 웃음을 짓고 있었다.

"세자가 되고 싶으신가요? 그래서 힘을 실어달라 내게 찾아온 것입니까?"

"그, 그렇지 않사옵니다."

예전, 중전에게 들었던 말이었다. 그래서 월한은 그때와 같은 답을 했다. 저는 세자가 될 마음이 없다고. 그 어떠한 권력 역시 원하지 않는다고.

하나 중전은 그때와 마찬가지로 저 좋을 대로 듣고서 답했다.

"그렇다면 내가 해드릴 수 있습니다."

"원하지 않습니다. 원하지 않는다고요. 그러니 그만 이것 풀어주십시오!"

"세자는 내 배를 타고 태어난 아이가 아닙니다."

"어서 풀어주십시오!"

"천한 계집의 몸을 빌려 태어난 아이지."

그렇게 말하며 날카롭게 웃는 중전을 바라보는 월한의 몸이 사시나무처럼 떨렸다.

"천하고 더러운 아이입니다. 그런 아이가 조선의 지존이 되어서야 되겠습니까? 말도 안 되지."

폐서인의 말에 월한의 눈에서 눈물이 뚝뚝 떨어졌다.

월한은 이 상황이 현실이 아니라는 것을 깨달았다. 충격적이었던 그 날을 꿈에서 다시 만나고 있는 것이라고. 하나 그때와 마찬가지로 지금도 자신이 할 수 있는 것은 사지를 비틀고, 눈물을 떨구며 도망치는 것뿐.

폐서인의 입을 틀어막을 수도, 진실을 거부할 수도 없었다.

한참 눈물을 뚝뚝 쏟아내던 월한이 천천히 눈을 떴다.

방금 전과는 달리 천장이 보였으나 월한은 여전히 눈물을 흘리고 있었다. 손을 들어 눈을 가린 월한이 나지막한 신음을 뱉었다. 참을 수 없는 두통이 몰려와 머리를 쪼개 버릴 것만 같았다. 아픔에 눈이 질끈 감길 정도였으나 월한은 눈을 부릅떴다.

그렇게 무던히 시간을 보내고 있을 때였다. 밖에서 기별이 들려온 것은.

"마마, 큰일 났사옵니다!"

박 내관이 호들갑을 떨며 문을 열고 들어왔다.

대군의 몸 상태가 좋지 않아 다들 조심하는 기색들이었는데, 밖에서 소식을 듣고 온 그만이 목소리를 높였다. 박 내관은 월한의 마음을 가장 잘 이해해 주는 사람이며, 월한이 가장 믿는 자였다. 그가 이렇게 저를 찾을 때는 필시 무슨 일이 있는 것일 터.

부스스 자리에서 일어난 월한이 새하얗게 질린 얼굴로 박 내관을 보았다.

"무슨 일이냐."

"주, 중전마마께서……."

"어마마마께서 왜?"

불안한 마음에 눈꺼풀이 파르르 떨렸다.

어마마마의 반응을 보았을 때 무슨 일을 내셔도 단단히 낼 것 같았으나, 이렇게 빠를 줄은 몰랐던 터라 월한 역시 당황하고 있었다.

월한의 반응에도 박 내관은 침을 꿀꺽 삼켰다. 이 이야기를 어떻게 전해야 할지 몰라 한참을 망설이던 그가 겨우 말을 이었다.

"기어이 그 차를 보냈다 하십니다……."

"뭐?"

"중궁전 나인들도 이번에는 불안하다 하는데, 기어이 보내셨답니다. 폐서인이야 유폐된 사람이었으나, 빈궁 마마는 주상 전하께서도 아끼시는 분이라 심히 걱정이 되옵니다."

"이런……. 어마마마는 대체! 대체 왜!"

저하께서 어마마마의 수법을 다 알고 있다는 것을 말씀드렸어야 했을까.

대체 세자를 얼마나 우습게 여기시는가. 형님은 그렇게 어리석은 분이 아니시다. 제가 누굴 닮고 싶어 그리 열심히 공부했는지 정말 모르시는 걸까.

'제게는 비록 반쪽이지만 피를 나눈 형님이십니다. 왜 제게 천륜을 저
버리게 하십니까. 왜요!'

월한은 하루하루 맘 졸이며 살아야 하는 이곳이 꼭 지옥 같았다.

도윤은 오늘도 중전이 손수 내렸다는 차를 들어, 난초 화분에 물을 주
듯 부었다. 다행히 화초에는 독이 아닌지, 난 잎은 멀쩡했다.

그때 밖이 소란스러워졌다.

"대군마마, 법도에 어긋나십니다! 아무리 대군마마라 하셔도……."

월한이 밖에 와 있는 모양이었다.

그를 말리기 위해 상궁이 목소리를 높였으나, 월한은 부득불 문을 열
고 안으로 들어왔다.

"대군께서 여긴 어쩐 일이십니까?"

도윤이 침착하게 묻는데도 월한은 그녀가 손에 들고 있는 찻잔만 노려
보았다.

화려한 문양이 들어간 것이, 제 어머니의 취향이었다. 월한은 달려들
듯 다가와 그녀의 손에 있는 찻잔을 빼앗았다.

"대군! 이 무슨 무례이십니까!"

놀란 박 상궁이 대군과 세자빈 사이를 막으며 호통쳤다.

박 상궁의 호통에도 월한은 들고 있던 찻잔이 거의 비어 있는 것을 확
인하고 눈살을 찌푸렸다.

'아직은 괜찮아. 아직은…….'

폐서인은 십 년 넘게 중독됐던 찻물이다. 별일은 없을 거라 애써 위안
한 월한이 털썩 무릎을 꺾었다.

"대군……."

그러더니 형수 되는 세자빈에게 사정하듯 말했다.

"마마. 부디, 아무것도 묻지 마시고 중궁전에서 보내온 것은 입에 대지 말아주시옵소서."

"……."

도윤은 조금 놀랐지만 아무 말 않고 대군의 말을 들어주었다.

"어마마마의 사람이라면 곁에 두셔도 안 됩니다. 수라간 김 나인 역시 믿을 수 없으며, 상궁 조하영 역시 어머니의 사람이니……."

월한의 입에서 여러 사람의 이름이 술술 흘러나왔다. 어느 순간 빠르게 말을 잇던 월한이 입술을 깨물었다.

도윤은 월한이 제 어머니를 배신할 수 없는 마음과 형님을 잃을까 두려워하는 마음 때문에 늘 아팠다는 걸 느낄 수 있었다.

어린 월한이 어머니가 아니라 세자의 편에 선 것은 아마도 그가 아직 순수하기 때문이리라.

사람을 해하는 것이 나쁜 일이라는 것을 아는, 아직은 배운 대로 행하는 순수한 아이. 아이의 눈망울은 진심으로 두렵고 슬퍼하고 있었다.

다급하고 처연해 보이는 대군의 모습에서, 도윤은 어머니의 사랑을 갈구했을 세자의 모습이 보이는 듯했다.

'두 분이 이렇게 닮았는데…….'

안타깝게도 두 사람이 적이 된 것은 왕실에서 태어났다는 이유 하나였다.

"왜 제게 그런 말씀을 해주시는 겁니까?"

도윤의 조용한 물음에 월한이 붉어진 눈망울로 말을 이었다.

"어차피 저하께서도 알고 계신 일이니까요. 형님이 말씀해 주지 않으셨습니까? 어째서 찻물을 드신 겁니까?"

"그게 다입니까? 정말 어차피 알게 될 일이라 자백하신 겁니까?"

도윤의 말에 월한은 기어코 눈물을 보였다.

"대군······."

"다 저 때문입니다. 저 때문에 어마마마께서도 욕심을 부리시는 겁니다."

월한이 울음을 터트렸다. 작은 몸을 짓누르는 어른의 무거운 탐욕과 불화가 안쓰럽다.

도윤은 갑자기 방석 밑에서 뭔가를 꺼냈다.

월한은 제 앞에 내민 엿을 보고 눈이 휘둥그레졌다.

"역시 우는 아이를 그치게 하는 데는 엿이 최고인가 봅니다."

"마, 마마."

"내 나인이 아직 어려서 가끔 꺼내주는 것인데, 오늘은 대군께 드리렵니다."

"저, 저는······."

월한은 자신이 아이가 아니라고 말하려다가 그게 더 우스울 것 같아 관둔다.

작은 손이 엿을 쥐자 도윤이 말했다.

"진심은 언제나 통하는 법입니다. 하니, 지금처럼 잘 이겨내 주세요."

심부름을 온 도화가 궁을 헤매고 있었다. 헤맨다기보다 구경하느라 제 멋대로 움직이는 발을 어쩌지 못했을 뿐이지만.

"와. 진짜 넓다! 세상에, 단양 촌뜨기가 이 넓은 집의 며느리로 들어갔다고? 와. 우리 언니 진짜 대단하다. 아니지, 이제 언니라고 하면 큰일 나지. 우리 세자빈 마마. 히힛. 근데 동궁은 어디 있는 거야? 동쪽에 있겠지?"

이미 한참 딴 데 정신이 팔려 있다가 이제야 동궁을 찾는다고 두리번거릴 때였다.

"도화 낭자!"

한수창의 목소리가 들렸다. 뒤를 돌아본 도화의 얼굴이 환해졌다. 마침 곤란할 때 이렇게 아는 사람을 만나 다행이었다.

"여긴 어쩐 일입니까? 세자빈 마마를 뵈러 오셨습니까?"

"예. 마마께서 입덧도 심하다고 하셔서 평소 좋아하시던 음식을 좀 만들어 와봤습니다."

"잘하셨습니다. 역시 도화 낭자밖에 없습니다. 얼굴도 고우신데 배려까지."

"어휴, 뭘요."

그렇게 본래 목적을 잊고 둘이서 수다 삼매경에 빠져 있는데, 멀리 한수창의 동료와 선후배들이 그 모습을 보며 수군거렸다.

"저 처자는 왜 저리 고와?"

"그러게. 여기 나인들보다도 더 곱네 그려."

그 소리가 한수창의 귀에 들렸다. 벌이 아름다운 향내를 뿜는 꽃에게 꼬이듯, 사내들이 도화에게 관심을 가지자 한수창의 낯빛이 바뀌었다.

"이리로 오십시오. 제가 길을 안내해 드리겠습니다."

되도록 사람이 없는 길로 가야 되겠다고 생각해 안내를 했으나, 하필 으슥한 길에 들어설 때 정대봉과 딱 맞닥뜨렸다.

"헉!"

"아버지."

정대봉은 무시무시한 얼굴로 한수창을 노려보았다.

"자네, 여기서 뭐 하는 겐가."

"아니에요. 아버지. 절 세자빈 마마 있는 곳으로 데려다주시는 중이었어요."

"하고많은 길 중에 왜 이런 길로 데려다주겠다는 건가!"

한수창이 괜히 제 발 저려 얼굴을 붉혔다.

"그, 그게……."

"아버지도 참. 그거야 다른 사람들이 자꾸 저를 쳐다보니까 그렇죠."

"뭐, 뭐?"

한수창도 저를 꿰뚫어 본 도화에 놀라 눈이 휘둥그레졌다.

"좋아하는 여인을 지켜주겠다는데, 뭐가 그리 잘못됐습니까."

"이, 너 이 녀석!"

"가세요, 도련님. 저는 아버지께서 길을 알려주실 것 같아요."

처음으로 한 어사, 한 정언이 아닌 도련님으로 불렸다. 한수창의 기분
은 날아갈 것 같았다.

도화는 능행 때 세자빈의 모습을 보았었지만 오늘처럼 가까이서 본 것
은 처음이라 연신 감탄을 했다.

"마마. 정말 아름다우시옵니다. 옷도 너무 곱고. 머리도. 진짜 귀한 분
같으십니다."

"넌 언니를 오랜만에 보고 반가운 것보다 옷이 먼저 눈에 들어오니?"

"에이. 솔직히 더 오래도 떨어져 있어봤는데요 뭐."

도윤은 고개를 절레절레 저었지만, 그래도 도화가 맑은 성품이라 다행
이다 싶었다. 혼자 남았다고 서운하다 풀 죽은 것보다 낫지 않나.

"아무튼 고맙다. 안 그래도 집 밥이 그리웠는데 이렇게 음식도 갖다주
고. 우리 도화 이제 진짜 시집가도 되겠다."

"그렇죠? 안 그래도 진짜 가려고요."

도화가 뻔뻔하게 웃으며 말하자 도윤이 눈을 커다랗게 떴다.

"한 정언 나리랑 벌써 그런 사이가 된 것이냐?"

"아버진 도둑놈이라고 절대 안 된다고 하시지만, 사랑에 나이가 뭐가 그리 중요하답니까? 그렇죠?"

자신의 동의가 꼭 필요하다는 듯한 말에 도윤이 작게 웃음을 내뱉었다. 남녀 사이가 유별한 법인데, 제 낭군을 직접 고르는 동생을 보면 피는 속일 수 없는 모양이다.

나긋하게 웃는 도윤을 보며, 도화가 곁에서 고개를 숙이고 있는 박 상궁과 만덕이를 보았다.

눈치를 보는 모양새가 꼭 똥 마려운 강아지처럼 보여 도윤의 호기심이 커져 갈 때였다.

"음식 보자기는 가장 먼저 마마가 보셔야 합니다."

"내가?"

도윤의 물음에 도화가 고개를 끄덕였다. 그 표정이 너무 진지하여, 도윤이 보자기 위에 손을 얹으며 고개를 끄덕였다. 그제야 도화가 안심한 듯 웃는다.

보자기 안에 무언가가 있는 모양이구나.

그렇게 생각한 도윤이 때마침 저를 찾아와 준 도화의 손을 붙잡았다.

"실은 네게 부탁할 게 있었는데 마침 잘 와주었다."

"예?"

그러자 도윤이 뭔가가 적힌 종이를 도화의 손에 쥐어주었다.

"사흘 뒤에 다시 한 번 날 찾아다오."

종이를 펼쳐 도윤이 구해오란 것을 확인한 도화가 얼굴을 일그러트렸다. 안에 적힌 내용들이 워낙 뜬금없는 것들이라 이런 게 왜 필요한지 궁금하였다.

"마마. 이건 왜……."

"내 입덧이 심하니 또 이렇게 음식을 가져와 다오."

더 이상 묻지 말고 그리해 달라는 말이었다. 눈치 빠른 도화는 이걸 비밀로 하라는 말씀이구나, 하고 알아들었다.

"아버지께서도 모르셔야 하는 거지요?"

"그래."

"예, 알겠사옵니다."

두 사람은 궁에서만 맛볼 수 있는 귀한 과자를 나눠 먹으며 즐거운 시간을 보냈다.

그리고 도화가 돌아간 후, 도윤은 가장 먼저 보자기부터 펼쳐 보았다. 음식의 소쿠리 위에 놓여 있는 서찰을 펼친 순간 도윤의 표정이 변했다. 서찰은 제 것이 아니라, 세자에게 보낸 것이었다. 그것을 잘 갈무리한 도윤이 근심이 가득한 얼굴로 혼잣말을 읊조렸다.

"폭풍이 몰아치겠구나……."

부디 폭풍이 쓸고 간 자리에는 남아야 할 것들만 남기를, 도윤은 조용히 빌었다.

깊은 밤, 모두가 잠든 시각이었다. 비단옷을 입은 두 사내가 궁을 나섰다. 혹여 다른 이들의 시선에 띌까, 인기척을 죽이고서 밖으로 나온 이는 세자 이림이었다. 오랜만에 나온 잠행이었으나 그의 걸음은 조금은 성급했다.

"따라오는 자가 있느냐."

"없었나이다."

임영의 대답에도 이림은 마음이 놓이지 않는 것인지 계속 긴밀히 살피라 일렀다. 그들은 인적이 없는 길을 걸어 허름한 주막 안으로 들어섰다. 한양에도 아직 이런 주막이 있나, 생각이 될 정도로 낡은 오두막이었다. 묵어가는 사람 역시 없는 것인지, 인기척 없는 어두운 주막의 평상에는 한 사람만이 앉아 술잔을 기울이고 있었다.

안주 하나 없는 그 술상을 바라보던 이림이 타박을 했다.

"웬 청승이냐? 이제는 가진 것도 많은데."

"오셨사옵니까."

자리에서 일어난 흑곰이 몸을 낮추자 이림이 그럴 필요 없다고 말했다. 되레 그런 행동이 더욱 눈에 띌 수 있으니 주의하라고 이르기도 했다.

마주 보고 앉은 두 사람은 잠시 평범한 행객처럼 술잔을 나누었다.

대화는 술병이 비고 나서야 이어졌다.

주위에 아무도 없다고 알리는 임영의 말에, 흑곰이 품에서 작은 수첩 하나를 꺼내 이림의 앞에 놓아두었다.

"남창굴 장부에 적힌 자들과 내통한 상인들을 추적했더니, 환약의 출처를 알아낼 수 있었습니다."

"어디냐?"

"시전 상인 필정이 그 환약을 팔았다 합니다."

"네가 살해한 후에 청계천에 띄운 그자 말이구나."

이림의 말에 흑곰이 어수룩한 웃음을 지으며 고개를 끄덕였다.

환약은 필정을 통해 은밀히 팔려 나갔고, 일부는 남창굴을 운영하기 위해 사내아이들을 납치하는 데 사용되었다. 사내아이들을 납치해 운영한 남창굴을 통해 큰돈을 벌어들였으니, 김씨 일가의 죄를 죽음으로 묻는 게 가벼워 보일 정도였다.

"그리고 내의원 김 첨정을 찾아냈습니다."

그 어떠한 증좌보다 중요한 자를 찾았단 말에 이림의 표정이 날카로워졌다.

"김 첨정을 통해 폐서인이 되신 중전마마가 마셨던 차에도 그 환약이 들어갔다는 걸 확인했습니다."

흑곰의 말에 이림의 시선이 술잔으로 향했다. 그 어떤 때보다 정신이 또렷해야 할 때였으나 술이 고팠다.

"폐서인의 사인은 독초로 인한 질식사였습니다. 사약에 쓰이는 독초인데 이 역시 시중에선 구할 수 없고, 내의원에서만 특별히 관리되는 독초였습니다. 김 첨정은 잘 잡아두었습니다."

"잘했다."

역시 사인을 조작해 보고한 것이다. 궁 안에 희빈의 손이 닿지 않은 곳이 없었다. 마음이 급해진 이림이 서두르기 시작했다.

"준비하라는 것은?"

세자의 짧은 물음에 흑곰이 뒤를 돌아보았다. 그러자 커다란 덩치의 사내가 새 술병과 함께 집문서를 건네주었다.

"어떻더냐?"

"지내기 부족함이 없어 보였습니다. 근처에 인가가 적어 사람들의 눈에도 띄지 않으니 이만한 곳이 없을 듯합니다."

모든 준비가 끝났다. 중전의 목을 틀어 쥘 증좌도, 그리고 그 일을 실행하기 위해 필요한 것들도.

이림이 술잔을 들어 탁주를 들이켰다. 쓰디쓴 술에 인상이 찌푸려질 법도 했으나 잔을 내려놓는 이림의 표정은 무심하기만 했다.

"운도에게서 연락이 왔다."

"이제 모든 준비가 끝난 것이옵니까?"

"그래."

드디어 김태수를 무릎 꿇릴 수 있게 되었단 생각에 흑곰도 조금 들뗬다. 김태수만은 어쩌지 못할 줄 알았는데, 진정한 복수를 할 수 있게 된 것이다.

"놈들은 거기서 멈춰야 했다. 세자빈에게까지 손을 뻗치다니."

이림은 새 술을 따라 마시고는 이를 갈았다.

세자여선 안 되는, 천한 어미의 배에서 태어난 저라도, 자신이 존재하는 단 하나의 이유인 도윤을 건드린 것은 용서할 수 없었다.

기수—이불의 궁중 용어—에 누워 있는 두 사람은 서로를 바라보고 있었다.

제시간에 침수에 들었으나, 두 사람 모두 세상에 빛이 찾아올 때까지 잠들지 못하고 있었다.

다정히 도윤의 어깨를 쓰다듬고 있던 이림이 제 손을 붙잡는 작은 손을 보았다.

앞으로도 이 손을 잡기 위해선 계획했던 일 모두가 조금의 어긋남도 없이 시행되어야 했다. 자신은 있었지만, '만약'이란 게 있지 않은가.

그녀 역시 자신과 마찬가지로 걱정하는 기색이자, 그가 먼저 도윤을 안아주었다.

커다란 손이 등을 쓰다듬고, 그녀의 마음까지 보듬어주었다.

걱정하지 말아라. 다 잘될 것이다.

두 사람 모두 자신의 명운까지 거는 일이었기에, 걱정은 깊었으나 애써 서로를 위로하고 있었다.

"오늘 도화가 때를 맞춰 오기로 했사옵니다."

"위험할지도 모르오."

어쩌면 눈치 빠른 자들에게 들킬지도 모른다. 하나 도윤은 걱정하지 말라는 듯 희미하게 웃었다.

"마지막까지 잘할 수 있사옵니다. 혹여 들킨다 하더라도 저하께서 지켜주실 거잖습니까."

이 모든 계획이 도윤의 머릿속에서 나왔다. 그러니 잘해낼 수 있을 거라 말은 하면서도, 걱정이 되는 것인지 표정이 썩 밝지 않았다.

결국 방 안이 훤히 밝아지자 두 사람은 잠시도 눈을 붙이지 못한 채 몸을 일으켰다.

도윤은 자리에서 일어나는 이림을 보며 무언가 할 말이 있는 사람처럼 머뭇거렸다. 내내 마음속에 가시처럼 걸려 있는 것이 있었기 때문이다.

"왜 그러는 거요?"

눈치를 챈 이림이 물었다.

그러자 도윤이 숨을 한 번 들이마신 후에 목소리를 낮춰 말했다.

"월한대군이 찾아왔었습니다. 이 일과 대군마마는……."

"알고 있소. 하나 어쩔 수 없는 일입니다."

이러한 답을 들을 거라고 예상은 하고 있었지만 그래도 마음은 무거웠다.

다시 한 번 생각해 달라 말하고 싶었다. 이미 틀어진 관계이나 월한에 대한 처분만은 없게 해달라고.

하나 이림의 표정은 바늘 하나도 들어갈 틈 없이 냉담했다.

'서둘러서 될 일이 아니다.'

어쨌거나 두 사람은 형제이고, 세자의 마음이 모질지 못하니 믿어보는 수밖에 없다 여겨졌다.

잠시 후 두 사람은 임금께 문안을 올렸다. 늘 다정하고 즐겁게 환담을 나누곤 했던 시간인데, 오늘은 그렇지 못했다.

임금의 용안에 근심이 어린 것을 보고 도윤이 차분한 음성으로 말했다.

"너무 걱정하지 마시옵소서."

"진정 그렇게까지 해야겠느냐? 나는 왠지 꺼림칙하구나."

임금의 물음에 이림이 대답했다.

"그리 생각하시는 것은 당연하옵니다. 하나, 믿어주시옵소서. 태어날 아이를 위해서라도 꼭 해야 할 일이옵니다. 이 썩어가는 물에 제 자식을 발 담그게 하고 싶지 않사옵니다."

"그 말을 들으니, 네게 미안하구나."

임금은 희빈과 김태수의 세력을 키워놓은 자신의 잘못으로 인해 아들인 세자가 힘들어졌음이 죄스러웠다.

그 당시엔 어쩔 수 없었다는 말로는 변명이 되지 않을 터다.

"아니옵니다. 전하. 그때와는 상황이 다르옵니다. 또한 전하께서 저를 밖으로 내보내셨기에 이 모든 일을 할 수 있게 되었나이다. 모두 전하의 덕입니다."

"그리 생각해 주니 고맙구나. 그나저나 빈궁이 고생이 많겠다. 홀몸도 아닌데, 정말 이래도 되는 것인지, 내 마음을 놓을 수가 없구나."

"전하. 저는 유람할 때도 저하보다 더 산을 잘 탄 튼튼한 계집이옵니다."

도윤의 우스갯소리에 잠시 분위기가 밝아졌다.

"그래도 혹 모르니 별순검을 붙여주겠다. 이는 거절하지 말거라."

"예. 전하."

이어서 임금은 이림에게 물었다.

"월한은 어쩔 것이냐?"

"……."

"내게는 월한도 아들이다. 또 네게는 아우이고."

잠시 굳은 얼굴로 망설인 이림이 힘겹게 대답했다.

"월한에게 죄가 없다면…… 다행인 것 아니겠습니까."

도윤은 이림의 손을 잡아주었다. 이 결심에 이르기까지 그가 얼마나 마음을 다쳤을지 알기에.

이림은 제 손등에 포개진 그녀의 손을 힘주어 잡아주었다.

괜찮다고. 안심하라고.

❖

도화는 오늘 도윤이 가져와 달라고 했던 물건이 든 보자기를 끌어안은 채 궁을 찾았다.

한데, 아버지 정대봉이 오늘따라 무슨 바람이 불었는지 세자빈 마마를 뵙고 싶다며 함께 가자 했다. 그간 외척이 날뛴다는 소리를 들을까 봐 일부러라도 걸음하지 않던 분께서 찾아오니, 도윤도 놀란 눈치였다.

"회임을 하셨다는 소리를 듣고도 찾아뵙지 못했나이다. 서운하셨습니까."

"아닙니다. 아버지 마음, 저도 다 압니다."

"몸은 좀 어떠십니까? 마마의 어미께서도 입덧이 심했었는데, 하필 그것을 빼닮으셨습니다."

"제가 어머니를 힘들게 한 벌을 받는 모양입니다."

도윤은 어머니 얘기에 코끝이 찡해졌다. 그렇지 않아도 제게 존대하시는 아버지의 말씀에 괜히 마음이 저릿하던 참이었다.

"마마. 입덧까지만 닮으셔야 하옵니다."

어머니처럼 일찍 세상을 떠선 안 된다고, 그 말을 알아들은 도윤이 결국 눈물을 보였다.

"아버지도 참. 절 울리려고 오셨습니까?"

덩달아 도화도 찔끔찔끔 옷고름으로 눈물을 찍어내자 정대봉이 '허허' 웃으며 변함없는 딸들의 여린 심성에 안도했다. 다 컸다고 생각했는데, 아직도 제가 돌봐줘야 할 자식들인 것이다.

"실은…… 여기 온 것은 어젯밤 꿈자리가 사나워 혹 무슨 일이 있나 해서 와본 것이옵니다."

도윤이 겁을 낼까 봐 차마 자세한 이야기는 입에 담을 수 없었다.

꿈에 죽은 부인이 나타나 화려한 꽃가마를 타고 궁으로 들어가는데, 그 모습이 너무 아름답고 황홀했다. 꿈을 꿀 때는 좋았으나, 깨고 나니 심상치 않은 꿈같았다.

"무슨 일은요. 제가 회임을 해서 몸이 허약해지니 걱정이 되셨나 봅니다."

그렇게 말하는 도윤의 눈이 도화가 가져온 보자기를 힐끔거렸다.

"정말 아무 일도 없사옵니까?"

"예. 아버지. 다만…… 놀라실 만한 일이 있더라도 절대 놀라지 마십시오."

"예?"

"아무것도 아닙니다."

아버지에게 이렇게 말해두긴 했으나, 곧 크게 걱정하실 일이 생길 것이기에 아버지를 보는 도윤의 마음이 쓰라렸다.

늦은 밤이었다. 벌레 쫓는 향이 다 타들어가고 툭 재가 떨어졌다. 남아 있던 연기도 흩어질 무렵, 잠을 자고 있던 도윤의 눈썹이 꿈틀거렸다.

결국 그녀는 식은땀을 흘리며 눈을 떴다.

"흐읔."

한밤중에 배를 붙잡고 일어난 도윤이 신음하며 괴로워했다. 일그러진 얼굴로 연신 배를 잡고 괴로워하는 모양새에 곁을 지키고 있던 만덕이가 깜짝 놀라 자리에서 일어났다.

"마, 마마…… 마마, 어디 안 좋으신 겝니까?"

만덕이의 얼굴이 일그러졌다. 하나 도윤은 입술을 깨물며 고통에 몸부림쳤다.

결국 눈물을 보인 만덕이가 자리에서 벌떡 일어났다.

"큰일 났습니다. 마마께서, 마마께서!"

만덕이의 말에 밖에서 웅성거리는 소리와 함께 박 상궁이 방 안으로 뛰어들어 왔다.

"마마!"

땀을 뻘뻘 흘리는 도윤을 본 박 상궁의 얼굴이 새하얗게 질렸다.

"배가…… 배가……! 흡!"

"허억! 마마!"

도윤을 부축하던 박 상궁은 숨이 넘어갈 듯 놀랐다.

새하얀 이불에 피가 흥건했기 때문이다.

황망한 표정으로 다들 어쩔 줄 몰라 할 때였다.

"도윤!"

이림이 깜짝 놀라 도윤을 바라보았다. 하얀 속곳이 붉은 핏물로 엉망인 것을 본 그가 가까이 다가오지 못한 채 멍하니 이를 바라보았다.

"저, 저하……."

이를 곁에서 바라본 자희가 눈물을 떨구었다.

멍한 눈으로 세자빈에게서 시선을 떼지 못하는 모습에 자희의 가슴까지 미어졌기 때문이었다.

자희의 부름이 귀에 들리지 않는 것인지 세자가 더듬더듬 걸음을 옮긴다.

천천히, 천천히 도윤에게 다가간 그가 두 무릎을 꿇었다.

"저하……."

도윤이 힘없이 팔을 올리자 이림이 그 손을 잡아준 후 말없이 눈을 감았다.

지난밤, 세자빈의 유산 소식에 궁이 발칵 뒤집혔다.

중전은 빈궁의 유산 소식에 오랜만에 회심의 미소를 짓고 있었다. 아버지 김태수는 하는 일마다 실패했지만 제가 한 일은 모두 성공했다. 세자의 어미도 제거했고, 세자의 자식도 없앴다. 우환거리를 없애고 나니 속이 다 시원했다.

사실 그녀는 제 아들 월한이 세자빈에게 뭐라 떠들어댔는지 이미 다 들었다.

궁에 그녀의 귀가 되는 사람이 수십, 수백이었으니 월한이 세자빈을 찾아갔다는 소식을 듣지 못하는 것이 오히려 이상할 지경이었다.

그 이야길 듣고 중전은 또 하나의 꾀를 냈다. 바로 향이었다. 모기와 날벌레들이 하도 극성이라 회임으로 예민한 세자빈이 잠을 이루지 못해, 상궁들이 밤마다 벌레 쫓는 향을 피우는 모양이었다. 중전은 사람을 시켜 그 향에 차에 들어간 환약과 똑같은 독초를 사용했던 것이다.

'그게 이렇게 효과가 빠를 줄 몰랐는데. 태아에게는 다른 모양이구나.'

느긋하게 차를 마시며 간만의 승리를 자축할 때였다.

"저하! 이러시면 아니 되십니다!"

갑자기 밖이 소란스러워졌다.

쾅!

문이 부서져라 큰 소리로 열리더니 성큼성큼 세자가 안으로 들어왔다.

"아니! 세자께서 여긴 어쩐 일입니까?"

중전은 불한당처럼 쳐들어온 세자 때문에 흥이 깨져 버렸다.

"그대의 짓인가?"

"뭐, 뭐라고요? 지금 무슨 말씀을 하는 겁니까? 그대라니요! 짓이라니요! 세자는 예법부터 다시 배워야겠소이다!"

다짜고짜 시비를 거니 중전은 황당함을 감추지 못하고 소리를 질렀다.

상궁들은 두 상전의 싸움을 어찌해야 할지 몰라, 아무도 말리지 못하고 쩔쩔매기만 했다.

"예법은 배우고 익힐 수 있다지만, 그대의 그 사악함은 죽어서도 사라지지 않을 터!"

"뭐가 어째요? 이보시오, 세자! 지금 어디 와서 화풀이를 하는 게요! 빈궁이 유산을 해서 심사가 뒤틀린 모양입니다! 그렇다고 감히 중전의 처소에서 행패를 부리다니, 제정신인 게요?"

"예. 제정신이외다. 그대가 세자빈과 내 자식을 해하였는데 그대가 아닌 누구에게 죄를 물으란 말이오!"

"내가요? 세상에. 사람을 이런 식으로 모함해선 안 되는 겁니다!"

"모함이요? 그대가 그 말을 입에 담을 수 있다는 게 끔찍할 정도요."

"내가 어떻게 세자빈을 해하려 했다고 우기는지 들어나 보고 싶소. 내가 고된 시집살이라도 시켰다는 겁니까?"

중전이 만면에 비웃음을 띠고 물었다.

"그거야 그대가 알겠지. 무슨 수를 썼는지 지금이라도 순순히 말하는 것이 신상에 이로울 것이오. 내가 다 밝혀내 그대의 죄를 세상에 소상히 알리기 전에!"

"제 어미처럼 미쳐 가는 게지. 세자빈의 몸이 약한 것을 왜 내게 와서 패악질을 부린단 말인가!"

중전은 세자가 증좌도 없이 저를 몰아간다 여기고 자신 있게 막말을 퍼부었다.

"마, 마마!"

아무리 그래도 세자에게 그런 말을 하는 것은 너무한 일이라, 상궁들의 얼굴이 파랗게 질려 갔다.

그러나 세자는 오히려 시원하다는 듯이 말했다.

"이제야 본색을 드러내시는군. 그동안 그 가면을 벗기고 싶었는데, 드디어 보여주는 건가?"

"세자. 이만 돌아가세요. 그대가 오늘 내게 이런 짓을 벌인 것을 한 번은 눈감아줄 수 있으니, 좋은 말 할 때 처소로 가시지요."

"눈감아줄 것 없소. 그러지 말라고 온 것이니까. 나 역시 더는 참지 않을 테니, 어디 누가 이기는지 끝까지 가봅시다."

선전포고였다.

그 당돌함에 중전은 세자가 떠난 후에도 한참이나 포복절도하듯 웃었다.

"우습기도 하지! 제까짓 게, 제까짓 게 뭘 하겠다고."

임금은 한밤중이나 다름없는 새벽녘에 편전회의를 소집했다.

갑작스런 임금의 부름이란 필시 역모나 전쟁에 준하는 큰 사건이 일어났다는 뜻이라, 한 사람도 빠짐없이 허둥지둥 편전으로 모였다.

오늘 편전에는 아직까지 조정 일에 나선 적이 없는 세자까지 나타나, 대신들은 대체 얼마나 큰일이 일어났는가 더욱 긴장했다.

"모두들 모였으니, 세자는 말해보거라."

대신들은 어리둥절한 표정이었다. 임금께서 소집하신 이 회의가 알고 보니 세자의 청이었던가. 임금도 모르는 화급한 일이 대체 뭐기에.

고관의 노신들의 얼굴에 설핏 불쾌함이 서렸다. 나이 어린 세자가 이렇게 편전을 주무를 수는 없는 것 아닌가.

이림은 그들이 만들어놓은 불편한 분위기를 느끼면서도 미안한 기색 없이 나섰다.

"전하. 그리고 여러 대신들을 이렇게 모이시게 한 것은 다름 아닌, 중전 김씨를 당장 의금부로 압송하여 죄를 물어주십사 청하기 위해서입니다."

"뭐!"

"뭐, 뭐라고요?"

"세, 세자 저하!"

여기저기서 큰 술렁임이 일었다.

반면 임금은 무책임한 발언을 한 세자를 탓하지 않고 침묵했다.

그러자 김태수가 나섰다.

"세자 저하께서 어찌 그런 생각을 하셨는지, 신은 도무지 알 수가 없나이다. 대체 중전의 죄가 무엇이옵니까?"

"세자빈을 시해하려 한 죄요."

세자가 기다렸다는 듯이 단호하게 선언하자 더 큰 술렁임이 일었다.

"저하! 그 무슨 위험한 말씀이시옵니까."

"예. 저하. 빈궁 마마께서 몸이 약해 유산을 했다 들었사옵니다. 설마 그 일로 이러시는 것이라면 증좌가 있어야 할 것이옵니다."

김태수의 사람들이 너도나도 나서서 세자를 책망하며 중전을 옹호하자, 이에 한껏 고취된 김태수가 거만하게 말했다.

"세자 저하께서는 한 나라의 군주가 되실 분이시니 말에 책임을 지셔야 한다는 것을 잘 알고 계실 것이옵니다. 하니, 없는 말씀을 하실 리는 없을 테지요. 지난번 신문고를 울리실 때도 그냥 지어내신 말씀은 아니셨으니 말입니다."

만약 그 말에 책임을 지지 못한다면 세자 자리에서 물러날 각오를 하라는 압박이었다.

"물론입니다. 하면 중전 김씨의 죄상이 드러난다면, 영의정이자 중전의 아비인 그대 역시 책임을 지셔야 할 겁니다."

흠칫.

김태수는 일순 세자의 눈빛에 압도당했다. 햇병아리 같기만 하던 젊고 제멋대로인 세자가 달라져 있었다.

원래 이렇게 영민한 눈빛이었을까.

미쳐 날뛰는 놈이라 여겨왔는데, 침착하면서도 위엄이 있다. 갑자기 세자의 풍채가 저를 짓누르는 것처럼 크게 보였다.

'그, 그럴 리가 없을 텐데.'

이렇게 당당하게 나오는 것은 자신들을 위협할 만한 증좌가 있다는 것일 테지만, 그럴 리가 없다. 허장성세 같기도 한데, 속을 알 수가 없으니 가진 패를 추측할 수가 없다.

"무, 물론입니다. 죄가 있다면 마땅히 그 벌을 받고 책임을 다할 것이옵니다."

"영의정의 그 말을 믿어보겠소. 세자빈의 태중에 있는 아이를 해한 것은 왕실의 손을 끊으려는 역모와 다름없습니다. 모두들 그것에는 동의한다 생각합니다. 아닙니까?"

세자의 매서운 추궁에 모두가 그건 그렇다고 동의했다.

"저는 그동안 제 어머니인 폐서인의 죽음과 남창굴의 일이 연관이 있다 여기고 조사해 왔습니다."

그 두 사건이 어째서 관련이 있다 여긴 것일까, 사람들은 궁금한 얼굴이었다.

단 한 사람, 김태수의 안색만이 나빠지고 있었다.

"그리고 이번 세자빈의 일로 확실히 알게 되었습니다. 이 세 사건 모두, 중전 김씨가 사용한 독초 때문이었습니다."

"그런 일이!"

"있을 수 없는 일입니다!"

"감히 어찌 그런 짓을 하고도 들키지 않을 수 있단 말입니까."

편전이 발칵 뒤집혔다. 너도나도 한마디씩 하느라 시끄럽자, 임금이 손을 들어 모두의 입을 다물게 한 후 엄중하게 물었다.

"세자는 확실한 증좌가 있느냐?"

"예. 전하. 증좌뿐만 아니라, 관련된 자를 붙잡아두었사옵니다."

대신들의 탄식이 깊어졌다.

"허어! 이럴 수가."

임금을 비롯한 모두의 시선이 김태수에게 꽂혔다.

"저, 전하. 소신은 전혀 아는 바가 없사옵니다! 뭐, 뭔가 잘못되었을 것이옵니다. 중전께서 그런 짓을 벌이실 리가 없사옵니다! 전하!"

"그대가 내게 그 말을 한 것이 몇 번째인가! 항상 모르는 일이다, 그럴리 없다 주장하였으나 한 번도 그대의 말이 옳았던 적이 없다!"

진노한 임금의 호통이 편전을 쩌렁쩌렁하게 울렸고, 김태수의 얼굴은 사색이 되었다.

"하, 하오나 전하. 이번 일은 전하의 부인이신 중전마마의 일이옵니다!"

"그렇기에! 내 중전이기에! 더욱 이런 일을 엄히 다뤄야 한다는 것을 모르는가! 게다가 그대는 지금 세자가 무턱대고 중전을 모함한다 주장하는 겐가!"

"전하! 저하께서도 뭔가 오해가 있으신 겁니다. 굽어살펴 주시옵소서."

"굽어살필 것이다. 누구의 말이 맞는지, 심문을 해보면 알 터."

"저, 전하!"

"세자는 들으라."

"예. 전하."

"세자에게 이번 사건을 일임할 것이니, 의금부 판사 강필도와 함께 철저히 조사하여 사실 여부를 가려야 할 것이다. 만약 죄상이 밝혀진다면 누구든, 관련된 이들에게는 극형을 내릴 것이다."

"예. 한 점의 의혹도 남기지 않겠사옵니다."

"전하! 억울하옵니다! 전하!"

김태수가 거의 울부짖었으나 노한 임금은 그를 싸늘하게 노려본 후, 횡하니 자리를 떴다.

웅성거리는 대신들 틈에서 김태수와 세자는 서로를 노려보았다.

세자는 저를 죽이지 못해 원통해하는 김태수의 생각을 읽고, 미소로 화답해 주었다.

탁. 탁. 탁.

의자 손잡이를 손가락으로 두드리던 이림은 박 상궁이 가져온 향을 집어 들었다.

"이걸…… 누가 가져다주었다고?"

"내의원에게 필요하다 일러 받아온 것입니다."

박 상궁의 말에 이림은 이규석에게 일러 내의원에 있는 향을 죄다 가져와 모으라 일렀다. 그리고 내의원 정 김찬윤을 잡아들여 직접 심문을 하니, 중궁전에서 만들라 지시했다 자복했다.

그 향의 제조법을 살펴보자, 미약하지만 환각을 일으키는 독초가 포함된 것으로 확인되었다.

하나, 이것만으로는 모자랐다. 중전과 김태수가 빠져나갈 길이 전혀 없어야 한다. 잘못하면 내의원만 다 덮어쓰고 끝나 버릴 수도 있기 때문이다.

이림이 원하는 것은 그들이 서서히 목이 졸려 스스로 파멸로 가는 것이었다. 이것으로 중전을 끌어내릴 수 있다 한들, 궁에 남아 있는 김태수 일가와 그 추종자들의 싹을 전부 제거할 수는 없었다. 한 번에 그들 모두를 제거할 수 있도록, 김태수가 스스로 파멸하도록 판을 키워야 했다.

"어영청 도제조와 호위청 대장을 들라 하라."

이림의 머리가 빠르게 돌아가고 있었다.

힘없이 기수에 누워 있던 도윤은 이림이 문을 열고 안으로 들어오자 몸을 일으켰다.

어젯밤 아이를 유산한 여인이라고 하기엔 표정엔 슬픈 기색이 없었고, 안색 또한 나쁘지 않았다. 이림 또한 마찬가지였다. 방금 전까지만 해도 분노로 가득했던 그가 지금은 긴장한 얼굴로 도윤을 바라보았다.

"오늘 밤이오."

이림의 말에 도윤이 고개를 끄덕였다. 오늘 밤이라곤 해도 한 시진도 남지 않은 시각이었다.

도윤은 걱정이 그득한 그를 보며 안심하라는 듯 고개를 끄덕였다.

"다 잘될 것입니다."

말 그대로였다. 모든 것이 순조로웠고 계획대로 실행되고 있었다. 오늘 도윤만 무사히 궐 밖으로 나간다면, 앞으로 몸을 움직이는 데 더 수월

할 것이다.

이림은 미리 준비해 둔 도포와 갓을 도윤의 앞에 내밀어놓았다.

오랜만에 마주한 사내 옷을 한참 쓰다듬던 도윤이 자리에서 일어났다. 도윤은 긴장한 기색이 역력한 얼굴로 옷을 갈아입었다. 자신이 궁을 빠져나가기도 전에 저들에게 발각된다면, 계획해 놓았던 것들이 모두 헛수고가 될지도 몰랐다.

박 상궁의 도움을 받아 옷을 갈아입은 도윤이 두려운 기색을 감추지 못한 채 이림의 앞에 섰다.

"오랜만이구나. 정도원."

"지금 그런 농이 나오십니까?"

"정말 반가워서 그렇소."

그렇게 말한 이림은 주위의 눈치도 보지 않은 채 도윤의 허리를 한 손으로 끌어 제 품으로 데리고 왔다. 아직 갓을 쓰지 않은 머리에 입을 맞춘 그가 진심이 그득한 목소리로 말했다.

"나 대신 익위사와 부왕의 별순검이 그댈 지켜줄 거요."

홀로 그녀를 궁 밖으로 보내는 것이 아직도 걱정이 되었다. 하나 그는 그녀를 안심시키듯 스스로를 안심시키려 그리 말했다. 그런 후 도윤의 턱을 잡아 위로 끌어올려 입을 맞췄다.

어둠을 틈타 밖으로 나온 두 사람은 작은 쪽문으로 향했다.

이미 어영청에게 말해 손을 써둔 터라 손쉽게 밖으로 나온 이림은 쪽문 앞에서 기다리고 있는 부왕의 별순검을 보았다.

깍듯하게 고개를 숙이는 그에게 고갯짓을 한 이림이 마지막으로 도윤을 눈에 담았다.

"궁 밖으로 나면 사람들이 기다리고 있을 것이오."

"조심하고 또 조심하겠나이다. 전하께서도 무사하셔야 합니다."

겨우 함께 있게 된 지 얼마 지나지 않아 또다시 이별이었다. 아쉬운 마음에 다시 한 번 짧게 입을 맞춘 그가 멀어져 가는 도윤의 뒷모습을 말없이 바라보았다. 그리고 도윤이 시야에서 사라지고 난 후에야 몸을 돌려 동궁으로 돌아왔다.

동궁 앞에선 만덕이와 박 상궁이 긴장한 눈으로 그를 기다리고 있었다.

"누가 오더라도, 나 외에는 절대 이 문을 열어주면 안 된다. 알겠느냐?"

그의 엄중한 명에 동궁을 지키는 나인들이 고개를 끄덕이며 그리하겠다 답했다.

세자빈의 유산과 중궁전에서 세자가 패악을 떨었다는 소식을 들은 월한은 안절부절못했다.

그뿐인가. 중전이 세자빈을 해하려 했다며 조정을 발칵 뒤집어놓았다지 않나.

어머니의 죄상이 밝혀질 것도 두려웠지만, 무엇보다 세자빈의 안위가 걱정이 된다. 그녀가 몸도 크게 상했지만 정신적인 충격과 슬픔에 헤어나오지 못하고 있다니, 미칠 것만 같았다.

중전이 주는 것은 입에도 대지 말라 했는데, 어떻게 이리된 걸까.

세자가 중전의 처소에서 행패를 부리고 갔다는 것은 증좌가 있다는 것이다.

'어머니는 아무것도 모르고 계신다. 형님께서 무턱대고 그러실 분이 아닌데!'

어찌 된 일인지 알아봐야 했다. 이대로는 아무것도 해결되는 게 없지 않나.

인자했던, 어머니보다 더 어머니 같던 세자빈의 모습이 떠올라 가슴이 따끔거린다. 그런 고운 분이 제 어머니로 인해 마음을 다치셨다니, 어머니에 대한 분노만 더 끓어올랐다.

결국 월한은 세자빈의 처소로 달려갔다.

얼마나 아프신지, 대체 무엇 때문에 그리되신 건지……. 그리고 어머니를 용서해 달라고 빌어볼 생각이었다.

한데 그렇게 달려간 월한은 동궁전 앞에서 세자와 맞닥뜨리고는 그냥 돌아가야만 했다.

"여기가 어디라고 찾아온 게냐?"

"저, 저하. 세, 세자빈 마마는……."

"왜? 죽지 않아 아쉬우냐?"

"저하!"

"돌아가라."

차가운 어조에도 월한은 물러서지 않았다. 도윤을 만나 상태가 어떠한지 두 눈으로 보아야만 돌아갈 수 있을 것 같았다.

"마마를…… 뵙게 해주시옵소서."

"네까짓 게 만날 수 있는 사람이 아니다. 넌 아무것도 몰랐다고, 아무 죄도 짓지 않았다고 말할 수 있을까? 네 어미가 세자로 세우려는 자가 바로 너인데."

"……."

"그러니 돌아가라."

이 모든 일이 일어난 건 너의 탓이다.

이림의 말에 월한의 눈에서 눈물이 쏟아졌다. 형님의 말이 맞았다. 자신이 없었다면 이 모든 일들이 일어나지 않았을 터. 자신의 존재가 이 모든 사달의 원인이었다는 사실을 뼈에 사무치게 깨달은 월한이 통한의 눈물을 쏟았다.

그러나 이림은 이조차 보려 들지 않고 몸을 돌렸다.

점점 멀어져 가던 걸음이 어느 순간 멈췄다.

고개를 돌려 아이처럼 울음을 터뜨리고 있는 월한을 바라보던 이림이 주먹을 말아 쥐었다.

월한을 미워했었다. 녀석을 비호해 줄 어미가 있다는 것까지도 시기했었다. 그렇게만 생각한 관계를 궁궐 밖에서 도윤을 만나면서 깨달았다.

왕실에서 태어나지 않았다면 우리 둘 역시 우애 좋게 지내지 않았을까.

그리 생각하자 안타깝기까지 했었다. 그 생각은 지금 이 순간에도 바뀌지 않았다. 월한의 존재가 앞으로도 자신에겐 수많은 위협이 되리라는 것을 알고 있었다. 자신이 왕위에 오르고 나서도 월한으로 인해 끊임없이 분란이 일어날지 모른다.

게다가 월한은 알고 있다. 제 진짜 출신을. 저는 원래 대군도 되지 못할 존재 아닌가.

이림은 다시 걸음을 옮겨 월한의 앞에 섰다.

"난 여전히 대군의 형님인가."

"……."

"내가 세자의 명분이 없다는 걸 넌 알고 있다. 그런데도 나를 세자로, 형님으로 여겨줄 것인가?"

"비밀을 지켜달라 하시면 죽을 때까지 지킬 것입니다! 하니, 어마마마를…… 한 번만 용서해 주십시오."

"용서란 없다."

"저하!"

"내가 네 어미를 용서해 주지 않으면 넌 내 적이 될 것이냐?"

월한은 멍하니 이림을 올려보다 눈물을 뿌리며 힘껏 고개를 저었다.

"하면 넌 내게 힘을 실어줄 것인가."

"……."

"그것이 네 어미와 외조부의 목숨을 끊게 만드는 일이라 하더라도."

월한은 얼굴을 일그러트리며 부들부들 떨었다.

어머니를 살리고 싶어 여기까지 오지 않았나. 한 번만 용서해 달라고 오던 길 아닌가.

"……넌 그렇게 할 것인가."

그러나 이림은 너무 잔인한 선택을 강요했다.

"저하……. 아니, 형님."

"이대로는 아무것도 끝나지 않는다. 네가 내 아우로 살아갈 마지막 기회를 주려는 것이다."

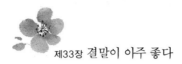

제33장 결말이 아주 좋다

의금부는 요즘 하루가 멀다 하고 사람들의 비명 소리가 끊이지 않았다. 그러나 호된 심문에도 불구하고, 의금부로 끌려온 죄인들은 쉽게 입을 열지 않았다. 심지어 의금부 판사 강필도가 증좌를 내밀며 추궁해도 그들은 김태수의 권력을 더 두려워하며 중전과의 연관성을 부정하였으며, 자신도 이 일들과는 관련이 없다 말했다.

일의 진척이 느려질수록 강필도의 고심도 늘어났다. 끝내 저들이 자백을 하지 않는다면 세자빈의 유산과 관련한 일은 내의원의 실수로 끝나게 될 것이 자명했다.

세자께서 자신의 세자 자리까지 걸고 벌인 일이다. 이대로 가다간 김태수 쪽을 더 기세등등하게 만들 뿐 아닌가.

'이러다가 정말로 세자께서 물불 가리지 않고 날뛰신다면 더 큰일이지.'

이틀 후면 임금까지 직접 고신장에 나서신다 하니 강필도의 고민이 나

445

날이 늘어갈 때였다.

결국 이림이 직접 의금부까지 발걸음을 하게 되었다.

"저하."

아무것도 해결하지 못한 강필도가 난감함에 고개를 숙였다.

그러자 이림이 그럴 필요 없다는 말과 함께 의자에 앉는다. 이림은 가타부타 설명도 없이 수첩 하나를 강필도 앞에 놓아두었다.

"이게 무엇입니까?"

"남창굴 장부에 적힌 자들과 내통한 상인들을 추적해, 환약의 출처를 찾아냈네. 몇 달 전에 죽은 시전 상인 필정이란 자가 그 환약을 팔았더군. 장부가 있으니 확실한 증좌가 될 걸세."

그의 말에 강필도가 깜짝 놀라 수첩을 열어보았다.

거기엔 궁에서도 엄중하게 관리되는 환약이 필정이란 자를 통해 팔려 나간 정황과 함께, 일부는 강릉으로 흘러들어 가 남창굴을 운영하기 위해 사내아이들을 납치하는 데 사용된 것까지 적혀 있었다.

"이, 이걸 어떻게……."

아직 의금부에서도 알아내지 못한 것을 세자가 어떻게 찾아내었는지 궁금하여 강필도가 물었다.

그러자 이림은 별것 아니라는 듯 답한다.

"내의원 첨정 김낙환을 통해 알아낸 것일세."

"김낙환이라 함은……."

"몸을 숨기고 있는 것을 찾아내 현재 데리고 있다."

그를 통해 폐서인이 오랫동안 그 환약이 들어 있는 차를 마셨다는 것 까지 알아냈다는 말에서 강필도는 무릎을 쳤다.

역시 아무 증좌 없이 일을 벌이신 게 아니었다.

"폐서인의 사인은 독초로 인한 질식사였네. 사약에 쓰이는 독초인데

이 역시 김 첨정이 중전에게 내어주었다고 하더군."

"한데 왜 이걸 이제야 말씀하시는 것이온지……?"

김 첨정을 잡아두고 있다면 중전을 폐위시키는 건 일도 아니었다. 한데 이림이 아직도 이를 알리지 않고 손에 쥐고 계신 게 궁금하여 강필도가 그에게 물었다.

"아직은 때가 아니라 생각했네."

"무엇을 기다리시는 것이온지……."

"아직 움직이고 있지 않은 김태수가 직접 나설 때가 내가 싸울 때일세."

"저하. 그 말씀은……."

강필도 역시 정쟁의 피바람을 몇 번이나 넘은 자였다. 이림이 그리고 있는 큰 그림이 무엇인지를 대강 눈치챌 수 있었다. 이 큰일을 젊은 세자가 모두 계획하고 실행했다는 것이 놀라울 따름이었다.

'아니다. 밖에서 벌이신 일들에 비하면야…….'

김태수가 사람을 잘못 본 것이다. 세자를 우습게 여긴 것을 단단히 후회하게 되리라.

"사헌부와 사간원에 있는 믿을 만한 자들에게 이 사실을 전하고 준비하도록 일러주시게."

믿을 만한 자라 함은 굳이 묻지 않아도 알 수 있었다. 사간원엔 세자의 사람인 한수창이, 사헌부엔 집의로 있다가 죽은 김춘삼 대신 자리를 차지한 임금의 사람이 있었다. 늘 당하기만 했던 강필도는 묵은 원한을 씻어낼 수 있을 듯해 벌써부터 통쾌한 기분이 들었다.

추국장에 모인 대신들은 아직 비어 있는 임금의 자리를 걱정스러운 눈으로 바라보고 있었다. 지은 죄가 있거나, 혹은 이번 일로 자신에게도 화가 미칠까 우려하는 이들이 대부분 먼저 자리를 했다.

"이거 이러다가 정말 큰일 나는 거 아닙니까?"

"세자빈께서 유산을 하신 게 정말로 중전의 짓이라면……."

"말해 뭐 하오? 우린 다 죽는 거요. 우리 중 김씨 일가에게 아쉬운 소리 한 번 안 한 사람이 있소?"

"우리는 이런 일까지 벌일 줄은 몰랐지 않소!"

"세자 저하의 성정에 다 죽여 버리겠다 하면 정말 큰일이지 않소."

"하아. 세자빈 마마를 각별히 아끼신다니, 그럴지도 모르지."

"그만들 합시다. 이런다고 해결될 일이 아니오. 나는 요즘 불안해서 어떻게든 줄을 끊어내고 있으니, 다들 각자 밥그릇이나 잘 챙기시오."

일이 이렇게까지 될 줄은 몰랐기에 다들 근심 어린 표정들이었다. 아무리 권력이 좋다 하지만 그게 목숨보다 중하겠는가. 다들 한마디씩 덧붙이며 이 일을 어찌해야 할지 몰라 하고 있었지만 혹 조금 떨어져 있는 김 태수에게 자신의 목소리가 들릴까, 조심하고 있었다.

그때 임금이 행차한다는 소리와 함께 추국장에 무거운 정적이 감돌았다.

곧 임금을 뒤따라 내금위와 도승지가 들어섰다.

엄숙한 분위기에 모두들 잔뜩 긴장한 가운데, 임금이 명을 내리자, 의금부 판사 강필도가 자리에서 일어나 심문이 시작될 것을 알렸다.

임금께서 심문을 참관하신다는 것은 드디어 본격적인 추국이 시작되었음이다.

가장 먼저 추국장으로 끌려온 것은 내의원들이었다.

대궐의 약과 약방문을 관리해야 할 자들이 제가 할 일을 다하지 못해 의금부로 끌려온 것이 사흘 전이었다. 그사이의 고신이 꽤 모질었던 것인지 모습을 감춘 김 첨정을 제외한 김 정과 도 판관, 연 주부가 피에 젖어

형틀에 몸을 축 늘어뜨리고 앉았다.

"세자빈 마마께 독이 든 차를 올린 게 너희들이냐?"

"이게 무슨 말인가?"

"차에 독을 탔다니……!"

강필도의 질문에 추국장에 모인 사람들이 수군거렸다. 다른 것도 아니고 독살이라니, 어찌 그런 간 큰 짓을 벌일 수 있단 말인가.

대신들의 웅성거림에 좌중이 소란스러워지자 임금이 손을 올렸다.

다시 조용해진 가운데 강필도가 다시 물었다.

"회임하신 세자빈 마마에게 독이 섞여 있는 향을 올린 것 역시 너희들이냐."

"헉!"

독이 든 차와 향. 이런 대범한 짓을 정말로 중전이 주도했을까? 사람들은 놀람과 동시에 의구심이 들었다.

그러자 고개를 떨어트린 세 사람 중 도 판관이 고개를 들었다.

"정말 몰랐사옵니다. 관리되고 있는 약초가 줄어드는 건 알아, 이를 모두 상관인 김찬윤 나리와 김낙환 나리에게 모두 보고하였사옵니다. 정말입니다. 믿어주십시오!"

"저, 저 역시 그렇사옵니다."

도 판관과 연 주부가 연신 자신에겐 죄가 없다며 말했다. 입을 꾹 다물고 있는 것은 김 정뿐이었다.

"아직 너희들의 죄를 다 말하지도 않았다!"

"그, 그 역시……."

자신들이 한 일이 아니다, 라고 말하려던 찰나였다. 강필도가 언성을 높였다.

"궁에서 엄중히 관리해야 할 독초가 소량도 아닌 대량으로 궁 밖 시전과 강원도 일대에 퍼져 나갔다! 내가 감찰사로 있을 때 이미 확인한 증좌가 있다. 그래도 모른다 할 수 있느냐! 그 약초가 어디에 쓰였는지 아느냐! 입에 담기에도 더러운 남창을 수급하기 위해 어린 사내아이들을 납치하는 데 이용되었다!"

"정말 모르는 일이옵니다!"

"그것과 똑같은 독초가 세자빈 마마의 처소에 있던 향에서 발견되었는데도 끝까지 거짓을 고하겠느냐! 이는 생명에는 지장이 없으나 태아에게는 치명적이라고 전의가 이미 소견을 밝혔다! 너희들이 끝까지 입을 다물고 자신들의 무능함에만 호소한다고 될 일이 아니다! 감히 주상 전하 앞에서 그런 수작을 부리는 것은 전하를 능멸함이다!"

강필도가 임금을 앞세워 강하게 호통치자 아무것도 모른다던 두 사람의 눈이 김태수에게로 향했다.

이를 본 임금의 용안이 일그러졌다.

그들의 시선만 보아도 죄를 시인하는 것과 같았으나, 두 사람은 끝까지 고개를 내저으며 눈물을 보이고 있었다.

"아, 아닙니다……. 저희들은 사라진 약초가 어디로 갔는지 정말 몰랐사옵니다."

"일본에서 들어온 진귀한 약초라 저희들 역시 신경을 썼으나……."

사라진 약초가 어디로 갔는지, 그것이 어디에 사용되었는지 모르겠다는 말이었다.

진노한 임금이 자리에서 일어났다. 그가 근엄한 표정으로 세 사람을 바라보자 방금 전까지 자신의 무죄를 주장하던 자들이 고개를 아래로 내렸다. 바라보던 대신들 또한 마찬가지였다.

"뻔한 거짓말을 언제까지 들어주어야 하느냐? 뭣들 하느냐! 저것들이 바른 말을 할 때까지 주리를 틀지 않고!"

"예!"

나장들은 일체의 망설임 없이 죄인들의 주리를 틀기 시작했다.

"으아악!"

끔찍한 비명에 지켜보던 사람들의 표정이 일그러졌다. 그럼에도 나장들은 힘껏 주리를 틀었다.

으드득.

정강이에 금이 가고 부러지도록 다리가 짓눌리자, 살갗이 터져 죄인들의 바지가 피로 물들었다.

"아아악!"

눈이 뒤집히는 고통 속에서도 세 사람은 입을 열지 않았다. 이러다 죽는 것은 괜찮았으나, 자칫 영의정의 손에 식솔들까지 죽임을 당할까 두려운 것이다.

고신은 해가 질 때까지 이어졌다.

"멈춰라!"

임금의 명에 나장들이 옆으로 물러섰다.

"마지막으로 묻겠다."

세 사람이 게슴츠레 뜬 눈으로 임금을 보았다. 모두들 겨우 정신을 붙잡고 있는 듯 힘겨운 모습이었다. 벌써 사흘이나 이어져 온 고신이었기에 몸도 정신도 만신창이가 된 듯했다.

"폐서인에게 내린 차에도 혹 같은 독을 썼느냐."

방금 전과는 달리 '폐서인'이 언급되자 태연하게 지켜보던 김태수가 깜짝 놀라 임금을 보았다.

하나 임금은 거기에서 말을 멈추지 않고 계속해 심문을 이어나갔다.

"모든 것을 자백하면 목숨을 살려줄 뿐 아니라 형을 크게 감면해 주겠다. 하나 모든 죄가 낱낱이 밝혀질 경우엔 극형을 면치 못할 것이다."

"그, 그것이……."

"마지막 기회라 했다. 너희들의 선택을 도와주마."

임금이 추국장의 문을 보며 말했다.

"들이라."

그의 명에 이규석과 나장 몇이 한 남자를 끌고 안으로 들어왔다. 그들의 손에 붙잡혀 있는 자는 겁에 잔뜩 질린 김낙환이었다.

세 사람의 상관이자 이 모든 일에 있어 그 누구보다 가장 깊숙이 관여가 되어 있는 남자가 안으로 들어오자, 김태수가 비틀거리며 자리에서 일어났다.

이제야 일이 심각하게 돌아가고 있다 여긴 모양이었다.

김낙환의 모습에 죄인들의 낯빛이 순식간에 변했다. 종적을 감췄다던 그가 등장한 것이다.

"너희들이 김낙환에게 독초가 사라진 것을 보고했다 했느냐?"

"예, 예."

"한데 김낙환이 뭐라 하고 그것을 묵과했느냐?"

김낙환은 침묵하고 있었다. 그의 넋 나간 모습만 봐도 모든 것이 끝났다는 것을 알 수 있었다.

김태수가 눈을 부라렸다. 넘어가선 안 된다는 듯.

하나 김찬윤은 그 모습을 보고 있지 않다. 그는 눈을 감고 자신의 운명을 받아들이는 듯 보였다.

'자복하였구나.'

상관이 먼저 자복했다면 저희들이 더 버티는 것이 무슨 의미가 있겠나.

세 사람은 서로를 마주 보며 우물쭈물하다가, 결국 임금이 한 번 더 추궁하자 입을 열었다.

"주, 중전마마께서……."

"당시 희빈이시던 중전마마께서 쓸데가 있다 하시며……."

"모, 모르는 척하라 했사옵니다."

모두의 예상대로 가장 먼저 입을 연 자는 김찬윤이었다. 그는 이곳에 오기 전 이미 세자가 내미는 증좌와 자신의 부하들이 자백했다는 거짓 심문에 넘어가 입을 열고 말았던 것이다.

"김찬윤에게 묻겠다. 중전 김씨가 시킨 일이 확실한가?"

"예. 당시의 희빈 마마께서 오랫동안 그 약을 가져가셨사옵니다. 신은 마마께서 약에 중독 증상을 보일 것을 우려하였으나, 뜻밖에도 중전, 아니, 폐서인께서 중독 증세를 보이셨고……. 전하, 소인들은 그저 시키는 대로 했을 뿐이옵니다!"

김찬윤이 확실히 모두의 앞에서 자백했다.

모두가 경악하여 웅성거리는데, 김태수가 악에 받친 음성으로 외쳤다.

"네 이놈들! 어디서 감히! 감히 그런 모함을! 전하! 이들이 한통속이 되어 중전마마를 모함하고 있사옵니다! 부디 통촉하여 주시옵소서! 전하!"

김태수가 땅에 엎드려 억울함을 호소했으나 세자가 찬물을 끼얹듯 싸늘하게 말했다.

"죽은 시전 상인 필정이 중궁전 사람으로부터 독초를 받아 판매를 한 장부와 증인이 있소. 얼마나 더 피를 봐야 중전의 죄를 믿으시겠소?"

"세자 저하! 어찌 그런 조작된 증좌와 거짓 증언에 한 나라의 국모를 죄인으로 만들 수 있사옵니까!"

"중전 김씨가 국모이기 전에 내 어머니가 국모였는데, 그때는 월한의 증언만으로 국모를 내치지 않았던가?"

"그……!"

중전 한씨를 간단히 내쫓았던 일이 이제 자신들을 위협하니, 김태수는 말문이 막혀 부들부들 떨고만 있었다.

"그대가 중전을 지킬 수 있는 방법은 이제 없소. 굳이 지키고 싶다면 중전이 순순히 죄를 인정하도록 설득하는 것밖에 없을 것이오. 그게 아니라면 그대 역시 중전과 함께 이 같은 짓을 도모했다고 볼 수밖에."

김태수는 자신이 덫에 걸렸다 생각했다. 사방을 둘러봐도 하나같이 눈을 피할 뿐이다.

'고얀 것들!'

은혜도 모르는 천박한 것들.

분노로 이성을 잃어가는 그의 귓가에 임금의 명이 들어와 박힌다.

"중전 김씨의 죄를 물을 것이다. 가서 그 측근들을 당장 끌고 오너라!"

그날 밤, 중궁전의 상궁과 나인들이 대거 끌려 나왔다.

새벽까지 이어진 비명과 악다구니 속에, 몇 명은 죽어나가기까지 할 만큼 충성스러웠다.

그러나 정작, 그녀들의 주인인 중전은 그 어떠한 반응도 보이지 않았다.

며칠째, 조정은 심란하기 짝이 없었다.

중궁전의 궁녀들은 하루가 멀다 하고 고신을 당해 죽어나가고 있었고, 내의원의 비리에서 시작된 온갖 불법과 편법들이 줄줄이 적발되기 시작했다. 허술하기 짝이 없는 관리들의 재정 관리와 매관매직 등이 꼬리에 꼬리를 물고 밝혀지면서, 연일 초상 분위기였다.

이 와중에 김태수는 아직도 미련을 버리지 못하고, 중전의 억울함을 호소하며 이 모든 것이 자신의 부덕함 때문이라 외치며 석고대죄를 올리고 있었다.

세자는 차라리 저러다 죽어버렸으면 좋겠다고 생각할 만큼 그의 꼴같잖은 짓을 비웃었으나, 사실 골치 아픈 일이었다. 그를 따르는 세력들이 존재하는 한, 명백한 죄가 드러나도 이렇게 버틸 수 있는 것이 현실이었다.

김태수가 이렇게까지 나오자 정말로 억울한 게 아니냐는 동정표가 고개를 들기 시작했다.

그들이 중전을 폐위하고 직접 죄를 묻자는 여론과 팽배하게 맞서, 편전은 늘 시끄러웠다.

그렇게 일이 조금 답답해질 무렵이었다.

성균관 유생들의 상소가 빗발치기 시작했다.

『성균관 장의 류정완 올립니다. 조정의 대신들께서는 누구를 위해 녹을 먹고 계시기에 백성을 유린하고 왕실을 능멸한 김씨의 수장을 아직도 감싸고 계십니까.

그대들에게 녹을 준 자가 김씨의 수장입니까? 중전 김씨는 마땅히 폐위시키고 죄를 물어야 하며, 그 아비인 영의정 김태수 역시 관련된 죄가 없는지 소상히 밝혀야 할 때입니다.

당연히 해야 할 수순을 어째서 행하지 않으십니까? 만약 김씨의 죄를 묻지 않겠다 한다면, 이를 주장한 관리들 역시 한통속이라 여길 밖에요.

우리 성균관의 유생들은 국정을 혼란케 한 사악한 김씨 일가를 하루빨리 척결하는 것이 민심을 안정시키고 왕실과 조정의 위엄을 찾는 길이라고 강력히 주장하는 바입니다.』

조정에 날아든 유생들의 상소는 안일하고 부패한 조정신료들을 신랄하게 꼬집으며, 중전을 벌하지 않는다면 모두가 공모자들이라는 흑백논리를 펼쳤다. 이런 상소들이 한두 개도 아니고 하루에도 수백 통씩, 각 지방에서 날아드니, 조정의 흐름도 변할 수밖에 없었다.

특히 중궁전은 하루하루 조정과 민심의 분위기에 촉각을 곤두세우고 있던 터였다.

연일 올라오는 상소가 중전에게 좋지 않은데다, 대부분의 궁녀들이 의금부에 갇혀 있어 이미 초상집이나 다름없었다. 불안한 기색으로 방 안을 돌아다니던 중전이 손톱을 딱딱 물어뜯었다.

안쓰러운 모습이었으나, 다른 곳에서 파견된 상궁들은 벌써부터 중전을 죄인 보듯 하며 아무도 그녀를 위로해 주지 않았다.

중전은 이 모든 게 악몽 같았다. 항상 제가 갖고 싶은 것은 쉽게 가졌고, 하고자 한 일은 전부 이루어졌다. 이제 그 모든 것이 저를 덮쳐 와 옥죄고 있었다.

믿고 의지하던 아버지가 저를 위해 석고대죄를 하고 있다지만 그뿐이다.

'다른 대책은? 겨우 그런 걸로 뭘 어쩌겠다고요? 가짜 증좌라도 만들어야지. 나 대신 죽어줄 사람을 구해야지!'

그렇게 속으로 절규하며 타들어가는 가슴을 어쩌지 못해 소리치고 울 뿐이었다.

그때 밖이 소란스러워지더니 관군이 안으로 우르르 몰려들어 왔다.

그들은 중전을 날카롭게 쏘아보더니, 무작정 그녀의 팔을 붙잡아 밖으로 잡아당겼다.

"이게 무슨 짓이냐? 여기가 어디라고 함부로 들어오는 게냐!"

"중전을 폐위하고 죄인의 신분으로 끌고 가라는 어명이오."

"뭐, 뭐라고?"

관군들이 그녀를 포박해 끌고 가려 하자, 그녀는 바락바락 악을 쓰며 버렸다.

"놔! 이거 놓지 못하겠느냐! 내가 누군지 알고! 내 아버지가 영의정이시다! 내가 중전이다, 이놈들아!"

"조용히 제 발로 가는 것이 신상에 이로울 것이오."

"뭐라? 이 찢어 죽일 놈들!"

중전의 비명에도 사내들은 우악스럽게 중전을 밖으로 끌어냈다.

중궁전 밖으로 질질 끌려 나온 중전이 바닥에 패대기쳐졌다. 벌러덩 넘어진 중전이 그들에게 악을 썼다.

이 모든 것을 지켜보던 이림이 다가와 제 발밑에서 얼굴이 시뻘게진 중전을 내려다보았다.

중전이 이림을 발견하고 눈을 부릅뜨자, 이림이 웃으며 말했다.

"내 뭐랬나? 경고하지 않았던가?"

"이, 이……! 네 이놈! 네가 이러고도 무사할 줄 아느냐!"

"내 걱정을 해줄 때가 아닐 텐데? 그대가 그렇게 아끼던 아들부터 생각해야지."

"헉! 워, 월한에게도, 월한에게도 네놈이 수작을 부린 것이냐! 놓아라. 이거 놓아라! 놔! 내 아들 월한을 만나야 한다. 월한!"

그 후로도 중전은 한참을 욕설을 뱉으며 추잡하게 끌려갔다.

이림의 얼굴에서 점차 웃음기가 사라졌다. 기쁨도, 분노도 없다.

완벽하게 몰락한 중전을 감흥 없이 바라보더니 이내 중얼거리듯 한마디를 내뱉었다.

"사사로운 복수라 여기지 마라. 나는 복수할 사람조차 없는 놈이니."

이림은 스스로 대의명분과 나라와 백성을 위해, 그리고 사랑하는 사람을 위해 이런 일을 벌였다고 자부할 수 있었다. 아무것도 못하던 힘없는 세자가 이 같은 큰일을 해낼 수 있었던 것은, 복수에 눈이 멀어서가 아니라 지켜야 할 것이 많았기 때문이다.

"복수할 대상이 없다는 게 참 시시하긴 하구나."

원수를 대신 죽여준 중전 김씨에게 어쩌면 고마워해야 할 일인지도 모른다.

장이 열리는 날이었음에도 백성들의 시선은 온통 아침나절에 붙은 벽보로 향해 있었다. 그건 장사를 해야 하는 상인들 역시 마찬가지였다.

『중전 김씨가 폐서인 한씨를 독살하고, 세자빈마저도 시해하려던 정황이 명백하니, 중전 김씨를 폐서인의 신분으로 의금부에 하옥하여 그 죄를 묻고자 한다. 죄상에 따라 엄중히 일벌백계하여 만인의 본보기로 삼을 것이다.』

벽보를 읽고서 크게 술렁이는 백성들은 언젠간 이렇게 될 줄 알았다는 반응들이었지만, 생각보다 그 벌이 가혹해 다들 놀라는 중이었다.

"아무리 중전마마라 하더라도 죄를 지으니 옥사에 갇히는구먼."

"그거야 당연하지! 중전마마 역시 죄를 지었음 그래야 하고말고."

백성들 사이에 세자빈의 유산 소식이 전해지자 민심이 극도로 흉흉해졌다. 자신들이 추앙하던 세자빈에게 큰 변고가 생겼으니, 온갖 음모론이 돌아 나라 안팎이 시끄러웠다. 이를 가만히 두고 볼 수 없었던 임금은 더이상 시간을 끌 수 없다며 중전의 죄를 명명백백히 알렸고, 백성들은 벽보를 읽으며 개탄했다. 설마설마했는데, 중전이 세자빈뿐만 아니라 그 태중의 아이까지 해를 입혔기 때문이다.

또한 물건을 매점매석해 큰 이윤을 남기고, 백성들의 살림살이를 어렵게 만들기까지 하였다니, 다들 열을 올리며 중전을 욕하고 있었다.

결국 중전은 죄인의 신분으로 소복만 입은 채 의금부 옥사에 갇혔다. 이것으로 이번 일은 일단락되는 듯하였으나, 백성들은 아직도 분이 풀리지 않는 모양이었다.

"중전마마는 무슨! 때려죽여도 시원치 않을 계집이지!"

"그 이야기 들었나? 중전이 마지막까지 자긴 억울하다며 악을 썼다고 하더구먼."

"금수만도 못한 년! 저도 자식을 키우면서 어찌 뱃속에 있는 남의 자식을 죽이려 들어!"

임금과 대신들, 유생들과 백성들마저 돌아섰으니 김씨에게 다른 길은 보이지 않는 듯했다.

찌는 듯한 무더위를 식혀주듯 한차례 굵은 비바람이 몰아쳤다. 하늘이 노한 것처럼 천둥 번개까지 내리꽂히는 비가 사흘간 억수같이 퍼붓는가 싶더니, 이내 개울과 강에 물줄기가 그득했다.

어미의 젖줄처럼 샘솟는 강물이 땅을 비옥하게 먹여 살리고 나무를 촉촉하게 적셨다.

그 덕에 날씨가 한결 시원하고 상쾌해졌다.

도윤은 선선한 공기를 배가 빵빵해져라 깊이 들이마시고 천천히 내뱉었다.

"후우―"

병풍처럼 둘러진 산과 아담한 개울가, 산새 소리가 정겨운 살기 좋은 곳이었다.

세상의 온갖 시끄러운 잡음도 들리지 않으니, 평화롭게 글이나 읽으며 살고 싶은 그런 곳.

예전에는 이런 곳을 참 좋아했었다. 하지만 지금 도윤은 조금 외롭고, 무서웠다. 지금쯤 조정에 난리가 났을 것인데, 아무도 기별을 넣어주지 않는다. 제가 여기 있다는 걸 아는 이가 몇 안 되니 더 불안하다.

'다들 괜찮은 건가. 일이 잘 안 풀린 건 아니겠지?'

도윤은 걱정스러운 표정으로 배를 쓰다듬고 있었다.

소식이 없어도 너무 없으니, 기다리는 제 생각은 안 해준다고 그를 원망하다가도, 정화수를 떠놓고 매일 밤 빌었다. 어머니께서 편찮으실 때도 하늘에 진심을 다해 빌었지만 잘되지 않았었다. 하나 지금은 빌기만 하지 않았다. 세자 저하도 저도 최선을 다해 싸웠다. 그리고 저희들을 도와주던 많은 이들의 염원과 백성들의 바람이 있었다. 모두가 웃으며 지낼 수 있길 바라고 또 바라며, 천지신명과 달님과 돌아가신 어머니에게 빌었다.

"잘될 겁니다, 그렇죠?"

인기척도 없이 그녀의 주변을 지키는 사내에게 살갑게 물었다.

구름이 새겨진 커다란 검을 찬 사내가 작게 고개를 끄덕였다. 임금이 특별히 붙여주신 별순검이었다.

저를 지키는 사람은 그뿐만이 아니었다. 세자를 지키는 익위사 역시 집 주위를 돌아보며 감시의 눈을 멈추지 않았다.

도윤이 어수룩하게 웃었다.

그 역시 답답하긴 매한가지일 게 아닌가. 그런데, 표정 없던 별순검의 눈썹이 꿈틀거렸다.

저 멀리 마을 어귀 쪽에서 올라오고 있는 사내를 발견한 별순검이 검을 바로잡았다.

도윤 역시 긴장한 기색으로 별순검의 뒤에 섰다. 혹 일이 잘못되어 김태수가 보낸 자들이 이곳까지 찾아낸 것은 아닐까, 더럭 겁이 나 배를 감싸 쥐었다.

하나 사내의 얼굴이 보일 정도로 가까워지자 도윤은 긴장이 풀려 대청
마루에 풀썩 주저앉았다.

다행히 집을 향해 다가오는 자는 흑곰이었다.

"아침 일찍 어딜 다녀오시는 겁니까?"

별순검의 부축을 받아 도윤이 마루에 앉으며 물었다.

그러자 흑곰은 손에 들고 있던 종이부터 다짜고짜 내밀었다.

"벽보가 붙었습니다."

벽보를 받아 든 도윤이 깜짝 놀란 눈으로 이를 읽어 내리기 시작했다.

'중전이 의금부로 압송됐구나!'

죄가 확실하지 않다면 중전을 옥에 가두지 못했을 것이다.

세자 저하가 해냈다는 것을 알고 기쁨의 미소를 짓던 도윤이, 갑자기
표정을 굳히고 흑곰을 보았다. 벽보엔 중전에 대한 처벌만 적혀 있을 뿐,
그 외의 것은 없었다.

"다른 소식은 듣지 못하셨습니까?"

도윤의 물음에 흑곰이 고개를 저었다. 저 역시 더 알아보려 했으나 알
수 없었다는 듯이.

그의 대답에 도윤이 힘없이 웃었다.

"기다림이 길어지려나 봅니다."

"사헌부는 한수창 장원을, 사간원은 설창수 집의를 위주로 이와 관련
한 관리들을 색출해 죄를 묻겠다고 합니다. 이미 오래전부터 준비한 것인
지 행동들이 빠릅니다."

김태수의 곁에서 속살거리듯 작은 목소리로 말한 남자가 문밖을 살폈다. 시국이 시국이니만큼 조심해서 나쁠 건 없었으나, 사내는 지나치게 겁을 집어 먹은 듯 보였다.

돌아가는 정세가 좋지 못했다. 중전은 비참한 모습으로 투옥되었고, 영의정 편에 줄을 서려던 자들은 자취를 감추었다. 어디 그뿐이던가. 아직도 의금부에선 하루가 멀다 하고 비명 소리가 들려온다 하니, 이대로 가다간 자신들의 목숨마저 보전치 못하게 될까 다들 당황한 기색들이었다.

김태수 역시 딱히 묘책이 있는 것은 아니었다. 이대로 있다간 다 죽게 생겼다. 중전이 자신의 딸이기도 했지만, 그에 앞서 중전이 죽게 된다면 그만큼 판세가 밀리게 되니 어떻게든 그 아일 지켜야 했다.

김태수는 생각에 잠긴 모습으로 자신의 편에 선 자들을 보았다.

세자의 기세가 등등해지면서 수는 많이 줄어들었으나, 아직도 주요 관직에 있는 자 대부분은 자신의 편이었다. 김종일이 죽고 난 후, 병조판서 자리에 또다시 자신의 편에 선 자를 심어두었고, 이조판서와 호조판서 역시 자신의 쪽에 서 있는 자들이었다.

'아직은 내게 힘이 있다.'

무엇보다 병조가 제게 있지 않나. 군사권을 제가 쥐고 있는 것과 다름없다. 한참 생각에 잠겨 있는 김태수를 보던 자들이 애가 타 그를 불렀다.

"영의정! 이를 어째야 합니까? 이대로 있다간 다 죽습니다."

"그렇습니다. 의금부가 나날이 칼을 갈고 있으니 뾰족한 수를 내야 합니다."

그들의 말에 김태수가 날카롭게 눈을 빛냈다.

"다들 살고 싶은가?"

"그걸 말이라고 하십니까?"

"이대로라면 나 역시 곧 투옥될 것이다."

"영의정 대감!"

"내가 투옥되고 나면 우리 모두 죽는 것은 시간문제일세."

김태수의 속 편한 소리에 다들 분개했다.

"왜 이러십니까! 전부 다 죽자는 말씀이십니까!"

"설마 아무 대책이 없다는 건 아니시지요!"

"어찌할까? 아무 대책 없이 그냥 죽어나갈까? 아니면…… 이판사판, 우리가 한 번 일을 쳐보는 것은 어떻겠나?"

다들 김태수가 무슨 말을 하려는지 눈치채고 두려운 마음이 들었다.

"여, 영의정 대감……!"

"호, 혹시……."

"우리에게는 임금의 대군이신 월한이 있고, 병권이 있네. 그렇지 않은가, 병판?"

"그, 그렇긴 합니다만……."

"애초에 이 나라 조선을 우리 것으로 만들려 하지 않았나. 일이 이리되었으니, 지금이라도 안 될 건 없지."

역모다.

여차여차하여 역모에 준하는 죄를 뒤집어쓰는 것과 진짜 역모죄를 짓는 것은 엄연히 달랐다. 진짜 나라를 엎겠다는 말만 들어도 오금이 저릴 정도로 겁이 나는데, 정작 말을 꺼낸 김태수만 태연했다.

"자네들이 뭘 모르는군. 그냥 개죽음을 당하는 것보다, 실패한다 해도 우리가 역사의 중심이 되어보는 것도 좋지 않겠나? 잘만 하면 이 나라가 우리 손에 들어와. 뭘 그리 겁을 내나! 병권이 우리에게 있다는데!"

"하, 하지만…… 되겠습니까?"

"안 될 건 뭔가? 병판만 움직여 준다면."

그러자 모두의 시선이 병판에게 닿았다. 병판은 잠시 머뭇거렸지만, 현실적으로 이것밖에 방법이 없다는 걸 인정했다.

결국 대책을 마련하는 자리에서 역적모의가 시작됐다.

"최대한 빨리 병사들을 집결시켜야 하네."

구체적인 논의가 오고 간 후, 모두 각자의 자리로 흩어졌다.

이른 시각에 김태수는 조용히 입궁했다. 월한의 처소를 찾은 그는 곁에 있는 사람들까지 물린 채 힘없이 앉아 있는 외손주를 보았다.

처음 월한이 태어났던 날, 그는 원대한 꿈을 품었었다.

세자는 신임을 받지 못하고 있었고, 월한은 영민하고 품위가 있어 세자를 볼품없게 만들었다. 그러니 욕심을 품지 않을 수가 없었다. 제가 나라를 갖고 주물러 보겠다는 꿈을 꾸지 않을 수가 없었다.

한데, 그 잘난 월한이 지금은 제 기대에 미치지 못하고 있다. 어리다 해도 지금이 어떤 상황인 줄 모를 리가 없는 아이다. 한데, 이리 구석에 앉아 울고만 있다.

한심한 녀석!

"대군마마, 더 이상 시간을 지체할 수가 없습니다."

김태수가 힘주어 말을 이었다.

"어미를 위해서라도, 이 외조부를 봐서라도 나서주십시오."

김태수의 말에 월한은 처연한 웃음을 지었다. 웃을 상황이 아니었음에도 웃음을 보인 아이는 작게 고개를 저었다.

"지금이라도 마음을 바꾸세요, 영의정."

월한의 말에 김태수의 표정이 한순간에 변했다.

방금 전까지만 해도 자애로운 외조부의 표정을 짓고 있던 그가 탐욕 어린 얼굴로 월한을 노려보았다.

"우리가 할 수 있는 일은 더 이상 없습니다. 지금이라도 형님께 가서……."

"그게 무슨 나약한 소리냐, 월한! 내가 여기까지 어떻게 올라왔는데!"

내가 무엇을 위해 여기까지 왔는데!

그의 외침에 깜짝 놀란 월한이 눈을 동그랗게 떴다.

탐욕에 물들어 이성을 잃은 김태수의 민낯을 처음으로 목도한 월한은, 그가 악귀에 씐 것처럼 다른 사람으로 보였다.

"저, 저는……."

월한이 뒤로 물러서자 무릎으로 기어 다가온 김태수가 월한의 어깨를 힘주어 잡으며 강요했다.

"네 어미를 구하지 않을 셈이냐!"

어린 월한의 유일한 약점인 어머니를 들먹이자 월한의 눈이 흔들리는 게 보였다.

밤새 울어 얼굴이 퉁퉁 부어 있는데도 아직도 눈물이 남은 것일까. 월한의 눈에 눈물이 차올랐다.

"그래. 어미가 보고 싶을 게다. 네가 나서지 않으면 네 어미는 죽는다. 그리되길 바라는 건 아니겠지?"

월한은 입술을 꾹 닫고 눈물을 흘리며 고개를 끄덕였다.

"때는 오늘 해시다. 알겠느냐?"

김태수의 우악스러운 손길에 월한의 작은 어깨가 부서질 것만 같았다.

힘주어 다그친 김태수가 월한에게서 확답을 받고 나서야 자리에서 일어났다.

처소 밖으로 빠져나온 그는 월한의 충복인 박 내관에게 조용히 일렀다.

"아마 세자에게 가려고 할 것이다. 절대 가지 못하도록 붙잡아둬야 한다. 네 주인을 살릴 길은 그것밖에 없음이야."

"예, 예…… . 알겠사옵니다."

박 내관 역시 두려움에 떨었으나 월한을 위해 김태수를 따라야 했다.

시간이 흘러갈수록 겁에 질린 월한의 불안감은 더욱 부풀어 올랐다. 이대로 있다간 외조부께서 역모를 일으킬 것이다. 실패한다면 의금부에 갇힌 어마마마의 죄는 더 무거워질 것이오, 외조부 역시 참형을 당할 것이다.

일이 잘된다 하더라도 문제였다.

아바마마는 어찌 되신단 말인가. 저는 어찌 될 것인가.

보나마나 외조부의 꼭두각시로 살게 될 테지. 백성들이 손가락질하고 비웃는, 역사의 오명으로 남을 왕.

김태수가 간과한 점이 바로 이런 월한의 영민함이었다. 한심하고 나약한 것이 아니었다.

월한은 너무 뛰어난 만큼 앞을 내다볼 줄 아는 아이였기에, 옳고 그른 일을 분간할 줄 알았다. 월한이 보기에 지금 영의정이 하려는 일은 최악의 결정이었다.

'형님은 이리될 줄 알고 그런 말씀을 하셨군요.'

세자가 옳았다.

「하면 넌 내게 힘을 실어줄 것인가.」

「…….」

「그것이 네 어미와 외조부의 목숨을 끊게 만드는 일이라 하더라도.」

세자의 단호한 목소리가 귓가를 울렸다. 결심이 선 월한이 자리에서 벌떡 일어났다.

이 모든 사실을 형님께 알려야 한다. 이 일로 외조부가 참형을 당하신다 하더라도, 어마마마가 큰일을 겪게 된다 하더라도 그냥 좌시할 수는 없었다. 두 사람 다, 죄를 지었으니 그 벌을 받는 것이 당연하다.

가슴이 미어지게 아프지만 제 어머니와 외조부가 악인이라는 것을 인정해야만 했다.

그리고 이제 어마마마가 더 큰 죄를 짓는 것만큼은 막고 싶었다.

철컥!

그러나 어찌 된 일인지, 문이 열리지 않는다. 당황한 월한은 다시 한번 문고리를 잡아당겨 보았다.

철컥. 철컥. 아무리 해도 문은 열리지 않고, 뭔가 걸린 소리만 연달아 났다.

쾅. 쾅.

자신이 갇혔다는 걸 깨달은 월한이 문을 두드렸다.

"박 내관! 박 내관 거기 없는가! 문을 열어다오! 어서!"

"마마…… 거기에 계십시오."

"그럴 수 없다! 문을 열어라! 시간이 없다!"

월한의 외침에 박 내관의 한숨 소리가 문 너머에서 들려왔다.

"소인. 마마를 위해 이러는 것이옵니다. 이번 한 번만 소인의 뜻을 따라주십시오. 마마."

"그럴 수 없다! 나를 위한다면 이래선 안 돼! 열어라! 열어, 어서!"

월한의 외침에도 박 내관은 이제 대답조차 해주지 않았다.

월한은 문에 기대 털썩 주저앉았다.

"내가 어려서……. 어린 것이 이렇게 원통할 수가 없다. 어머니도 외조부도, 내가 어리지만 않았다면 지킬 수 있었을 것이다. 어린 내 목소리를 아무도 들어주지 않으니, 결국 이리되지 않았나!"

한밤중에 횃불을 든 군사가 궁으로 몰려가는 것을 본다면 누구나 공포에 떨 것이다.

"와아―!"

무장한 군사들이 함성을 지르며 나타났다는 것은 전쟁이든 내전이든, 어쨌거나 나라에 큰 변고가 생겼다는 게 아니겠는가. 궁을 지키던 금군들이 때아닌 난리에 경악했다.

"헉!"

"무, 무슨 일이야!"

"여, 역모다!"

둥둥―

북소리와 함성, 비명 소리가 궁을 울렸다.

깊은 밤이었다. 궁의 경계가 삼엄하다 하더라도, 흩어져 있는 금군들이 병조의 수백 명 군사와 맞서기는 힘들었다.

"세자와 세자빈부터 잡아라!"

물밀듯 밀려온 군사들은 가장 먼저 동궁으로 쳐들어갔다. 월한의 아비인 임금은 살아 있어주어야 하지만, 세자는 죽여야 한다. 또한 세자가 아끼는 세자빈은 세자의 약점이니 먼저 잡아두어야 했다.

그렇게 그들은 금군들을 쓰러트리고 동궁을 장악했다.

"세자는 나와라! 세자빈 정도윤도 스스로 나오는 것이 좋을 게다!"

병조를 이끄는 병판이 호기롭게 소리쳤다. 그런데 뭔가 이상하다. 너무도 조용한 동궁전이다. 그리고 보니 끌려와 잡힌 자들도 몇 안 되지 않

나. 김태수는 신도 벗지 않고 동궁전의 침소를 열어젖혔다. 그러나 어느 방에도 두 사람이 보이지 않는다.

'뭔가 잘못되었다!'

그때 동궁전으로 누군가 뛰어들며 외쳤다.

"영의정 대감! 큰일 났습니다."

"무슨 일인가?"

"지금 강녕전에 어영청과 호위청, 의금부의 병사들까지 전부 모여 있다 합니다."

"그게 무슨 말인가!"

마치 자신들이 올 줄 알고 있었다는 것처럼.

'텅 빈 동궁전과 전군이 집결한 강녕전이라?'

김태수는 이를 갈았다.

'결국 전면전을 펼쳐야겠구나.'

잠시 후 김태수는 반란군을 이끌고 강녕전 앞으로 쳐들어갔다. 보고받은 대로, 남아 있는 전군이 임금의 침전인 강녕전을 에워싸고 있었다. 하지만 김태수는 콧방귀를 뀌며 그들을 비웃었다.

"이보게들. 아무리 그대들이 잘났다 하나 병조의 군사가 수적으로 우세한데, 오늘 밤 기어이 피를 보실 생각들이신가?"

그는 빈정거리는 말투로 상대의 사기를 꺾어놓으려 했다.

그러자 강녕전에서 세자와 운도가 걸어나왔다.

김태수는 그토록 보고 싶었던 세자를 찾아 만면에 웃음을 띠웠다. 반란이 성공한다 해도 세자를 찾지 못하면 찜찜한 일이기 때문이다.

"영의정을 이렇게 보니 반갑군."

세자의 말에 김태수는 크게 웃음을 터트렸다.

"하하하! 누가 할 소리를!"

"아니. 내가 더 반갑지. 내가 원하던 대로 그대가 움직여 주었으니."

"……!"

"어찌나 예상을 빗나가지 않는지, 지루하기까지 하더군."

"닥쳐라! 내 뒤의 군사들이 보이지 않느냐! 네놈이 중전과 내 가문을 핍박하지 않았더라면 이런 짓을 저지르진 않았을 것이다! 죽어서 처절하게 후회나 하거라!"

"그대는 군사를 일으켜 반란을 일으키진 않았을지 모르나, 그간 끊임없이 나를 죽이려 하였는데, 이제 와 이런 변명은 너무 치졸하지 않나? 이왕 역모를 일으켰으면 사내답게 인정하는 게 어떻겠나?"

"진작 죽였어야 했다. 그랬으면 이리 번거로울 일이 없었을 텐데."

"고맙네. 그 말 한마디 듣느라 나또한 일을 너무 크게 벌였어."

이림의 말에 뒤편에 숨어 있던 조정 대신들이 하나둘 앞으로 나타났다.

그들은 김태수가 스스로 죄를 인정한 만큼, 다들 경멸하는 눈빛으로 그를 노려보았다.

"호! 여기 다 있었군. 한 번에 다 죽여주면 되겠구만!"

김태수가 크게 기뻐하는데, 이림의 옆에 있던 운도가 버럭 소리를 질렀다.

"네놈은 나보다 젊은 놈이 벌써부터 눈깔이 썩은 게냐!"

난데없는 노인의 일갈에 김태수는 어안이 벙벙했다.

"나는 안 보이냐 말이다! 내가 꿰다 놓은 보릿자루인 줄 아느냐!"

"뭐, 뭐야 이건?"

바락바락 소리를 지르는 노인을 요리조리 살펴보던 김태수는, 그가 어딘가 낯이 익다는 것을 깨달았다.

채 누구인지 알아보기도 전에 운도가 또다시 소리쳤다.

"이놈들아! 네놈들 병정 놀음에 이 운도가 하산하지 않았느냐! 늙은이 무릎 나가는 꼴을 봐야겠느냐!"

운도라는 이름에 김태수를 비롯한 무장들이 기겁했다. 병사들 중에서도 연배가 있는 이들은 대부분 그를 알아보았다. 그로 말할 것 같으면 선대 임금께서 친히 예우를 다했던 살아 있는 무신이었으며, 모든 무관들의 전설 같은 분이었기 때문이다.

김태수가 턱이 빠져라 놀라는데 운도의 뒤로 명성이 자자했던 노장들이 나타났다.

모두 얼굴들이 낯이 익다. 나이가 들어도 그들의 위용은 젊은 시절과 다르지 않아 보였다.

김태수는 그들의 당당함이 불안했다. 이제 와서 그들 몇 명이 나타났다고 크게 달라질 게 없는데, 뭘 믿고 이리 큰소리를 치는 걸까.

"늙은이들이 곱게 죽을 일이지, 꼭 피를 보고 가겠다고 찾아왔구나."

김태수는 이제 뭐가 뭔지 생각하지 않기로 했다.

"뭣들 하고 있느냐! 당장 쓸어버리지 않고!"

챙.

김태수의 명을 받은 군사들이 칼을 더욱 높이 뽑아 들었다.

"……!"

그러나 그들의 칼은 김태수를 향했다.

"이, 이게 무슨 짓들이냐!"

김태수뿐만 아니라, 역모를 일으킨 대신들이 순식간에 반란군들에게 포위되었다.

"벼, 병판!"

지금껏 역모에 병권을 넘겼던 병판이 김태수를 싸늘하게 노려보며 칼을 겨누고 있는 게 아닌가.

김태수는 자신이 함정에 빠졌다는 것을 깨달았다. 이미 많이 늦은 후회였다.

"말하지 않았나. 그대는 내가 원하는 대로만 움직여 주었다고."

이림의 한마디 한마디가 김태수의 가슴을 도려내는 듯했다.

삐그덕.

아무리 두드려도 열리지 않던 문이 거짓말처럼 열리더니 세자가 안으로 들어왔다.

파리한 얼굴로 이를 멍하니 바라보던 월한이 지친 몸을 이끌고 그의 앞으로 다가왔다.

월한은 망가져 있었다. 어린 이림이 망가졌을 때처럼.

이림은 월한에게서 제 어린 날을 보았다.

월한은 눈물을 뚝뚝 떨어뜨리며 사정했다.

"살려주십시오. 넓고 깊으신 마음으로 저희 어마마마와 외조부를 제발 살려주십시오, 형님. 살려만 주신다면 쥐 죽은 듯이 살겠나이다. 살아도 산 것이 아닌 것처럼 그리 살겠나이다."

월한은 안 것이다. 세자가 여기 와 있다는 것은 반란이 실패로 돌아갔다는 말이란 걸.

"제발 형님. 살려주십시오. 어머니를 용서해 주십시오!"

월한의 애원에도 이림은 단호히 고개를 저었다.

"나도 내 어머니를 살려달라, 아바마마께 그리 울면서 빌었다."

"형님!"

"안 되는 일이다."

고개를 든 월한이 이림과 눈을 마주했다. 무서운 표정을 짓고 있을 줄 알았던 이림의 걱정스러운 시선에, 눈물이 더욱 빨리 쏟아졌다.

"너를 내 아우로 인정하는 것. 그것이 네게 해줄 수 있는 마지막 배려다."

"형님……."

월한은 세자가 지금 제게 얼마나 큰 은혜를 베풀었는지 알기에 믿을 수 없다는 표정을 지었다. 저를 죽이거나 귀양을 보내는 것이 아니라 아우로 두겠단다. 가족으로 저를 보듬겠단다.

"그리하시면…… 그리하시면 더는 조르지 못하지 않습니까! 어마마마를 살려달라고 말할 수가 없지 않습니까!"

이림은 등 뒤에서 울부짖는 월한을 두고 밖으로 나왔다.

허망한 듯도, 홀가분한 것 같기도 한 그의 모습에 자희가 안도한 표정으로 다가왔다. 곁에 다가선 자희가 말고삐를 건넸다. 사축서에서 가장 튼튼하고 잘생긴 말이었다.

"저하. 천천히 조심해서 타십시오."

그러나 이림은 자희의 말을 들은 체도 않고 있는 힘껏 말을 달려나갔다.

"저하! 조심하시래도요! 같이 가야지요!"

자희가 허둥지둥 말에 올라 뒤따랐지만, 이림은 자희를 떼어놓으려는 듯 더욱 세게 달렸다.

그렇게 밤새 힘껏 달려 동이 터 오르기 시작하자, 개울가의 아담한 오두막이 나타났다.

이른 아침부터 말이 달리는 요란한 소리가 들리니, 도윤은 잠에서 깨 벌떡 일어났다.

상투를 틀고 바지를 입은 채로 허둥지둥 문을 열고 나오자, 마당에 들어선 늠름한 갈색 말과 그 위에 탄 이림의 모습이 보였다.

동녘의 붉은 햇살을 받은 말을 탄 이림의 자태는 그림 같았다.

도윤은 새삼 그의 모습에 반해 넋을 잃고 서 있었다.

"오랜만이다. 정도원."

이림이 도원이라 부르자 도윤은 산을 오르던 그때가 떠올라 가슴이 뛰었다. 설악산에서 헤어지던 날, 두 사람에게는 아직 그날의 아쉬움이 남은 터였다. 가짜 한수창과 정도원으로 돌아가, 헤어진 벗과 의형제로 다시 만난 기분이 들었다.

"선비님……."

"내가 드디어 말을 구했다."

"하……."

도윤이 짧은 웃음을 터트리자, 이림은 팔을 벌렸다. 그녀가 그의 품으로 안길 듯이 달려와 말 앞에 서자, 이림은 그녀의 작은 몸을 번쩍 들어 올려 말에 태웠다.

"헉!"

순간 놀란 도윤이 숨을 들이켜며 몸을 움츠렸다.

그 바람에 말이 조금 움직였다.

"네가 그러면 말도 놀란다. 내가 있으니 겁먹을 것 없다."

이림은 그녀의 상투에 코를 갖다 대며 말했다.

"이 상투. 전의 것보다 좋구나."

도윤은 피식 웃으며 그의 우스갯소리를 받아쳤다.

"제 의형께서 알고 보니 꽤 부자였지 뭡니까. 이렇게 멋진 말도 갖고 계시고."

이림은 오랜만에 호방한 도윤을 안으며 한껏 허세를 부렸다.

"드디어 말을 타고 너를 태워보는구나."

도윤은 돌연 몸을 돌려 그의 입술에 입을 맞추었다.

그녀의 애정 어린 입맞춤이 좋았기에, 두 사람은 다시 세자와 도윤으로 돌아갔다.

그런데 입을 뗀 도윤이 냉정하게 말했다.

"말은 안 됩니다."

"응?"

"잊으셨습니까?"

다시 정도윤의 말투로 돌아간 그녀가 이림의 손을 제 배로 가져다 댔다.

"아!"

"왕손을 잉태하였으니 꽃가마를 타는 호사를 누려보렵니다."

이림과 도윤은 서로를 마주 보며 활짝 웃었다.

종장 햇빛 윤

김태수의 반란은 싱거울 정도로 간단히 막을 내렸다. 그저 죽기 전의 발악에 지나지 않는 추잡함만 보인 셈이었다.

최고의 정승인 영의정에 오른 자가 그 꼴이라니, 성균관에서는 이번 일을 크게 개탄하며 김태수 일가를 멸하고 월한 역시 귀양을 보내라 상소를 올리고 있었다. 백성들 역시 김가와 관련된 자들이 살고 있는 곳이면 돌을 던질 정도로 분노가 퍼져 갔다.

이를 두고 고심하던 임금은 삼사의 의견을 취합해 결국 김태수와 중전을 거문도로 유배 보냈고, 어린 월한은 죄가 없으니 적당한 혼처가 나타나면 사가로 내보내겠노라 공표했다.

유배를 떠나는 순간까지 중전은 악다구니를 쓰며 자신은 죄가 없다 했으나, 월한을 살리려면 죽은 듯 살라는 임금의 한 말씀에 곧 잠잠해졌다.

또한 세자빈의 유산 사건은 역도들을 끌어내기 위해 꾸며낸 일이라 알렸다.

중전이 차에 독을 탄 것을 빨리 알아차린 세자빈의 영민함 덕분에 다행히 태중의 아이를 지키고 반란의 음모를 알아낼 수 있었다 하니, 백성들은 세자와 세자빈을 날로 칭송했다.

모든 일이 순조롭게 해결된 듯해 임금의 시름이 놓이는 듯하였으나, 문제는 또 있었다.

임금은 자신의 임무를 마치고 돌아온 별순검을 보았다.

"왜 자네 혼자 돌아왔는가? 빈궁 내외는?"

"그것이……."

기다려도 오지 않는 아이들을 재촉하느라 임금은 직접 서찰까지 보냈다. 하나 이틀이 지나 돌아온 자가 하는 말이 가관이 아닌가.

"세자 저하께서 태교엔 이만한 곳이 없다며……."

"괘씸한 것! 할 일이 태산같이 밀려 있거늘! 어디서 사랑 놀음인가!"

잠시 흥분했던 임금은 이놈을 불러다 벌을 줄까 하다가, 더 좋은 묘수를 찾았다.

갑작스런 명을 받고 달려온 한수창이 몸을 낮추었다.

"세자와 세자빈이 궁으로 돌아올 생각이 없어 보인다. 이를 어쩌면 좋겠는가. 한 정언."

"예……? 그, 그러하시면 어명으로……."

그걸 저더러 어쩌라는 건가. 임금도 부르지 못하는데, 제가 무슨 수로 그 제멋대로인 두 분을 불러올 수 있단 말인가.

한수창이 당황한 기색이 역력한 표정으로 더듬더듬 답하자 임금이 고개를 저었다.

"내가 어명으로 끌고 온다면 어떤 때보다 조심해야 할 빈궁이 놀랄 수도 있지 않나."

"그렇긴 하옵니다만, 저도 어쩔 수 없는……."

명을 받잡을 수 없다 말하려던 한수창은, 이어진 임금의 말씀에 입을 다물었다.

"크흠. 세자빈의 동생을 마음에 두고 있다지? 이번 일만 잘해낸다면 내가 그 매파 노릇을 해주겠다."

임금의 말에 한수창의 눈이 반짝였다.

"신 한수창. 어명을 받들어 반드시 두 분을 궁으로 모셔오겠나이다!"

전쟁에 나가는 장수처럼 한수창은 비장하게 대답했다.

선선한 바람이 불기 시작했지만, 구름 한 점 없는 하늘 아래는 무척 뜨거웠다.

도윤은 돌연 제 얼굴에 그늘이 지자 눈을 들어 올려다보았다. 자신의 머리 위에 길게 드리운 햇빛 가리개를 보며 슬쩍 웃음을 삼킨다. 뒤를 돌아서니 이림이 햇빛 가리개를 들고 서 있다. 자희가 쩔쩔매며 제가 들겠다고 하니, 이림이 두말 않고 자희에게 그것을 양보했다.

"고운 얼굴이 다 타겠소."

이림은 자희가 들게 해놓고선 제가 들고 있는 것처럼 생색을 냈다.

"괜찮습니다. 저는 좀 태워도 예쁩니다."

자희는 뒤에서 남몰래 한숨을 쉬었다. 자신의 일이 얼마나 극한의 인내심을 필요로 하는지 누가 알아줄 것인가. 사랑에 눈이 먼 남녀는 남의 고통은 모르고 마냥 행복해했다.

두 사람은 집 앞에 있는 작은 개울에 나와 있었다.

이림이 널찍한 돌을 찾아 담요를 펼쳤다.

"아직 병이 낫지 않으신 겁니까?"

도윤이 의아해하며 묻자 이림이 서운한 듯 항변했다.

"이건 나를 위한 게 아니라, 그대를 위한 거요."

"전 더러운 걸 신경 쓰지 않는데요?"

"더러운 걸 신경 쓰라는 게 아니라, 태중의 아이 말이오. 몸이 차면 아이에게도 좋지 않소."

"와."

도윤은 진심으로 감탄했다.

"저하의 그 병적인 까칠함이 이럴 때는 매우 훌륭해 보이십니다. 어찌 이리 세심하십니까?"

"병적이라는 말만 빼주면 좋겠소."

도윤이 입을 삐죽거리며 고개를 저었다.

"안 됩니다. 그럼 너무 완벽하지 않습니까."

자희는 미칠 것 같았다. 결국 햇빛 가리개를 바닥에 잘 세워둔 자희는 낮것상을 준비하겠다며 먼저 올라가 버렸다.

둘만 남으니 도윤은 더욱 편안하게 이림의 어깨에 기댔다.

"저하와 이렇게 하루 종일 함께할 수 있어 좋습니다."

이림도 그랬다. 궁에서는 보는 눈이 많아 한껏 예뻐해 줄 수 없었는데, 이제는 원없이 보듬을 수 있어 좋았다.

문득 좋은 생각이 떠올랐다.

이림은 자리에서 일어나 신과 버선을 벗고는 개울가로 내려가 발을 담갔다.

개구쟁이 소년 같은 모습이 보기 좋아 도윤이 웃었다.

"즐거워 보이십니다."

그런데 이림이 그녀의 신을 벗기는 게 아닌가.

"엇! 왜, 왜 그러십니까."

"뭐 어떻소. 우린 부부잖소."

"예? 저, 저하!"

사내에게 발을 보인다는 것은 매우 부끄러운 일이었다. 부부라도 아직은 속살을 보이는 것이 수줍은 도윤은 부끄러워 어쩔 줄 몰라 했다.

"자희가 오면 어쩌려고요."

"무슨 상관이오."

언제부터 그리 자희를 신경 썼다고, 그런 핑계가 통할 리가 없다.

이림은 도윤의 신과 버선까지 벗겨냈다.

"저하, 왜 이러십니까."

새하얀 발이 수줍게 발가락을 움츠리는 것이 귀엽다.

이림은 그녀의 발등을 쓰다듬으며 다정하게 말했다.

"발을 한 번 씻겨주고 싶었소."

"저하께서 저를요? 안 될 말씀이십니다. 제 발을 감히……. 제가 저하의 발을 씻겨 드려도 모자랄 판에요."

하지만 이림은 도윤의 말을 무시했다.

찰박.

개울물이 너무 차가울까 봐, 이림은 조금씩 물을 적셔 그녀의 발을 닦아주기 시작했다.

자희가 세워둔 햇빛 가리개는 잘 있는데, 도윤의 얼굴은 빨갛게 익어 갔다.

"이렇게 물가에 있으니, 강에 빠졌을 때가 생각나지 않소?"

"그 생각을 하고 계셨습니까? 저도 그 생각을 하고 있었습니다."

"그대가 나를 물귀신처럼 끌고 들어간 덕에 이렇게 인연이 이어졌나 보오."

"물귀신은 예쁘다던데 정말 그런가 봅니다."

"후회하지는 않소?"

"무엇을요?"

"날 만났던 그때로 거슬러 올라간다면, 그때도 나를 붙잡고 뛰어내릴 것이오?"

"당연한 걸 어째 물으십니까?"

"그대가 이런 삶을 좋아하니까."

"……."

"나를 만나, 나를 사랑하게 되어 갑갑한 궁에서 한평생을 간혀 지내야 하니까. 애초에 사랑하지 않았더라면, 다른 평범하고 다정한 사내를 만났더라면……."

잠자코 그 말을 들어주던 도윤이 발을 씻어주는 이림의 손을 잡았다. 그새 손이 차가워져서, 양손으로 그의 손을 모아 쥐며 온기를 나눠 준다.

"그런 사내를 만났다면 제가 어찌 이 자리에 올라 제 이름을 떨칠 수 있었겠습니까. 그리고 평범하고 다정하고 병증도 없고, 위험하지도 않은 사내를 만났다면 저는 지루해서 못 견뎠을 겁니다."

"그럼…… 태어나기 전으로 돌아간다면, 사내로 태어나고 싶소?"

"음……."

이번에는 도윤의 고민이 길어졌다.

이림은 오래 생각하는 도윤이 점점 얄미워지고 있었다. 저를 만나려면 여인으로 태어나야 할 게 아닌가.

"이게 그렇게 오래 고민할……."

"사내로 태어나겠습니다!"

"뭐, 뭐요?"

"단, 저하께서 여인으로 태어나신다면요!"

"……."

"저하. 다음 생애에는 공주로 태어나 주십시오."

"뭐, 고, 공주라니?"

"그럼 저는 저하의 부마가 되겠습니다. 부마가 돼서 학문에 매진해 훌륭한 학자로 이름을 날릴 것입니다."

이림은 질렸다는 듯 고개를 푹 숙였다.

아아, 이런 한결같은 여인이 내 아내라니!

"걱정마십시오. 제가 지금 저하처럼 저하께 잘해 드리겠습니다. 여자로 태어났다고 괄시하지 않고 말입니다."

"어찌 그대는 예쁜 소리만 하시오."

"저하께서 그리 만드십니다."

"이번엔 칭찬이 아니었소."

"그래도 그런 제가 싫지는 않으실 테니 괜찮습니다."

얄미운 소리를 하고서 예쁘게 입술을 휘는 걸. 어찌 보고만 있겠나. 바위에 손을 짚은 이림이 도윤의 입술로 다가간다. 보드라운 입술을 부딪치고, 아랫입술을 빨아들인 이림이 고개를 비스듬히 기울여 말캉한 것을 안으로 밀어 넣었다.

가벼운 입맞춤인 줄 알았던 도윤이 깜짝 놀라 어깨를 움츠린다.

조심스레 입술을 뗀 이림이 도윤의 얼굴을 쓰다듬었다.

"방금 그 얼굴도 내가 그리 만든 것이오?"

"바, 방금 전엔 예, 예쁘지 않았습니다."

도윤이 더듬더듬 답하는 소리에, 이림의 웃음이 한참이나 개울가를 울렸다.

"절 노총각으로 살게 할 셈이십니까!"

갑자기 찾아와 궁으로 돌아가자 조르던 한수창이, 돌연 제 신세를 이림에게 원망한다.

"무슨 소리냐?"

"저하 내외를 궁으로 모시고 와야 저의 혼사가 성사될 듯싶단 말입니다."

한수창은 임금께서 매파가 돼주겠노라 약조하신 일을 이야기하며, 제발 궁으로 가자고 사정했다.

"결국 네 사심을 채우기 위해 희생하라는 게냐?"

"우선 그 말씀에 두 가지 어폐가 있사옵니다. 첫째, 희생이 아니오라 두 분이 마땅히 계셔야 할 곳으로 가는 것입니다. 가출하실 때는 지나지 않았사옵니까. 또 둘째로는, 제 사심이 아니라 당연한 인륜지대사를 위해서입니다. 저하께서도 아시다시피 음양의 조화가 맞지 않으면 가뭄과 같은 천재지변이 일어나니, 나라에서 혼자가 되는 이가 없도록 혼인을 장려하지 않사옵니까."

길고 쓸데없는 반론이었다.

"전혀 공감 가지 않으니 돌아가라."

"전하! 벗으로서 저를 좀 도와주십시오."

"벗이라 생각한 바 없다."

"제 이름을 빌려 쓰실 때는 벗이라 했다면서요?"

"그 일은 마음에 두지 마라."

"아니, 마음에……! 그게 아니오라!"

한수창의 속이 터져 갈 때였다. 만덕이가 술상을 들고 도윤과 같이 들어왔다.

"오신 김에 좀 더 있다 가십시오."

"마마. 있다가 가면 안 되고, 같이 가셔야 하옵니다. 같이 안 가시면 저 여기서 안 나갈 생각이옵니다."

벌써 술을 마시기 시작한 걸 보면 정말 그냥 예서 잘 기세였다.

술이 들어가니, 한수창은 긴 신세 한탄을 시작했다. 요즘 마음고생이 많았는지, 술주정은 좀처럼 끝날 기미가 보이지 않았다.

"제가 이렇게 나이를 먹도록 장가를 못 간 건 나랏일 하느라 그런 것 아니옵니까! 한데, 한데 왜! 제 나이를 가지고 안 된다 하시냔 말입니다!"

이림은 그런 한수창에게 계속 술을 퍼주었다. 시끄러우니 빨리 먹여서 재울 셈인 것이다.

겨우 조용해졌을 때는 그들의 술상에 빈 술병이 네 병이나 굴러다녔다.

조용히 밖으로 나온 이림이 도윤이 있는 방으로 들어갔다.

아직 잠들지 않았던 도윤이 이림을 반기며 말했다.

"이제 그만 돌아가시지요."

"나온 김에 조금 더 있다 갑시다. 또 언제 이렇게 나올 수 있을지 모르지 않소."

"저하께서 하도 놀고 싶어 하시니, 제가 돌아가고 싶어도 말도 못하지 않았습니까."

"돌아가고 싶었소?"

뜻밖이라는 듯 이림이 조금 놀란 기색으로 묻자 도윤이 고개를 끄덕였다.

"세자와 세자빈이 예서 노닥거리기만 하면 백성들이 얼마나 비웃겠습니까."

"잠깐 쉬는 것도 안 되는 거요?"

"잠깐이 제법 되었답니다."

이림이 알겠다는 듯이 미소를 지었지만, 그 표정은 씁쓸해 보였다. 그래서 도윤은 결국 비밀을 털어놓았다.

"실은 제가 전하와 내기를 한 게 있사옵니다."

"······뭐요? 내기?"

"예. 아마도 저하와 제가 함께 금강산을 오를 수 있을 것 같습니다."

"그게 무슨 소리요? 무슨 내기를 했기에······?"

이림의 물음에도 도윤은 어떠한 내기를 했는지는 말해주지 않고서 배시시 웃었다.

그 어떤 때보다 인산인해를 이룬 백성들이 길가에 도열하여 엎드려 있었다. 세자 저하와 세자빈 마마의 행차 소식에 다들 일찍부터 나와 기다렸다.

그들의 고혈을 짜던 김가가 세상에서 사라졌다. 그사이에 고귀한 세손을 잃은 줄 알았던 백성들은, 세자빈이 아이를 아직 잉태하고 있다는 소식에 다들 자신의 일처럼 기뻐했다.

세자빈이 탄 가마가 도성 안으로 들어오고 있었다.

가마 곁을 지키듯 나란히 말을 타고 가는 세자의 모습에서도 제왕의 풍모가 느껴졌다.

하나 이 중에서 가장 행복해 보이는 자는 다름 아닌 한수창이었다. 세자빈의 가마 뒤를 졸졸 따르던 그는, 백성들 사이에 섞여 있는 도화를 찾고 있었다.

'나와 있을 것인데······.'

반드시 두 사람을 모시고 돌아와 혼인을 올리고 말 거라고 호언장담하고 떠났으니, 도화가 마중을 왔을 것이다.

이리저리 바삐 두리번거리던 시선이, 저 멀리서 손을 흔들고 있는 도화를 발견했다.

'도화 낭자! 우리 이제 혼인할 수 있게 됐습니다!'

도화와 한수창이 애정 어린 눈빛을 주고받을 때, 조금 떨어진 곳에서 정대봉도 행차를 바라보고 있었다.

'아. 그 꿈이 이거였구나.'

흉몽인 줄 알았던, 꽃가마 꿈이 도윤을 진짜 꽃길로 인도해 줄 길몽이었던 것이다.

볕이 뜨거운 여름, 봄에 싹을 틔운 생명들이 단단해지는 계절.

대봉은 고아하게 웃는 딸아이의 모습을 보며 눈물을 훔쳤다.

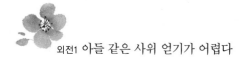

외전1 아들 같은 사위 얻기가 어렵다

　홍문관 교리 정대봉은 난데없는 임금의 부름에 어리둥절했다. 임금과 사돈을 맺었으나 정대봉의 삶은 바뀐 것이 없었다. 그는 여전히 과중한 업무에 시달렸고, 매일 밤늦게 귀가했으며, 여전히 교리였다.

　주위 사람들이 그를 임금의 사돈으로 깍듯이 대해주긴 하지만, 그게 전부였다. 골치 아픈 상사나 건방진 후배들이 없을 뿐, 그는 제 일을 미루거나 소홀히 하지 않았다.

　일에 바쁘다 보니 일부러 피하지 않아도 세자빈인 여식의 얼굴을 보러 가기 힘들었다. 녹초가 되어 퇴궐하고 나면, 저를 반겨주는 이가 도화밖에 없다는 걸 깨닫고 도윤이 떠오르곤 했으나, 세자빈은 더 이상 제 품 안의 여식이 아니었다.

　그렇게 임금도 저도 외척의 득세를 저어하며 어떤 특혜도 주고받지 않았는데, 새삼 이제 와 임금이 일개 홍문관 교리를 불러들이다니 의아한 것이다.

혹 도윤에게 무슨 일이 있는 것은 아닌가, 도윤의 독특한 성정과 고집에 임금께서 화가 나신 것은 아닌가, 아비의 마음은 그런 걱정이 앞서고 있었다.

"바쁘다 들었는데, 이리 불러서 미안하오."

임금의 말투는 사돈을 향한 존중이 묻어 있어서 정대봉은 한결 마음을 놓았다.

세자빈 마마가 사고를 친 건 아니구나. 그렇다면 무슨 일 때문에 저를 부르셨단 말인가.

정대봉이 고개를 숙여 공손하게 물었다.

"아니옵니다. 전하. 정무의 혹독함이 어찌 전하만 하겠사옵니까. 부디 옥체를 보중하시옵소서."

"고맙소. 그대도 쉬엄쉬엄하시구려. 그대의 두 여식이 홀로 남은 아버지 걱정에 마음이 편치 않은 듯하니."

두 여식이라 하셨다. 임금께서 세자빈인 도윤 외에 도화까지 언급한 것이 매우 부자연스럽다. 언제 도화의 존재가 임금께 이리 친근하게 받아들여진 것일까?

정대봉은 그런 의문을 감추고 태연히 응답했다.

"여식들이란 본래 부모 곁을 떠날 존재 아니옵니까? 쓸데없는 걱정이옵니다. 아마 세자빈께서는 제 이런 마음을 누구보다 잘 알고 계실 것이오니, 전하께서도 개의치 마시옵소서."

예전에는 데릴사위가 미덕이라 했으나, 이제 딸자식은 시집을 보내 그댁의 여인으로 살게 하는 것이 조선의 법도가 되었다. 딸만 둘을 둔 정대봉 같은 사람들에게는 무척 속 쓰린 법도였으나 임금 앞에서 그런 서운함을 내비칠 수는 없는 일이다.

하나 그는 콕 짚어 세자빈만을 언급했다. 임금께서 도화를 언급한 것을 못 들은 것처럼.

"그대가 그리 생각한다니 내 말하기가 더 쉽겠소."

"제게 무슨 하교하실 말씀이 있으신 것이옵니까?"

"그대도 알다시피, 나라에 가뭄이 들고 홍수가 이는 등의 모든 재난은 과인이 부덕한 탓에 생기는 것이 아니겠소."

임금의 말에 정대봉의 몸이 더욱 낮춰졌다. 대화를 나누면 나눌수록 의아한 마음만 커져 간다. 하나 그가 지금 할 수 있는 건 수심이 깊어 보이는 임금의 마음을 달래줄 만한 말을 하는 것뿐이었다.

"전하. 그것은 그저 미신일 뿐 아니옵니까. 더군다나 올해는 비가 많이 내려 오랜 가뭄도 사라졌나이다."

"그러니 내 더욱 그 미신을 믿지 않을 수 없소. 더군다나 음양의 부조화로 가뭄이 생기는 것을 미신으로 치부할 수는 없는 일 아니오."

"예?"

"백성들의 원망이 하늘에 닿으면 그것은 곧 내 부덕함을 탓하는 것. 혼인은 인륜지대사라, 사람의 삶에 가장 중요한 예식인데, 최근 광부—노총각—와 원녀—노처녀—가 많아 나라의 큰 근심거리 아니었소. 그러다가 이번에 세자를 혼인시키고 나니 비가 오는 게 아니오."

"전하. 그것은……."

"우연이라 해도 내 마음은 그렇지 않소. 이번 일로 깨달은 바가 있어 그러니, 내 뜻을 따라주시오."

"신이 감히 전하의 말씀을 따르지 않을 수 있겠사옵니까."

말은 그리했지만 정대봉은 어쩐지 불길했다. 자신에게 혼인을 하지 않은 자식은 도화 하나뿐이었고, 도화는 원녀가 아니었기 때문이다. 제게 무슨 어려운 청이 있으신지, 불길함이 스멀거렸다.

"그대가 그리 말해주니 내 허심탄회하게 말하겠소. 다름 아니라, 광부와 원녀가 생기지 않도록 각 도의 관청들에게 힘써보라 했으나 잘되지 않고 있소. 해서 내 이번에 그런 혼인을 독려하는 뜻에서 직접 매파가 되려 하오."

"전하…… 매파라니요?"

"한성부에도 그런 골칫거리 사내가 있지 않소. 한수창이라고. 그대도 잘 아는 자일 것이오."

한수창.

그 이름을 듣자마자 정대봉의 미간이 설핏 찌푸려졌다. 이제야 임금께서 무슨 말씀을 하시려는지 감이 왔다.

'이놈. 세자 저하와의 친분을 내세워 기어이 주상 전하까지 나서시게 만들었구나!'

한수창의 업적과 명석한 두뇌, 잘난 얼굴, 그 모든 장점을 알면서도 정대봉은 한수창이 싫었다. 일단 그 집안이 정대봉의 집안에 비해 너무 좋았다. 과거 성균관 대제학까지 오른 조부를 둔 학자 집안이라니, 생각만 해도 숨이 막혔다. 그런 곳에 철없는 도화가 며느리로 들어간다면 얼마나 불행해질 것인가.

그 대단하신 집안에서 한수창같이 놀기 좋아하는 한량이 나온 것만 봐도 짐작 가능했다. 엄격한 가풍과 허례허식, 그리고 오만한 특권의식으로 뭉쳐 있을 게 분명한데, 한수창이 하는 짓을 보면 집안에서 내놓은 자식이나 다름없지 않나. 저 놀기 좋아하는 놈이 지금은 도화의 겉모습에 반해 치근덕거리지만, 껍데기는 금방 추레해지거나 질리는 법이다. 전국 팔도의 기생집을 돌아가며 기생들을 끼고 놀던 한수창이 도화의 미모에 반해 점잖은 가장으로 정착할 수 있을 리가 없다.

게다가 도화는 아직 꽃다운 나이였다. 여덟 살이나 많은 한수창에게 주기엔 너무 아까운 걸 어쩌란 말인가. 정대봉에게 있어 도화는 아직은 가르치고 싶은 게 많고, 보살펴 주고 싶은 어여쁜 아이다. 이 모든 것들을 제외하고서도 한수창을 반대하는 이유는 수없이 많았다.

"한수창이 그대의 여식이 아니면 혼인을 안 하겠다지 뭐요. 듣자 하니 그대의 여식이 천하의 절세 미녀라, 한수창에게 딱이지 뭐겠소."

"어, 어디가 그리 딱이란 말씀이시온지……?"

"미인이 제 옆에 딱 붙어 있으면 한수창의 바람기도 잡을 수 있지 않겠소. 그놈이 술과 여자를 밝히는 그거 하나만 아니면 아주 쓸 만하고 좋은 놈이라는 걸 그대도 잘 알지 않소."

정대봉 생각에는 그거 하나가 큰 문제였다. 엄밀히는 그거 두 개. 술과 여자를 밝히는 놈치고 잘되는 인간을 본 적이 없다고 대꾸해 주고 싶었으나 상대는 임금이다.

정대봉이 그저 불편한 듯 입을 다물고 있자 임금은 그가 생각할 틈을 주지 않고 몰아붙이기 시작했다.

"대제학을 지낸 한수창의 조부와 학문에 심취한 그대가 사돈을 맺으면 훌륭한 두 가문이 더욱 빛을 발할 게 아니오. 듣자 하니, 그대의 여식도 한수창에게 마음이 있다 들었소. 젊은 남녀의 연정을 어찌 막을 수 있겠소. 한수창이 이리 목을 매는 여인은 단 한 명도 없었는데, 이제야 제짝을 만난 모양이오. 내 좋은 날을 받아 두 사람이 백년해로하도록 빌까 하오만, 사돈의 생각은 어떻소?"

"저, 저하."

벌써부터 날을 잡겠다 하시니 정대봉의 입이 떡 벌어졌다.

"응? 왜 그러시오? 사돈 생각에는 한수창이 영 아닌 게요? 흠. 그럼 곤란한데……. 한씨 가문의 실망이 이만저만 아닐 것이오. 한수창이 상사병에 걸렸다는 소문이 파다한지라, 그 댁에서는 부끄러워서라도 한시 빨리 혼인을 시키고 싶어 하는데……."

491

언제부터 저를 사돈이라 부르며 챙기셨단 말인가!

정대봉은 소리 없이 입만 뻥긋거리고 있었다. 하나 임금은 이미 단단히 마음을 먹은 것인지 안타까운 마음이 그득한 기색으로 말을 이었다.

"웬만하면 나를 봐서라도 두 사람을 허락해 주는 것이 어떻겠소? 내가 나섰는데도 혼인이 성사되지 않으면 영……."

임금의 체면까지 내세워 은근히 위협하는데 정대봉이 당해낼 수 있을 리가 없다. 한수창도, 그 가문도, 임금도, 제 딸년도, 아니, 이 나라 전체가 원하는 혼인이라는데 저 혼자만 반대할 명분도 없다.

"전하. 신은 다만, 제 여식이 아직 어리고 부족한지라 좀 더 시간을 두려 했을 뿐이옵니다. 하나 한수창의 나이가 있으니 전하의 뜻에 따라 좋은 날에 여식을 보내겠사옵니다."

"오—! 잘 생각했소. 내 그대가 화통하게 허락해 주리라 믿고 있었소! 하하하하하!"

큰 웃음을 터트리시는 임금의 앞에서 정대봉도 미소를 지으며 고개를 숙였다. 그러나 임금이 보지 못한 그의 얼굴은 매우 딱딱하게 굳어 있었다.

'사위 복도 지지리 없지.'

한 분은 임금님의 자식이고 한 놈은 개자식이라, 어느 사위도 마음에 들지 않았다.

원래의 제 색을 잃은 낙엽이 쓸쓸히 떨어지는 것을 바라보던 도화가 깊은 숨을 왈칵 내뱉었다. 양손을 붙잡아 가슴 위에 올려놓는 꼴이 딱 상사병에 빠진 여인처럼 보였다.

싸리문 안으로 막 들어서던 대봉은 휘영청 뜬 달을 보며 애달픈 표정을 짓는 딸아이를 보며 혀를 끌끌 찼다.

한수창, 그 한량 같은 놈이 어디가 좋다고.

아무리 제 딸이라 하더라도 이해할 수가 없어 대봉이 고개를 절레절레 저었다. 아무리 생각해도 자신의 둘째 딸 눈이 발바닥에 달린 것이 틀림 없다. 하지만 어쩌겠는가. 임금께서 직접 매파 노릇까지 하시겠다는데.

"따라 들어와라."

"싫습니다."

"뭐?"

"아버지께서 어떤 말씀을 하실지 빤하고, 이에 대한 저의 답 역시 빤한데 대화는 나누어 무엇 하겠습니까? 기분만 상할 뿐입니다."

강경한 딸아이의 표정에 대봉의 얼굴이 일그러졌다. 이렇게 철이 없으니 걱정이 앞설 수밖에 없다.

첫째 딸이야 어릴 적부터 워낙 똑 부러져 대봉의 손이 필요치 않은 아이였다. 글공부에 너무 심취한 것이 문제여서 골머리를 썩긴 했으나 자신의 앞가림 정도는 할 줄 알았기에 걱정을 하지 않았다.

문제라면 지금도 뚱한 표정을 짓는 둘째 딸이었다.

어릴 때부터 백설기처럼 새하얀 피부와 똘망똘망한 눈망울이 너무나 어여뻐 품에 끼고 감싸 돌기만 했다. 너무 오냐오냐한 것이 문제였다. 떼를 쓰면 들어주지 말고 따끔하게 혼냈어야 했는데.

대봉은 뒤늦게 후회하며 도화를 따끔하게 쏘아 보았다.

"서로의 의견이 다르다 하여 대화할 마음이 없다면 따라오지 말거라."

"아버지!"

도화가 불만에 가득 차 소리쳤지만, 대봉은 이를 무시한 채 방 안으로 들어가 버렸다. 쌩한 아버지의 모습에 도화가 입술을 물어뜯으며 불안한 시선을 옮긴다.

"우씨."

불만 섞인 한마디를 내뱉은 도화가 신발을 아무렇게나 벗어 던지더니 방 안으로 들어섰다.

근엄한 표정으로 말없이 앉아 있는 대봉의 앞에 철푸덕 앉은 도화가 절대 뜻을 꺾지 않겠다는 듯 아비를 쏘아보았다.

"임금을 뵙고 왔다."

그 한마디에 도화의 얼굴에 긴장감이 흘렀다. 처음 대봉이 그랬던 것처럼, 혹 언니에게 무슨 일이 생긴 것은 아닐까 걱정하는 기색이었다. 하나 곧 대봉이 하는 말에 깜짝 놀란 듯 눈을 크게 뜬다.

"너와 한수창 정언의 매파가 되시겠다더구나."

"그럼……?"

"어명이니 어찌하겠느냐. 따를 수밖에."

"아버지! 그게 진짜지요? 저와 한 정언님의 사이를 허락해 주시는 거지요?"

눈치 빠른 도화가 자리에서 벌떡 일어나 비명처럼 외쳤다. 얼굴엔 기쁜 기색이 흘러넘쳤다. 하나 곧 이어진 말에 표정이 금세 굳어진다.

"하나 당장은 안 된다."

"어째서요? 허락을 하셨으면 시원하게 보내주시면 얼마나 좋아요?"

해주려면 시원하게 해주시지, 거기에 왜 단서를 다냐는 말에 정대봉은 단호한 얼굴로 딸아이를 보았다.

"이미 집안에 큰 경사가 있어 잔치를 열어야 하는데, 비슷한 시기에 두 번이나 열 수는 없지 않느냐."

"그래서요?"

"그 댁 어른과 따뜻한 봄이 올 때쯤 길이 좋은 날을 받아보마."

이제 겨우 농부들이 한 해의 고단함을 수확하는 가을이었다. 그런데 춘삼월이라니. 아직 너무 멀게만 느껴지는 봄이었다.

고아한 찻잔을 기울이는 한정국은 겉으론 생각을 읽을 수 없을 만큼 무심한 표정이었다.

원래 이런 양반이긴 했으나 오늘따라 더 분위기를 잡는 통에 맞은편에 앉아 있는 한수창은 긴장감에 몸을 뻣뻣하게 굳혔다.

오늘은 또 무슨 야단을 치시려고 이러시는가?

워낙 혼날 거리가 많다 보니 감조차 잡을 수 없어, 한수창은 나름 반성하는 모습을 보이며 반듯하고 웃음기 없는 얼굴로 앉아 있었다.

그의 조부 한정국은 과거 대제학까지 오른 학자였다. 그가 관직에 있는 동안 백성들의 삶은 말할 수 없이 윤택해졌으며, 그를 따르는 제자들이 아직도 조정에 포진해 있었다. 지독한 완벽주의자이다 보니, 집안의 유일한 희망인 손자 한수창에게도 바라는 것이 많았다. 또래 중에선 학문으로는 최고로 손꼽힐 정도로 반열에 올랐음에도 한정국의 눈엔 한없이 부족해 보이는 손주일 뿐이었다. 자라면서도 그리고 장성한 후에도 한수창은 아직 제 조부인 한정국에게 혼나는 것이 일상이었다.

달그락.

한정국이 잔을 내려놓은 후에 생각에 잠긴 듯 턱수염을 쓰다듬자, 한수창이 저도 모르게 엉덩이를 뒤로 물렸다. 자신의 조부가 어떨 때 저런 동작을 하는지 잘 알고 있었기 때문이다.

곧 불벼락이 떨어지겠다!

움찔한 한수창이 살길을 도모하기 위해 빠르게 눈동자를 굴릴 때였다.

"입궁한 일은 알고 있을 게다."

주어가 없는 말이었으나 한수창은 그 입궁한 이가 자신의 조부라는 것을 알고 있었다.

조부는 훌륭한 학자이긴 했으나 정치엔 영 소질이 없는 인물이었다. 정확히는 소질이 없다기보다는 환멸을 느끼는 인물이라고 하는 게 맞겠다. 오래전, 선왕을 돕겠다며 조정의 중심에 섰다가 순식간에 떠밀렸던 조부다. 그 이후론 관직을 내려놓고 후학을 기르는 일에 인생을 바쳤던 조부가 오랜만에 입궁한 일을, 같은 집에서 살고 있는 한수창이 모를 리 없었다.

"네, 네. 그런데요?"

한수창이 더듬더듬 말을 내뱉자 한정국이 마음에 들지 않는다는 듯 혀를 끌 찼다. 사내놈이 저리 기백이 없어서야.

한참 혀를 차던 한정국이 내려두었던 찻잔을 들며 말했다.

"매파가 되시겠다더구나."

"……임금님께서 그런 취향이 있으신 줄은 몰랐습니다."

한수창의 말에 한정국의 미간이 신경질적으로 구겨졌다.

이런 놈이 무슨 장가를 든다고!

나이만 든다고 다 어른은 아니지 않은가.

잔을 들고 있는 손에 힘이 들어갔다. 생각 같아선 확 집어 던지고 싶었으나 채신이란 걸 아는 한정국은 애써 마음을 갈무리하며, 호들갑을 떠는 한수창을 엄한 눈으로 바라보았다.

한수창도 눈치 빠르게 입을 다물었다.

진중하게 이야기할 분위기가 되자, 한정국이 깊은 한숨처럼 말했다.

"주상전하께서 정대봉 교리 둘째 딸과의 혼사를 직접 진행해 주시겠다고 하셨다."

"……그게 정말입니까?"

"그럼 내가 널 앉혀놓고 헛소리를 하겠느냐?"

"도화 아씨와의 혼사를 전하께서 직접 추진해 주신다는 말씀이지요?"

"오냐. 그렇다 하시는구나."

대화가 이어질수록 한수창의 얼굴이 따뜻한 봄볕을 받아 활짝 피는 꽃처럼 시시각각 변했다.

전하께서 약속을 지키셨다! 세자 이림에게 온갖 구박을 받아가며 궐로 돌아가자고 설득했던 것이 헛수고가 아니었다!

자리에서 벌떡 일어난 한수창은 자신의 앞에 조부가 있다는 것도 잊은 듯 덩실덩실 춤이라도 출 기세였다.

"드디어 제가 장가를 갈 수 있게 되었다…… 그 말이군요!"

발을 쾅쾅 굴러가며 온몸으로 기쁨을 표하는 손주를 보며 한정국이 고개를 절레절레 저었다. 더 내버려 뒀다간 못 볼 꼴을 볼 것 같으니 서둘러 말을 잇는다.

"외척 가문이라 마음에 들진 않는다만 그 집에선 널 더 탐탁지 않아 할 테니……."

"헉! 어찌 아셨습니까?"

"어찌 모를 수가 있겠느냐. 눈 있고, 귀 달린 사람들이라면 다 알 수 있을 게다. 네놈이 하고 다닌 짓거리를 봐라!"

대놓고 자신의 흉을 보는데도 한수창은 아무래도 좋다는 듯이 히죽 웃었다. 지금이야 길을 걷다가 짱돌을 맞더라도 허허실실 웃을 것 같았다.

"적당한 날을 받아보마."

한정국의 말에 아플 만큼 허리를 접어 인사한 한수창이 조심성 없이 걸음을 옮겼다.

벌컥!

거칠게 문을 열고 밖으로 뛰어나온 한수창의 얼굴이 잔뜩 상기되어 있었다.

안에서 들려오는 심상치 않은 소리에 괜스레 긴장하고 있던 덕배가 한수창에게 다가왔다.

"뭔데 어르신께서 저리 언성을 높이시는 겁니까? 또 뭐 사고 치셨습니까?"

"네 이놈! 내가 사고나 치고 다니는 놈으로 보이느냐? 나도 이제 어엿한 한 집안의 가장이 될 몸이다."

한수창이 짐짓 엄한 표정으로 덕배를 나무라자 덕배는 배를 벅벅 긁으며 건성으로 대답했다.

"뭐 잘못 드셨습니까? 욕을 얼마나 드셨기에……!"

그러자 한수창은 아무래도 좋다는 듯 활짝 웃으며 말했다.

"이 몸께서 드디어 장가를 가신다, 이 말이다."

바싹 마른 낙엽이 바사삭 부서지는 소리에 도윤의 입꼬리가 하늘을 향해 힘껏 올라갔다.

얼굴엔 붉은색 뾰루지가 조금 올라와 있었으나 웃는 모습이 워낙 어여뻐서일까. 곁에서 도윤을 부축해 주고 있는 이림의 시선이 작고 하얀 얼굴에서 떨어질 줄을 모른다.

어쩜 이리 어여쁠 수 있단 말인가.

도윤과 만난 이후로 이림의 삶은 아주 많은 것이 바뀌었다. 예전엔 습관적으로 병증을 들어 자신을 괴롭히던 그가 타인을 받아들이게 되었고, 말 대신 날카로운 잣대를 들이대던 것과는 달리 이젠 상대를 이해하는 수준에 이르렀다.

그건 모두 자신의 곁을 지켜주는 어진 세자빈 덕분이었다. 그녀가 없었다면 자신의 삶은 어찌 되었을까. 지금 생각해 보아도 아찔한 상상에 그는 늘 그녀에게 감사한 마음을 가지고 있었다. 사람에게 이러한 감정을 품을 수 있게 만들어주어서. 모자란 자신을 넘치는 사람으로 만들어주어서. 그는 부부의 정을 뛰어넘어 도윤을 품어주고 있었다.

이림의 시선이 자연스레 볼록한 도윤의 배로 향했다. 출산까진 아직 많은 날이 남았다.

하나 이림은 벌써부터 도윤과 자신의 사랑의 결실이 어떠한 아이일까, 궁금해하고 있었다.

임신을 하면서부터 부쩍 힘들어하는 도윤이었기에 아이가 하루빨리 세상 밖에 나오길 바라는 마음도 있었다.

건강한 아이였으면 좋겠다.

다른 건 다 바라지 않고, 건강한 아이가 태어나기만을 바라던 그가 볼록한 배 위에 손을 얹었다.

도윤은 그의 마음을 익히 알고 있다는 듯 다정하게 웃는다. 모든 것이 좋다는 듯이.

그렇게 두 사람이 일과처럼 하곤 하는 산책을 계속 이어나갔다. 뒤에서 나인들과 상궁들이 따라오든 말든 다정한 말 몇 마디에도 웃음 지으며.

그러다 최근 결정한 일을 떠올린 이림이 도윤을 지긋한 눈으로 내려다보며 묻는다.

"그 이야기 들었소? 한수창이 드디어 장가를 가게 되었다던데."

"안 그래도 기별이 와 알고 있었습니다."

그녀가 모를 수가 없었다. 한수창과 혼약을 올리는 이가 자신의 여동생이었으니.

도윤이 결국 이리되었다며 웃는데, 이림은 걱정이 가득한 얼굴로 계속해 질문을 건넸다.

"정말 괜찮겠소?"

"무엇이요?"

"한수창을 가족으로 받아들이는 것 말이오."

"네?"

무슨 뜻으로 여쭤보는 것인지 몰라 도윤이 눈을 동그랗게 떴다. 그러자 그간 있었던 일을 모두 알고 있는 이림은 작게 고개까지 내저었다.

"부왕께서 직접 나서신 혼사라 거부할 수가 없어 이리된 건가 싶어서 말이오."

그의 걱정이 무엇인지 알겠다는 듯 도윤이 작게 고개를 끄덕였다.

이번 일을 두고 양가의 어른은 모두 탐탁지 않아 하나, 임금의 명으로 어쩔 수 없이 이루어지는 혼사라는 말이 파다했다. 그 소문을 도윤 역시 들어 알고 있었다.

"아무리 임금께서 명하신 것이라 하더라도 아버지도 그렇고 도화도 그렇고, 제 뜻에 어긋나는 일이라면 받아들이기보단 도망치는 것을 선택할 사람들입니다. 도화야 한수창 정언을 마음에 품었으니 이 일을 그 누구보다 기뻐할 것이오, 아버지도 겉으론 퉁명스럽게 말씀하셔도 허락하지 않으셨습니까."

그러면서 도윤은 '저 역시 그렇지 않습니까'라며 뒷말을 잇자, 이림이 와르륵 웃음을 터뜨렸다.

"그렇지. 빈 역시 대쪽 같은 성품이었지. 내 잊고 있었소."

"지금 아쉬운 것이 있다면 동생의 혼인에 참석할 수 없다는 것뿐입니다."

아쉬움이 그득한 얼굴로 말한 도윤이 고개를 기울여 이림의 어깨에 기대었다.

예전엔 그 누구보다 자유롭게 살던 도윤이었다. 사내들보다 더 원대한 꿈을 품었고, 더 넓은 세상을 보고자 했었다. 그러던 것이 세자빈이 되고, 왕실의 아이까지 잉태한 후로 많은 것에 제약을 받으며 살고 있었다.

혼례가 치러질 땐 아이까지 출산한 뒤라 더더욱 참석을 할 수 없을 것이 분명했기에, 도윤의 얼굴에 슬픔이 그득했다.

이림이 도윤의 어깨를 끌어안아 제 품으로 끌어당겼다.

"미안하오."

"아닙니다. 그저 기생집을 드나들던 한 정언께서 혼약 후에도 그러실까 걱정이 되어 한마디 해주고 싶었을 뿐입니다."

"한마디?"

이림의 얼굴에 호기심이 어리자 도윤이 장난스럽게 웃었다.

"여자 문제로 속을 썩이면……."

말끝을 길게 늘어뜨린 도윤이 새삼 자신의 뒤를 따라오는 자들을 힐끗 보았다. 아무래도 다른 이들이 들으면 안 될 말 같아 이림이 귀를 가까이 가져다 대자 도윤이 귓속말을 속닥거렸다.

"……그렇군. 그 말이라면 아무리 한수창이라 하더라도 다른 여인은 가까이 못 두겠소."

이림이 고개를 절레절레 젓자 도윤이 의기양양한 표정을 지었다.

하얀 눈이 녹기도 전에 조선엔 큰 경사가 전해졌다. 세자빈이 건강한 남아를 출산하여 왕실에 큰 기쁨을 주었다고 하니, 그녀를 믿고 따르는 백성들 역시 자신의 일처럼 기뻐했다.

2월 끝자락, 원손이 태어났다. 이름은 '이영'.

임금은 아이에게 많은 것은 바라지 않고, 건강한 모습으로 늘 자신의 기쁨이 되어주길 바랐다.

그리고 아이는 그런 바람에 보답이라도 하듯 우렁찬 울음을 터뜨리며 모든 이들의 행복이 되어주었다.

시간이 흘러, 새하얀 눈이 녹고 따스한 봄볕이 찾아왔다. 모두들 한 해의 농사를 준비하느라 바쁜 그 시기에 한양에선 작고 소박한 혼약식이 열렸다. 보통의 백성이라면 상상 못할 만큼 맛있는 음식과 많은 손님이 모여들었으나 그 양가의 면면을 살펴보면 가히 소박하다고 말할 수 있는 잔치였다.

신랑은 세자의 벗이자 과거 대제학까지 오른 가문의 한수창이었고, 신부 측은 세자빈의 여동생이었으니 손님이 얼마든 그 혼약식을 크다 말할 수 있겠는가.

더욱이 손님이 많은 이유도 다른 이들과는 남달랐다.

오늘의 혼례는 그들과 안면이 있지 않더라도 누구나 올 수 있었다. 신분 고하를 막론하고 그들의 앞날을 축복해 줄 수 있는 사람이라면 누구나 하객으로 받아들였으니 어찌 규모가 크지 않을 수가 있겠는가.

동네 거지들까지 모두 모여들어 음식을 나눠 먹으니 동네잔치라고 봐도 무방할 정도였다.

오늘 잔치의 주인공인 한수창은 잔뜩 들뜬 얼굴로 손님을 접대하고 있었다. 사모관대를 착용하고 소매 품이 넓은 청색 단령을 입은 한수창은 표정만 잘 관리하면 오늘따라 더욱 훤칠하고 품위 있어 보였다. 그러나 자꾸만 벌어지는 입을 다물 줄 몰라 웃어른들께 벌써 몇 번이나 야단을 맞았다. 좀 전에도 문득, 혼례복을 입은 도화가 얼마나 예쁠까, 사람들이 도화를 보고 얼마나 감탄하며 저를 부러워할까 등등을 상상하다가 무시무시한 조부의 눈빛을 마주하고 겨우 정신을 차릴 수 있었다.

이제 한껏 의젓하게 어깨를 펴고 경건한 표정으로 손님을 맞이할 때였다.

갓을 깊게 눌러쓴 선비가 안으로 들어왔다. 비단옷은 그리 비싸지 않은 것이었고, 갓끈 역시 없어 사람들은 그에게 별 신경을 쓰기보다, 음식을 나눠 먹고 동행과 대화를 나누느라 바빴다.

그건 한수창 역시 마찬가지였다. 멀리서 다가오는 선비에게 신경을 쓰지 않던 그는 막 다가온 자와 함께 가벼운 인사를 주고받고 있었다.

"자네, 결국 장가드는구만. 그것도 한양에서 가장 아름답다는 낭자와."

오늘 인에 박힐 정도로 들었던 말이었던 터라 한수창이 가벼운 농을 던지고 있을 때였다.

가까이 다가온 선비가 손가락으로 가볍게 갓을 들어 올리더니 한수창을 보며 음흉하게 웃었다.

"축하하네."

"이, 이게……."

"왜. 내가 누군지 동네방네 소문이라도 낼 생각인가?"

이림의 말에 입을 꾹 다문 한수창이 빠르게 고개를 저었다. 그러더니 이림을 이끌고 인적이 드문 곳으로 빠르게 걸음을 옮긴다.

"오늘 참석하신다는 말은 없었잖습니까."

한수창의 말에 이림이 가볍게 고개를 끄덕였다. 세자 내외가 오늘 혼례에 참석하지 않기로 한 것은 단순히 원손 때문만은 아니었다. 외척과 왕실이 너무 자주 만나면 좋지 않다는 판단 아래 선물만 보내는 정도로 마무리했다.

그런데 세자 이림이 여기까진 어쩐 일이란 말인가.

한수창이 의아한 얼굴로 자신을 바라보자 이림이 고저 없이 말했다.

"세자빈이 전해달라는 말이 있어 여기까지 어렵게 걸음했네."

"……그, 그게 무슨."

그렇게 물으면서도 한수창은 가히 좋은 말은 아닐 거라 예감하며 긴장한 표정을 지었다.

그러자 이림이 성큼 걸음을 옮겨 한수창에게 다가간다. 그러곤 언성을 낮춰 두 사람만 들을 수 있을 만큼 작은 목소리로 읊조렸다.

"앞으로 한 번이라도 기생집에서 밤이슬을 맞고 온다면 그대를 설악산 작은 암자로 보내 평생 불경을 연구하는 승려가 되게 하겠소. 그 좋은 머리로 불경을 공부한다면 이 또한 좋은 일 아니겠소. 라는군."

"……흡! 히끅! 끅!"

연신 딸꾹질을 하는 한수창을 보며 이림이 쐐기를 박듯 말했다.

"세자빈이 그리하겠다면 조선 팔도엔 막을 자가 없네. 자네도 알고 있지? 부왕께서도 세자빈이라면 끔뻑 죽는 거."

"끅! 히끅!"

"조심하게."

말을 마친 이림은 자신이 할 일은 끝났다는 듯 몸을 돌렸다.

점차 멀어지는 이림의 뒷모습을 바라보던 한수창은 다리에 힘이 풀린 듯 비틀거리다가 주저앉을 뻔했다.

"아이고, 도련님!"

마침 지나가던 덕배가 이를 보고 한수창을 부축한 덕에 새신랑이 땅에 주저앉는 추태를 면할 수 있었다.

"덕배야."

"예. 왜 그러십니까? 어지러우신 걸 보니, 전날 또 약주를 많이 하셨나 봅니다."

"네 생각엔 말이다. 내가 절간에서 목탁을 두드리며 살 수 있을까?"

"에이. 무슨 자다가 목탁 두드리는 소리 하고 계십니까? 도련님은 절대 그리 사실 분이 아니지요. 목탁에 술을 담아 드실 분이지요."

"그렇지?"

"예. 예. 또 무슨 희한한 궁리를 하셨는지 모르겠습니다만, 정신 바짝 차리십시오. 오늘 밤을 위해 그동안 얼마나 갈고닦으셨는지 잊으셨습니까?"

"크흠. 이 녀석아. 갈고닦았다는 말은 좀 그렇구나. 누가 들으면 내가 난봉꾼인 줄 알겠다!"

"누가 들으면이 아니라, 다들 그리 알고 있으니 신경 쓰지 마십시오."

"젠장! 사람들의 그런 오해로 인해 내 앞날이 매우 불안해졌단 말이다!"

그렇게 한동안 덕배와 입씨름을 하며 기방 출입에 대해 진지하게 고민하고 있는 가운데, 식이 시작되었다.

신부가 나타나자 한수창은 고개를 숙인 도화의 아름다운 자태에 넋이 나가 이런 생각을 하게 되었다.

'아. 기방 따위, 발길 끊는 게 뭐가 대수로울까. 내 집에 선녀가 사는데.'

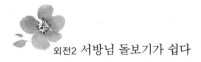

외전2 서방님 돌보기가 쉽다

궁궐의 연못가에 자줏빛 창포꽃이 흐드러졌다. 바람이라도 불면 날개를 펄럭이는 나비 떼마냥 화려한 광경이었다. 마치 오늘의 잔치를 위해 하늘이 내려주신 선물인 양, 꽃바람이 궁인들의 마음을 들뜨게 만들었다.

사가에서는 꿈도 못 꿀 거나한 상차림이다. 백일 된 아기가 뭘 알겠냐만은, 원손을 얻은 왕실의 기쁨과 원손의 귀함을 알릴 길은 상차림밖에 없지 않나. 알록달록, 꽃밭인 마냥 예쁜 떡과 귀한 과일이 백일상을 더욱 특별하게 장식했다.

임금은 대전에서 대신들로부터 한차례 축하 인사를 받고 그들에게 음식을 베풀고, 백일상 앞에 앉아 원손을 볼 생각에 바쁜 걸음으로 오셨다.

왕실의 어른들이 모두 참석한 원손의 백일은 화기애애했다.

세자빈 도윤은 상석에 계신 임금께 원손을 안겨 드렸다. 아직 팔뚝만 한 조그만 녀석은 조부인 임금이 낯설지 않은지, 연신 생글거리며 고사리 같은 양손을 꼼지락거렸다.

청옥색 저고리에 무명바지를 입은 아기는 오래오래 살라는 소박하지만 어렵고도 간절한 바람으로, 이영(李永)이라는 아명을 받았다. 이름 덕인지, 영은 태어난 지 백일 동안 무탈하고 순하게 잘 자라주어 왕실의 큰 기쁨이 되어 사랑받고 있었다.

도윤도 이림도 원손의 동그랗고 검은 눈망울에 마음이 뺏겨 임금의 앞인 것도 잊고 시선을 거두지 못했으나, 임금도 이를 탓하지 않았다. 그 역시 원손의 뺨을 쓰다듬으며 토실토실하고 보드라운 살결에 푹 빠져 있었기 때문이다.

"허허. 이 녀석이 아주 넉살이 좋구나."

임금은 제 손을 피하지 않고 오히려 즐거워하는 원손이 사랑스러워 손등을 깨물어주었다.

이를 본 이림이 어깨를 펴고 자랑스럽게 거들었다.

"넉살만 좋다 뿐이겠사옵니까. 어찌나 총명한지 하루에도 몇 번이나 놀라는 중이옵니다. 세자빈의 영민한 면을 우리 영이가 쏙 빼닮은 게 아니겠나이까."

두 부자의 대화를 듣고 있자니 도윤은 낯이 뜨거웠다. 아직 핏덩이인 원손이 영특하다 한들, 그게 저를 닮은 건지 알 길이 있나. 제 자식인 동시에 임금의 핏줄이다 보니, 겸양을 떨며 아직 모자라다 말할 수도 없고 속만 답답했다.

"그래. 그래. 세자보다는 세자빈을 더 닮은 듯해. 하하하!"

임금이 이번에는 저까지 묶어 칭찬하시니 도윤의 얼굴이 더욱 빨개졌다. 도윤은 빈말이라도 제가 아니라 세자 저하를 닮으셨다, 또는 왕실의 혈통을 닮아 그렇다고 말하려고 입을 열었다.

그러나 세자가 더 빨라서 도윤은 입술만 떼고 아무 말도 하지 못했다.

"꼭 월한의 어린 시절을 보는 것 같사옵니다."

"......!"

"......."

세자 이림의 말이 좌중을 얼어붙게 만들었다.

심지어 담이 큰 도윤의 낯빛마저도 창백해졌다.

한동안 일부러라도 아무도 말하지 않던 세자의 아우 월한을 세자가 직접 언급했다. 더군다나 이 경사스러운 날에.

"월한도 이만한 때에 아바마마의 무릎에 앉아, 저리 해맑게 웃었지요."

임금의 굳어버린 용안에 노기가 서린 걸, 어찌 된 일인지 세자만 알지 못하는 듯했다.

도윤은 이림의 나불거리는 입을 꿰매 버릴 수 있으면 얼마나 좋을까, 잠시 생각했다. 그런 생각이라도 하고 있는 게 이 난감한 상황을 잠시라도 잊게 해주는 듯했다.

"세자. 경사스러운 자리에 어찌 죄인의 이름을 거론한단 말인가."

가만두면 어디까지 나불거릴지 모르는 일. 임금이 엄중히 나무랐다.

그럼에도 불구하고 이림이 부드러운 미소를 지었다.

아.

도윤은 그 순간 깨달았다. 세자께서 부러 그러셨다는 걸.

"월한은 죄인이 아니옵니다. 제 아우이자, 아바마마의 아들이옵니다. 그 어린놈이 무슨 대죄를 지을 수 있었겠습니까."

"존재 자체가 죄이니라. 어미의 욕심을 일으킨 화근덩어리다."

"하나, 그 아이는 제가 아바마마께 드리지 못한 기쁨을 안겨 드린 귀한 아들이었나이다. 누구보다 영특하고 심성이 맑은 아이였습니다. 저를 형님이라 부르며 따르던 그 아이에게 저는 한 번도 제대로 형 노릇을 해본 적이 없었사옵니다."

"그 귀한 아들이 우리에게 무슨 짓을 했는지 잊었느냐!"

임금의 언성이 높아지셨다.

"기억하옵니다. 그 아이 덕분에 세자빈과 원손이 살았습니다."

이림은 월한이 아니어도 중전이 내린 차를 도윤이 먹지 않았을 걸 알지만 굳이 월한의 공을 내세웠다.

이를 알고 있는 건 도윤밖에 없었는데, 도윤은 그런 세자를 막지 않고 오히려 조용한 음성으로 거들었다.

"저 역시 그것은 항상 감사히 여기고 있사옵니다."

평소 어여삐 여기고 있는 세자빈이지만, 아들 내외가 이러는 데 이유가 있다 여겨진 임금은 곱지 않은 눈으로 도윤을 바라보았다.

"세자를 제외하고 모두 나가 있거라."

결국 임금은 이영마저 상궁의 손에 들려주고 모두를 내쫓았다.

흥겨운 잔치가 끝이 났다.

마주 앉은 두 사람은 임금과 세자가 아니라 아버지와 아들로서 서로를 바라보았다.

"하고 싶은 말이 무엇이냐?"

이림은 애틋한 눈빛을 하고 아버지를 바라보았다. 그러고는 잠시 말없이 생각에 잠겼다.

한 나라의 임금이 아닌, 젊고 뜨거웠던 한 사내의 얼굴을 찾아 응시했다.

그가 허망하게 잃어버린 사랑. 한 나라의 가장 위대한 사내가 얻지 못하고 지키지 못했던 그것이 그를 얼마나 무너트렸을지 상상조차 되지 않았다.

무소불위의 권력이 있음에도 사람의 행복을 누리지 못한 사내의 인생을 행복하다 할 수 있었을까. 원통함에 불붙은 가슴이 활활 타올라 재가 되고 텅 비게 될 때까지의 아픔을 어찌 견뎌왔을까.

항상 냉정하기만 했던 임금. 그는 그저 왕실과 나라의 의무와 책임을 다하고자 살아왔을 뿐이었으리라. 그러니 중전의 자식인 제가 어여쁠 리 없었을 것이다. 하나, 저를 낳은 것은 그가 사랑하던 단 한 명의 여인이었다. 서로가 이를 모르고 서로를 원망하고 한심하다 여기며 십수 년의 세월을 보냈다.

이림은 제가 이영만큼 어린 시절 임금의 팔에 안겨 그를 기쁘게 만들어주지 못했음을 알고 있었다. 중전이 늘 말하지 않았던가. 저의 부족함으로 인해 임금이 중전마저 외면한다고.

사실은 그 반대였지만, 임금이 저를 자식으로 한껏 사랑해 주지 못했음을 안다. 연인을 잃은 임금께서는 그 죄책감에라도 저를 안아주지 못했으리라.

이제 와서 모든 걸 털어놓는다면 임금께서 얼마나 충격을 받으실까? 또 한 번 가슴이 미어지지 않으실까? 아니면 후련하실까?

모함과 증오로 얼룩진 세월들이 이토록 원망스러운데, 사랑하는 사람의 자식을 알아보지 못하고 그 자식을 마음껏 안아주지 못한 임금의 심정은 어떠할지, 이림은 쉽사리 입을 떼지 못했다.

임금은 저를 가만히 바라보기만 하던 세자의 눈시울이 붉어지는 것을 보고 눈살을 찌푸렸다.

"왜 이러는 것이냐?"

"아버님."

"……!"

세자가 임금을 아버지로 부르는 데는 그만한 이유가 있으리라. 임금은 이림의 말을 막지 않고 천천히 말할 수 있도록 기다려 주었다.

이림은 아직도 생각을 정리하지 못한 듯했다.

이 말을 해도 될까. 혹 과거의 상처를 들쑤시는 건 아닐까.

고민하는 얼굴로 부왕을 바라보던 그가 시선을 아래로 내리깔며 말을 이어나갔다.

"드릴 말씀이 있습니다. 한데, 이 말씀을 올리면 아버님의 심정이 어떨지, 저는 상상조차 할 수 없어 망설여집니다."

"무슨 일이기에 이토록 겁을 주는 것이냐?"

"아버지께서 유일하게 사랑하셨던, 그러나 지켜주지 못하셨던 가여운 여인이자, 제 친어머니에 관한 이야기입니다."

"……그게 무슨 소리냐?"

임금은 중전을 사랑했던 적이 없기에 세자의 말을 이해할 수 없었다. 세자가 중전의 아들이라 알고 있으니 당연했다.

"월한은 그 아이가 감당하기 힘든 무겁고 잔인한 비밀을 들어야만 했었습니다. 때문에 그 아이는 어리석은 결정을 하고 말았습니다. 하나, 어린아이입니다. 알아선 안 될 비밀을 알게 된 선한 아이는 모두를 위하는 길이 그것이라 믿었을 것입니다. 월한은 할 수 있는 한 최선을 다해 전하와 저를 지키려 한 것입니다."

"대체 무슨 소리를 하려는 것이냐! 속 시원히 말해보거라!"

비밀을 운운하며 월한이 중전을 폐서인으로 쫓아냈던 일을 잘한 일이라 하니, 임금은 불안감에 초조해졌다.

"아버지께서 사랑했던 여인, 어느 날 종적을 감추고 사라진 그녀의 이름이 선희라고 들었습니다."

"……!"

이림은 크게 놀라는 임금에게 그동안 감추고 있었던 일을 모두 털어놓기 시작했다.

임금께서는 폐서인 중전 한씨가 질투에 눈이 멀어 선희를 핍박하자, 그녀가 스스로 떠난 것으로 알고 있었다.

하나 아니었다. 선희에겐 지켜야 할 아이가 뱃속에서 자라나고 있었고, 끝까지 임금의 곁을 지키고자 했었다. 폐서인은 이를 가만히 두고 보지 않았다. 선희를 납치하고 살해한 뒤, 자신의 아이와 선희의 아이를 바꿨다. 선희의 아이는 한씨의 아이가 되었고, 폐서인의 아이는 궁 밖에서 임금께서도 모르는 사이 장성하였다.

이림이 침착하고 담담하게 이야기하자 임금의 얼굴이 창백하게 변했다.

"그, 그게……."

사실이라고 믿기엔 어려운 것들이었다. 하나 이림은 모두 사실이라고 고한 후에, 이 사실을 알게 된 월한이 자신의 세자로서의 적통과 명분을 지켜주려 애썼다는 것까지 말했다. 평생 감추고 있는 편이 임금에게도 제게도 좋을지 모르나, 제 아우인 월한을 위해서는 좋지 않았다. 그래서 크게 각오를 하고 내린 결정이었다. 세자의 자격이 없는 자신이 쫓겨날지도 모르는데도.

모든 이야기를 들은 임금은 부들부들 떨었다. 충격과 노여움에 휩싸인 임금의 모습은 이림을 긴장하게 만들 정도였다.

"네가…… 네가 말하는 것만 듣고 어찌 믿으라는 말이냐!"

그것이 사실이라면 선희를 잔혹하게 죽인 폐서인을 결코 용서할 수 없었다. 무덤을 파헤쳐 시신을 찢어버려도 분이 풀릴 것 같지 않았다. 아니, 무엇보다 선희가 그렇게 비참하고 잔인하게 죽임당한 사실을 믿기 어려웠다.

"저 역시 모두 알아보았습니다. 믿을 수가 없어서 몇 번이나 확인을 했습니다. 또한 제가 이런 말을 지어내서 좋을 게 뭐란 말입니까."

이림의 처연한 대답에 임금은 침묵했다. 그러자 이림은 천천히 눈을 감으며 나지막한 목소리로 진실을 고했다.

"공주의 존재까지 확인하였나이다."

"하, 하아."

거친 숨을 몰아쉰 임금이 이마를 짚었다. 왕실의 아이가 존재조차 잊힌 채 자라고 있었다니. 공주가 있었다니. 두 눈으로 직접 확인하기 전까진 믿을 수 없다. 하나, 이림의 말 그대로이지 않은가. 이런 사실을 세자가 거짓으로 고한들, 얻는 이득이 없었다.

정녕 사실이란 말인가. 이 믿기지 않는 모든 이야기가.

임금의 머릿속이 새하얗게 변할 때였다.

"소자 다만, 여쭙고 싶었나이다."

"……."

"제 어머니는 어떤 분이셨습니까?"

아름다우셨을까. 여린 분이셨을까. 지혜로운 분이셨을까…….

한 번도 뵙지 못한, 결코 만나뵐 수 없는 그분에 대한 이야기를 듣고 싶었다.

하나 임금은 촉촉한 눈으로 한참이나 이림을 응시하면서도 결코 답을 해주지 않으셨다.

오랫동안 생각에 잠겨 있던 임금은 이림이 인사를 올리고 물러나는 것도 알지 못하고 긴긴 밤을 회상에 잠겨 보냈다.

「전하. 만약 제가 전하의 아이를 품는다면 이 아이는 누구보다 행복한 아이가 될 것입니다. 전하께서 제게 보여주신 사랑만큼이나 이 아이도 사랑받을 테니까요. 부족한 것 없이 태어나 넘치도록 과분한 사랑을 받으며 반짝반짝 빛나는 사람으로 자랄 테지요. 얼마나 행복할까요? 그 모습을 지켜볼 수 있다면, 얼마나 가슴이 벅찰까요?」

그날의 선희는 훗날의 일을 내다보기라도 했던 것일까? 이림이 사랑받고 크는 일도, 이림의 성장을 지켜보는 일도, 그들의 미래에는 없다는 것을 미리 보았던 것일까?

아니, 그런 것은 상관없다. 그저 지금은 가슴이 미어지도록 그날 선희의 아련하고 애틋한 눈동자가 그리울 뿐이다.

'그러고 보니, 선희의 눈을 쏙 빼닮았구나.'

동이 트기 전, 겨우 울음을 토해낸 임금은 오랫동안 오열하느라 처음으로 편전에도 등청하지 못했다.

김태수가 제주에 위리안치 되고, 월한의 어미 폐서인 김씨가 강화도로 쫓겨난 뒤, 월한은 거의 강제로 혼인을 올렸다.

대군인 월한을 궁 밖으로 내치기 위해서 올린 혼례이니, 사실상 벌이나 다름없었다.

겨우 열한 살인 월한을 데릴사위로 받아준 집안은 겨우 양반의 구색을 갖춘 신씨의 한미한 집안이었다. 몇 대째 과거에 급제한 자가 없었고, 심지어 이제 아들을 낳지 못해 대가 끊긴 가문이었다.

이 혼인은 월한에게는 벌이요, 몰락해 가던 그 집안에서는 그나마 대군을 사위로 들였다는 위안을 삼을 수 있는 일이었다.

월한의 부인이 된 이는 이 댁의 넷째 딸인, 열넷의 소녀 신소정이었다. 아직 어린 소년 소녀가 신방을 차리고 서로를 '서방님', '부인'이라 부르는 모습은 뭇 사람들을 미소 짓게 할 만큼 귀여울 것 같지만, 실상은 그러지 못했다.

연지 곤지를 찍고 족두리를 쓴 열넷의 소정과 신부보다 어린 새신랑의 모습을 훔쳐보겠다고 손가락으로 방문을 뚫는 사람도 없었다. 첫날밤부터 신방의 분위기가 암울했기 때문이다.

월한은 죄인의 자식으로 쫓겨난 것과 진배없으니 궁에서 그의 혼인을 대가로 내어준 재물이 거의 없었다. 그런 월한은 대군이기에 과거에 나아갈 수도 없었고, 궁에 재물을 요청할 주제도 되지 못했다. 한마디로 그는 가뜩이나 넉넉하지 못한 가문에 짐이 된 것과 마찬가지였다.

영특한 월한이 이를 모를 리가 없었고, 월한은 자존심보다 미안함에 되도록 집안사람들과 마주치려 하지 않았다. 식사를 거르는 일도 많았고, 방 안에 틀어박혀 하루 종일 웅크리고 앉아 있다가 소정이 잠을 자러 들어오면 스윽 나가 버리곤 했다. 마루에 앉아 달을 구경하며 밤을 지새우는 편이 마음이 편했기 때문이다.

장인과 장모는 애가 탔다. 이러다가 덜컥 대군이 정신을 놓아버리거나 병이라도 얻으면 궁에서는 뭐라 추궁할 것이며, 제 어린 딸아이의 인생은 또 얼마나 기구한가. 그러나 집안사람 그 누구도 대군에게 말을 걸기 힘들어해, 어린 월한은 그대로 방치되고 있었다.

월한의 부인인 소정은 평소 매우 말이 없어 부모도 그 속을 잘 모를 정도였다. 그것이 월한에게는 더 나았다. 월한은 제게 말을 걸지 않는 소정이 너무 편했다. 있는 듯, 없는 듯 두 사람은 서로를 그림자처럼 여기기 시작했다.

그러던 어느 날 밤이었다.

한 이불에 나란히 누워 있던 월한이 또 스윽 일어나 밖으로 나갔다. 아니, 나가려 했다. 별안간 소정이 월한의 바지춤을 잡지 않았다면.

"……?"

월한이 의아한 표정으로 소정을 바라보았다. 제가 나가거나 말거나, 밥을 먹거나 말거나, 신경조차 쓰지 않던 부인 아닌가.

"예서 주무셔요. 저는 다른 방에서 자면 되니까요."

소정은 움켜쥔 손을 스윽 풀고 일어났다.

"어째서 다른 방으로 가려고요?"

그러자 이번에는 월한이 그녀를 잡았다.

"제가 싫어서 밤마다 밖에 계시니까요."

소정은 담담하고 고저 없는 음성으로 대답했고, 월한은 소정의 오해에 깜짝 놀랐다.

"누, 누가 싫다 했습니까!"

"하오면 좋으셔요?"

"아니, 좋고 싫고가⋯⋯."

이번에도 담담한 어투로 월한을 당황하게 한 소정은 태어나서 처음으로 길게 말하기 시작했다.

"궁에는 어여쁘신 분들이 많으시지요. 저는 예쁘지 않으니 서방님 성에 차지 않는다는 거 알아요. 그러니 어려워 말고 저더러 나가라고 해주셔요."

얼마나 맺힌 게 많았는지, 그 말 없는 소녀의 입에서 술술 말이 흘러나온다. 오히려 감정이 담겨 있지 않은 그 목소리가 오뉴월에 서리가 맺히듯 섬뜩하게 느껴질 정도였다.

"아니, 정말 그런 게 아니라⋯⋯."

월한이 말리려고 했지만 이미 소정이 일어난 뒤였다. 결국 월한은 그녀의 치맛자락을 붙들었다.

"부인이 날 싫어하는 줄 알고⋯⋯!"

본심이 튀어나가고야 말았다.

소정과 월한이 서로를 멍하니 바라보았다.

"제가 왜 서방님을 싫어하죠?"

"그야……. 그야……. 내가 죄인의……."

"하지만 임금님의 아드님이신걸요. 저처럼 별 볼 일 없는 계집에게는 과분해요."

"다음 임금이 되실 세자 저하께서 제게 원한을 갖고 계실지도 모르는 데도?"

소정이 고개를 저었다.

"저하께서 원한이 있으시면 제게 서방님을 잘 돌봐달라 당부하지 않으셨겠지요."

"……!"

형님께서 일부러 찾아오셔서 당부를 하셨다니!

월한이 깜짝 놀라며 눈을 동그랗게 뜨자 소정이 대답했다.

"혼인 전날 몰래 찾아오셔서 아무에게도 말하지 말라며 당부하고 가셨어요."

월한은 생각에 잠겼다.

형님과 저, 둘 사이의 비밀이 있으니 제게 원한이 없을 거라 생각은 했었다. 하지만 모르는 일 아닌가. 저란 존재는 왕좌의 걸림돌이 될 수도 있다. 권력에 기생해서 살아가는 자들은 지금의 세자가 마음에 들지 않을 것이다. 그러니 아직도 조부인 김태수를 옹호하는 세력이 있을 것이고, 그 김태수가 살아 있으니 저를 왕으로 추대하려는 역모가 일어날지도 모르는 일. 세자께서 언젠가는 저를 죽일지도 모른다 생각했던 월한은, 바보 같은 형님의 배려에 눈살을 찌푸렸다.

"왜 화가 나셨어요?"

소정은 월한의 찌푸린 얼굴을 보고 물었다.

"형님께서 아무에게도 말하지 말라하셨는데 왜 말을 했지요?"

"아!"

"몰랐으면 더 좋았을 텐데."

몰랐으면 아무 기대를 하지 않아도 되니까. 몰랐으면 살고 싶은 생각이, 웃으면서 행복해지고 싶은 생각이 들지 않았을 테니까. 지금 너무나 외롭고 무섭다는 사실을 굳이 자각하지 않아도 되었을 테니까.

"서방님……."

소정은 월한의 뺨에 흐르는 눈물을 보고 화들짝 놀라 제 옷고름으로 눈물을 닦아주었다.

"세자 저하께 이르실 건가요?"

심각해진 소정이 우는 월한을 달래주긴커녕 제 걱정을 했다. 그러나 그것이 월한을 웃게 했다.

"이르지 않는 대신 뭘 해줄 테요?"

"음……."

잠시 고민하던 소정이 손뼉을 치며 말했다.

"아! 내일 장이 서면 곶감을 사다 드릴게요."

"곶감?"

월한이 황당함에 눈을 깜빡였다.

"우는 아이 달래는 데는 곶감이 좋대요."

"아, 아이?"

소정은 고개를 끄덕였다. 제 서방님은 이제 막 열한 살 된 꼬마 신랑이니까. 아이가 맞지 않나.

그러나 이렇게 아이 취급당해 본 게 언제인지 기억도 나지 않는 월한은 기가 막혀 말문이 막혔다.

생각해보니 빈궁이 제게 엿을 주며 달래준 적이 있었다. 그때도 지금처럼 황당했지만 묘하게 안도하게 되었었다. 저는 정말 곶감과 엿에 울음을 그치는 어린아이일 뿐이었을까? 아니면 이 여인들이 저를 아이로 만드는 신비한 재주가 있는 것일까.

"곶감 싫어하세요? 그럼 엿은 어때요?"

"나, 나를 그렇게 어린아이 취급하지 마세요."

"네? 하지만…… 서방님은 아직 저를 안아줄 줄도 모르시는걸요."

어리지만 궁에서 자란 월한은 그게 무슨 말인지 알아듣고 얼굴이 화악 붉어졌다.

소심하고 수줍어서 말이 없는 줄 알았던 소정은 뜻밖에도 그냥 무심한 성격이었던 모양이다. 아무렇지 않게 내뱉는 말들이 몇 번이나 월한을 당황하게 만들었다. 첫날밤, 고개를 푹 숙이고 밤새 인형처럼 앉아 있기만 했던 그 신부가 맞는지, 알다가도 모를 일이었다.

"모, 모르는 게 아니라, 아직은 내가 어리니……."

그러자 소정의 무뚝뚝한 얼굴에 생긋, 미소가 번졌다.

"예. 것 보셔요. 아직 아이라니까요."

쿵. 월한의 가슴에서 '쿵' 하고 큰 소리가 났다.

누님처럼 엄마처럼, 자애롭고 포근한 얼굴에 월한은 눈을 떼지 못하고 있었다.

원손의 백일 잔치 이후, 궐 안에 이상한 소문이 돌았다. 임금과 세자께서 잔칫날 언성을 높였고, 그 뒤로 반목하고 있다는 소문이었다. 사람들은 잔칫날에 월한이 언급되었다는 둥, 세자가 아직 병이 완전히 낫지 않아 잔칫상에 꼬투리를 잡았다는 둥, 있는 얘기 없는 얘기 다 지어내고 있었다. 물론, 대부분 그냥 없는 얘기는 아니었다.

"왜 못 먹게 하시는 겁니까."

도윤은 잔뜩 뿔이 나서 볼을 부풀렸다.

"궁에서 만든 것 외에는 정체가 불분명한 것들이니 먹지 말라는 게요."

이림의 말에 도윤은 발끈했다.

"제 동생이 만든 것이 어째서 정체가 불분명하다는 겁니까!"

"그러니까 사가에서 만든 것들은 깨끗한지 확인할 수 없으니······."

"또 병이 도지신 게지요!"

"내가 먹고 안 먹고 문제가 아니지 않소. 이건 그저 그대와 우리 영의 몸을 생각해서 이러는 거요. 그대는 아이를 낳고 몸이 허약해졌을 것이고, 또 영에게 깨끗한 젖을 물려야 하니······."

"아, 그렇사옵니까? 하면, 저하께오선 괜찮다는 것이지요?"

그러면서 도윤은 이림의 입에 제가 먹고 있던 약과를 물려주었다.

"읍!"

하마터면 뱉을 뻔한 이림이 억지로 입을 다물었다.

"물고만 계시지 마시고, 씹어보시옵소서. 저하께서 그 몹쓸 병이 다 나으셨다는 것을 증명해 보이시지요."

이림은 손수건으로 입을 막고 약과를 뱉어내더니 서둘러 말했다.

"내 병은 그리 성급하게 나을 병이 아니오!"

"고생을 더 하셨어야 했는데······."

도윤이 눈을 가늘게 뜨고 아쉽다는 듯이 혼잣말로 중얼거렸다.

"어허!"

"저하께서 자꾸 이러시면 원손 역시 저하처럼 병을 얻게 될 것입니다. 세상에 더럽지 않은 게 어디 있겠사옵니까? 원손이 저하를 보고 배워 깔끔한 것만 찾게 될까 두렵습니다."

"서, 설마 그렇겠소?"

"그렇게 될 겁니다."

도윤과 기 싸움을 하던 이림은 눈을 굴리며 심사숙고하더니, 어깨를 펴고 차분하고 자신 있게 말했다.

"큼. 좋소. 내 고쳐 보겠소."

그렇게 말하고 나간 것이 채 반나절도 안 되었다.

자희는 세자의 결심에 가장 큰 피해자였다.

"저, 저하! 어찌 이러시옵니까!"

"어허! 어서 옷을 벗지 못할까!"

"저하 아니 되옵니다!"

"안 되긴!"

이림은 강제로 자희의 옷을 벗기려 했고, 자희는 울 것 같은 얼굴로 거부하고 있었다.

"저하! 아니 될 일이옵니다! 제가 죽는 꼴을 보려고 이러시옵니까?"

"걱정 마라. 너만 잘하면 그럴 일은 없을 것이다. 자, 어서 갈아입어라!"

자희는 이림이 건네는 세자의 용포를 보며 또르르 눈물을 흘렸다. 용포를 입고 세자인 척 시간을 때우라는 명이었다. 감히 제가 용포를 걸치는 것도 살 떨릴 대죄이거늘, 저하를 제대로 보필하기커녕 잠행을 나서시는 것을 막지 못하다니 들키면 경을 칠 것이다.

"가뜩이나 요즘 주상 전하와 다투셨다는 좋지 못한 말들이 나도는데 꼭 이리하셔야 하옵니까? 잠행을 가지 않아도 결벽증을 고칠 방법이 있을 것이옵니다. 예? 저하. 저 좀 살려주시옵소서. 제가 불쌍하지도 않으십니까?"

자희가 처절하게 호소하자 이림은 사뭇 진지한 얼굴로 그를 다정하게 불렀다.

"자희야."

"그리 부르지 마시옵소서. 불안하게 왜 이러시옵니까!"

"내 꼭 나가봐야 할 일이 있는데, 그간 미루고 미루었다. 모르는 척하자니 찜찜하고, 만나보려니 마음의 준비가 덜 된 것 같고, 이러다가 영영 마음의 짐으로만 남을까 봐 걱정이었다. 병을 핑계로 궐 밖에 나가면, 내 스스로에게 명분을 주는 셈이 아니냐. 그렇게라도 억지로 나가서 만나볼 작정이다."

"저하. 대체 무슨 말씀이시온지요? 누굴 만나겠다는 것이옵니까?"

"내 어머니이자, 원수이기도 한, 폐서인 한씨의 여식. 내 배다른 누님이자, 하나뿐인 이 나라의 공주."

해 질 녘, 그림자가 길어지자 인적 드문 조용한 마을에 밥 짓는 연기가 피어올랐다.

"이곳입니다."

임영이 한 초가 앞에 섰다.

"지독하군. 제 친딸을 평민으로 살도록 이렇게 버려두다니."

남루한 차림을 한 이림이 차가운 눈빛으로 말했다.

"자식을 도구로만 생각한 여인이었습니다. 아들이 아니면 필요 없는 존재였을 테지요."

"그게 어찌 사람인가. 어미라는 자가 그럴 수는 없지 않나!"

저도 얼마 전에 아비가 되었다. 그렇기에 자신의 핏줄을 안는 말로 표현할 수 없는 감격과 아이에게는 뭐든 해주고 싶고 보호해 주고 싶은 부모의 마음을 알 수 있게 되었다.

그렇기에 폐서인의 만행들은 도무지 이해가 되지 않았다. 제게 했던 짓들이야 친아들도 아니고, 연적의 아들이기에 그럴 수 있다지만, 딸이라는 이유로 태어나자마자 자식을 버리는 것은 미친 짓이라고밖에 볼 수 없었다. 그것도 그녀가 그토록 사랑하던 임금과의 사이에서 태어난 자식 아닌가.

그래도 월한의 어미는 월한을 위하는 마음만큼은 진짜였다. 어머니의 사랑을 듬뿍 받던 월한을 얼마나 부러워했던가.

두 사람은 울타리 앞에 서서 마당 안을 몰래 지켜보았다. 싸리 울타리 너머의 풍경은 소박하지만 그리 가난하지는 않은 한 농사꾼 부부의 정갈한 살림살이가 보였다. 마당 안의 텃밭은 정성 들여 가꾼 채소가 싱싱해 보였고, 감나무도 튼실했다. 닭장 안의 닭과 외양간에는 소도 있는 걸로 보아서는 웬만한 가난한 양반보다 훨씬 살림이 넉넉한 듯했다.

마침 한 젊은 아낙이 밥상을 들고 나왔다.

이림은 그 아낙의 얼굴을 자세히 살펴보았다.

'아!'

피는 속일 수가 없었다. 이림은 아낙의 얼굴에서 저를 학대하던, 어마마마로 불렀던 그 독한 여인의 얼굴을 보았다.

소름 끼치도록 닮은 얼굴이었다. 잠시 잊고 있던 악몽 같은 기억들이 새록새록 떠올랐다. 원망과 증오가 피어올라 주먹을 꽉 움켜쥐고 부르르 떨었다.

그때였다.

"애들아. 밥 먹자."

아낙의 낭랑한 목소리가 퍼지자, 그녀의 얼굴에서 악독한 한씨의 얼굴이 지워지고, 대신 밝고 씩씩한 평범한 어머니의 얼굴만 남았다.

덜컹.

방문이 열리자, 올망졸망한 세 명의 아이들이 우르르 나와 한마디씩 떠들어댔다.

"와! 밥이다!"

"어머니. 오늘 반찬은 뭐예요!"

"난 고기 먹고 싶어요!"

"난 쌀밥!"

"어머니. 달걀 있어요?"

병아리처럼 종알거리는 아이들 소리 뒤로 젊은 사내의 음성이 들렸다.

"요 녀석들! 허구한 날 반찬 타령이야! 네 어미가 해주는 대로 잘 먹겠습니다, 하면 될 일이지!"

사내는 평범한 용모였는데, 인상은 푸근하고 순박했다.

"아이고. 뭘 이리 많이 차렸어. 힘들게."

"힘들긴요. 제가 뭐 하는 일이 있나요. 서방님이 더 힘드시지. 얘들아. 얼른 손 씻고 와."

"네!"

아이들의 또랑또랑한 대답을 들은 부부의 얼굴에 환한 미소가 걸렸다. 세상 어디에서도 본 적 없는 행복한 얼굴.

이림은 그만 저도 모르게 울타리에서 물러났다.

"가자."

임영은 이림의 복잡한 마음을 알 것도 같아서 군말 않고 길을 안내했다.

길게 늘어졌던 이림의 그림자가 어둠에 스며들어 보이지 않을 때까지, 두 사람은 아무 말도 않고 궁으로 돌아갔다.

허락 없이 제멋대로 궁 밖에 나간 세자는 임금께 크게 혼이 났다. 자희와 임영도 마찬가지였다.

노발대발 호통치시는 임금 앞에서 세자는 변명하지 않았다.

공주가 살아 있으며, 어디서 어떻게 살고 있는지 살펴보고 왔다는 말을 임금께 차마 말할 수 없었기 때문이다.

임금께서 그녀를 보면 아마도 지금 저처럼 마음이 복잡하실 것이다. 사랑하는 사람을 잃게 한 여인의 딸. 그러나 임금의 딸이자 저의 누님이기도 한 그녀를 보면 마음이 어지러워질 테니까.

그렇게 행복하게 살고 있는 모습을 보아서였다. 호화로운 궐 안의 삶보다 더 귀하게 살고 있는 모습을 보아서.

어쩌면 제가 누려야 했을지도 모를 삶이다. 진짜 중전과 임금 사이에서 태어났으나 날 때부터 버려져 평민으로 살고 있는 공주는, 이림의 생각과 달리 비참하거나 불행하지 않았다. 그녀는 충분히 사랑받았고, 사랑을 베풀며 웃음 속에서 살고 있었다.

반면에 저는 어떠했나.

도윤을 만나기 전까지 저는 짐승처럼 살았다. 기쁨과 즐거움이 무엇인지 모르고, 고통 속에 움츠리며 살기 위해 살았다.

애초에 자신은 무엇 때문에 그녀를 보러 갔을까? 단순히 누님이라서? 뒤바뀐 삶을 그녀에게 보상해 주려 했을까? 공주로 복위시켜 주려는 마음이 있었을까? 어머니에 대한 증오를, 그 딸인 그녀에게 복수라도 하고 싶었을까? 엉망으로 살고 있는 모습을 보면 그 들끓는 마음이 조금 가시기라도 할까 봐?

아니면, 동병상련을 느낄 수 있었을지도 모른다. 도무지 알 수 없다. 별로 멀지 않은 길을 다녀왔는데, 어째서 심신이 이토록 고단한지.

사람들은 세자가 임금께 야단을 맞아 시무룩하다 여기고 있었지만, 도윤은 그렇게 생각하지 않았다. 도윤은 이림을 위해 맑은 술을 준비해 두고, 곁에서 아무 말 없이 술잔을 채워주었다.

그날 밤, 이림은 도윤을 안고 누운 채 계속 그녀의 뺨을 쓰다듬었다.

아무 말 않고 이림을 바라보던 도윤이 결국 먼저 그의 손을 잡고 입을 열었다.

"임영한테 들었습니다."

"……."

"어째서 공주님의 존재를 전하께 알리지 않으셨나이까?"

"……어째서일까. 나도 모르겠소."

"행복해 보였다지요?"

"좋아 보였소. 질투 날 만큼."

"힘들게 사는 모습을 보면 동정하려 하셨던 겁니까? 그럼 저하의 악몽 같은 옛 일들은 아무것도 아니라고, 위안이 될 거라 생각하셨습니까? 그래도 너보다는 내가 나았다, 그런 마음이 생길 줄 아셨나이까?"

도윤의 침착한 물음이 이림의 속마음을 파고들었다.

그래서 이림은 저도 몰랐던 제 진심을 풀어내기 시작했다.

"그 아낙의 어미가 나와 내 친어머니에게 그토록 끔찍한 짓을 저질렀는데, 모두가 다 피해자라 여겼는데…… 그녀는 아니었소. 그녀는 버려진 것이 축복이더이다. 부부 금슬도 좋아 보이고, 나처럼 법도에 얽매인 삶도 아니라 편안해 보였소. 아이들도 건강하고 웃음이 넘치는데다가, 크게 넉넉하진 않아도 밥은 굶지 않아 보였소."

느릿느릿 풀어내는 말이 그린 듯한 풍경이라, 이림도 도윤도 꿈꾸는 듯한 눈이 되었다.

"해서 궁으로 불러들이기 겁이 나셨사옵니까?"

"……."

"망가트리고 싶지 않아서지요?"

"……그랬나 보오."

"저와 이렇게 사는 것이 불행하십니까?"

"무슨 그런……!"

"한데, 무엇이 그리 두려우셨습니까? 본래 자리를 찾아가는 것뿐이지 않사옵니까."

"그리하는 것이 옳은 일이겠소?"

모두에게 다 진실을 밝힐 필요는 없다. 그저 임금의 숨겨둔 딸로서도 충분히 그녀를 옹주로 만들어줄 수 있을 것이다. 그리되면 그녀의 인생은 많이 달라질 것이다. 한데, 그것이 과연 행복할까? 이림은 그것을 염려하고 고민하고 있었고, 도윤 또한 알면서 그리 물었다.

"고민하시옵소서. 고민하시는 것은 괜찮사옵니다. 그렇게 진지한 저하의 모습이 너무 멋지시니, 저는 또 반할 테니까요."

"……."

"하나, 그 고민으로 우울해하지 마시옵소서. 저하의 삶이 잘못된 것이 아니옵니다. 바뀐 삶이 아니라, 저하께서 스스로 견디고 이겨내신 삶이옵니다. 그리고 이제, 저하의 삶을 온전히 누리고 계시오니, 공주님과 비교하지 마시옵소서."

놀랍게도 도윤은 제 속마음을 전부 꿰뚫어 보고 있었다. 뿐만 아니라, 속이 시원해졌다. 그녀의 명쾌한 답에 위로받은 기분이 들었다.

"제가 곁에 있사옵니다. 저도 공주 마마처럼 저하 앞에서 웃어드릴 수 있사옵니다. 더할 나위 없이 행복하게 말입니다."

그러면서 도윤은 정말 활짝 피어난 복사꽃처럼 환하게 웃어 보였다.

"제가 행복해하니, 저하도 행복하시지요?"

"하……! 그 자신감은 어디서 나오는 게요?"

"저하께서 저를 사랑스럽게 바라보시는 눈빛 때문 아니옵니까. 저한테서 한시도 눈을 떼지 않으시니, 저하의 눈 속에 제 얼굴이 늘 거울처럼 보입니다. 얼마나 예쁜지, 제가 봐도 눈을 떼기 힘드실 것 같습니다."

너스레를 떠는 도윤 덕분에 이림은 결국 웃음을 터트리고 말았다.

아직 고민이 남았지만, 그런 것은 중요한 게 아니었다. 지금 중요한 것은 도윤이 저를 보며 행복해하는 것뿐이었다.

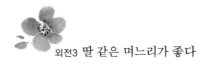

외전3 딸 같은 며느리가 좋다

　월한과 소정은 함께 있는 시간이 부쩍 많아졌다. 아직 어려서인지, 두 사람은 부부라기보다 사이좋은 남매처럼 보였다.

　"곶감이 맛있지요?"

　소정은 소쿠리에 담긴 곶감 중 제일 도톰한 것을 월한에게 건네며 물었다.

　월한은 그것을 한 입 베어 물고 고개를 끄덕였다.

　그러자 소정의 입가에도 옅은 미소가 번졌다.

　월한은 그녀가 저를 바라보는 게, 마치 어린 동생이나 아들을 바라보는 뿌듯한 눈빛이라는 게 걸렸다. 하지만 곧 그게 무슨 상관일까 싶어, 그저 곶감을 맛있게 먹었다. 저는 아직 어리니, 그녀보다 키가 더 자라고 어깨가 더 벌어져 그녀를 번쩍 안아 들 수 있을 때가 되면 오늘의 일을 그녀의 머릿속에서 잊게 해주면 되는 것이다.

　그렇게 다정하게 앉아 곶감을 나눠 먹을 때였다. 중문으로 종복 하나가 급히 달려들어 왔다.

"대군 마마."

난감한 얼굴로 저를 찾아온 종복으로 인해 월한은 소정이 제 입에 넣어주려던 곶감을 먹지 못했다. 어쩐지 불길한 생각이 드는데, 종복의 뒤로 관복을 입은 자들이 따라 들어오는 것이 보였다.

"……!"

월한은 관복을 입은 사람을 마주하자 가슴이 덜컹했다. 언제까지 이렇게 행복할 수 있을까. 애써 불안감을 감추고 좋은 일만 생각하려 했다. 소정으로 인해 웃으며 살고 싶단 욕심을 품었는데, 그것이 과욕이었을까. 겨우 행복해지려는 이때에 궁에서 사람을 보내니 나쁜 생각만 들었다. 조정의 신료들, 그리고 임금과 세자, 모두가 살아 있는 저를 탐탁지 않게 여기고 있을 것 같았다. 원손을 생산하셨으니, 원손의 앞날에 위협이 될지도 모를 저를 미리 죽여 없애는 것이 훗날의 화근을 막는 길이라 여기고 있을 게 아닌가. 분명 그럴 것이다.

사약이라도 가져온 것일까? 아니면 유배라도 보낼 생각이실까?

짧은 시간 온갖 불길한 망상에 사로잡혀 있던 월한의 눈썹이 꿈틀거렸다. 가만히 보니 관복은 입었지만 내관과 하급 무관들만 왔기 때문이다.

"마마. 그간 평안하셨사옵니까."

그들이 제 앞에서 공손하게 허리를 숙이자 월한의 경계심과 두려움도 조금 풀렸다. 하나, 완전히 마음을 놓지 못한 월한이 말을 더듬었다.

"무, 무슨 일로 나를 찾아왔는가?"

"주상 전하께서 대군께 전하라 하신 것이 있어 왔사옵니다."

"저, 전하께서?"

월한은 다시금 가슴이 철렁했다. 혹, 임금께서 전한 것이 알아서 자결이라도 하라는 명이면 어쩌나 해서였다.

내관이 지극히 공손하게 양손으로 함을 받들어 월한에게 올리자, 월한이 부들부들 떨리는 손으로 힘겹게 받았다.

"열어보시옵소서."

내관이 독촉하는데도 선불리 함을 열지 못하고 있자, 소정이 어느새 월한에게 다가와 가만히 손등을 잡아주었다. 이에 용기를 얻은 월한이 그녀를 향해 고개를 끄덕이고는 함을 열었다.

"이, 이게."

함을 열어본 두 사람은 깜짝 놀라 서로를 마주 보았다. 그 안에 든 것은 빛깔 좋은 귀한 옷감과 임금께서 손수 쓰신 서찰이었다.

서찰을 펼쳐 읽어 내려가던 월한의 얼굴이 점차 일그러졌다.

"용서해 주셨나 봅니다."

통한의 세월을 보낼 줄만 알았던 월한은 생각보다 빠르게 다가온 용서에 눈물이 쏟아졌다.

귀한 원손, 이영의 초도일—初度日, 첫돌—이 밝았다. 임금께서는 직접 종묘에 나아가 선왕들께 원손의 초도일을 알리고, 사시—9시에서 11시 사이—가 되자 성대한 연회를 베풀었다.

아청색 건을 쓰고 옥색 저고리와 남송색 사규삼을 입은 원손 이영은 누가 보아도 귀엽고 사랑스러운 아기였다. 인물이 훤한 것은 둘째 치고, 근골이 튼튼하고 낯빛이 밝고 눈동자에 영민함이 깃들어 보는 사람마다 진심으로 칭송하니, 임금과 세자 부부의 얼굴에 웃음이 끊이지 않았다.

초도호연—初度弧宴, 첫돌 잔치—에는 왕실의 어른들뿐만 아니라 만조백관들이 참석해, 축하 글과 예물을 바치며 원손 이영의 앞날에 만복이 깃

들기를 기원했다. 게다가 돌잔치에 빠질 수 없는 행사인 돌잡이에서 이영은 아기다운 귀여움을 뽐내면서도 단번에 서책을 집어 들어 모두의 감탄을 자아냈다. 그러나 그 서책이 세자의 장난으로 가져다 놓은 〈남장유람기〉라는 것을 알고 또 한 번 좌중이 웃음으로 들썩였다.

궐 안의 웃음이 음악을 타고 세상 밖으로 나아가, 온 백성이 즐거웠다.

그도 그렇게, 원손의 초도일을 맞아 임금께서 베푼 은덕으로 온 나라가 진정한 화평함을 이루었기 때문이다.

그 은덕을 가장 많이 입은 이는 월한이었다. 백성들이 안타깝고 가엽게 여기고 있던 총명한 어린 대군은 연좌제로부터 완전히 용서를 받아, 연회에 참석하기까지 했다.

대군과 함께 온 소정은 궁의 연회에 참석한 것이 처음인데다가, 애초에 궁 안을 밟아본 적도 없었기에 무뚝뚝한 성정에도 불구하고 감격한 표정을 숨길 수가 없었다.

월한은 저보다 나이가 많은 부인을 귀엽다는 듯 바라보며 작은 음성으로 그녀의 긴장을 달래주기도 했는데, 어린 부부의 화목한 모습을 바라보는 주변의 시선에도 애정이 듬뿍 묻어 나왔다.

세자빈 도윤은 두 사람의 모습을 대견스럽게 바라보다가 임금을 올려다보았다.

임금의 눈에도 어린 월한에 대한 대견함과 애틋함이 어려 있어 도윤은 마음을 놓을 수 있었다. 그러다 시선이 느껴져 고개를 돌리니 이림과 눈이 마주쳤다.

'잘하셨습니다.'

'월한을 끝까지 믿을 수 있을지는 모르겠소.'

'저하께서 강건한 성군이 되시면 그 누구도 변심하지 않을 것이옵니다.'

성군이 되기 위해서는 사방에 적을 두고 경계하며, 만인이 우러러볼 수 있도록 스스로를 돌아보고 채찍질하는 편이 이롭기도 했다.

그러니 설령 월한을 믿지 못한다 해도, 월한이 적이 된다 해도, 그런 적 하나쯤은 두어야 나태하고 흐트러지는 일이 없을 게 아닌가.

두 사람은 서로를 바라보며 싱긋 웃었다.

'적어도 저희 두 사람은 서로에게 온전한 신의를 품었으니 세상 두려울 게 없지 않습니까.'

도윤이 사랑과 존경을 담은 눈빛을 보내자, 이림이 미소로 화답했다. 그리고 두 사람은 약속이나 한 듯, 자신들과 고난을 함께했던 의로운 이들을 바라보았다.

임영. 대자희. 강필도. 이규석. 박성권. 운도. 흑곰.

이림은 그 이름을 떠올리는 것만으로도 감사한 이들을 눈동자에 담았다. 아직은 적보다 든든한 아군의 울타리가 믿음직스럽게 자신들을 지켜주고 있었다.

그래야 했다. 세자가 더 단단하게 담금질 될 때까지는 충신과 벗의 존재가 큰 힘이 되어줄 테니까.

이림은 자신의 술잔을 들어 기분 좋게 입술을 적셨다. 그러나 가장 친한 벗을 향하던 이림의 표정이 움찔했다.

한수창이 자신의 상에 있는 갈비를 도화의 밥 위에 올려주는 광경을 보았기 때문이다. 도화는 배시시 웃으며 한수창의 수저 위에 생선살을 발라 올려주었다.

한수창의 입이 헤벌쭉 벌어지는 것을 보니 이림의 심기가 불편해졌다. 그러나 이림은 더 불퉁한 얼굴로 그 두 사람을 노려보는 정대봉을 발견하고 하마터면 마시던 술을 뱉어낼 뻔했다.

'깨를 볶을 거면 내 눈에 안 띄는 데서 하란 말이다!'

정대봉의 눈빛은 분명 그렇게 말하고 있었다.

'예. 제 생각도 그러합니다.'

남의 돌잔치에 와서 저희들만의 사랑 놀음에 빠져 시시덕거리는 꼴을 보고 있자니 배알이 뒤틀리는 게 아닌가.

"한창 좋을 때지."

괜한 질시가 묻어 나오는 투덜거림을 도윤도 들었다. 도윤은 그의 밥 위에 나물을 올려주며 새침하게 물었다.

"제가 쓴 젓가락이라 불쾌하신 것은 아니시지요?"

"허! 날 어찌 보시고!"

이림이 보란 듯이 나물 얹은 밥을 푹 떠서 입으로 가져가자 도윤은 너스레를 떨었다.

"어머나! 박력 있으시옵니다!"

"놀리는 게요?"

"그럴 리가요. 제가 감히 누구를 놀리겠사옵니까? 한데 저하. 한수창 이 부러우신 것을 보니 저희는 좋을 때가 이미 지났나 보옵니다."

날카로운 지적에 이림은 자신의 실수를 깨닫고 쩔쩔맸다.

"아, 그게…… 물론 우리는 늘 좋을 때지요. 절대 그런 뜻은 아니었소."

"하오나 저하. 예전처럼 설레지는 않으시지요?"

"그럴 리가!"

이림은 펄쩍 뛰었으나, 도윤은 아무래도 상관없다는 듯, 눈을 반짝이며 이림의 말을 막았다.

"되었습니다. 신첩이 우리 영에게만 너무 신경을 써 저하를 외롭게 만들었나 보옵니다. 조금만 기다려 주시옵소서. 곧 좋은 소식을 들려 드리겠습니다."

"좋은 소식?"

"예. 때가 되었나이다. 이제 전하께서도 적적하지 않으실 테니 허락해 주실 듯하옵니다."

"당최 무슨 소리인지."

의아해하는 이림을 내버려 두고, 도윤의 눈길은 소정에게 닿았다. 제 동서이자, 임금의 두 번째 며느리가 마음에 쏙 들었다.

연회가 끝나고 며칠 후부터 도윤은 틈만 나면 소정을 불러들였다. 제 동생인 도화는 오겠다는데도 못 오게 하는 일이 많았는데, 동서인 소정은 거의 날마다 오게 해서 이것저것 가르쳤다.

가르친다고 해서 소정을 엄하게 교육시킨다거나 그런 것은 아니었다. 도윤은 그저 소정과 다과를 먹으며 웃고 떠들면서, 자연스럽게 조정의 법도와 왕실 여인의 행실에 대해 말해주었다. 개중에서 가장 자주 언급되는 건 주상 전하에 관한 것들이었다.

"전하께서 정말로 그런 이야기들을 좋아하신단 말이옵니까?"

소정은 늘 그렇듯 담담한 얼굴로 묻고 있었지만, 도윤은 그녀가 적잖이 놀라고 있다는 것을 눈치챌 수 있었다.

"믿기 어렵지요? 한데, 전하께오선 늘 정무에 시달리시느라 쉴 틈이 없으시답니다. 평범한 사람들의 시답잖은 일화나 우스갯소리가 번잡함을 잠시나마 잊게 해주는 게 아닐까 싶어요."

"아— 그건 그럴 것 같사옵니다."

"그렇지요? 그래서 시장에서 있었던 일이라든가, 어느 집의 부부 싸움이라든가, 어디에서 귀신이 나왔다든가 하는 그런 이야기들을 잘 들어놓으셨다가 전하께서 차를 마시자고 부르시거든 재미나게 풀어드리면 된답니다."

"전하께서 저를 불러 차를 마시자고 하실 리가 없지 않사옵니까."

"왜요? 전하께서 차를 마시는 시간을 얼마나 소중히 여기시는데요. 그 시간만큼은 꼭 비워두시니, 언제든 부르면 달려오실 준비를 해두셔야 합니다."

"그게 아니오라, 세자빈 마마께서 계시온데, 굳이 저를 왜……."

도윤은 말수 적은 소정이 입을 다물고 고개를 숙이는 것을 보며 그녀의 속마음을 이해했다. 그래서 소정의 손을 덥석 잡았다.

"그런 생각하지 말아요. 왕실의 일원이 되기에 부족한 사람이라 부끄럽다든가, 주상 전하께서 탐탁지 않게 여기고 있을 거라며 주눅 든다든가, 보잘것없는 가문이 왕실에 누가 될 거라 송구스러워한다든가, 곧 임금께서 월한에게 더 좋은 혼처를 찾도록 할까 봐 두려워한다든가 하는 것들 말이지요."

"예, 예?"

소정이 어떻게 알았냐는 듯 눈을 크게 떴다.

"왜 모르겠어요. 나 또한 간택을 치르면서 수도 없이 했던 생각들인 것을요. 스스로 결정을 내리고 간택에 참가하였으나 마음 한편에 자꾸만 약하고 못난 마음이 치밀어 올라 스스로를 괴롭혔지요. 하나, 그에 속으면 안 됩니다. 그런 못난 생각들을 자꾸 하면 결국 그런 일이 벌어진답니다. 자신을 믿고 대군을 믿으세요."

도윤이 자신감을 심어주는데도 소정의 흔들리는 눈동자는 영 잠잠해지지 않았다.

당연했다. 임금께서 이제 막 면죄부를 내린 대군의 내자와 사이좋게 차를 마시며 실없는 대화나 나눌 리 없지 않은가.

"하오나 저, 저는 궁중의 법도도 잘 모르고……."

"전하께선 차를 마시는 그 시간만큼은 조선의 임금이 아니라, 한 집안의 아버지이고 싶으신 겁니다. 하니, 법도같이 따분하고 엄숙한 것은 전하께서도 바라는 바가 아니세요."

소정은 불안한 얼굴로 입술을 잘근거리며 생각에 잠겼다.

도윤은 그녀가 천천히 생각할 수 있도록 시간을 주며 차를 마셨다. 그 차가 거의 다 식을 때쯤 소정이 입을 열었다.

"혹……."

도윤은 그녀의 말에 귀를 기울이며 찻잔을 내려놓았다.

"신첩이 맘에 들지 않으시옵니까?"

"……예?"

심사숙고하고 내린 소정의 결론이 너무 황당해서 도윤은 순간 알아듣지 못했다.

"신첩이 대군의 짝으로 탐탁지 않아서 괴롭히고 싶으신 게 아닌가 해서 말이옵니다."

"저, 저기……. 내가 그리 악한 사람으로 보이십니까?"

"그렇진 않사옵니다. 다만, 저를 싫어하실 수는 있지 않사옵니까. 해서 신첩이 주상 전하께 무례를 범하고 곤란해지길 원하시는 것이라면……."

"잠깐. 왜 그런 이상한 결론이 나는 거지요?"

"이상한 것이 아니라 충분히 그러실 수 있다 여겨지옵니다."

스스로에게 자신감이 부족한데다가 약간 음침한 구석이 있는 소정은, 밝은 햇살 같은 세자빈이 저를 좋아할 리 없다고 생각하고 있었다.

"하— 나는 동서와 친자매처럼 가깝게 지내고 싶습니다. 무슨 말인지 모르시겠어요? 동서를 좋아한다고요. 이 궐에서 내 편을 하나 더 만든 것 같아 기뻤단 말입니다."

"……!"

친근하게 동서라고 부르며 소정을 좋다 말해주니, 그녀의 얼굴에 놀란 기색과 함께 옅은 홍조가 피어올랐다.

"내 편이 되어줄 텐가요?"

"그야…… . 마마께서 원하신다면…… ."

"원해요. 간절히. 간절히 우리 가족이 다 같이 화목해지길 원해요. 왕실이라고 다를 바 없답니다. 사람 사는 곳은 다 같아요. 그래서 그대가 전하에게 좋은 며느리가 되어주길 바라고 있어요. 내가 없더라도 말입니다."

"예. 물론이옵…… 예?"

공손하게 대답하던 소정이 화들짝 놀라 고개를 들었다.

"바, 방금 마마께서 안 계실 거라고…… ."

의미심장하게 웃고만 있는 세자빈의 낌새가 아무래도 수상하고 불안했다.

"청이 있습니다."

그 한마디에 신궁 안뜰에 임금과 세자가 마주했다.

두 사람의 손에는 대나무로 만든 채가 들려 있었다. 물소 가죽으로 만든 봉피—대나무 채의 끝—가 바닥을 날카롭게 눌러 오목한 부분에 흙이 채였으나, 세자 이림은 임금에게서 시선을 떼지 않았다.

청이라고 하였으나, 실상 들여다보자면 승부다. 이 경기에 이기면 세자는 자신이 바라는 것을 임금에게 청해볼 참이었다. 그냥 들어달라고 해선 궁의 법도를 들먹일 테니 나름 수를 썼다.

긴장한 얼굴로 대신들 사이에 서 있던 이림이 자신의 차례가 돌아오자 와아를 가운데에 놓은 후 길을 가늠해 보았다.

사발 모양으로 땅을 판 구멍에 와아—공—를 많이 넣는 쪽이 승리하는 봉회는 평소 임금께서 즐기는 것이었다. 평소 세자는 지루하다며 하지 않는 놀이였으나 바라는 것이 있어 임금이 좋아하는 봉회를 선택한 것이었는데, 경기가 돌아가는 것을 보니 아무래도 자신이 질 것 같았다.

임금은 공을 치는 족족 한 번에 들어가 산가지를 열 개나 받았으나, 자신은 여덟 개밖에 얻지 못했다. 와아를 두세 번 안에 넣어야 겨우 하나를 받을 수 있었는데, 그나마 여덟 개라도 받은 것이 어찌 보면 다행이라 생각할 정도로 이림의 실력은 형편없었다.

"봉피를 두꺼운 것으로 바꿔야지."

"지금 말이옵니까?"

"그래. 그리 얇은 걸로 쳐선 와아가 뜨지 않겠느냐. 활은 그리 잘 쏘는 녀석이 이깟 공놀이 하나 제대로 못하느냐?"

임금의 말에 이림은 자존심이 상했으나, 시키는 대로 순순히 봉피를 두꺼운 것으로 바꿨다.

긴장한 기색이 역력한 눈으로 구멍을 힘껏 노려보던 이림이 조심스레 와아를 쳤다. 그러자 와아가 도로록 굴러가더니 거짓말처럼 구멍 안으로 쏘옥 빨려 들어갔다.

"것 봐라. 내 말이 맞지?"

임금이 의기양양한 표정을 지었다. 이미 그는 승패는 중요하지 않은 듯, 자신의 조언으로 공이 들어갔다는 사실에 순수하게 기뻐하고 있었다. 옆에서 대기 중이던 나인들이 산가지를 두 개 가져다주자 이림의 눈이 기쁨으로 넘쳤다. 다음 기회를 엿봐야 하는 건 아닐까, 생각했는데 잘하면 이번 경기를 이길 수 있겠다 생각하던 찰나였다.

데구루루.

임금이 친 와아가 구멍으로 빨려 들어가지 않고 옆으로 흘렀다.

또다시 기회가 주어지자 이림이 신중한 눈으로 와아를 쳤고, 거짓말처럼 공이 안으로 빨려 들어갔다. 기쁨이 그득한 얼굴로 임금을 본 이림이 허리를 숙였다. 분위기로 봐서 부왕께서 봐준 티가 역력하게 났으나 이림은 부러 모른 척했다. 지금은 자존심을 챙기는 것보다 더 중요한 게 있었다.

임금이 봉피를 내밀자 나인이 다가와 자연스럽게 받아 들었다.

"자, 네가 이겼으니 이제 그 청이란 것 좀 들어보자."

"이건 저의 청이자 원손을 생산한 세자빈의 바람이기도 하옵니다."

"뭐기에 그렇게 뜸을 그렇게 들이는 것이냐. 숨넘어가기 전에 말해보거라."

"사실 세자빈을 받아들이고 내내 마음에 걸리던 것이 있었사옵니다."

"그것이 무엇인데?"

"처음 세자빈을 만났을 때 함께 금강산까지 가기로 되어 있었나이다. 그것이 세자빈의 평생 꿈이라 하옵니다. 한데 저 때문에 일에 휘말려 금강산 근처엔 가보지도 못했으니, 속 깊은 세자빈이 여직 그 꿈을 이루지 못한 한을 품고 있을까 저어되옵니다. 조선의 세자로서, 한 번 약조한 일은 반드시 지켜야 하지 않겠사옵니까? 그 꿈을 이루어주고 싶사옵니다."

"흐음."

"세자빈은 왕실의 큰 기쁨인 원손을 생산해 주지 않았사옵니까. 백성들께 귀감이 되어 선망도 높은 사람이니, 저와 함께 금강산 일대를 돌아보며 백성들의 어려움을 시찰한다는 명목이면 충분할 거라 여겨지옵니다."

그렇게 말하며 이림이 임금의 눈치를 보았다. 왕실의 여인은 어지간히 특별한 일이 아니고서야 궁 밖으로 나서는 일이 좀처럼 없었다. 말이 좋아 시찰이지, 실상은 유람이다. 원손도 이제 막 첫돌이 지났을 뿐인데 그 어미가 유람을 떠난다는 게 얼마나 무도한 짓인가.

"지금 네놈이 하는 말이 세자빈을 폐위할 수도 있을 만한 것이란 걸 알고 있느냐?"

"……모두 제 생각일 뿐이옵니다."

이림은 생각보다 더욱 강경하신 부왕 앞에 고개를 조아렸다. 제 가벼운 입으로 인해 세자빈이 고초를 겪게 할 수는 없으니.

"하하하하하!"

"……!"

그러자 살벌한 기운으로 세자를 노려보시던 임금이 갑자기 웃음을 터뜨린다.

왜 갑자기 웃으시는 것인가?

그의 눈썹이 의아한 마음에 위로 올라갔다.

그러자 임금은 세자를 놀리는 것이 즐겁다는 듯 손으로 입을 가리며 웃음을 삼킨다.

"그 청 때문이었다면 일부러 져 줄 필요도 없었겠구나! 난 또 무슨 대단한 청을 하려고 내기를 하자 했는가 했더니, 내 이미 세자빈과 약조한 일이거늘. 하하하하!"

"……네?"

이건 또 무슨 말인가.

이림이 이해할 수 없다는 표정으로 임금을 바라보는데, 임금은 아주 오래전 세자빈과 한 약조를 떠올리며 말했다.

"세자빈이 되고 한 해를 넘기기 전에 원손을 안겨준다면 금강산으로 보내주겠다, 약조했지. 조금만 기다리거라. 영이 조금 더 크고 나면 너희 둘을 보내줄 생각이니."

이림은 입을 떡 벌리고 황당해했다.

"왜, 왜 전 몰랐사옵니까?"

"나나 세자빈이나, 둘 다 입이 무거운 사람들 아니냐?"

"그런 문제가 아니옵니다. 저만 소외된 듯하옵니다."

"정확히 짚었구나."

"……."

이럴 수가!

애써 큰맘 먹고 땀을 흘렸거늘, 괜한 짓을 했다니 허탈하다. 땀에 젖은 의복과 흙먼지가 엉겨 붙은 손아귀가 불쾌하다.

'세자빈! 도윤! 내 오늘 밤 반드시 이 일을 짚고 넘어가리라!'

고부에게 배신당한 이림은 이 일을 두고두고 마음에 품었다가 오랫동안 세자빈을 괴롭혔다고 전해진다.

시간이 흘러 잔병치레 한 번 없이 무럭무럭 자란 이영이 젖을 떼고, 꽃 피는 봄이 찾아왔다.

도윤은 지금이 아니면 영영 떠나지 못할 것만 같아 마음이 급해졌다. 이영은 컸지만 둘째를 가지게 될지도 모르고, 그러면 또 몇 년을 그냥 보내야 하고, 그때 가서는 제가 포기하고 싶을지도 모른다. 그래서 도윤은 임금께 약조를 지켜달라, 몇 번이나 청을 했다. 지금 이때가 아니라면 영영 금강산 근처엔 가보지도 못할 것이란 생각 때문이었다.

그렇게 정성을 들이니, 어차피 보내줄 생각이었음에도 임금은 두 사람을 애태우다가 마지못해 허락해 주었다. 공주가 없는 임금은 당찬 도윤을 딸처럼 아끼고 좋아해서 보내고 싶지 않았지만, 도윤이 저를 옹색한 시아버지로 볼까 싶어 허락한 것이었다.

세자빈 내외가 떠난 지 얼마 되지도 않았다. 차를 마시던 임금은 적적함을 이기지 못하고 다른 며느리인 소정을 불렀다.

세자빈이 말한 대로 되자 소정은 당황해서 머릿속이 하얗게 되고 말았다.

"전하. 저는 말재주가 없사옵니다."

"흠……."

능청스럽고 밝은 세자빈이 없으니 벌써 이렇게 아쉽다. 세자빈이 없을
때는 어찌 살았을까 싶을 만큼, 제 비위를 잘 맞춰주던 이 아닌가. 다들
저를 두려워하는데, 세자빈만 스스럼없이 다가와 아무것도 바라지 않고
저를 편안하고 즐겁게 해주었다. 이미 그것에 길들여져 버려 벌써부터 세
자빈이 그리워지니, 절로 신음 소리가 나간 것이다.

"하오나 전하. 저는 손끝이 야물어 안마를 해드릴 수 있사옵니다."

"호오. 그래?"

"예. 전하. 제 손이 약손이라 대군께서 배탈이 났을 때도 제 손을 빌려
드렸사옵니다."

살갑게 웃는 상은 아니지만 어린 소정은 진심으로 임금을 위했다.

그 마음이 손에 잡힐 듯 가까이 보여 임금이 나른한 웃음을 지었다.

"그럼 나도 그 손을 빌려볼까?"

어린 며느리의 손길이 임금의 지친 어깨를 어루만져 주었다. 그를 짓
누르고 있던 여러 가지 무거운 일들이 아무것도 아닌 듯, 가볍게 날아가
버리는 것 같았다. 그래서 임금은 세자가 던지고 간 어려운 문제도 별일
아닌 것처럼 내려놓을 수 있을 것 같았다.

'영악한 놈! 그걸 그리 던지고 가다니!'

물론, 서찰을 남기고 간 이림에 대한 괘씸함까지 털어버린 것은 아니
었다.

서찰의 내용은 임금의 미간에 더 깊은 주름을 패게 만들었다. 차마 말
로 전할 수 없었던, 그 이름을 꺼내기조차 겁이 난다는 폐서인 한씨가 남
긴 딸의 이야기였다.

이림과 바뀐 공주가 평민으로, 농부의 아내로 살아가고 있다니 믿을
수 없는 얘기였다.

확인해 보려 해도 이림은 이미 금강산으로 떠나 버리지 않았나.

『저는 그 공주를 모두에게 알려야 할지, 이대로 살게 해야 할지, 갈피를 잡
을 수가 없어서 여태 숨겨왔사옵니다. 하오나 이는 제가 결정할 일이 아닌 듯하
옵니다. 전하의 공주이옵니다. 전하께오서 살펴봐 주시옵소서.』

"전하, 시원하시옵니까?"

소정의 목소리가 임금의 상념을 깨웠다.

"오냐. 아주 개운하구나……."

며칠 후, 임금은 가벼운 마음으로 길을 나섰다. 하지만 목적지가 가까
워질수록 다시 어깨가 무거워지고 발걸음이 느려졌다.

"여기란 말이지……."

남루한 행색을 한 임금은 따르는 자들의 보이지 않는 비호를 받으며,
한 초가집 앞을 서성거리며 살폈다.

"뭐, 살 만한 모양이군."

찌그러진 갓과 기워 입은 물 빠진 도포도 임금의 훤하고 귀한 인상을
가릴 수는 없었으나, 적어도 눈썰미가 없는 사람이 보기에는 꼬장꼬장한
노인 정도로 봐줄 만했다.

"그래. 내 눈으로 확인해 보면 알겠지. 그 아이가 한씨의 딸이라면 어
미의 인상이 남아 있을 터."

그렇게 다짐을 하는데도 자꾸만 뒤돌아가고 싶어진다.

'망할 놈! 여태 고민했으면 끝까지 더 고민해서 결론을 낼 것이지!'

속으로 세자를 욕하고 있는데 갑자기 뒤에서 '툭' 하고 저를 치는 손길이 느껴졌다.

"……!"

깜짝 놀라 돌아보니 웬 젊고 고운 아낙이 물동이를 이고 서 있는 게 아닌가.

"누구신지요?"

"나, 나는……. 나는 그저 지나가는 나그네일세."

"아, 그러시군요. 저희 집 앞을 보시기에 누굴 찾으시나 했습니다."

"이, 이 집에 사는가!"

"예."

아낙의 대답에 임금은 다시 한 번 그녀를 찬찬히 바라보았다.

'허! 이럴 수가!'

맑은 눈과 소담하고 곧은 콧날이 묘하게 한씨를 닮았다. 처음 눈치채지 못한 것은 그녀와 인상이 너무 달랐기 때문인데, 냉정하고 요사스러운 데가 있었던 한씨와 달리 이 아낙은 푸근한 인상이었던 것이다. 가만히 보니 입술 모양마저 한씨를 닮았는데, 늘 일자로 다물어져 있거나 한쪽 입꼬리만 올라가 있던 그녀와 다르게 입꼬리에 늘 웃음이 맺힌 듯 보였다.

세자의 말을 부정하고 싶었는데, 한씨뿐만 아니라 자신까지 닮았으니 혼란스러웠다.

"저기…… 혹시……?"

아낙은 저를 뚫어져라 바라보는 노인을 경계하듯 뒤로 주춤했다.

그제야 제가 너무 무례했음을 깨달은 임금이 변명하려 했으나 아낙의 말이 더 빨랐다.

"혹시 관상쟁이?"

"뭐, 뭐?"

"관상 같은 거 전 안 믿으니까 가세요. 걸핏하면 관상쟁이들이 찾아와서 귀한 상이네, 어쩌네 하면서 돈을 달라고 하는데, 저는 천애고아라 귀한 자식일 리 없답니다. 그러니 가세요."

"과, 관상쟁이가 아니라!"

"그럼 뭐 점쟁이? 그것도 글렀습니다. 생년월일도 모르고요, 복채도 못 드립니다. 지난번에는 스님이 오셔서 절대 이사 가지 말고 여기 있어야 한다며, 이사 갈 마음도 없는데 대단한 걸 봐준 것처럼 하시면서 시주하라 하시지 뭡니까. 귀인이 찾아올 거라나?"

"귀인…… 이라면……."

"뭐 우리 식구 굶어 죽지 않을 만큼은 삽니다만, 그게 소문이 났는지 허구한 날 이렇게 찾아오시면 곤란하단 말이지요. 알고 보면 애가 셋이나 돼서 그 아이들 먹여 키우려면 그리 넉넉한 살림도 아니고요. 그러니 죄송하지만 가주세요."

아낙은 한참이나 떠들었지만 그래도 사람을 내치는 게 미안한 기색이었다.

임금은 뭔가에 홀린 듯, 서둘러 싸리문을 열고 들어가는 그녀를 불러세웠다.

"자, 잠깐!"

"어휴. 왜 그러십니까?"

"소, 손금을 봐주겠네."

손금이라니! 제가 뱉고 나서도 어이가 없다.

"글쎄, 저는 그런 거 안 본다니까요? 다들 이상한 말씀만 하신단 말입니다. 대궐 같은 기와집에서 살 팔자라나 뭐라나. 그런 소리 하시려거든 그냥 가십시오."

"아무것도 바라지 않는다면!"

"안 속습니다."

"물 한 잔! 딱 물 한 잔만 마시고 싶어서 그러네. 목이 타서 죽을 것 같아서 그래."

"흠⋯⋯."

아낙은 아직도 경계하는 듯 눈을 가늘게 뜨고 그를 아래위로 훑어보다가 한숨을 쉬며 말했다.

"어르신이라 봐드리는 겁니다. 딱 물 한 잔만이어요!"

"물론일세. 물 한 잔이면 충분하네."

아낙이 미소와 함께 싸리문을 열어주었다.

"잠깐 저기 앉아 계세요."

평상에 앉은 임금은 물그릇을 가지러 가는 아낙의 뒷모습을 바라보며 눈빛이 흐려졌다.

"귀인이 찾아와 대궐로 데려갈 운명이었더냐?"

햇살도 바람도 참 다정한 날이었다. 임금의 속도 모르고.

금강산 일대의 백성들이 사는 곳을 둘러본다는 명목으로 세자 내외는 행렬을 이끌고 금강산으로 향하는 중이었다. 세자 내외의 행차는 나라의 큰 행사였으므로 도윤과 이림이 바라는 유람과는 거리가 멀었다. 가마 앞뒤로는 말을 탄 군사와 내관과 궁녀들이 대동했고 악공들의 연주는 멀리서도 세자 일행의 행차를 알려주었다.

그렇게라도 나가는 게 어디인가. 두 사람은 군소리 없이 임금의 뜻에 따랐다.

화려한 마차 행렬이 끝없이 이어졌다. 가운데 위치한 두 개의 가마에는 세자빈과 세자가 올라 있었는데, 두 사람은 임금의 허락으로 금강산 유람 길에 오르는 차였다. 그들이 가는 곳곳마다 백성들은 만세를 부르며 세자 내외를 반겼다. 그럴 수밖에 없었다. 세자빈이 궁에 들어가면서부터 백성들의 삶은 윤택해지고, 자신들의 마음을 굽어살펴 주는 것만 같으니 그들이 가는 길에 꽃이라도 뿌릴 기세였다.

그때 슬쩍 세자빈이 탄 가마 문이 열렸다.

원래라면 가느다랗고 고운 손가락이 나와야 하는데, 어찌 된 일인지 가마 사이로 나온 것은 털이 붕숭하게 난 사내의 것이었다.

이를 본 규석이 화들짝 놀라며 그 손등을 때렸다.

짝!

"이게 무슨 짓입니까?"

깜짝 놀란 규석이 언성을 낮춰 책망했다. 하나 안에선 도저히 참을 수 없다는 듯 억눌린 목소리가 들려왔다.

"뭐 하긴! 이러다간 숨 막혀 죽겠다."

"혹 자객이 있을지도 모르니 그 안에서 나오지 말란 말입니다!"

흑곰의 커다란 덩치는 가마에 어울리지 않았다.

그는 연신 투덜거리며 문밖으로 나오고 싶어 했지만, 규석이 허락하지 않아서 가는 길 내내 다투는 중이었다.

"두 분이서 몰래 산에 오르려고 이런 꾀를 내신 게 아닌가! 지금 같은 때에 누가 세자빈 내외의 목숨을 노리겠는가 말일세!"

흑곰은 분통을 터트렸다. 이렇게 군사를 대동한 행차에 어떤 멍청한 놈이 칼을 들이댄단 말인가. 괜한 핑계로 사람을 좁은 가마에 집어넣은 세자를 욕할 수밖에 없었다.

"거참. 사람이 낭만이라고는 없소! 오랜만에 두 분이 좀 예전처럼 편안

하게 즐겨보겠다 하시는데 모르는 척 눈 좀 감아줄 것이지 뭔 말이 그리
많은지!"

"하— 짝 없는 사람은 서러워서 살겠나. 두 분 금슬 좋은 거 누가 모르
나? 붙어 계시면 늘 좋다 하는 분들이 걸어서 가면 어떻고, 가마 타고 가
면 어떤가 말일세. 에잇!"

흑곰은 결국 신경질적으로 가마 문을 닫았고, 규석은 고개를 저으며
팔짱을 꼈다.

규석의 눈이 저 뒤쪽을 향했다. 자신들과 조금 떨어져서 따라오는 세
자 내외가 있는 쪽으로.

강을 거슬러 가는 배는 서두르지 않았다.

배 위에서 올려다보는 사방의 풍경이 절경 중에 절경이라 잠시도 눈을
뗄 수 없으니, 바쁠 이유가 없다.

그토록 보고 싶었던 금강산을 제 눈에 담아내자, 도윤은 자신이 선계
에 오른 건 아닌가 꿈을 꾸는 듯했다.

백두산의 남쪽 가지인 금강산은 일만이천봉이라 불릴 만큼 봉우리가
많았다. 그러나 험한 바위의 모양이 의외로 온화해 보여 선녀의 옷자락
같은 황홀함에 홀릴 지경이었다. 안개가 낀 기암괴석의 봉우리는 본 적이
없는 기이하고 신비로운 산세의 위용을 뽐내니, 이림은 도윤이 그토록 금
강산을 노래했던 이유를 알 것 같았다.

"내 세자빈 덕분에 이런 호사를 누려보는군."

"저 역시 저하 덕분에 꿈을 이루었나이다."

두 사람이 서로의 손을 포개며 입을 맞추자, 임영과 자희가 뒤를 돌아
못 본 척했다.

동쪽의 너른 바다를 굽어보는 바위들은 신선이 노는 무릉도원인 듯하

고, 쏟아지는 폭포수는 선녀들이 내려올 듯 영롱한 청록빛으로 빛났다. 삼나무와 전나무가 하늘을 찌를 듯하고 고운 꽃이 화려한 색감으로 만개한 모습이 그림과 같아서, 도윤은 종이를 펼치고 붓을 잡고야 말았다.

이림은 오랜만에 보는 그 자태에 또 주책없이 가슴이 두근거렸다.

찾아든 곳곳마다 아름다운 경치 더욱 새로운데
지는 꽃 향기로운 풀들 사라짐을 슬퍼하네.
봄빛이 완연한 숲속은 그림 같고
우렁찬 샘물 소리 골짜기에 넘쳐 나는구나.

금강산보다 도윤에게 넋이 나간 이림은 그녀의 시를 읽으며 감탄했다.

"봄빛이 완연한 숲이라……. 나는 이 대목이 가장 좋소."

"예. 저하께서 좋아하시라고 썼나이다."

봄 햇살을 닮은 도윤이 이림의 가슴에 안겼다.

『봄빛이 숲속에 있다고 지저귀네』 완결

 작가 후기

서로 너무 다른 취향으로 공저를 했습니다.

힘들었습니다.

그리고 공저 차기작이 있다는 사실이 저희를 더 힘들게 합니다.

차기작은 저희 둘에게도 큰 모험이 될 것 같습니다.

힘들지만 적당히 다투고, 적당히 붙어 지내면서 더 좋은 글로 또 찾아뵙
겠습니다.

끝으로 이 무더위에 봄을 지저귀는 글을 읽어주셔서 정말 감사드립니다.

늘 건강하시고 행복하시길 바랍니다.

이아현 · 류도하.